ÉTAT DE SIÈGE

Du même auteur
aux Éditions Albin Michel

LE VOL DE L'INTRUDER
DERNIER VOL
LE MINOTAURE

STEPHEN COONTS

ÉTAT DE SIÈGE

ROMAN

Traduit de l'anglais par Bernard Blanc

Albin Michel

Édition originale américaine :

UNDER SIEGE
© 1990 par Stephen P. Coonts
Pocket Books, New York

Traduction française :

© Éditions Albin Michel S.A., 1992
22, rue Huyghens 75014 Paris

ISBN 2-226-05710-2

À mes parents
Gilbert et Violet Coonts

« Le gouvernement, ce n'est pas l'éloquence. Ce n'est pas la raison. C'est une force. Comme le feu, c'est un dangereux serviteur et un maître effrayant. »

GEORGE WASHINGTON

« De toutes les tâches du gouvernement, c'est la protection des citoyens contre la violence qui est la plus essentielle. »

JOHN FOSTER DULLES

Chapitre un

En cette soirée de décembre, Walter P. Harrington se dirigeait vers l'est, sur le périphérique de Washington, D.C., et il roulait sur la voie de gauche. Il gardait invariablement l'aiguille de son compteur de vitesse sur quatre-vingt-dix kilomètres à l'heure. Les autres véhicules étaient obligés de le dépasser sur sa droite.

Walter Harrington ignorait les appels de phares, les coups de klaxon et les bras d'honneur des conducteurs forcés de le doubler en catastrophe sur la voie centrale, et il gardait le regard fixé sur la route, devant lui, mis à part quelques brefs coups d'œil à son compteur pour s'assurer que l'aiguille était bien à l'endroit où il fallait. Et la plupart du temps, c'était le cas. Il mettait un point d'honneur à rouler à quatre-vingt-dix exactement. Il se disait souvent qu'il serait capable de conserver cette vitesse même si son compteur était cassé. Il avait eu largement le temps de s'entraîner.

Il ignorait aussi les voitures qui venaient se coller à deux mètres de son pare-chocs arrière et lui mettaient les pleins phares. Il avait soigneusement orienté son rétroviseur pour rendre inutiles ce genre d'entourloupes.

Walter P. Harrington n'avait absolument pas l'intention de passer sur la voie du milieu ni sur celle de droite. Il roulait *toujours* à quatre-vingt-dix dans celle de gauche. Walter P. Harrington respectait la loi. Et *les autres*, non.

Une voiture le doubla à droite, et son conducteur agita le poing dans sa direction, par la fenêtre. Harrington ne lui accorda pas même un regard. Il ne s'occupa pas non plus du véhicule qui venait de ralentir derrière lui, une Chevrolet Caprice blanche quatre portes.

Les deux occupants de cette Chevy portaient des gants chirurgicaux. Au volant, Vincent Pioche murmura à son compagnon :

— C'est bon, c'est lui. C'est sa bagnole. Une Chrysler bordeaux. Le numéro d'immatriculation correspond, et tout.

Le passager, Tony Anselmo, tourna la tête lentement et vérifia le trafic.

— Aucun flic en vue, fit-il.
— Qu'est-ce qu't'en penses ?
— Écoute, on pourrait juste l'doubler et l'attendre devant chez lui.
— Et les voisins, mon gars ? dit Vinnie Pioche, d'un air écœuré.

Les deux hommes se turent et contemplèrent le crâne chauve de Walter P. Harrington, à quelques mètres devant eux.

— Le petit con roule à quatre-vingt-dix dans la voie de gauche, dit Tony.
— Ouais, un vrai trou-du-cul, d'accord ! Le problème, c'est que si on se le prend ici, il peut très bien faire une embardée à droite et nous rentrer dedans avant qu'on l'ait dépassé.
— Mais non, fit Tony Anselmo, l'air pensif. Tu verras, il s'éteindra comme une lampe. N'aura même pas un sursaut.
— Maintenant, c'est vrai qu'dans son quartier peut y 'avoir une patrouille de flics qu'on aura pas repérée, murmura Vinnie. Ou une gonzesse collée à sa fenêtre qui foncera sur le téléphone pour faire le neuf-un-un[1]. Ou un gamin en train de tringler sa nénette sous un arbre. J'ai horreur de ces foutues banlieues.

Ils suivirent encore Walter P. Harrington pendant un ou deux kilomètres, réfléchissant aux risques.

— J' sais pas, Vinnie.
— Dans une courbe à droite, il tourne un peu, et au moment où il clamse, la bagnole continue tout droit et elle va se planter dans la bande du milieu. Moi, j'appuie sur le champignon de cette ferraille, et on l'aura dépassé avant qu'il tamponne et rebondisse.
— Mais s'il file tout droit, il nous rentre dedans, objecta Tony.
— Pas si tu fais ça bien. Colle-lui ton pruneau dans l'oreille.

Comme son compagnon ne faisait pas mine de bouger, Vinnie lui jeta un coup d'œil. Cela suffit à mettre Tony Anselmo en mouvement.

Il passa avec difficulté par-dessus le dossier de son siège et se laissa retomber à l'arrière. Il fit une brève pause, le temps de reprendre son souffle. Il devenait trop vieux pour ce genre de merde et il le savait.

Deux armes étaient dissimulées par une couverture, sur le plancher : un fusil à pompe à canon scié, calibre 12, et une carabine automatique Remington modèle 4, calibre 30-06. Les deux armes étaient chargées. Tony Anselmo ouvrit la vitre de la portière arrière gauche, puis ramassa la carabine et la cala contre son bras. Il ôta la sûreté du levier d'armement. Ç'aurait été plus facile avec le fusil, mais la vitre risquait de détourner les chevrotines. Il aurait fallu tirer

---

1. Le numéro de la police (*N.d.T.*)

deux ou trois fois, pour être sûr, et il n'avait pas assez de temps pour ça.

— Okay, dit-il à Vinnie. Passe sur la voie d'à côté, plante-toi tout près de son pare-chocs arrière et restes-y jusqu'à ce que tu voies une courbe à droite. Essaie de garder un peu d'espace dégagé devant toi.

— Compris.

Vinnie mit son clignotant et profita d'un trou dans le trafic pour se glisser sur la bande de droite. Là, les voitures roulaient à cent, cent dix kilomètres-heure, mais il resta à quatre-vingt-dix, si bien que le véhicule qui le précédait prit de l'avance et qu'un espace ne tarda pas à s'ouvrir devant lui.

Tony vérifia qu'il n'y avait pas de voitures de police dans les parages. Rien. Et aucun véhicule banalisé non plus, semblait-il. Harrington faisait une cible bien visible, sa tête n'était pas à plus de six ou sept mètres, et ses mains dans la position habituelle, dix-heures-dix, sur son volant. Il se concentrait sur la route devant lui, ne regardait rien d'autre.

— C'est bon, annonça Tony. Quand tu veux.

— Y a une courbe qui approche. Quinze secondes. Prépare-toi.

Anselmo s'empressa de se placer du côté droit de la voiture, puis il se pencha un peu sur sa gauche et posa le canon de la carabine sur le rebord de la fenêtre ouverte.

— Je suis prêt, dit-il.

— Cinq secondes.

Anselmo ne s'occupa plus que de la ligne de mire de son arme. Ç'allait être un tir sur une cible en mouvement et qui tressautait, plus petite qu'un ballon de basket, à une distance d'environ quatre mètres — et ce, à partir d'une position elle-même en mouvement et qui tressautait tout autant. Un tir pas vraiment difficile, mais disons... délicat. Un tir que l'on avait beaucoup de chances de rater sans vraiment comprendre pourquoi.

— On y est !

Leur voiture bondit en avant. Du coin de l'œil, Anselmo vit qu'ils gagnaient du terrain sur la Chrysler de Harrington.

Et puis ils se trouvèrent à sa hauteur, roulant un peu plus vite qu'elle ; la tête de Harrington était bien distincte. Tony sentait la force centrifuge qui les précipitait vers la voiture de Harrington, il sentait la Chevy qui s'inclinait doucement dans la courbe.

Il déplaça légèrement son fusil, adapta sa position aux vibrations de leur véhicule. Et il pressa sur la détente.

La tête de Harrington explosa au moment où l'arme rugissait.

Vinnie écrasa aussitôt l'accélérateur et leur Chevrolet commença à distancer la Chrysler de Harrington qui, avec la main d'un mort sur son volant, se déporta sur la gauche, vers la bande de béton centrale, comme les deux hommes l'avaient prévu.

— C'est bon! C'est bon! cria Tony.

Dans la voiture qui suivait celle des tueurs, la passagère, horrifiée, poussa un hurlement à l'intention de son mari accroché à son volant — et qui, tout aussi horrifié qu'elle, fit une violente embardée à droite, mais sans quitter sa file. Ce ne fut pas suffisant. L'arrière de la Chrysler bordeaux de Harrington, qui perdait de la vitesse, se mit en travers de la route, tandis que l'avant entrait en collision avec la bande centrale; son aile arrière gauche frappa alors le coin avant gauche du véhicule qui essayait de l'éviter, mais le choc ne fut pas très violent — il aida simplement la Chrysler à achever son tour de cent quatre-vingts degrés sur elle-même.

La femme hurlait sans discontinuer et l'homme se battait avec son volant, tandis qu'ils dépassaient rapidement la Chrysler qui, avec son côté droit écrasé contre le béton, ne fut bientôt plus qu'une lointaine masse fumante, sous une pluie de bouts de métal.

A l'arrière, les deux enfants se retournèrent en jurant pour regarder la Chrysler qui diminuait. Les cris de leur mère avaient cédé la place à des sanglots.

— Tu as vu cet homme qui a tiré, Jerry? *Jerry? Mon Dieu!*

Derrière son volant, Jerry McManus, d'Owosso, Michigan, s'efforçait vaillamment de conserver le contrôle de son véhicule, alors qu'il commençait à ressentir les effets d'une formidable décharge d'adrénaline. Devant lui, l'automobile blanche où se trouvait le tireur accélérait et les distançait. Un instant plus tard, un fourgon se rabattit sur la gauche dans l'espace libre, et il ne vit plus la voiture du tueur.

Quelques minutes auparavant, Jerry suivait tranquillement ces deux voitures, à quatre-vingt-dix kilomètres à l'heure, alors que tous les gens du coin se croyaient à une NASCAR[1] sur les files de droite, que ses gosses, à l'arrière, se chamaillaient et que sa femme n'arrêtait pas de parler de sa grand-tante riche comme Crésus qui vivait à Arlington ou quelque part par là-bas.

Il n'y avait pas d'autoroute à Owosso, Michigan; et de toute façon, même s'il y en avait eu une, McManus ne l'aurait pas utilisée, puisqu'il vivait juste derrière la station d'essence dont il était

---

1. *National Association for Stock Car Auto Racing*, course automobile avec des voitures de série (*N.d.T.*).

propriétaire. Et voilà que maintenant, sur ces satanés circuits de course que l'on nommait « périphériques », ils se retrouvaient au milieu de maniaques qui s'assassinaient à coups de fusil — et ce, juste au moment où la famille McManus prenait ses *grandes* vacances annuelles à Washington, D.C., avec ses attrape-nigauds touristiques, un pèlerinage que sa femme voulait faire absolument — « Ça *élargira les horizons* des enfants, ils comprendront ce qu'est vraiment l'Amérique et ils *apprécieront* davantage leur héritage ! » *Pourquoi, bon Dieu, ces malades de la gâchette ne vont pas s'amuser à ça en ville, autour de ces monuments de marbre en l'honneur de tous ces politiciens morts ? Et dire qu'on a fait rater deux semaines d'école aux gamins pour subir un truc pareil !*

— On rentre à la maison... grommela soudain Jerry McManus à sa femme, d'un air furieux.

Elle l'observa. Il avait les mâchoires serrées.

Derrière eux, les deux adolescents reprirent leur querelle interrompue. Ils s'étaient bagarrés toute la semaine sans la moindre interruption. Quand on serait à Washington...

— On rentre à la maison, répéta Jerry. Aujourd'hui.

— Okay, fit Tony Anselmo tout en remontant la vitre arrière pour arrêter l'air froid qui pénétrait dans la voiture. Personne nous suit. (Il commença à s'occuper de sa carabine.) On prend la prochaine sortie.

Il ôta le chargeur et vida la culasse, puis il démonta l'arme en deux morceaux et la fit disparaître dans un sac à provisions qui se trouvait, lui aussi, sur le plancher. Le chargeur et la douille de cuivre prirent le même chemin.

Vinnie emprunta la bretelle de sortie et tourna à droite vers le district. Deux pâtés de maisons plus loin, il s'engagea dans une étroite rue transversale et, au bout de quelques mètres, il stoppa brusquement le long du trottoir. Aucun autre véhicule en vue.

Tony descendit de la voiture, qu'il contourna, son sac à provisions à la main. Il ne lui fallut qu'une quinzaine de secondes pour démonter la plaque d'immatriculation, à l'arrière. Il l'avait volée un peu plus tôt ; elle finit dans le sac comme le reste. Du coffre, il sortit alors deux cartons d'œufs enveloppés dans du plastique. Il ôta l'emballage, versa les œufs dans le sac et recouvrit le tout avec le plastique. Il ferma bien le sac et cassa les œufs. C'étaient des œufs très vieux qui n'avaient pas été conservés au réfrigérateur. Grâce à eux, personne n'aurait envie d'aller fouiller là-dedans, avec l'horrible puanteur que ça devait dégager.

En veillant à tenir son paquet hermétiquement clos, il remonta à côté du conducteur.

A environ un kilomètre du périphérique, Vinnie Pioche pénétra lentement sur le parking d'un grand ensemble. Les poubelles étaient au fond. Personne en vue.

Tony Anselmo sauta du véhicule, lança le sac dans une poubelle puis remonta avec souplesse dans la voiture qui, en tout et pour tout, était restée arrêtée quatorze secondes.

Sur le périphérique, le trafic était coupé, maintenant. Un gendarme du Maryland arriva moins de trois minutes après l'accident et bloqua, avec sa voiture, la voie rapide vers l'est. Il jeta un coup d'œil aux restes de la Chrysler bordeaux, puis appela par radio une ambulance et le véhicule labo de la Criminelle. Bientôt, un autre gendarme vint se garer à côté du premier et il se mit aussitôt à régler la circulation.

Vu l'inévitable curiosité des automobilistes, un ralentissement se produisit dans les files se dirigeant vers l'ouest, mais le trafic continua à s'écouler lentement, jusqu'au moment où une troisième voiture de gendarmerie, gyrophares allumés, s'arrêta contre la rampe en béton, côté ouest. Dès lors, tout le trafic sur le périphérique du nord de Washington, D.C., fut paralysé.

Pioche et Anselmo prirent le Baltimore Parkway, au centre-ville, trouvèrent une place dans un parking souterrain, puis allèrent dîner dans un petit restaurant italien où on les connaissait. Le maître d'hôtel insista pour leur faire essayer un excellent vin rouge du nord de l'Italie, offert par la maison. Après la cérémonie du débouchage de la bouteille, ils dégustèrent le liquide robuste et frais tout en étudiant tranquillement le menu. Ils avaient tout leur temps.

A l'extérieur, le crépuscule fit place à l'obscurité et la température chuta. Il ferait zéro, cette nuit.

Le journaliste et le photographe du *Washington Post* pénétrèrent par l'est dans l'embouteillage du périphérique direction ouest. Ils étaient renseignés par la radio de la police qu'ils captaient avec leur scanner. Après une demi-heure de route pare-chocs contre pare-chocs, le journaliste — c'était lui qui était au volant — arrêta sa voiture devant le véhicule de police garé contre la barrière centrale. Les deux hommes sortirent côté conducteur et restèrent un moment à contempler les débris de la Chrysler, derrière la barrière. Un hélico de la télé tournait au-dessus d'eux, juste assez haut pour que l'air qu'il déplaçait donnât naissance à une légère brise et chassât les gaz d'échappement des véhicules roulant au pas.

Le journaliste s'approcha du policier en civil responsable des opérations, l'agent Eddie Milk, qui surveillait les lieux. Milk avait un visage poupin et fatigué, nota le journaliste, qui ne se sentait pas spécialement en forme lui-même après une longue journée de travail :

— Salut, Eddie. Un foutu bordel, hein ?

Milk le connaissait ; il ne détestait pas les journalistes du style de ce jeune-là du *Post,* mais pour l'instant, il avait d'autres soucis. Il concentrait toute son attention sur les infirmiers en train d'installer les restes de Walter P. Harrington sur un brancard. Ils n'avaient plus besoin de se presser, d'ailleurs.

Le journaliste aperçut le cadavre un instant. La tête était séparée du torse : il n'en restait plus qu'un morceau de chair sanguinolente en haut du cou. Le visage avait complètement disparu. Le photographe, qui avait préparé son matériel, commença à mitrailler. Il fit même un gros plan, alors qu'il savait bien que ses éditeurs ne publieraient pas une photo pareille.

Finalement, Milk consentit à vider son sac :

— Au moins un coup de feu, peut-être plus, côté droit du véhicule. La tête du conducteur en a pris un, en plein dedans. A été tué sur le coup. J'peux pas encore vous dire qui c'est. Vous aurez son identité en ville.

— Des témoins ?

— Vous rigolez ?

— De la dope ou des armes, dans la bagnole ?

— Rien trouvé pour le moment.

Jack Yocke, le journaliste, avait vingt-huit ans, il mesurait un mètre quatre-vingt-six et son estomac ne débordait pas encore de sa ceinture. Il regarda sans un mot l'équipe médicale transporter le mort jusqu'à l'ambulance, puis démarrer gyrophares allumés et sirène hurlante.

Le photographe du *Post,* un jeune homme en jeans et en tee-shirt, les cheveux attachés en queue de cheval, était grimpé sur la barrière et dirigeait l'objectif de son appareil sur le siège avant de la Chrysler. Yocke, de là où il se trouvait, pouvait voir que l'intérieur gauche du véhicule était couvert de sang et de lambeaux de chair. Habituellement, des spectacles de ce genre lui répugnaient, mais pas aujourd'hui. Pour lui, c'était à coup sûr une promesse d'article en première page, à un endroit où ces trucs politiques emmerdants sur le pays, la Maison Blanche ou le reste du monde avaient en général une priorité absolue.

Dans les voitures qui roulaient au pas, des visages observaient d'un air interdit l'automobile accidentée, le policier, le photographe. Mais la vitesse du trafic augmentait peu à peu : le cadavre n'était plus là.

Yocke étudia avec beaucoup d'attention ce qui l'entourait — la circulation, les immenses dispositifs antibruit à droite de la route et, au-delà, la cime des arbres. Vers l'ouest, il apercevait tout juste la flèche de la cathédrale mormone.

— Assassinat politique ?
— Comment je le saurais ? grommela le flic.
— Fusil ou revolver ?
— Fusil. Z'avez vu c'que ça a laissé de la tête du conducteur.
— Couleur de la voiture qui a tapé dans celle de la victime ?
— Savez que j' peux pas vous le dire. Renseignez-vous en ville.
— Quels renseignements avons-nous sur la victime ?
— Qu'elle est morte.
— Donnez-moi une chance, Eddie. Ça se saura de toute façon, et moi j'ai bientôt un bouclage.

Le flic considéra Yocke d'un air renfrogné.

— D'accord, grogna-t-il finalement. Le permis de conduire de la victime indique que c'est un Blanc caucasien de sexe masculin, cinquante-neuf ans, habitant dans le Maryland.
— Son nom et son adresse, pour l'amour du ciel ! Je l'imprimerai pas jusqu'à ce que vos gars l'autorisent. J'irai pas emmerder la famille.
— J' vous connais pas.

Et c'était vrai.

Et Yocke, lui non plus, ne connaissait pas ce policier, mais il l'avait déjà croisé deux fois, il n'avait pas oublié son nom, et il avait fait l'effort d'associer son visage et son nom.

— Jack Yocke, fit-il en lui tendant la main.

Mais l'autre l'ignora et eut une moue.

— Y a beaucoup de vos copains qui sont des menteurs et des idiots. Vous me baiseriez en un rien de temps. Non.

Jack Yocke haussa les épaules et dépassa la voiture de Harrington, observant les techniciens de la police au travail dans l'habitacle sanglant. Le photographe avait fini ses clichés et il avait passé un message radio à son service, au *Post*. A présent, il attendait, à côté de la voiture du journal.

Yocke fit quelques pas vers l'est, dans la direction par laquelle la victime était arrivée. Il voyait l'endroit où la voiture avait touché la barrière de béton, où elle avait laissé de longues éraflures de peinture et de chrome. Des bouts de phares, et des morceaux de verre coloré des clignotants jonchaient la chaussée, parmi la terre, les gravillons, et quelques boîtes de boissons gazeuses écrasées. Yocke examinait le sol, et ses yeux furetaient partout.

Il fit encore à peu près un kilomètre, la tête baissée, dans les odeurs de gaz d'échappement des voitures et des camions qui le dépassaient, roulant au pas.

Les automobilistes lui jetaient des coups d'œil étonnés. Plusieurs d'entre eux, subrepticement, bloquèrent les serrures de leurs portières. Un type, dans la cabine d'un poids-lourd, essaya de le questionner, mais Yocke poursuivit son chemin sans répondre.

Vers l'est, Yocke voyait seulement le site de l'accident ; il se tourna vers la droite — au sud. Rien en vue, à part les cimes des arbres. Où était l'assassin lorsqu'il avait tiré ? Yocke revint vers l'endroit où l'autoroute s'incurvait, et il étudia avec soin les branches des arbres, nues et grisâtres.

C'était dingue. Le tueur n'était tout de même pas planqué dans un arbre ! Il n'y avait que les tireurs d'élite de l'armée pour inventer une chose pareille.

Yocke se glissa entre les véhicules qui faisaient du sur-place côté sud de l'autoroute, et avança tout en étudiant le terrain en pente raide jusqu'au mur antibruit. L'assassin aurait pu se tenir là, au bord du périphérique, bien sûr, et faire feu au moment où il y aurait eu un trou dans la circulation. Ou alors — Yocke s'immobilisa et regarda les voitures — ou alors il aurait tout aussi bien pu être dans un autre véhicule...

Quelque part par là, donc, dans cette courbe, la Chrysler s'était écrasée contre la barrière centrale.

Yocke jeta un dernier coup d'œil autour de lui, puis retourna sans se presser vers les fonctionnaires rassemblés autour de l'épave.

Milk le regarda s'approcher. Yocke le remercia — mais le policier ne répondit pas —, puis franchit la barrière d'un bond pour rejoindre le photographe.

Cette fois, ce fut celui-ci qui s'installa au volant. Il démarra au moment où Yocke refermait sa portière.

Yocke sortit un petit carnet d'adresses d'une poche revolver, chercha un numéro et le composa sur le téléphone du véhicule.

— Service des immatriculations.
— Bob Lassiter, s'il vous plaît, demanda Yocke.
— Un instant.

Le journaliste eut son correspondant presque immédiatement.

— Salut, Bob. Jack Yocke. Comment qu'ça va ?
— Donne-moi juste le numéro, Jack.
— D'accord, j'apprécie vraiment ton aide. Maryland, GY3-7097.

Un silence. Yocke savait que Lassiter était en train de pianoter sur le clavier de son ordinateur. Une quinzaine de secondes plus tard, Lassiter répondit :

— C'est bon. Une Chrysler 1987 appartenant à un certain Walter P. Harrington, 686 Bo Peep Drive, Laurel.

— Bo Peep[1] ?

— Ouais. Avec un nom pareil, c'est sans doute un coin minable plein de grosses femmes mordues de *soap operas*.

— Tu m'épelles Harrington ?

Lassiter s'exécuta.

— Merci, Bob.

— C'est la troisième fois ce mois-ci, Jack. N'oublie pas que tu m'as promis des billets pour les Giants[2].

— Je sais, Bob. Je m'en occupe.

— Ouais. Et essaie d'avoir de meilleures places que le dernier coup. On était installés si bas qu'on ne voyait que les fesses des Redskins[3] assis devant les gradins.

— Promis.

Yocke coupa la communication. Lassiter n'aurait pas de tickets pour le match Redskins-Giants : Yocke les avait déjà promis à l'une de ses sources, au bureau du maire.

Il composa un autre numéro. Il le savait par cœur. C'était le service de la documentation du *Washington Post* où les anciens numéros du journal étaient sur microfilms et les index sur ordinateur.

— Susan Holley.

— Susan, c'est Jack Yocke. Un super-accident sur le périph. Un type tué d'une balle dans la tête. Tu peux voir si on a quelque chose sur un Walter P. Harrington, habitant 686 Bo Peep Drive, Laurel, Maryland ?

— Bo Peep ?

— Ouais. Harrington avec deux r. Est-ce que tu te souviens aussi de cette série de fusillades sur les autoroutes de Californie, y a deux ans ? Tu regardes si on a eu un truc du même genre autour de Washington ?

— Des gens qui canardaient les autoroutes, c'est ça ?

— Euh, oui. Et tout ce que tu peux trouver sur des automobilistes se tirant dessus.

— Je te rappelle.

— Merci.

---

1. *Peep-bo* : Coucou ! (*N.d.T.*)
2. Équipe de football de New York. (*N.d.T.*)
3. Équipe de football de Washington. (*N.d.T.*)

Yocke raccrocha. Quelque chose lui disait que Harrington n'avait pas été victime d'un tireur isolé, car le coin n'offrait aucun bon emplacement pour cela. S'installer assez loin et canarder un conducteur au hasard, c'était ça qui excitait les fanas de la gâchette, se dit Yocke.

Quant aux fusillades sur les autoroutes, est-ce que ces gens-là n'utilisaient pas des pistolets, en général ? Il essaya d'imaginer quelqu'un se servant d'un fusil très puissant sur un autre automobiliste tout en conduisant sa voiture. Ça non plus, ça ne tenait pas debout.

Alors, qu'est-ce qui restait ? Un tueur dans une bagnole, avec quelqu'un d'autre au volant. Un assassinat politique ? Qui était le mort, bon sang ?

Son histoire pour le papier du lendemain serait dramatique, d'accord, mais elle reposerait sur pas grand-chose de solide. Se faire exploser la tête sur le périphérique, voilà une grande nouvelle. Mais c'était la suite qui allait être difficile. Qui et pourquoi ? Il allait devoir essayer de trouver une Mme Harrington, si elle existait, et le boulot que faisait le mort, et puis une raison pour laquelle quelqu'un avait flingué ce type.

— Une histoire de drogue, tu crois ? demanda le photographe.

— J'en sais rien, répondit Jack Yocke. Jamais entendu parler d'un meurtre pareil. C'est certainement un fusil, mais y avait aucun endroit valable pour tirer, dans ce coin-là. Et si le tueur était assez près, pourquoi il s'est pas servi d'un pistolet ou d'une mitraillette ?

— Le genre de truc des trafiquants qui fait pas de cadeau, Uzi ou Mac-10, commenta le photographe.

— Mais dans ce cas, la bagnole aurait ressemblé à du gruyère suisse. C'est bizarre... ajouta Yocke en soupirant. J'ai vu un certain nombre de cadavres, depuis trois ans. Les meurtriers et leurs mobiles n'ont jamais été difficiles à trouver. Et puis maintenant, ça.

Le photographe prit la direction du sud, sur Connecticut Avenue. Yocke regardait distraitement les devantures des magasins.

— Là, demanda-t-il soudain, avec un geste de la main. Tourne là.

Le photographe, qui se nommait Harold Dorgan, obéit.

— Là, devant cette librairie, fit Yocke. J'en ai pour une seconde.

— Tu vas pas recommencer, grogna Dorgan.

— Hé, je te jure que je me grouille.

Yocke sauta de la voiture dès qu'elle s'arrêta et se précipita vers la porte de la boutique.

C'était une petite librairie de quartier, peut-être trois cent cinquante mètres carrés — et pour l'instant pas un seul client. La fille, à la caisse, n'avait pas loin de la trentaine ; elle était assez grande et plutôt mignonne. Derrière ses énormes lunettes posées très en avant sur son nez, elle regarda Yocke approcher.

Le journaliste la gratifia de son plus beau sourire et dit :
— 'jour. C'est vous la patronne ?
— Patronne, propriétaire et responsable du stock. Puis-je vous aider ?

Elle avait une voix chaude et claire.
— Jack Yocke. *Washington Post*. (Il lui tendit la main, et elle la serra.) J'aurais voulu savoir si vous aviez mon livre, *Politics of Poverty* ? Si c'est le cas, je serais ravi de le dédicacer.
— Oh, oui. J'ai déjà vu votre signature dans le journal, monsieur Yocke.

Elle sortit de derrière la caisse. Elle avait des chaussures plates ; elle était donc plus grande que Jack n'avait d'abord pensé, à peine quelques centimètres de moins que lui.
— Là-bas, dit-elle. Je crois que j'ai trois exemplaires. Deux, en fait, ajouta-t-elle aussitôt, en lui montrant. J'ai dû en vendre un.
— Alléluia ! s'exclama Jack avec un grand sourire.

Il sortit son stylo et écrivit sur la page de garde des deux livres : « Mes amitiés, Jack Yocke. » Puis il dit :
— Merci, mademoiselle... ?
— Tish Samuels.

Il lui tendit les livres et la regarda les remettre sur l'étagère. Pas d'alliance.
— Depuis quand vivez-vous à Washington, monsieur Yocke ?
— Un peu moins de trois ans. Je suis arrivé ici après avoir bossé pour un journal de Louisville, Kentucky.
— Intéressant, fit-elle.

En fait, poursuivit-il, il adorait cette ville. Sa théorie habituelle, qu'il ne voulait pas développer maintenant, c'était que la ville lui faisait penser à un centre de recherches médicales rassemblant un spécimen ou davantage — et en général, c'était davantage — de chacune des maladies affectant le corps politique de la nation : avarice, ambition, égoïsme, intérêt personnel, incompétence, stupidité, duplicité, mensonge, luxure, pauvreté, richesse. Vous choisissiez ce que vous vouliez, Washington l'avait, et à la pelle, même... Tous ces défauts étaient là, dans leur forme la plus pure, étalés au grand jour pour quiconque avait la moindre envie de réfléchir à la condition humaine. Washington était l'Eldorado des sournois et des audacieux, de toutes les espèces possibles d'arnaqueurs, certains au pouvoir et d'autres non, et qui tous s'attaquaient à leurs semblables...

— Dites, Tish, fit Yocke, je suis invité à une fête demain soir. Si vous veniez avec moi ? Je pourrais passer vous prendre après le boulot ou...

Elle retourna derrière sa caisse et le gratifia d'un petit sourire amusé.

— Merci bien, monsieur Yocke. Mais je ne crois pas.

Jack s'appuya contre une vitrine et la regarda droit dans les yeux.

— J'ai suivi des cours à l'université de Georgetown et la prof organise un petit truc pour la fin du semestre. Les étudiants se connaissent à peine et, d'une certaine façon, c'est un moyen de briser la glace pour tout le monde. Un machin discret. J'aurais grand plaisir à y aller avec vous. S'il vous plaît.

— Des cours de quoi ?

— Espagnol.

Le sourire de Tish Samuels s'élargit.

— Je ferme à 17 heures, le samedi.

— Alors, je vous retrouve à ce moment-là. On ira manger un morceau quelque part, puis on filera à la fête.

Yocke apprenait vraiment l'espagnol. Il espérait échapper aux rondes de flics et être envoyé en Amérique latine par le service étranger de son journal. Ce serait, espérait-il, un moyen d'échapper aux années interminables et ennuyeuses passées à couvrir l'info avec les équipes chargées de la Metro [1], avec trop de journalistes pour trop peu d'événements, dont la plupart ne méritaient pas la une.

Quand il remonta dans la voiture, Dorgan lui demanda :

— Combien t'as signé de livres ? Deux douzaines ?

— Nan. Elle en avait que deux.

— Si ça te prend si longtemps pour en signer que deux, vaut mieux que t'écrives jamais un best-seller.

A 20 heures, Jack Yocke avait appris un certain nombre de choses. Le *Post* n'avait jamais parlé de feu Walter P. Harrington et la police avait demandé à la femme de la victime de l'identifier. Celle-ci avait reconnu son portefeuille et son alliance, si bien que le nom du mort et son adresse furent officiellement transmis à la presse.

Regrettant le réflexe qui l'avait poussé à mettre à contribution sa source du DMV [2] du Maryland et, du coup, à entendre son homme réclamer de nouveau deux tickets pour le match des Redskins, Yocke

---

1. La *Metropolitan Area* comprend la ville, la totalité du district de Columbia (qui ne fait que 174 m^2) et un morceau du Maryland et de la Virginie. Au total, environ trois millions d'habitants. (*N.d.T.*)
2. *Department of Motor Vehicles*. (*N.d.T.*)

écrivit autant de lignes qu'il put, c'est-à-dire pas grand-chose, et il allongea la sauce en colorant son récit de tous les détails dont il se souvenait. Après avoir appuyé sur les touches qu'il fallait pour faire parvenir par la voie électronique son papier au chef du service des affaires locales, il calcula un moment à combien se montait sa dette. Quatre tickets pour chaque match joué à domicile devraient à peu près couvrir la dépense, décida-t-il. Il avait un moyen de se les procurer — une veuve dont le mari avait souscrit un abonnement pour la saison, des années auparavant, quand les Redskins n'étaient pas encore si populaires. Elle le renouvelait tous les ans en souvenir de son époux, mais n'allait pratiquement jamais aux matches.

Il était en train de prendre ses ordres auprès de son chef, lorsque l'un de ses collègues, un type des affaires nationales, arriva en coup de vent en brandissant un tirage du télex d'une agence de presse reçu sur son terminal.

— Écoutez un peu ça, les gars. Les Colombiens viennent de mettre la main sur Chano Aldana, le cerveau du cartel de Medellín ! Ils l'extradent cette nuit.

Yocke émit un petit sifflement.

— Où est-ce qu'ils vont le détenir ? demanda son chef de service.

— Un endroit « non divulgué ». L'Air Force a un avion qui devrait bientôt se poser à Bogota. Ensuite, Aldana sera ramené à Miami et confié à des gendarmes. Et après ça, motus et bouche cousue.

— J'imagine que la nouvelle est publique, maintenant, dit Yocke, sans s'adresser à personne en particulier, tandis que le journaliste du national disparaissait aussi vite qu'il était arrivé. Ou que ça ne va pas tarder... ajouta-t-il.

Il regarda autour de lui, à la recherche d'Ottmar Mergenthaler, le chroniqueur politique avec lequel il venait d'avoir une vive discussion sur la question de la drogue. Mais Mergenthaler n'était pas dans les parages.

C'est tout aussi bien, pensa Yocke. Ott était persuadé — et il l'avait écrit *ad nauseam* dans ses papiers — que les méthodes habituelles d'application de la loi, correctement renforcées et vigoureusement mises en pratique, seraient suffisantes pour venir à bout du problème de la drogue. Yocke avait répliqué que la police et les tribunaux n'avaient pas la moindre chance contre les syndicats de la drogue, qu'il comparait à une énorme sangsue suçant le sang de sa victime mourante.

La joute verbale entre le talentueux nouveau, Yocke, et le pro et ses trente ans d'expérience journalistique, n'avait pas mis en danger leur amitié. Ils s'aimaient bien, tous les deux.

Tandis que Yocke rassemblait ses arguments pour les lancer à la figure de l'absent quand il le verrait, il laissa ses yeux errer sur la vaste salle de rédaction du *Post*. Elle était pleine de gens cultivés, informés, des gens aux opinions arrêtées, sûrs en leur for intérieur que Washington était le centre de l'univers, et le *Washington Post* l'axe sur lequel celui-ci tournait.

Ce quotidien, ainsi que le *New York Times,* était l'aboutissement de carrière auquel visait tout journaliste, du moins s'il avait un peu d'ambition, pensait Yocke. Il le savait. Et lui, de l'ambition, il en avait pour vingt.

On envoya Jack Yocke et le photographe à Laurel pour interviewer les voisins des Harrington — et, si possible, la veuve elle-même. Au même moment Vinnie Pioche et Tony Anselmo se levaient de table et sortaient dans la nuit de Washington.

Ils se dirigèrent sans se presser vers l'endroit où ils avaient garé leur voiture. Une travailleuse nocturne, qui attendait le client au coin de la rue, les regarda s'approcher, fit un pas dans leur direction, puis se ravisa soudain lorsqu'elle vit le visage de Vinnie. Tony connaissait bien Vinnie et il connaissait aussi cette expression-là. Glaciale.

Ils récupérèrent leur voiture et allèrent jusqu'à un garage à Arlington ; ils donnèrent un unique coup de klaxon en arrivant devant la porte, qui s'ouvrit presque immédiatement.

Le gros type, à l'intérieur du garage, fumait un cigare qui puait. Il leur lança les clés d'une Ford vieille de dix ans, dont Tony s'empressa d'ouvrir le coffre. A l'intérieur, il y avait un fusil à pompe à canon scié, calibre douze, une boîte de vingt-cinq cartouches de chevrotines, des gants chirurgicaux en latex, et deux pistolets neuf-millimètres. Les deux hommes enfilèrent les gants avant de toucher la voiture et les armes.

Vinnie considéra un instant les pistolets, puis ne s'en occupa plus. Tony en ramassa un et s'assura que le chargeur était plein et qu'une balle était engagée dans la chambre, tandis que son compagnon chargeait le fusil avec grand soin et faisait disparaître cinq cartouches supplémentaires dans la poche droite de sa veste.

Tony se glissa derrière le volant et mit le contact. Le moteur démarra du premier coup et la jauge de l'essence indiqua que le plein avait été fait. Il le laissa tourner au ralenti tandis que Vinnie prenait place sur le siège du passager et posait le fusil sur ses genoux, le canon dirigé vers la portière.

Anselmo adressa un signe de tête au fumeur de cigare, et celui-ci appuya sur le bouton d'ouverture de la porte.

— Chouette bagnole, fit Tony à Vinnie — qui ne répondit pas.

Question conversation, Vinnie avait épuisé tout son répertoire, pendant le dîner, en grognant et en hochant la tête en réponse aux commentaires occasionnels de Tony sur la nourriture ou le temps.

Vinnie est un vrai phacochère, se répéta Tony, alors qu'ils entraient à Washington par le Francis Scott Key Bridge. Et pourtant, il aurait été difficile de trouver un tueur plus professionnel. Cela faisait des années qu'on venait le chercher lorsqu'on avait un contrat et qu'on voulait le voir exécuter comme il convenait, sans vagues. Vinnie était *fiable*. Ou, du moins, il l'avait été. Car ces derniers temps, il devenait... pas dingue, non... mais un peu incontrôlable ; on avait l'impression qu'il était arrivé à la frontière d'un monde où les gens sains d'esprit pénétraient rarement. Et c'était précisément pour cette raison que Tony était là. « *Veille au grain, Tony.* »

Ils trouvèrent à se garer à trois cents mètres de la maison qu'ils cherchaient, à l'est de Vermont, à un ou deux kilomètres au nord-est du centre-ville. Tony coupa le moteur et les lumières. Ils restèrent alors assis en silence, à observer la rue et les rares voitures qui faisaient un peu de bruit en passant sur les nids-de-poule.

L'éclairage urbain baignait d'une lumière crue et blanchâtre les véhicules en stationnement et les deux rangées de maisons avec leurs petits perrons et leurs pots de fleurs sur les rebords des fenêtres du premier étage. Ce genre de quartier était davantage familier aux deux hommes. Ici, ils se sentaient plus à leur aise que dans les banlieues tentaculaires avec leurs immenses pelouses, leurs places ombragées et leurs petites allées sinueuses qui donnaient l'impression de n'aller jamais vraiment nulle part.

Tony jeta un coup d'œil à sa montre. Une vingtaine de minutes à attendre. Vinnie bichonnait son fusil. Tony arrangea le rétroviseur, puis ses testicules, et se tassa un peu plus dans son siège.

Exactement vingt-six minutes plus tard, un taxi jaune passa lentement. Tony l'observa dans le rétroviseur extérieur ; il vit les lumières arrière des freins s'allumer et le taxi s'arrêter.

— C'est eux, dit-il en remettant le moteur. Rappelle-toi. Pas la femme.

— Ouais. J' m'en souviendrai.

Vinnie descendit de la voiture et referma doucement la porte. Il tint la carabine le long de sa jambe droite, presque derrière lui, et attendit.

Un couple sortit du taxi, qui redémarra. Vinnie s'engagea sur la chaussée.

Personne d'autre dans les environs. Le vent se levait et la température diminuait. Tony se retourna sur son siège et vit Vinnie traverser la rue et rejoindre à grands pas le couple qui se trouvait à présent sur le perron de l'une des maisons. La femme cherchait quelque chose dans son sac.

Vinnie s'immobilisa à environ cinq mètres d'eux. Il leva son arme, et au moment où l'homme se tournait vers lui, il fit feu.

L'homme tomba en arrière. Vinnie tira une seconde fois, tandis qu'il s'écroulait. Il s'effondra sur le trottoir, à côté du perron. Vinnie s'approcha, contourna le perron, et tira encore trois fois sur l'homme à terre.

Les détonations firent un bruit déchirant. La femme s'était immobilisée près de la porte, à l'écart. Elle observait la scène.

Un silence, puis une autre explosion, sur une note plus basse.

Et maintenant Vinnie revenait, tout en replaçant le .45 dans son holster et en tenant de l'autre main le fusil à la verticale, contre sa jambe gauche.

Anselmo dégagea la voiture du bord du trottoir et attendit.

Vinnie Pioche marchait tranquillement. Des lumières s'allumaient, des fenêtres s'ouvraient, quelques têtes se montraient. Il n'y prêta pas attention. Il ouvrit la portière de la voiture et s'assit. Tony Anselmo démarra, mais sans la moindre précipitation.

Juste avant de tourner au coin de la rue, il jeta un dernier coup d'œil dans son rétroviseur extérieur. La femme ouvrait la porte de la maison, tout en contemplant le mort, au pied du perron.

Bon, on l'avait payée assez cher, et elle savait ce qui allait arriver.

Chapitre deux

Sur le vol Dallas-Fort Worth, Henry Charon choisit un siège côté hublot et passa la majeure partie du voyage à contempler le paysage, au-dessous de lui, et les ombres qu'y dessinaient les cumulus. Sur un siège côté travée, un jeune avocat, avec brushing et boutons de manchettes en or, étudiait des documents juridiques. Il avait jeté un rapide coup d'œil à Charon lorsque celui-ci s'était assis, puis il n'avait plus pensé à lui.

La plupart des gens accordaient peu d'attention à Henry Charon. Et cela lui convenait très bien. Toute sa vie, on avait regardé à côté de lui, au-dessus de lui et à travers lui. De taille moyenne, avec une musculature fine et un peu molle, mais sans ces couches de graisse qui enveloppaient la plupart des hommes de quarante ans, Henry Charon n'avait aucun trait physique qui aurait pu retenir l'attention. Plus jeune, il avait été de ces adolescents tranquilles que les professeurs oubliaient et que les filles ne remarquaient jamais ; il s'asseyait pendant la récréation et regardait les autres jouer. Un des rares professeurs à s'être intéressé à lui au cours de ces années-là l'avait catalogué comme « légèrement retardé », un hommage involontaire à la carapace protectrice que, dès cette époque, Henry Charon avait bâtie autour de lui.

Car Henry Charon n'était pas retardé. Loin de là, au contraire. Il avait une intelligence au-dessus de la moyenne et un formidable don d'observation. Il avait remarqué, longtemps auparavant, que ses frères humains éprouvaient une curieuse fascination pour la banalité. Et que beaucoup étaient tout simplement emmerdants comme la pluie.

Bien que l'avocat eût ignoré son voisin, Charon, lui, l'avait détaillé avec soin. Si on le lui avait demandé, il aurait pu décrire très précisément sa tenue, jusqu'au dessin de ses boutons de manchettes et au bout de plastique qui manquait à l'extrémité de l'un de ses lacets.

Il avait aussi classé quelque part dans son esprit le visage de l'avocat et il le reconnaîtrait s'il le rencontrait de nouveau, n'importe où. Cette mémoire des visages était un don qu'il travaillait assidûment pour parvenir à la perfection. Car Henry Charon était un chasseur d'hommes, et les visages étaient son fonds de commerce.

Il n'avait pas toujours fait ce métier, bien entendu, et tandis qu'il photographiait mentalement les traits des gens autour de lui, et les apprenait par cœur, une autre partie de son cerveau réfléchissait à sa bien curieuse destinée.

Il avait grandi dans un ranch très pauvre, sur les premières pentes des Sangre de Cristo Mountains, au Nouveau-Mexique. Il avait trois ans quand sa mère était morte et vingt-quatre quand il avait perdu son père. Fils unique, il avait hérité de la propriété familiale. Il lui arrivait de passer des semaines entières sans voir un autre être humain. Il travaillait le moins possible au ranch, ne surveillait le bétail que quand il y était obligé, et passait tout le reste de son temps à chasser — que ce fût la saison ou non.

Depuis l'âge de douze ans, Henry Charon chassait à longueur d'année. Les gardes-chasse ne l'avaient jamais attrapé et pourtant ce n'était pas faute d'avoir essayé, car ils le soupçonnaient de braconner.

L'effondrement des prix du bétail à la fin des années 70 et une bielle tordue dans le moteur de sa vieille camionnette changèrent sa vie. Un banquier de Santa Fe lui fit voir la réalité en face. A moins de se trouver une source de revenus supplémentaires, Henry Charon allait finir par perdre son ranch. Ainsi, cet automne-là, devint-il guide de chasse. Il passa des annonces dans les journaux de Los Angeles et de Dallas et il eut tellement de réponses qu'il fut obligé de refuser du monde.

Malgré les manières taciturnes et la personnalité secrète de Charon, sa nouvelle entreprise fut immédiatement couronnée de succès. Ses chasseurs repartaient toujours avec un et parfois même plusieurs trophées. Car si un de ces capitaines d'industrie avec son fusil tout neuf, brillant et cher, avait besoin d'un petit coup de main pour abattre son cerf ou son élan, le bruit du .30-30 de Charon passait généralement inaperçu au milieu des explosions des magnums. Des récits de belles chasses ne tardèrent pas à circuler dans les conseils d'administration et dans les country-clubs du Texas et du sud de la Californie. Charon augmenta ses tarifs qui devinrent exorbitants — et n'en continua pas moins à être retenu des années à l'avance.

L'événement qui modifia de nouveau le cours de son existence se produisit en 1984, la veille au soir de la fermeture de la saison de la chasse à l'élan ; il buvait un café près du feu de camp avec son client qui, cette année-là, était venu seul et avait payé sans discuter le prix d'une partie de chasse pour quatre. C'était sa troisième saison avec Charon.

Le client cherchait quelqu'un pour tuer un homme. Il n'annonça pas la chose aussi abruptement, bien sûr, mais c'était bien le sens de sa conversation. Il ne demanda pas non plus à Charon de se charger de cette corvée, et pourtant, d'une certaine façon, il fut bientôt évident que la disparition d'un certain membre du conseil d'administration de la caisse d'épargne du client serait payée cinquante mille dollars en liquide, et rubis sur l'ongle.

L'homme abattit son élan le lendemain matin, puis Charon le raccompagna à son avion de 18 heures, à Santa Fe.

Intrigué, Henry Charon pensa à cette proposition pendant une semaine. Bon, quand on y réfléchissait objectivement, il était chasseur, et la chasse était le seul domaine où il avait du talent. Finalement, il mit quelques affaires dans un sac de toile et partit pour le Texas.

L'opération fut ridiculement facile. Trois jours de surveillance établirent que le gibier empruntait toujours le même itinéraire pour se rendre à son travail dans sa BMW noire. Charon, alors, rentra au ranch. Dans son armurerie, il choisit un fusil de réserve que l'un de ses clients de l'année précédente avait laissé chez son guide.

Trois jours plus tard, à Arlington, le gibier mourut en début de matinée d'une balle en pleine tête alors qu'il partait à son bureau en voiture. L'enquête de police établit que le coup avait été tiré depuis un dépôt de matériaux de récupération situé à environ cent cinquante mètres de là, alors que le véhicule de la victime était arrêté à un feu rouge. Aucun témoin. Une recherche menée avec beaucoup de soins dans le dépôt ne donna rien. Le FBI, auquel on demanda son aide, fournit une liste de plusieurs douzaines de suspects — d'anciens tireurs d'élite de l'armée. Tous furent discrètement interrogés et leurs alibis vérifés. En vain. Le crime ne fut pas résolu.

Deux semaines plus tard, l'argent arriva au ranch de Sangre de Cristo dans une boîte en carton, postée en courrier urgent et sans mention de l'expéditeur.

Le gars de la caisse d'épargne était revenu au ranch à deux reprises. C'était un individu corpulent, presque la soixantaine, et il portait des bottes de cow-boy en crocodile faites sur mesure. Les deux fois, il s'assit dans le vieux rocking-chair, sous le porche, contempla les montagnes qui se découpaient sur le ciel bleu et parla de la période difficile que traversait le Texas depuis l'effondrement de l'industrie pétrolière. Et à chacune de ces visites, il mentionna le nom d'un homme qui était dans le milieu des caisses d'épargne de la zone Dallas-Fort Worth. Le premier se noya quelque temps plus tard au cours d'une partie de pêche au Honduras et l'autre, un soir qu'il était seul chez lui, se suicida, sembla-t-il, avec un Luger — un souvenir que son père avait ramené d'Europe, après la Seconde Guerre mondiale.

Ensuite, cet étrange client amena un autre homme avec lui ; il le présenta à Charon, puis remonta dans sa Mercedes et repartit sur la route non goudronnée, dans des tourbillons de poussière. Le nouveau venu s'appelait Tassone. Il était de Las Vegas, avait dit le client.

Tassone était aussi mince que son chauffeur était gros. Son visage resta de marbre tandis qu'il jetait un œil à la maison et à ses alentours. Ensuite, il s'installa confortablement sous le porche.

— Quel calme, par ici ! observa-t-il.

Charon acquiesça d'un signe de tête pour se montrer sociable. Il inspectait lentement et très soigneusement le flanc des collines environnantes.

— J'ai entendu dire que vous aviez du talent, reprit l'homme.

Charon regarda de nouveau le ravin où la piste du ranch rejoignait la route goudronnée. Il haussa les épaules. Tassone avait posé ses pieds sur la rambarde.

— Un homme avec du talent peut gagner correctement sa vie, poursuivit Tassone. (Comme Charon ne répondait pas, il reprit :) S'il reste vivant.

Charon s'assit à son tour sur la rambarde, une jambe repliée et ses mains posées dessus. Il regarda Tassone.

— S'il est assez malin... ajouta l'homme dans le fauteuil.

Charon contempla son visiteur pendant un moment, comme pour le jauger, puis il répondit :

— Et si vous ôtiez le pistolet de votre holster, sous votre veste, et que vous le posiez par terre ?

— Et si je refusais ?

Charon bondit, rapide comme l'éclair ; tout en sortant le couteau de chasse dissimulé dans sa botte, il se propulsa vers son visiteur — en un seul mouvement parfaitement enchaîné. Tassone n'avait pas encore fait un seul mouvement que le couteau était posé contre sa gorge, et le visage de Charon à quelques centimètres du sien.

— Si vous refusez, je vous enterrerai quelque part dans le coin.

— Et Sweet ? (Sweet était le Texan de la caisse d'épargne.) Il sait que je suis là.

— Sweet finira dans la même fosse. Je le trouverai facilement. Il a fait un kilomètre et demi sur le chemin, puis il s'est arrêté. Maintenant, il est assis là-bas, et il vous attend.

— N'avez qu'à passer votre main sous ma veste et sortir mon flingue vous-même.

Ce fut ce que fit Charon. Ensuite, il retourna s'asseoir sur la rambarde, pour examiner l'arme. C'était un petit pistolet automatique, un Walther, calibre 380. Il ôta les balles du barillet, fit sortir celle qui était engagée dans la chambre, puis renvoya le revolver à son propriétaire.

Celui-ci le remit dans son étui, tout en observant Charon.

— Comment savez-vous que Sweet n'est pas parti?

— Le chemin passe dans ce ravin, par là. (Charon indiqua la direction d'un signe de tête.) J'ai surveillé la poussière. Rien. Y a un endroit assez large sous un peuplier, un coin où le ruisseau a encore de l'eau à cette époque de l'année. Sweet s'est installé à l'ombre et il vous attend.

— Peut-être qu'il est revenu à pied par-derrière pour vous tirer dessus? Peut-être qu'il estime que vous avez fait votre temps.

— Sweet n'est pas idiot. Je l'ai emmené à la chasse. Il sait très bien qu'il n'a pas une chance sur cent de m'avoir à ce jeu-là et sur mon propre terrain. Maintenant, c'est vrai, vous auriez pu déposer quelqu'un en venant ici, quelqu'un de plus efficace que Sweet. Alors, j'ai vérifié. Ce troupeau, qu'on voit sur cette colline, là-bas, est aux trois quarts sauvage, et pourtant il est calme. Derrière la maison, c'est une possibilité, oui, mais j'ai des faisans, un peu plus haut. Je les aurais vus s'envoler avant votre arrivée.

Tassone regarda avec beaucoup de soin autour de lui, comme s'il voyait vraiment les lieux pour la première fois. Au bout d'un moment, il dit :

— C'est pas pareil, en ville. Y a pas de vaches, de bovins de merde ni de faisans trouillards. Pensez que vous saurez vous y prendre?

— Les principes sont les mêmes.

Le visiteur croisa les jambes et se laissa aller contre son dossier. Il sortit son paquet de cigarettes et en alluma une.

— Bon, j'ai une petite proposition de boulot à vous faire.

Une heure plus tard, il s'éloignait à pied sur le chemin, vers la voiture où Sweet l'attendait.

Charon n'avait plus jamais entendu parler de Sweet, le gars de la caisse d'épargne.

Trois ans s'étaient écoulés, depuis. Trois ans très chargés.

Cet après-midi-là, lorsque l'avion atterrit, Charon suivit la foule des passagers, dans la travée centrale, et récupéra son unique valise souple dans le casier à bagages. Comme d'habitude, l'hôtesse, près de la porte, le gratifia d'un « merci » indifférent, tandis que ses yeux passaient automatiquement à la personne qui le suivait. Anonyme comme toujours, Henry Charon emboîta le pas à l'avocat pressé, dans le hall du National Airport.

Prenant son temps, le regard sans cesse en mouvement, Charon avança, ni trop vite, ni pas assez, se laissant porter par la foule. Il évita les taxis devant le terminal, et se dirigea vers la station de bus, mais il changea d'avis lorsqu'il aperçut la rame, en gare, à environ trois cents mètres.

Il examina une carte du réseau du métro affichée sur un mur, puis en acheta une dans un kiosque. Bientôt, il était installé dans le wagon jaune, près d'une fenêtre.

Il trouva une chambre pour une personne dans le second hôtel qu'il essaya. Il s'y inscrivit sous un faux nom et paya en liquide pour quatre jours. Il n'eut même pas besoin de montrer son permis de conduire ou sa carte de crédit — faux tous les deux, bien entendu.

Il posa son sac dans sa chambre et, la clé en poche, il ressortit aussitôt. Il se promena tranquillement en regardant tout ce qui l'entourait ; il lisait le nom des rues et, parfois, étudiait sa carte. Après une heure de flânerie, il se retrouva dans Lafayette Park, de l'autre côté du boulevard qui longeait la Maison Blanche.

A l'aise malgré la température de 15 °C, il s'assit sur un banc et observa les écureuils. L'un d'eux s'arrêta très près de lui et le fixa.

— Désolé, murmura Charon avec un regret sincère, mais je n'ai rien pour toi aujourd'hui.

Un peu plus tard, il flâna à la limite sud du parc qui avait la dimension d'un pâté de maisons.

Quatre panneaux d'affichage démontables étaient placés sur le vaste trottoir, en face de la Maison Blanche. MANIFESTATION ANTINUCLÉAIRE POUR LA PAIX, proclamaient les panneaux, auprès desquels se tenaient deux hippies d'un certain âge, en sandales, un homme et une femme.

De l'autre côté du boulevard à huit voies, entourée d'un gazon épais et d'une grille noire en fer forgé haute de trois mètres, s'élevait la Maison Blanche, qu'on aurait dite surgie d'un décor d'*Autant en emporte le vent*. Ce bâtiment incongru jurait au milieu des immeubles de bureaux, en pierre et en acier, qui s'étendaient dans toutes les directions.

Le bord du trottoir était longé par une barrière constituée de blocs de béton en forme d'obus, reliés à leur sommet par une lourde chaîne. Henry Charon supposa — et il avait raison — qu'elle était là pour empêcher un attentat terroriste au camion piégé. Des protections semblables entouraient les portes du parc de la Maison Blanche.

Le trottoir était encombré de touristes. Ils pointaient leur appareils à travers les grilles et se photographiaient les uns les autres avec la Maison Blanche en arrière-plan. Beaucoup d'entre eux, une bonne moitié au moins, étaient japonais.

Sur le trottoir, un garde des services de sécurité était assis sur sa moto, une Kawasaki CSR 350, garée l'arrière contre la grille, et il remplissait des paperasses. Charon s'approcha, examina son uniforme : pantalons noirs avec une bande bleue sur chaque jambe, chemise blanche, l'omniprésent émetteur-récepteur radio, matraque, pistolet. L'écusson, sur sa chemise, disait : U.S. PARK POLICE.

Un autre homme, à côté de Charon, demanda au garde :

— Où sont passées les Harley ?

— On les a encore, répondit le garde, sans lever les yeux de son rapport.

Charon se remit en marche, vers l'est, tourna au coin du Treasury Building et poursuivit son chemin vers le sud, le long de la grille. Au rez-de-chaussée de la résidence présidentielle, il apercevait les gardes dans leurs petites guérites, il voyait les arbres et les fleurs, l'allée qui tournait devant l'entrée principale. Une limousine noire était stationnée à l'ombre sous le toit en surplomb, attendant quelqu'un.

Il marcha doucement vers la vaste pelouse de l'Ellipse, à l'ouest. Des touristes pressés le dépassaient, sans lui accorder un regard. Jamais un sourire, jamais même un simple hochement de tête. Le petit homme qui n'existait pas trouva finalement un endroit où s'asseoir et observer les gens.

Au même moment, à l'intérieur de la Maison Blanche, le ministre de la Justice, Gideon Cohen, s'entretenait avec le secrétaire général du président, William C. Dorfman, qu'il détestait.

Dorfman était un magnifique politicien, arrogant, condescendant, sûr de lui. Cet homme extraordinairement intelligent n'avait aucune patience avec ceux qui n'étaient pas aussi doués que lui. Ancien gouverneur d'un État du Middle West, Dorfman avait été un chef d'entreprise et un professeur d'université heureux. Il semblait posséder un sixième sens qui lui disait quel argument aurait le plus de poids sur ses interlocuteurs. Mais ce qui manquait à Dorfman, le ministre de la Justice en était fermement persuadé, c'était le sens du bien et du mal. L'expédient politique à court terme lui paraissait toujours parfait.

Le véritable défaut de Dorfman, songeait Cohen, c'était la façon qu'il avait de considérer les gens comme de simples membres de tel ou tel groupe — qu'il pouvait manipuler pour servir ses desseins. Au ministère de la Justice, quand il parlait de Dorfman, Cohen disait « la Girouette ». Et il avait d'autres épithètes en réserve, moins gracieuses, pour le secrétaire général de la Maison Blanche, mais il ne les utilisait que lorsqu'il était seul avec sa femme, car le ministre de la Justice était un gentleman à l'ancienne mode.

D'autres personnes, à Washington, avaient moins de retenue. Dorfman avait réussi à se faire un nombre impressionnant d'ennemis au cours des deux ans qu'il venait de passer à la Maison Blanche. L'une des réflexions les plus mémorables qui couraient en ce moment dans tous les cocktails du circuit washingtonien émanait d'un sénateur estimant avoir été trahi par le secrétaire général : « Dorfman est un génie par la naissance, un menteur par goût, un politicien par choix. »

A cet instant, tandis qu'il écoutait Will Dorfman, la fameuse remarque du sénateur traversa l'esprit du ministre.

— Et qu'est-ce qui se passe si ce type est acquitté ? demandait Dorfman pour la seconde fois.

— Il ne le sera pas, répondit Gideon Cohen d'un ton cassant.

Il ne pouvait s'empêcher de parler sèchement à Dorfman, il en avait conscience.

— Dans votre jury, y aura une douzaine de croulants à la retraite et de femmes de ménage au chômage, dit Dorfman, des gens tellement nuls qu'ils n'auront jamais entendu parler de Chano Aldana, ni du cartel de Medellín, des gens qui ne lisent pas les journaux et ne regardent pas la télé. Les avocats de la défense n'accepteront que des gugusses qui ne sauront même pas *où* est la Colombie ! Et quand les jurés comprendront finalement dans quel bordel ils sont tombés, ils se paieront une telle trouille qu'ils feront dans leur froc !

— Ce système de jury fonctionne depuis des siècles. Ils feront leur devoir.

Dorfman grogna et déplaça légèrement le calendrier, devant lui. Il jeta un coup d'œil au vase de fleurs fraîches que l'on posait sur son bureau tous les matins — l'un des nombreux petits privilèges de la Maison Blanche — et il prit une poignée de M&M's dans une coupe près de lui. Il n'en proposa pas à son visiteur.

— Vous croyez vraiment à ces conneries ?

Cohen croyait *vraiment* au système du jury, en effet. Il savait que la dignité silencieuse du tribunal, l'allure du juge, le sérieux des débats, les conséquences possibles pour l'accusé, oui, il savait que tout cela avait un effet sur les membres du jury, dont la plupart, c'était vrai, étaient d'une condition sociale des plus modestes. Mais le citoyen honnête, conscient de ses responsabilités, était la colonne vertébrale du système. Les guindés de bazar du genre de Dorfman ne comprendraient jamais une chose pareille. Cohen regarda sa montre — délibérément.

Dorfman eut un sourire méprisant, qu'il dissimula de ses doigts. Gideon Cohen, diplômé de Harvard, était né riche ; il avait passé sa vie à diriger, les mains dans les poches, un gros cabinet d'avocats de New York ; voilà un gars qui avait renoncé à se faire huit ou neuf cent mille dollars par an pour venir endurer une noble souffrance au gouvernement pendant la durée d'un mandat... Il adorait traîner dans les réceptions et raconter en gloussant à ses pairs les sacrifices financiers qu'il avait consentis pour cela. Cohen était un conservateur et un emmerdeur. Pis encore, il était snob. Toute son attitude laissait clairement entendre que Dorfman n'aurait même pas pu être engagé comme cireur de boutons de porte dans le cabinet new-yorkais de Cohen.

Lorsque Cohen regarda sa montre pour la troisième fois, Dorfman se leva pour aller voir avec le secrétaire si le président pouvait les recevoir. En passant devant Cohen, il lâcha un pet.

Resté seul dans le vaste et somptueux bureau du secrétaire général, Gideon Cohen glissa un regard sur les trois toiles de Winslow Homer et s'arrêta sur le bronze de Frederick Remington, un cheval sauvage près de jeter à bas le cavalier qui le montait — un original, là aussi. Encore un de ces privilèges, plus voyant celui-là, juste pour le cas où vous manqueriez d'apprécier la position élevée de l'homme qui collait dans ce fauteuil de cuir rembourré son derrière non moins rembourré... Ces œuvres d'art étaient la propriété du gouvernement, Cohen le savait, et la douzaine des membres de l'équipe de la Maison Blanche avaient le droit de choisir ce qu'ils voulaient avoir sous les yeux durant leur mandat passé aux pieds de leur maître. Hélas, ces œuvres devaient retourner dans leurs musées lorsque les électeurs ou le président renvoyaient les apôtres à leur vie privée.

Ah, mon pauvre pouvoir..., pensa Cohen avec une moue de dégoût, *quelle putain tu fais !*

Il entendit Dorfman, derrière lui, qui l'appelait.

Trois minutes plus tard, dans le Bureau Ovale, Dorfman s'installait dans un fauteuil en cuir tandis que Cohen serrait la main du président. George Bush se préparait à partir pour le Maine dès la fin de la présente réunion — une réunion pour laquelle Cohen avait dû se battre.

— Encore le roi de la drogue? grommela le président, en se laissant tomber dans un fauteuil à côté de Cohen.

— Oui, monsieur. Les cartels de la drogue, en Colombie, ont lancé des menaces de mort, comme d'habitude, et les sénateurs de Floride sont paniqués.

— Je viens juste d'avoir le gouverneur de là-bas au téléphone. Il ne veut pas que ce procès se tienne en Floride. Nulle part en Floride.

— Vous avez vu le papier du *Post* de ce matin?

George Bush grimaça.

— Mergenthaler a encore enfourché son cheval de bataille.

La chronique d'Ottmar Mergenthaler expliquait que puisque le problème de la drogue était désormais une question nationale, le procès de Chano Aldana devait se tenir à Washington. Il indiquait aussi, d'une façon plutôt insidieuse, que l'administration Bush n'était pas vraiment enthousiaste, en privé, en ce qui concernait la guerre de la drogue.

— J'ai l'impression d'entendre là-derrière le vieux discours de Bob Cherry, dit Bush.

Cherry était l'aîné des sénateurs de Floride. Nul doute qu'il avait soufflé ses arguments à l'oreille du chroniqueur du *Post*.

— Je crois que nous devrions transférer Aldana ici, dit Cohen. Nous pourrions assurer la sécurité du procès avec nos gars du FBI, faire condamner ce type et mener toute l'affaire sans que personne y laisse des plumes.

Bush regarda son secrétaire général.

— Will?

— D'un point de vue politique, ce serait bien en effet si nous réglions ça ici, à Washington, devant Dieu et tout un chacun. J'enverrai un message à Peoria pour expliquer que nous ne rigolons pas sur cette histoire, contrairement à ce que peut raconter un Mergenthaler dans ses chroniques. Ça va redonner courage à quelques personnes, en Colombie. *Si* — et c'est un foutu gros « si » — nous réussissons à le faire condamner.

— Qu'en pensez-vous, Gid? demanda le président, en se tournant de nouveau vers son ministre. Si ce type est acquitté, c'est sûr et certain qu'il vaut mieux que ça se passe en Floride.

— On pourra toujours virer le ministre de la Justice s'il rate son coup, souffla Dorfman d'un air narquois, avec un grand sourire à l'intention de Cohen.

— Chano Aldana sera condamné, affirma avec vigueur Gideon Cohen. Un jury fédéral a jugé coupable Rayful Edmonds. (Le jeune Rayful était à la tête d'un syndicat du crime qui distribuait plus de deux kilos de crack[1] par semaine à Washington et aux environs, soit à peu près trente pour cent du trafic.) Et un jury condamnera Aldana de la même façon. Dans le cas contraire, vous pouvez jeter votre ministre.

Les yeux toujours fixés sur Cohen, Dorfman hocha la tête avec solennité.

— Peut-être qu'il le fera, grommela-t-il. Mais une condamnation nous apportera quoi ? Quand Rayful s'est retrouvé en prison, le prix du crack dans le district n'a pas augmenté d'un cent. La drogue a continué à arriver, tout simplement. Et les gens ne sont pas stupides — ils l'ont bien vu !

— Ce problème du trafic de drogue, c'est une autre poupée de goudron[2], dit lentement le président, comme cette satanée question de l'avortement. Une vraie dynamite politique. Plus je m'avance sur ce front-là, et plus les gens attendent des résultats concrets. Bennett et vous vous n'arrêtez pas de me demander de prendre de gros risques pour des gains minimes, et pendant ce temps tout le monde me répète que le problème de la drogue, loin de s'arranger, est de plus en plus grave. J'ai l'impression qu'on essaie d'éteindre un incendie de forêt en pissant dessus. Un échec coûte très cher en politique, Gid.

— Je comprends, monsieur le président. Nous avons discuté de...

— Qu'est-ce qu'il faudrait faire pour régler ce foutu problème, et je dis bien *régler* ?

Gideon Cohen prit une profonde inspiration, puis vida lentement ses poumons.

— Abroger le Quatrième Amendement, ou légaliser la drogue. Voilà les choix qui nous restent.

Dorfman fit un bond dans son fauteuil :

— *Pour l'amour de...* Vous êtes devenu *dingue* ou quoi ? rugit-il. *Oh, putain !*

Bush fit taire son secrétaire général d'un geste de la main.

— Condamner Chano Aldana aura-t-il la *moindre* conséquence sur le problème ?

— Une conséquence diplomatique, oui. Et une conséquence morale, j'espère. Mais...

— Le condamner aura-t-il un effet direct sur la quantité globale de drogue qui entre aux États-Unis ? intervint Dorfman.

— Bien sûr que non, bon sang ! répliqua Cohen avec violence,

---

1. Rappelons que le crack est un dérivé très impur de la cocaïne, vendu à très bas prix. (*N.d.T.*)
2. Allusion à la « poupée piège » d'*Uncle Remus*, un récit pour enfants du XIXe siècle très célèbre aux États-Unis. (*N.d.T.*)

soulagé de trouver un exutoire à sa frustration. Condamner un meurtrier n'empêche pas les crimes de sang. Mais il faut juger les tueurs parce qu'une société civilisée ne peut pas pardonner le meurtre. Il faut le faire chaque fois qu'on le peut, et partout où c'est possible !

— Cette guerre contre la drogue a toutes les caractéristiques d'une croisade contre des moulins à vent, expliqua alors Dorfman qui, bien calé dans son fauteuil, jouait maintenant la voix de la raison. Abroger le Quatrième Amendement, légaliser la drogue... (Il secoua doucement la tête.) Il faut qu'on prenne des mesures efficaces, c'est vrai, mais le président ne peut pas passer pour un incapable qui ne remue que du vent. Ça, c'est un péché que les électeurs ne pardonnent pas. Vous avez oublié Jimmy Carter ? (Sa voix se fit plus dure.) *Et il n'a pas le droit de recommander une solution tordue.* Il va se couvrir de ridicule.

— Il n'est pas question d'un hara-kiri politique, dit Cohen avec lassitude. Je veux juste qu'on amène ici ce parrain de la drogue et qu'on le juge lorsque nos dispositifs de sécurité permettront d'éviter tout incident. Nous devons nous assurer qu'on laissera les jurés tranquilles. Il faut qu'ils se *sentent* à l'abri. On *aura* cette condamnation.

— Vaudrait mieux... fit Dorfman, sarcastique.

— Will, vous n'avez pas arrêté de dire qu'il fallait plus de flics, plus de juges, plus de prisons, reprit Cohen, laissant filtrer un peu de sa colère. Vous avez dit, et je vous cite, qu'il fallait laisser aux démocrates les programmes de réhabilitation et les séminaires de prévention contre la drogue. D'accord. Maintenant, nous devons jeter Aldana en prison. C'est à ça que nous a conduits cette politique. Nous n'avons aucune autre possibilité.

— Je n'ai pas suggéré qu'on le relâche, répliqua Dorfman sur un ton hargneux, ses instincts agressifs subitement réveillés. Je me demande seulement si vous êtes l'homme capable de le mettre au trou.

Le président agita les mains pour interrompre cette joute verbale et se leva.

— Je n'ai aucune envie de présenter mes excuses à ce connard, ni de lui offrir un billet de retour pour Medellín. Amenez Aldana à Washington. Mais annoncez la chose comme étant *votre* décision, Gid. J'ai un avion à prendre. (Arrivé à la porte, le président s'arrêta :) Gid ?

— Oui, monsieur ?

— Et ne faites aucune déclaration sur l'abrogation du Quatrième Amendement, s'il vous plaît.

Cohen acquiesça d'un signe de tête.

— Tout le monde est paniqué. Ted Kennedy raconte que fumer du tabac conduit à la drogue. Cette nénette, au Congrès — Strader —, veut mettre un garde national à chaque coin de rue à Washington.

Quelqu'un d'autre a proposé d'incorporer d'office tous les drogués dans l'armée. Un éditorialiste d'un quotidien de Denver veut qu'on envahisse la Colombie — c'est pas une blague —, comme si le Viêt-nam n'avait jamais existé. (Bush ouvrit la porte et ajouta :) Peut-être en effet qu'on devrait prendre tous les drogués dans l'armée et *les* expédier en Colombie.

Dorfman gloussa.

— Vous êtes un bon ministre de la Justice, Gid, ajouta le président. J'ai besoin que vous continuiez à réfléchir. Pas de panique.

Cohen fit un autre signe de tête, tandis que le président refermait la porte derrière lui.

Il fallut vingt minutes à Henry Charon pour faire le tour de la Maison Blanche. Côté ouest de l'Executive Mansion, il dépassa un mausolée en pierre grise que sa carte disait être l'Executive Office Building.

Il lui faisait face, les mains dans les poches, lorsqu'il entendit un bruit d'hélicoptère. Il se retourna. Un appareil arrivait du sud-est ; il descendit au-dessus des toits des immeubles, puis il obliqua légèrement et disparut à sa vue, caché par les arbres, derrière la Maison Blanche.

Henry Charon revint sur ses pas, vers le sud, sur le trottoir, à la recherche d'une trouée dans les arbres et les buissons par laquelle voir l'hélicoptère. Mais il n'en trouva pas. Finalement, il s'arrêta et attendit, écoutant le bruit sourd des moteurs de l'engin tournant au ralenti — avec le whop-whop-whop caractéristique de l'air fouetté par les rotors.

Il surveilla sa montre : l'appareil resta posé quatre minutes et demie, puis le bruit de son moteur augmenta dans les aigus. Quelques secondes plus tard, la machine fut visible au-dessus des arbres, et s'éloigna vers la droite, apparemment à pleine puissance. Les distorsions de l'air, à la sortie des gaz d'échappement brûlants, étaient bien visibles.

L'hélicoptère finit son virage en direction du sud-est, continua à grimper, accéléra encore. Finalement, il disparut derrière l'un des immeubles, au-delà du Treasury Building. Quel bâtiment, exactement ? Henry Charon consulta sa carte.

Il remit alors ses mains dans ses poches, et longea la Maison Blanche vers l'est, sur Constitution Avenue.

A quelques centaines de mètres de là, mais au nord, dans les locaux du *Washington Post*, sur la 15ᵉ Rue NW, Jack Yocke avait demandé à assister à la conférence de rédaction de l'après-midi des chefs de service. Dans ces réunions, un responsable de chaque grande division du journal — local, national, étranger, sports, mode — exposait les principaux articles que son équipe voulait développer dans l'édition du lendemain. C'était alors le directeur de la rédaction ou le rédacteur en chef du *Post* qui choisissait les sujets pour la une.

Placés sur la table devant chaque fauteuil, des piles de feuilles au format juridique, les « titres de rubrique », contenaient de brefs résumés de chacun des sujets importants pour l'édition suivante. Pendant la semaine, le rédacteur en chef du *Post,* Ben Bradlee, assistait régulièrement aux réunions pour la une. Le week-end, Yocke le savait, Bradlee s'échappait pour rejoindre sa tanière, sur le littoral ouest du Maryland, sauf si sa femme, Sally, donnait un dîner, ou si les Redskins jouaient à domicile.

Yocke s'assit et étudia les titres de rubrique. L'assassinat de la veille, sur le périphérique, y était, et aussi le « meurtre sur le perron » de la nuit précédente. Ces deux histoires étaient inhabituelles. La première faisait penser à une dépêche de Los Angeles, la cité de la rage, et pourtant les faits s'étaient passés ici, à Washington — Powerville, USA —, et le tueur avait utilisé un fusil. La victime était un certain Walter P. Harrington, chef caissier de la caisse d'épargne Second Potomac. Les voisins avaient raconté à Yocke que Harrington était un petit saint, un obsédé de la discipline, marié à une femme tout aussi déplaisante, mais que pour toutes ces raisons il était respecté comme un citoyen honnête et dur à la tâche, fidèle à lui-même et ne dérangeant jamais le voisinage.

L'autre meurtre ressemblait à une variété « banlieue résidentielle » d'un règlement de comptes entre gangs, mais la victime, Judson Lincoln, n'avait apparemment jamais eu le moindre rapport avec un gang quelconque. Yocke avait passé deux heures au téléphone le matin même et personne n'avait fait la plus petite allusion à une éventuelle implication de ce genre. Lincoln possédait une chaîne de dix établissements financiers, disséminés dans les zones les plus pauvres du centre-ville. Ces douze dernières années, le *Post* l'avait cité dans au moins sept de ses articles, toujours en tant qu'important homme d'affaires local, et avait publié sa photo à deux reprises.

Comment faire un papier avec cette histoire ? « Judson Lincoln, un éminent homme d'affaires du district n'appartenant à aucune famille criminelle, a été assassiné la nuit dernière par un professionnel, sur le perron de la maison de sa maîtresse et sous les yeux de celle-ci. » Joli titre !

Noir, honnête, respecté, soixante-deux ans, Judson Lincoln aimait la compagnie de jeunes femmes aux gros seins. Si c'était là son plus grand vice, il était sans doute en ce moment même assis sur un petit nuage blanc à jouer de la harpe. Lincoln rentrait du théâtre avec une femme de ce genre lorsqu'il s'était fait descendre. Était-ce son épouse indignée qui avait commandité ce meurtre ?

Jack Yocke réfléchissait à ces deux mystères lorsque le cliché d'une première page, encadré et accroché au mur, le trophée très personnel du *Post,* attira son attention : c'était la une du journal que Bradlee préférait : NIXON DÉMISSIONNE.

Nouvelles d'hier, pensa Yocke en soupirant, tout en examinant les hommes et les femmes, en tenues débraillées mais très mode, qui s'installaient autour de la table. La plupart étaient jeunes, début de la trentaine. Ces diplômés sortis d'universités prestigieuses, agressifs et endettés jusqu'au cou, avaient remplacé les fumeurs de cigares bedonnants des années passées, pour lesquels les meurtres étaient des informations plus importantes que les pontifiantes déclarations présidentielles. Restait à savoir si ce nouveau journalisme était meilleur. Une chose, au moins, était certaine, la modernité coûtait cher, beaucoup plus cher. Les journalistes new age travaillant pour *The Washington Post* — toujours les trois mots et une capitale à *The,* préconisait le manuel des règles typographiques — étaient payés au moins le double des salaires réels des journalistes aux pantalons lustrés de l'ère de la machine à écrire toute simple.

Certains individus de cette nouvelle race s'habillaient comme des dandys — des faux cols blancs sur des chemises à rayures, des vestes matelassées et des pantalons à pli, le tout volontairement mal assorti. Quels sifflements les vieux journalistes des anciennes unes auraient poussés à travers leurs dents cassées, à la vue de ces dandys des nineties !

Et voilà leur patron qui faisait son entrée, Joseph Yangella, le directeur adjoint de la rédaction. Il était tiré à quatre épingles, avec d'élégants cheveux grisonnants, et d'un abord facile ; c'était quelqu'un que l'on n'aurait jamais vu à moitié soûl, à un combat de boxe, une poule à son bras. Il fit de petits signes de tête à droite et à gauche, puis s'installa sur son siège, au bout de la table de conférence. Il avait remonté les manches de sa chemise, et desserré sa cravate, comme d'habitude. Pourquoi portait-il une cravate, d'ailleurs ? Il se mit immédiatement au travail.

— Ce camé colombien, où est-ce qu'il va être jugé ? Ed ?

Yangella regarda par-dessus ses lunettes — qui étaient généralement posées en équilibre instable au bout de son nez.

Le chef de service du national répondit :

— On a toutes sortes de rumeurs. Le sénateur Cherry ne veut pas que son procès se tienne en Floride et il se remue pour ça. Le ministère de la Justice ne fait aucun commentaire. Le gouverneur de Floride pique sa crise. Rien non plus de la Maison Blanche, mais nous savons que le ministre de la Justice s'y est rendu il y a environ une heure.

— Y a une déclaration de prévue ?

— Peut-être plus tard dans la journée. Mais rien de sûr.

— C'est quoi, votre article de tête ?

— Cherry et le gouverneur.

Le directeur adjoint de la rédaction acquiesça d'un signe du menton. Il lut attentivement les résumés.

— Un autre attentat aérien en Colombie ?

— Oui, dit le chef du service étranger. Soixante-seize morts, dont cinq Américains. Le cartel de Medellín s'attribue le mérite de la chose. Représailles pour l'extradition d'Aldana. C'est le cinquième ou le sixième avion qu'ils font péter depuis deux ans. Ils ont aussi mis une bombe dans une banque hier et flingué un autre juge. On a reçu quelques photos.

Le spécialiste des statistiques intervint :

— Nous avons un sondage d'un journal de Miami, transmis par télex. Soixante-treize pour cent des personnes interrogées n'ont aucune envie qu'Aldana soit jugé dans le sud de la Floride.

— On peut en faire faire un ici, à Washington ? lui demanda Yangella.

— Ça va prendre un certain temps.

On passa aux affaires internationales; les nouvelles politiques en Allemagne, à Moscou et à Budapest. Des inondations au Bangladesh. Ils consacrèrent une minute aux efforts entrepris pour sauver un enfant tombé dans un puits abandonné, au Texas, une histoire dont les chaînes TV faisaient leurs choux gras. Et quarante-cinq secondes à une nouvelle enquête sur les raisons pour lesquelles les lycées donnaient des diplômes à des analphabètes fonctionnels.

Le directeur adjoint de la rédaction ne dit pas un mot, ne posa aucune question sur les deux articles de Jack Yocke concernant les deux étranges assassinats. *Un meurtre est un meurtre*, pensa Jack. Sauf si vous avez la chance d'être massacré de façon spectaculaire par une jolie fille appartenant à une famille riche ou politiquement en vue, votre décès ne fera *pas* la une du *Washington Post*.

Joseph Yangella s'éclaircissait la gorge pour annoncer ses décisions lorsqu'une jeune femme du national passa la tête dans l'entrebâillement de la porte et dit :

— Conférence de presse au ministère de la Justice dans quarante-cinq minutes. Si on en croit la rumeur, Cohen devrait annoncer qu'Aldana va être transféré à Washington pour la lecture de l'acte d'accusation et le procès.

Yangella acquiesça. La tête ébouriffée disparut et la porte se referma doucement.

— Alors, d'accord, dit-il. On fait la une avec le camé qui arrive à Washington. (Il mettait une petite marque à côté de chaque papier, au fur et à mesure qu'il les annonçait.) Le sondage à Miami, l'attentat aérien et la violence en Colombie, les inondations au Bangladesh, le gosse dans le puits, les diplômés illettrés. Photos de l'attentat aérien et du sauvetage au Texas. On y va.

Tout le monde se leva et sortit d'un pas décidé.

Après le dîner, ce soir-là, Henry Charon acheta le *Post* et le *Washington Time*, et les monta dans sa chambre. Il était 21 heures passées quand il cessa de lire. L'assassin resta un instant devant la fenêtre, à contempler les lumières de la ville. Il s'étira, alla se soulager dans la salle de bains, puis enfila un pull-over et une veste chaude. Le journal disait que la température risquait de tomber à 4 °C cette nuit. En sortant, il s'assura que la porte de sa chambre était bien fermée à clé.

Chapitre trois

Jack Yocke et Tish Samuels entendaient des voix de l'autre côté de la porte. Lorsque Jack frappa, une fillette un peu gauche, aux cheveux noirs, qui devait avoir dans les douze ans, ouvrit aussitôt. Son sourire révéla son appareil dentaire ; elle s'écarta pour les laisser entrer.
— Salut, dit Jack.
— Salut. Je m'appelle Amy. Mes parents sont quelque part par là. Et y a à boire dans la cuisine.
Elle parlait si vite qu'elle dévorait la moitié des mots.
— Moi, c'est Jack Yocke. (Il lui tendit la main avec solennité.) Et voici Tish Samuels.
L'adolescente leur serra la main sans oser les regarder, en rougissant un peu, puis elle murmura :
— Ravie de vous rencontrer.
Ils trouvèrent leur hôtesse à la cuisine, en grande conversation avec plusieurs femmes. Lorsqu'elle se tourna vers eux, Yocke dit :
— Madame Grafton, je suis Jack Yocke, un de vos étudiants. Et voici Tish Samuels.
— Je me souviens de vous, monsieur Yocke. La prononciation vous a donné tant de mal ! (Elle serra la main à Tish.) Merci d'avoir bien voulu vous joindre à nous. Puis-je vous offrir un verre ? Les amuse-gueule sont dans la salle à manger.
— Quel bel appartement vous avez, madame Grafton, dit Tish.
— Appelez-moi Callie.
Les civilités terminées, Yocke laissa Tish visiter les lieux avec les autres femmes et passa dans la salle à manger. Il observa les invités d'un œil professionnel, repérant vite les étudiants qu'il connaissait, les épouses, les petites amies. D'autres personnes lui étaient parfaitement inconnues. Il était en train de dire bonjour à des gens et de leur rappeler son nom lorsqu'il aperçut l'homme qu'il voulait rencontrer ; celui-ci était appuyé contre le mur, une bière à la main, et il écoutait un barbu un peu moins grand que lui. Jack Yocke hocha la tête et se fraya un chemin dans la foule, en distribuant des sourires au passage.

Le barbu monopolisait la conversation. Yocke en saisit des bribes : « ... le point critique, c'est qu'on n'a jamais essayé le communisme véritable... les commentateurs ignorent... toujours viable comme idéal... »

Son interlocuteur, qui avait l'air de s'être laissé coincer par son invité, acquiesçait par moments, pour la forme. Des lunettes à monture d'acier chevauchaient confortablement un nez proéminent planté dans un visage plutôt carré. Ses cheveux fins, coupés court, étaient coiffés en arrière. Une cicatrice irrégulière, certainement assez ancienne, était à peine visible sur sa tempe gauche. Lorsque son regard croisa celui de Yocke, le journaliste lui adressa un sourire courtois, et nota que ses yeux étaient gris. Les traits de l'homme marquèrent un instant un intérêt poli, qui disparut comme il jetait un bref regard à la foule des invités.

Yocke s'approcha, main tendue.

— Jack Yocke, dit-il.

— Jake Grafton.

Grafton, qui devait mesurer dans les un mètre quatre-vingts, était svelte, avec tout juste un soupçon de ventre. Début de la quarantaine, se dit Yocke. A en croire les gens bien informés avec lesquels Yocke avait discuté, il était destiné à un haut commandement dans la Marine U.S., à condition, bien sûr, de ne faire aucun faux pas d'ici là. Et Jack Yocke, futur journaliste vedette, avait besoin de rencontrer ceux qui étaient en route vers ces hauteurs balayées par les vents.

— Content de connaître notre hôte... murmura Jack, avant de se tourner vers l'autre homme.

— Wilson Conroy.

— Ah oui ! professeur Conroy, Georgetown University. Vous êtes une célébrité.

Le professeur ne sembla pas apprécier spécialement cette remarque. Il grommela et but une gorgée de son apéritif, un liquide clair dans un grand verre.

— Sciences politiques, n'est-ce pas ? reprit pourtant Jack.

Yocke se souvenait de l'affaire. Conroy avait sa carte du parti communiste et un poste de titulaire à la fac de Georgetown. Deux ans plus tôt, le *Post* avait envoyé un journaliste suivre plusieurs de ses cours, pendant lesquels Conroy défendait avec acharnement le stalinisme, dans un débat inégal avec ses étudiants, dont bien peu étaient capables de soutenir leur point de vue en face des arguments soigneusement choisis par le professeur et de son discours au vitriol. L'article qui avait suivi, publié dans l'édition dominicale du *Post*, avait donné naissance à une campagne publique pour le renvoi de

Conroy. La liberté de l'éducation avait alors été sapée peu à peu par un flot de chroniques, d'éditoriaux et de lettres adressées au rédacteur en chef ; tout cela avait permis de vendre beaucoup de journaux, mais n'avait eu aucune autre conséquence. Une demi-douzaine de députés étaient entrés en scène pour l'édification des électeurs au cas où, à tout hasard, ils auraient pu ramasser deux ou trois votes indécis dans leur circonscription.

Conroy avait été ravi de jouer le rôle du méchant et de se retrouver sur le devant de la scène, jusqu'à l'effondrement de 1989, lorsque les gouvernements communistes d'Europe de l'Est avaient commencé à s'écrouler comme des châteaux de cartes. Depuis lors, il s'arrangeait pour se faire oublier, et refusait désormais toutes les interviews.

— Oui. Sciences politiques.

Les yeux de l'universitaire parcoururent nerveusement la foule des invités qui bavardaient dans l'habituel brouhaha d'un cocktail.

— Dites-moi, professeur, que pensez-vous des derniers mouvements au sein du Politburo soviétique ?

Conroy se tourna et regarda Yocke bien en face. A cet instant, Jake Grafton effleura le bras de Yocke, puis se décolla de son mur et se dirigea vers le buffet.

— Ils perdent la foi. Ils abandonnent les amis qui ont cru en eux et qui les ont soutenus.

— Ainsi, à vos yeux, le communisme n'est pas un échec ?

Les lèvres du professeur se mirent à trembler.

— C'est une immense tragédie pour la race humaine. Les communistes sont devenus cupides, ils ont vendu leurs âmes pour quelques dollars, vendu leurs rêves aux matamores et aux escrocs américains de la finance qui ont réduit les travailleurs en esclavage...

Il s'excitait, de plus en plus amer.

Lorsqu'il s'interrompit un instant pour reprendre sa respiration, Yocke demanda :

— Et s'ils avaient raison et que vous ayez tort ?

— Je n'ai pas tort ! Nous ne nous sommes *jamais* trompés ! (Sa voix chevrotait dans les aigus.) *Je n'ai pas tort !* (Il s'éloigna un peu de Yocke ; ses bras pendaient, rigides, le long de son corps. Il lâcha, sans s'en apercevoir, son verre vide qui tomba sur le tapis.) Nous avions une chance de transformer l'humanité en quelque chose de *meilleur*. Nous avions une chance de construire une véritable communauté où tous les hommes auraient été des frères, un monde où les travailleurs auraient été libres de toute exploitation par les puissants, les cupides, les paresseux, les possesseurs de richesses, les...

Tous les yeux étaient tournés vers lui, à présent. Les conversations avaient cessé. Il hurlait :

— ... les exploiteurs ont triomphé ! C'est l'heure la plus honteuse de l'histoire de l'espèce humaine. (Sa voix était devenue rauque, et il postillonnait.) Les communistes ont capitulé devant les riches et les puissants. Ils nous ont vendus comme *esclaves !*

Et soudain, Callie Grafton fut là ; elle posa sa main sur le dos de Conroy, lui murmura quelque chose à l'oreille. Il ferma les yeux et ses épaules s'affaissèrent. Alors, Callie l'entraîna doucement hors de la pièce maintenant silencieuse, loin de tous les visages stupéfaits qui l'observaient.

Puis les invités un instant interrompus recommencèrent à bavarder.

Jack Yocke n'avait pas bougé. Il était seul, les regards l'évitaient. Il ne voyait Tish Samuels nulle part. Il se sentit soudain terriblement assoiffé. Il se dirigea vers la cuisine.

Il était debout près de l'évier et buvait un bourbon à l'eau, lorsque Jake Grafton entra.

— Quel est votre nom, déjà ? demanda-t-il.

— Jack Yocke, capitaine. Je vous dois des excuses, à vous et à votre femme. Je n'avais pas l'intention de faire sortir Conroy de ses gonds.

— Humm... (Jake prit une bouteille de bière dans le réfrigérateur ; il dévissa la capsule et avala une gorgée.) C'est quoi, votre boulot ?

— Je suis journaliste. *Washington Post.*

Grafton hocha la tête une fois et but encore un peu de bière.

— Votre femme est un merveilleux prof, ajouta Jack. J'ai vraiment apprécié son cours.

— Elle aime enseigner.

— Ça se sentait, pendant la classe.

— J'ai entendu quelque chose, cet après-midi, sur ce trafiquant colombien, Aldana, dit Grafton. Où est-ce qu'il va échouer ?

— Ici, à Washington. Le département de la Justice l'a annoncé y a trois ou quatre heures.

Jake Grafton soupira.

— Pensez qu'il va y avoir du grabuge ? demanda Yocke.

— Ça me surprendrait pas, répondit son hôte. On dirait bien que chaque époque a au moins un Caligula, un despote absolument corrompu. Les nôtres, ce sont les criminels psychopathes, et il semble que nous en ayons un paquet. Il paraît que Chano Aldana possède quatre milliards de dollars, net. Impressionnant, n'est-ce pas ?

— Est-ce que le gouvernement américain est prêt à affronter les problèmes que connaît le gouvernement colombien ?

Jake Grafton eut un petit rire.

— Ma boule de cristal est comme qui dirait un peu trouble, là, maintenant. Pourquoi avez-vous pris des cours d'espagnol, au fait, Jack ?

— J'ai pensé que ça m'aiderait dans mon boulot.

Et c'était assez vrai, dans une certaine mesure. Jack Yocke avait suivi cet enseignement pour avoir un petit atout supplémentaire et faire son chemin au service étranger, où les journalistes connaissant plusieurs langues avaient l'avantage. Néanmoins, il n'avait pas l'intention de laisser échapper une opportunité de rencontrer quelqu'un qui pourrait l'aider plus tard, dans sa carrière, aussi était-il venu à la fête de fin de semestre pour faire la connaissance de Jake Grafton.

— Je pourrai peut-être décrocher une interview d'Aldana dans sa cellule, ajouta-t-il.

A ces mots, Jake Grafton haussa les épaules.

— Je crois que vous êtes dans la Marine ? reprit Jack.

— Ouais.

— A l'état-major ?

Les yeux gris, derrière les lunettes à monture d'acier, évaluèrent attentivement le visage de Yocke.

— Euh, euh...

Yocke décida de tenter le coup, à tout hasard.

— Que va-t-il se passer, d'après vous, quand ils amèneront Aldana ici pour son procès ?

Jake Grafton parut sincèrement amusé.

— Profitez de la soirée, Jack, lui lança-t-il par-dessus son épaule en s'éloignant.

Oh, bon! pensa Yocke, *Dieu n'a pas créé le monde en deux minutes.*

Entendant quelqu'un frapper, il alla se poster à la porte de la cuisine — d'où il pourrait jeter un coup d'œil. La fillette, Amy, passa devant lui et se précipita pour ouvrir.

— Salut, ma beauté.

C'était un homme d'une trentaine d'années ; il mesurait dans les un mètre quatre-vingts, il avait des cheveux châtains et des dents blanches et régulières. Il offrit à Amy une boîte enveloppée dans du papier cadeau.

— C'est pour toi, de la part de certains grands admirateurs.

La fillette prit le paquet et le secoua avec enthousiasme.

— J'éviterais de faire ça, si j'étais toi, dit l'homme, avec le plus grand sérieux. Ce truc se casse, et le monde que nous connaissons cessera d'exister... Le temps et l'espace s'altéreront, tout sera déformé et englouti par ce machin — les rochers et la terre et les chats et les gosses et tout le reste. (Il fit un bruit de succion avec la bouche.) Probablement que la lune y passera aussi. Et peut-être une ou deux planètes.

Avec un grand sourire, Amy recommença à secouer la boîte vigoureusement, puis entoura l'homme de ses petits bras.

— Oh, Toad ! Merci !

— C'est de ma part et de celle de Rita.

Il fit courir ses doigts dans les cheveux de la fillette et arrangea une mèche derrière son oreille.

— Remercie-la aussi, souffla-t-elle.

— Promis.

Amy s'éloignait joyeusement lorsque Jack Yocke se présenta.

— Je m'appelle Toad[1] Tarkington, l'informa le nouvel arrivant.

Encore un type de la Marine, pensa Jack Yocke avec une pointe d'irritation, et *un autre de ces surnoms puérils très copain-copain.* Il se demanda quel était celui de Grafton.

— *Toad,* hein ? Votre mère doit avoir envie de rentrer sous terre quand elle entend ça.

— Exact. Les nuances pleines de finesse, parfois, ça lui échappe.

Tarkington fit un geste désabusé et sourit.

Jack Yocke décida soudain qu'il n'aimait pas les manières doucereuses et désinvoltes de M. Tarkington.

— La plupart des civils comprennent mal les subtilités des liens affectifs masculins, c'est ce qu'on dit, n'est-ce pas ? Mais je crois que c'est un cliché un peu dépassé.

Le sourire de Tarkington s'effaça. Il observa Yocke, un sourcil dressé, pendant une ou deux secondes, puis il laissa tomber :

— Z'avez l'air constipé, mon vieux.

Jack n'eut pas le temps de répondre. Toad lui avait déjà tourné le dos.

Une demi-heure plus tard, il retrouva Tish au milieu d'un petit groupe, sur le balcon. La vue était très belle, à cette heure-ci de la soirée, avec les lumières de la ville qui scintillaient dans l'air piquant. Washington avait bénéficié d'un long automne d'une exceptionnelle

---

1. *Toad :* crapaud *(N.d.T.).*

beauté et, même si on avait déjà connu quelques petits coups de froid, la température, cette nuit, tournait encore autour des 10 °C. Plusieurs invités étaient sortis sur le balcon pour profiter de cette relative douceur, mais ils étaient obligés de temps en temps de se frotter vigoureusement les bras ou, pour certains, de se pelotonner contre quelqu'un. Sur la gauche, on apercevait un petit bout du Potomac et, juste en face, le Washington Monument au-dessus des gratte-ciel de Reston.

— Hé, tout le monde, voici Jack Yocke, dit Tish aux cinq personnes qui l'entouraient.

Ils lui adressèrent des signes de tête polis, puis l'un de ses camarades du cours d'espagnol reprit un monologue que l'arrivée de Yocke avait apparemment interrompu. C'était un homme entre deux âges, et il se faisait appeler frère Harold.

— ... alors, j'ai pensé, à quoi bon tous ces chants, ces jeûnes, ces vêtements spéciaux, ces mantras ? Si je pouvais réduire la méditation à l'essentiel, en faire une sorte de programmation subliminale, alors oui, l'équilibre, la transcendance pourraient être accessibles à un public plus large.

— On s'en va ? murmura Yocke à l'oreille de son amie.

— Une minute, répondit-elle tout aussi discrètement, absorbée par le baratin de frère Harold.

Yocke fit semblant d'être intéressé. Il avait déjà entendu cette histoire trois fois cet automne. Et à la différence de Jake Grafton ou de Wilson Conroy, frère Harold pensait que ce serait une très bonne chose si Yocke lui consacrait un article.

— ... Et donc, j'ai introduit de la musique. Pas n'importe laquelle, bien sûr, mais une musique de l'âme, choisie avec grand soin.

Il parla un moment des chants des anciens moines, des chambres d'écho, des lobes cervicaux, puis il conclut :

— Le but était d'atteindre l'extase à travers la réverbération sonore. Et ça marche ! Je suis *si* content. Mes disciples ont finalement trouvé ataraxie et tranquillité. La méthode est étonnamment transformatrice.

Yocke décida qu'il en avait assez entendu. Il se glissa dans l'appartement par la porte vitrée et attendit. Toad Tarkington était tout seul, pas très loin, appuyé contre le mur, une bouteille de bière à la main. Il ne jeta même pas un coup d'œil à Yocke. Celui-ci veilla à lui retourner le compliment.

Tish finit par le rejoindre.

— C'est quoi, l'ataraxie ? demanda-t-elle en refermant la porte vitrée derrière elle.

— Je veux bien être pendu si je le sais. Et je parie que notre frère Harold n'en sait rien lui-même. Allons saluer notre hôtesse et filons.

— Il a l'air si sincère !

— Les fêlés le sont toujours, marmonna Yocke, se souvenant avec répugnance de la scène avec Conroy.

Callie Grafton, près de la porte d'entrée, disait au revoir à un autre couple ; sa fille Amy, à côté d'elle, se balançait d'un pied sur l'autre. Callie était légèrement plus grande que la moyenne, elle se tenait le dos très droit, avec une certaine majesté. Ses cheveux étaient coiffés en arrière et retenus avec une barrette. Jack lui trouva le regard fatigué, tandis qu'il la remerciait pour la fête et pour son cours d'espagnol.

— J'espère que le professeur Conroy s'est remis, madame Grafton. Je n'avais pas l'intention de le contrarier.

— Il s'est allongé un moment. Il traverse une période très difficile.

Yocke acquiesça d'un signe de tête, Tish serra la main de Callie, et ils s'éloignèrent dans le couloir, vers l'ascenseur.

— Je l'aime vraiment bien, dit Tish, une fois les portes de l'ascenseur refermées sur eux. On a eu une conversation très agréable.

— Elle a de drôles d'amis, remarqua Yocke, qui pensait à Wilson Conroy.

— Depuis l'effondrement du communisme en Europe de l'Est et en Union soviétique, expliqua Tish, les gens se moquent de Conroy. Lui, il ne s'est jamais soucié d'être haï et insulté...

— *Jamais ?* Cet ignoble crétin a *adoré* ça ! tu veux dire, la coupa Jack.

— ... mais qu'on rie de lui, ça le détruit.

— Donc Mme Grafton le plaint, hein ?

— Non, répondit Tish Samuels avec patience. La pitié le tuerait. Elle est l'amie de Conroy parce qu'il n'en a pas d'autres.

— Bof...

Lorsqu'ils furent au parking, elle lui demanda :

— Tu as fait la connaissance de Toad Tarkington ?

— Euh, euh...

— On a bavardé, tous les deux, expliqua-t-elle. C'était sympa. Sa femme n'est pas en ville, alors il est venu tout seul. Il est très gentil.

— Dans la Marine, non ?

— Mince, j' suis pas sûre. J'ai pas posé la question.

— L'armée, c'est un problème, dans cette ville. Impossible de rencontrer un type qui n'en fasse pas partie.

— Et alors ?

Yocke ouvrit la voiture et l'aida à s'installer sur le siège du passager.

— J'aime pas les militaires, dit-il enfin, lorsqu'il fut au volant. (Il mit la clé de contact et tira le starter.) J'aime pas leur vision simpliste du monde, j'aime pas les rituels, le respect des anciens, la glorification de la guerre, de la souffrance et de la mort. J'aime pas non plus leurs perpétuelles revendications des deniers publics. Tout ce truc me met en boule.

— Euh, dit Tish Samuels avec hésitation, je suis sûre que ces gens ne sont pas fondamentalement très différents de nous.

Yocke continua de développer sa pensée, peu désireux de laisser tomber son idée.

— Le militaire est un fossile. Les guerriers sont des anachronismes dans un monde qui essaie de nourrir cinq milliards d'hommes. Ils causent plus de problèmes qu'ils n'en résolvent.

— Peut-être... murmura sa compagne, en regardant le paysage à travers la vitre.

Apparemment, les profondes opinions du journaliste sur la question ne l'intéressaient guère.

— Tu as rencontré le mari de Mme Grafton? fit-il.

— Oh, nous avons échangé quelques mots. M'a paru très gentil, dans le genre sérieux.

— On va prendre un verre quelque part? proposa Jack.

— Pas ce soir, merci. Vaut mieux que je rentre. Peut-être la prochaine fois.

— Sûr.

Jack Yocke passa la première et sortit du parking.

Après avoir déposé Tish Samuels devant son immeuble, Jack Yocke retourna au *Post*, en ville. Comme il l'avait pensé, Ottmar Mergenthaler travaillait encore. Le chroniqueur était dans son petit cube vitré au milieu de la salle de rédaction, à pianoter sur le clavier de son ordinateur. Yocke passa la tête par la porte.

— Salut, Ott. Comment ça va?

Mergenthaler se laissa aller contre le dossier de sa chaise.

— Assieds-toi, Jack. (Une fois celui-ci installé, il demanda :) Et ta soirée?

— Ça allait.

— Alors, qu'est-ce que tu penses de lui?

C'était Mergenthaler qui avait suggéré à Yocke d'essayer de rencontrer le mari de Callie Grafton, son professeur d'espagnol.

— Chais pas. Je lui ai juste demandé une simple opinion personnelle sur un truc, il m'a gratifié d'un sourire et il s'est tiré.

— Rome n'a pas été bâtie en un jour. Ça prend des années pour s'assurer d'une source fiable.

Yocke se mordilla un ongle.

— Grafton se fout comme de sa première chemise de ce que les gens pensent de lui ou du reste.

Mergenthaler mit ses mains derrière sa nuque.

— Quatre personnes que je respecte énormément m'ont cité son nom. L'une d'elles, un vice-amiral qui vient juste de partir à la retraite, a la plus haute opinion de lui. Il m'a dit et je cite : « Jake Grafton est l'officier le meilleur et le plus prometteur des forces armées actuelles. » (Mergenthaler leva un sourcil et fit une moue.) Un autre haut fonctionnaire a raconté quelque chose d'un peu différent : « Jake Grafton est un homme de guerre. »

Yocke grogna.

— On a vraiment besoin de types comme ça, en effet, avec la paix qui revient un peu partout.

— T'es cynique de naissance ou tu t'entraînes pour le devenir ?

— Ces militaires, c'est une foutue clique d'andouilles machos qui vénèrent le substitut phallique que représente leur flingue. Grafton est exactement pareil. Je le sais, même si, d'accord, il a été assez sympa.

Mergenthaler parut amusé.

— Mon jeune ami sans expérience, s'il faut que t'aimes les gens sur lesquels tu fais des papiers, t'es mal barré.

Yocke grimaça.

— Sur quoi tu bosses, ce soir ?

— La drogue, toujours la drogue.

Mergenthaler revint à son écran et remit son texte au début. Il tapotait distraitement sa souris tout en se relisant. Yocke se leva et parcourut l'article par-dessus son épaule.

La chronique était une épitaphe pour trois jeunes Noirs, morts la veille sur les trottoirs de Washington. Tous les trois, apparemment, étaient impliqués dans le trafic du crack. Tous les trois avaient été assassinés. Sans doute par d'autres jeunes Noirs qui trempaient dans les mêmes combines. Trois meurtres, c'était un tout petit peu plus que la moyenne quotidienne de la Metropolitan Area, mais ce n'était pas encore très significatif.

Manifestement, Mergenthaler avait passé la majeure partie de sa journée à rendre visite aux parents des victimes : son papier contenait des descriptions de gens et d'endroits qu'il n'aurait pas pu connaître s'il s'était contenté de travailler par téléphone.

Lorsque Yocke se rassit, il dit :

— Ott, tu es en train de te tuer au boulot.

Le vieil homme modifia une phrase. Il utilisa sa souris un moment. Puis il murmura :

— Trop sentimental ?

— Personne ne s'intéresse aux négros défoncés au crack. Les gens se tapent qu'ils aillent en taule, qu'ils meurent de faim ou qu'ils se massacrent entre eux. Et tu le sais, Ott.

— Faut que je bosse encore un peu sur ce truc. Mon boulot, c'est de faire en sorte que les gens s'en foutent moins.

Yocke quitta le petit cube de verre du chroniqueur et alla jusqu'à son bureau dans la salle de rédaction. Au milieu des papiers qui l'encombraient, il trouva un bloc-notes, puis chercha le numéro de la police de Montgomery County. Peut-être que leur enquête sur l'assassinat du périphérique avait avancé ?

Jack Yocke avait deux meurtres sur lesquels écrire, lui aussi, que tout le monde se moquât des victimes ou pas.

Tous les invités étaient partis et Toad Tarkington faisait la vaisselle dans la cuisine des Grafton lorsque Amy entra et se plaça à un endroit où il était forcé de la voir. Toad nota avec surprise qu'à un moment ou un autre de la soirée, elle était allée se mettre du fard à paupières et du rouge à lèvres. Il s'efforça de ne pas sourire. Cette dernière année, elle avait poussé à toute vitesse, et s'était développée à tous les endroits qui convenaient. Elle était maintenant presque aussi grande que Callie.

— T'as un peu laissé passer le moment où tu dois filer au lit, pas vrai ?

— Oh ! Toad, ne parle pas comme mes parents. Je suis une jeune fille, maintenant, tu sais.

— Presque.

— Plus que presque.

— Prends un torchon et essuie-moi quelques-uns de ces trucs.

Amy s'exécuta.

— Sympa, cette soirée, hein ? dit-elle en reposant le bol à punch à côté d'elle.

— Ouais.

— Rita vient, pour Noël ?

— J'espère.

Rita, la femme de Toad Tarkington, était pilote d'essai dans l'aéronavale. En ce moment, elle se trouvait dans le Nevada, où elle volait sur l'A-12, le nouvel avion d'attaque furtif de la Marine. Toad et Rita avaient le grade de lieutenant tous les deux.

— Ça dépend du programme des tests de vol, bien sûr, ajouta Toad d'une voix triste.

— Est-ce que tu aimes Rita ? demanda Amy doucement.

La question le prit par surprise et il se troubla. Il oublia un instant les assiettes pour observer la fillette qui, appuyée contre la planche de travail, lui faisait face d'un air timide, tout le poids de son corps portant sur une jambe, et ses yeux sagement baissés.

Toad s'éclaircit la gorge.

— Pourquoi dis-tu ça ?

— Eh bien, répondit-elle toujours aussi doucement, en clignant des yeux, tu n'as que quinze ans de plus que moi et j'aurai dix-huit ans dans cinq ans et...

Elle s'interrompit.

Toad Tarkington se mordit — fort — la lèvre inférieure.

Il s'essuya les mains dans un torchon.

— Écoute, ma fille. Faudra encore que tu grandisses pas mal. Et tu rencontreras l'homme de ta vie un jour. Peut-être dans cinq ans, ou quand tu seras à la fac. Prends la vie comme elle vient. Mais tu le trouveras. Il est quelque part en ce moment même, à espérer lui aussi qu'un jour il te rencontrera. Et quand enfin tu tomberas sur lui, il n'aura pas quinze ans de plus que toi.

Elle le regardait droit dans ses yeux.

Une rougeur apparut sur son cou, puis prit possession de tout son visage, tandis que son regard se mouillait.

— Tu te moques de moi, souffla-t-elle.

— Non, non, Amy. Je comprends combien ça a dû être difficile pour toi d'aborder ce sujet. (Il avança la main et lui prit tendrement le menton.) Mais, oui, j'aime Rita très fort.

Elle se mordit l'intérieur de la bouche, une mimique qui lui déforma les lèvres.

— Crois-moi. Le type qu'il te faut est quelque part, là-dehors... reprit Toad. Et quand tu croiseras enfin son chemin, tu le sauras. Et lui aussi. Il lira dans ton cœur et il verra l'être humain doux et merveilleux que tu es, et il tombera follement amoureux de toi. Suffit d'attendre.

— Attendre ? La vie semble si... si *une éternité* !

Son désespoir était évident.

— Ouais, fit Toad. Et les jeunes vivent dans le présent. Tu seras adulte le jour où tu sauras dans tes tripes que le futur est aussi réel que le présent. Tu comprends ça ?

Il entendit un bruit. Jake Grafton était appuyé contre le chambranle de la porte. Il tendit les mains, et sa fille les serra, fort.

Il embrassa Amy sur le front.

— Je crois qu'il est temps que tu ailles te pieuter. Dis bonsoir à Toad.

Elle s'immobilisa sur le seuil et se retourna. Ses yeux brillaient toujours.

— Bonne nuit, Toad.

— Bonne nuit, Amy Carol.

Les deux hommes ne parlèrent que lorsqu'ils entendirent la porte de la chambre d'Amy se refermer.

— Elle grandit vraiment vite, dit Toad.

— Trop vite, répondit Jake Grafton.

Il sortit une bière du réfrigérateur qu'il lança à Toad, et il en prit une autre pour lui.

Dix minutes plus tard, Callie les rejoignait au salon. Ils étaient en pleine discussion sur la révolution gorbatchevienne et les forces qui commençaient à disloquer l'Union soviétique.

— A quoi ressemblera le monde lorsque la poussière sera retombée ? demanda Callie. Est-ce que ce sera un endroit plus sûr ou pas ?

Elle eut droit à une réponse bien pesée de la part de Toad et à un sincère « J'en sais rien » de son mari.

Elle s'attendait à cette réflexion de Jake. Au fil des années, elle avait découvert qu'elle vivait avec un homme capable d'admettre son ignorance. L'une de ses forces, c'était son absence totale de prétention. Depuis des lustres qu'elle fréquentait des universitaires, Jake était pour elle une véritable bouffée d'air pur. Il savait qui il était et, à son crédit, il n'essayait jamais d'être autre chose.

Elle l'observa et un sourire s'inscrivit sur son visage.

— Ce n'est pas pour changer de sujet, mon capitaine, dit Toad Tarkington, mais est-ce que c'est vrai que tu es maintenant l'officier le plus ancien d'une des divisions de l'état-major interarmes ?

— C'est vrai, hélas, admit Jake. C'est moi qui décide qui ouvrira le courrier et qui fera le café.

Toad gloussa. Après presque deux ans passés à Washington, il savait combien ce commentaire était proche de la vérité.

— Bon, tu sais que Rita est dans le Nevada à essayer les premiers A-12 qui sortent de la chaîne, reprit-il. Elle va être plutôt débordée avec ce truc pendant une bonne année ou même davantage, et ils ont mis un bombardier diplômé de l'École des pilotes d'essai pour voler avec elle. Si bien que je suis une sorte de garçon de courses dans la boutique de l'A-12, maintenant.

Jake hocha la tête et Callie le gratifia de quelques mots d'encouragement.

— Alors, poursuivit Toad, j'ai pensé que je pourrais bénéficier d'un transfert dans ta boutique à toi... Si je dois faire le café et les commissions, pourquoi pas chez toi ? Peut-être qu'on pourrait me mettre une croix dans la case de service de l'état-major interarmes ?

— Huumm...

— Qu'est-ce que t'en penses ?

— Eh bien, que t'es trop jeune.

— Oh, Jake ! murmura Callie.

Toad lui décocha un grand sourire.

— Je t'assure, Callie, il est trop jeune. Je ne crois pas qu'à l'état-major, ils distribuent des billets d'entrée aux lieutenants. C'est un groupe de *vrais* anciens.

— Alors, ils ont besoin d'un peu de sang neuf, fit-elle à son mari. Tu en parles comme si c'était une maison de retraite, pleine de vieux schnoques et de golfeurs sur le retour.

— Je ne suis *pas* un vieux schnoque, lui répondit Jake Grafton, avec un petit air malicieux.

— Je le sais, chéri. Je n'ai pas voulu dire que tu l'étais.

Elle adressa un clin d'œil à Toad et éclata de rire.

Le lieutenant se leva, les salua et, après leur avoir promis de transmettre leurs amitiés à Rita, s'en alla.

— Je t'assure, Jake, insista Callie un peu plus tard, tu devrais voir si tu as un moyen de le faire transférer à l'état-major.

— Ça serait mieux pour sa carrière s'il raccourcissait son temps de service à terre et retournait en mer, dans une escadrille de F-14.

— Toad le sait. Simplement, il t'estime vraiment beaucoup et il veut travailler avec toi. C'est un sacré compliment.

— J'en ai conscience. (Un sourire passa sur son visage.) C' vieux Toad l'Obsédé. C'est un bon gars.

Henry Charon, appuyé contre la devanture d'une épicerie abandonnée, dans un quartier du nord-est de Washington, observait de jeunes Noirs, au milieu de la chaussée, qui vendaient du crack aux automobilistes. Certains conducteurs s'arrêtaient et achetaient, d'autres non : les clients étaient des Noirs et des Blancs, des hommes et des femmes, des jeunes et des moins jeunes. De petits groupes de Noirs se tenaient aux coins de la rue ; ils surveillaient le trafic automobile et les piétons — et gardaient un œil sur Charon.

Un vent glacé poussait des saletés sur la chaussée, et frigorifiait Charon, à travers ses vêtements. Et pourtant il était habillé plus chaudement que la plupart des dealers de crack, qui bougeaient sans arrêt pour lutter contre le froid. Quelque part, une *music box* crachait du hard rock.

Charon n'était là que depuis cinq minutes quand un jeune Noir, grand et maigre, quitta le groupe qui stationnait sur le trottoir d'en face, et slaloma à travers la circulation pour le rejoindre.

— Hé, mec !
— Hé, répondit Henry Charon.
— Hé, mec, tu vas acheter c' trottoir ?
— Je faisais juste un tour.
— Tu veux de la dope ?

Charon fit non de la tête. Quatre Noirs, au coin, l'observaient. L'un d'eux était accroupi à côté d'une poubelle, derrière laquelle son bras droit disparaissait ; il ne quittait pas Charon des yeux. Celui-ci aurait parié mille dollars qu'il y avait une arme, planquée derrière cette poubelle.

— Un foutu touriste ! cracha le maigrichon avec dégoût. Tire-toi, petit Blanc ! T' veux quand même pas t' faire broyer dans les rouages du commerce.

— Éclaire-moi. Comment tu sais que je ne suis pas un flic ?

— T'es pas flic, mec. T'as pas le look. T'es qu'un merdeux d' touriste de n'importe où. Et maintenant, tes salades me fatiguent, con de Blanc. T'as dix secondes pour te tirer dans ta ville d' merde ou alors faudra que tu rentres chez toi les couilles à la main. Tu piges ?

— Je pige.

Henry Charon lui tourna le dos et s'éloigna.

Le carrefour, deux pâtés de maisons plus loin vers le sud, était encombré de tôles d'acier et de planches de construction. Sous la rue, on creusait un nouveau tunnel de métro.

Charon repéra l'entrée avec sa lampe électrique. Il ôta en quelques secondes le panneau de contre-plaqué qui l'obstruait.

L'intérieur ressemblait à une caverne sombre et humide, où l'eau ruisselait. Henry Charon s'y avança à tâtons, regardant parfois au-dessus de lui, parfois l'endroit où il mettait les pieds. Le tunnel s'étendait devant et derrière lui, à perte de vue.

Il se dirigea vers le sud, enjambant des matériaux de construction et contournant les fils électriques qui pendaient du plafond. Il inspectait les flancs et la voûte du tunnel, cherchant à repérer les cheminées de ventilation qui devaient s'y trouver, il le savait. Il en compta trois.

Il faisait plus chaud, ici, que dans la rue. Pas de vent, mais il craqua une allumette, dont le mouvement de la flamme lui montra que l'air soufflait doucement dans la direction par laquelle il était arrivé. En fait, la température était assez agréable. Charon déboutonna sa veste et poursuivit sa marche.

A divers endroits, les ouvriers avaient monté des coffrages pour couler le béton du sol. Sur la voûte et les parois du tunnel, les coques de béton prémoulé étaient déjà installées ; sans doute les posait-on au fur et à mesure du creusement du souterrain.

Au bout d'environ quatre cents mètres, calcula Charon, il arriva à une vaste salle souterraine. Le rayon de sa lampe paraissait minuscule tandis qu'il examinait les piliers et le reste des matériaux de construction. Une fois terminé, cet endroit serait certainement une station. Un autre tunnel y aboutissait, à un niveau inférieur. Charon descendit une échelle et partit dans cette nouvelle direction.

En un mois, c'était son troisième voyage d'exploration de Washington, et la seconde fois qu'il descendait dans ces galeries. Le travail des équipes de construction devait certainement avancer, mais ce n'était pas très évident aux yeux d'un néophyte comme Charon.

Tassone était revenu le voir, un mois plus tôt, dans son ranch du Nouveau-Mexique. Il avait une liste. Six noms. Six hommes qu'il voulait faire assassiner à Washington. Est-ce que c'était possible ? Était-il intéressé ? Charon avait lu cette liste.

— George Bush ?
— Ouais.
— Vous me demandez de tuer le président des États-Unis ?
— Non. Je vous demande si c'est faisable. Si vous répondez « oui », je vous demande si ça vous intéresse. Si, là encore, vous répondez « oui », je vous demande combien vous voulez. Si toutes ces questions sont réglées à la satisfaction de toutes les parties intéressées, alors nous décidons si nous le faisons ou non, et quand.
— Ces autres noms... Tous ?
— Le plus possible. Évidemment, plus vous en tuez, plus on vous paie.

Charon avait étudié les noms de la liste, puis Tassone avait brûlé le morceau de papier ; ensuite, il avait écrasé les cendres et les avait dispersées dans le vent.

— Je vais y réfléchir, dit-il.

Et maintenant, après trois voyages à Washington, qu'en pensait-il ?

C'était possible de tuer le président, bien sûr. Le président était un fonctionnaire élu et il était bien obligé d'apparaître en public de temps en temps. Contre un assassin déterminé, le meilleur service de sécurité du monde était incapable de protéger à cent pour cent un politicien qui faisait son boulot. Tout ce que cet appareil de sécurité pouvait faire, c'était réduire les chances de succès d'un amateur et augmenter les difficultés d'un professionnel.

Non, le véritable problème viendrait ensuite. Charon connaissait la question, et il n'avait aucune illusion. Victorieux ou non, l'assassin ferait l'objet de la chasse à l'homme la plus formidable de l'histoire des États-Unis. Il aurait tout le monde contre lui. Quiconque serait reconnu coupable de l'avoir aidé volontairement serait éliminé sans pitié — d'un point de vue matériel, professionnel, et de toutes les autres façons possibles. En outre, une fois inculpés, les conjurés seraient passibles de la peine de mort, si le gouvernement pouvait réussir à obtenir une condamnation, et Dieu sait que le ministère public remuerait ciel et terre pour cela. Avant l'attentat, l'assassin serait seul. Et après, il deviendrait un véritable paria.

Pour le meurtrier, quitter les lieux du crime ne serait pas trop difficile, avec un plan soigneusement au point, mais lorsque le gouvernement fédéral mettrait toutes ses forces dans la balance, il serait de plus en plus difficile de passer à travers les mailles du filet. Plus longtemps le tueur resterait libre, plus les chasseurs multiplieraient les initiatives.

Oui, ce serait vraiment une chasse, une chasse au loup enragé!

Et pour Charon, c'était là que résidait le défi. Il avait passé sa vie à traquer le gibier dans les montagnes sauvages, et, ces dernières années, dans des villes tout aussi sauvages. Parfois, un cerf, un élan ou un couguar réussissaient à lui échapper, et c'étaient ces moments-là qui faisaient tout le plaisir de la chasse. Une fois qu'il aurait tué le président, ce serait lui, le gibier. S'il pouvait faire ce qu'on n'attendait pas, s'il pouvait prendre l'avantage sur ses poursuivants, la chasse serait — ah, la chasse serait sublime! Sa plus belle aventure.

Et s'il perdait, si les chasseurs l'emportaient, qu'il en fût ainsi! Personne n'est éternel. Pour le puma, pour l'élan et pour Henry Charon, l'existence était un défi. La mort viendrait pour le rapide et l'audacieux, le lent et le prudent, le sage et le fou, oui, la mort viendrait pour chacun.

C'était facile de mourir. Il y avait un bref instant de douleur, sans doute, mais la mort n'effrayait pas ceux qui avaient le courage d'affronter la vie. L'acceptation, par Henry Charon, de l'inévitable n'avait rien à voir avec un devoir de classe de philo; elle était au-delà du conscient, enracinée en lui. Il avait trop souvent donné la mort pour la craindre.

A présent, il arrivait à l'endroit du tunnel qu'il avait découvert lors de sa dernière visite. C'était dans une longue courbe, à mi-hauteur du mur. En passant devant, l'autre fois, il avait soudain senti un courant d'air froid. Après quelques recherches, il avait repéré un trou étroit et oblong, juste assez large pour offrir le passage à un homme maigre qui s'y glisserait en rampant. De l'autre côté, il y avait un ancien sous-sol, sombre domicile des rats et des insectes.

Après avoir vérifié les environs avec sa lampe, Henry Charon se faufila dans la faille, où les pierres des parois formaient des angles bizarres. Il pénétra dans une pièce au sol de terre et aux murs de vieilles briques. Le plafond, lui, était constitué d'une dalle de béton. Un après-midi d'exploration discrète à la surface avait appris à Charon ce qu'il y avait au-dessus : de la terre et un terrain de basket asphalté.

Ce sous-sol avait au moins un siècle. La maison qui s'élevait au-dessus avait dû être détruite trente ou quarante ans plus tôt, au cours d'un sursaut d'enthousiasme pour la rénovation urbaine. La dalle faisant office de plafond n'avait pas été coulée spécialement pour cette pièce : ses bords n'étaient pas du tout adaptés aux murs en briques. Nul doute que l'entrepreneur chargé de la démolition avait jugé plus économique de couvrir ce trou plutôt que d'acheter de la terre pour le combler.

L'ennui, c'était qu'il n'y avait aucun moyen de sortir d'ici, sauf par le tunnel du métro. L'intérêt, en revanche, c'était que le tunnel était la seule entrée. Un homme serait raisonnablement en sécurité ici pendant un certain temps — s'il pouvait s'y glisser sans être vu.

L'air entrait par plusieurs fissures dans les murs de briques et autour des grosses pierres qui obstruaient l'ouverture par laquelle, jadis, on déversait sans doute du charbon dans ce sous-sol. Charon estimait qu'il devait y avoir d'autres caves de ce genre, à côté, d'autres souvenirs du Washington du XIXe siècle, et que les fentes où l'air circulait étaient utilisées par les rats qui allaient et venaient dans ce réseau souterrain.

Il vérifia les provisions et le matériel qu'il avait transportés ici, deux soirs de suite, la semaine précédente, lors de son dernier voyage à Washington. Des conserves, un réchaud à gaz, une trousse de premiers secours, dix litres d'eau, trois couvertures, deux lampes électriques et des piles. Tout était là, et apparemment personne n'y avait touché. Avec sa lampe, il examina de plus près l'une des couvertures. Un rat semblait avoir décidé qu'elle ferait un bon nid. Il la secoua, puis la replia.

Il ramassa une poignée de terre et la fit couler entre ses doigts. Elle était sèche, poussiéreuse. Tant mieux, car l'endroit n'aurait pas vraiment été adapté s'il y avait une inondation !

Il éteignit sa lampe et s'assit dans l'obscurité, près de la sortie, aux aguets. Il percevait le bruit de la circulation, dans la rue, à une dizaine de mètres au-dessus de lui. Faible, mais audible. Il y avait un autre son, aussi, mais d'une fréquence si basse qu'il le sentait plutôt qu'il ne l'entendait. Il ressortit la tête dans le couloir en construction, pour jeter un coup d'œil, puis se glissa hors de la faille. Maintenant, le bruit était plus clair — c'était un grondement lointain. Il semblait venir du bas du tunnel.

Il redescendit dans le souterrain du métro, et examina de nouveau le trou dans la paroi, avec sa lampe. Il ne voulait laisser derrière lui aucune trace de sa visite. Satisfait, il partit vers le sud ; le grondement diminua, céda la place au silence. Pas un silence absolu, bien sûr. Il percevait toujours les échos de la rue.

Si Tassone n'avait demandé que l'assassinat de George Bush, ç'aurait déjà été un défi suffisant pour satisfaire n'importe qui, pensait Henry Charon tout en marchant. Réussir le coup, échapper à la chasse à l'homme qui suivrait immédiatement, puis quitter Washington plusieurs semaines plus tard et rentrer au ranch. Et... rester là-bas des années durant, à souffrir le martyre en s'attendant à voir arriver le FBI sur le chemin, et à espérer que cela ne se produirait pas...

Mais Bush n'était que le premier nom de la liste. Les cinq autres devraient être assassinés après le président. C'était ça, l'ennui. Cette succession était logique. S'il tuait d'abord le président de la Cour Suprême, ou le ministre de la Justice, les services secrets entoureraient Bush d'une protection qu'un homme ne pourrait plus espérer franchir.

Bush devait donc être la première cible.

Cette succession posait inévitablement un problème d'une extraordinaire complexité : comment échapperait-il à ses poursuivants ? Il allait devoir se déplacer malgré les recherches policières, trouver ses cibles, puis disparaître dans la nature sans révéler son identité. Encore et encore.

Était-ce possible ? Y parviendrait-il ?

Il aperçut une lumière devant lui et éteignit sa lampe. Il avança prudemment sur deux cents mètres et atteignit un grillage d'acier. C'était là que le nouveau tunnel rejoignait le réseau en fonctionnement. Il s'immobilisa dans l'obscurité et attendit.

Oui. Le grondement recommençait, plus fort, enflant sans cesse, arrivant sur lui.

Il regarda la rame défiler devant lui dans un rugissement, avec ses passagers nettement visibles aux fenêtres, debout, assis, en train de lire ou de discuter. Elle disparut aussi vite qu'elle était venue. Le vacarme s'éloigna avec elle.

Henry Charon sortit de sa poche un plan du métro, et l'examina à la faible lueur de sa lampe. Il suivit les lignes et étudia une nouvelle fois l'agencement général du système de circulation de Washington, pour l'apprendre par cœur. Les avenues, les rues et les lignes de métro devaient lui devenir aussi familières que les crêtes et les plateaux de Sangre de Cristos.

Il rangea la carte dans sa poche, inspecta avec soin le grillage et, en son centre, la porte renforcée, fermée par un cadenas. Il pourrait forcer ce verrou, si besoin était. Un Yale. Il décida d'en acheter un, juste au cas où.

Il se sentait tout drôle, dans ce tunnel, à avancer dans les ténèbres avec la seule lueur de sa lampe électrique pour le guider, et l'odeur de la terre. Un quart d'heure plus tard, il était revenu à la caverne qui, un jour, serait une station, et il se fraya un chemin avec précaution à travers les échafaudages. Il retrouva l'ouverture qui donnait sur le monde extérieur, ôta le contre-plaqué d'un coup de pied, puis le remit en place, une fois passé.

Il faisait froid, dans la rue. Henry Charon reboutonna sa veste et se mit en marche, s'imprégnant de tout ce qu'il voyait et entendait, examinant les lieux une fois de plus, cherchant des abris possibles, essayant de se souvenir de tout.

Est-ce que c'était possible ? Allait-il y arriver, *lui* ?

Même s'il réussissait ce coup, s'il faisait tout d'une façon absolument parfaite et que le destin ne lui réservait aucune vilaine surprise — un flic à un endroit inattendu, un touriste prenant des photos au mauvais moment —, Tassone et ses commanditaires inconnus restaient le maillon faible de la chaîne.

Pour qui travaillait Tassone ? Combien de personnes, dans son organisation, connaissaient le tueur du Nouveau-Mexique, les voyages de Tassone, l'argent liquide dans les mallettes ? Y avait-il, parmi eux, des informateurs au gouvernement ? Ou le deviendraient-ils plus tard ? Certains étaient-ils alcooliques, drogués ? L'un d'eux faisait-il des confidences à sa maîtresse, frimait-il dans les bars ?

Tous ceux qui savaient l'identité de l'assassin du président des États-Unis resteraient de sérieuses menaces tant qu'ils vivraient. Ils porteraient toujours ce secret formidable et précieux. Et s'ils étaient un jour arrêtés ou menacés, ce secret pourrait toujours servir en cas de marchandage.

Et pourtant, le projet tentait Henry Charon. Les préparatifs, cette jouissance anticipée qui deviendrait de plus en plus violente, le meurtre, puis la chasse à l'homme, ensuite — le simple fait d'y penser le faisait se sentir merveilleusement vivant, tout comme lorsqu'il apercevait un élan pour la première fois sur une crête lointaine, dans un petit matin lumineux et glacial. Et pourtant, ces gens qu'il ne connaissait pas, ces gens qui n'avaient pas de visage, pouvaient entraîner sa perte à tout instant. S'il s'en tirait après avoir agi, il devrait vivre avec cette hypothétique trahison suspendue au-dessus de sa tête pour le restant de son existence.

Mais il fallait peser chaque chose, et la chasse était ce qui comptait vraiment.

Tout en marchant, Henry Charon continua à y réfléchir, à réfléchir à la forme qu'elle prendrait.

Chapitre quatre

Dimanche, à Kenwood, T. Jefferson Brody se réveilla seul dans son grand lit, dans son hôtel particulier d'un million six cent mille dollars, avec ses cinq chambres et ses quatre salles de bains. Il prit une longue douche chaude puis il se rasa et enfila des pantalons de laine grise et une veste sport en tweed qui lui avait coûté cinq cents dollars.

Dix minutes plus tard, il sortait la Mercedes du garage prévu pour ses trois voitures, et il referma la porte à l'aide de sa télécommande tout en s'engageant dans l'allée à reculons.

T. Jefferson Brody avait des raisons de se sentir bien, ce matin. Vendredi, il avait déposé à sa banque de Washington un gros chèque représentant certains de ses honoraires, et un autre, d'une somme équivalente, aux Antilles Néerlandaises, première étape d'un transfert électronique vers la Suisse. La nuit précédente, il avait fait quelques calculs sur une enveloppe, qu'il avait ensuite brûlée. Les sommes qu'il avait réussi à amasser étaient... conséquentes, dans tous les sens du terme : il possédait plus de quatre millions de dollars en liquidités, ici, aux États-Unis, sur lesquels il avait payé des impôts, et six autres millions en Suisse, pour lesquels, en revanche, il n'avait rien payé. Tout cela, avec la maison (à moitié remboursée), les voitures, les antiquités et les œuvres d'art (comptant à l'achat), lui faisait une jolie petite fortune. T. Jefferson n'avait aucun souci à se faire.

Mais le problème de T. Jefferson Brody, c'était qu'il en voulait beaucoup plus. Il savait qu'il aurait pu gagner bien davantage, oui, un sacré gros paquet supplémentaire, et il n'avait pas l'impression de toucher une part proportionnée à sa contribution. Ce qu'il faisait — les seules choses qu'il pouvait faire — amenait à ses clients des montagnes de pognon, et lui, il ramassait les miettes qui tombaient de leurs serviettes. Juste des honoraires. Jamais un pourcentage sur les opérations. Bien sûr, normalement, les avocats ne recevaient jamais que des honoraires pour leurs services — sauf que les services de T. Jefferson Brody n'étaient pas vraiment « normaux ».

Tandis qu'il descendait Massachusetts Avenue en direction du district, ce matin, pour un petit déjeuner avec le représentant de son client le plus ancien — mais certainement pas le plus riche —, T. Jefferson se demandait s'il devait annoncer une augmentation de ses honoraires ou quelque chose dans ce genre, qui lui permettrait de mettre davantage d'argent dans sa poche. Il décida d'attendre de savoir ce que voulait son client.

Ces gens allaient devoir comprendre que T. Jefferson Brody était un atout de très grande valeur dans leur camp. T. Jefferson tenait parole. L'argent est roi et le reste n'est que conneries. D'une façon ou d'une autre, il allait être obligé de mettre les points sur les i. En professionnel, bien sûr, et avec discrétion.

Il confia sa voiture au portier du Hay Adams Hotel et traversa le hall d'un pas décidé jusqu'à l'ascenseur. Chaque fois que Bernie Shapiro venait en ville, il descendait dans la même suite, un immense machin en angle, avec une belle vue sur Lafayette Park et sur la Maison Blanche.

Bernie ouvrit la porte, grommela quelque chose, et referma derrière son visiteur.

— Quand est-ce qu'il va faire froid, dans ce bled ?

— Un temps bizarre, reconnut T. Jefferson, en ôtant son pardessus, qu'il abandonna sur le fauteuil le plus proche. Peut-être que le climat de la planète est vraiment en train de se réchauffer.

— Tu parles ! J'avais presque le cul pris dans les glaces à New York, ces deux dernières semaines.

Bernie Shapiro était un véritable ours. Il avait dû être monstrueux dans sa jeunesse — à présent, il était simplement gros. Les années, pourtant, n'avaient pas atténué sa causticité. Il se laissa tomber dans un fauteuil bergère et ralluma le mégot de son cigare planté au milieu de ses grosses joues.

— On va nous monter le p'tit déj dans quelques minutes, murmura-t-il en observant le nouveau venu à travers un épais nuage de fumée.

L'avocat s'assit lui aussi, et son regard embrassa la chambre luxueuse et la Maison Blanche, visible depuis cet angle, à travers les arbres aux branches nues.

La radio, à la tête du lit, diffusait de la musique classique un tout petit peu trop fort, ce qui ne facilitait pas la conversation. Mais c'était une précaution normale. La musique faisait vibrer les vitres, et gênait d'éventuels micros paraboliques pointés dans leur direction par de petits curieux — des agents du FBI, par exemple.

Les deux hommes discutèrent des chances des Giants et des Redskins pour cette année, en attendant le petit déjeuner. Le garçon d'étage frappa à la porte exactement à l'heure prévue. Après tout, on était au Hay Adams.

Lorsque l'employé en veste blanche fut reparti avec sa table roulante, Bernie ouvrit sa mallette et en sortit un appareil qui permettait de détecter les champs magnétiques des micros et qui ressemblait étrangement — c'était volontaire — à une petite radio portative. Bernie déploya l'antenne, et fit le tour de la pièce, en accordant une attention particulière à l'aiguille du cadran lorsqu'il s'arrêtait devant les interrupteurs et les prises de courant ; il promena ensuite son antenne sur le petit déjeuner et sur Brody — devant et derrière. L'opération dura deux minutes environ. Satisfait, Bernie indiqua d'un signe de tête la table de conférence où était posée la nourriture, rentra l'antenne et coupa son gadget.

L'avocat s'installa et se versa une tasse de café, tandis que Bernie faisait disparaître son appareil dans sa mallette. La conversation sérieuse ne commença que lorsque les deux hommes se furent servis.

— Nous avons décidé de nous développer. Vu que tout le monde fait des acquisitions et augmente les profits potentiels, ça nous a semblé une bonne chose.

— Absolument, acquiesça T. Jefferson, en plongeant sa fourchette dans ses œufs Bénédicte.

— Nous avons pensé nous lancer dans la compensation de chèques, dans différentes villes du pays. Nous avons repéré une petite affaire, ici, à Washington, et nous voulons que vous l'achetiez pour nous. Vous mènerez toutes les négociations, vous fonderez quelques sociétés écran et vous servirez de façade à l'ensemble de la transaction.

— Comme l'opération DePaolo ?

— A peu près.

— Comment s'appelle la société que vous voulez vous offrir ?

— A to Z Checks. Le proprio a eu certains problèmes vendredi soir, et l'affaire appartient désormais à sa veuve. Je veux que vous lui fassiez une offre. Vaut mieux attendre mardi. Les obsèques ont lieu demain. Dix succursales. On est prêts à payer quatre cent mille net, mais si vous pouvez l'avoir moins cher, vous gardez la différence.

— D'accord.

Bernie s'intéressa à sa saucisse tandis que T. Jefferson Brody tournait et retournait ce projet dans sa tête, avant de décider qu'il posait quelques problèmes. Deux sociétés écran et un certain nombre de négociations. Cession des bails des filiales — il savait par expérience que ces installations étaient toujours louées —, plus les paperasseries habituelles. Tout ce qu'il y avait de plus simple, quoi.

— Si la veuve refuse votre proposition, vous me prévenez.

— Quel profit peut-on attendre ?

— Environ cent mille dollars par an.

— Votre offre paraît raisonnable, alors. Mais si vous me permettez une question, pourquoi avez-vous besoin de ce truc ?

— C'est la seconde partie de notre projet. Le business du crack, ici, à Washington, rapporte un bon paquet de pèze. Y a six organisations, dans cette zone, qui contrôlent tout le trafic. Si quelqu'un d'autre essaie de monter quelque chose, il est vite éliminé. Elles ne s'entendent pas trop mal entre elles, et gagnent correctement leur vie, avec, bien sûr, les frictions normales, dans la rue, entre petits vendeurs. (Bernie fit un geste de la main : ces détails étaient sans intérêt.) Leur vrai problème, c'est le blanchiment du pognon une fois qu'elles l'ont ramassé. C'est le service que nous fournirons. Nous prenons du liquide et nous l'échangeons contre les chèques du gouvernement — aide sociale, allocations familiales, sécu, et tout ça — et les chèques privés habituels que nous déposons dans un portefeuille d'entreprise, puis nous faisons transiter l'argent par des sociétés écran qui l'introduisent dans des affaires légales que nous possédons. D'autres affaires légales sans le moindre rapport avec les premières fourniront le blé pour nos petits amis du crack. Ils auront ainsi un joli revenu, d'une société bien à eux, et personne ne pourra jamais rien prouver. Je pense qu'ils apprécieront beaucoup cette opération lorsqu'on leur expliquera le topo. Pour cette partie-là, cependant, nous n'aurons pas besoin de vous.

— A combien vous facturerez ce service ?

— Vingt pour cent, répondit Bernie avec un grand sourire.

Brody s'efforça de contrôler les muscles de son visage, pour ne pas laisser paraître sa surprise.

— Ça leur coûte entre dix et quinze pour cent, aujourd'hui, reprit Bernie. Ils ne seront certainement pas trop enthousiastes, au début. Mais ils changeront d'avis quand ils comprendront les avantages de notre proposition.

— Dix succursales seront suffisantes pour assurer le volume des opérations dont vous aurez besoin ?

— J'en doute, dit Bernie. Nous doublerons probablement leur nombre d'ici un mois, puis nous en ouvrirons d'autres dans d'autres villes. A to Z va bénéficier d'un développement explosif.

Ils passèrent alors en revue les problèmes complexes que tout cela posait. Le principal, pour la bonne marche de l'affaire, c'était de posséder une couverture à toute épreuve.

— Vous allez avoir besoin d'une ou peut-être deux banques, dit Brody à son client, alors qu'ils repoussaient leurs assiettes et se servaient du café.

— Ouais. Y a une caisse d'épargne qui devrait être disponible à Alexandria la semaine prochaine, ou dans ces eaux-là. Le caissier en chef a eu un vilain accident sur le périph, vendredi. Un certain Harrington. (Bernie eut un grand sourire.) On dirait bien que le vendredi n'est pas un jour de chance, dans le coin.

L'avocat acquiesça d'un petit rire.

— Ce Harrington blanchissait de l'argent pour Freeman McNally, poursuivit Bernie.

McNally était le plus gros dealer de crack de Washington — et aussi l'un des clients de T. Jefferson Brody. Peut-être Bernie Shapiro le savait-il, ou peut-être pas. Si Brody survivait, c'est parce qu'il ne parlait *jamais, absolument jamais,* des affaires d'un client à un autre. Et il n'avait pas l'intention de changer de méthode maintenant.

Bernie poursuivit :

— Un type de la boîte a découvert ce que faisait Harrington et il en a causé à un gars qui connaissait quelqu'un. Une chose en amenant une autre, aujourd'hui nous faisons affaire avec ce gars qui a attiré notre attention sur Harrington. Demain ou après-demain, les gens de l'organisme de contrôle vont entrer en scène. Et dans trois ou quatre jours, l'endroit sera probablement à vendre pour pas cher. Et vous l'achèterez pour nous.

Cette fois, T. Jefferson se permit un sourire.

— D'accord, mais là on va avoir besoin d'un certain nombre d'intermédiaires. C'est un peu plus épineux de s'offrir une caisse d'épargne.

— Le type dont je vous ai parlé travaille pour nous, et il nous refile deux ou trois noms. On fournit la totalité des fonds, et il s'en occupe à notre place. Vous vous chargez du travail légal, bien sûr.

Ils discutèrent de tout cela pendant plus d'une heure. Lorsqu'ils eurent réglé les moindres détails, T. Jefferson Brody pensa qu'il était temps d'aborder la question de ses honoraires.

— Bernie, cette nouvelle entreprise va vous rapporter pas mal.

— Ça devrait, fit Bernie en allumant un nouveau cigare.

— Je veux augmenter mes honoraires.

Bernie tira tranquillement sur son cigare, et regarda l'avocat à travers la fumée.

— On vous file cinquante mille dollars par mois, Tee.

— Je sais. Et je fais un excellent boulot qui vous permet de ramasser vraiment beaucoup d'argent. En toute franchise, Bernie, je crois que mes honoraires devraient être plus importants.

— Z'êtes un avocat véreux, répondit Bernie Shapiro, sans cesser de fixer son interlocuteur. Le jour où on sera ruinés, vous resterez là comme une vieille chaussette. Vous ne prenez aucun risque, vous n'investissez pas d'argent, vous êtes protégé par le secret professionnel. Cinquante mille par mois, c'est amplement suffisant.

Brody essaya de l'interrompre, mais Bernie leva la main :

— On n'a jamais eu dans l'idée de vous demander l'exclusivité du boulot. Si on pensait que vous aviez violé un secret, Tee, ou essayé de vous faire un peu de blé pour vous tout seul sur une de nos opérations, ou dressé deux camps l'un contre l'autre pour votre seul profit, on aurait pris un autre avocat. Et on aurait même envoyé une gerbe le jour de vos funérailles. Mais vous faites pas des trucs pareils. Alors on vous file un contrat à l'année de cinquante mille dollars par mois pour les petits jobs qu'on vous demande et on n'est pas sur votre dos.

T. Jefferson Brody ouvrit la bouche, et la referma.

Bernie Shapiro lui sourit. Un bon sourire.

— Essayez de voir ça de cette façon, Tee. Vous êtes même pas obligé de vous emmerder à nous faire des factures. Nous envoyons le chèque le premier de chaque mois, même si vous étiez en vacances aux Bahamas le mois d'avant. C'est pas vrai ?

Brody acquiesça d'un signe de tête.

— Merci d'être passé ce matin, Tee. Mardi, vous vous mettez au boulot avec la veuve. (Bernie se leva et tendit sa veste à l'avocat.) On reste en contact.

— Sûr.

— Et rappelez-vous, Tee. La gourmandise est un vilain défaut.

Tandis que T. Jefferson Brody quittait le Hay Adams dans son coupé Mercedes, Henry Charon sortait de son hôtel, un établissement autrement plus modeste, et s'éloignait sur le trottoir. Ce matin, ses pas le menèrent du côté du bâtiment de la Cour Suprême, juste en face du Capitole. Il en fit lentement le tour, en examinant les plaques d'immatriculation des voitures garées sur le parking, puis les immeubles de l'autre côté de la Deuxième Rue. Il partit dans cette direction.

Assassiner des gens ressemblait par bien des côtés à la chasse au cerf. Le chasseur devait se positionner de façon à profiter d'une occasion passagère. Le savoir-faire, ici, c'était de se trouver au bon endroit au bon moment, avec le bon équipement, et de faire feu lorsque le destin et les circonstances le permettaient.

Il pensa — et ce n'était pas la première fois — qu'il aurait dû devenir tireur d'élite dans l'armée. Il aurait fait du bon boulot et il aurait aimé ça. Mais les tireurs d'élite ont besoin de guerres pour mettre leurs talents en pratique, alors qu'un assassin trouve toujours du travail.

Il revint à ce problème — pas encore résolu — de l'existence éventuelle d'informateurs dans l'organisation ou le groupe qui désirait l'employer. Il n'avait pas la moindre idée de l'identité de ces gens, mais il supposait qu'avec un certain effort il pourrait la découvrir. Dans ce cas, que ferait-il?

Peut-être que la solution était d'organiser dès à présent sa disparition définitive — un changement d'identité. L'inconvénient, c'était la question du temps. Il n'avait pas assez de temps devant lui pour s'en occuper correctement. Et bâcler une telle démarche risquait de se révéler encore pire que de ne rien faire.

Par la suite, pourrait-il consacrer six mois à s'y préparer comme il fallait, puis s'évanouir dans la nature? Est-ce qu'il aurait six mois?

Ressassant ces mêmes questions, dans l'allée qui longeait l'arrière des immeubles de la Deuxième Rue, Henry Charon aperçut un container à ordures sous un escalier de secours. Il déplaça un peu la grosse poubelle en métal et enfila des gants de caoutchouc. Personne en vue, apparemment. Alors, il grimpa sur la poubelle, attrapa le dernier barreau de l'échelle et tira. Il jeta un ultime coup d'œil autour de lui, et entama son escalade.

L'immeuble ne possédait même pas de système d'alarme. Il était ancien; ses fenêtres avaient encore des châssis en bois. Charon ouvrit un loquet avec une carte de crédit, et fut à l'intérieur en quelques secondes. L'ascenseur fonctionnait. Il le prit pour monter au dernier étage. Les bureaux de ce niveau étaient vides et plongés dans l'obscurité, en ce dimanche après-midi. Il chercha les escaliers.

La serrure de la porte qui donnait sur le toit ne résista pas à son rossignol. Charon s'avança d'un pas et apprécia la situation d'un seul regard. La vue sur le parking de la Cour Suprême était en partie gênée par les branches nues des arbres. Mais cela ne le dérangeait pas. Il avait souvent tiré à travers des taillis et des feuillages bien plus épais et sur des distances beaucoup plus longues. L'immeuble de la Cour Suprême était à une centaine de mètres et le Capitole à environ cinq cents mètres. Les bâtiments adjacents avaient la même hauteur que celui-ci. Une petite bordure d'une vingtaine de centimètres fournissait un abri tout le long du toit. Excellent.

Charon ne laissa pas la porte ouverte plus d'une demi-minute. Il redescendit les escaliers menant au toit, reprit l'échelle de secours en ressortant par la fenêtre du dernier étage et se retrouva bientôt sur le container à ordures. Une minute et neuf secondes après avoir refermé derrière lui la porte du toit, il marchait d'un bon pas en direction de Constitution Avenue.

Jack Yocke corrigeait avec soin son texte sur le meurtre du périphérique. Il le faisait défiler lentement sur son écran et vérifiait jusqu'à la moindre virgule.

Son article était basé sur les suppositions d'un lieutenant de police de Montgomery County, selon lequel un amateur de vitesse frustré aurait pu abattre Walter P. Harrington parce que c'était un connard sadique qui roulait toujours à quatre-vingt-dix à l'heure sur la voie rapide. Yocke avait un peu relevé la sauce pour le *Post*, mais telle était la substance de son papier. Aucun indice supplémentaire. On n'avait pas retrouvé la balle qui avait tué Harrington. Aucun témoin du meurtre ne s'était présenté à la police. La veuve était anéantie. Les funérailles auraient lieu lundi.

La police de Montgomery County avait admis, à titre officieux, que ce meurtre ne serait probablement jamais élucidé, sauf si l'assassin se mettait à tout déballer un jour qu'il aurait trop bu. Jack Yocke avait communiqué cette information à son rédacteur, si bien qu'il n'avait aucun espoir d'écrire autre chose sur le sujet.

Tandis qu'il appuyait sur les touches de son clavier pour transmettre par voie électronique son article sur Walter P. Harrington, Yocke aperçut Ottmar Mergenthaler qui se dirigeait d'un pas tranquille vers son bureau. Ott lui adressa un signe de la main et demanda :

— Salut, Jack, t'as du boulot, là tout de suite ?

— Rien de pressé, non.

— Le roi colombien de la drogue donne une conférence de presse restreinte. Tu veux m'accompagner ?

— Sûr.

— Je prends un magnéto et on y va.

Dans la voiture, Jack demanda :

— Comment t'as dégoté ce coup fumant, au fait ?

Mergenthaler laissa échapper un petit rire.

— Je connais l'avocat d'Aldana. Thanos Liarakos, un grand mercenaire des assises. Ça fait des années que je le fréquente. Il représente toujours des membres de gangs et des trafiquants. Les seuls escrocs qui peuvent se l'offrir. Il en fait acquitter un de temps en temps pour pouvoir réclamer des honoraires invraisemblables et continuer à avoir tout le boulot qu'il veut. Bon, il a téléphoné et il m'a annoncé qu'Aldana voulait faire une déclaration dans sa cellule à des gens de la télé, mais que je pouvais venir si j'avais envie.

— Qu'est-ce qu'il va raconter ?

— Liarakos n'en sait rien. Il a sérieusement mis en garde Aldana contre tout contact avec des journalistes, mais son client a insisté.

— Il va prétendre que le battage des médias a prévenu contre lui les futurs jurés — et empêché toute possibilité d'un procès équitable.

— Ouais, dit Mergenthaler. En tout cas, on dirait bien qu'Aldana n'est pas le genre de type à tenir compte de l'avis de ses avocats, même s'ils lui coûtent très cher.

— Est-ce qu'il possède vraiment quatre milliards de dollars ?

— Comment diable savoir ? Je parie qu'Aldana lui-même n'en sait rien.

Quatre milliards ! Ça représentait quoi, exactement... ? *Quatre mille millions ?* Cette somme était au-delà de toute compréhension. Bien sûr, le gouvernement avait l'habitude de chiffres de ce genre, mais pas les simples citoyens. C'était plus que le produit national brut de l'Islande. On pouvait acheter l'Arkansas tout entier, avec ça. Posséder son propre État. S'offrir toutes les putes des deux Amériques et se constituer un harem quelque part sur un territoire bien à soi, au bord du Mississippi. Et si les Fédés vous avaient dans le nez, il suffisait d'engager tous les avocats de New York et de Washington pour foutre le bordel dans n'importe quel tribunal des États-Unis.

— C'est beaucoup d'argent, murmura Jack.

— Trop.

Jack grogna :

— C'est de la folie, Ott. Un truc pareil n'est pas possible. Faut se pincer pour vérifier qu'on rêve pas.

Il y avait beaucoup de monde à la prison du district. Journalistes et cameramen se bousculaient dans le hall d'entrée. Yocke et Mergenthaler se frayèrent un chemin jusqu'à l'accueil et trouvèrent le sergent engagé dans une joute verbale avec le présentateur d'une TV locale. Les caméras tournaient.

— Vous ne pouvez pas nous interdire d'entrer. Nous sommes des représentants de la presse !

— Je me tape de ce que vous pouvez bien être ! Les seules personnes qui passent sont celles qui sont notées sur cette liste, ici. (Le sergent appuya du doigt sur la feuille posée devant lui sur le comptoir.) Et vous z'y êtes pas. Et maintenant, allez faire des histoires dehors, si vous voulez pas qu'on vous trouve une cellule. Et coupez ce foutu projo !

— On est en *Amérique* !
— Viens qu' je te dise quelque chose à l'oreille, connard : *dégage* !
— Mergenthaler, *Washington Post*.

Le journaliste fit glisser sa carte de presse sur le bois sombre du comptoir, vers le sergent, qui étudia sa liste, tandis que le présentateur TV recommençait à protester.

— Vous êtes sur mon papier, dit le gardien. Prenez cette porte, là-bas.

— J' suis avec un collègue du *Post*, dit Mergenthaler.

Yocke sortit lui aussi sa carte de presse, et l'homme agita la main pour lui dire de passer, tout en lançant au journaliste de la télé, qui hurlait toujours d'indignation :

— Non, non, *non* ! C'est quelle lettre que vous ne pigez pas, dans ce mot ?

Deux policiers les fouillèrent pour vérifier qu'ils n'avaient pas d'arme, pendant qu'un troisième examinait le magnéto de Mergenthaler. Puis on les entraîna dans un long couloir, où des décennies de crasse semblaient collées sur des murs sombres qui avaient dû être verts, à l'origine. En haut d'un escalier mal éclairé, ils franchirent un autre contrôle de sécurité, puis des portes d'acier qui s'ouvrirent sur leur passage et se refermèrent aussitôt derrière eux, et ils longèrent ensuite des rangées de cellules pleines à craquer, dont les occupants les huèrent et leur lancèrent des obscénités.

Les deux journalistes passèrent une nouvelle porte d'acier et pénétrèrent enfin dans une salle où une équipe de télévision était occupée à installer des projecteurs et deux caméras. Dans cette pièce donnaient plusieurs autres portes d'acier, outre celle par laquelle ils étaient arrivés. L'une d'elles était entrebâillée, et Yocke y jeta un coup d'œil. Il découvrit une succession de quatre cellules capitonnées — prévues pour les psychopathes. Apparemment, les flics avaient préféré ne pas laisser Aldana au milieu des vulgaires criminels, dans leurs quartiers surpeuplés.

Le correspondant de la chaîne TV, dont Yocke reconnut le visage sans être capable d'y mettre un nom, fit un signe de tête en direction de Mergenthaler, puis étudia son carnet de notes, tandis qu'une jeune femme le maquillait. Elle le coiffa et mit un peu de laque dans ses cheveux. Un technicien essaya un micro de cravate, sous le regard inexpressif d'un flic en uniforme.

Mergenthaler se trouva un petit coin d'où il pourrait suivre la scène tout en restant en dehors du champ des caméras. Yocke s'appuya contre le mur, à côté de lui.

Plusieurs minutes s'écoulèrent. Cinq, dix.

De temps en temps, quelqu'un toussait. Mais personne n'échangeait un mot. Ils attendaient.

Quel genre d'homme était cet Aldana ? Jack Yocke essaya de se représenter l'individu qui allait apparaître, en s'aidant de ce qu'il savait de lui. Une brute, décida-t-il. Un genre de salopard latino-américain, grandi dans le barrio, débordant de haine et persuadé qu'Adolf Hitler était le prophète capable de régner sur le chaos à venir. Ça sentait le best-seller. Yocke se demanda s'il n'y avait pas un gros livre dans l'avenir d'Aldana.

Un bel homme, l'air sombre, vêtu d'un costume gris, arriva par l'une des portes. La lumière des projecteurs lui tira une grimace, puis il salua le commentateur de la TV et Mergenthaler.

— Mon client sera là dans un instant. Voici la règle du jeu. Il veut faire une déclaration, ensuite les journalistes de la TV auront cinq minutes pour poser des questions. Lorsqu'ils auront terminé, Mergenthaler aura cinq minutes lui aussi.

— Je ne veux pas qu'il soit là pendant qu'on tourne, grommela le type de la TV.

— Quand allez-vous diffuser votre interview ? lui demanda Thanos Liarakos.

— Probablement ce soir, et encore demain, dans les infos du matin.

— Alors je ne vois pas où est le problème. (L'avocat fronça les sourcils.) Il ne va pas vous piquer votre scoop. Et si vous voulez, vous pourrez continuer à filmer lorsqu'il fera son interview.

Mais, bien sûr, les gens de la télé ne feraient pas une chose pareille. En aucun cas ils n'étaient prêts à courir le risque de montrer Mergenthaler, sous le feu des caméras, en train de poser des questions plus intelligentes que celles de leur propre journaliste.

— Le show-business... murmura Mergenthaler à Yocke, avec une certaine aigreur. (Puis, plus fort, il demanda :) Monsieur Liarakos, connaissez-vous la teneur des déclarations d'Aldana ?

— Non.

— Il en a discuté avec vous ?

— Non.

— Est-ce vous qui avez conseillé à votre client de donner une conférence de presse ?

— Pas de commentaire.

— Si le ministère public demande au juge d'ordonner une interdiction de prise de parole, vous battrez-vous contre cette mesure ?

— Je ne fais jamais de spéculations de ce genre.

— Aldana peut-il avoir un procès équitable, ici, à Washington ?
— Je ne vois pas un seul endroit des États-Unis où il pourrait avoir un procès équitable.
— Combien de temps faudra encore attendre ? grogna le présentateur TV.
— J'ai une question, monsieur Liarakos, intervint Yocke. Jack Yocke du *Post*.
— L'est avec vous, Ott ?
— Oui.
— Allez-y, monsieur Yocke.
— Êtes-vous satisfait que votre client se soit arrangé pour payer vos honoraires, qui sont dit-on très élevés, avec de l'argent qui ne provient d'aucune activité illégale ?

Liarakos fronça les sourcils et répondit d'un ton cassant :
— Pas de commentaire.
Il disparut par une des portes d'acier.
Le présentateur fit un large sourire à Yocke. Un soupçon d'amusement passa sur les lèvres de Mergenthaler.
Le temps s'écoula lentement. Le gars de la télé consultait sa montre sans arrêt.
Sept minutes plus tard, la porte s'ouvrit. Deux policiers en uniforme entrèrent, suivis par deux autres personnages que Jack pensa être des officiers fédéraux. Derrière eux réapparut Liarakos, accompagné par un homme de taille moyenne, de type latin, avec une moustache bien coupée. Plusieurs autres policiers et fédéraux fermaient la marche, mais ce fut cet homme qui retint toute l'attention de Yocke.
Il le regarda s'installer sur sa chaise, alors que les projecteurs de la télévision s'allumaient. Il était gentiment grassouillet, avec des joues bien pleines qui, dans quelques années, feraient des bajoues toutes flasques. Il ressemblait à un banquier d'âge moyen qui n'aurait plus fait d'exercice depuis l'école. Il était vêtu d'un pantalon sport et d'une chemise blanche à manches courtes. Pas de cravate. Il cligna les yeux sous la violente lumière des projecteurs et regarda autour de lui avec circonspection, pendant qu'un technicien lui fixait un micro.
Lorsque celui-ci se fut écarté et que l'on eut demandé à l'un des officiers fédéraux de sortir du champ de la caméra, le correspondant de la chaîne commença :
— J'ai cru comprendre que vous aviez une déclaration à faire, señor Aldana.
Aldana fixa la caméra.
— Je suis Chano Aldana, dit-il avec un accent espagnol prononcé.

Je suis la réalisation de votre pire cauchemar. Je suis les masses sans visage et affamées auxquelles vous refusez à manger. Je suis l'esclave que vous avez conduit, enchaîné, devant l'autel implacable des prêteurs sur gages. Je suis le malade que vous refusez de soigner. Je suis le mendiant que vous chassez de la fête. A moi, on a donné la clé du puits sans fond. Et je l'ai ouvert.

Le journaliste de la télévision resta bouche bée plusieurs secondes. Puis il demanda :

— Señor Aldana, êtes-vous coupable des crimes dont vous êtes accusé ?

— C'est *vous* qui êtes les coupables. Pas moi.

— Êtes-vous à la tête du cartel de trafic de cocaïne de Medellín ?

— Je suis un homme d'affaires du tiers monde.

Lorsqu'il fut clair que sa réponse s'arrêtait là, le présentateur insista :

— Êtes-vous un trafiquant de cocaïne ?

— Je n'ai jamais fait de trafic de cocaïne.

— Vous avez laissé entendre que les gens qui travaillent pour vous causeront des violences si vous n'êtes pas libéré. Est-ce bien cela ?

— J'ai dit le fond de ma pensée. Exactement. Ceux qui connaissent ma réputation vous expliqueront que je suis un homme de parole.

Lorsque les projecteurs s'éteignirent et que vint son tour, Mergenthaler demanda :

— Que signifie votre phrase : « A moi, on a donné la clé du puits sans fond » ?

— Je suis Celui qui a été chassé du Paradis. Je suis Celui que vous n'avez pas voulu à votre fête. *A moi, on a donné la clé du puits, et je l'ai ouvert.*

— Que diriez-vous d'une réponse directe ? Êtes-vous ou non impliqué dans le trafic de cocaïne ?

— Je n'ai jamais fait de trafic de cocaïne.

— Possédez-vous vraiment une fortune de quatre milliards de dollars américains ?

— Je suis riche, mais je ne sais pas exactement à quel point.

— Enfin une réponse nette.

La lèvre supérieure d'Aldana se retroussa en une moue de mépris et il plissa les yeux. Il se leva en fixant Mergenthaler et franchit avec les officiers fédéraux la porte qui donnait sur sa cellule ; son regard resta posé sur le journaliste jusqu'à ce que celle-ci se fût refermée sur lui.

— Ce mec est complètement cinglé, dit Yocke, dans la voiture.

Ottmar Mergenthaler restait assis derrière son volant, immobile, la clé de contact à la main.

— Il ne t'a tout de même pas fait peur en te regardant comme ça ?

Mergenthaler jeta un coup d'œil à son compagnon.

— Ouais. Il m'a fait peur.

Le chroniqueur du *Post* enfonça doucement sa clé dans le démarreur.

— Il est dingue, et il a à son service des armées entières de tueurs à gages qui ont déjà assassiné des centaines de politiciens, de juges et de policiers en Colombie. Ils ont fait sauter des avions, des grands magasins et des journaux, ils ont flingué des douzaines de journalistes qui ont refusé de se taire. Ils se foutent pas mal de qui ils tuent. Ils s'en foutent vraiment.

Il démarra et passa la première.

— Ouais, Jack, ajouta-t-il, j'avoue que cet homme m'a fichu la trouille.

Chapitre cinq

L'enthousiasme d'un Américain pour la loi et l'ordre est directement proportionnel au degré de la menace qui pèse, selon lui, sur sa sécurité personnelle ou sur son gagne-pain. Lorsque la perception de cette menace recule, son empressement pour la surveillance policière en fait autant.

L'Amérique du Nord est la nation la moins policée de la planète. L'Américain moyen peut passer toute son existence sans aucun contact, sinon fortuit, avec les policiers, excepté les agents de la circulation omniprésents chargés de faire respecter des limitations de vitesse ridiculement basses que les Américains estiment nécessaires, non sans les ignorer royalement. Beaucoup de citoyens respectueux des lois n'ont jamais adressé la parole à un seul policier de leur vie et la grande majorité de la population n'a jamais souffert l'indignité d'un contact avec des flics dans l'exercice de leur fonction.

Aucune police paramilitaire ne patrouille dans les rues de l'Amérique. Aucune police secrète n'écoute les conversations des citoyens, ne contrôle le courrier, n'achète les commérages des voisins. Aucun policier ne demande des comptes à un Américain qui dit du mal du gouvernement ou du président, ou qui envoie des lettres fielleuses aux journaux ou aux politiciens.

Indépendamment de son degré de paranoïa ou de haine, on laissera tranquille un Américain, à moins que sa conduite ne l'amène à franchir la frontière de la violence ; dans ce cas, il peut s'attendre à faire un séjour dans une cellule — pour une période relativement brève, où il pourra réfléchir à ses erreurs de conduite. Pas de peloton d'exécution. Pas d'emprisonnement politique. Pas de goulag. Même s'il travaille du chapeau, aucun mandat de dépôt permanent dans un asile. En Amérique, le droit de haïr son voisin est protégé comme nulle part ailleurs sur cette Terre.

Malgré les flux répétés d'immigrants venus des quatre coins d'une planète en proie à la haine et déchirée par la guerre, l'Amérique a institutionnalisé la liberté personnelle. Les tribunaux l'ont jalousement défendue, peut-être sans le vouloir, en se conformant avec énergie et satisfaction à l'hypothèse maintes fois affirmée, bien que hautement suspecte : « A chaque mal son remède. » Et pas un remède dans l'au-delà, mais en Amérique, ici et maintenant ! Jamais, dans toute la tragique et sanglante histoire humaine, on n'a accepté aussi systématiquement un concept si radical et illogique, jamais celui-ci n'a été mis en pratique par tant de gens supposés rationnels.

Ainsi la structure sociale reste-t-elle intacte. Aucun groupe, important ou non, ne croit sincèrement que personne n'écoutera ses doléances. Tout le monde les écoutera. Les journaux les imprimeront, les riches compatiront et donneront de l'argent, les politiciens feront des discours, les juges trouveront un remède.

Et l'Amérique continuera à tourner ainsi.

Jack Yocke relisait son texte sur son écran, tout en se mordillant un ongle. C'était vraiment de cette façon qu'il voyait l'Amérique — un endroit pragmatique et merveilleusement dingue. Les Américains voulaient de la justice, mais pas trop. Et voilà que dans ce chaudron de liberté on plongeait Chano Aldana et ses quatre milliards de dollars.

Quatre mille millions de dollars ! La quantité de meurtres, de mutilations et de traîtrises qu'une telle somme pouvait acheter dépassait la compréhension. Et Aldana était parfaitement capable de tout s'offrir. Qu'est-ce que cela pouvait bien lui faire si les fondations craquaient et que la maison s'écroulait ? Il avait la sienne. Et il l'avait fait savoir.

— Ton style est atroce.

Ott Mergenthaler lisait par-dessus son épaule.

— Pas vraiment pour le *Post*, hein ?

— Pas du tout, en effet.

— Aldana ne peut pas gagner.

— Tu le sais et je le sais, mais lui non, apparemment.

— Quelques débordements, les Américains adorent ça, dit Yocke. Un petit plaisir interdit dont on demandera pardon le dimanche matin, où est le mal ? Mais Aldana sera tôt ou tard écrasé comme un vulgaire moucheron s'il essaie de faire peur aux gens d'ici, comme en Colombie.

— Liarakos a certainement essayé de le lui faire comprendre.

— Sa meilleure défense, c'est de jouer l'opprimé. Dans le style David contre Goliath.

— Mais Chano Aldana *est* Goliath, dit le chroniqueur sèchement, en approchant une chaise. Il l'a clairement fait savoir cet après-midi.

— Va falloir légaliser la drogue, Ott. Pour l'instant, personne ne le souhaite, mais personne non plus ne veut vivre dans une Amérique où y aura tellement de flics que ça en deviendra inacceptable.

— S'il faut demander une police plus efficace, je suis pour, dit Mergenthaler.

— Oh, merde ! T'as jamais pensé une chose pareille. Tu détestais

J. Edgar Hoover. Tu disais que le comité de la Chambre pour les activités anti-américaines[1] était un cancer du corps politique. (Lorsque Mergenthaler voulut répliquer, Yocke éleva la voix, sans en tenir compte.) Oui, j'ai lu quelques-unes de tes vieilles chroniques... Tu ne vas pas changer ton numéro maintenant.

Lorsqu'il fut certain que Yocke avait vraiment terminé, Mergenthaler répondit :

— J'ai été en Hollande, et j'ai vu les gosses couchés dans les jardins publics, assommés par le hasch, la cervelle brouillée en permanence, pendant que les flics faisaient les cents pas en les regardant. J'ai été dans les morgues hollandaises et j'ai vu les cadavres. *J'ai été dans les morgues de Washington, et ici aussi je les ai vus.* Cette merde, ça n'a rien de commun avec le tabac ou l'alcool. Deux joints de crack et une personne de constitution moyenne devient accro. Légaliser ça ? *Non ! Un millier de fois non.*

Jack Yocke leva les mains.

— A Medellín, en 1989, la morgue a réceptionné quatre mille quinze victimes d'assassinat. Et encore, c'est les cadavres qu'on a réussi à retrouver. Medellín compte deux millions d'habitants. Ça donne un taux de meurtres de deux cents pour cent mille. (Yocke plissa les yeux.) Contre dix-huit ou dix-neuf pour cent mille, ici, dans le district, soit quatre cent trente-huit meurtres en 1989. Lorsque notre taux de meurtres sera dix fois pire qu'aujourd'hui, Ott — *dix fois pire* —, ce jour-là je te demanderai quelle compassion tu éprouves pour tous ces toxicos qui se croient malins et qui auraient tiré leurs premières bouffées de toute façon.

— Ça ne deviendra pas aussi terrible ici.

— Tu crois que les militants noirs et les libéraux qui dirigent cette ville vont arriver à contrôler la situation ? Tu as rencontré Aldana cet après-midi. Tu parles, si ça ne va pas devenir aussi terrible ici !

— Tu ne viens pas juste de dire qu'Aldana se ferait avoir tôt ou tard ?

— Ce n'est pas Aldana qui m'inquiète. Mais toutes les autres mouches que ce pognon va attirer.

Quand Mergenthaler le quitta pour retourner à son bureau, Jack Yocke essaya d'écrire encore quelques lignes, et découvrit qu'il en était incapable. Il était en colère, sur les nerfs. Ses yeux se posèrent sur la une du *Post*, avec la photo de George Bush partant pour

---

1. Au moment de la guerre froide, ce comité enquêtait sur les activités politiques considérées comme subversives, et surtout les activités « communistes ». (*N.d.T.*)

Kennebunkport, Maine. Bush agitait la main, avec un grand sourire. Jack Yocke balança le journal dans sa poubelle.

Rock Creek Park est le Central Park de Washington, ou du moins essaie-t-il de l'être. Mais, contrairement à la vaste étendue d'arbres et de gazon de New York, Rock Creek Park n'est pas vraiment un paradis pour les promeneurs. Entre autres, pour des raisons géographiques.

Le parc commence à une vingtaine de kilomètres au nord du Potomac, dans Montgomery County, Maryland, sur une petite étendue de terrain longeant un ruisseau qui serpente en direction du sud et du fleuve. Sur plusieurs centaines de mètres, une fois passé l'autoroute à huit voies, les maisons et leurs jardins descendent jusqu'au bord de l'eau. Le petit cours d'eau atteint bientôt le terrain du Walter Reed Army Hospital et ses vastes pelouses. Au sud de l'hôpital, sur plusieurs kilomètres, le parc a environ quatre cents mètres de large. C'est une agréable oasis d'arbres et de verdure sur les rives escarpées.

C'est dans la partie qui traverse le district que cette ceinture verte prend finalement les dimensions d'un vrai parc. Sur les cinq ou six kilomètres suivants, elle a environ un kilomètre et demi de largeur, et on y trouve un parcours de golf et un petit chemin asphalté à deux voies qui, avec ses multiples points de vue, serpente dans les ravins boisés et encombrés de gros rochers du Rock Creek le bien nommé et de ses affluents.

Le parc, ensuite, se rétrécit de nouveau en arrivant au National Zoological Park, qui l'occupe sur toute sa largeur. Au sud du zoo, il longe les fossés de drainage du ruisseau et il ne mesure plus que quelques centaines de mètres de largeur — il ne s'agit plus que des rives du Rock Creek —, et plusieurs ponts le franchissent, sur lesquels passent les principales artères de Washington.

A trois kilomètres au sud du zoo, le ruisseau déverse dans le Potomac ses eaux alcalines, résidus des ruissellements des rues et des pelouses. Son embouchure donne dans le Georgetown Channel, après Theodore Roosevelt Island. Le parc, à cet endroit, offre une modeste touche de vert au bord de l'eau, un simple premier plan pour la vaste ligne de gratte-ciel qui le surplombe.

Sur la majeure partie de sa longueur, Rock Creek Park est constitué de coteaux aux escarpements difficiles, semés de rochers et couverts de forêts de feuillus touffues. Aujourd'hui, malgré la douceur de l'automne, les arbres avaient déjà perdu toutes leurs feuilles et s'étaient transformés en une espèce de jungle presque opaque de branches et de troncs gris qui étouffaient un peu le bruit de la ville.

En marchant, Henry Charon plaçait automatiquement ses pieds de façon à éviter les branches mortes et les pierres branlantes, et cependant l'épais tapis de feuilles sèches faisait entendre un fort bruissement à chacun de ses pas. Une bonne pluie, il le savait, détremperait cette couverture végétale et permettrait de s'y déplacer en silence. Mais pour le moment ce n'était pas le cas.

Au-dessous de lui, sur sa droite, les voitures passaient en vrombissant sur Ross Drive, l'un des chemins touristiques qui longeaient Rock Creek et faisaient office d'itinéraires de dégagement aux heures de pointe. Charon se déplaçait vite, à flanc de coteau, d'une démarche souple et infatigable, ses yeux en perpétuel mouvement. Il s'arrêtait parfois pour examiner d'importants affleurements de roches, puis reprenait sa progression vers le nord.

Il connaissait bien ce genre de terrain. Ce serait une merveilleuse zone pour se cacher, s'il tombait sur l'endroit qui convenait. Ses poursuivants, des combattants habitués aux trottoirs de la ville, se retrouveraient sur son territoire s'ils le pourchassaient par ici.

Il consulta une nouvelle fois sa carte, puis changea de direction pour gagner le sommet. Celui-ci n'était pas très élevé — trois cents mètres environ — mais encore trop, tout de même, pour les citadins qui se promenaient par là sans but précis. Habitué aux escalades dans les Rocheuses, Henry Charon n'était même pas essoufflé en atteignant l'étroite ligne de crête ; il s'immobilisa pour observer les environs.

Il découvrit ce qu'il cherchait juste avant le crépuscule. Il suivait la base d'un affleurement rocheux de la crête. Un trou dans la paroi ouvrait sur une petite caverne abritée, qui avait beaucoup de surplomb. Un gros rocher dissimulait une bonne partie de l'ouverture. Dans l'obscurité, il vit des canettes vides et des mégots. La terre, sur le sol, était très piétinée — par des teenagers ou des clochards. Beaucoup d'empreintes. Cet endroit ferait très bien l'affaire, si besoin était.

Il l'étudia avec grand soin, accordant une attention particulière aux parois. Dans une grosse fissure, il arracha une pierre qui bougeait. Oui, il pouvait cacher ici une arme et quelques provisions et remettre la pierre en place, juste au cas où.

En quittant la petite caverne, il s'immobilisa à l'extérieur pour examiner les lieux de nouveau. Il était certain d'être capable de retrouver cet endroit. Après avoir regardé autour de lui une dernière fois, il entreprit de redescendre la colline.

Une demi-heure plus tard à peu près, Thanos Liarakos arrivait chez lui, à Edgemoor, et rentrait sa Jaguar au garage.

Sa femme, Elizabeth, était à la cuisine, où elle mettait la dernière main à ses canapés. Les invités étaient prévus pour 19 heures. Elle lui donna un baiser sur la joue tandis qu'il se servait à boire.

— Comment ça s'est passé, aujourd'hui ? demanda-t-elle.

— Tu le croiras pas. Il est fou à lier. A la conférence de presse, il a carrément annoncé qu'il était le Diable.

Elle se tourna vers lui pour voir s'il se moquait d'elle.

— Tu vas plaider la folie ?

— Je le lui ai suggéré, et il n'a rien répondu, jusqu'à ce que je parle de psychiatres et de psychologues. Alors il a simplement dit « non ». Exactement ça. Un mot. « Non. » Fin de la discussion.

— Ta mère a appelé, cet après-midi.

Elizabeth lui tournait le dos et étalait du fromage blanc sur du céleri.

— Humm.

Ils avaient fêté l'anniversaire d'Elizabeth la semaine précédente. Trente-neuf ans. En observant sa taille élégante et ses fesses moulées par sa robe, Liarakos décida qu'on lui donnait dix ans de moins.

— Elle venait juste de voir aux infos que tu allais t'occuper d'Aldana.

— Et elle n'était pas contente.

— Elle a piqué une crise, tu veux dire. A demandé comment tu pouvais défendre une ordure pareille. « Toutes ces années... mon petit garçon... aucun honneur. » Ça n'a pas été une conversation agréable.

Liarakos regarda le jardin derrière la maison. Presque cinq mille mètres carrés. Leur jardinier avait ratissé les feuilles mortes trois fois cet automne, mais il y en avait encore beaucoup sur la couverture de la piscine et dans le jacuzzi. Il se promit de les nettoyer lui-même dès qu'il aurait cinq minutes.

— Je lui ai répondu, poursuivit Elizabeth, que tout homme a droit d'être défendu, mais tu la connais.

— Ouais.

— J'ai essayé d'être gentille avec elle, Thanos, vraiment. Mais je suis fatiguée d'entendre ses jérémiades. Honnêtement, j'en ai ras le bol de ses leçons de morale.

— Je sais.

— Alors pourquoi ne le lui rappellerais-tu pas encore une fois ? (Elle se retourna pour lui faire face.) Il n'est pas juste que je passe mon temps à lui expliquer la Constitution et le système juridique américains. Quand elle part dans ses comment-mon-Thanos-peut-faire-ces-conneries, j'ai juste envie de me tirer. Elle n'écoute pas, elle ne veut pas écouter.

— Je lui en reparlerai.
— Promis ?
— Ouais, promis.

Elle s'intéressa de nouveau à son céleri.

— Où sont les filles ? demanda-t-il.
— En haut. Elles font leurs devoirs avant l'arrivée des invités. Je leur ai acheté un nouveau compact, aujourd'hui, ça doit bien faire la onzième fois qu'elles l'écoutent.

Liarakos erra un instant dans le living. Elizabeth avait sorti le service en cristal et ouvert le vin ; les fromages et les biscuits salés étaient déjà installés sur la nappe blanche damassée.

Au moins, sa femme comprenait-elle son travail, elle, car elle avait la même formation que lui. Diplômée en droit de Harvard, elle venait juste d'être engagée dans le même cabinet que Liarakos quand ils avaient commencé à sortir ensemble. Six mois plus tard, ils avaient passé un long week-end au ski, à Aspen et, à leur retour, ils étaient mariés. Bien sûr, elle avait dû renoncer à sa place, mais lui, il était associé adjoint depuis peu.

Leur route avait été semée d'embûches, mais ils ne renonçaient pas, ils tenaient le coup.

Liarakos repensa soudain à son nouveau client et aux tactiques de défense possibles ; il repassa en revue les charges retenues contre lui. L'affaire Aldana allait être difficile. Le ministère public avait deux témoins dans sa manche et il possédait assez de preuves indirectes pour le couler. Et la petite conférence de presse qu'Aldana avait donnée cet après-midi n'avait pas arrangé les choses.

Il allait mettre les infos de 18 heures. Et demain il demanderait à ses associés de rassembler un dossier sur toute la publicité donnée à cette affaire avant le procès. Peut-être que la conférence de presse n'empêcherait pas une telle stratégie, si on considérait le formidable battage que les journalistes avaient fait autour de l'extradition d'Aldana.

Il regarda sa montre. Les infos du soir étaient dans dix minutes. Il valait mieux préparer le magnétoscope maintenant.

Ensuite, il retourna à la cuisine pour se servir un autre verre.

— A quelle heure est partie la bonne ?
— Vers cinq heures. Elle m'a aidée à tout préparer.
— Tu as besoin de moi ?

— Non. Repose-toi un moment. J'ai la situation bien en main.

La situation bien en main. Un avocat de la défense n'avait jamais rien *bien en main.* C'était un concept qui lui était étranger. Prévoir les attaques et les coups du ministère public et tenter de les parer, voilà à peu près tout ce que vous pouviez faire. Et posséder quelques surprises à tirer de votre manche. Ce petit jeu-là s'appelait « contrôler les dégâts ».

Comment contrôlerait-il les dégâts que les témoins de l'accusation allaient occasionner ? Et son client, Aldana, pouvait-il être contrôlé, lui ? Écouterait-il ses conseils ? Liarakos grogna. Il connaissait déjà la réponse à ces deux questions. Et puis bon, c'était Aldana qui était dans la merde, pas lui. Cela dit, il avait l'échec en horreur. Il ne se battait jamais avec plaisir pour une cause perdue, et c'était pourquoi son équipe de défense rapportait deux millions de dollars d'honoraires par an à sa société.

Il alluma la télévision dans le living et la regarda debout, pendant qu'Elizabeth installait les derniers hors-d'œuvre sur la table.

La conférence de presse d'Aldana faisait les gros titres des infos.

— Viens voir ça, Elizabeth, dit-il.

Le présentateur expliqua que la déclaration d'Aldana parlait d'elle-même. Puis il se tut, ses yeux se posèrent une seconde hors champ, sur son moniteur sans doute. Et l'image d'Aldana le remplaça sur l'écran. Tandis que sa voix emplissait la pièce — *A moi, on a donné la clé...* — Liarakos entendit le hoquet de surprise de sa femme.

— Mon Dieu !

— Il fait de l'effet, pas vrai ?

Après les questions du journaliste, la chaîne repassa la déclaration d'Aldana trois fois. Les experts invités — un avocat, un psychiatre, et un universitaire spécialiste de la sorcellerie sud-américaine — furent d'accord pour dire qu'Aldana était un dangereux mégalomane.

Le téléphone sonna au moment même où le carillon de la porte d'entrée se faisait entendre. Elizabeth alla accueillir leurs invités tandis que Liarakos se précipitait pour prendre l'appel dans son bureau. C'était l'associé principal de son cabinet.

— Je viens juste de voir aux infos notre dernier et plus célèbre client.

— Ouais, moi aussi, répondit Liarakos.

— Thanos, va falloir que tu trouves un moyen de faire fermer sa gueule à ce gars-là. En une seule apparition, il s'est arrangé pour convaincre la moitié de la population des États-Unis qu'il est

coupable à cent pour cent. Et en plus c'était la moitié qui n'avait pas encore d'avis sur la question !
— Je lui ai vivement conseillé de ne pas...
— Thanos, Aldana n'est qu'*un* client. Et notre cabinet possède cinquante-deux associés et cent douze partenaires qui représentent plus de douze sociétés à cinq cent mille dollars d'après le dernier classement de *Fortune*, et dans les cent cinquante autres plus petites. L'essentiel de nos affaires, c'est des histoires de réglementation et des litiges commerciaux. C'est une chose de représenter des prévenus ordinaires et une autre de défendre un homme qui raconte qu'il est l'Antéchrist.
— Il est innocent jusqu'à ce que l'accusation ait prouvé le contraire.
— Tu le sais, et moi aussi, mais pas le grand public. Je n'irai pas par quatre chemins, Thanos. Nous ne t'avons jamais dit qui tu pouvais défendre ou pas. Mais ce cabinet ne va pas courir à la ruine juste pour se payer le luxe de représenter le criminel le plus célèbre depuis Al Capone. Maintenant, tu réussis à le faire taire, ou tu lui dis de se trouver un autre avocat. Est-ce que je suis clair ?
— Oui, Harvey.
— Passe me voir au bureau demain.
Et la communication fut coupée.
Thanos Liarakos resta assis un moment, le combiné à la main, avant de le reposer lentement sur son support.
Harvey Brewster était un con. S'il pensait que leur cabinet pouvait se débarrasser de Chano Aldana en se contentant de lui retourner son dossier et de faire enregistrer ce renoncement au greffe du tribunal, il allait avoir une sacrée surprise ! Le juge ne leur permettrait jamais de laisser tomber l'affaire tant qu'un autre avocat compétent et expérimenté n'aurait pas accepté de représenter Aldana, et ce, sans retarder le procès. Les pressions exercées sur le juge pour diligenter les choses devaient certainement être énormes, et celui-ci avait les moyens de transférer ces pressions directement sur les avocats des deux parties.
Et Liarakos savait que le juge n'hésiterait pas une seconde à utiliser son autorité. Il le connaissait. Gardner Snyder venait d'avoir soixante-dix ans et il était en fonction depuis plus de trente ans. C'était l'individu le plus bourru et le plus glacial que Liarakos eût jamais rencontré. Nul doute que cela expliquait pourquoi le ministère de la Justice avait manœuvré si adroitement pour s'assurer que cette affaire serait inscrite sur le rôle des causes de Snyder.
Peut-être que demain le procureur prendrait une décision qui

interdirait aux deux camps les déclarations publiques. Liarakos se doutait que le téléphone de son adversaire était aussi en train de sonner. Il se dit qu'il devrait peut-être le proposer lui-même. Il fallait vraiment obliger d'une façon ou d'une autre Aldana à se taire, s'il voulait bénéficier d'un procès équitable.

La porte s'ouvrit. La tête d'Elizabeth apparut dans l'entrebâillement.

— Thanos, viens dire bonjour à nos invités.

Ils discutaient, bien sûr, de la conférence de presse d'Aldana. Ceux qui n'avaient pas vu les infos de 18 heures avaient été mis au courant par les autres. Liarakos fut bombardé de questions, auxquelles il répondit en haussant les épaules et en souriant. Mais pour le sourire, il lui fallut faire un effort.

Il avait fini son troisième verre de la soirée, et il était en train de se dire qu'il n'avait pas besoin d'un quatrième — et qu'il ne le supporterait d'ailleurs pas — lorsqu'il vit Elizabeth sortir de la cuisine et venir vers lui.

— Ta mère au téléphone. Elle est vraiment remontée à bloc.

— Je la prends sur mon poste.

Jefferson T. Brody et une femme que Liarakos connaissait à peine étaient en pleine discussion dans le bureau, mais il les mit à la porte en s'excusant, et referma derrière lui.

— Salut, m'man.

— Thanos, Thanos, qu'est-ce que tu as fait?

— Euh, je...

La réponse de son fils ne l'intéressait pas. Elle coupa court à toute tentative d'explication de sa part.

— J'ai vu ce type horrible — *ton client* — aux infos, ce soir. J'ai voulu te joindre immédiatement, mais mes amies sont restées pendues au téléphone pendant plus d'une heure. Je t'ai appelé dès que j'ai pu.

— M'man, je suis avocat. Je...

— Tu n'as pas le droit de gagner de l'argent en représentant une ordure de trafiquant comme ça! Mon Dieu, ton père et moi, on s'est privés, on a économisé et on s'est arrangés pour que tu ailles à la faculté de droit et pour quel résultat? Pour que tu défendes un salopard comme cet Alda... Alda-quelque chose. Tu n'as donc aucun honneur? Aucune moralité? Quel genre d'homme es-tu, Thanos?

— M'man, je suis avocat... *Non! Laisse-moi finir!* Je suis avocat et Aldana a le droit d'être représenté par un avocat, quels que soient les crimes dont il est accusé.

— Mais il est *coupable*!

— Il n'est pas coupable tant qu'un jury n'aura pas décidé le contraire. Et coupable ou pas, il doit avoir un avocat.

— J'espère devant Dieu que tu perdras et que ce type paiera pour ses crimes, Thanos. Il a tué, assassiné, soudoyé et je ne sais quoi et il faut le mettre quelque part où il ne pourra pas continuer à martyriser des innocents. Des *milliers* d'innocents. Thanos, tu gâches ton talent et tu pervertis ta religion en soutenant un monstre pareil.

— M'man, j' veux pas continuer à discuter de ça.

— Il a dit qu'il avait la clé de l'enfer. Et il *l'a*! Et toi, tu es en train d'aider ce salopard à poursuivre ses affaires. Tu l'aides à tuer des innocents. Sur la mémoire de papa, comment fais-tu pour dormir la nuit?

— Je ne peux pas en entendre davantage.

— Si, tu peux! Tu vas écouter ta mère qui t'aime et qui désire que tu sauves ton âme. Tu vas arrêter de travailler pour ces gens. Thanos! Mon Thanos! Tu me brises le cœur!

— M'man, on a la maison pleine d'invités. Je ne peux pas les laisser tomber en restant toute la soirée dans mon bureau à t'écouter monter sur tes grands chevaux à propos de choses que tu ne comprends pas... Tu n'as donc aucune confiance en moi?

— Confiance en toi? Quand tu te prostitues pour des criminels du genre d'Aldana? Confiance? Tu me donnes envie de vomir, tiens!

Et, à ces mots, elle lui raccrocha au nez.

Existait-il quelqu'un dans cette ville qui n'avait pas vu les infos de 18 heures?

Il éteignit et s'assit dans l'obscurité. Au bout d'un moment, il desserra sa cravate et s'étendit sur le canapé. Le bourdonnement des voix à travers la porte, le doux ronronnement des radiateurs soufflants, il écouta un instant tous ces petits bruits, et puis il n'écouta plus. Ils s'éloignèrent, comme les brouhahas et les soupirs d'une foule nocturne dans les tribunes de Tinker Field, Orlando, montant et descendant au rythme du jeu.

Le public n'était jamais très nombreux, quinze cents personnes, peut-être, dans le meilleur des cas. Mais toutes ces soirées où le temps était chaud et lourd étaient bonnes, indépendamment du nombre de spectateurs. Les balles rapides n'arrivaient pas à plus de cent, cent vingt kilomètres à l'heure, ce qui n'était déjà pas mal lorsque vous aviez quarante et un ans et que vous essayiez de ne pas les rater. Et dans ces occasions beaucoup trop rares où vous les frappiez avec la batte, vous faisiez travailler tous vos muscles, en courant vers la première base. Et quelquefois même vous vous surpreniez en touchant la base avant la balle de l'adversaire.

Aujourd'hui, cet été-là lui semblait un rêve. Il sentait encore l'odeur de la sueur, il avait encore la sensation de la terre sous ses chaussures à pointes, il voyait encore la balle se détacher de la batte et arriver sur lui tandis qu'il courait à sa rencontre. Et même alors il savait qu'il était en train de vivre un fantasme, la sublime apogée de sa vie. Le soleil et la chaleur et les rires de ses coéquipiers...

Quelqu'un le secouait.

— Papa. Réveille-toi, papa.

Les lumières étaient allumées.

— Oui?

C'était Susanna, sa fille de douze ans.

— P'pa, c'est maman. Elle s'est enfermée à clé dans la salle de bains en haut et elle veut plus sortir.

Thanos Liarakos se leva et sortit précipitamment de son bureau. Il traversa le living, au milieu des invités qui le regardèrent avec étonnement, grimpa les escaliers quatre à quatre, avec Susanna en chemise de nuit, derrière lui, qui tentait d'aller aussi vite que lui.

Il essaya la poignée de la porte. Bloquée! Il tambourina contre le battant à coups de poing.

— Elizabeth? *Elizabeth, tu m'entends?*

Rien.

Que ça ne recommence pas! Je vous en supplie, mon Dieu, faites que ça ne recommence pas!

— Elizabeth, si tu n'ouvres pas cette porte tout de suite, je l'enfonce.

Susanna et sa petite sœur étaient debout dans le couloir, à l'observer. Elles sanglotaient.

— Retournez dans votre chambre. Faites ce que je vous dis.

Elles s'éloignèrent un peu.

Il balança un premier coup de pied dans la porte. Les deux fillettes s'étaient immobilisées sur le seuil de leur chambre et elles le regardaient en pleurant. Il prit appui contre le mur d'en face et frappa la porte de toutes ses forces avec le pied droit. Elle se fendit. Un second coup, et la serrure céda.

Sa femme était couchée par terre. Une trace de poudre blanche autour des narines. Un peu de poudre à côté du lavabo. Un billet de banque roulé serré dans sa main.

Yeux dans le vague, pupilles dilatées. Rythme cardiaque affolé.

Bon sang!

— Où t'as eu ça, Elizabeth? Qui t'a donné cette cocaïne?

Il la secoua violemment. Les yeux d'Elizabeth s'emplirent de larmes.

— Tu m'entends ? *Qui t'a donné cette coke ?*
— Jeff... euh... Jeffer...

Il la rallongea sur le sol, et se précipita dans la chambre de ses filles.

— Susanna, appelle une ambulance. Fais le neuf-un-un. Maman est malade.

La fillette se mit à pleurer de plus belle. Il la tint devant lui à bout de bras et la regarda droit dans les yeux.

— Tu en seras capable ?

Elle fit oui d'un petit signe de tête et essuya ses larmes.

— Tu es une gentille fille. Fais le neuf-un-un, donne-leur notre adresse et demande-leur d'envoyer une ambulance.

Il fonça alors au bout du couloir jusqu'aux escaliers, en repassant devant la porte de la salle de bains, et redescendit quatre à quatre. T. Jefferson Brody était à l'autre extrémité du living.

Brody leva les mains devant lui pour se protéger lorsqu'il vit Liarakos lui foncer dessus.

— Écoutez, Thanos...
— Tire-toi de chez moi, fils de pute !

Il le frappa violemment au visage. Brody s'écroula. Deux hommes retinrent Liarakos par les bras.

— Dehors ! Tout le monde dehors ! (Il se libéra d'un mouvement.) La fête est finie. Tout le monde fout le camp d'ici.

Il fit un geste en direction de Brody qui, assis par terre, se massait la mâchoire.

— Et embarquez cette merde avec vous ou je le tue !

Chapitre six

Le réveil sonna à 6 heures, sur la table de nuit de Thanos Liarakos. Il l'arrêta et se leva. Il avait dormi moins d'une heure. Il était rentré de l'hôpital à 3 heures du matin, il avait vérifié si tout allait bien pour les enfants et la bonne — qui avait été assez gentille pour revenir passer la nuit chez eux, quand il l'avait appelée à minuit. Elles dormaient toutes les trois dans le même lit. Épuisé comme il l'était, Liarakos, lui, ne parvint pas à trouver le sommeil. La dernière fois qu'il se souvenait avoir regardé son réveil, il était presque 5 heures.

Il prit une douche, se rasa, s'habilla. Dans la cuisine, il laissa un petit mot à ses filles :

Votre maman va bien. Elle est à l'hôpital. Elle se reposait quand je l'ai quittée. Vous pouvez rater l'école aujourd'hui et rester avec Marla, si vous voulez. Je vous aime. Papa.

Lorsqu'il sortit la voiture du garage, en marche arrière, il découvrit une journaliste de la télé et un cameraman qui l'attendaient au bout de l'allée, sur le trottoir. Ils commencèrent à hurler leurs questions tandis que l'arrière du véhicule s'approchait d'eux. Il y avait deux cameramen, en fait, dont l'un refusa de dégager le passage. Liarakos continua d'avancer au pas. La journaliste tendit son micro contre la vitre côté conducteur, et cria :

— Est-ce qu'Aldana menace les Américains ? Est-il sain d'esprit ? Combien vous a-t-il payé ?

Elle ne s'attendait pas à recevoir de réponse, dans ce théâtre de l'absurde de l'information, Liarakos le savait. Poser des questions pour la forme faisait partie du spectacle. C'était *ce genre* de reportages télévisés qui recevaient des prix.

Le pare-chocs arrière toucha légèrement le trépied de la caméra. Alors, l'homme s'écarta.

Liarakos laissa la voiture descendre au point mort jusqu'à la rue, puis il passa la première et accéléra.

Le temps était sombre et couvert. Des bourrasques de vent chassaient les feuilles sèches le long des rues. Par endroits, les rafales construisaient de petites colonnes de feuilles qui tourbillonnaient follement pendant quelques secondes dans la lumière grisâtre, puis retombaient.

Sa femme dormait toujours. Dans la chambre individuelle qu'elle occupait, les stores étaient baissés et les lumières éteintes. Liarakos n'ôta pas son pardessus, et se laissa aller dans le fauteuil rembourré prévu pour les visiteurs.

Très vite, sa respiration se mit à suivre le rythme de celle de sa femme. Il sentit qu'il se calmait, que son esprit partait à la dérive, et il ne résista pas.

Vers la fin de la trentaine, il avait réalisé qu'il réussissait à regarder son existence tout entière comme un spectateur extérieur, et que sa vie était une pièce qu'il avait déjà vu jouer plusieurs fois. La totalité de la représentation était donnée devant lui chaque jour, une scène après l'autre. Il savait donc ce qui s'était passé et il connaissait la suite.

En considérant son visage dans la glace, quand il se rasait, tous les matins, il savait comment ses rides allaient se creuser, comment ses joues continueraient à s'effondrer, comment ses cheveux deviendraient gris et cassants. Il voyait un visage qui n'était déjà plus jeune et qui serait bientôt vieux.

Dans les maisons de retraite, il le savait, la rééducation de la mémoire faisait partie du programme quotidien des personnes âgées. L'équipe soignante pousse le vieillard fragile, attendant la mort, à se souvenir, à apprécier les événements de sa vie passée comme s'il s'agissait de grandes fêtes dont les images auraient été tissées dans une tapisserie pour instruire les générations futures.

Thanos Liarakos voyait ce qui allait arriver ; il se souvenait d'un événement alors qu'il était encore en train de le vivre. Considérées depuis cette curieuse double perspective, toutes ses réussites, toutes ses réalisations, qu'il jugeait jadis si importantes, se rétrécissaient implacablement. Ses victoires au tribunal perdaient leur douceur et les catastrophes leur amertume. Il avait trouvé un moyen de vivre avec la vie, ou peut-être qu'un Dieu miséricordieux le lui avait donné. Peu importait, d'ailleurs. Seule comptait la perspective.

Liarakos somnolait, à présent, l'esprit à la dérive ; il fit tourner les verres colorés du kaléidoscope que formaient passé et futur, à la recherche du fil conducteur. Lorsqu'il avait débarqué d'un bateau venu de Grèce, son père avait cinquante dollars en poche et une seule chemise de rechange, mais il avait su faire fructifier ses maigres biens ; il était devenu propriétaire de cinq boutiques à sandwiches, grâce auxquelles il avait pu envoyer ses trois fils à l'université. Sa mère les avait élevés, lui et ses frères, tandis que son père travaillait de douze à quinze heures par jour. Ces temps doux-amers étaient irrémédiablement enfuis. Ils étaient aussi éloignés du présent que ce jour où Ulysse et ses compagnons mirent à sac la forteresse, sur les fières hauteurs de Troie. Et lorsqu'il parlait avec sa mère, Thanos écoutait une voix du passé qu'il perdrait bientôt. Trop tôt, oui, bien trop tôt, il se tiendrait devant la tombe de ses parents, à se souvenir, à sentir la vie s'échapper entre ses doigts comme une poignée de sable. Voilà pourquoi il acceptait ses diatribes et il la chérissait.

Ses filles... C'était son offrande à la race des hommes, au futur et à ses possibilités infinies, à Dieu et au grand et incompréhensible destin, quel qu'il fût, qu'Il avait décidé pour l'espèce humaine. Ses filles n'avaient rien de spécial, elles n'avaient aucun don — c'étaient juste des êtres humains. Elles, et leurs descendants, travailleraient, aimeraient, se marieraient et auraient des enfants, longtemps après que Thanos Liarakos et le Grec des boutiques à sandwiches ne seraient plus que poussière. Aussi les aimait-il désespérément.

Elizabeth. Ah! douce Elizabeth, avec ton cœur de mère, tes vains désirs et tes besoins maladifs...

On peut avoir de nombreuses raisons d'aimer une femme. Quand on est jeune, on a l'impression d'avoir rencontré une déesse. Mais finalement, on se rend compte qu'elle est faite de la même argile que soi, avec des fautes, des peurs, des rêves inutiles et fous et des petits vices. Et alors on l'adore encore plus. Au fur et à mesure qu'elle prend de l'âge, on se cramponne à elle toujours plus fort, on la serre toujours plus fort. Elle est votre moitié féminine. Sa peau qui devient plus rêche, ses traits qui se creusent, sa taille qui s'épaissit, ses seins qui s'affaissent, rien de tout cela ne compte. On l'aime autant pour ce qu'elle n'est pas que pour ce qu'elle est.

Mais tes vices à toi, Elizabeth, ne sont pas si petits que ça... Tu vends ton âme pour cette poudre blanche. Et ça va te mener tout droit au tombeau, terrasser ton mari qui t'aime, priver deux fillettes de la mère que tu t'es engagée à être lorsque tu les as mises au monde...

Deux infirmières entrèrent dans la chambre et allumèrent la lumière au-dessus du lit. Thanos Liarakos retrouva brusquement ses esprits et jeta un coup d'œil aux silhouettes blanches penchées au-dessus d'Elizabeth. Elles écartèrent les paupières de la malade et vérifièrent son pouls. L'infirmière la plus corpulente prit sa tension. Elizabeth grogna, mais ne dit rien. Elle était toujours intoxiquée.

— De la chance... murmura l'une des deux femmes en vérifiant le goutte-à-goutte. Elle a eu de la chance, cette fois.

Liarakos regarda sa montre. Presque 8 heures. Les bruits des équipes soignantes qui discutaient dans les couloirs, poussaient des chariots et transportaient divers équipements lui parvenaient par la porte restée ouverte. Il se leva et oscilla une seconde tandis que son cœur s'adapta au brusque changement de position.

Il était toujours debout au pied du lit lorsque les infirmières sortirent, l'air affairé.

Elizabeth paraissait vieille. Sans maquillage et les cheveux en désordre, elle semblait au bout du rouleau. Plus de moments chaleureux avec les enfants, plus de câlins langoureux, plus de soirées avec un bon feu crépitant dans la cheminée et le rire des filles. Elle était usée. Consumée.

Thanos Liarakos se frotta le visage et se demanda pourquoi il ne pleurait pas. Ah, c'était encore cette double perspective complètement folle ! Oui, il avait déjà assisté à cette scène.

Mais il aurait dû pleurer. Vraiment, il aurait dû. C'était l'endroit où il était *censé* pleurer.

Le gros titre du *Post*, ce matin-là, disait : LA CLÉ DE L'ENFER. Les lettres en caractères gras s'étalaient sur toute la largeur de la page, en haut de la une. Le rédacteur en chef avait choisi une photo d'Aldana menottes aux mains et l'expression féroce, à sa descente de l'avion, à Andrews, la base de l'Air Force. Ottmar Mergenthaler et Jack Yocke avaient signé ensemble l'article qui l'accompagnait. Et à côté, on pouvait lire la chronique de Mergenthaler.

Jack Yocke parcourut le texte d'Ott, large de douze centimètres, puis passa à la page A-12 pour lire la fin. Le gouvernement fédéral et le peuple américain, disait Mergenthaler, ne se laisseraient pas intimider par Chano Aldana qui, manifestement, était décidé à essayer ici les mêmes tactiques déjà utilisées en Colombie — avec un relatif succès. S'il pensait que les Américains réagiraient au terrorisme et au chantage comme un troupeau de moutons apeurés, c'était qu'il n'avait rien compris à ce peuple.

Jack Yocke grogna et lança le journal sur son bureau. Peut-être qu'il allait offrir à Ott une caisse de savons pour Noël[1].

Son téléphone sonna.

— Jack, j'ai en ligne un journaliste de Dallas. Il veut te parler de ton interview d'Aldana.

— Je ne réponds pas aux questions. Je les pose.

Ça veut dire « non » ?

---

1. *Soapbox* : c'est aussi une estrade sur laquelle montent les orateurs démagogues pour haranguer la foule aux carrefours. (*N.d.T.*)

— Ouais.

Yocke mit un carnet de notes et plusieurs crayons noirs dans la poche de sa veste, tout en farfouillant dans les messages et le courrier qu'il n'avait pas ouvert. Il passerait ses coups de fil plus tard, peut-être ce soir. Son manteau sur le bras, il partit à la recherche de son chef de rubrique. Peut-être qu'il l'autoriserait à descendre au tribunal avec le reste de l'équipe et à faire rapidement un petit tour dans le coin pendant qu'on lirait l'acte d'accusation d'Aldana.

Dans une pièce plutôt minable, à deux portes de la salle d'audience, Thanos Liarakos se cala dans un fauteuil, devant le bureau du procureur des États-Unis pour le district, William L. Bader.

Bader avait la réputation d'être un homme de loi agressif, qui préparait ses affaires avec grand soin. Une rumeur, qui avait une forte odeur de vérité, disait que Bader avait des ambitions judiciaires. Liarakos ne le lui reprochait pas. Car Bader était un sacré bon avocat.

— Je suis passé vous voir pour faire un brin de causette à propos des manigances de vos gens pour que mon client se retrouve sur le rôle des causes du juge Snyder.

Les sourcils de Bader se soulevèrent d'un millimètre.

— Quelles manigances ?

— Vous pouvez économiser votre air innocent. C'est du gaspillage, avec moi. Certaines personnes, au greffe, ont fait des messes basses dans les mauvaises oreilles.

— Vous auriez préféré vous retrouver avec John Maximum[1] ou Jack le Pendeur ?

— Ben, vous savez comment ça se passe. Mon client aurait peut-être eu plus de chances avec le juge Worth si les jeux n'étaient pas faits d'avance contre lui.

Le juge Worth avait la réputation, probablement exagérée, de se mettre en quatre pour aider la défense et de coincer le ministère public chaque fois qu'il en avait l'occasion.

— Alors pourquoi est-ce moi que vous venez voir pour vous plaindre ? L'audience devant le magistrat commence dans vingt minutes. C'est à lui qu'il faut aller faire vos réclamations.

— Je ne crois pas que remuer toute cette merde en public mettra la presse de notre côté, Will. Les gens risquent de dire que le

---

1. Surnom de John Sirica, juge principal du tribunal fédéral de district. On en a beaucoup parlé à l'époque du Watergate et de l'enquête du *Washington Post*. (*N.d.T.*)

gouvernement mène une vendetta contre Aldana et essaie d'en faire un bouc émissaire. J'avais pensé que vous pourriez m'aider, mais je vais m'arranger avec le juge Snyder.

— Comment ?

— Je vais demander qu'on interdise les déclarations publiques. Pour les deux parties. Et aussi pour le prévenu.

Les yeux de Bader se posèrent sur un exemplaire du *Post*, au coin de son bureau, et ils y restèrent plusieurs secondes. Puis le procureur des États-Unis se laissa aller contre le dossier de son fauteuil et se frotta le nez — c'était un gros nez, mais il ne déparait pas au milieu de son large visage carré et anguleux.

— Vous voulez un procès ou un cirque ? demanda Liarakos.

— Ce dingue nous donne la corde pour se faire pendre. Je m'en tape s'il tient des conférences de presse deux fois par jour et menace de massacrer toute la population à l'est de Pittsburgh.

— Vous ne savez pas comment tout ça va finir, et moi non plus, répliqua Thanos Liarakos. Mais ce que nous savons *tous les deux*, c'est que nous sommes des membres de ce tribunal. Tenons un procès équitable. Évitons que ça ne dégénère et que ça ressemble à un truc à sensation.

Bader laissa échapper un grognement amusé.

— Faut qu'on stoppe ce connard avant qu'il empoisonne l'eau du puits, poursuivit doucement Liarakos. Que se passera-t-il si on ne trouve plus personne avec un QI au-dessus de cinquante pour faire partie d'un jury ? Ou si un ou deux jurés ont la trouille de le condamner ?

— Je m'en inquiéterai quand ça se produira — si ça se produit. C'est *votre* client, bon sang ! Si vous voulez qu'il se taise, z'avez qu'à *vous* en occuper.

— Donnez-moi juste une foutue chance, Will.

Les lèvres de Bader se tordirent et il se massa un sourcil. Il était en train de se demander, soupçonna Liarakos, comment le juge Snyder considérerait l'absence de réaction de la part du ministère public si l'accusé continuait à faire les gros titres avec ses menaces à peine voilées. Thanos Liarakos sentit qu'il avait gagné. Il redressa le dos et croisa les jambes.

— D'accord, d'accord.

Bader appela une secrétaire et lui dicta la requête. Lorsqu'il eut terminé, il demanda à Liarakos :

— Est-ce que cela vous convient ?

L'avocat de la défense suggéra une modification pour appuyer la demande. Il cita une affaire de mémoire. Will Bader acquiesça et indiqua d'un geste la machine à écrire à la secrétaire.

— Autant vous prévenir tout de suite, pendant que vous êtes de bonne humeur..., dit alors Bader. J'ai déjà rédigé une requête, aujourd'hui, pour la saisie de tous les biens d'Aldana. Tout ce qu'il a, et donc aussi l'argent servant à payer vos honoraires, provient d'activités criminelles. Le moindre cent.

Les deux hommes étaient tout à fait conscients des conséquences d'une telle requête. S'il était dépouillé de ses avoirs, un accusé ne pouvait plus rémunérer son avocat. Bien sûr, le tribunal avait la possibilité de nommer d'office quelqu'un pour le représenter, mais le travail de la défense était alors terriblement limité par le peu de fonds que le gouvernement pouvait, selon la loi, libérer. En réalité, en confisquant les biens de l'accusé lors d'une action au civil, le gouvernement augmentait considérablement ses chances de le faire condamner devant les assises, là où le poids de la preuve avait une telle importance. Et ces motions étaient justes, estimaient les juges, car en toute conscience un criminel ne devait pas être autorisé à utiliser l'argent de ses crimes pour essayer d'échapper au châtiment qu'il méritait à cause d'eux.

Les opposants à cette méthode — et principalement les avocats de la défense — soutenaient que le gouvernement mettait la charrue avant les bœufs : geler les avoirs d'un accusé avant son éventuelle condamnation c'était, semblait-il, réduire à rien la présomption d'innocence. Le problème venait de ce que les profits du crime étaient réels — on pouvait toucher l'argent —, alors que cette présomption d'innocence était une fiction légale. Et dans quatre-vingt-dix-neuf pour cent des cas, ce n'était que cela — une illusion. L'accusé était coupable et tout le monde le savait, sauf le jury. Si bien que le gouvernement raflait la mise.

Liarakos, bien sûr, s'attendait à une telle décision. La seule chose qu'il ignorait, c'était le moment où elle serait prise. Quant aux arguments des deux camps, il les connaissait, car il s'était déjà battu contre cette tactique dans d'autres affaires. Il avait parfois gagné, et parfois perdu.

Il s'éclaircit la voix.

— Autant vous prévenir tout de suite, mon client s'est assuré les services d'un autre cabinet d'avocats pour le représenter dans toute action de confiscation au civil. Entre nous, je ne doute pas que vous lui enlèverez certains avoirs. Mais vous n'aurez pas tout.

— Y a pas de petits profits, dit Bader avec un large sourire. Avec le déficit national, c'est plutôt bien de voir des types comme Aldana y aller de leur contribution. Nous fixons l'interrogatoire à la semaine prochaine et peut-être les dépositions la semaine suivante ?

— Ça ne me concerne pas. Notifiez-lui tout ça directement et il préviendra le cabinet qu'il a engagé.

Si Chano Aldana estimait qu'il avait des problèmes maintenant, se dit Liarakos, qu'il attende de lire les questions qu'on devait lui poser... Chacune de ses réponses pouvait être retenue contre lui pendant le procès. Pour cette raison, personne n'osait contester ces confiscations. Sans préjuger de la façon dont finirait son procès, Aldana serait nettement plus pauvre qu'aujourd'hui lorsqu'il rentrerait en Colombie.

Ce qui, n'importe comment, ne brisait pas le cœur de Liarakos.

Jack Yocke, appuyé contre le mur du fond de la salle d'audience et serré contre trois douzaines de confrères, prenait des notes sur son bloc. « Salle bondée... Une foule silencieuse, dans l'attente... »

Judith Lewis, l'assistante de l'avocat de la défense, Thanos Liarakos, était déjà installée au bureau qui leur était réservé, indiqué par un petit carton. A sa droite, séparé d'elle par une chaise vide, se trouvait un homme vêtu d'un costume sport marron. Yocke le montra du doigt et demanda à l'oreille de son voisin de qui il s'agissait :

— L'interprète.

A la table du ministère public était assise une autre femme qui devait, d'après lui, être une adjointe. Il murmura une nouvelle question à son collègue. Wilda Rodriguez-Herrera. Il nota ce nom sous la dictée de l'homme qui le lui épela. *Pourquoi les avocats les plus puissants ont-ils des factotums féminins ?* pensa-t-il en écrivant. Les deux femmes devaient avoir entre vingt-cinq et trente et quelques années — c'était impossible à dire à cette distance —, elles étaient vêtues de tailleurs classiques mais très chers, qui avaient dû leur coûter une semaine de salaire. Yocke recommença à griffonner sur son bloc-notes.

Aldana entra dans la salle, accompagné de deux officiers fédéraux. Il portait un costume sombre et une cravate marron foncé. Ses mains étaient attachées devant par des menottes. Pendant qu'un des policiers le libérait, il jeta un rapide coup d'œil autour de lui, observa les visages qui l'entouraient. Tous les regards étaient posés sur lui. Le tribunal était si silencieux que Yocke entendit le cliquetis de métal des menottes.

Aldana s'assit à la table de la défense, entre Judith Lewis et l'interprète. Un officier fédéral s'installa sur une chaise derrière, tandis qu'un second allait se placer contre le mur, à un endroit d'où il pouvait surveiller en même temps l'accusé et la foule, sans avoir besoin de tourner la tête.

Lewis murmura quelque chose à Aldana, qui resta silencieux et impassible ; il ne la regarda même pas. Puis l'interprète lui parla à l'oreille. Aldana lui répondit, quelques phrases seulement, mais sans se tourner vers lui non plus. Il fixa l'huissier, qui évita son regard, puis bougea la tête, se pencha légèrement en avant et observa pendant plusieurs secondes l'adjointe du procureur, Rodriguez-Herrera, qui lisait un papier devant elle, sur la table.

Ses yeux vinrent se poser ensuite sur le caricaturiste judiciaire du *Post*, dans un coin éloigné de la salle, qui l'étudiait avec des lorgnettes montées sur un trépied. Là, l'expression d'Aldana changea pour la première fois depuis son entrée — un petit sourire méprisant se marqua sur sa lèvre supérieure, et ses yeux ne furent plus que deux simples fentes.

L'instant d'après, son visage avait repris son impassibilité. Aldana s'intéressa de nouveau à ce qui se passait devant lui, sur l'estrade du juge. Il se laissa aller contre son dossier, prit une position plus confortable, fixa les drapeaux. Il croisa les jambes. Puis les décroisa.

Il est nerveux, décida Yocke, qui écrivit quelques lignes supplémentaires sur son carnet. *Il essaie de le cacher, mais il est nerveux... Peut-être qu'il est humain, après tout.*

Plusieurs minutes s'écoulèrent. Des toux, des raclements de gorge et des murmures montèrent du public. Aldana se servit un verre d'eau avec le pichet placé sur la table et en renversa quelques gouttes. Il n'y fit pas attention. Il but deux ou trois gorgées, reposa son verre devant lui et n'y toucha plus.

En observant Aldana, Yocke se rappela ce qu'il avait entendu dire de lui. Né dans le barrio de Medellín, Chano Aldana, à ce qu'on racontait, avait gravi les échelons jusqu'au sommet de l'industrie locale de la cocaïne en se montrant plus malin que ses rivaux et en les éliminant physiquement. Il était plus rusé que le rat d'égout moyen, et deux fois plus cruel. Si l'on en croyait la rumeur, il avait exécuté de ses propres mains plus de deux douzaines d'hommes et avait ordonné les meurtres de centaines d'autres, dont un candidat à la présidence de la Colombie. Dangereux adversaire des forces de l'ordre qui luttaient contre les cartels de la drogue pour le contrôle de la Colombie, il avait fait poser des bombes dans des avions et des grands magasins, il avait fait tuer des juges et torturer des policiers.

Et pourtant ce monstre avait un côté humain : il aimait le football et il commanditait plusieurs équipes de la ligue nationale de

Colombie. Mais des arbitres et des joueurs vedettes d'équipes rivales ayant été assassinés sur son ordre, le gouvernement avait finalement dû interdire les matches en raison de la dangereuse influence que le crime organisé avait sur le jeu.

A ce que l'on prétendait, Aldana était resté caché quelque part en Amazonie ces deux dernières années. Les autorités colombiennes l'avaient capturé alors que, dans un moment de faiblesse, il rendait visite à une prostituée dont il était épris. Il avait survécu à la fusillade qui avait éclaté au moment de son arrestation — à la différence de six de ses gardes du corps. La chance du rat d'égout.

Aux dires de tous, Aldana était un individu vraiment étonnant, un Al Capone latino, avec, en prime, plusieurs des pires traits de Hitler. Et pourtant, à regarder ce mâle latino-américain d'âge moyen, un peu trop gros, avec ses cheveux noirs bouclés et sa fine moustache modeste, Jack Yocke se disait que cette histoire de démon était difficile à avaler. C'était incroyable, vraiment. Et même le numéro d'Aldana à la conférence de presse de la veille ne pouvait empêcher Yocke de se laisser aller à son inclination naturelle — voir avant tout dans cet homme l'être humain. Il essaya de se le représenter en train de manger du serpent et du singe au beau milieu de la jungle... et y renonça.

Une tâche herculéenne attendait le procureur des États-Unis, William Bader, qui devait convaincre douze Américains des classes populaires que Chano Aldana était *el padrino*, le parrain.

Yocke prenait furieusement des notes lorsque la porte du couloir s'ouvrit sur un homme vêtu de l'uniforme bleu des officiers de marine. Le capitaine Jake Grafton. Ses rubans et son insigne de pilote faisaient une tache colorée sur la gauche de sa poitrine. L'insigne et les quatre anneaux dorés de chaque manche paraissaient étrangement déplacés au milieu de tous ces civils.

Jack Yocke observa Grafton qui, constatant qu'il n'y avait plus aucune place assise, décida de rester debout contre le mur, près de la porte. Les yeux de Grafton croisèrent un instant ceux du journaliste, et le capitaine lui adressa un petit signe de tête, puis il s'intéressa à Chano Aldana, qui s'était tourné pour examiner le nouveau venu mais avait déjà reporté son attention vers l'estrade, devant lui.

Plusieurs personnes, dans le public, regardèrent le capitaine, échangèrent quelques mots à voix basse, et l'oublièrent.

Jake Grafton ? Qu'est-ce qu'il fait là ? Yocke nota son nom dans son carnet et le fit suivre de trois points d'interrogation.

Quelques minutes plus tard, la porte située derrière la tribune livra passage à Bader, puis à Thanos Liarakos. Bader jeta un coup d'œil à Aldana et au public, et s'assit à côté de Rodriguez-Herrera.

Judith Lewis laissa sa chaise à Liarakos et s'installa sur celle qui était la plus à gauche. L'avocat dit quelques mots à l'accusé — qui lui répondit brièvement —, puis à Lewis.

Yocke le trouva fatigué et il l'examina avec plus de soin. Teint sombre, taille moyenne, soigné, des cheveux noirs qui commençaient à grisonner sur les tempes, Liarakos portait en général des complets en pure laine, faits sur mesure, à mille dollars pièce. Ce qui était le cas, aujourd'hui aussi, si les yeux de Yocke ne le trompaient pas. De la tête aux pieds, Liarakos avait l'air tout à fait normal d'un criminaliste prospère. Et pourtant, Mergenthaler lui avait raconté que Liarakos avait passé l'été 1989 à jouer au base-ball dans une équipe senior professionnelle de Floride. A quarante et un ans, il avait participé à un match de sélection, avec, pour l'essentiel, des anciens de première division — et il avait été pris. Jack Yocke ne savait pas exactement quoi faire de ce genre d'information.

Ce matin, pensa le journaliste, le visage honnête et sincère que les jurés aimaient chez Liarakos paraissait moins tendu, malgré la fatigue, moins affecté aussi. Puis l'explication lui apparut — il n'y avait pas de jurés.

— Levez-vous, annonça le greffier.

Les avocats obéirent avec respect, tandis que le public obtempérait bruyamment. Aldana hésita une seconde et Liarakos le tira discrètement par la manche.

La présidente, noyée dans sa robe de magistrat, entra et s'installa sur son estrade surélevée.

Le greffier entonna l'incantation incompréhensible qui ouvrait chaque cession du tribunal et conclut par un brutal :

— Que l'on s'assoie.

Jack Yocke continua à observer l'accusé. Aldana, légèrement penché en avant, fixait le magistrat, une femme dans la cinquantaine, avec une coiffure austère, les cheveux tirés en arrière, et de grosses lunettes élégantes. Aldana ne la quitta pas des yeux pendant sa lecture de l'acte d'accusation rédigé par un grand jury de Miami, plusieurs années auparavant, que l'interprète lui traduisait à l'oreille, au fur et à mesure.

— Que plaiderez-vous ?

Liarakos se leva à demi de son fauteuil.

— Non coupable, Votre Honneur.

Le magistrat ordonna donc que l'on inscrivît une plaidoirie de non-culpabilité sur les minutes de la séance, puis se tourna vers le procureur des États-Unis :

— Il m'a semblé comprendre que vous aviez une motion préliminaire, dans cette affaire, monsieur Bader ?

— Oui, Votre Honneur. Puis-je m'approcher de l'estrade ?

Elle acquiesça et Bader s'avança et tendit une feuille de papier au clerc, qu'il tamponna avant de la transmettre à la présidente, tandis que Bader en donnait une copie à Liarakos.

— Le ministère public demande une interdiction de déclaration publique dans cette affaire, Votre Honneur, expliqua-t-il alors. Cet ordre s'applique aux avocats des deux parties et à l'accusé.

— Aucune argumentation à ce sujet, monsieur Liarakos ?

— Non, Votre Honneur. Nous avons aussi un certain nombre de requêtes, et j'ai compris que vous aviez fixé un jour de la semaine prochaine pour les entendre ?

— Exact. (Elle lui indiqua la date et l'heure.) Puisqu'il n'y a pas d'argumentation contradictoire, la requête de M. Bader est acceptée. (Elle parcourut le texte et, un moment plus tard, elle le lut à haute voix :) « Les avocats du gouvernement et de l'accusé, ainsi que l'accusé lui-même, ont interdiction de discuter de cette affaire, des faits, des théories juridiques, des éventuels témoins, des dépositions qui viendront au procès, et de toute autre question s'y rapportant, avec la presse et tout représentant de celle-ci. Ils ne feront, ne diront, ni écriront, pour la presse écrite, la radio ou la télévision, rien qui pourrait être préjudiciable en quoi que ce soit aux jurés, ni qui pourrait interférer avec l'administration régulière de la justice. » Y a-t-il une demande de liberté sous caution, monsieur Liarakos ?

— Pas aujourd'hui, Votre Honneur.

— Monsieur Bader ?

— Nous avons déposé une requête, Votre Honneur, pour confisquer les avoirs de l'accusé comme issus d'une activité criminelle.

Il y eut un brouhaha dans le public et le magistrat prit un air dur. Elle leva son marteau, mais n'eut pas besoin de s'en servir, car le bruit cessa immédiatement. Bader reprit :

— Nous aimerions que vous fixiez une date pour une audience.

Les avocats et la présidente parlèrent alors d'emploi du temps, vérifièrent leurs agendas respectifs, et se mirent d'accord pour un lundi, en janvier.

— Cette affaire est renvoyée à jeudi prochain.

Sur l'estrade, le magistrat se dressa, tandis que le greffier entonnait :

— Que l'on se lève !

Les journalistes fermèrent leurs manteaux en prévision de la ruée sur les téléphones.

Pendant que les officiers fédéraux remettaient ses menottes à Aldana, celui-ci se lança dans une vive discussion avec son avocat. Yocke s'approcha le plus près possible.

— Pourquoi n'avez-vous pas protesté?

Liarakos lui répondit quelque chose à l'oreille, trop doucement pour que Yocke pût entendre — ce ne fut pourtant pas faute d'avoir essayé.

— Elle ne peut pas me réduire au silence!

D'autres murmures de Liarakos.

— Personne ne m'empêchera de m'exprimer. Personne.

Il parlait fort, avec le ton tranchant de celui qui a l'habitude de se faire obéir. La foule s'arrêta net, fascinée par ce nouvel épisode du drame.

— Cette femme ne peut pas me faire taire, alors qu'elle me fout en taule pour un crime dont je ne suis pas coupable. On est *censé* être en Amérique, non? Pas en Allemagne nazie ni en Russie stalinienne.

— Ce n'est ni le moment ni l'endroit pour...

— Vous êtes *mon* avocat, ou le *leur*?

Le ton était cassant, brutal.

— Fermez-la, bordel!

Liarakos n'éleva pas la voix, mais sa réponse avait cinglé comme un coup de fouet.

Il se tourna alors vers l'officier fédéral, à côté d'eux.

— Pouvez-vous faire sortir tous ces gens, s'il vous plaît, et me laisser seul un moment avec mon client? Attendez dans le couloir. Mme Lewis frappera à la porte lorsque nous aurons besoin de vous.

— Dehors, tout le monde! ordonna le policier.

La foule commença à sortir de la salle d'audience.

Au moment de franchir le seuil, Jack Yocke se retourna pour jeter un dernier regard à Chano Aldana. L'accusé considérait Liarakos avec fureur, le visage déformé par la colère, les lèvres serrées. Tout son corps était contracté, tassé sur lui-même.

Dans le couloir, Yocke pressa le pas pour rattraper Jake Grafton.

— Capitaine, attendez! S'il vous plaît! Jack Yocke, du *Post*. J'étais à votre réception et...

— Je ne vous ai pas oublié, Jack.

Grafton avait son manteau de marin, de couleur foncée, sur le bras, et il tenait à la main sa casquette blanche, aux galons dorés. Yocke regarda sa poitrine pour voir si le ruban bleu et blanc de la Medal of Honor[1]'s'y trouvait. Il n'y était pas. Peut-être que Mergenthaler

---

1 La plus haute décoration militaire décernée par le Congrès. (*N.d.T.*)

avait raison : il prétendait que Grafton ne portait jamais la décoration qu'il avait reçue, plusieurs années auparavant, pour avoir percuté de plein fouet l'avion d'El-Hakim avec son F-14, au-dessus de la Méditerranée [1].

— Je suis étonné, capitaine. Vous êtes le dernier homme de cette ville que je me serais attendu à rencontrer ici aujourd'hui. Pourquoi êtes-vous venu ?

— Je voulais jeter un coup d'œil sur Aldana.

— Officiellement ?

Pendant une fraction de seconde, Grafton parut ennuyé.

— C'est quoi, un coup d'œil officiel, d'après vous ? répondit-il enfin.

— Je veux dire, vous étiez là à titre privé, ou l'état-major interarmes éprouve-t-il un quelconque intérêt pour Aldana ?

— Pas de commentaire.

— Oh ! Allez, capitaine ! Donnez-moi une chance. Pourquoi l'armée s'intéresse-t-elle à Chano Aldana ?

Un sourire s'inscrivit lentement sur le visage de Jake Grafton, puis le marin remit sa casquette, lui adressa un petit signe de tête et s'éloigna.

Jack Yocke le regarda partir, puis il se souvint qu'il devait trouver un téléphone.

— T'aurais dû voir de quelle façon il a flanché, Ott. Ce type, c'est vraiment autre chose !

— Jack, faut que tu cesses d'employer ces phrases banales. Les gens vont finir par croire que t'es un minable à moitié illettré.

— Crois-moi, Ott, t'aurais dû le voir ! Oh, il ne s'est pas exactement mis en colère ! Il n'a pas véritablement menacé Liarakos, mais il avait un de ces regards ! Cet homme est *capable* d'ordonner l'assassinat de centaines de personnes. Il est capable de les tuer de ses propres mains. J'étais à trois mètres de lui et je sentais littéralement son énergie.

— Peut-être que tu devrais envoyer un petit mot à Shirley MacLaine [2].

— Écoute-moi, Ott. Aldana est un fou criminel.

— Il est derrière les barreaux, et on le garde jour et nuit. Qu'est-ce qu'il faudrait faire d'autre ?

Yocke perdit son calme.

---

1. Voir *Dernier Vol* chez le même éditeur. (*N.d.T.*)
2. L'actrice-auteur à succès de livres *new age*. (*N.d.T.*)

— D'accord, vas-y, ricane bêtement. Je te dis que nous avons un serpent à sonnette dans notre poche, et que la poche est fermée. Bon sang, Aldana me fout une trouille bleue !

— A moi aussi, admit Ott.

Le téléphone sonna. Jack attrapa le combiné sans le regarder. C'était son chef de rubrique.

— Jack, les Fédés viennent juste de boucler une caisse d'épargne, dans le Maryland. S'il te plaît, fais-y un saut et interviewe tous les gens sur qui tu mettras la main. Essaie de trouver des déposants, cette fois.

— Tu veux un chirurgien du cerveau qui ne va pas pouvoir aller skier à Aspen aux vacances de Noël ?

— J'espérais qu'en faisant un certain effort tu nous dégoterais une petite vieille à cheveux blancs qui n'a plus que cinq dollars de liquide et ne peut pas accéder à son compte.

— Nom de l'endroit ?

— Caisse d'épargne Second Potomac.

Tout en enfouissant un calepin dans sa poche et en vérifiant qu'il avait bien ses crayons, Yocke se demanda où il avait déjà entendu ce nom. *Oh, oui, Harrington, ce mec qui s'est fait descendre sur le périph — il travaillait là-bas, non ?*

Le vent agitait tristement les branches des arbres nus sous le ciel gris. Assis au pied d'un vieux chêne à la lisière de la forêt, Henry Charon écoutait les petits craquements que faisait la cime quand les branches des arbres voisins venaient doucement la heurter. Le bruit du trafic sur l'autoroute inter-États, à environ sept cents mètres, couvrait tous les sons de la forêt — le bruissement des feuilles, les grattements d'un écureuil rayé fouillant le tapis végétal pour trouver à manger, le gazouillis des oiseaux.

Le chasseur essaya d'ignorer les vrombissements des voitures et des camions. Il préférait s'intéresser aux rafales et aux tourbillons du vent, calculant sans y penser sa direction et sa vitesse.

L'aire de repos, en face de lui, était presque vide. A l'extrémité la plus éloignée était garé un mini-bus vieux de dix ans, avec des plaques minéralogiques de Pennsylvanie. Le conducteur dormait sans doute dans son véhicule. Plus près de Charon, l'avant tourné vers l'autoroute, il y avait la voiture de location qui l'avait amené jusqu'à ce parking, à mi-chemin entre Baltimore et Philadelphie. Il se l'était procurée en utilisant, bien sûr, l'un de ses faux permis de conduire et une carte Visa correspondant à ce nom — véritable, elle.

Un break débordant d'enfants, d'oreillers et de valises arriva de l'autoroute et s'arrêta devant les toilettes ; des gosses en descendirent et se précipitèrent vers la petite construction de brique. Plaques du New Jersey. Trois minutes plus tard, le break repartit, dépassa le mini-bus et s'engagea sur la bretelle menant à l'autoroute.

Henry Charon arrangea le col de sa veste et ferma le bouton du haut. Le vent était glacé, à cause de son humidité, sans aucun doute. Mais il n'apportait pas encore la neige.

Charon se demanda ce qui se passerait s'il neigeait alors qu'il était encore à Washington. En quoi cela affecterait-il ses plans ?

Il y pensait toujours lorsqu'un autre véhicule pénétra lentement sur le parking. Un homme seul au volant. Tassone. Il roula jusqu'à la voiture de location de Charon, l'étudia, puis s'arrêta un instant à côté du mini-bus. Quelques secondes plus tard, il parcourut les quelques dizaines de mètres qui le séparaient du bâtiment des toilettes. Il coupa alors le moteur et descendit.

Il regarda autour de lui, tout en se dirigeant vers les WC, d'où il ressortit presque aussitôt. Il s'approcha enfin de Charon, qui n'avait pas bougé de son arbre.

— Salut ! (Il s'accroupit et s'appuya contre le tronc d'un arbre voisin, à un ou deux mètres de Charon.) Comment ça se passe ?

— Bien, répondit Charon.

— Il va neiger, fit Tassone en remontant le col de sa veste et en enfouissant ses mains dans ses poches.

— J' crois pas, dit Charon.

Tassone se tortilla pour trouver un endroit agréable où s'asseoir. Il demanda :

— Vous voulez qu'on aille dans la bagnole ?

— Ici, c'est bien, dit Charon.

— Qu'est-ce qu' vous pensez du boulot ?

— Faut que j' vous donne une liste.

Tassone fouilla dans son manteau à la recherche d'un stylo. D'une poche intérieure de sa veste, il sortit un petit carnet à spirales.

— Allez-y.

Charon commença à énumérer ce dont il avait besoin. Il n'avait rien consigné par écrit, car une telle liste aurait été forcément compromettante. Tassone n'avait qu'à le faire de sa propre main ; c'était à lui de prendre le risque que cela fût découvert sur lui. Charon pourrait toujours tout nier.

Il fallut cinq minutes à Tassone pour inscrire ce dont Charon avait besoin. Celui-ci relut la liste, et ajouta deux autres choses, qu'il décrivit avec beaucoup de précision.

Tassone réétudia le tout lui aussi, posa quelques questions, puis fit disparaître le carnet dans sa poche.

— Donc, c'est possible ? demanda-t-il au chasseur.
— Ouais.
— Quand ?
— Quand pourrez-vous me fournir tout ça ?
— Ça prendra à peu près une semaine, je crois. Certains de ces trucs vont demander un peu de boulot, et beaucoup d'argent. Je vous appelle.
— Non. Moi, c'est moi qui vous recontacte. Dans une semaine exactement, à la même heure que maintenant.

Les deux hommes vérifièrent leur montre.

— D'accord.
— Pas de nom.
— Bien sûr. Vous vous en chargez, alors ?
— En vous comptant, combien de gens ont entendu parler de moi ?
— Deux.
— Seulement deux ?
— Exact.

Quelque chose bougea, dans les feuilles, derrière eux. Henry Charon se redressa, en un seul mouvement plein de souplesse et, dissimulé par un arbre, surveilla la direction d'où venait ce bruit. Puis il le vit — l'éclair marron d'un écureuil.

— Dix millions, en liquide, d'avance.

Tassone siffla.

— Je...
— Ça, c'est pour le premier nom de votre liste. Un million de plus pour chacun des autres, si je le fais, et quand je le fais. Je ne garantis pas que je pourrai. Vous payez un million pour chaque type que j'ai. A prendre ou à laisser.
— Vous voulez qu'on vous envoie ça en Suisse ?
— En liquide. En mains propres. Coupures de vingt et de cinquante déjà utilisées. Pas de numéros qui se suivent.
— D'accord.
— Vous êtes autorisé à passer cet accord ?

Tassone se leva.

— Vous ne descendrez personne avant d'être payé, n'est-ce pas ?
— Exact.

— Bon. Alors, je vous assure que vous serez payé. Quand pouvez-vous vous mettre au travail ?

— Une semaine, dix jours, une fois que j'aurai tout ce matériel. Deux ou trois semaines, ce serait mieux.

— Mieux pour vous. Pas pour moi. Nous voulons que vous commenciez le plus tôt possible.

— Voyons d'abord si vous réunissez l'équipement demandé.

— D'accord, dit Tassone, en tapotant son pantalon pour nettoyer la terre. D'accord, on s'appelle dans une semaine.

Un message attendait Jack Grafton lorsqu'il rentra au Pentagone. Une convocation du chef de l'état-major. Il téléphona au bureau du général et réussit à joindre l'un de ses assistants. Très bien, il allait être reçu dans un quart d'heure environ.

Ce serait seulement la quatrième fois que Jake rencontrerait le général Hayden Land. Pour le bon millier d'officiers composant l'état-major interarmes, un entretien avec le plus haut gradé de l'armée américaine, même en présence de tous ses subordonnés directs, était un événement rare. Lorsqu'il s'apprêta à quitter son bureau, les six autres officiers de la section anti-drogue formèrent la haie d'honneur réglementaire devant la porte que Jack allait franchir. Ils se bousculèrent un peu pour se mettre en position, puis ils s'immobilisèrent et saluèrent avec un grand geste du bras tandis que Jake passait devant eux.

— Messieurs, attention !

L'autre officier de marine de la section imita le sifflet.

— Poursuivez ! dit Jake Grafton avec un grand sourire, avant de s'éloigner dans le couloir.

Grafton était l'officier supérieur d'un groupe dont la tâche était de permettre aux chefs de l'état-major interarmes de prendre les « bonnes » décisions concernant la participation des militaires aux efforts d'application des lois anti-drogue. Lorsque Jake avait rejoint le Pentagone, l'année précédente, il avait eu ce poste pour la simple raison que l'O-6 qui l'occupait partait à la retraite. Grafton n'avait pas de connaissance particulière de la question — et il avait en effet passé les deux premiers mois à essayer de comprendre ce que faisaient les militaires pour aider les divers services de lutte anti-drogue du gouvernement — mais ce n'était pas grave. L'apprentissage sur le tas était indissociable de la vie sous l'uniforme. Et au cours de l'année qui venait de s'écouler, la quantité de travail à laquelle il avait dû faire face n'avait cessé d'augmenter, car le public, de plus en plus inquiet, demandait que l'on exploitât toutes les ressources fédérales pour combattre les narco-terroristes ; finalement les chefs de l'état-major interarmes furent obligés de répondre d'une façon ou d'une autre à cette pression. Et du coup, Jake Grafton avait été plutôt bousculé.

Premier Noir à occuper le commandement en chef de l'armée américaine, le général Hayden Land avait la réputation d'être futé comme pas deux et de connaître parfaitement les rouages complexes de la chose militaire. C'était aussi un fin politique, disait-on. Il était arrivé à ce poste après un passage par le Conseil national de sécurité, où il avait touché du doigt les liens étroits existant entre la politique et la défense du pays — et les conséquences que cela avait pour l'armée.

Alors que Jake quittait de nouveau la zone réservée à l'état-major interarmes, une dizaine de minutes après son retour du tribunal, il fut encore une fois salué par son nom par M. James, le corpulent portier, qui en faisait autant avec tous les membres de l'état-major depuis plus de vingt ans. Il semblait connaître le nom de chacun d'eux — une véritable prouesse puisqu'il y avait ici mille six cents officiers — et il passait son temps à serrer des mains lorsque le personnel pénétrait, le matin, dans les zones de sécurité.

— Courte journée, n'est-ce pas, capitaine Grafton ?

— Il y en a qui sont vernis, répondit Jake.

Le vestibule du bureau du général Land, dans l'anneau E, était décoré de tableaux qui montraient des soldats noirs américains en pleine action. Grafton les examina, pendant que l'assistant allait prévenir le général de son arrivée. Ces toiles représentaient des soldats de l'Union dans le cratère de Petersburg[1], des cavaliers combattant des Indiens dans les plaines de l'Ouest, des pilotes de l'armée de l'Air affectés à des avions de chasse au cours de la Seconde Guerre mondiale.

— Il vous voit tout de suite, lui dit l'assistant en le précédant jusqu'à la porte du bureau du général.

Le regard de Jake fut alors attiré par une peinture qui montrait un marin noir mitraillant, avec un air de défi, des appareils japonais. Dorrie Miller, au bord du USS *West Virginia*, à Pearl Harbor.

— J'aime les goûts artistiques du général, murmura-t-il au fonctionnaire en pénétrant dans le bureau de Land.

— Le capitaine Grafton, monsieur, annonça l'assistant, avant de s'immobiliser à l'entrée de la pièce.

---

1. Le « cratère » fut l'une des principales lignes de défense des Confédérés, à Petersburg, où se déroula la bataille décisive de la guerre de Sécession qui entraîna la capitulation du général Lee. (*N.d.T.*)

Land porte bien ses cinquante et quelques années, pensa Jake en observant son visage carré et ses cheveux courts. Les quatre étoiles d'argent brillaient sur les pattes d'épaule de son uniforme immaculé.

— Entrez, capitaine, et prenez un siège. J'ai essayé de vous joindre à votre bureau, ce matin, pour vous suggérer d'aller au tribunal voir à quoi ressemblait Aldana, et on m'a dit que vous étiez déjà parti là-bas, justement.

— C'est exact, monsieur. (Jake s'installa, sous le regard du général.) Simple curiosité de ma part, j'imagine, ajouta-t-il immédiatement. Le ministère public a demandé une interdiction de déclaration et il l'a obtenue. Ça devrait aider à mettre la sourdine, au moins pendant un temps.

Les yeux du général se tournèrent vers la fenêtre, qui donnait, au-delà du parking du Pentagone, sur les gratte-ciel d'Arlington.

— Vous pensez vraiment que ça va se calmer ?

— Disons que s'il ne s'agissait que de soldats américains, monsieur, je serais plus optimiste. Ils savent ce qu'est une information classée secret. Mais avec tous ces flics colombiens et les avocats du ministère de la Justice, y a pas moyen. Et puis la presse va se mettre sur le coup — et sans doute très bientôt. Comment savoir ? L'avocat d'Aldana, Liarakos, peut très bien déposer une motion demandant au tribunal d'examiner la légalité de l'arrestation de son client. Je ne suis pas avocat, et je n'en connais aucun à qui je pourrais poser la question, mais Liarakos me semble le genre de type à se servir de toutes les armes en sa possession.

— Oh, ne vous inquiétez pas de la légalité de la chose ! fit le général. C'est le ministre de la Justice lui-même qui nous a demandé notre aide.

— Ce que je veux dire, monsieur, c'est que Liarakos peut soulever ce problème. En fait, la presse a peut-être déjà senti le vent. Le week-end dernier, un journaliste, un étudiant de ma femme, est venu à une réception que nous avons donnée chez moi. Il m'a vu aujourd'hui au tribunal, et il m'a cramponné.

— De quel journal ?

— *Washington Post,* monsieur.

Land grimaça.

— Bon Dieu ! dit-il. J'ai l'impression de me retrouver dans la peau de Nixon. Vous pensez que Deep Throat[1] est encore en train de faire des messes basses ?

---

1. « Gorge profonde », surnom d'une héroïne du cinéma porno donné au fonctionnaire très haut placé du gouvernement qui fut l'informateur principal des journalistes du *Washington Post* lors du Watergate. (*N.d.T.*)

Jake éclata de rire.

— Je ne crois pas que Gideon Cohen va nous faire une crise cardiaque s'il lit dans le journal que les Special Forces américaines ont capturé Aldana avec la coopération de la police colombienne. Je lui ai dit que ça allait finir par se savoir et il n'a pas relevé. Il s'en doute.

— Votre avis sur cet Aldana ? demanda Land.

— Un psychopathe.

— Hum ! Lorsqu'il a été capturé, il a dit au commandant des opérations qu'il les verrait tous morts. (Le général Land montra les dents, et cela n'avait rien d'un sourire jovial.) J'étais opposé au fait qu'on participe à ce bordel. L'armée n'a pas à intervenir dans l'application des lois. Ça ne marchera pas, ça ne peut pas marcher, ce n'est bon ni pour l'armée, ni pour le pays. Mais quand j'ai entendu ce salaud menacer nos hommes, mes doutes ont diminué. Peut-être que Cohen a raison. Peut-être que nous devons intervenir là-bas et distribuer quelques coups de pied au cul.

— Général, si vous voulez mon avis, c'est votre première idée qui était la bonne. Ces cartels du crime ont acheté, menacé, malmené et, parfois, subverti les autorités colombiennes. Ils n'ont pas encore réussi à avoir nos hommes, mais ils essaient, maintenant. Et nous ne sommes pas en position d'effectuer des contrôles sur notre propre population. Nous prenons tous les petits jeunes de dix-huit ans qui peuvent passer l'examen écrit et les épreuves physiques et nous en faisons des soldats. Vérifier leur passé, tester leur loyauté : nous ne pouvons pas nous poser ce genre de problèmes.

— Nous risquons d'y être obligés, pourtant, répondit le général Land. Le monde change, et nous devons changer avec lui.

Chapitre sept

Lorsque le ministre de la Justice pénétra dans le bureau de William C. Dorfman, à la Maison Blanche, l'édition du matin du *Washington Post* était devant lui, ouverte sur la chronique de Mergenthaler. Gideon Cohen s'assit en soupirant, et attendit que le secrétaire général eût terminé de téléphoner.

— Non, nous n'allons pas publier le texte de l'acte d'accusation... Secret de l'instruction. Non, nous n'allons pas non plus demander au Mexique de nous livrer un seul de ses citoyens ! Nous n'avons pas signé d'accord d'extradition avec le Mexique. (Il écouta encore son interlocuteur quelques secondes, puis cracha dans le combiné :) Ah, foutre non !

Et il raccrocha.

— Ce crétin veut savoir si nous offrons vraiment une récompense pour ces types (Dorfman frappa le journal du doigt) et si nous paierons des chasseurs de primes qui les ramèneront aux États-Unis pour qu'ils soient jugés.

Cohen eut une moue et croisa les jambes. La chronique d'Ottmar Mergenthaler, ce matin, dans le *Post*, révélait qu'un grand jury fédéral de Los Angeles avait secrètement rendu un arrêt de mise en accusation, plusieurs semaines auparavant, à l'encontre de dix-neuf membres du gouvernement mexicain, dont certains étaient encore en fonction, pour trafic de stupéfiants et pour complicité dans l'enlèvement et le meurtre d'Enrique Camarena, un agent clandestin de la DEA, dont on avait découvert le cadavre près de Guadalajara, en mars 1985, plus de cinq ans auparavant. Parmi les accusés on comptait l'ex-directeur de la police judiciaire fédérale mexicaine — l'équivalent mexicain du FBI —, et son frère, l'ancien chef de l'unité anti-drogue du gouvernement mexicain. Ainsi qu'un médecin, qui venait de se faire arrêter la veille, à El Paso, au Texas. Il semblait que plusieurs inconnus avaient accompagné le bon docteur dans un avion en provenance de Mexico, qu'ils l'avaient laissé entre les mains d'agents fédéraux qui les attendaient à l'aéroport, et qu'ils étaient immédiatement remontés dans l'avion pour rentrer à Mexico.

— Allez-vous engager des chasseurs de primes ? demanda Dorfman.

— Et pourquoi pas ? Il est parfaitement légal d'offrir une récompense à quelqu'un qui remet un fugitif à la justice. Ce principe est fermement inscrit dans le droit civil américain depuis des centaines d'années.

— Oh ! épargnez-moi la leçon. Et de toute façon, qu'est-ce que vous êtes en train de fabriquer, bordel ?

Jadis, Cohen se serait mis en colère. Mais plus aujourd'hui.

— Nous nous battons pour que la loi soit respectée, répondit-il doucement. C'est toujours l'un des buts de cette administration, n'est-ce pas ?

Dorfman se laissa aller dans son fauteuil. Ses énormes lunettes à monture d'écaille lui faisaient des yeux de hibou. Il fixa Gideon Cohen et répondit :

— Vous ne serez pas surpris si je vous dis que je ne vous aime pas.

— Personnellement ou professionnellement ? demanda Cohen en essayant de paraître intéressé.

Dorfman poursuivit comme s'il n'avait pas entendu la question.

— J'ai suggéré au président de demander votre démission. A mon avis, vous n'êtes pas loyal vis-à-vis de cette administration. Vous ne semblez pas vraiment conscient des réalités politiques que le président doit affronter tous les jours, à chacune de ses décisions. Pour vous, tout est toujours ou tout blanc ou tout noir.

— Franchement, Dorfman, je me moque de votre avis. Êtes-vous en train de m'informer de manière officielle que le président désire ma démission ?

Le secrétaire général de la Maison Blanche prit son temps pour répondre. Il joua un instant avec un stylo, sur son bureau, étudia sa tasse à café, examina la photo de sa famille, dans le cadre posé devant lui.

— Non, dit-il enfin, lorsqu'il eut tiré de ce moment tout le plaisir qu'il pouvait logiquement en attendre. Je voulais juste vous faire savoir où vous en êtes.

— Merci.

Le dégoût que Cohen ressentait se voyait sur son visage. Ce cinéma minable était si typique de Dorfman !

Les deux hommes entrèrent dans le Bureau Ovale au moment où un groupe de scouts en sortait. Le photographe officiel était encore là ; il faisait des photos du président assis à son bureau. Cohen eut l'impression que George Bush, ce matin, paraissait plus tourmenté que d'habitude. Il n'accordait guère d'attention aux instructions du photographe.

— Venez par ici, Gid. On va en faire quelques-unes de nous deux.

Lorsque la séance fut terminée, le photographe s'en alla et referma la porte derrière lui. Dorfman posa le journal du matin sur le bureau de Bush.

— Où Mergenthaler a-t-il été dénicher cette information ? demanda le président d'un ton brusque.

— Je ne sais pas, grommela Dorfman.

— Cette administration a plus de voies d'eau qu'un vieux rafiot. Faudra virer sur-le-champ toute personne qu'on prendra à faire d'autres trous dans le fond de la barque sans l'autorisation d'un membre du cabinet.

— Si on arrive à coincer quelqu'un.

Bush acquiesça. Il pensait déjà à autre chose. A l'âge du téléphone, les fuites étaient une composante inévitable de la vie d'un gouvernement — même si cela ne les rendait pas plus acceptables pour autant. Cependant, Dorfman tenait remarquablement bien la boutique dans sa poigne de fer.

— A quelle heure vient l'ambassadeur du Mexique ? demanda le président à son secrétaire général.

— A deux heures et demie.

Bush se tourna vers Cohen :

— Qu'est-ce que je lui dis pour l'acte d'accusation ? Et pour cette histoire de chasseurs de primes ?

— Que nous avons des preuves solides contre ces dix-neuf personnes. Et que nous voulons que Mexico signe un traité d'extradition.

Dorfman explosa.

— *Ils ne vont jamais...*

Bush le coupa.

— Mergenthaler prétend que la DEA veut kidnapper certains de ces types et les ramener ici pour qu'ils soient jugés.

— C'est exact. Tout ce qu'il raconte dans son article est vrai. A en croire la façon dont la DEA m'a présenté les choses, ils ont prévu d'escorter plusieurs de ces trafiquants jusque sur le territoire des États-Unis et de les arrêter dès qu'ils y poseront le pied.

Le président Bush ramassa le journal, puis le laissa retomber sur son bureau. Il tira son fauteuil en arrière et s'assit en fixant Gideon Cohen.

— Non, dit-il alors.

— Oui.

— *Non.* Point final. Les Mexicains nous doivent cinquante *milliards* de dollars. (Il répéta le chiffre avec aigreur.) Neuf ans de la plus longue expansion économique de l'histoire américaine et pourtant nous sommes endettés jusqu'aux yeux. Dette fédérale de milliards de dollars, fraudes dans les caisses d'épargne, désastres des aides agricoles, endettement privé à un niveau record, marché des junk bonds[1] prêt à exploser, tiers monde chancelant au bord de la banqueroute — non, non, ils ont même dépassé ce stade, ils ont plongé il y a des années et maintenant ils battent des pieds aussi vite qu'ils peuvent pour marcher sur le vide... Ils paient les intérêts de vieilles dettes avec l'argent de nouveaux emprunts, *exactement comme le gouvernement américain finance aujourd'hui le déficit fédéral*. Le même genre de manigances avec de l'argent louche qui ont coulé les caisses d'épargne. De la fraude pure et simple. Oui, carrément une fraude approuvée par le gouvernement. Et maintenant, pour couronner le tout, voilà que l'Union soviétique réclame une aide étrangère. J'ai l'impression d'être un pauvre gars avec un seul cachet d'aspirine pour douze gosses malades.

— Comment savons-nous que le Mexique manquera à ses engagements? demanda Cohen.

— C'est exactement ce qu'il fera. Essayez d'imaginer les hurlements que ça déclencherait si des agents du gouvernement mexicain venaient ici, aux États-Unis, enlever des citoyens importants pour les juger à Mexico! La moitié du Texas ressortirait les vieux. 30-30 et se précipiterait à Nuevo Laredo pour apprendre les bonnes manières à nos amis les Piments.

— Je pourrais citer une douzaine de sénateurs qui exigeraient qu'on déclare la guerre, intervint Dorfman.

— On ne récupérera pas cet argent de toute façon, fit remarquer le ministre de la Justice avec une logique sans faille.

— Je ne vais pas argumenter avec vous, Gid. (Et pourtant, il s'empressa d'ajouter :) En ce moment, des investisseurs étrangers financent environ trente pour cent du déficit fédéral en achetant des bons du Trésor. Si le Mexique ne rembourse plus sa dette, le reste de l'Amérique latine suivra probablement son exemple. Et le système bancaire américain s'effondrera, sauf si le gouvernement fédéral le tire d'affaire, et il sera obligé de le faire puisque tous les dépôts sont assurés par le gouvernement jusqu'à hauteur de cent mille dollars. Le seul moyen de soutenir les banques sera d'émettre davantage d'obligations, et si on en vend plus, les taux d'intérêt *doivent* grimper.

---

1. Obligations à fort taux d'intérêt et à haut risque. (*N.d.T.*)

Cela ne marchera que pendant une très courte période, et ensuite le gouvernement *devra* augmenter les impôts, ce qui pompera encore plus d'argent dans la poche des consommateurs. Et tout ça aura pour conséquence de plonger l'économie des États-Unis — et du reste du monde — dans une profonde récession, diminuant d'autant la capacité de la nation de payer les intérêts de la dette existante. Vous voyez le tableau ?

— Et si l'État fédéral baisse radicalement les taux d'intérêt pour essayer de sauver l'économie, les Japonais et les Européens arrêteront d'acheter des obligations.

— Vous avez pigé.

Cohen passa ses doigts dans ce qui lui restait de cheveux. Il se souvint tout d'un coup d'une remarque d'un politicien soviétique : « L'URSS est au bord de l'abîme. » Et voilà qu'ici, dans le Bureau Ovale, il entendait une version différente de la même chanson. Sauf que cette fois il s'agissait des États-Unis. Gideon Cohen ne put s'empêcher de frissonner.

— Il va falloir qu'on dévalue le dollar, dit-il lentement.

George Bush agita la main pour marquer son accord.

— Dans ce cas, pourquoi ne pas dévaluer immédiatement et ne pas se lancer à la poursuite de ces trafiquants qui nous assassinent lentement avec leur poison ?

Un sourire de mépris passa sur le visage de Dorfman, tandis que le président se frottait les yeux avec l'intérieur de la main.

— Soyons sérieux, grommela Dorfman.

— Le Congrès n'approuvera jamais une chose pareille, répondit le président. Et si j'ai le malheur de suggérer publiquement une dévaluation de notre monnaie, vous ne verrez pas d'autre républicain dans ce bureau jusqu'à la fin de vos jours. Pour l'amour du ciel, Gid, je ne me suis pas battu pour cette place juste pour le plaisir d'être l'homme le plus haï des États-Unis ! Je suis *censé* faire ce que le peuple désire. Et j'essaie. J'imagine que vous comprenez certainement ça ?

— Monsieur le président, votre bonne foi n'a jamais été mise en doute. Pas par moi, au moins. Ce que je dis, c'est que le peuple américain veut voir régler une fois pour toutes ce problème de la drogue. Pour lui, un certain nombre d'anciens et d'actuels fonctionnaires du gouvernement mexicain — dont des policiers, surtout des policiers — sont impliqués là-dedans. Ce dont nous parlons là, maintenant, ce n'est pas de détourner les yeux à l'arrivée d'un chargement de marijuana —, non, nous sommes en train de parler de la torture et de l'assassinat d'officiers américains chargés de l'application de la loi, par des membres de la police mexicaine ! *Et les électeurs, dans ce pays, veulent que ça cesse !*

— Les électeurs ont de longues listes de commissions et ils élisent des députés pour s'en charger. Moi, ils m'ont choisi pour tenir la boutique. Les Américains ne sont pas idiots : ils savent que le gouvernement ne peut pas tout faire pour eux. Je suis censé agir dans l'intérêt d'une nation, d'une affaire qui tourne — les États-Unis. *Et j'en ai bien l'intention !*

— Monsieur le président, je dis que la drogue est notre problème intérieur numéro un. Le Mexique est une grande part de ce problème. Vous ne pouvez pas ignorer ce fait simple et fondamental.

— Le Mexique, le pays de *la mordida,* du pot-de-vin, dit Bush, avec une évidente fatigue dans la voix. Tous ceux qui s'y sont retrouvés ont été obligés d'acheter un fonctionnaire ou un autre. Cinq dollars par-ci, dix dollars par-là. Et nul doute que les services importants coûtent cher. Je me souviens d'une fois où Barbara et moi...

— Vous voulez dire qu'il n'y a pas de corruption liée à la drogue, ici ? demanda Cohen, avec un air faussement innocent. Ici, en Amérique ?

Le président et son secrétaire général échangèrent un regard.

— Qu'est-ce que vous racontez ? fit Dorfman.

— Les Mexicains sont exactement comme tout le monde. L'argent est là, il n'y a qu'à le ramasser — il n'y a pas beaucoup de gens qui sont capables de dire non. Les agents de la DEA grouillent au Mexique depuis longtemps, si bien qu'on sait précisément qui, quand et combien. On a des années d'expérience derrière nous.

— Le FBI s'occupe d'affaires de corruption chez les fonctionnaires américains haut placés ? Pas seulement des shérifs de comté ou des policiers des frontières ?

Cohen fit oui de la tête.

Dorfman soupira.

— Ça serait peut-être pas si mal... suggéra-t-il au président. Montrer du doigt les brebis galeuses, c'est de la bonne politique.

— Il y a des exceptions à cette règle. Et ça, probablement, c'en est une.

Cohen se pencha en avant et ajouta, à l'intention du président :

— Un certain nombre d'inculpations contre des fonctionnaires haut placés, très haut... Pensez-y. Dorfman peut s'arranger avec les relations publiques jusqu'à la fin des temps, mais notre « guerre de la drogue » finira par ressembler à ces petits badges rouges, blancs et bleus, VICTOIRE ! — tout pour la frime et aucune intention de se frotter aux problèmes fondamentaux, aux *véritables* problèmes. Et ça va nous péter à la figure à moins que nous ne prenions des mesures réelles pour attaquer de front cette question.

Le président se leva et alla jusqu'à la fenêtre. Son regard se perdit dans la Roseraie.

— On ne se tourne pourtant pas les pouces, dit-il. J'ai donné mon accord pour cet enlèvement du docteur mexicain. J'ai donné mon accord pour l'arrestation d'Aldana par des soldats américains. Ce n'est pas encore sur la place publique, mais ça ne va pas tarder. Et à ce moment-là, il faudra entendre le bruit que ça fera. Je me fiche pas mal de ce qu'on raconte — parce qu'on se démène, parce qu'on fait le maximum, tout ce qu'on peut, et les électeurs s'en apercevront.

— Monsieur le président, je ne doute pas de votre engagement. Mais ce que je dis, c'est que le public n'en a pas assez conscience. Ce que les gens voient, ce sont des slogans et des exposés pour des élèves de terminale. « Dites juste non », c'est une mauvaise blague. Bon sang ! Le maire de Washington n'a pas pu dire non. Le chef de la police fédérale mexicaine n'a pas pu dire non. Le président du Panama n'a pas pu dire non. Les athlètes professionnels et les vedettes de cinéma non plus. Ni les flics. Ni les députés. *Et cette liste n'arrête pas de grossir comme une tomate de serre dans un sol radioactif irrigué avec des hormones !*

— Qui ? demanda brusquement George Bush.

— Je n'ai pas posé la question, répondit Cohen. Je ne veux pas savoir.

— Vous ne voulez pas ?

Le président se tourna un peu vers lui et l'observa, l'air étonné.

— C'est comme ça, fit le ministre de la Justice avec raideur. Si je ne suis pas au courant, on ne peut pas m'accuser d'en parler à quelqu'un ou de prévenir intentionnellement ou non un suspect faisant l'objet d'une enquête. Et vous non plus, vous ne voulez pas savoir. Et croyez-moi, certains de ces types-là vont découvrir tout seuls, d'une façon ou d'une autre, qu'on se renseigne sur eux et ils vont se démener. C'est dans la nature humaine.

A l'exception, peut-être, d'un étudiant en journalisme d'une quelconque université, personne ne lit jamais *The Washington Post* de la première à la dernière ligne. Même si l'on est rapide et qu'on laisse de côté les petites annonces, parcourir la totalité des articles prend des heures. Avec ses vingt-cinq cents, on achète son kilo deux cents de papier, avec dix sections, ou plus, débordant de brèves, d'informations, d'articles de fond et d'annonces qui, tous, répondent à des goûts et des intérêts différents. Politique, meurtres, viols, catastrophes, économie, sport, science, jardinage, potins sur les célébrités, revue des livres, promo des films nouveaux, inepties musicales, opinions politiques de tous bords, programmes télé — le monde entier est emprisonné chaque jour dans ce kilo deux cents de papier, ou plutôt cette partie du monde à laquelle un être humain normalement civilisé et vivant au centre exact de l'univers — Washington — peut s'intéresser.

Jack Yocke avait la secrète ambition d'être le premier homme à lire le *Post* de A jusqu'à Z. C'était son plan pour un matin où la grippe l'obligerait à rester au lit. Mais pas aujourd'hui. Assis à son bureau, il jetait un œil sur les gros titres, et lisait en diagonale les articles qui lui paraissaient intéressants.

La principale information du numéro, c'était l'aide que l'Union soviétique venait de demander officiellement aux États-Unis. Les sénateurs et les députés s'en donnaient à cœur joie, ainsi que la plupart des éditorialistes politiques. Personne ne mettait en doute le fait que les Russes avaient besoin du maximum d'espèces sonnantes et trébuchantes, mais le problème, évoqué seulement par les politiciens réalistes — et pessimistes —, c'était que le gouvernement des États-Unis n'avait plus d'argent à distribuer. La boîte à biscuits était vide. Il ne restait pas même une miette.

La plupart des politiciens et des experts dressaient des listes de ce que les Soviétiques allaient devoir faire pour bénéficier des largesses américaines. Ils étaient absolument sûrs que si l'Amérique en avait vraiment envie, elle pourrait toujours trouver quelque part une manne à distribuer. Après tout, avons-nous vraiment besoin d'une armée, dans ce monde de progrès ? Et puis les nations qui, aujourd'hui, recevaient une aide des États-Unis, ainsi que les bénéficiaires des aides de l'État et des retraites de la Sécurité sociale seraient certainement disposés à partager leurs deniers avec les Russes, pour le bien commun, n'est-ce pas ?

En tout cas, pour obtenir les allocations américaines, les Russes allaient devoir libérer les États baltes, relâcher tous leurs prisonniers politiques et ouvrir leurs frontières au commerce et aux investissements des États-Unis. Bien sûr, ils seraient forcés aussi d'interrompre définitivement toute aide financière et militaire à Cuba et à la Libye et au Viêt-nam et à l'Afghanistan et à l'Angola et à tous les autres cloaques du tiers monde où les communistes athées se battaient contre les saintes forces du capitalisme et de la démocratie. Il leur faudrait aussi dissoudre le KGB et le GRU et cesser d'espionner les Américains et le reste de la planète. Et pendant qu'ils y étaient — mais c'était presque inutile de le mentionner —, ils renverraient dans leurs foyers la totalité de leurs soldats, et ils mettraient à la casse leurs navires, leurs tanks, leur artillerie. S'ils faisaient *tout* cela, alors, oui, ils recevraient certainement quelques dollars lorsque l'on pourrait en trouver, si on le pouvait...

Jack Yocke lut cette énumération en diagonale et passa à autre chose. Il tomba sur les chroniques de deux spécialistes qui avaient réglé la veille la question de l'aide étrangère. Le prix des cinquante kilos de feuilles de coca en Bolivie et au Pérou était tombé de cent dollars à dix dollars US tout juste. A en croire l'un des deux journalistes, cela signifiait que George Bush était en train de gagner la guerre de la drogue. Un autre, qui avait sans doute réussi à rester éveillé pendant ses cours d'économie de première année, expliquait que la baisse des prix signifiait simplement que les agriculteurs boliviens et péruviens avaient bénéficié d'une récolte exceptionnelle cette année et que les millions de dollars dépensés pour lutter contre le fléau avaient été du gaspillage.

Jack Yocke regarda dans son Rolodex. Il trouva le numéro qu'il cherchait sous un code qu'il était seul à comprendre, et le composa.

— Salut, mec.

— Salut. C'est Jack Yocke. Comment qu' ça va ?

— On s' débrouille, mon gars. Qu'est-ce t'as derrière la tête ?

— T'as jeté un œil au journal d'aujourd'hui ?

— J' lis jamais c'te merde de Blancs. Et tu l' sais.

— Question. Qu'est-ce qu'il fait, le prix du stuff dans la rue, en ce moment ?

— Tu t'expliques ?

— Il monte ou il descend ?

— Y bouge pas, mec. Cinq dollars la dose. On parle de descendre à quatre, mais personne a envie. Pas assez de bénef pour tout le monde, tu piges ?

— Des problèmes d'approvisionnement ?

— Pas entendu dire.

— Merci.

— Porte-toi bien, mon gars.

L'homme à qui Jack Yocke venait de parler, Harrison Ronald Ford — il s'était mis à employer son nom entier depuis que l'autre, l'acteur, était devenu célèbre —, reposa le téléphone et retourna à son café.

Ce fameux journal qu'il ne lisait jamais, comme il venait de l'expliquer à Yocke, était ouvert devant lui, sur la table de la cuisine. Et le papier qu'il était en train de parcourir au moment où le téléphone avait sonné était signé Jack Yocke. Le titre disait : « Visite des Fédéraux à la caisse d'épargne Second Potomac ». Le caissier en chef récemment assassiné, Walter P. Harrington, était impliqué dans une histoire de blanchiment d'argent, à en croire un informateur dont on taisait le nom, Responsables de la banque atterrés. Importantes lacunes dans la tenue des registres. Les employés savaient qu'il se passait quelque chose de pas net, mais personne n'avait rien voulu dire, de peur de perdre son boulot ou sa retraite. Du coup, maintenant, ils n'avaient plus ni l'un ni l'autre.

Harrison Ronald se resservit du café et alluma une nouvelle cigarette. Il jeta un coup d'œil par les vitres sales aux immeubles d'en face, de l'autre côté de la ruelle, et il alla se rasseoir dans la cuisine où il passa aux bandes dessinées du *Post*. Il les parcourut un moment, *Cathy* lui tira un sourire, puis il prit un stylo et s'attaqua aux mots croisés.

Harrison Ronald adorait les mots croisés. Il s'était rendu compte, il y avait déjà longtemps, que remplir consciencieusement les petites cases l'aidait à réfléchir. Et aujourd'hui, justement, il avait beaucoup matière à penser.

Numéro un de sa liste, Freeman McNally. Il savait que McNally blanchissait de l'argent grâce à la caisse d'épargne de Harrington. Qu'allait-il faire, maintenant ? Ses affaires se montaient à environ trois millions de dollars en liquide par semaine. Un quart de cette somme partait sur la côte ouest pour l'achat du produit brut et un autre bon paquet servait à payer les « salaires », les pots-de-vin et autres frais. Mais l'opération laissait encore un bénéfice net d'environ un million de dollars par semaine — un peu plus de quatre millions de dollars par mois — et Freeman McNally devait d'une façon ou d'une autre transformer cette montagne de billets en argent légal que lui-même et ses copains pourraient dépenser ou mettre de côté.

C'était à coup sûr un problème agréable — mais un problème tout de même. Il serait intéressant de connaître la solution de Freeman.

Au cours de l'année que Harrison Ronald venait de passer au service de Freeman McNally, il avait acquis un certain respect pour cet homme — toutes proportions gardées. Le truand avait abandonné ses études à la fin de la terminale, mais il était plein de bon sens, d'une intelligence supérieure à la moyenne et il possédait l'habileté du chat à retomber sur ses pattes lorsqu'un imprévu se produisait — ce qui était le cas, avec une régularité qui aurait épouvanté plus d'un homme d'affaires en règle.

La plupart des ennuis de McNally venaient des gens qui travaillaient pour lui. Ils devenaient gloutons, ou accros, ils prenaient plaisir à étaler leur came devant des personnes qui risquaient de poser problème, ils finissaient par se croire invulnérables. McNally était un chef-né. Il se trompait rarement. Ceux qu'il estimait dangereux disparaissaient, rapidement et définitivement. Quant aux âmes dévoyées qu'il pensait pouvoir former, il les modelait et leur accordait sa confiance.

Comme tous les dealers de crack, McNally menait une bataille sans fin pour défendre son affaire, et les coins de rues et les maisons où ses vendeurs écoulaient sa marchandise. C'était une guerre, et McNally était naturellement doué pour cela. Il était l'incarnation même de l'efficacité impitoyable.

En outre, comme tous les dealers de crack, McNally ne travaillait qu'avec des paiements au comptant qui l'obligeaient à une vigilance de tous les instants contre les escrocs et les voleurs. Là aussi, il excellait ; le ciel l'avait doté d'une bonne dose de paranoïa et d'un talent inné pour l'arnaque. D'après ce qu'en savait Harrison Ronald, en deux occasions, des idiots qui croyaient au Père Noël avaient essayé de le rouler. Plusieurs de ces optimistes invétérés avaient reçu une balle dans la tête en souvenir de leur aventure et l'un d'eux avait été débité vivant à la tronçonneuse.

Mais si Freeman McNally avait beaucoup de points communs avec d'autres chefs de gang du crack qui avaient réussi, il était unique aussi, par certains côtés. Son intuition lui avait permis de comprendre que la menace la plus sérieuse à la bonne marche de son entreprise, c'étaient encore les autorités — la police, les gens de la DEA, le FBI. Aussi s'était-il arrangé pour ramener systématiquement cette menace à un niveau acceptable. Il avait cherché les politiciens, les policiers et les agents de la DEA qui pouvaient être achetés, et il les avait achetés.

Voilà pourquoi Harrison Ronald Ford travaillait en civil à Washington au lieu de se balader à Evansville, Indiana, au volant d'une voiture de police. Ce n'était d'ailleurs pas sous ce nom qu'on le connaissait. Ici, dans cette ville, on l'appelait Sammy Z.

Mère de Galaad, 23 horizontal. Avec un e, en dernière lettre.

Ford était arrivé à Washington un an auparavant et il avait loué ce taudis. Il avait traîné deux semaines dans les bars, avant de trouver un boulot de guetteur pour l'un des revendeurs de McNally. Il travaillait depuis environ un mois et puis, une nuit, un jeudi où il pleuvait, il tombe sur qui dans la rue ? Sur le copain de lycée avec lequel il s'entraînait au base-ball à Evansville — Jack Yocke.

Impossible de jouer la comédie à Jack Yocke — il n'avait pas eu le choix : le journaliste savait que son ami était flic. Mais apparemment, il avait gardé le secret. Dix mois s'étaient écoulés depuis.

Harrison Ronald était toujours vivant, ses quatre membres encore solidement attachés à son corps, et il faisait maintenant les commissions et les livraisons pour Freeman.

Il était près du but. Très près. Il connaissait le nom de deux des flics locaux et d'un politicien de la liste de Freeman, mais il n'avait encore aucune preuve suffisamment solide pour tenir la route en cas de procès.

Mais ça viendrait. Tôt ou tard, il les aurait, ses preuves.

S'il vivait assez longtemps.

Elaine. La mère de Galaad s'appelait Elaine.

Il les aurait, oui — si Freeman-le-Rusé ne le coinçait pas avant.

Ce Yocke, qu'il aille au diable ! Pourquoi ce petit Blanc avait-il justement choisi aujourd'hui pour téléphoner ? Et puis bon... si le pire lui arrivait, Jack Yocke pourrait toujours écrire sur lui un éloge funèbre de première.

Feu Judson Lincoln avait vécu dans une modeste maison de deux étages dans un quartier à la mode, à environ deux kilomètres à l'est de la Maison Blanche. T. Jefferson Brody trouva une place libre pour garer sa Mercedes un pâté de maisons après la résidence des Lincoln, puis il revint à pied sur ses pas.

Il était attendu. Il avait téléphoné à la veuve en début de matinée et lui avait fait part de son désir de discuter avec elle de l'achat de l'affaire de son défunt mari. Apparemment, elle avait contacté son avocat avant de le rappeler et de lui proposer ce rendez-vous à 14 heures.

Mme Lincoln lui avait paru assez calme au téléphone, ce matin, mais il ne fallait certainement pas trop compter là-dessus. Selon toute probabilité, il allait passer un après-midi pénible, avec une veuve larmoyante, et sans doute des gosses stupides et mal élevés, sans parler, à tous les coups, d'un avocat gras et surpayé qui ne penserait qu'à couper les cheveux en quatre et à râler pour tout, *ad nauseam*, avec la phraséologie propre à sa profession. Et puis, il y aurait une question perpétuellement suspendue au-dessus de leurs têtes, menaçante comme un orage sur l'horizon : qui avait bien pu tuer Judson Lincoln, homme d'affaires noir très connu, et citoyen modèle ? Et il y aurait aussi les policiers. En contact permanent avec la veuve, à lui tirer tant et plus les vers du nez...

Mais bon, T. Jefferson serait capable de supporter le tout.

Il sonna et ajusta le mouchoir bleu roi à vingt dollars dans sa poche de poitrine. Il espérait ne pas être obligé de le proposer pour essuyer le contenu des sinus d'une veuve éplorée, mais... Il redressa aussi sa cravate et s'assura que sa veste était correctement boutonnée et arrangée comme il le fallait sous son manteau en mohair qui lui descendait aux genoux.

Une Noire vint lui ouvrir, vêtue de la parfaite panoplie de domestique, jusqu'au petit tablier blanc. Il lui tendit sa carte et annonça :

— Je voudrais voir Mme Lincoln, s'il vous plaît.

— Donnez-moi votre manteau, monsieur. (Lorsqu'il se fut exécuté, elle ajouta :) Par ici, monsieur.

Et elle précéda Brody sur les quelques mètres qui séparaient le vestibule du bureau.

Mme Lincoln était grande, avec des traits finement dessinés et une magnifique silhouette. Son tour de taille, nota Brody en connaisseur, ne dépassait pas les cinquante-cinq centimètres et sa poitrine, estimat-il, mesurait sans doute presque le double. Judson Lincoln devait avoir perdu la tête pour aller courir les putes pendant que ce petit morceau de choix l'attendait à la maison !

Et puis elle sourit.

T. Jefferson Brody sentit ses genoux se dérober sous lui.

— Je suis Deborah Lincoln, monsieur Brody. Et voici mon avocat, Jeremiah Jones.

Brody regarda l'homme de loi pour la première fois. Il devait avoir dans les vingt-cinq ans. Des cheveux brillantinés et coiffés en arrière, des dents affreuses, et un sourire de faux-cul.

— Oui, oui, monsieur Brody. Deborah m'a parlé de l'intérêt de votre client pour l'affaire de son mari. Enlevé si tôt à son affection ! Quelle tragédie !

Tandis que Jones s'écoutait parler, Brody dévorait des yeux ladite veuve ; il lui semblait qu'elle supportait très bien la tragédie en question. Le regard de Deborah Lincoln croisa celui de Jones, et ils échangèrent un petit sourire. Puis elle se tourna de nouveau vers Brody et parut faire un véritable effort pour prendre une expression qui convenait à la situation.

— Terrible, en effet. (Brody acquiesça après un autre coup d'œil à ce gigolo de Jones.) Euh... Bon, la vie continue. Pardonnez-moi de vous déranger si tôt après... Ah ! mais mon client désirait vraiment que je vous dise son intérêt pour l'affaire de votre époux avant que vous... Ah ! avant que vous...

La superbe Deborah Lincoln prit la main de son avocat et la serra tandis que son regard profond se posait sur Brody.

— ... Ils veulent vous acheter cette affaire, conclut Brody sans conviction, pendant que ses pensées allaient au grand galop.

Oui, c'est vrai, Deborah Lincoln. Oui, c'est vrai, tu as besoin d'un homme pour te réconforter en cette épreuve... Mais pourquoi avoir choisi cette petite frappe ? Pourquoi pas T. Jefferson Brody, hein ?

— J'ai une excellente proposition à vous faire, ajouta Brody en gratifiant la veuve Lincoln de son sourire le plus sincère.

Les négociations avec Deborah Lincoln et l'avocat Jones prirent une bonne heure. Brody offrit trois cent cinquante mille dollars, l'avocat demanda quatre cent cinquante mille. Après un marchandage distingué, Mme Lincoln accepta de bonne grâce un compromis à quatre cent mille. Jones lui pressa la main, la regarda au fond des yeux, essaya de la persuader d'exiger davantage, mais elle avait pris sa décision.

— Quatre cent mille dollars, c'est honnête, dit-elle. Judson pensait que l'affaire valait ce prix-là.

Elle adressa un gentil sourire à Jones et lui serra la main. Profitant de ce qu'ils ne le regardaient pas, Jefferson T. Brody leva les yeux au ciel.

On s'entendit sur le fait que Mme Lincoln et M. Jones passeraient dans l'après-midi du lendemain au bureau de Brody pour étudier les cessions de bail, l'acte de vente et autres documents. Le chèque serait prêt.

Brody les salua et la domestique l'escorta jusqu'au vestibule, l'aida à enfiler son manteau et lui ouvrit la porte.

Lorsqu'il se retrouva sur le trottoir et que le battant se fut refermé derrière lui, Jefferson T. Brody s'autorisa un grand sourire. Et il partit d'un pas joyeux vers sa voiture.

Une jeune femme, un foulard dans les cheveux, lui ouvrit.
— Oui ?
— Il m'a semblé comprendre que vous aviez un appartement à louer ? dit Henry Charon, en écarquillant un peu les yeux avec une expression d'espoir.
— Oui. Entrez vite. Il gèle, dehors. Combien il fait ? Douze degrés ?
— Dans les dix, je pense.
— C'est à l'étage. Chambre, salle de bains, living, et une petite cuisine. Plutôt mignon.

Ils se tenaient debout dans le corridor, à présent. L'immeuble de New Hampshire Avenue était ancien, mais assez propre. La jeune femme portait de grosses lunettes aux lourdes montures foncées, avec des verres épais qui lui agrandissaient les yeux — c'en était presque comique. Charon se surprit à fixer, fasciné, cet immense regard marron qui se posait sur une chose, puis sur une autre ; il voyait parfaitement chaque contraction des muscles minuscules, tout autour.

— J'aimerais visiter l'appartement, s'il vous plaît.

— Le loyer est de neuf cents dollars par mois, annonça-t-elle sur un ton d'excuse. (Elle avait une voix agréable, et elle parlait très distinctement, articulant chaque mot avec soin.) Vraiment obscène, je sais, mais comment faire ?

Charon ébaucha une grimace pour lui montrer qu'il comprenait. Il répéta :

— Je peux le voir ?

Elle l'observa un instant avec sympathie, puis elle se détourna et se dirigea vers l'escalier.

— Vous venez d'arriver en ville ?

— Exact.

— Oh ! vous adorerez Washington. C'est un endroit si animé, si excitant ! Toutes les grandes idées sont ici. C'est une ville intellectuellement si stimulante !

L'appartement était au second. Le living donnait sur l'avenue, et la chambre sur la ruelle qui longeait l'immeuble. La charpente métallique d'une échelle de secours était visible par la fenêtre de la chambre ; après avoir ouvert le verrou, il souleva le châssis et il passa la tête à l'extérieur. L'échelle montait jusqu'au toit.

Il referma tandis que son guide lui donnait d'autres détails. Chauffage central au gaz, pas de thermostats individuels, température à dix-huit degrés tout l'hiver.

— Vous devriez venir jeter un coup d'œil à la cuisine. (Elle lui montra le chemin.) C'est petit, mais intime et pas trop mal équipé. Parfait pour deux personnes, mais on peut aussi préparer des repas pour quatre sans trop de difficulté et même pour six ou huit à la rigueur.

— Très joli, dit Henry Charon en ouvrant le réfrigérateur et en regardant à l'intérieur pour lui faire plaisir. Très joli.

Elle lui montra la salle de bains. Eau chaude parfaite, assura-t-elle.

— Et les voisins ? demanda-t-il lorsqu'ils furent revenus dans le living.

— Eh bien, dit-elle en baissant la voix comme si elle lui confiait un secret, tous les gens qui vivent ici sont merveilleux. Deux étudiants, dont moi, qui préparent leur doctorat, un documentaliste de la Bibliothèque du Congrès, une secrétaire d'avocat, un écrivain, un gars qui travaille au bureau du procureur. Ah, et aussi un bibliothécaire.

— Humm...

— C'est le seul appartement libre que nous avons depuis plus d'un an. On a déjà eu cinq demandes de renseignements, mais le propriétaire veut absolument augmenter le loyer de cent cinquante dollars, ce qui met l'endroit hors de portée de beaucoup de bourses.

— Je vois.

— Le locataire précédent est mort du SIDA. (Elle regarda autour d'elle d'un air rêveur, puis ses yeux immenses revinrent se poser sur Charon. Il la fixa.) Ç'a été si tragique. Il a tellement souffert. Son ami n'a pas eu la force de garder l'appartement après son décès.

— Je vois.

— Quel genre de boulot faites-vous ?

— Consultant. Des trucs gouvernementaux.

Il se mit à lui poser des questions, juste pour le plaisir d'entendre sa voix et d'observer les mouvements de ses yeux. Elle était étudiante en sciences politiques, elle espérait trouver une place de prof dans une université privée, elle avait droit à une remise de loyer parce qu'elle s'occupait de l'immeuble, le quartier était calme et le trafic raisonnable, elle vivait ici depuis deux ans et avait grandi à Newton, Massachusetts ; l'épicerie du coin, dans la rue d'à côté, était bien. Elle s'appelait Grisella Clifton.

— Bon... (Charon soupira, rechignant à mettre fin à la conversation.) Vous m'avez convaincu. Je le prends.

Une demi-heure plus tard, elle sortit dans l'avenue avec lui. Elle s'arrêta à côté de sa voiture, une coccinelle VW fatiguée.

— Je suis ravie que vous veniez vivre avec nous, monsieur Tackett.

Henry Charon lui fit un signe de tête, et la regarda dégager sa Volkswagen du trottoir. Elle tenait fermement le volant des deux mains, et elle se penchait tellement sur lui qu'on avait l'impression qu'elle allait s'y écraser le nez. L'arrière de la voiture était orné de divers autocollants : UNE FEMME POUR LA PAIX ; DES GARDERIES, PAS DES TUERIES ; CETTE VOITURE EST UNE ZONE DÉNUCLÉARISÉE.

Le mercredi après-midi, Jefferson T. Brody décida que Jeremiah Jones était un piètre avocat. Tandis que Mme Lincoln examinait les toiles accrochées aux lambris d'acajou et le nu en bronze qui avait coûté onze mille dollars à Brody, Jones feuilleta les documents légaux, posa deux questions stupides et parcourut, sans prendre le temps de les lire soigneusement, les deux pages bien pleines énumérant les garanties que Mme Lincoln devait fournir et les démarches qu'elle avait à faire en tant que vendeuse de l'affaire. Ce

Jones était un vrai petit mouton, se dit Brody. Et même une brebis galeuse, pensa-t-il en riant intérieurement de ce trait d'esprit.

Mme Lincoln signa les documents sous la direction de la secrétaire de Brody. Puis celle-ci les enregistra, y apposa les cachets nécessaires, et les sépara en deux tas, un pour Mme Lincoln, un pour les clients de Brody, dont les identités, bien sûr, n'avaient pas été révélées. Les papiers officialisaient simplement le transfert de cette affaire à ABC Corporation, une société créée la veille.

— Vous comprenez, j'en suis sûr, observa Brody à l'intention de Jones, pourquoi mes clients ne m'ont pas donné l'autorisation de révéler leur identité.

— Parfaitement, répondit Jones en faisant un geste de la main. Ça arrive tout le temps.

Brody sortit alors un chèque de quatre cent mille dollars, tiré sur une banque de New York. Jones l'examina puis le passa à Mme Lincoln qui lui accorda à peine un regard, avant de le plier et de le faire disparaître dans son sac.

Jones jeta un coup d'œil à sa montre et se leva.

— Vaudrait mieux que j'y aille. J'ai un rendez-vous au bureau, et j'ai l'impression que je vais être en retard. Deborah, ça ne vous ennuie pas de prendre un taxi pour rentrer ?

— Bien sûr que non, Jeremiah. Oh ! et puis est-ce que vous ne pourriez pas emporter ce chèque, finalement, et demander à votre secrétaire de le déposer à ma banque ? Oui, vous pourriez faire ça ?

— Oui, si vous me remplissez un bordereau de versement.

— Ça ne prendra qu'une minute.

Mme Lincoln sortit son chéquier, arracha soigneusement un bordereau à la fin du carnet, et y nota le numéro du chèque en question. Puis elle retourna le chèque que lui avait donné Brody et l'endossa. Cela ne prit même pas une demi-minute. Elle tendit alors les papiers à Jones et murmura :

— Merci beaucoup.

— Pas de problème. Je vous téléphone, dit Jones.

Il serra la main à Brody et s'en alla.

— Eh bien, monsieur Brody, je crois que je vous ai fait perdre assez de temps comme ça, dit Deborah Lincoln. Je vais demander à votre secrétaire de m'appeler un taxi.

Jefferson T. se leva.

— C'était un plaisir de faire votre connaissance, madame Lincoln.

— Je vous en prie, appelez-moi Deborah.

— Deborah. C'est une honte que cette tragédie ait... J'espère que la police n'a pas été trop brutale.

— Oh, répondit-elle avec une petite grimace. Ils n'ont pas été vraiment agréables, c'est vrai. Ils ont presque suggéré que j'avais payé quelqu'un pour le faire assassiner. Un tueur professionnel, d'après eux. (Elle essaya de sourire.) Ça n'a certainement pas arrangé les choses que Judson ait été tué sur le perron de cette prostituée, si vous voyez ce que je veux dire.

— Je comprends, dit Brody d'un air solennel en lui prenant la main.

Elle la lui abandonna.

— Vous savez, murmura-t-il, je ne sais pas bien comment exprimer ça, mais j'ai le sentiment que les choses vont s'arranger pour vous, maintenant.

— Eh bien, je l'espère. Avec cette vente, et tout ça... C'est certain que ça m'enlève un poids. Je ne sais pas du tout en quoi consistait le travail de Judson, monsieur Bro...

— Appelez-moi Jefferson, je vous en prie.

— ... Jefferson. Et vos commanditaires ont acheté cette affaire à sa juste valeur, je crois. (Elle lui lâcha la main et ses yeux se posèrent de nouveau sur les peintures et la sculpture.) Vous avez un beau bureau.

— Que diriez-vous... Vous pensez que je peux vous inviter à dîner ?

Elle lui jeta un regard surpris.

— Eh bien, monsieur... euh, Jefferson. C'est gentil à vous de le proposer. Eh bien, oui, ça me ferait plaisir.

Brody regarda sa montre — une Rolex.

— Presque 16 heures, dit-il. Je pense que nous avons suffisamment travaillé pour aujourd'hui. Peut-être que nous pourrions aller dans un petit bar sympa que je connais pour prendre un verre. Nous dînerons ensuite, quand nous aurons faim.

— Vous êtes vraiment plein d'attentions.

La soirée fut l'une des plus agréables que T. Jefferson Brody eût jamais passée. Cette splendide Noire n'avait pas seulement une silhouette renversante. Elle avait aussi une conversation brillante. C'était une femme qui savait comment mettre un homme à l'aise. Elle le laissa parler de son sujet favori — c'est-à-dire de lui-même, T. Jefferson Brody —, et eut droit à une version très arrangée de l'histoire de sa vie. Triomphes professionnels, riches clients, vacances en Europe et aux Caraïbes — au bout de quelques verres, Brody devint très expansif. A l'en croire, sa vie était une avancée triomphante dans le monde de la fortune et des privilèges, dont il savourait chaque pas parce qu'il l'avait bien mérité.

Après le dîner — chateaubriand pour deux, bien sûr — et une

bouteille de vin français de douze ans d'âge à deux cent cinquante dollars, T. Jefferson Brody installa la veuve Lincoln et son merveilleux étalage de nichons dans sa Mercedes et la conduisit jusqu'à son humble demeure d'un million six cent mille dollars, à Kenwood.

Il lui fit visiter la maison, en énumérant ses possessions comme s'il s'agissait d'animaux dangereux traqués et abattus dans la sombre Afrique avec un simple javelot. Assiettes en majolique de Rosselli, panneaux en trompe-l'œil, canapés et fauteuils de cuir italiens, nappes et draps en dentelle de Jesurum, deux chaises Chippendale originales, œufs de Fabergé — autant de trophées, d'une certaine façon, et il n'aurait pas été exagéré de dire qu'il en était amoureux.

Après ce petit tour, il la ramena dans son fumoir où il servit à boire. Elle prit une vodka-tonic et lui, un scotch à l'eau de Seltz. Avec les lumières baissées et les accords d'un compact-disc de Dvorák sortant de ses enceintes Klipsch, T. Jefferson Brody laissa courir ses doigts le long des cuisses de la veuve et embrassa les lèvres qui s'offraient.

Trois gorgées de whisky et trois minutes plus tard, il s'endormait paisiblement. Le reste de son verre se répandit sur la jambe de son pantalon et sur le tapis de Kâchân.

Mme Lincoln se dégagea du corps de Brody qui pesait sur elle et ralluma la lumière. Elle reboutonna son soutien-gorge, arrangea ses vêtements, puis elle passa un coup de téléphone.

Lorsque T. Jefferson Brody se réveilla, la lumière du jour entrait à flots par la fenêtre. La luminosité lui fit affreusement mal aux yeux et, quand il essaya de bouger, il eut l'impression que son crâne s'ouvrait en deux. Le sang battait à ses tempes comme sur une grosse caisse — c'était la pire gueule de bois de son existence.

— Mon Dieu...

Ses souvenirs étaient flous. Deborah Lincoln et sa sublime poitrine... Elle était dans... Non! Elle était ici. Ici! Chez lui! Il l'embrassait et sa main était sur... Et puis plus rien! Rien d'autre. A partir de là, son esprit était vide. C'était tout ce dont il se souvenait.

Quelle heure était-il?

Il regarda sa montre. Mais sa montre n'était plus à son poignet.

La Rolex! Plus à son poignet!

T. Jefferson Brody se força à ouvrir davantage les yeux et il serra les dents pour résister à son mal de tête. Sa montre avait disparu. Il regarda autour de lui. La télé et le magnétoscope aussi! A l'endroit où les enceintes Klipsch avaient été installées, il ne restait plus que des fils dénudés. Son portefeuille gisait sur le tapis. Il n'y avait plus rien dedans. *Oh, mon Dieu...*

Il tituba jusqu'à la salle à manger. Les portes du dressoir étaient entrouvertes et le meuble était vide ! Les porcelaines de Spode, l'argenterie, le cristal — *envolés !*

— J'ai été cambriolé ! grommela-t-il d'une voix rauque. *Bon Dieu de merde ! J'ai été cambriolé !*

Il gagna tant bien que mal son living. Les œufs de Fabergé, les gravures, tout ce qui était de taille à être transporté l'avait été !

La police ! Il fallait appeler la police. Il passa à la cuisine. Il y avait un téléphone sur le comptoir.

Un journal était posé sur le téléphone. Il le poussa et décrocha le combiné en essayant de se concentrer sur les numéros.

Du rouge, sur le quotidien, attira soudain son attention. Un cercle rouge autour d'une photo — la photo d'une grosse femme noire mal fagotée. Ce rond — c'était du *rouge à lèvres !* Il se pencha pour regarder le journal. Le *Post* de la veille. La légende de la photo disait : « Mme Judson Lincoln, au National Airport, après les obsèques de son mari, méditant sur les nombreuses contributions sociales offertes par le défunt M. Lincoln, natif du district, à ses concitoyens de Washington. »

— Si je comprends bien, Tee, vous avez donné quatre cent mille dollars à cette femme, que vous pensiez être Mme Lincoln. Puis vous l'avez invitée à dîner. Et elle s'est fait la malle après vous avoir dévalisé ?

— Ouais, Bernie. Les papiers qu'elle a signés n'ont aucune valeur. Des faux. Je n'ai aucune idée de sa foutue identité, mais je suis assis là et je regarde une photo de Mme Deborah Judson Lincoln dans le journal d'hier et la salope qui a signé les documents et qui a empoché l'argent, c'est pas elle.

— Elle avait de beaux nichons, Tee ?

— Ouais, mais...

Bernie Shapiro partit d'un rire nasal et aigu, qui donnait vraiment la nausée lorsque l'on ressentait encore les effets d'une boisson droguée. Brody éloigna l'écouteur de son oreille. Shapiro gloussait et s'étranglait.

— Écoutez, Bernie... protesta Brody quand Shapiro cessa de tousser. Je ne vois pas ce qu'il y a de drôle là-dedans. Elle s'est tirée avec votre argent !

— Oh, non, Tee ! Avec quatre cent mille dollars de *votre* fric. On vous a refilé *notre* pognon pour acheter cette société de compensation de chèques et c'est précisément ce que vous deviez faire avec, rien d'autre. On vous laisse quarante-huit heures, Tee. J'espère voir ces documents de vente sur mon bureau d'ici quarante-huit heures. Et ils ont foutrement intérêt à être signés par la vraie, la sérieuse, l'authentique Mme Judson, veuve Lincoln. Est-ce que vous me suivez ?

— Ouais, Bernie. Mais alors ça serait vraiment super si vous m'aidiez à mettre la main sur cette pute noire et à récupérer mon fric.

— Vous n'avez pas appelé les flics, n'est-ce pas ?

— Non. J' m' suis dit qu'il valait mieux d'abord en discuter avec vous.

— Eh bien, vous avez au moins fait quelque chose d'intelligent. Je vais voir si je peux vous aider à retrouver cette nénette, Tee, mais pendant ce temps je vous conseille de vous remuer pour liquider l'affaire Lincoln en quatrième vitesse. J' vous le répéterai pas.

— Sûr, sûr, Bernie.

— Dites-moi un peu de quoi elle avait l'air.

Brody s'exécuta.

— Et son avocat, à quoi il ressemblait ?

Brody décrivit Jeremiah Jones, de ses lacets de ses chaussures jusqu'à ses dents pourries.

— Je vais y réfléchir, Tee. Et poser peut-être quelques questions autour de moi. Mais vous, n'oubliez pas que vous avez quarante-huit heures pour régler notre problème.

— Ouais.

— Et ne faites pas de conneries.

La communication fut coupée.

Jefferson Brody reposa le combiné et alla remplir sa poche à glace, qu'il posa sur son front. Cela lui fit un peu de bien. Il pensa qu'il devrait peut-être avaler trois aspirines supplémentaires.

En tout cas, il avait besoin de se recoucher quelques heures. Oui, c'était ça qu'il lui fallait. Il se leva.

Mais il fit d'abord un tour dans la maison pour avoir une idée de tout ce qui manquait. S'il mettait la main sur cette salope, il la tuerait. Peut-être que lorsqu'il en aurait terminé avec cette affaire Lincoln, il demanderait à Bernie de mettre un contrat sur ce cul noir.

Dans le couloir, alors qu'il passait devant la porte qui donnait sur le garage, T. Jefferson Brody eut un pressentiment. Il ouvrit et jeta un coup d'œil à l'intérieur. La Mercedes n'était plus là. Est-ce qu'il l'avait rentrée, la nuit dernière, ou non ?

Il pressa le bouton pour ouvrir la porte du garage. Celle-ci se leva lentement, avec une majesté mécanique, sur le vide de l'allée.

Oh, non ! Elle avait aussi volé cette foutue voiture !

Chapitre huit

— Pourquoi ? Dis-moi pourquoi.
— Parce que j'en avais envie, répondit Elizabeth d'une voix hargneuse. C'est trop difficile à comprendre pour toi ?

Thanos Liarakos se pinça le nez et se caressa un sourcil du bout des doigts. Ses associés l'avaient souvent vu faire ces gestes au tribunal, et ils savaient que ce tic l'aidait à affronter le stress. Si sa femme connaissait la signification de cette mimique, elle ne le manifesta pas. Elle entoura ses genoux de ses bras et fixa le nom de l'hôpital inscrit au pochoir sur les draps.

Au bout d'un moment, il murmura :
— Ce truc te tuera. (Elle eut un sourire méprisant. Il poursuivit néanmoins :) Qu'est-ce que je suis censé te raconter ? Te parler des gosses ? Dois-je te dire combien je t'aime ? Te répéter que tu es en train de jouer à la roulette russe ? Et que tu vas *perdre* ?
— Je ne suis pas un de tes jurés à moitié demeurés. Épargne-moi l'éloquence.
— Tu prostitues ton âme pour cette poudre blanche, Elizabeth. Tu prostitues ta dignité. Ton intelligence. Ouais, vraiment ! Pour quelques minutes de bien-être, tu vends tout ce qui fait que la vie vaut la peine d'être vécue. Mon Dieu, tu es folle !
— Si c'est ce que tu penses, pourquoi tu ne te tires pas d'ici ? Je vais pas rester là assise tranquillement pendant que tu me traites de pute. T'es qu'un connard !
— Qu'est-ce que tu veux, Elizabeth ?

Elle le fixa en silence, les bras serrés autour de sa poitrine.
— Tu veux rentrer à la maison ?

Elle ne répondit pas.
— Je vais mettre les choses noir sur blanc. T'es accrochée à la cocaïne. Alors, quand ils vont te laisser sortir, dans quelques jours, tu retourneras dans cette clinique. J'ai déjà appelé et j'ai envoyé le chèque. (Ce serait la troisième fois.) Tu vas signer les papiers, et rester là-bas jusqu'à ce que tu sois guérie une fois pour toutes.

Jusqu'à ce que tu apprennes à vivre sans cocaïne. *Ensuite,* tu pourras revenir à la maison.

— Jésus, tu en parles comme si j'avais un mauvais virus ou une saleté de maladie vénérienne. « Lorsque le pus, dans votre vagin, aura disparu... »

— Tu es capable de t'arrêter, Elizabeth.

— Tu en es si foutrement certain ! Mais c'est *moi* qui suis là et qui vis ça. Et si je ne peux pas, qu'est-ce qui se passera, hein ?

— Si tu *ne le fais pas,* je demanderai le divorce. Je réclamerai la garde des enfants, et je l'aurai. Tu pourras te mettre à tapiner, à voler, à faire tout ce que tu voudras pour continuer à te défoncer, et le jour où la morgue appellera, les gosses et moi nous veillerons à ce que tu aies un enterrement chrétien et une jolie petite dalle de marbre. Et tous les ans, pour la Fête des Mères, on viendra fleurir ta tombe.

Les larmes coulaient sur le visage d'Elizabeth.

— Peut-être que je devrais me tuer pour en finir avec tout ça, dit-elle doucement.

Mais son mari n'entendit pas cette réplique théâtrale. Il était presque à la porte.

Et elle n'eut pas le temps d'ajouter quoi que ce soit ; il avait déjà disparu dans le couloir.

Henry Charon se trouvait à l'appartement sur New Hampshire Avenue, à 9 heures, lorsque le camion de la société de location de meubles arriva. Grisella Clifton n'était pas chez elle, et Charon en fut vaguement contrarié. Il montra aux employés où mettre le lit, le canapé, le buffet, les fauteuils, la télévision. Quand ce fut fini, il laissa dix dollars de pourboire au conducteur et à son assistant.

A 11 heures, il était à l'appartement de Georgetown pour accueillir le camion de la société de location de meubles d'Arlington, A-to-Z Rentals. Les livreurs avaient terminé de tout installer à midi moins vingt. Il leur donna un pourboire à chacun, et referma la porte à clé derrière lui en s'en allant.

A 13 heures, il était à l'appartement de Lafayette Circle. L'employée — c'était une femme — de la compagnie téléphonique qui devait lui mettre la ligne arriva avec une demi-heure de retard. Elle lui présenta ses excuses, et Charon lui assura d'un geste de la main que ce n'était pas grave. Elle avait presque fini lorsque les meubles arrivèrent, cette fois d'une société de location de Chevy Chase.

A 16 heures, il acheta une voiture à une vieille dame qui habitait Bethesda. Il avait parcouru les petites annonces classées du journal et il avait téléphoné à cinq personnes qui avaient des véhicules à vendre ; finalement, il s'était décidé pour elle parce qu'il avait eu le sentiment que c'était une femme âgée et solitaire.

Et c'était en effet le cas. Mieux encore : elle était complètement myope. Il hochait la tête d'un air compréhensif tandis qu'elle lui expliquait longuement que c'était sur l'insistance de sa fille qu'elle vendait sa voiture, une conduite intérieure Chevrolet, deux portes, marron, sept ans. Les plaques minéralogiques étaient encore valables trois mois. Il la régla en liquide et emmena directement la voiture dans un garage Sears où un mécanicien fit la vidange, changea les bougies, les courroies et les durits, contrôla le radiateur, mit une batterie et des pneus neufs. Pendant qu'il attendait, il alla manger un hamburger dans le centre commercial.

En retournant au garage, perdu dans la foule de la soirée, il passa devant une boutique d'électronique. Il entra. Cinq minutes plus tard, il en ressortait avec un scanner qui lui permettrait d'écouter les fréquences de la police.

Ce soir-là, dans son appartement de Lafayette Circle, il étudia le mode d'emploi et joua avec les touches et les boutons. La radio fonctionnait parfaitement, sur secteur ou sur piles. Il s'allongea sur son lit et écouta le dispatcheur et les flics en patrouille. Ils utilisaient systématiquement des codes à deux chiffres pour raccourcir les transmissions. Demain, il ferait un saut à la bibliothèque et il tâcherait de se procurer une liste des codes. Et il passerait dans plusieurs magasins d'électronique pour acheter d'autres appareils de ce genre — mais un seul par boutique.

Demain, les gens du téléphone lui installeraient des lignes dans les deux autres appartements. Et demain encore, il faudrait acheter des provisions et des médicaments. Puis, dans la nuit, il commencerait à transporter de l'eau, de la nourriture et du matériel de premier secours dans sa cachette du métro.

Et peut-être que la nuit suivante il pourrait aller dissimuler de la viande déshydratée et des pansements dans la grotte de Rock Creek Park.

Tant de choses à faire et si peu de temps !

Tout en écoutant les fréquences de la police, il fit mentalement le point.

Le vrai problème, c'était *ensuite*. Après la chasse. Il n'avait toujours pas trouvé de solution, et il recommença à y réfléchir. Le FBI aurait ses empreintes — c'était inévitable. Il ne se faisait aucune illusion à ce sujet. Et c'était justement parce que ces empreintes ne correspondraient à aucune des dizaines de millions stockées dans leurs dossiers que les agents risquaient d'aller chercher aux bons endroits. Ils auraient beaucoup de temps — tout le temps nécessaire, et ce malgré les exhortations des politiciens et des experts indignés — et ils pourraient compter sur la collaboration de toutes les forces de l'ordre du pays.

Et le filet finirait par se refermer sur lui. Obligatoirement. A moins d'être ailleurs, à ce moment-là. A moins, aussi, que le FBI cessât ses recherches parce qu'il penserait avoir trouvé son homme. Ce genre de fausse piste ne durerait pas éternellement, mais chaque jour qui passerait permettrait à la *vraie* piste de refroidir davantage. Un mois serait probablement suffisant.

Une diversion, oui, pourquoi pas?

Le lendemain, en début d'après-midi, Jack Yocke terminait un article sur la chute de la caisse d'épargne Second Potomac, lorsque son chef de rubrique l'appela pour lui demander de faire court; la place allait être chère dans le prochain numéro du journal. Les Soviétiques venaient juste d'annoncer qu'ils cessaient leur aide à Cuba et à la Libye. Les deux pays auraient le droit de continuer à leur acheter des marchandises, mais seulement aux prix pratiqués sur le marché mondial, et en devises fortes.

Yocke raccrocha distraitement et continua à taper sur son clavier. Les autorités étaient convaincues que feu Walter P. Harrington utilisait la Second Potomac pour blanchir de l'argent du crack. De l'argent local ou d'ailleurs? Personne n'en parlait, même officieusement.

Il y avait quelqu'un, en tout cas, qui s'était servi d'un fusil très puissant pour lui faire sauter la cervelle pendant qu'il roulait sur la voie de gauche du périphérique à quatre-vingt-dix à l'heure — sa veuve avait beaucoup insisté sur le fait qu'il roulait *toujours* à quatre-vingt-dix.

Le meurtrier n'était certainement pas un automobiliste rendu enragé par la façon de conduire de Harrington. Pas avec un fusil.

L'argent, l'argent, l'argent. L'autre gars qui avait été tué le même soir n'avait-il pas, lui aussi, quelque chose à voir avec l'argent? Est-ce qu'il ne possédait pas une espèce d'affaire de compensation de chèques?

Son poste sonna de nouveau.

Sans cesser de taper son article, Yocke coinça le combiné entre sa joue et son épaule.

— Yocke.

— Jack, il vient d'y avoir une fusillade à la garderie de la Shiloh

Baptist Church, à deux pas de la cité Jefferson. Y a une vingtaine de minutes. Tu y fais un saut ? J'envoie aussi un photographe.
— D'ac.
Yocke relut son papier en vitesse, appuya sur la touche ENREGISTREMENT, et laissa le terminal s'éteindre automatiquement.

La cité Jefferson n'était pas le pire ensemble de logements sociaux de la ville, mais pas le meilleur non plus. Il était simplement dans la bonne moyenne. Noirs et hispaniques à quatre-vingt-dix-huit pour cent, les locataires survivaient dans un enfer d'absolue pauvreté, où le trafic du crack fonctionnait à plein rendement vingt-quatre heures sur vingt-quatre, et où les hommes entraient et sortaient des appartements comme des ombres pour ne pas mettre en danger les droits à l'aide sociale de leurs compagnes.
Tous les marchands honnêtes dans un rayon de cinq pâtés de maisons autour de la cité avaient depuis longtemps fermé boutique, sauf un vieil épicier arménien de soixante ans, qui avait été dévalisé quarante-deux fois en six mois, un record même pour Washington. Yocke avait écrit un article sur lui quelques mois plus tôt. Depuis, il avait encore été visité quatre fois.
— Un jour ou l'autre, un de ces défoncés au crack va vous tuer, lui avait dit Yocke.
— Où est-ce qu' je pourrais aller ? J'ai grandi dans la maison d'en face. J' n'ai jamais vécu ailleurs. Et l'épicerie, c'est le seul boulot qu' je connaisse. Ils ne m'ont jamais volé plus d'une journée de recette, vous savez.
— Un gosse en manque finira par étaler votre cervelle sur le comptoir.
— C' t' une espèce d'impôt, comprenez ? C'est comme ça qu' je vois la chose. Ces p'tits salopards m' prennent mon argent, en me mettant leur pétard sous le nez, et ils vont acheter du crack. La ville m' prend mon argent légalement et paie au maire un salaire qu'il ne mérite pas et qu'il utilise pour acheter du crack. L'État fédéral m' prend mon argent tout aussi légalement et verse des aides sociales à ces gens de la cité qui laissent leurs gosses mourir de faim pendant qu'ils claquent tout pour acheter du crack. Où est la foutue différence, hein ?
Yocke, qui conduisait la voiture du journal, repensa à cette histoire de « taxe du crack ». Il ralentit en passant devant l'épicerie de l'Arménien, au coin de la rue, et jeta un œil dans la boutique. Le propriétaire était en train de ranger des provisions dans un sac pour une vieille dame noire.

Le journaliste se gara à deux pâtés de maisons de la cité et termina son trajet à pied. Une rue plus loin, il aperçut les longs immeubles gris de deux étages, quatre par bloc, qui tombaient en ruine doucement, sous un ciel sombre et glacial.

Quelque chose, soudain, lui sembla bizarre. Ah oui, l'endroit était abandonné par les gamins qui, d'habitude, faisaient les cent pas sur les trottoirs et vendaient du crack aux Blancs venus ici en voiture depuis leurs banlieues... Aujourd'hui, c'étaient les flics qui les avaient remplacés.

Yocke s'avança à bonne allure sur le trottoir, entre les immeubles ; ses pas résonnaient sur les murs en parpaings et les fenêtres sales.

Homme blanc, homme blanc, disait l'écho, encore et encore. *Homme blanc...*

L'église se trouvait de l'autre côté de la rue, en face de la cité, côté ouest. Des voitures de police étaient garées devant, gyrophares allumés. Et une ambulance. Un flic surveillait les véhicules.

Yocke montra sa carte de presse au policier.

— M'a semblé comprendre qu'il y a eu une fusillade, ici?

Le flic était noir, la cinquantaine et une bonne brioche. La sangle de son holster était détachée. Il pouvait sortir son pistolet en une seconde. Il fit un signe du pouce par-dessus son épaule et répondit par un grognement.

— Je peux entrer ? demanda Yocke.

— Quand ils auront ramassé le corps. Une dizaine d' minutes.

Yocke sortit son petit carnet et son stylo.

— Qui c'est ?

— C'était.

— Ouais.

— La femme qui s'occupait de la crèche. J' connais pas son nom.

— Qu'est-ce qui s'est passé ?

— Bon, d'après c' que j'ai compris de c' que j'ai entendu, deux voitures de patrouille se sont arrêtées sur Grant. (Grant, c'était la rue qui bordait la cité, côté ouest.) Les dealers se sont enfuis dans la cité. Un d' ces types s'est fait courser par un collègue. Il s'est précipité dans l'église, en passant par la garderie, vers la porte de la cour de récré, et comme cette femme ne s'écartait pas assez vite de son chemin, il l'a trouée. Un seul coup. En plein dans la tête.

La radio attachée à la ceinture du policier se mit à crachoter. Il la porta à son oreille de la main gauche : la droite resta tout près de la crosse de son arme.

D'autres policiers fouillaient les immeubles désertés, côté ouest de l'église. Dans les véhicules, les radios émettaient des messages cryptés.

Lorsque l'appareil du policier se tut un instant, Yocke demanda :

— Où étaient les gosses au moment du meurtre ?

— Où est-ce que vous croyez qu'ils étaient, bon sang ? En plein au milieu. Ils ont tout vu.

— A quelle heure ?

— Trois heures moins vingt, à peu près.

— Vous n'avez pas encore attrapé le tueur ?

Le flic cracha sur le trottoir.

— Pas encore.

— Description ?

— Mâle, noir, dans les dix-huit ans, environ un mètre soixante-dix, un mètre quatre-vingts, disons soixante-dix kilos. Casquette de sport rouge, veste de cuir noire, baskets blanches. C'est ce qu'a indiqué le flic qui le poursuivait. Et tous les gosses ont dit qu'il avait un gros revolver.

Gros revolver, griffonna Yocke. Ouais, n'importe quel pistolet crachant des balles sur des gens en chair et en os, avec du vrai sang partout, est un « gros revolver » lorsque l'on s'en souvient. Gros comme dans un cauchemar, gros comme le Diable en personne, gros comme une mort brutale.

— Les gosses ont quel âge ?

— Les plus jeunes, quelques semaines, et les plus vieux presque six ans.

— Nom du policier qui chassait le tireur ?

— Demandez au lieutenant.

— Pourquoi le policier le poursuivait-il ?

— Demandez au lieutenant.

— C'est tout ce que vous pouvez me dire ?

— Votre journal me pompe.

Yocke fit disparaître son carnet dans sa poche, et remonta le col de sa veste. Le vent avait augmenté. De la poussière et des saletés voletaient autour des voitures et étaient aspirées entre les immeubles qui ressemblaient à des casernes. Un vent glacé.

— Va peut-être pleuvoir, dit le policier en voyant Yocke observer le ciel gris.

— Peut-être.

— C'est un automne sec. On a besoin de pluie.

— Ça fait combien de temps que vous êtes dans la police ?

— Foutrement trop longtemps.

Les minutes passèrent. Yocke luttait contre le vent, tandis que la radio de la police débitait ses futilités. Le tueur était introuvable.

Le photographe du *Post* arriva. Il brûla un peu de pellicule tandis que Yocke frissonnait.

Finalement, vingt minutes plus tard, les ambulanciers sortirent le cadavre sur une civière, recouvert d'un drap blanc fixé par des sangles, à cause du vent. Les hommes et leur fardeau disparurent à l'intérieur du véhicule. L'un d'eux se mit au volant, coupa les gyrophares et démarra.

— Vous pouvez y aller, maintenant, dit le policier à Yocke.

Le vestibule de l'église était sale et sombre, et il aurait eu besoin d'une bonne couche de peinture. On entendait des enfants pleurer.

Sur le mur, un petit tableau annonçait le titre du sermon de ce dimanche : « Le choix chrétien dans le monde d'aujourd'hui. » En dessous, il y avait une affiche décolorée avec la photo d'une fillette : « Disparue depuis le 21/4/88. Noire, 13 ans, un mètre cinquante-cinq. » On lisait son nom, la description des vêtements qu'elle portait ce soir-là, dix-neuf mois plus tôt, et un numéro de téléphone.

A gauche, un escalier conduisait certainement au sanctuaire. Yocke s'avança dans le vestibule, dans la direction des cris d'enfants, jusqu'à une porte restée ouverte.

Les gosses étaient blottis autour d'une jeune femme. Une douzaine environ. Mon Dieu, ils étaient si petits ! Avec eux, trois policiers en uniforme et deux en civil, qui discutaient à voix basse. Deux employés du labo de la police rangeaient leurs affaires. Bizarrement, personne n'osait marcher ni même s'approcher de la forme humaine dessinée à la craie sur le sol, qui paraissait occuper toute la pièce.

Le photographe du *Post*, Harold Dorgan, suivit Yocke à l'intérieur. Il commença à prendre des photos des enfants et de la jeune femme qui s'efforçait de les consoler.

Le lieutenant avait la quarantaine. Sa chemise n'était plus très nette et il aurait eu besoin de se raser. Et aussi de se laver les dents, comme Yocke ne tarda pas à le découvrir. Lorsque Dorgan eut réalisé une douzaine de clichés, le lieutenant grommela que c'était suffisant et il le chassa.

La victime se nommait Jane Wilkens. Trente-six ans. Célibataire. Mère de trois enfants. Tuée par une balle de .357 qui lui avait traversé le cœur, avant de finir sa course dans le mur près de la porte du fond. Wilkens avait commencé à hurler dès que le type armé avait fait irruption dans la pièce, le pistolet au poing. En arrivant sur elle, il avait pointé son arme et lui avait tiré dessus à un mètre cinquante environ. Il lui avait marché dessus alors qu'elle n'était pas encore complètement à terre. Puis il avait ouvert la porte de la cour de récréation et il avait disparu.

Personne n'avait vu dans quelle direction il s'était enfui. La cour était entourée d'une clôture d'un mètre cinquante de haut, qu'un homme agile pouvait franchir où il voulait.

On n'avait pas retrouvé l'arme non plus, si bien que l'on avait demandé aux policiers d'être très prudents au cours de leurs recherches.

— Peut-être un .38 spécial, dit le lieutenant. Mais il y a des chances que ce soit un Magnum .357. Cette foutue balle a traversé le plâtre et une couche de pierres avant de s'écraser sur le ciment. Et elle l'a presque traversé aussi.

— Un policier essayait d'attraper ce type, murmura Yocke.
— Ouais, l'agent Harry Phelps.
— Pourquoi ?
— Parce qu'il courait.
— C'est-à-dire ?
— C'est-à-dire que deux voitures de police ont fait une ronde dans la rue Grant et que ces gosses se sont tirés comme des lapins. L'agent Phelps s'est lancé à la poursuite du gars. Le suspect a sorti une arme, il a regardé plusieurs fois l'agent Phelps par-dessus son épaule et puis il a foncé dans l'église. Phelps est entré à son tour, il a entendu le coup de feu. Il est resté auprès de la victime pour lui donner les premiers secours. Elle a survécu une quinzaine de secondes après son arrivée.

— Ainsi Jane Wilkens serait encore vivante si l'agent Phelps n'avait pas décidé de prendre ce jeune en chasse ?

— Je ne sais pas ce que vous avez derrière la tête, mais j'aime pas ça, mon vieux, rétorqua le lieutenant d'un ton hargneux. Et j'aime pas non plus votre gueule. L'agent Phelps a fait son boulot. On essaie de mettre un peu d'ordre dans ce bordel, figurez-vous, monsieur *Washington Post* de merde !

— Ouais, mais...
— Hors de ma vue !
— Écoutez, je...
— Dehors ! C'est le théâtre d'un crime, ici. Dehors !

Jack Yocke sortit donc de l'église.

Dorgan était assis au bord du trottoir, devant le bâtiment. Yocke s'installa à côté de lui. Le policier bien en chair qui montait la garde près de la porte les ignora.

— Qu'est-ce qu' t'en penses ? dit Dorgan.
— Je ne pense pas. J'ai renoncé à ça il y a des années.

— J' vais faire un petit tour jusqu'à la rue Grant et prendre quelques photos, puis je rentre en ville. Je crois que j'ai quelques bons clichés des gosses. Vraiment dur pour eux d'avoir assisté à ça.
— Ouais.
— Essaie de pas te faire agresser.

A ces mots, Dorgan se leva, arrangea les sacs de son appareil, et s'éloigna en traînant les pieds. Yocke le regarda partir.

Le trottoir était glacé, sous ses fesses. Il se remit debout à son tour, essuya la poussière de son pantalon, et fit les cents pas.

Un peu plus tard, les enfants sortirent de l'église. Chacun d'eux avait un petit sac en papier marron à la main. Yocke les suivit des yeux, tandis qu'ils s'éparpillaient dans la cité.

Ensuite, ce fut au tour des policiers de quitter l'église les uns après les autres. Lorsque le lieutenant passa devant Yocke, il ne lui accorda pas un regard, et s'installa sur le siège du passager dans une des voitures de patrouille. Le policier en uniforme qui l'accompagnait se glissa derrière le volant.

Yocke vit l'homme arriver, à un pâté de maisons de distance. Les mains dans les poches de sa veste, la tête bien droite, il marchait rapidement dans sa direction.

Il vient ici, décida Yocke, en le regardant approcher. Environ cinquante-cinq ans, cheveux gris coupés court. Sa peau couleur chocolat était très tendue sur ses joues et ses mâchoires.

Il jeta un coup d'œil au policier, puis à Yocke, et il grimpa les trois marches et disparut à l'intérieur.

Yocke s'appuya sur la petite grille qui protégeait ce qui, jadis, avait dû être du gazon. La température était tombée d'au moins cinq degrés et le ciel s'était encore assombri. Il se demandait s'il devait retourner au bureau ou refaire un tour dans l'église quand il reçut la première goutte de pluie.

Il s'enfonça dans la cité, vers la voiture. Les grosses gouttes soulevaient de petits nuages de poussière en s'écrasant sur le trottoir désert. Il croisa un policier qui venait de la direction opposée. Il tenait son pistolet à la main, le long de sa jambe, et parlait dans sa radio. Il n'accorda aucune attention à Yocke.

La voiture du journal était encore intacte, avec ses quatre roues bien attachées, son pare-brise en une seule pièce et ses portières toujours fermées. Un miracle.

Yocke conduisit lentement à travers la cité, tandis que la pluie battait contre la carrosserie. Sur un coup de tête, il décida de revenir jusqu'à l'église et se gara devant.

A présent, tous les policiers étaient partis.

Yocke ferma la voiture à clé et pénétra de nouveau dans le bâtiment.

Il s'immobilisa dans le vestibule et tendit l'oreille. La porte de la crèche était toujours ouverte et il entendit des voix à l'intérieur. Il s'avança.

La jeune femme qui avait consolé les enfants était appuyée sur l'épaule de l'homme aux cheveux gris que Yocke avait vu entrer quelques minutes plus tôt. Elle pleurait.

— Vous êtes journaliste ? demanda l'inconnu.

— Oui.

Yocke regarda les chaises des enfants, décida qu'elles étaient trop petites pour lui et s'assit par terre, jambes croisées.

— Alors, je veux que vous écriviez ça. Écrivez-le, et bien. Ce sera le seul article qu'on aura jamais consacré à Jane.

Yocke sortit son calepin.

— Jane Wilkens était la mère de mes enfants. J'en avais deux avec elle. Nous n'avons jamais vécu ensemble. Je l'ai demandée en mariage il y a des années, mais elle n'a pas voulu. J'ai été longtemps accro à l'héro, et elle savait que si j'avais habité dans cette foutue cité, j'aurais replongé. Mais elle, elle ne pouvait pas vivre ailleurs. C'était là qu'elle travaillait, avec ces gosses. Ces gosses, c'était toute sa vie. Elle essayait d'en sauver quelques-uns. Elle a grandi dans la cité Jefferson, mais elle en est sortie pour faire des études. A George Washington. Diplôme de biologie. Puis elle est allée en Pennsylvanie et a fait une maîtrise. Elle a travaillé deux ans comme microbiologiste, mais elle a arrêté et elle est revenue ici, dans cette église, pour s'occuper de la garderie. Pour bosser avec des enfants.

— Pourquoi ?

— Vous avez visité cet endroit ? Vous avez vraiment regardé autour de vous ? Essayez d'imaginer comment c'est de vivre ici. Aucune vie privée, des murs épais comme du papier à cigarette, des gamins maltraités et affamés, des saletés partout, plus de lumière nulle part, les portes défoncées, ventes d'alcool dans un appart, de crack dans un autre, les femmes blanches qui viennent des banlieues pour faire leurs provisions dans la rue, odeurs de merde, de pisse, d'ordures et de désespoir. Ouais, le désespoir pue. Et il vous prend tellement le nez que vous n'arrivez jamais plus à vous débarrasser de cette puanteur. Je l'ai encore sentie, aujourd'hui, en arrivant.

« Et les gosses grandissent dans ce fumier, ils grandissent comme des petits rats, sans amour, sans nourriture, sans personne pour les serrer dans ses bras. Jane voulait leur donner ce qu'ils n'avaient jamais eu avec leurs mamans. Un peu d'amour. Elle pensait qu'elle pouvait peut-être en sauver un ou deux. Pouvait pas les sauver tous, mais peut-être quelques-uns, oui. Leurs mères — elles sont toutes en manque, à faire des pipes, à se prostituer, n'importe quoi pourvu que ça rapporte un dollar pour acheter la dope à leur dealer.

— Elle a amené deux gosses aux urgences, la semaine dernière, intervint la jeune femme. La première était en train de mourir de malnutrition, même si elle mangeait un peu ici, l'autre avait une infection des poumons. Jane faisait ce genre de choses tout le temps.

L'homme secoua la tête, vaguement irrité.

— Mais Jane n'a jamais tenté de s'opposer au trafic, dit-il doucement, ne s'est jamais mêlée des problèmes de drogue de personne, n'a jamais porté aucun jugement, jamais parlé aux flics... Elle essayait juste de sauver les gosses. Les gosses...

— Vous vous appelez comment ?

— Tom Shannon. Je travaille pour la ville. Je conduis une balayeuse. Je suis président d'une section des Drogués anonymes. La plus grosse de Washington. Moi, j'essaie de faire de mon mieux pour aider les gens qui veulent s'aider eux-mêmes. Je me suis démené pour monter une section, ici, à Jefferson, mais tout le monde s'en foutait. Faut vouloir s'aider soi-même.

« C'est peut-être ça qui ne marche pas. Jane essayait de sauver quelques gamins et moi de sauver des adultes qui voulaient s'en sortir par eux-mêmes, mais personne ne fait rien pour tous ces gens qui sont enfermés dans ce cercle vicieux. Personne n'attaque le trafic. Et le trafic a tué Jane...

— C'est un homme qui a tué Jane, dit Yocke.

— Non, c'est le trafic de crack. Ce type qui a appuyé sur la détente, c'était un défoncé et un dealer. Il avait du crack sur lui. Alors il a essayé d'échapper aux flics. Et il a tué Jane parce qu'il l'a trouvée devant lui en train de hurler. Pas d'autre raison. Elle était là, un point c'est tout. Et tous les gens qui font de l'argent avec le trafic de crack l'ont tuée exactement comme si c'étaient eux, en personne, qui avaient appuyé sur la détente. Tous ces gens se fichent pas mal de savoir à qui ils font du mal. Ils se fichent pas mal que le monde explose, du moment qu'ils préservent le leur. *Ils* ont tué Jane.

La jeune femme avait lâché Tom et s'était assise ; elle séchait ses larmes et l'écoutait. Lui, il fixait Jack Yocke droit dans les yeux.

— Maintenant, je vous le dis, et vous pouvez écrire ça comme bon vous l'entendez, mais je ne serai plus jamais une victime. Jane était une victime et moi aussi. Mais c'est fini ! *Je ne serai plus jamais une victime !*

Chapitre neuf

— Bernie, c'est Jefferson Brody. Je l'ai ! La veuve a signé !
— Heureux de l'apprendre, Tee.
— Elle a rechigné, mais...
— Ouais. Bien travaillé. J'étais sûr que vous réussiriez. C'est ce que j'ai dit à mes gars. Tee fait des conneries, mais il arrangera ça. Y a qu'à attendre.
— J'apprécie...
— Envoyez-moi les papiers. Je vous rappelle dans quelques jours.
— Bernie, est-ce que vous avez mis la main sur cette femme ? J'ai...
— J'y travaille, Tee. On garde le contact.

T. Jefferson Brody n'entendit plus que la tonalité, à l'autre bout du fil. Il raccrocha et resta assis un instant à contempler les lambris en cerisier foncé qui couvraient les murs de son bureau. Il avait dû offrir quatre cent cinquante mille dollars à Mme Lincoln pour son affaire, mais il avait préféré ne pas en parler à Bernie — de toute évidence, ce n'était pas le moment. Bernie était un bon client, mais il avait un côté brutal.

Quant à la salope noire avec ses gros nichons qui l'avait dupé et dévalisé... elle allait le lui payer ! T. Jefferson Brody était décidé à lui donner une leçon qu'elle n'oublierait jamais. Et ça vaudrait aussi pour ce faux-cul d'avocat marron qui l'avait aidée. Il se frotta les mains tout en songeant à sa revanche.

Mais il allait devoir patienter un peu.

Il appela sa secrétaire par l'intercom.

— Hilda, passez-moi le bureau du sénateur Cherry, s'il vous plaît.
— Oui, monsieur Brody.

Thanos Liarakos termina de remplir les papiers au secrétariat de l'hôpital, puis monta la valise à sa femme au second étage et l'aida à choisir des vêtements. Elle se donna un petit coup de peigne rapide, mais ne prit pas la peine de se maquiller ni de se mettre du rouge à lèvres, bien qu'il y eût tout ce qu'il fallait dans ses affaires. Liarakos resta silencieux. Elle était habillée et marchait nerveusement de long en large dans la chambre lorsqu'une infirmière arriva avec un fauteuil roulant où elle la fit asseoir pour sa sortie de l'hôpital.

— Où allons-nous ? demanda finalement Elizabeth, lorsqu'ils furent dans la voiture.

Comme si elle ne le savait pas !

— A l'aéroport, marmonna Liarakos.

— On ne va même pas passer à la maison pour que je puisse dire au revoir aux filles ?

— Tu l'as déjà fait, Elizabeth ! Tu leur as parlé ce matin au téléphone. Elles sont toutes les deux à l'école en ce moment.

— Bon, je voulais juste revoir ma maison quelques minutes, avant de partir. Et puis j'ai besoin d'autres vêtements.

— J'ai pris exactement ce que tu m'as demandé.

— J'ai oublié certaines choses.

— Tu vas à la clinique *tout de suite*. Tout de suite, bordel !

— T'es un vrai salaud !

Il braqua brutalement et s'arrêta contre le trottoir. L'automobiliste qui le suivait klaxonna et gesticula en le dépassant. Liarakos n'y prêta aucune attention.

— Tu peux descendre de la voiture tout de suite, ou partir pour la clinique. Tu choisis.

— Je n'ai pas d'argent.

Il se mit au point mort et regarda à l'extérieur.

— Thanos, reprit-elle, tu sais bien que je t'aime beaucoup. Et que j'aime beaucoup les enfants. J'arrêterai la poudre toute seule. Je te le *promets !* Tiens, chéri, rentrons chez nous et mettons un peu de musique douce, et puis j'enfilerai le négligé magnifique que tu m'as offert pour mon anniversaire. Et je te montrerai combien je t'aime... (Elle lui caressa le bras, puis les cheveux.) Chéri, ce sera exactement comme au début de notre mariage, ces dimanches matin où nous n'étions que tous les deux. Oh, Tan...

— Tu ne sais pas ce que ça me coûte, Elizabeth. Non, vraiment, tu ne sais pas.

— Chéri, je...

— Pas *la moindre* idée !

Il la repoussa.

— Tu ne m'aimes pas ! fit-elle, agressive. Tu ne penses qu'à ton précieux boulot, à ce que pourrait dire ton patron. Eh bien, mon Dieu, je...

Liarakos tendit le bras devant elle, et ouvrit la porte du passager.

— Dehors !

Elle se mit à pleurer.

Il tourna la tête et regarda la circulation, les mains sur le volant.

Elizabeth sanglotait toujours, incapable de s'arrêter, lorsqu'une voiture de police ralentit à leur hauteur. L'agent fit signe à Liarakos de baisser sa vitre. Celui-ci obéit.

— Reste pas là, mec, dit le policier.

Liarakos passa en première et redémarra. A côté de lui, Elizabeth se mouchait mais elle continuait à pleurer. Sur la voie express pour Dulles, les voitures roulaient un peu au-dessus de la vitesse autorisée. A l'aéroport, Liarakos se gara et alla sortir la valise du coffre. Puis il ouvrit la portière à Elizabeth ; avant de descendre, elle se moucha une dernière fois, ostensiblement, et enfouit le bout de papier dans le petit sac poubelle qui pendait à l'allume-cigares.

Il lui prit le bras et l'entraîna vers le terminal.

— J'ai cinq dollars et soixante-douze cents dans mon portefeuille.

— Tu n'auras pas besoin d'argent à la clinique.

— Et si je veux aller chez le coiffeur ailleurs ? Et il faudra peut-être que je prenne un taxi en arrivant.

— Ils viennent te chercher à l'aéroport, comme les autres fois, tu te souviens ?

— Mais, Thanos, et s'ils ne sont pas là ? Je me retrouverai en rade. Donne-moi au moins cent dollars — pour le cas où y aurait un imprévu.

— Elizabeth, pour l'amour de Dieu ! Tu rends les choses beaucoup plus difficiles.

— *Tu* n'as aucune idée de ce que c'est difficile *pour moi*, répliqua Elizabeth. C'est ça, le problème. Tu ne penses qu'à toi. Si tu m'aimes, pense aussi à *moi !* Je suis ta *femme*, à moins que tu aies oublié.

— Je n'ai pas oublié.

Il tendit le ticket au contrôleur et fit enregistrer la valise.

— Une place près du hublot, s'il vous plaît, demanda-t-il.

— Juste Mme Liarakos ?

— Oui.

L'employé leur indiqua le numéro de la porte.

— Embarquement dans quinze minutes.

— Merci.

Ils attendirent en silence. Liarakos s'approcha des fenêtres, et contempla les bus qui faisaient la navette entre les avions et les bâtiments. Elizabeth s'éloigna légèrement et trouva un siège.

Il examina le reflet de sa femme dans la vitre. Chacun de ses mouvements lui faisait penser à un de ces vieux souvenirs que l'on n'évoque pas sans tristesse. Jadis, lorsqu'elle avait un instant de libre, elle sortait son poudrier de son sac et vérifiait son apparence, arrangeait ses cheveux, contrôlait son fard à paupières et son rouge à lèvres. Mais pas aujourd'hui. Aujourd'hui, elle restait simplement assise là, avec son sac sur ses genoux, et les mains posées dessus, immobiles, et elle regardait sans les voir les gens autour d'elle qui allaient et venaient, s'asseyaient, lisaient.

Lorsque l'avion fut annoncé, Liarakos escorta Elizabeth jusqu'à l'employé de service à la porte d'embarquement. Il donna son ticket à l'homme, puis il se pencha vers elle et murmura à son oreille :

— Soigne-toi.

Elle lui jeta un coup d'œil, le visage parfaitement neutre, et s'éloigna dans le couloir.

Il revint à la fenêtre et l'observa tandis qu'elle grimpait dans la navette. Elle ne se retourna pas. Elle s'assit en regardant droit devant elle. Et elle n'avait toujours pas bougé lorsque la porte se ferma et que le bus s'ébranla.

Ce soir-là, le capitaine Jake Grafton annonça à sa femme que le lieutenant Toad Tarkington allait être muté à l'état-major inter-armes, comme il le souhaitait.

— C'est formidable, répondit Callie. Il a fallu que tu tordes beaucoup de bras pour que ce soit possible ?

— Un ou deux.

— Toad est au courant ?

— Pas encore. Je pense qu'ils l'avertiront demain ou après-demain.

— Tu ne devineras jamais qui est venu me voir aujourd'hui, après mon cours, pour bavarder un moment.

Jake Grafton émit un petit bruit indiquant qu'il s'en moquait un peu, et puis il décida de lui faire plaisir en essayant de répondre à sa question.

— Ton prof coco, ce vieux je-ne-sais-plus-qui.

— Non. Le journaliste du *Washington Post,* Jack Yocke. Il m'a remerciée pour la fête et...

Jake se replongea dans les commentaires du quotidien du jour sur la politique intérieure soviétique. Depuis des générations, les forces qui étaient à l'œuvre à l'intérieur du parti communiste étaient des secrets d'État en URSS et faisaient l'objet de rapports tout aussi secrets dans les hautes sphères de l'armée américaine. Et encore ces documents étaient-ils souvent de simples hypothèses d'analystes à partir d'informations fragmentaires. Et voilà que les Soviétiques révélaient tout avec un abandon inimaginable.

Alors qu'il méditait sur ce curieux miracle, Jake eut soudain conscience de la tonalité interrogative de la voix de sa femme, qui était devenue un peu plus aiguë.

— Qu'est-ce que tu as dit, ma chérie ?

— J'ai dit que Jack a proposé que vous preniez un petit déjeuner ensemble, un de ces jours. Tu serais d'accord ?

— Non.

Le capitaine parcourut l'article pour retrouver l'endroit où il en était resté.

— Ah, et pourquoi donc ?

Il baissa son journal et examina Callie, qui s'était immobilisée, la louche à la main, et qui l'observait avec un sourcil dressé. Il n'avait jamais compris comment elle réussissait à soulever un sourcil et pas l'autre. Il s'était pourtant essayé à cette mimique un certain nombre de fois, quand il était seul dans la salle de bains — mais en vain.

— Nous ne sommes ni des amis, ni même des relations mondaines. Nous n'avons pas échangé plus d'une douzaine de mots. Et je n'ai aucun désir de le rencontrer davantage.

— Jack est un journaliste brillant, il est intéressé par les questions de société, et tu devrais faire un effort pour le connaître. Il a écrit un excellent livre qui te plairait et qui t'apprendrait des choses — *The Politics of Poverty*.

— Il veut juste me soutirer des informations sur ce qui se passe au Pentagone. Et je n'ai absolument rien à lui dire à ce sujet. On perdrait notre temps tous les deux.

— Jake...

— Callie, *je n'aime pas* ce type. Et il n'est pas question pour moi de gaspiller une seule heure à l'écouter essayer de me tirer les vers du nez. C'est non.

Elle soupira, et se remit à tourner le *chili*. Jake, lui, revint à son journal, qu'il leva ostensiblement devant lui.

— J'ai lu son bouquin, reprit-elle, inébranlable. Il m'en a donné un exemplaire.

— Oui, je l'ai vu sur la table de nuit.

— C'est un excellent livre. Bien écrit, plein d'idées...

— Si jamais je deviens CNO[1], et que l'envie de divulguer quelque chose à la presse se met à me démanger, Jack Yocke sera le premier type que j'appellerai. C'est promis.

---

1. Chief of Naval Operations, Chef d'état-major de la Marine. (*N.d.T.*)

Callie changea de sujet. Son mari lui répondit une fois ou deux par un grognement, et elle finit par abandonner la partie. Jake ne s'en aperçut même pas. Il était plongé dans un compte rendu du dernier discours de Fidel Castro ; le dictateur avait annoncé que les rations de riz et de viande des Cubains allaient être diminuées de moitié. Une fois de plus. Soixante grammes de viande et un demi-kilo de riz par semaine. En outre, Cuba achèterait dorénavant son pétrole au Mexique, et non plus à l'Union soviétique — ce qui coûterait plus cher, beaucoup plus cher. Cela signifiait davantage de sacrifices, mais Castro avait confiance en son peuple qui accepterait la situation sans se laisser abattre. Les camarades cubains venaient d'être trahis par leurs frères soviétiques en socialisme, mais *viva la Revolución !*

Au même moment, le journaliste intéressé par les questions de société dont Callie venait de parler avait des pensées malhonnêtes. Il était passé prendre Tish Samuels à l'appartement qu'elle partageait avec une amie toute timide et ils étaient allés fêter le récent mariage d'un camarade journaliste qui avait enlevé une dentiste, quelques semaines plus tôt. Au début de la soirée, Yocke n'avait pas été d'une merveilleuse compagnie, mais maintenant, après quelques heures et plusieurs verres, il se sentait nettement plus décontracté et plus sociable. Cela venait peut-être de la joyeuse bonhomie de ses collègues qui taquinaient les nouveaux mariés sans la moindre pitié. La douce chaleur de la soirée avait dû déteindre sur lui, sans qu'il s'en aperçût.

Pour l'instant, il écoutait d'une oreille distraite un chroniqueur sportif du journal discuter de la prochaine finale de championnat de la NLF[1], et il observait Tish, à l'autre bout de la pièce. Elle avait regardé plusieurs fois dans sa direction, et elle savait qu'il avait les yeux posés sur elle.

Dès qu'elle se tourna vers lui de nouveau, il lui fit un grand sourire — qu'elle lui rendit. Il leva son verre en son honneur et en but une gorgée. Elle l'imita et lui adressa un signe de tête.

Oui, la vie continuait tant bien que mal, en dépit de tout. Et Jack Yocke aussi.

Et donc il sirotait sa boisson, écoutait le journaliste sportif, et évaluait les charmes de Tish, tandis qu'elle se déplaçait parmi les invités et parlait avec tout le monde. Elle était grande, mais elle avait tout ce qu'il fallait aux endroits qu'il fallait. Jack Yocke prit une profonde inspiration et expira doucement en attendant d'échanger avec elle de nouveaux signes de connivence.

---

1. National Football League, Fédération américaine de football. (*N.d.T.*)

Son collègue délirait, à présent. Les événements les plus importants de la planète se produisaient au sein de la NFL. Et *cette année*, c'était l'année des Redskins. Alléluia !

Tish se retourna enfin. Elle lui envoya un baiser. Jack Yocke lui répondit par un grand sourire qui révéla toutes ses dents.

Une heure plus tard, dans sa voiture, elle ronronna doucement quand il l'embrassa. Et puis lorsqu'il l'embrassa de nouveau, elle réagit à son baiser avec une ferveur qu'il trouva fort agréable.

Finalement, sans grand plaisir, il mit le contact et le véhicule revint à la vie.

— Où va-t-on ? demanda-t-il.

— Chez toi ?

— Moi aussi je partage mon appart avec quelqu'un. Et il est là, ce soir.

— A la librairie, alors.

Il démarra. Un peu plus tard, il se gara dans le parking vide du centre commercial désert et resta un instant à observer les vitrines sombres.

— Viens, dit Tish en posant la main sur la poignée de la portière. Allons-y.

Jack Yocke fouilla dans la boîte à gants et en sortit un objet de couleur rouge plein de fanfreluches.

— Tu mettrais ça ? demanda-t-il d'une voix hésitante.

Il y en avait deux. Elle les leva à la lumière.

— Qu'est-ce que c'est ? *Des jarretelles ?*

— Ouaip.

Il haussa les épaules et un sourire plein d'espoir passa sur ses lèvres.

Un sourire attendrissant et pathétique à la fois, pensa Tish.

— T'es un peu vicieux, hein ? dit-elle.

— Ben, c'est juste des...

— Tu te fiches de moi, c'est ça ?

— Non, je pensais seulement que...

— Des jarretelles ! (Elle soupira.) Seigneur ! j'en ai pas mis depuis la terminale ! (Elle le fixa un instant, et ajouta :) C'est ça, tu es pervers.

Elle tâtonna à la recherche du bouton d'ouverture de la ceinture de sécurité. Il tendit la main pour l'aider. Elle le repoussa.

— Bon sang ! Pas question que je mette ça dans la voiture !

— Je...

— Oh, ferme-la. Des jarretelles !

Vraiment... pensait Tish, tout en marchant vers la porte de sa librairie et en cherchant les clés dans son sac. *C'est donc mon sort, à trente et un ans ? M'envoyer en l'air avec un adolescent attardé dont la conception de l'érotisme vient directement d'un bordel ?*

— Il n'y a donc plus de vrais hommes ? murmura-t-elle.

Jack Yocke rata ce commentaire. Il observait les lieux à la dérobée *S'il n'avait pas une si belle gueule et s'il n'était pas si fondamentalement gentil...* pensa-t-elle encore.

Elle ouvrit la porte, le fit entrer, referma à clé derrière eux. Dans la boutique, la seule lumière venait des éclairages du parking à travers la vitrine. Tish passa devant les interrupteurs sans les allumer et lui montra le chemin entre les étagères pleines de livres jusqu'à la porte du fond qui donnait sur le petit bureau. Elle l'entendit, derrière elle, qui trébuchait.

Et puis il y eut le bruit de livres qui tombaient. Elle lui prit la main et le conduisit doucement jusqu'au bureau. Yocke l'aida à retirer son manteau. Le canapé fatigué débordait d'une demi-douzaine de cartons de livres, qu'ils posèrent sur le plancher.

Tandis qu'ils se déshabillaient dans l'obscurité, elle ne put résister à l'envie de savoir :

— Pourquoi des jarretelles ? demanda-t-elle.

— Tu n'es pas obligée de les mettre si tu n'as pas envie.

— Pourquoi tu as demandé, alors ?

— Euh...

Il passa la main sur sa peau nue, et leurs inquiétudes réciproques disparurent.

Plus tard, alors qu'il était allongé sur elle, à bout de souffle, elle dit :

— On a oublié les jarretelles.

Il lui caressa les cuisses et murmura :

— Ça n'a pas d'importance.

— T'es plutôt un bon amant, tu sais. Pour un pervers, je veux dire.

Il l'embrassa.

— Vraiment. Sois sincère. Je voudrais connaître l'explication, insista-t-elle.

— Tu es sûre ?

— Oui.

— Bon. Je me suis rendu compte que, parfois, les femmes changent d'avis. Mais si je leur fournis un sujet de réflexion inoffensif, elles oublient le sexe et, du coup, j'ai davantage de chances de coucher avec elles...

Oooh... Tuuu...

— Reconnais-le, tu étais tellement occupée par les jarretelles que tu n'as pas eu le temps de poser des questions. C'est pas vrai ?

Tish le repoussa à coups de pied. Il tomba par terre avec un bruit sourd. Elle alla fermer la porte du bureau puis elle alluma les lumières. Il fallut plusieurs secondes à leurs yeux pour s'habituer. Yocke était toujours sur son derrière, au milieu des cartons de livres. Il avait l'air un peu étonné.

Elle retrouva les jarretelles et les enfila. Puis elle se tint sur une jambe, au-dessus de lui, tandis qu'avec l'autre pied elle lui caressait la poitrine.

— Tu aimes ? demanda-t-elle.

— Mon Dieu tout-puissant ! s'exclama-t-il.

Le policier Harrison Ronald Ford, d'Evansville, Indiana, alias Sammy Z, observait le Blanc, un gros, qui avançait sans se presser, en regardant droit devant lui. A le voir, on aurait pu croire qu'il possédait le trottoir et tous les immeubles du coin et qu'il venait toucher les loyers. Tout, dans son attitude et son apparence, disait que c'était un *vrai* truand.

Harrison Ronald décolla légèrement ses fesses des escaliers de béton glacés de la véranda où il était perché et examina l'homme occupé à vérifier les numéros des maisons. En entrant dans le faible rond de lumière du lampadaire le plus proche, l'individu jeta un coup d'œil à Ford, puis commença à grimper les marches où celui-ci était assis.

— Tu vas quelque part, mon gros ?

— J'ai un rencart.

— Super. Et j'parierais qu't'as aussi un nom.

— Tony Anselmo.

— Pourquoi t'attendrais pas un moment sur le trottoir pendant que j' fais un saut à l'intérieur, d'ac ?

Anselmo redescendit, Harrison Ronald vérifia une nouvelle fois la rue. Pas de circulation. Personne dans les voitures en stationnement. Ni promeneur ni touriste, personne à part les gardes postés à chaque coin. Ils n'étaient pas armés, mais ils avaient un Uzi caché à portée de la main. Excepté ces hommes, l'endroit ressemblait à une banlieue noire typiquement petite-bourgeoise. On ne vendait pas de crack, ici.

Tout semblait normal, aux yeux exercés de Ford.

Il donna plusieurs petits coups secs contre la porte et lorsque celle-ci s'ouvrit, il disparut immédiatement à l'intérieur.

Un garde était assis dans le couloir, avec un Uzi sur les genoux. Il fit un signe de tête à Sammy Z au moment où celui-ci passa devant lui, et il alla verrouiller la porte derrière eux.

Freeman McNally était installé dans la cuisine. Il mangeait un gâteau, buvait du lait et lisait le journal. Il avait dix kilos de trop et une calvitie naissante. Mais sous cette graisse, il y avait encore des muscles. Et il se déplaçait avec légèreté. A l'entrée de Ford, il leva les yeux de son journal.

— Un certain Tony Anselmo dit qu'il a un rendez-vous.
— A quoi il ressemble ?
— Un gros Blanc, dans la cinquantaine. Prospère.
— C'est bon. Il peut venir. Et quand tu l'auras fouillé, retourne dehors.
— Sûr, Freeman.

Lorsqu'il se retrouva à l'extérieur, Ford annonça au visiteur :
— On te connaît. Tu peux y aller.

Il remonta les escaliers derrière Anselmo.

Dans le couloir, le garde pointa son Uzi sur l'estomac d'Anselmo.
— Contre le mur et écarte les jambes.

Ford le tapota rapidement de haut en bas, vérifia sa ceinture, devant et derrière, son entrejambe, ses chevilles.
— Tu fais ça comme un flic, grommela Anselmo.
— C'est bon, dit Ford au garde, avant de retourner s'asseoir sur le perron.

Harrison Ronald avait entendu parler du Gros Tony Anselmo. Tout en fumant une cigarette et en écoutant les bruits nocturnes de la ville, il essaya de se souvenir de ce qu'il avait lu à son propos dans les rapports de renseignements de la police. Anselmo était le porte-flingue d'une famille new-yorkaise du crime, le clan Zubin Costello. On supposait qu'il travaillait plus particulièrement pour Bernie Shapiro, l'un des trois ou quatre lieutenants importants de la bande. Suspecté d'une douzaine de meurtres dans ses jeunes années, Tony Anselmo avait réussi à négocier une fois avec le juge une accusation de meurtre qui s'était transformée en port d'arme prohibée. Il était de retour dans la rue après six mois de prison. C'était la seule fois de sa vie où il y avait goûté.

Harrison Ronald pensa soudain qu'il aurait vraiment bien voulu assister à cette entrevue entre Freeman et le Gros Tony. Un jour, tôt ou tard, McNally lui demanderait de rester. S'il vivait assez longtemps. Mais ce n'était pas encore le moment.

Assis sur son perron, à fumer sa cigarette, Ford essaya de deviner qui était à l'origine de cette rencontre. Anselmo ou Freeman ? Et il envisagea aussi diverses hypothèses sur ce qu'ils étaient en train de se raconter. Il n'était certainement pas question de l'achat du produit brut : Freeman trouvait sur la côte ouest tout ce dont il avait besoin.

Une histoire d'argent, décida Ford. Oui, ils étaient probablement en train de passer un accord pour blanchir du pognon ou pour en investir. La famille Costello devait avoir une certaine expérience dans ces deux branches.

Ou peut-être une magouille de corruption de fonctionnaires. Oui, c'était aussi une possibilité.

Lorsque le bout incandescent de sa cigarette atteignit le filtre, Ford en alluma immédiatement une autre à son mégot. Il vérifia une nouvelle fois, par pur automatisme, que tout allait bien pour les gardes aux coins de la rue, puis il regarda sa fumée monter en tournoyant dans la brise qui soufflait doucement.

Il faisait froid. Oui, la nuit allait être froide. Harrison Ronald remonta le col de sa veste de cuir et jeta un coup d'œil à sa montre.

— Pourquoi une librairie? demanda Jack Yocke.

Tish et lui étaient allongés sur le divan, dans l'arrière-boutique, sans lumière, sous le manteau de Yocke. Elle n'avait toujours pas ôté les jarretelles.

— Ça peut paraître idiot maintenant, répondit-elle, mais il fallait bien que je gagne ma vie avec quelque chose, et j'aime les livres. Alors je me suis baladée en ville jusqu'à ce que je trouve un endroit sans librairie dans un rayon de trois kilomètres. Et j'ai loué.

— Approche raisonnable.

— Je pensais que je choisissais la sécurité. J'aime les livres. J'étais tellement sûre que le magasin serait une merveilleuse réussite! Je mange à peine... Mais enfin, au bout de deux ans, je n'ai pas de factures en retard. C'est quelque chose.

— En effet. Y a beaucoup de gens qui ne peuvent pas en dire autant.

— A ton tour, maintenant. Pourquoi un journal?

— Oh! même si c'est bizarre, je pensais que ça me plairait, en dépit des heures de boulot, des délais, des chefs de service... Tu parles d'un optimisme! Parfois, j'ai l'impression d'être un entrepreneur de pompes funèbres. Ou un pasteur. Toutes ces vies anéanties! Je passe mes journées à courir d'une tragédie à l'autre. « Qui quoi quand où pourquoi, m'dame, et pouvez-vous épeler encore une fois le nom de l'auteur du crime? » Je vois autant de sang qu'un conducteur d'ambulance. Je pose les questions que les croque-morts et les aumôniers, eux, n'ont pas besoin de poser. « Pourquoi pensez-vous que votre mari vous a poignardée, madame Butcher[1]? » « Qu'est-ce

---

1. Mme Boucher. (*N.d.T.*)

qu'il a fait, le tireur, avant de vous canarder, monsieur Target[1] ? »
« Après qu'il a violé, mutilé et assassiné cette fille, pourquoi continuez-vous à dire que c'est un bon garçon, madame Spock ? »

— Ce doit être stimulant.

— Ça le serait, admit Jack Yocke, si on avait assez de temps pour faire correctement le boulot, pour raconter tout ça comme il faut. Mais tu ne peux jamais. Tu regardes le sang — quand tu réussis à être sur les lieux avant qu'ils enlèvent les corps —, tu téléphones à tous les gens auxquels tu penses, et puis tu ponds six cents mots pour la première édition, dont ton chef coupe la moitié, à moins qu'il ne prenne rien du tout parce qu'il n'aime pas. Et puis tu attends, tu attends, tu vérifies et tu revérifies tes sources. Un cul-de-sac après l'autre. Finalement, tu as un bon sujet, mais il est enterré sous l'immense vague humaine des autres journalistes lorsque ton patron décide qu'il y a en effet un truc intéressant dans le domaine que Yocke est censé couvrir, mais que Yocke ne peut pas couvrir tout seul...

— Pourquoi tu continues, alors ?

— J'en sais rien.

Et c'était vrai qu'il n'en savait rien. Le soir, il rentrait chez lui absolument vidé et frustré. Ses papiers, quand ils réussissait à les publier, n'étaient jamais assez aboutis à son goût. L'encre noire du journal ne rendait jamais la démence, la peur, l'horreur, le chagrin, le désespoir de tous ces gens dont les vies constituaient le matériel de base des informations de la police. Le gâchis, l'avenir barbouillant le sol — il ne pouvait rien mettre de tout cela dans ses articles.

— Les gens lisent le journal en buvant leur café, le matin, ajouta-t-il, et puis ils le balancent. Ou ils s'en servent pour leurs ordures ou pour la boîte du chat. Et ensuite, hop, ils partent bosser, ou à leur gym, ou déjeuner à leur club.

— Qu'est-ce que tu pourrais faire d'autre ?

— Je n'ai jamais été capable de penser à un autre boulot. Et je ne vais pas m'occuper toujours des affaires de police.

Elle se leva et alluma. Elle retira les jarretelles devant lui, et les lui rendit. Puis elle commença à s'habiller.

— Ramène-moi chez moi, tu veux ? demanda-t-elle. Je vais dormir un moment, et puis je reviendrai ici, fraîche et souriante, pour ouvrir la boutique à 9 heures tapantes. C'est l'heure à laquelle les vieilles dames passent voir si j'ai reçu de nouveaux livres croustillants.

— *Croustillants* ?

---

1. M. Cible. (*N.d.T.*)

— Porno soft. C'est ça qui me permet de payer mon loyer.
— Tu plaisantes ?
— J'aimerais bien. J'ai vendu trois Amy Tans l'année dernière et un seul Fay Weldon. Juste assez pour pleurer.
— Peut-être qu'il faudrait un magasin mieux situé ?
— Ce qu'il faudrait, c'est que j'écrive un livre de cul brûlant qui se vende dans le monde entier, un truc si torride qu'il ferait fondre le slip d'une vieille fille. (Elle lui jeta un coup d'œil tandis qu'elle boutonnait sa chemise.) Et c'est ce que je suis en train de gribouiller. Tu veux voir ?
— Sûr.
Tish ouvrit le tiroir de son bureau et en sortit un manuscrit d'une centaine de pages qu'elle avait tapé sur sa vieille machine à écrire bruyante, sur le coin du bureau, expliqua-t-elle. Il le feuilleta, lut quelques passages.
— La règle, c'est : pas de mots de quatre lettres [1], ajouta-t-elle. Et le sexe, c'est toujours le « membre d'amour ».
— Ça me paraît bon, dit Yocke, en lui rendant le texte.
Il se pencha pour récupérer son pantalon.
Lorsqu'il se releva, elle était en train de lire avec beaucoup d'attention. Au bout d'un moment, elle jeta sa pile de feuillets dans le tiroir.
— C'est de la merde, je sais, mais c'est ça qui se vend. Et bon Dieu, si c'est la merde qui se vend, c'est ça que j'écrirai !
Une vingtaine de minutes plus tard, ils étaient devant son immeuble.
— Pas la peine que tu descendes, dit-elle. Je peux aller toute seule jusqu'à ma porte.
Il l'embrassa sur la joue. Elle demanda :
— Tu me rappelles, ou c'était juste l'histoire d'un soir ?
— Je te rappelle.
— Promis ?
— Ouais.
Tout en roulant, il se sentit un peu dégueulasse. Et puis, bon, c'était un mensonge de plus dans un monde qui en était plein.

Après le départ de Tony Anselmo, Sammy Z et un autre des lieutenants de Freeman furent envoyés dans un labo de crack, planqué dans un motel minable sur New York Avenue. Là, ils prirent une livraison de marchandise, regardèrent un moment les chimistes

---

1. *Fuck,* baiser, ou *shit,* merde. (*N.d.T.*)

travailler, et en attendant leur voiture d'escorte, ils flirtèrent avec une petite coquine de dix-neuf ans qui avait l'air d'estimer que les soutiens-gorge ne convenaient pas à ses seins aux mamelons gros comme des fraises. Lorsque le véhicule arriva et que les trois porte-flingue qu'il contenait eurent, à leur tour, jeté un coup d'œil aux mamelons près d'exploser, le groupe s'en alla distribuer la drogue aux dealers qui travaillaient dans la rue. Deux rendez-vous, à deux endroits différents, où les vendeurs avaient rassemblé les recettes de la soirée — six mille dollars, à vue d'œil. Et dans la zone du métro, Freeman avait des gars sur onze emplacements !

Sammy Z apporta l'argent au frère de Freeman, dans une petite maison qu'il n'utilisait que trois ou quatre nuits de suite. Le benjamin, Ruben, était le trésorier, le comptable et le payeur. Son bureau changeait régulièrement de place, et de façon aléatoire. Bien sûr, Freeman savait toujours où était son frère et il donnait l'adresse à Sammy au moment où celui-ci se mettait en route.

Livrer de l'argent ou du crack était un travail délicat. Le lieutenant de McNally était assis à l'arrière de la voiture, avec son Uzi chargé posé sur ses genoux. Leur véhicule d'escorte, derrière eux, était toujours occupé par trois hommes armés, eux aussi, d'Uzi et de pistolets. Le conducteur de la voiture de tête de ce mini-cortège roulait bien en dessous de la vitesse autorisée, respectait scrupuleusement le code de la route, et ne passait jamais à l'orange. Leur itinéraire était établi juste avant de partir, et il traversait la ville sans plan précis. En outre, on n'utilisait jamais deux nuits de suite les mêmes véhicules.

L'ensemble de l'opération rappelait à Harrison Ronald les vieux feuilletons télé en noir et blanc des *Incorruptibles,* avec Al Capone et Frank Nitty qui livraient leur bière à Chicago, et tous ces truands qui se baladaient avec des mitraillettes Thompson. Gros calibres et gros dollars. Gangsters blancs et flics blancs — bon, peut-être que les choses étaient légèrement différentes, aujourd'hui, de ce point de vue.

Harrison Ronald termina à 5 heures du matin. Un des hommes de McNally le déposa devant l'immeuble qu'il appelait son foyer. Il s'installa dans la cuisine, se fit du café et s'attaqua aux mots croisés de la dernière édition du *Post.*

Le ciel grisonnait gentiment par la fenêtre sale de la cuisine lorsque Harrison Ronald termina ses mots croisés et sa troisième tasse de café. Il coupa la cafetière, alla chercher un manteau en laine dans la penderie, et quitta l'appartement en fermant la porte à clé derrière lui.

En ce moment, il conduisait une Chrysler vieille de quinze ans et toute rouillée qui appartenait à Freeman McNally. Bleu roi à l'origine, elle était simplement crasseuse et sombre, désormais. Les sièges étaient pleins de creux et de bosses. Certains problèmes de carosserie à l'aile avant gauche et au capot avaient été réparés à coups de marteau par un mécano nul mais plein d'enthousiasme. Le pare-brise était fendillé. Le seul détail digne d'intérêt, pour un observateur attentif, c'étaient les pneus Michelin neufs, montés à l'envers de façon à dissimuler le nom du fabriquant. L'un dans l'autre, la voiture ressemblait à tous les vieux clous qui roulaient à Washington, D.C.

Comme on pouvait s'en douter, il n'était pas facile de mettre la Chrysler en marche — c'était même presque impossible les jours de grand froid. Et en ce matin particulier de décembre, Harrison Ronald fut obligé de tirer un bon moment sur son démarreur tout en jouant du starter.

Le moteur accepta finalement de partir, et puis il cala, car Harrison Ronald ôta le starter trop tôt. Il le remit en soupirant. Le moteur revint à la vie en toussant, et donna bientôt les signes d'une bonne combustion.

Mais le ralenti avait encore des à-coups et le tuyau d'échappement crachait une épaisse vapeur grise, visible dans le rétroviseur. Cela venait de ce que le moulin originel à six cylindres avait été remplacé par un bon vieux hémi V-8, installé par quelqu'un qui connaissait bien son boulot. Sous le capot aux tôles froissées, se dissimulait une véritable œuvre d'art, avec des cames de compétition, des valves, des pistons, et des orifices de soupapes cintrés, une pompe d'alimentation à haute capacité et un carburateur à quatre barillets. Et pour profiter au mieux de cette puissance supplémentaire, le mécano amoureux des performances avait ajouté à l'ensemble une transmission à quatre vitesses et avait renforcé la suspension et les freins. Cette voiture pouvait démarrer sur les chapeaux de roues sur soixante mètres.

Une fois le moteur un peu réchauffé et le ralenti plus régulier, Harrison Ronald fit patiner l'embrayage pour se dégager de l'emplacement où il était garé.

Il ne put s'en empêcher : dès qu'il fut dans la rue, il accéléra brutalement si bien que ses pneus hurlèrent sur la chaussée et que le caoutchouc fuma. *Avec un bon coup de peinture et un peu de boulot de carrosserie,* pensa-t-il avec un sourire, *cette bagnole pourrait être chouette.*

En chemin, il regarda souvent dans ses rétroviseurs et il s'arrangea pour franchir les feux au moment où ils passaient au rouge. Lorsqu'il fut certain que personne ne le suivait, il prit la direction du périphérique. C'était encore l'heure de pointe où les voitures entraient en ville, si bien que dans le sens inverse la voie était pratiquement libre. Une fois sur l'autoroute, il suivit les panneaux I-95 sud, direction Richmond.

C'était une matinée grise et venteuse. La pluie tombée quelques jours plus tôt avait été vite absorbée par le sol assoiffé et il y avait moins de poussière. Mais l'automne avait été si sec que la terre avait encore bien besoin d'eau.

Il quitta l'autoroute à Fredericksburg. Cinq minutes plus tard, il passait devant la réception d'un motel et allait se garer à l'arrière de l'établissement, qui faisait face à la colline.

Il sortit sur le parking presque vide et s'étira. Il aurait déjà dû être au lit depuis deux heures. « Trouve un bon travail, lui répétait sa grand-mère, quelque chose de régulier, avec de l'avenir. »

Il frappa à la porte de la chambre 212.

— Une minute.

La porte s'ouvrit.

— Entre.

Le Blanc qui l'accueillit était grand et maigre, avec une pomme d'Adam proéminente et un nez qui allait bien avec. Il sourit à Ford et lui serra la main. Il se nommait Thomas F. Hooper. L'agent spécial Hooper était responsable de la lutte contre la drogue au FBI. Il avait recruté Ford dans la police d'Evansville. *Un petit boulot clandestin temporaire,* lui avait-il dit à l'époque, *un boulot qui fera des merveilles pour votre carrière dans la police...* A présent, il reconnaissait volontiers qu'il s'agissait d'un double mensonge.

— Tu veux un petit déj ?

— Oui. J'avalerais bien quelque chose.

— Freddy a fait un saut au McDonald pour acheter des trucs. Il ne va pas tarder.

Ford s'affala dans un fauteuil et allongea les jambes.

— Alors, ça marche comment ? demanda Hooper.

— Freeman est un type très occupé. Il fait de l'argent comme si la planche à billets lui appartenait.

Hooper sortit un magnétophone de sa valise en cuir et le brancha à une prise, sous le bureau. Il dicta son nom, la date, puis le nom de Ford, et réécouta le tout pour être sûr que l'appareil fonctionnait correctement.

Harrison Ronald suivit l'opération d'un regard ensommeillé.

— T'as l'air crevé, constata Hooper.

— Amen.

— Le café va te retaper. Tu veux qu'on commence tout de suite ?

— Okay.

Ford n'avait pas fait de rapport à Hooper depuis une semaine. Aussi détailla-t-il heure par heure ces sept derniers jours — noms, descriptions, adresses, quantités de drogue, sommes estimées, tout ce dont il était capable de se souvenir. Il n'avait rien noté par écrit : ç'aurait été trop dangereux. En outre, depuis huit mois qu'il travaillait pour eux, il savait exactement ce que voulaient connaître Hooper et le ministère de la Justice, aussi disait-il ce qu'il avait à dire sans qu'on eût besoin de l'aider.

Freddy, l'assistant de Hooper, revint une dizaine de minutes plus tard. Ford continua à parler, tout en partageant avec les deux hommes le café et les crêpes fourrées aux œufs, au fromage et aux saucisses.

Cela dura près d'une heure. Et lorsqu'il eut terminé, Hooper se mit à lui poser des questions — beaucoup de questions. Cela prit une autre heure, avec seulement deux courtes pauses pour le changement de cassette. Quand ce fut fini, tout ce que Ford avait vécu et observé cette semaine n'avait plus le moindre secret pour Hooper.

Finalement, ce dernier murmura :

— Qu'est-ce que t'en penses ?

Harrison Ronald leva sa tasse pour demander un autre café, que Freddy lui servit d'un thermos.

— Je pense qu'il y a trop de crack en ville. Ils ne peuvent pas faire circuler la came assez vite. Et je crois que Freeman subit, ou ne va pas tarder à subir, une forte pression de la part de la famille Costello, qui veut l'obliger à blanchir son fric chez elle, et sans doute à un coût plus élevé. Quelqu'un a mis hors-jeu Walter Harrington et la Second Potomac. Et donc Freeman et ses amis dealers ont un problème.

— Et qu'est-ce qu'il va faire, d'après toi ?

— Aucune idée. Pas réussi à avoir la moindre indication. Mais je sais un truc : ce gars-là est très très dangereux. Il n'est pas arrivé là où il en est en laissant les gens se brancher sur ses affaires sans son autorisation, ni en perdant du fric avec le sourire. Il va se défendre. Et pour ça, c'est l'homme de la situation.

Freedy n'était pas de cet avis. Blanc, la fin de la quarantaine, il chassait les trafiquants de drogue depuis qu'il était entré au FBI.

— Je crois que Freeman et les autres vont réduire la quantité de crack qu'ils distribuent. Ils y sont obligés, ou alors ils devront s'emparer de plus grandes parts du marché en s'éliminant les uns les autres. Mais ils ont tous ici un bon petit business, et ils se sont fait beaucoup d'argent. *Beaucoup* d'argent. Et ils savent qu'ils ne pourront pas se retirer et vivre peinards s'ils en arrivent à employer la grosse artillerie.

— Ils ne peuvent pas se piffer entre eux, objecta Harrison Ronald.

— Les affaires, c'est les affaires, et l'argent, c'est l'argent... répliqua Freddy.

— Et qu'est-ce que vous voulez que je fasse, moi, les copains, si la fusillade éclate ?

— Tu prends tes jambes à ton cou, grommela Hooper.

— Et pour l'amour du ciel, tu ne flingues aucun civil ! ajouta Freddy.

— J'arrête tout et je me tire ?

— Ouaip, dit Hooper. Tu n'es plus bon pour personne si t'es mort.

— Vous avez assez de preuves ?

— On en a assez pour boucler Freeman pendant trente ans, et la plupart des gens avec qui il bosse.

— Et les flics et les politiciens qui en croquent ?

Hooper coupa le magnétophone et éjecta la cassette. Il y inscrivit quelque chose avec un stylo qu'il tira de la poche de sa chemise.

— Les flics et les politiciens ? répéta Ford.

— Tu as fait une belle moisson. On n'en espérait pas tant. Mais si quelqu'un t'envoie au cimetière, alors on n'a plus rien. On en sait une tonne, d'accord, mais on n'aura plus de témoin pour transformer ça en preuves.

— De toute façon, je ne crois pas que je vais être admis tout de suite dans le cercle intérieur. Freeman a quatre lieutenants, et deux d'entre eux sont ses frères. Ils sont tous milliardaires, et ils sont prêts tous les quatre à se faire tuer pour lui.

— P't'être qu'on peut arranger ça, intervint Freddy.

— Qu'est-ce que tu veux dire ? grogna Ford, étonné.

— T'inquiète. Donne-nous des détails sur ces types.

Freddy prit un bloc-notes et un stylo.

— Hé, attends une minute, bordel ! On est flics. Pas question que je refroidisse un d' ces mecs, sauf en légitime défense.

— On te demande pas de tuer quelqu'un, et c'est sûr et certain qu'on va pas te le demander. Bon Dieu ! On n'est pas en Argentine, ici ! Mais peut-être qu'on pourrait en aider un à quitter la rue un moment. Ce qui te laisserait un peu de place à l'abreuvoir.

L'officier de police en mission clandestine Harrison Ronald Ford recommença donc à parler une dizaine de minutes. Il leur dit tout ce qu'il savait sur ces quatre hommes — les noms des femmes, des maîtresses, des enfants, ce qu'ils mangeaient, ce qui les faisait rire, comment ils aimaient leurs alcools, et à quel rythme ils utilisaient leurs propres produits.

Dans le silence qui suivit, Hooper demanda :
— Comment marche cette voiture ?
— Vraiment bien, répondit Ford avec un petit sourire. Faudrait que tu viennes faire un tour avec moi un de ces jours. C'est la plus belle petite bombe sur laquelle j'aie jamais été assis.
— Reste vivant, Harrison, je t'en prie.
— Je ferai de mon mieux. (Le sourire d'Harrison Ronald s'élargit.) Et prends ça pour une promesse.
— Tu peux arrêter quand tu veux, tu sais.
— Ouais.
— Je suis sérieux. Grâce à toi, on a réuni bien plus d'informations qu'on pensait. Si tu veux retourner à Evansville, t'as qu'à le dire, et t'es en route aujourd'hui même.
— Je vais tenir encore un peu. J'avoue que je suis curieux, à propos de Tony Anselmo. Je me demande ce qu'il vient faire là-dedans.
— La curiosité a tué un paquet de flics.
— Je sais.

Tout en regagnant Washington, il lui vint à l'esprit — et ce n'était pas la première fois — qu'il aurait dû rester dans les Marines. Il était entré dans l'armée à vingt ans, après deux ans de fac. Il y avait passé quatre années, dont les deux dernières à Okinawa, où il était instructeur de combat au corps à corps. Il avait appris à apprécier l'armée. Mais la fille qu'il aimait était en Indiana et elle ne voulait pas en partir. Alors, il avait donné sa démission et il était revenu au pays. Il avait passé l'examen d'entrée dans la police tout en essayant de convaincre son amie de l'épouser.

Il fut reçu dans la police l'après-midi ; le soir, sa copine le plaquait. La plus vieille histoire du monde. Elle était sortie avec d'autres hommes pendant qu'il était à l'étranger. Il était super, mais elle ne l'aimait pas. Elle espérait qu'ils seraient toujours amis.

Il avait beaucoup appris, dans l'armée, des choses qui lui permettaient de rester en vie maintenant, la gestion du stress et la confiance en soi, par exemple. Et le combat à mains nues. En général, il n'y avait aucun spécialiste en ce domaine dans les gangs des rues. Oh ! à l'occasion, on tombait sur un fan de karaté qui se prenait pour un dur. Mais pendant qu'il se préparait à vous envoyer un de ces coups de pied mortels, vous vous jetiez sur lui avec toute la violence possible et vous lui brisiez la jambe, puis vous lui écrasiez la trachée-artère. Quant à ces types avec leurs

Uzi, ils ne s'entraînaient jamais. C'était le meurtre qui les intéressait, pas le combat.

Harrison Ronald pensa au meurtre pendant un moment. A son propre meurtre.

Quand tout cela serait terminé, il pourrait peut-être reprendre du service ? Pourquoi pas ?

Chapitre dix

Mercredi soir, le téléphone sonna juste au moment où Jake Grafton franchissait la porte de son appartement. Callie alla répondre. Après avoir échangé quelques mots aimables avec la personne qui était au bout du fil, elle passa le combiné à Jake.
— C'est pour toi.
— Bonjour, fit Jake.
— Capitaine Grafton, c'est Jack Yocke, du *Washington Post*.
— Oh, salut !
— J'espère que vous me pardonnerez de vous déranger chez vous, mais on vient juste de recevoir un rapport d'un de nos correspondants en Amérique du Sud, et je me suis dit que vous pourriez peut-être m'aider... Il semblerait que l'armée des États-Unis ait envoyé des gens en Colombie et que ces gens aient mis la main sur Aldana après une bonne explication à coups de revolver avec ses gardes du corps. Apparemment, un certain nombre de policiers colombiens sont intervenus aux côtés des Américains, mais notre informateur nous assure qu'il s'agissait d'une opération de l'armée US, du début à la fin.
— Et pourquoi croyez-vous que je peux vous être utile ? demanda Jake.
Callie était restée à côté de lui, et elle l'observait tout en essayant — en vain — d'arranger une mèche sur son front. Jake se dit qu'elle devait éprouver une sacrée affection pour ce jeunot, mais il ne comprenait absolument pas pourquoi.
— J'ai fait quelques recherches depuis que je vous ai rencontré au tribunal, l'autre jour, répondit Yocke. Je crois avoir compris que vous étiez l'officier supérieur responsable de la section anti-drogue de l'état-major interarmes. Aussi cette petite affaire a-t-elle forcément atterri sur votre bureau à un moment ou un autre.
— Vous n'avez pas répondu à ma question, monsieur Yocke. Pourquoi croyez-vous que je peux vous être utile ?
— Vous voulez dire que vous n'allez pas l'être ?

— Monsieur Yocke, je bois du café le matin et je déjeune tous les jours. Tout le reste de mes activités, quand je travaille, est classé secret. Je ne peux pas vous renseigner. (Callie fronça les sourcils. Jake lui tourna le dos.) Je vous suggère d'essayer le bureau des informations du Pentagone.
— Vous avez le numéro sous la main, capitaine ?
— Prenez l'annuaire.
Et Jake raccrocha sans même lui dire au revoir.
— Jake, c'était dur.
— Oh, Callie !
— N'empêche que ça l'était.
— Ce foutu gamin m'appelle chez moi et me demande de lui donner des renseignements classés secret ? Merde ! La prochaine fois qu'il conjuguera des verbes pour toi, dis-lui qu'il vaut mieux qu'il n'essaie plus cette combine avec moi s'il ne veut pas que je lui refasse le nez quand je le rencontre !
— Je suis sûre qu'il ne savait pas que c'était classé secret, dit Callie.
Mais c'était comme si elle parlait seule — son mari filait déjà vers leur chambre.
Elle pensa alors que Jake avait sans doute raison. Un journaliste aurait dû être plus au courant de ce genre de choses. *Mais Yocke est jeune. Il apprendra. Et vite, même, s'il continue à tourner autour de Jake.*

Ce soir-là, lorsque Harrison Ronald arriva chez Freeman McNally, Ike Randolph se précipita à sa rencontre dès qu'il franchit la porte.
— Freeman veut te voir.
Ike lui adressa un sourire — plutôt un rictus, se dit Harrison. Une expression qu'il lui avait déjà vue, chaque fois que quelqu'un n'allait pas tarder à perdre un bon morceau de chair. Ike prenait plaisir à l'odeur de la peur.
Malgré lui, Harrison Ronald sentit son cœur s'accélérer.
Et la sueur inonda brusquement ses aisselles.
Ike le fouilla. Simple routine, mais ce soir Ike était plus consciencieux que d'habitude — et c'était volontaire, aucun doute.
Ike Randolph, coupable de vol à main armée et de viol d'enfant... pour l'aimer, il aurait fallu une sacrée dose de tendresse. Il avait grandi dans le même cloaque qui avait engendré Freeman. Maman McNally les avait nourris tous les deux, et elle avait payé les cautions quand ils avaient été arrêtés pour vol à l'étalage et, plus tard, pour désossage de voitures. Mais elle n'avait pas eu assez d'argent pour les

faire sortir lorsqu'ils s'étaient fait prendre à agresser les touristes. C'était Ike qui tenait le revolver : on lui avait collé un crime sur le dos ; Freeman, lui, avait plaidé coupable pour un simple délit. Et pourtant, après la plaidoirie, Freeman était resté encore dix jours en prison, tandis que Ike avait été mis en liberté surveillée. Cette anecdote faisait encore beaucoup rire les deux hommes lorsqu'ils se soûlaient ensemble.

Des années plus tard, un juge décida d'envoyer de nouveau Ike en prison un moment lorsque le vagin et l'utérus d'une fillette de six ans eurent besoin d'un chirurgien après avoir subi ses attentions. Depuis, il avait encore eu deux condamnations pour de petites histoires de drogue — mais rien de sérieux.

Ce soir-là, Ike donna à Harrison une petite poussée lorsqu'il eut terminé sa fouille.

— Hé! protesta Ford.

— Ta gueule, connard! Et grouille-toi. Freeman t'attend.

McNally était assis sur un canapé du living, à l'arrière de la maison. Ses frères étaient là aussi. Ike referma la porte derrière eux.

— J' t'ai appelé ce matin, dit Freeman.

Harrison Ronald se concentra pour contrôler son visage. Il essaya d'avoir l'air innocent !

— Où c' que t'étais, Sammy ?

— En ville. J' fais ça de temps en temps.

— Te paie pas ma tête, Z. Personne se paie ma tête.

— Hé, Freeman, je suis juste sorti pour me faire une paire de fesses.

— Et comment elle s'appelle, ta paire de fesses ?

La question venait du plus jeune frère de Freeman, Ruben. Le comptable.

— Tu la connais pas.

Freeman se leva et s'approcha de Ford, qui n'avait toujours pas décidé s'il devait casser le bras de McNally et utiliser son patron comme bouclier lorsque celui-ci le gifla.

— T'étais pas non plus à ta piaule mercredi dernier. T'as intérêt à me dire la vérité, frérot, si tu veux pas que j' te dévisse la tête et que je chie dedans. *C'est quoi, le nom de cette nénette ?*

Cela semblait un moment parfait pour avoir l'air effrayé — ce que fit Harrison Ronald. Ridiculement facile. Parce que la peur montait vraiment.

— Son nom, c'est Ruthola, et elle est mariée. Nous avons un petit arrangement. Je me glisse chez elle le mercredi matin lorsque ses gosses sont à la garderie. J'te jure, Freeman, c'est juste une histoire de cul.

Freeman grogna et fixa Harrison Ronald. Celui-ci s'obligea à soutenir son regard. Les yeux marron foncé de McNally paraissaient noirs. Le désir de bondir sur cet homme était presque trop fort. Harrison Ronald serra les poings tandis qu'il luttait pour se retenir.

— Appelle-la.

— Bon Dieu, son mari est peut-être à la maison !

— Alors, ça sera la fin d'une petite chose sympa. Une paire de fesses, c'est rien en comparaison de ta vie, n'est-ce pas ?

— Exact.

— Alors, appelle-la.

Freeman McNally lui indiqua le téléphone sur la petite table, à côté du canapé, puis alla prendre le second poste, à l'autre bout de la pièce. Ford décrocha et composa le numéro.

La sonnerie retentit, à l'autre bout. Une fois. Deux fois. Trois fois. Harrison Ronald retint sa respiration.

— Bonjour.

C'était une voix de femme.

— Ruthola, c'est Sammy.

Un silence. A cet instant, Harrison Ronald sut qu'il était un homme mort. Un frisson le parcourut. Puis elle parla enfin — un chuchotement.

— Pourquoi t'appelles ? T'avais *promis* qu' tu ferais pas ça.

— Hé, bébé, j' pourrai pas te voir la semaine prochaine. Suis pas en ville, ce jour-là. J' voulais juste que tu le saches.

— Oh, chéri, ne m'appelle pas quand il est *à la maison !* (Les mots se bousculaient.) T'as *promis !* Téléphone demain à 10 heures, mon amour.

Et elle raccrocha.

Harrison Ronald en fit autant. Il avait terriblement besoin d'uriner.

Freeman eut un petit ricanement. Il passa ses doigts dans ses cheveux. Tout le monde, dans la pièce, l'observait.

— C'est un beau morceau ? demanda-t-il finalement.

Les coins de ses lèvres tremblaient.

Harrison Ronald essaya de hausser les épaules avec nonchalance. Mais cela ressembla davantage à un sursaut nerveux, sans doute.

— Où travaille le mec ?

La nausée tordit l'estomac de Ford. Puis il décida qu'à cet endroit, la vérité ferait bien. Il lâcha :

— Au FBI.

Ils le fixèrent bouche bée, figés. Harrison Ronald s'essaya de nouveau à sourire — il eut l'impression qu'il ne réussissait qu'une espèce de grimace de clown.

— Espèce de crétin... (Ike se mit à hurler derrière lui.) *De tous les...*

Mais Freeman gloussa, puis il éclata de rire. Oui, Freeman McNally se tenait les côtes et se tapait sur les cuisses.

Harrison Ronald se retourna lentement. Même Ike riait, maintenant. Et Ford se laissa emporter par leur hilarité. Il éprouvait un tel soulagement que son rire avait quelque chose d'hystérique. Des larmes coulaient sur ses joues, tandis que son diaphragme tressautait, incontrôlable.

Huit mois plus tôt, lorsque Hooper lui avait dit qu'un jour ou l'autre il pourrait avoir besoin d'un alibi et qu'il lui présenta Ruthola dans cette intention, Ford n'avait pas imaginé que cela se passerait ainsi, oh non, il ne s'était pas douté qu'il serait si tendu qu'il aurait cette foutue voix nasillarde.

Mais Ruthola Barnes, épouse de l'agent spécial Ziggy Barnes, le savait, elle.

— J'ai déjà fait ça, lui avait-elle dit. Vous pouvez avoir confiance. Dites simplement que c'est Sammy, et parlez-moi comme si on venait juste de sortir du lit, tous les deux, comme si on se faisait du café dans la cuisine, encore tout nus. Je m'occuperai du reste.

Il y avait huit mois de cela. Il ne l'avait pas revue depuis. Et pourtant, au moment où il avait eu besoin d'elle, elle était là.

Ah, Ziggy Barnes, t'es vraiment un homme heureux !

La clé du succès, pour un avocat d'assises, réside dans la préparation du procès — et personne ne préparait mieux une affaire que Thanos Liarakos. Jeudi matin, il commença à se plonger dans le flot monstrueux des interrogatoires des témoins vomis par le bureau du procureur.

Le procureur avait averti le juge : il y aurait beaucoup de rapports — des dizaines de milliers de pages. Les personnes à qui on avait posé toutes ces questions étaient des petits trafiquants, des grossistes, des contrebandiers — pilotes d'avion, gardes, marins, routiers, guetteurs, et ainsi de suite... —, des gens situés à tous les niveaux de la chaîne du trafic de drogue. A un certain moment de leur interrogatoire par la police, le FBI ou la DEA, on leur avait demandé où ils avaient trouvé la drogue, quand, en quelle quantité et, bien sûr, qui la leur avait donnée.

Les associés de Liarakos avaient passé les deux jours précédents à parcourir cette montagne de documents et à mettre de petits Post-it aux endroits qu'ils estimaient pouvoir présenter un intérêt. La difficulté venait, bien sûr, de ce qu'à ce niveau de préparation du procès, le procureur n'avait pas encore choisi ses témoins. Ainsi, une bonne part du matériel que devaient lire les avocats de la défense ne servirait à rien, à moins que Liarakos ne voulût citer à comparaître un témoin, de façon à présenter ainsi une déclaration qui, l'espérait-il, disculperait son client.

« Disculper » — un petit mot formidable qui signifiait réussir à embrouiller le jury.

Car la confusion et la duperie étaient au cœur même d'un procès. Les professeurs de droit et les juges de cour d'appel, des hommes aux opinions arrêtées, aimaient à développer la théorie suivante : dans les joutes oratoires d'un « combat » contradictoire — pour des raisons qui ne peuvent intéresser qu'un psychiatre, ces penseurs dans le domaine du droit sont encore partisans du procès médiéval par combat au sens propre du terme —, la vérité serait révélée. Mais révélée *à qui ?* C'était une autre question, que personne ne soulevait jamais. Et c'était peut-être mieux pour tout le monde de laisser les problèmes philosophiques aux mystiques, tandis que les avocats se chargeaient de la tactique et de la déontologie. « Le système juridique américain ne va pas être réformé demain, alors faut bien se le farcir », avait souvent fait remarquer Thanos Liarakos à de jeunes associés consternés par leur première journée passée dans ces marécages judiciaires.

La tâche principale de l'avocat de la défense consistait à s'assurer que la « vérité révélée » dans la salle du tribunal servait au mieux les intérêts de son client. Et Thanos Liarakos excellait à ce petit jeu-là.

Dans la présente affaire, Liarakos avait conclu que l'essentiel de son attaque devrait porter sur l'image que le jury aurait de Chano Aldana. Il tenait pour acquis que l'accusation avait suffisamment de preuves pour convaincre n'importe lequel des douze jurés, homme ou femme, que Chano Aldana était mouillé jusqu'au cou dans le trafic de drogue. Et ce n'était pas tout. L'idée maîtresse du dossier du gouvernement c'était que Chano Aldana était le grand chef de tout le cartel de Medellín, une espèce d'ogre latino-américain qui achetait les âmes des hommes et qui terrorisait et assassinait ceux qu'il était incapable de corrompre. Pour Liarakos, le jury devait donc être persuadé que le procureur, William C. Bader, avait à prouver qu'Aldana *était* le diable en personne, et que dans le cas contraire, on ne pouvait pas le condamner.

Tout ce que Liarakos allait faire ou dire viserait à forcer le jury à se poser les questions suivantes : Chano Aldana est-il l'incarnation du diable ? Cet homme assis là devant nous aujourd'hui est-il un fou, un descendant bâtard d'Adolf Hitler ? Ce gentleman, légèrement empâté, avec sa veste de sport de chez Sears [1], est-il le fils spirituel d'Ivan le Terrible ? Si Liarakos réussissait à persuader le jury de mettre la barre assez haut, les preuves de l'accusation n'atteindraient pas leur but.

La carte principale de Liarakos, c'était Chano Aldana lui-même. Il paraissait si moyen, si normal... Il serait habillé en conséquence. Il sourirait au bon moment. Il paraîtrait triste au bon moment. Et en dépit des déclarations des témoins de l'accusation, Chano Aldana continuerait à passer pour une victime. Le grand nombre de témoins et le formidable poids de leurs déclarations finiraient par se retourner contre le ministère public. Liarakos demanderait : « Après toutes ces années, après tout cet argent dépensé et ces centaines, que dis-je, ces milliers de gens interrogés, c'est là *tout* ce que le gouvernement peut nous montrer ? *C'est tout, vraiment ?* »

La difficulté serait de contrôler Aldana. L'homme paraissait pathologiquement opposé à suivre le moindre conseil et il avait autant de charme qu'un chien enragé. Pourtant, il devait bien y avoir un moyen...

Il réfléchissait à ces divers plans d'action lorsque Judith Lewis, sa première assistante, lui apporta une autre pile de dépositions décorée d'adhésifs jaunes.

Elle posa son fardeau sur le bureau de Liarakos, et s'assit. Lorsqu'il la regarda, elle annonça :
— Je ne crois pas qu'ils aient trouvé ce qu'ils cherchaient.
— C'est-à-dire ?
— S'il s'agit là d'un échantillon représentatif des preuves de l'accusation, ça ne lui suffira pas pour obtenir un verdict de culpabilité. La plupart de ces trucs sont des dépositions sur la foi d'un tiers et donc irrecevables. Ça pourrait faire des preuves si nous étions assez idiots pour soulever la question de l'honorabilité d'Aldana, mais autrement non. Dans toute cette paperasse, on ne trouve pas un seul témoin qui ait eu des contacts directs avec Aldana.
— Ils doivent avoir autre chose de mieux. Simplement, ils ne nous l'ont pas encore transmis.
— Non, monsieur. Je suis prête à parier qu'ils n'ont pas ce qu'ils voulaient. (Sa gorge se serra.) Chano Aldana va être libéré.

Liarakos l'observa avec beaucoup d'attention.

---

1. Importante chaîne US de centres commerciaux. (*N.d.T.*)

— C'est ça, notre boulot, Judith. Nous *essayons* de le faire acquitter.

— Mais il est coupable !

— Qui dit ça ?

— Oh, ne me servez pas ces conneries ! Il est aussi coupable que Caïn !

Elle croisa les jambes et tourna la tête vers la fenêtre.

— Non. Il est innocent jusqu'à ce que le jury décide du contraire, répliqua Liarakos.

— Vous pouvez le croire si ça vous aide à vous sentir mieux. Mais pas moi. On lui attribue les meurtres d'au moins trois candidats aux présidentielles dans son pays. J'ai passé une demi-heure avec lui, hier. (Elle resta assise un moment, en silence, à se souvenir de cette réunion, et soudain elle frissonna.) Et il l'a certainement fait, ajouta-t-elle alors. Il les a tués comme si ce n'étaient que de vulgaires cafards.

— La Colombie n'a pas décidé de le juger pour meurtre, Judith. La Colombie l'a extradé aux États-Unis. Nous ne sommes pas en train de le défendre dans une affaire de meurtre !

— La Colombie ne *pouvait* pas le juger. Soyez sérieux ! En 1985, quarante-cinq guérilleros de gauche sont entrés avec un camion blindé dans les sous-bois du palais de justice. Ils sont restés maîtres des lieux une journée entière et ils ont exécuté tous les juges. C'est Aldana qui les avait engagés. Il y a eu plus de cent morts — d'assassinats — ce jour-là. Juger Aldana en Colombie ? Mon Dieu, réveillez-vous, Thanos ! Est-ce que vous entendez ce que vous dites ?

— Judith, vous ne *savez* pas si c'est lui qui a fait ça ! Nous sommes avocats. Même s'il commettait un millier de crimes, il ne serait pas *coupable* tant qu'un jury ne l'aurait pas condamné.

— Baratin, murmura Judith Lewis avec mépris. J'ai passé mon enfance à apprendre la différence entre le bien et le mal, j'ai reçu une éducation coûteuse, et maintenant que je suis adulte et que je porte des fringues à deux cents dollars, me voilà assise ici à vous écouter affirmer que le mal, c'est juste une question de vocabulaire. *C'est des conneries ! De foutues conneries !* Je *sais* que Chano Aldana est coupable de chaque chef d'accusation de l'acte dressé par le gouvernement américain, et sans doute aussi d'un millier d'autres qui n'ont pas été relevés. C'est un trafiquant de drogue, un terroriste, un voleur, un tueur, un assassin de femmes enceintes. Il mérite de griller dans le plus grand feu de l'enfer.

— Oui, mais seulement si le gouvernement est capable de le prouver, plaida Thanos Liarakos. Seulement si le jury *dit* que le gouvernement a réussi à le prouver.

— Le gouvernement ne pourra pas.
— Alors il sera déclaré innocent.
— J'arrête, laissa-t-elle tomber tout à coup.
Et elle sortit en laissant la porte ouverte derrière elle.
Liarakos resta assis un bref instant à réfléchir à ce qu'elle venait de dire. Puis il lui emboîta le pas. Elle était dans son bureau, où elle enfilait son manteau.
— Judith, voulez-vous revenir, s'il vous plaît, que nous discutions encore un instant de ce problème ?
Son manteau sur le dos, elle le suivit ; ils passèrent devant la secrétaire, puis il s'écarta pour la laisser entrer, referma la porte et lui fit face.
— Qu'est-ce que ça veut dire « j'arrête » ?
— J'arrête. C'est de l'anglais. Un verbe tout à fait compréhensible.
— Vous souhaitez travailler sur un autre dossier, ou peut-être pour un autre associé que moi ?
— Non. Je quitte cette société. Je quitte cette profession. *J'arrête !* Terminé pour moi d'essayer de devenir avocate. J'ai pas l'estomac assez solide pour ça.
Elle le frôla en passant devant lui. A la porte, elle s'immobilisa un instant et ajouta :
— Vous pouvez verser mon dernier chèque à l'Armée du Salut. Et il n'y a rien dans mon bureau que je désire revenir chercher.
— Prenez quelques jours de repos, Judith, et réfléchissez. Vous avez fait trois ans de fac de droit et vous travaillez depuis trois ans. Ça fait six ans de votre vie.
— Non. Je sais bien que vous faites ce qui vous paraît juste. Mais je ne suis pas de cet avis. Je ne crois pas que ce soit juste. Et je ne veux *surtout pas* penser que ça l'est.
— Judith...
— Non, monsieur Liarakos. Je ne vais pas gaspiller une autre minute de mon temps à discuter des droits constitutionnels d'un trafiquant de drogue. Et je ne vais pas non plus toucher un dollar supplémentaire pour l'aider à échapper à la justice. Non.
Cette fois, lorsqu'elle quitta la pièce, il ne la suivit pas.
Il se rassit à son bureau et fixa la pile des transcriptions.
Un gant de base-ball dans lequel était posée une vieille balle traînait sur la bibliothèque ; il le prit et s'amusa un instant avec la balle. Lorsque celle-ci frappait le cuir, cela faisait un « toc » agréable à entendre, et il avait la main qui vibrait. Le pouce du gant était taché par la sueur. Il avait l'habitude de le passer sur son front pour

essuyer sa transpiration. Il ne put s'empêcher de refaire ce geste, à présent, appréciant la douce fraîcheur du cuir, puis il reposa le tout sur le dessus en acajou poli du meuble.

Il sortit une bouteille de vieux scotch du tiroir du haut de son bureau et s'en versa une rasade dans une tasse à café vide.

Il était en train de s'en servir une seconde lorsque le téléphone sonna.

— Oui ?

— J'ai une dame au téléphone qui appelle de Californie. Elle n'a pas voulu donner son nom. Elle a dit que c'était personnel.

— C'est ma femme ?

— Non, monsieur. J'aurais reconnu sa voix.

— Passez-la-moi.

Il y eut un déclic dans l'appareil.

— Bonjour, dit-il. Thanos Liarakos à l'appareil.

— Monsieur Liarakos, ici Karen Allison, de la California Clinic.

— Oui.

— Il semblerait que votre femme ait quitté notre établissement pendant la nuit, monsieur Liarakos. Nous ne la trouvons plus nulle part. Elle a emporté sa valise.

— Oui, répéta-t-il.

— Je suis désolée, monsieur Liarakos. Nous avons fait de notre mieux.

— Oui, dit-il encore, et il raccrocha doucement le combiné.

Vendredi matin, Henry Charon se rendit à Baltimore en voiture et là, il chercha une cabine publique. Il se gara devant un centre commercial et repéra trois téléphones près des toilettes pour hommes. Comme il était en avance, il alla déjeuner au restaurant, s'attarda sur son café, puis visita sans se presser la galerie marchande d'un bout à l'autre. Finalement, quand il ne resta plus que cinq minutes, il retourna aux cabines et il attendit. Une femme expliquait à son mari qu'elle avait trouvé des draps à un prix très intéressant. Elle raccrocha une minute avant l'heure du rendez-vous de Charon et s'éloigna d'un bon pas, après avoir, semblait-il, remporté sa joute budgétaire. Elle avait jeté un seul coup d'œil à Charon, pas plus d'une seconde, puis ne lui avait plus accordé la moindre attention.

Charon composa le numéro. Selon Tassone, c'était celui d'une cabine publique de Pittsburgh. En tout cas, le code régional — 412 — était juste. Charon avait vérifié. Lorsque l'opérateur répondit, il glissa dans la machine des pièces de vingt-cinq cents qu'il prit dans un rouleau de dix dollars.

Tassone décrocha à la seconde sonnerie.
— Oui ?
— Vous avez mon matériel ?
— Oui. Où et quand ?
— Le routier de Breezewood, Pennsylvanie. Demain, 15 heures.
— Compris.
Et la communication fut coupée.
Charon quitta le centre commercial et remonta dans sa voiture. Avant de démarrer, il étudia avec soin une carte, puis il la replia et la coinça au-dessus du pare-soleil.
Quatre heures plus tard, à Philadelphie, il acheta un ticket pour l'autocar de 7 h 14, le lendemain, à destination de Pittsburgh. Il dîna dans un fast-food puis roula un moment au nord de Philly[1] et trouva un motel pas trop cher, où il paya en liquide.
Il était debout à 5 heures. Il laissa sa voiture pour vingt-quatre heures dans un garage à un demi-pâté de maisons de la station d'autocars. Et il fut dans la salle d'attente avec une demi-heure d'avance.
L'autocar démarra exactement à l'heure prévue. Pour tout bagage, Charon n'avait qu'un sac à dos, qu'il posa sur le siège vide, à sa gauche. Il n'y avait que onze passagers. Charon s'était installé à l'arrière, à un endroit où le conducteur ne pouvait pas le voir dans son rétroviseur.
Deux rangées devant lui, de l'autre côté de l'allée, un couple alluma une cigarette de marijuana une demi-heure après le départ, dès que le véhicule commença à rouler à son régime de croisière sur la Pennsylvania Turnpike. L'odeur était lourde, douceâtre, écœurante. Charon entrebâilla sa fenêtre et attendit que le conducteur, voyant l'évident nuage de fumée, stoppât l'autocar. Ce ne fut pas le cas. Le couple alluma un second joint et s'endormit.
Henry Charon regarda le paysage défiler et se demanda à quoi pouvait ressembler une partie de chasse, dans cette région.
A Harrisburg, quatre personnes descendirent et trois montèrent. Le couple, de l'autre côté de l'allée, recommença à fumer de l'herbe, éclatant de rire lorsque l'un des passagers jura. Le conducteur les ignora.
Un peu après midi, il s'arrêta dans le parking du routier, à Breezewood, et il annonça une pause déjeuner d'une demi-heure. Il s'empressa de descendre et la plupart des passagers l'imitèrent. Charon ramassa son sac à dos et alla aux toilettes des hommes

---

1. Philadelphie. (*N.d.T.*)

dans la partie du bâtiment réservée aux routiers. Il trouva un WC libre, baissa son pantalon et s'assit sur le trône. Lorsqu'il en ressortit, une heure plus tard, l'autocar était parti.

Il acheta un journal, puis il entra dans le restaurant et demanda le menu et un box près de la fenêtre.

Le sénateur Bob Cherry avait la réputation d'être un politicien à l'ancienne. Il avait un peu plus de soixante-dix ans. Il avait servi dans l'aviation embarquée, pendant la Seconde Guerre mondiale, et avait abattu sept avions japonais. Après la guerre et après des études à la faculté de droit, Bob Cherry était entré en politique. Il avait mené pendant quatre ans une carrière législative en Floride, puis avait passé quatre autres années à la Chambre des députés : enfin, il était devenu sénateur, et il l'était toujours.

Grand et maigre, avec des yeux perçants et une voix râpeuse, il connaissait à fond les règles de ce club de gentlemen le plus fermé du monde, et il s'arrangeait pour faire jouer les siennes. Il n'avait pas essayé de prendre la tête de la majorité ni de devenir le chef de file de son groupe : il préférait accorder son soutien à d'autres, plus ambitieux que lui, mais peut-être moins sages aussi, et user de son influence pour choisir les participants aux divers comités qui effectuaient le travail du Sénat. En tant que président du comité de surveillance du gouvernement et patron des chefs de parti, le pouvoir qu'il exerçait était énorme. Il prenait ses petits déjeuners avec des membres du gouvernement, mangeait à la table de présidents, et toutes les personnalités de Washington l'invitaient à dîner. Quand Bob Cherry voulait quelque chose, il l'obtenait presque toujours.

Depuis la mort de sa femme, dix ans plus tôt, les grandes et belles secrétaires se succédaient à ses côtés. Chacune tenait environ deux ans. Son actuelle collaboratrice, vingt-six ans, était une ex-Miss Géorgie.

Et là, aujourd'hui, au déjeuner, T. Jefferson Brody avait du mal à détacher son regard de la jeune femme. En fait, il n'essayait pas vraiment. Il connaissait suffisamment Bob Cherry pour savoir que ce vieux bouc saquait les hommes qui ne bavaient pas d'admiration devant le décolleté du joli morceau qui couchait avec lui l'après-midi et la nuit. Aussi, T. Jefferson Brody, diplomate comme pas deux, lorgnait-il miss Tina Jordan en connaisseur. Lorsqu'elle traversa la salle à manger pour aller aux toilettes des dames, il se fit un devoir de contempler son petit derrière parfait qui se balançait d'une manière délicieuse.

Brody murmura d'un air rêveur :

— C'est quelque chose.

— Exact, acquiesça Bob Cherry avec un léger sourire. Qu'est-ce que vous avez en tête, Jefferson ?

Brody sortit un chèque de la poche intérieure de sa veste et le donna au sénateur. Cinq mille dollars.

— Un don pour aider votre PAC[1] à financer les inscriptions sur les listes électorales.

Cherry examina le chèque.

— FM Development Corporation... Jamais entendu parler de ces gens-là.

— C'est une société d'ampleur nationale. Construit des centres commerciaux et d'autres trucs un peu partout. Ce n'est pas la première fois que « ces gens-là » contribuent à votre PAC.

— Oh ! J'ai oublié. On dit que la mémoire est la première chose qui vous lâche, quand on vieillit. (Il plia le chèque et le fit disparaître dans une de ses poches.) Eh bien, je vous remercie, FM Development et vous. Toute donation dans l'intérêt d'un bon gouvernement est appréciée à sa juste valeur.

— Que va-t-on faire pour aider les Russes ? demanda Brody.

Cherry but une gorgée de son vin avant de répondre.

— On va probablement décider des exonérations d'impôts pour les sociétés qui monteront des joint-ventures avec eux. Quelque chose dans ce genre. Le monde américain des affaires pourrait apprendre beaucoup aux Russes, leur apporter des capitaux et ses compétences dans la gestion, le contrôle des stocks, et tout ça. Avec les incitations fiscales, nos sociétés n'auraient pas besoin de faire beaucoup de profits — et même pas du tout —, avec l'encouragement des avoirs fiscaux. Ça pourrait fonctionner pas trop mal.

Et il se mit à détailler quelques-unes des propositions du gouvernement.

Jefferson Brody ne l'écoutait plus que d'une oreille. Il pensait aux PAC. Les PAC étaient une merveilleuse échappatoire qui avait survécu à la saignée de la dernière réforme électorale dans le style « nu et honnête ». Les membres du Congrès étaient autorisés à posséder des fonds spéciaux pour les élections, avec lesquels ils faisaient à peu près tout ce qu'ils voulaient, tant que l'argent n'était pas utilisé directement pour leur réélection. Ces finances servaient donc pour convaincre les citoyens à s'inscrire sur les listes électorales, pour développer l'éducation politique des habitants de la circonscrip-

---

1. Comité d'action politique : une entreprise, un syndicat, une association commerciale ont le droit de constituer un PAC pour récolter de l'argent auprès de leurs membres et le verser au candidat qui défendra le mieux leurs intérêts. (*N.d.T.*)

tion du député, pour financer les efforts préparatoires en vue des présidentielles, et tout ce genre de choses.

Le plus formidable pourtant, avec ces PAC de non-campagne — et l'admiration lui coupait le souffle lorsqu'il réfléchissait au génie du gars qui avait inventé un tel système —, c'était que l'élu pouvait inscrire sa femme, son fils, sa fille et deux ou trois petites amies sur les registres du personnel du PAC, et donc augmenter son revenu familial. Il pouvait aussi utiliser son butin pour payer ses dépenses personnelles, si celles-ci avaient un rapport, même des plus lointains, avec les objectifs du PAC.

Les PAC des représentants du Congrès étaient donc purement et simplement des caisses noires. En privé, les politiciens faisaient des pieds et des mains pour éviter une terrible épreuve — joindre les deux bouts avec un salaire quatre fois plus élevé que celui de l'Américain moyen —, tandis qu'en public ils discouraient sans fin sur tout ce qu'ils avaient fait pour améliorer le sort de celui que l'on qualifiait d'ouvrier moyen. Et ils expliquaient à leurs électeurs que les fardeaux d'une existence passée au service du public étaient lourds et bien cruels.

T. Jefferson Brody n'était d'ailleurs pas spécialement choqué par l'hypocrisie de beaucoup de politiciens — il aurait été horrifié à la simple idée d'essayer de survivre avec quatre-vingt-dix mille dollars par an. Leur cupidité, au contraire, était une véritable bénédiction. Certains nécessiteux de Capitol Hill avaient toujours la main tendue. Et T. Jefferson Brody se faisait un joli petit revenu en conseillant des clients qui désiraient remplir ces mains vides.

Comme miss Tina Jordan revenait des toilettes, Brody jeta un coup d'œil à sa montre. Il dînait, le soir même, avec un autre sénateur, Hiram Duquesne, qui désirait lui aussi une contribution de campagne. Hiram était l'un de ces veinards entrés au service du public avant le 8 janvier 1980, et, du coup, lorsqu'il prendrait sa retraite, il pourrait empocher le plus légalement du monde toutes les contributions de campagne rassemblées au fil des ans qu'il n'avait pas dépensées. Inutile de préciser qu'à peine six semaines après la dernière élection — où il avait été encore une fois vainqueur —, Duquesne sollicitait de nouveau des fonds. Heureusement, FM Development avait un PAC pour aider ces élus d'avant 1980, tous les Hiram Duquesne du pays, qui voulaient s'assurer une retraite vraiment dorée.

Bob Cherry appartenait lui aussi à ce groupe béni, se souvint soudain Brody. Miss Jordan allait certainement lui téléphoner la semaine suivante pour le lui rappeler. Brody s'en faisait déjà une fête.

Il regarda une nouvelle fois sa montre. Il allait devoir faire un saut au bureau et transférer des fonds avant de donner son chèque à Duquesne.

Pourtant, il ne voulait pas presser Bob Cherry et sa petite amie. Il suggéra de commander les desserts, et Cherry accepta. Miss Jordan sirota un cappuccino, tandis que le sénateur dévorait un flan au fromage blanc[1] et que Brody admirait la scène.

Lorsque l'on apporta l'addition, Brody s'en empara d'une main experte. Et Cherry fit semblant de ne se rendre compte de rien.

Henry Charon se leva, paya l'addition au comptoir du routier — c'était *beaucoup* moins que ce que Brody venait de poser presque au même moment sur la petite assiette en plastique doré — et se rendit à la boutique cadeaux. Il y passa vingt minutes, puis retourna aux toilettes, où il resta vingt autres minutes. A trois heures moins le quart, il était de nouveau installé dans un box du restaurant, près de la fenêtre. A trois heures moins cinq, il vit la camionnette s'arrêter sur le parking et Tassone en descendre. Celui-ci resta un moment à côté de son véhicule et ôta ses gants de conduite tout en examinant les environs. Puis il fit disparaître les gants dans sa poche et se dirigea vers le restaurant.

Il y pénétra exactement à l'heure prévue. Il jeta un coup d'œil désinvolte autour de lui, puis rejoignit Charon dans un coin de la salle.

— Salut, fit-il.
— Vous voulez du café ? marmonna Charon.
— Ouais, fit Tassone.

La serveuse arriva et il passa sa commande.

— Tout est là, dit-il à l'intention de Charon.
— Tout ?
— Oui.

Henry Charon acquiesça d'un signe de tête et, une nouvelle fois, examina le parking.

— Bon, combien de gens sont au courant ? demanda-t-il à Tassone lorsque la serveuse fut repartie après avoir apporté le café.

— Ça n'a pas été facile de se procurer tout ça. C'est évident que ceux qui m'ont fourni ce matériel savent que j'en ai pris livraison. Mais ils vont la fermer. La plupart de ces machins ont été volés, et les gars ont été bien payés.

---

1. Clin d'œil intraduisible. « Cheesecake », le flan au fromage, c'est aussi, en argot, une photo de fille nue. (*N.d.T.*)

— Qui d'autre ?
— Le type qui finance. Il sait.
— Et tous ceux qui bossent pour lui ?
— Ne me faites pas rigoler. Il sait et je sais. Personne d'autre. Et croyez-moi, y a peu de chances que je vous dise qui c'est. Autre chose : lorsque vous aurez eu l'oseille, vous ne me reverrez plus. Si vous gagnez des sommes supplémentaires avec la suite de notre liste, c'est quelqu'un d'autre qui vous donnera l'argent.
— Je ne veux pas vous revoir, en effet.
— Et autant que vous sachiez ça, aussi : Tassone n'est pas mon vrai nom.

Un fantôme de sourire passa sur les lèvres de Charon. Il regarda son interlocuteur qui buvait son café.

Un instant plus tard, il tendit à Tassone un petit bout de papier jaune.

— Vous en aurez besoin pour récupérer la camionnette. Mercredi de la semaine prochaine. Dans un garage de Philadelphie.

Il lui donna l'adresse.

— L'argent ? s'enquit Tassone. Quand et où ?
— Chez moi, au Nouveau-Mexique. Dans une semaine à compter d'aujourd'hui. Vous serez seul.
— Je comprends. (Tassone soupira.) Vous pensez vraiment pouvoir le faire ?
— Ouais.
— Quand ? Mon gars veut savoir.
— Lorsque je serai prêt. Pas avant. (Tassone ouvrit la bouche pour parler, mais Charon poursuivit :) Il n'aura pas trop longtemps à attendre.

La camionnette était immatriculée en Pennsylvanie. Charon sortit du parking et prit la direction de la I-70 Est. Le véhicule était neuf — il n'y avait que cinq cent vingt et un kilomètres au compteur — et on avait fait le plein. Charon avait enfilé ses gants de conduite. Quarante kilomètres après Breezewood, il entra dans le Maryland.

Chaque fois qu'il pouvait, il roulait à quatre-vingt-dix à l'heure. Mais sa vitesse diminua lorsqu'il franchit la montagne, pourtant pas très haute, à l'est d'Hagerston — là, il fut incapable de dépasser les soixante à l'heure, sur la voie de droite. Dans la descente, il resta en troisième pour éviter de chauffer les freins.

A Frederick, il prit la I-270 en direction de Washington. Il n'y avait pas beaucoup de circulation, et il roula tout le temps sur la voie de droite.

Le local qu'il avait loué la semaine précédente pour entreposer son matériel était situé dans le nord-est de la ville. Il connut un mauvais moment lorsqu'en voulant faire reculer sa camionnette dans l'espace étroit entre les deux immeubles, il abîma un angle du mur. Il examina les dégâts — négligeables, Dieu merci — et recommença. Cette fois, il réussit à amener le véhicule directement devant la porte du garage.

La clé accrochée avec celle du contact ouvrait l'arrière de la camionnette. Charon déchargea le matériel avec précaution, mais le plus rapidement possible. Il n'en fit l'inventaire que lorsqu'il eut redescendu la porte du garage.

Quatre revolvers, des fusils, des munitions, des médicaments, de la nourriture, de l'eau minérale, des vêtements et des grosses boîtes vertes avec « U.S. Army » inscrit au pochoir. Il les ouvrit et en inspecta le contenu. Puis il s'intéressa au reste et examina tout avec soin.

Une demi-heure plus tard, il se glissa derrière le volant de la camionnette et manœuvra en faisant très attention pour quitter la ruelle entre les immeubles d'entrepôts.

Il se dit que, finalement, les choses n'allaient pas trop mal. Tout était là, comme il le fallait. La difficulté, c'était de tout réaliser à temps et dans l'ordre. Pourtant, oui, c'était *fai-sa-ble*. Il s'agissait maintenant de ramener cette camionnette à Philly et de récupérer la voiture.

Henry Charon avait le sourire au moment où il s'engagea sur la bretelle de la I-95 Nord. Ce serait la meilleure chasse de son existence.

Chapitre onze

Jack Yocke, l'air morose, tapotait au hasard sur son clavier, lorsque Ott Mergenthaler vint s'asseoir un instant au bord de son bureau, une feuille à la main.

— J'ai lu ton article, dit Ott. Sur le meurtre de Jane Wilkens dans la cité Jefferson.

— Humm...

— C'est un bon papier. Très bon.

— Ils ne vont pas le publier maintenant. Ils vont le mettre au frigo pour un dimanche où ils auront besoin d'un bouche-trou. S'ils le publient jamais.

— N'empêche que c'est un bon papier.

— Trop d'histoires de meurtre, c'est mauvais pour un journal, tu sais ça ? Les mères de famille de Bethesda n'ont pas envie de lire ce genre de merdes. N'importe comment, la Maison Blanche et les journalistes politiques prennent toute la place disponible. Qu'est-ce qui pourrait être plus important, de toute façon, que l'opinion soigneusement manipulée du sénateur Horsebutt[1] sur ce que doivent faire les Soviétiques pour avoir droit à l'aide américaine ?

— Sur quoi tu bosses, aujourd'hui ?

— Oh ! j'essaie juste de mettre la main sur quelqu'un, chez les flics, à la DEA ou au FBI, ou au Bureau fédéral des banques de prêts[2] qui me dira qu'il y a un rapport entre l'assassinat de Harrington — c'était le chef caissier de la Second Potomac — et celui de Judson Lincoln. Lincoln dirigeait ici, en ville, une chaîne d'établissements de compensation de chèques qui, apparemment, vient juste d'être vendue à une société dont personne n'a jamais entendu parler.

— Qu'est-ce qui te fait croire que ces deux meurtres sont liés ?

— Les deux hommes ont été descendus à peu près à quatre heures d'intervalle, et manifestement par des professionnels. Tous les deux

---

1. Cul-de-cheval. (*N.d.T.*)
2. L'institution chargée de surveiller la gestion des caisses d'épargne. (*N.d.T.*)

étaient dans la finance. Harrington blanchissait de l'argent. C'est une coïncidence, peut-être. Mais je sens quelque chose.

— Les pros, qu'est-ce qu'ils disent ?

— Rien. Absolument rien. Ils m'écoutent et ils grognent : « Pas de commentaire. »

— Quelle autre nouvelle ?

— Le monde continue à tourner.

— Ça, c'est pour la une.

— Ce torchon mérite de véritables journalistes. Pas des types dans mon genre spécialisés dans le sang et les tripes, mais plutôt des fouilleurs de merde qui rapporteront les *vraies* informations, du style : qui le sénateur Horsebutt baise-t-il le mardi soir ? Avec, en prime, l'avis de son toubib sur la façon dont il se débrouille. Et faudrait peut-être aussi un petit génie qui dresse une liste des noms, des mensurations et des résultats des meilleures putes des États-Unis. Pourquoi gribouille-t-on des articles sur des problèmes d'eaux usées alors qu'on pourrait s'en prendre à des trous-du-cul riches et célèbres, et augmenter nos chiffres de vente ?

— Détends-toi un peu, et arrête de te lamenter sur ton sort.

— Je pleurniche, je sais. (Yocke s'étira et sourit.) Mais s'apitoyer sur soi-même apaise une âme torturée, Ott. Tu devrais essayer ça, des fois.

— J'ai renoncé à ce truc-là le jour où j'ai cessé de fumer.

— Et à quel moulin à vent t'es-tu attaqué aujourd'hui, Ott ?

— Je ne vois pas ma chronique exactement comme ça, Sancho. Mes efforts littéraires, et leur légendaire efficacité, sont vraiment le cœur de ce journal dont tu prétends avec tant d'irrespect que c'est un torchon, ce journal qui, soit dit en passant, te verse un salaire généreux que tu ne mérites pas.

A ces mots, Mergenthaler se leva, abandonna sur les genoux de Yocke la feuille avec laquelle il jouait en arrivant, et s'éloigna. Yocke la déplia. C'était sa chronique du lendemain, sur trois colonnes.

D'après des sources anonymes du ministère de la Justice, les dépositions contre Chano Aldana ne tenaient pas. Il pouvait très bien être acquitté. Ott réprimandait donc, dans son style aimable et érudit, les procureurs et les fonctionnaires de la justice qui avaient poussé un grand jury à prononcer une inculpation basée sur des témoignages peu solides et sur la foi d'autrui. Il peignait aussi un tableau joliment tourné d'une administration qui avait remué ciel et terre pour extrader de Colombie un homme qu'elle n'allait probablement pas réussir à faire condamner.

Yocke replia le papier et le balança sur une de ses piles.

La chronique de Mergenthaler dans le *Post* du lendemain aurait dû faire l'effet d'une bombe atomique de deux kilotonnes dans le bureau de William C. Dorfman, mais, curieusement, aucun membre de l'équipe présidentielle ne la vit ce matin-là. Personne, d'ailleurs, n'eut le temps de lire le moindre quotidien avant le début de l'après-midi parce qu'à 7 heures avait éclaté un coup de tonnerre : à La Havane, une nouvelle révolution cubaine battait son plein.

La veille au soir, dans la capitale, les forces armées avaient ouvert le feu sur un rassemblement de plus de quarante mille personnes protestant contre la politique de restriction alimentaire du gouvernement. On disait qu'il y aurait eu plus de cent morts et plusieurs centaines de blessés : les chiffres variaient considérablement suivant les sources. Et ce matin, une moitié de l'armée luttait contre l'autre moitié restée loyale à Castro. Un groupe d'étudiants s'était emparé de Radio Havana et annonçait l'instauration de la démocratie.

L'équipe du *Washington Post,* qui avait souvent des informations plus solides que la Maison Blanche ou le Département d'État, était au courant à 6 h 30 : il y avait à peine une heure que les étudiants s'étaient mis à chanter sur les ondes de Radio Havana « *Comunismo está muerto* ». Le communisme est mort.

Jack Yocke, lui, apprit la nouvelle à 8 h 05 au commissariat central. Il quitta l'immeuble en coup de vent et fonça au *Post.*

Il fit irruption au milieu d'une réunion dans la salle de rédaction et lança :

— Je parle espagnol !

Aucun des chefs de rubrique qui discutaient de la meilleure façon de couvrir la crise de Cuba ne parut l'entendre. Il dansa d'un pied sur l'autre. C'était sa chance, oh oui, c'était la chance qu'il attendait ! Il le *savait* !

Il se précipita alors à la recherche d'Ottmar Mergenthaler. Le chroniqueur n'était pas dans son bureau. Ah, il sortait de chez Bradlee ! Yocke l'arrêta au passage.

— Ott, je voulais te voir. Tu dois m'aider. Il faut m'envoyer à Cuba.

— Sûr, Jack. Sûr.

— Je parle espagnol. J'ai pris des cours. *Tu ne m'écoutes pas, Ott !* J'écris de bons papiers pleins de tripes et de sang. Du super-sanglant. J'ai payé ma dette en suivant depuis un bon moment les affaires de police. Qu'on me laisse tenter le coup, maintenant, je le mérite. Ott, espèce de vieil idiot, *je parle espagnol !*

— Je t'écoute, Jack. Mais je ne suis qu'un simple chroniqueur, dans ce journal, tu sais.

— Sois un pote. Retourne voir Bradlee. Bon sang, appelle Donnie Graham[1], si besoin est. Mais fais-moi envoyer dans cette foutue île !

Mergenthaler s'arrêta, prit une profonde inspiration, écarquilla les yeux. Puis il fit volte-face et repartit vers le bureau de Bradlee.

— Tu m'attends là, sacré nom de nom ! grogna-t-il lorsque Yocke se mit à le suivre de si près qu'il faillit lui marcher sur les talons.

Ooooh, mon gars, quelle chance ça va être ! pensa Jack Yocke, tout en rongeant son frein. Ses principaux atouts, c'était qu'il était jeune, célibataire, mal payé et qu'il parlait espagnol... ou, disons, une espèce d'espagnol. Callie Grafton allait probablement lui mettre la moyenne pour son premier semestre. Aucune raison, bien sûr, de fatiguer Ott ou Bradlee avec ce genre de détails sans importance. S'il partait là-bas, il n'avait aucune famille inquiète qui risquait de venir casser les pieds aux chefs de rubrique... Et effectivement, il baragouinait un peu d'espagnol, comme il le prétendait.

Un écrivain a besoin d'une guerre, au moins une et une bonne, pour devenir célèbre très vite. On mélange le sang, la merde et l'alcool, on fabrique une pommade efficace avec, et alors, bon Dieu, on est Ernest Hemingway !

Le seul problème, c'était qu'il y avait très peu de bonnes grosses guerres. Une révolution à Cuba ne pèterait pas autant le feu que la Corée ou le Viêt-nam, mais Castro n'allait pas renoncer au pouvoir tranquillement, sans se battre. Et ce serait toujours mieux que les faits divers avec les flics. Jack Yocke en était sûr. Il avait suffisamment de talent pour faire un travail solide si la chance se présentait.

Ott fut de retour deux minutes plus tard.

— C'est OK, Ben va en parler au service étranger. Vaudrait mieux que tu files chercher ton passeport, pour le cas où ils décideraient de demander un visa pour toi. Mais tu ne seras là que pour donner un coup de main à tes collègues. N'oublie pas ça, junior.

Yocke attrapa le vieil homme par les oreilles, lui fit baisser la tête et lui donna un baiser sonore sur son crâne chauve et tanné.

— Merci, Ott, lui lança-t-il en s'éloignant. J'ai une dette envers toi.

Ce jour-là, Jack Yocke s'attaqua aux problèmes au fur et à mesure qu'ils se présentèrent. Le premier se posa dès qu'il fut retourné à son appartement pour jeter quelques affaires dans un sac.

---

1. La propriétaire du *Washington Post* et directrice de publication, Katharine Graham. (*N.d.T.*)

On s'habille comment pour une révolution ? Des sous-vêtements, évidemment. Un costume et une cravate ? Peut-être. Ouais, pourquoi pas ? Des tennis, ce serait bien, des pantalons sport, des T-shirts. Cuba, c'est les Tropiques, d'accord. Mais les nuits risquent d'être froides à cette époque-ci de l'année. Peut-être un pull-over ou un blouson, alors. Des chaussettes. Il enfourna tout cela dans un sac en plastique mou, imitation cuir, et posa par-dessus un rasoir, une brosse à dents et du dentifrice.

Cuba. Amérique latine. Les bactéries de Cuba avaient certainement muté en l'espace de cinquante générations d'autochtones immunisés, et elles étaient à coup sûr devenues assez virulentes pour faire rendre les tripes à un gringo — des saletés dans le genre de celles dont les Mexicains étaient si fiers. Yocke ajouta donc à ses bagages tous les médicaments antidiarrhéiques qu'il trouva dans sa salle de bains.

Son passeport était rangé sous les mouchoirs, dans le tiroir du buffet, en haut, à gauche. Inutile d'emporter des mouchoirs.

Avec son portable en bandoulière, protégé dans son étui (il avait dû signer un reçu, au *Post*) qui se balançait à son épaule, et son sac de faux cuir qui tapait contre sa cuisse, il appela un taxi — hé, il avait droit à une note de frais ! — et il retourna au journal, plein d'une impatience inquiète. Il demanda au taxi de l'attendre, entra au pas de course dans l'immeuble et monta jusqu'au bureau des déplacements.

Essayant de toutes ses forces de dissimuler sa nervosité, il fit la queue et finit par avoir ses tickets et son argent. Ce n'était donc pas une blague, ils allaient *vraiment* le laisser partir !

Il ne commença à se sentir un peu plus tranquille que lorsqu'il fut dans le taxi qui le conduisait à l'aéroport. Il s'abandonna contre le dossier de son siège avec un grand sourire. C'était sa chance ! Tous les articles qu'il avait pondus jusqu'à présent n'étaient qu'un simple entraînement pour ce reportage-là. Et il avait confiance. Il était *prêt*.

Après avoir fait enregistrer son sac au guichet et reçu sa carte d'embarquement avec le numéro de son fauteuil, il alla sans se presser jusqu'à un kiosque à journaux et acheta une cartouche de Marlboro. Il sortit les paquets et les glissa tout autour de son portable, dans sa mallette. Heureusement, il y avait de la place. Puis il gagna le bar et regarda les dernières informations sur Cable News Network.

Pendant qu'il buvait un café dans un gobelet en papier, l'un des correspondants de CNN à la Maison Blanche assura aux téléspectateurs que le président Bush suivait de très près la situation à Cuba.

Cette déclaration avait été faite par le service de presse de la Maison Blanche, sur l'ordre de William C. Dorfman.

En réalité, en cet instant précis, le président était en train de discuter avec Dorfman et le chef du parti républicain d'une affaire autrement plus grave qu'une révolution à Cuba.

Le peuple américain avait récemment porté au pouvoir une majorité démocrate plus large à la Chambre et au Sénat, et deux députés républicains loyaux qui allaient se retrouver au chômage en janvier prochain voulaient une place quelque part.

Dorfman suggéra un poste d'ambassadeur : il cita plusieurs possibilités dans de petits pays de l'Afrique sub-saharienne. Le président du parti pensait, lui, qu'ils préféreraient peut-être devenir sous-secrétaires.

— Bon sang, qui a envie d'aller en Afrique équatoriale ? grommela-t-il.

Les trois hommes, dans le Bureau Ovale, profitaient d'un instant de détente. Ils n'étaient pas bousculés : Dorfman avait annulé une bonne partie de l'emploi du temps habituel du président pour la journée, de façon à lui permettre de suivre de près l'affaire cubaine.

A midi, George Bush descendit au bureau de crise de la Maison Blanche pour un rapide briefing. Il était revenu à midi et quart et, lorsque le déjeuner arriva, il alluma la télévision pour voir comment les médias traitaient l'événement. En province, diverses unités de l'armée restées loyales à Castro s'étaient rendues aux manifestants qui assiégeaient leurs casernes en hurlant qu'ils avaient faim. Fidel Castro avait fait une apparition à la télévision de La Havane — vingt secondes d'un enregistrement de mauvaise qualité — et s'en était pris aux « émeutes » des « contre-révolutionnaires » à la solde des impérialistes américains. Il avait annoncé que les traîtres qui s'étaient emparés de Radio Havana au petit matin avaient été capturés et passés par les armes.

— Il n'y a pas d'opposition organisée, expliqua Bush aux deux hommes. C'est juste le couvercle qui a explosé.

CNN parla ensuite de plusieurs douzaines de grosses sociétés qui achetaient d'immenses terrains disponibles en Virginie occidentale afin d'y ouvrir des décharges pour entreposer toutes les ordures de la côte est. Le président suivit le reportage tout en mangeant un BLT[1] au pain complet avec double mayo. Le gouverneur de Virginie occidentale, un démocrate, était scandalisé, mais les péquenauds du corps législatif refusaient d'interdire ce genre de décharges et même

---

1. Sandwich bacon-laitue-tomates. (*N.d.T.*)

de les réglementer. Apparemment, beaucoup d'habitants de cet État estimaient que leurs enfants et leurs petits-enfants se moqueraient complètement de vivre sur une montagne de déchets venus de New York City et de boire de l'eau contaminée par ces saletés, du moment qu'ils avaient du boulot avec les bulldozers.

— Avec des trucs pareils, on se pose des questions sur la démocratie, hein ? murmura le président des républicains. Si seulement les Russes et les Cubains savaient !

Bush termina son BLT et appuya sur sa télécommande pour éteindre la télévision. Il demanda alors au politicien ce que les démocrates pensaient de l'aide aux Soviétiques.

Ils étaient encore tous les trois en pleine discussion à ce propos lorsqu'un assistant fit signe à Dorfman depuis la porte du Bureau Ovale. Quand celui-ci s'approcha, il lui montra la chronique de Mergenthaler.

Dorfman avala trois cachets contre les douleurs d'estomac tout en parcourant l'article. Une fois sa lecture terminée, il ordonna sèchement :

— Appelez-moi Cohen.

Puis il passa dans son bureau pour prendre la communication.

— J'appelle à propos de l'article de Mergenthaler, Gid.

— Qu'est-ce qu'il y a ? répondit Cohen avec tout autant de brusquerie.

— Il y a que quelqu'un, dans votre empire, est allé lui raconter que vos gars ne vont pas réussir à faire condamner Aldana.

— C'est l'opinion de ce quelqu'un. Je ne sais pas qui c'est. Et ce n'est pas la mienne.

— Vous allez donner une conférence de presse pour démentir ?

— Démentir quoi ?

Dorfman éloigna le combiné de son oreille, et le considéra avec un air de dégoût. Si Cohen était aussi stupide qu'il en avait l'air, il n'était même pas qualifié pour engager des poursuites contre quelqu'un qui brûle un feu rouge.

— Allez-vous, oui ou non, obtenir la condamnation de Chano Aldana ?

— Je ne suis pas voyante.

— Vous voulez que je répète ça au président ?

— Si le président désire me parler de l'affaire Aldana, je serais ravi de l'informer de la situation. Nous avons des témoignages contre ce type. Des montagnes de témoignages. Nous sommes encore en train de les étudier page après page. Nous pensons qu'Aldana est coupable et nous essaierons de le prouver.

— Le président voudra vous entendre raconter ça dans un communiqué de presse.

— Vous en avez parlé avec lui ?

— Pas encore, mais...

— Si le président veut un communiqué de presse, nous en ferons un. Mais je ne le conseille pas. Si nous commençons à pondre des communiqués pour démentir les fuites, nous allons être débordés. Téléphonez-moi lorsque vous connaîtrez la décision du président.

Et à ces mots, le ministre de la Justice raccrocha.

Le président se décida pour un communiqué. Et Dorfman choisit le plus jeune et le moins aguerri de ses assistants pour rappeler le ministre et lui transmettre le message.

Lorsque Jack Yocke eut récupéré son sac sur le tapis roulant, à l'aéroport de Miami, il finit par trouver une cabine téléphonique où traînait encore un annuaire. Il releva une adresse, puis héla un taxi devant le terminal.

2422 South Davis était en plein centre du quartier cubain. Les enseignes étaient en espagnol ; des rythmes latino-américains s'échappaient des voitures. Yocke paya la course et resta un moment immobile sur le trottoir à contempler la foule grouillante. Les devantures des magasins faisaient penser au Mexique. C'était peut-être à cela que Cuba ressemblait, se dit-il, une espèce de Matamoros East, sans les touristes, les prostituées ni les sex-shops.

Les lettres noires sur la vitre de la porte, entre un magasin de vêtements et ce qui avait l'air d'une blanchisserie, avaient été peintes à la main par quelqu'un de pressé. Elles disaient CUBA LIBRE, comme le cocktail au rhum.

Jack poussa le battant et entra. Il suivit un couloir, puis grimpa une volée de marches vermoulues qui craquèrent sous son poids. En haut de l'escalier, il y avait une seconde porte, sans vitre. Il essaya la poignée. C'était ouvert.

La petite pièce était vide. Deux portes fermées, au fond, donnaient sans doute sur d'autres bureaux, à l'arrière de l'immeuble. Il entendit plusieurs personnes, des hommes et des femmes, qui discutaient en espagnol derrière l'une des portes. Il s'assit et posa soigneusement son sac et son portable sur la chaise, à côté de lui.

Il croisa les jambes et essaya de suivre la conversation. Rien à faire ! Ces gens-là ne parlaient pas espagnol comme Mme Grafton. Ils auraient dû suivre son cours.

Le téléphone sonna, encore et encore, tandis que la discussion se poursuivait, toujours aussi animée.

Et puis le silence revint. Peu après, une femme ouvrit la porte. Elle sursauta lorsqu'elle découvrit le journaliste.

— Qui êtes-vous ?
— Je m'appelle Jack Yocke. Vous êtes la secrétaire ?
— Ça fait combien de temps que vous êtes là ?

Elle avait un accent très prononcé et sa peau était d'une chaude couleur brune.

— Quelques minutes. (En réalité, cela faisait un quart d'heure.) La porte n'était pas verrouillée et... J'espère que cela ne vous dérange pas.
— Nous sommes fermés.

Un homme arriva alors du bureau et s'immobilisa sur le seuil pour examiner Yocke.

— Je ne le connais pas, dit-il à la femme.

Son accent était moins net, mais sensible tout de même. Il était mince, sans un gramme de trop. La peau de son visage était tirée et ses yeux profondément enfoncés.

Yocke prit son portefeuille et en sortit sa carte de presse. Il la tendit à la femme, avec un grand sourire.

— Jack Yocke. *Washington Post.*

L'homme s'empara de la carte avec brusquerie, et la regarda d'un air incrédule.

— Vous êtes reporter ?
— Oui. Je...
— Dehors ! Prenez votre carte. (Il la jeta à Yocke.) Tirez-vous ! Dégagez ! Tout de suite, *hombre.*

Yocke fit disparaître sa carte dans sa poche. Il arrangea lentement sur son épaule la bandoulière de son portable et ramassa son sac en plastique.

— Pourrais-je avoir votre nom pour mon reportage ? Je ne comprends pas bien l'espagnol, mais je connais *bote* et *viaje por mar* et quelques autres mots. Je sais que Santa Clara est une ville de Cuba. Et je suis capable d'additionner deux et deux.
— *Tienes las orejas grandes y la mala lengua.*
— Ouaip. Grandes oreilles et langue bien pendue. C'est tout moi.

Ils l'observèrent, bouche bée. Le téléphone recommença à sonner. Ils ne décrochèrent pas.

Retour à l'anglais :

— Que voulez-vous ?
— La même chose que vous Aller à Cuba.
— Pourquoi ?
— Je suis journaliste. Il y a une révolution, là-bas.

Jack leur fit un grand sourire.

Le téléphone sonnait toujours. L'homme et la femme se regardèrent.

— Non, dit-elle.

— *Si*. (L'homme s'écarta légèrement.) Entrez.

— Pourquoi ne répondez-vous pas au téléphone ?

— Reporters ! (Il avait craché le mot.) Ils nous ont traités comme des cinglés — c'est le mot, non ? — depuis des années, ils nous ont ignorés, et *maintenant* ils nous rendent *locos*. « Une histoire ! *Maintenant*, donnez-nous une histoire ! Parlez-nous de Fidel et de Cuba. » *Maintenant*, vous voulez verser sur nous un peu de l'encre que vous utilisez pour votre football et vos articles sur les hommes riches dingues et les femmes folles avec des gros nichons, hein ? Vraiment, *señor*, votre profession est misérable.

Il y avait deux autres hommes dans la pièce. Des Cubains. La trentaine. Maigres et nerveux. Ils étaient assis sur des chaises à dos droit et ils n'avaient pas bougé à l'entrée de Yocke. Ils se contentèrent de le dévisager. Il n'avait jamais vu des regards aussi glacés.

L'homme cadavérique qui l'avait fait entrer referma la porte derrière eux avec soin et dit :

— Mais d'abord, établissons juste votre véritable profession, *señor*.

Yocke se retourna et le fixa.

— Qu'est-ce que je pourrais bien faire comme boulot, d'après vous, si je ne suis pas journaliste ?

L'homme passa derrière le bureau et ouvrit un tiroir. Il en sortit un énorme revolver qu'il pointa sur Yocke.

— Oh, laissez-moi réfléchir. Peut-être pouvez-vous m'aider ?

Le revolver avait l'air aussi gros qu'un canon. Le trou noir de sa gueule paraissait large comme un tunnel. Jack Yocke eut un sourire nerveux. Et il était bien le seul à sourire.

— Peut-être êtes-vous un partisan de Fidel. Peut-être de la CIA. Ce sont les possibilités qui me sautent immédiatement à l'esprit. Assis !

Yocke s'assit.

— Maintenant, mettez par terre à côté de vous le sac que vous avez sur l'épaule. Placez vos mains sur la table devant vous, *señor*, et restez sans bouger comme l'homme le plus mort que vous ayez jamais vu ou, sainte mère ! je vous ferai très mort très vite.

Les deux autres qui avaient suivi la scène s'approchèrent et, tout en veillant à se placer en dehors de la ligne de mire du revolver, ils vidèrent les poches de Yocke et les retournèrent. Ils en déposèrent le contenu sur le bureau.

— Tenez-vous dans le coin, *señor*, face au mur.
Jack Yocke obéit.
Il entendit la porte s'ouvrir, et se refermer une quinzaine de secondes plus tard. Puis le bruit d'une fermeture éclair. L'étui de son portable. Ou de son sac, peut-être.

— Vous pourriez téléphoner à mon chef de rubrique au *Post* et lui demander de quoi j'ai l'air.

— Je sais que je ressemble à un fou, *señor*. Pour ça je blâme mon père. Mais fou, je ne le suis pas, non. Si vous êtes un *fidelista* ou un CIA, vous avez une couverture merveilleuse. Je n'en attendais pas moins. *Por favor, señor,* ne vous agitez pas comme ça ! Le bruit de ce pistolet est pénible dans une si petite pièce.

Les autres n'avaient toujours pas dit un mot. Quelques minutes plus tard, le même homme ordonna à Yocke :

— Retournez-vous.
Celui-ci s'exécuta.

Le contenu de son portefeuille était éparpillé sur le bureau. L'un des Cubains tripotait les touches de l'ordinateur, lentement, au petit bonheur mais avec attention, tout en surveillant l'écran. Le troisième fouillait les vêtements de Yocke, posés en tas par terre.

Son arme toujours à portée de la main, l'homme assis derrière le bureau ouvrit à la hâte tous les paquets de cigarettes. Puis il émietta les cigarettes, et fit deux tas — d'un côté le tabac, de l'autre le papier. Ensuite, il éventra quelques filtres, au hasard, avec ses ongles. Cela lui prit deux minutes de plus. Satisfait, il nettoya le bureau en balayant de la main tous les déchets dans une corbeille qui était à côté. Une grande partie atterrit effectivement dans la corbeille, et le reste se retrouva sur le plancher en bois.

L'homme se frotta les paumes pour se débarrasser des miettes de tabac, et il reprit le revolver, qu'il pointa de nouveau sur le nombril du journaliste.

— *Ahora, bien,* on passe aux choses sérieuses, comme vous dites. La vérité.

— Je m'appelle Jack Yocke. Je suis journaliste au *Washington Post*. Je suis parti ce matin de Washington pour me rendre à Cuba. Je me suis dis qu'aucun de mes collègues qui essayaient de gagner l'île ne penserait à y aller avec des exilés. Alors j'ai pris un vol pour Miami, et j'ai consulté l'annuaire. J'ai regardé à la rubrique « Cuba » et j'ai trouvé l'adresse de Cuba Libre. J'ai appelé un taxi. Et me voilà. C'est ça, la vérité.

L'homme le dévisagea. Les deux autres terminèrent leur fouille et l'observèrent aussi.

— On n'a pas le temps de s'amuser. On a des choses à faire.

— Emmenez-moi avec vous à Cuba, s'il vous plaît. Je vous le demande aussi gentiment et aussi poliment que j'en suis capable.

— Qu'est-ce qui vous fait penser que nous voulons aller à Cuba ?

— S'il vous plaît, monsieur, ne me faites pas souffrir pour le plaisir ! Certains Cubains *doivent* forcément y retourner ! Et si c'est pas vous, qui alors ? Faut que je parte pour Cuba d'une façon ou d'une autre. Qu'est-ce que vous voulez que je fasse, bon sang ? Que je loue un avion et que je saute en parachute ? Merde ! Mon journal veut des articles sur Cuba et il m'envoie *moi* pour en avoir. Je n'écrirai rien sur vous, je ne mentionnerai pas vos noms sans votre autorisation. Est-ce que c'est ça qui vous inquiète ? Vous pouvez rester une « source confidentielle ». Je vous demande seulement de m'aider. Mais de toute façon, avec ou sans vous, je vais à Cuba.

Les trois Cubains échangèrent un regard, mais ils restèrent silencieux.

Plusieurs secondes s'écoulèrent, puis l'homme qui était derrière le bureau rangea son revolver dans le tiroir et fit un geste vague.

— Vos affaires. (Il secoua la tête.) Y a qu'en Amérique que...

Il s'appelait Hector Santana. Il ne présenta pas les deux autres, mais Yocke apprendrait leurs noms plus tard : Jesús Ruiz et Tomás García. Tous les trois, ils discutèrent un instant à voix basse, dans un coin de la pièce, puis Santana lui fit face à nouveau.

— Vous devez savoir qu'il y a du danger. Beaucoup de danger. Nous allons par mer. Nous devons éviter vos gardes-côtes, qui surveilleront les bateaux en partance pour Cuba, et nous devons éviter la Marine cubaine. Si nous sommes pris par les Américains, nous aurons de graves ennuis. Si nous sommes pris par les Cubains, nous serons morts.

— Je comprends. Je veux y aller.

— Vous dites ça si facilement, si légèrement ! Une promenade en pédalo sur un lac ! Vous risquez votre vie pour l'amour d'un patron, pour écrire une histoire pour un journal ?

— Eh bien, cela paraît un peu stupide, c'est vrai, quand vous présentez les choses comme ça, mais oui, je...

— Vous êtes un *fou*.

— Vous pouvez vous retrouver tout aussi morts que moi.

— Ah ! mais nous nous battons pour notre pays. Pour *Cuba*. Vous, vous risquez votre vie pour de l'argent, pour la gloire. Et ça, ce n'est rien. De la fumée. Vous êtes fou.

— Vous m'avez informé des risques. Vous m'avez fait part de votre opinion. Je suis toujours décidé à partir si vous voulez bien m'emmener.

Santana haussa les épaules.

— Vous devrez rester avec nous et ne passer aucun appel de téléphone. Vous pourrez joindre qui vous voudrez, partout où vous voudrez quand nous serons à La Havane, si les téléphones marchent là-bas. Pas avant.

— Ça me semble raisonnable.

— Et, bien sûr, nous retenons votre promesse de discrétion. Pas d'articles à propos de nous. Pas de noms. Jamais. Vous devez le jurer.

— Je le jure. Quand serons-nous à La Havane ?

Vers minuit, les trois hommes, avec Jack Yocke coincé sur le siège arrière, rejoignirent en voiture une marina. Il pleuvait sans interruption. Yocke ne sut jamais où se trouvait cet endroit, car les Cubains lui avaient bandé les yeux. On l'aida à descendre du véhicule et à franchir une passerelle glissante, où il s'avança en trébuchant, son portable en bandoulière. Ce fut seulement lorsqu'il se retrouva dans une petite cabine qu'on l'autorisa à ôter son bandeau. Son escorte l'abandonna, en prenant soin de refermer la porte derrière elle.

Le moteur du bateau tournait déjà, une pulsation étouffée qui faisait vibrer le sol et les cloisons. Yocke resta assis quelques minutes dans l'obscurité, puis il essaya le bouton de la porte. Verrouillé. Il y avait un hublot, mais il ne vit que l'eau noire et des lumières qui scintillaient.

Quelques minutes plus tard, leur embarcation avait levé l'ancre. Le plancher s'inclina, les vibrations changèrent d'intensité et le bruit augmenta. Yocke regarda sa montre. Minuit quarante-six.

Il se demanda quelle pouvait être la taille de ce bateau. Il décida qu'il n'était pas si petit que cela, mais qu'il ne s'agissait pas non plus d'un gros navire. Il changeait de direction trop rapidement. Yocke s'allongea sur la couchette, dans la nuit, et essaya de dormir.

Au bout d'une demi-heure à peu près, les mouvements du bateau se modifièrent. Il commença à rouler et à tanguer plus violemment. Plus tard encore, ils changèrent une nouvelle fois et le grondement du moteur s'accentua. Le tangage et le roulis étaient plus nets et plus rapides.

La journée avait été longue. Jack Yocke s'endormit.

Il se réveilla à un moment indéterminé. La mer battait contre la coque et le moteur vibrait avec force. Les Cubains ne le ménageaient pas. Yocke se cala dans la couchette et, une minute plus tard, il replongeait dans le sommeil.

Hector Santana le secoua pour le réveiller à 5 heures du matin.

— Vous pouvez monter sur le pont, maintenant.

Le bateau tanguait toujours avec enthousiasme. C'était pire que lorsque Yocke s'était endormi, mais pas aussi affreux que quelques heures auparavant. Criant pour couvrir le bruit du moteur, le journaliste demanda :

— Où sommes-nous ?

— Juste au large d'Andros Island.

— Dans le Gulf Stream ?

— On l'a traversé. A ce moment-là, notre promenade a été plus mouvementée.

Les seules lumières, sur le pont, venaient de plusieurs petites lampes rouges au-dessus de la carte marine et de l'habitacle, devant le timonier. La pluie avait cessé. Le bateau était en fait un énorme cruiser. Ici, comme on se trouvait beaucoup plus haut, par rapport au niveau de la mer, les mouvements étaient encore plus prononcés. Yocke s'accrocha à une main courante.

Le bateau laissait derrière lui un sillage blanc, fantomatique et rectiligne, qui disparaissait dans l'obscurité immense et absolue de la mer. Aucune étoile, aucune lumière dans l'univers qui les entourait.

Yocke entendait la radio ; un présentateur parlait espagnol. Lorsque ses yeux se furent habitués à la nuit, il distingua, mais tout juste, les silhouettes de trois ou quatre hommes rassemblés autour de l'appareil.

— Comment va la révolution ? demanda-t-il.

— On se bat dans les villes. Une grande partie de l'armée est toujours loyale à Fidel.

— Où accoste-t-on ?

— Caibarién.

— Quand ?

— Demain matin, avant le lever du jour.

— A quelle vitesse allons-nous ?

— Vingt-huit nœuds.

Un moment plus tard, Yocke demanda encore :

— Ce bateau vous appartient ?

— A un ami.

— C'est sympa de sa part de vous permettre de l'utiliser pour un voyage pareil.

— Il fera une déclaration de vol ce soir.
— Pourquoi retournez-vous à Cuba ?
— C'est mon pays.

Yocke glissa jusqu'à une autre main courante. A présent que ses yeux s'étaient faits à l'obscurité, il voyait le visage de Santana.

— Ho-ho ! Moi, hier soir, je vous ai expliqué pourquoi je voulais y faire un tour, mais vous n'avez pas jugé utile de me dire pourquoi vous et vos copains vous vous y rendiez. Et je n'ai pas insisté.

— Nous avons remarqué. Très bonnes manières pour un journaliste. Tomás pensait *trop* bonnes. J'ai dit non. Il est *diplomático*, j'ai dit. Finalement, Tomás a été d'accord.

— Peut-être que vous pouvez me répondre maintenant ?
— Peut-être plus tard. On verra. Si vous êtes toujours vivant.

A ces mots, Santana disparut à l'intérieur du bateau.

Chapitre douze

Le noir de la nuit céda enfin la place au gris ardoise de l'aube. Un ciel gris au-dessus d'une mer grise. En raison du brouillard, la visibilité ne dépassait pas un kilomètre. Pas d'autre navire dans les environs, pas de terre non plus — rien que de la grisaille dans toutes les directions.

L'homme de barre réduisit la vitesse ; le bateau, qui n'avançait plus qu'à deux ou trois nœuds, se mit à rouler et à tanguer mollement. Sur la dunette basse, derrière la passerelle surélevée, les autres passagers amorçaient leurs lignes avec de petits poissons et les fixaient pour pêcher à la traîne. L'un d'eux grimpa sur la plate-forme de pêche. Jack Yocke préférait ne pas être là-haut, car les mouvements du bateau devaient y être beaucoup plus sensibles.

On apporta des sandwiches et du café. Yocke avala deux bouchées et comprit immédiatement qu'il venait de commettre une erreur. Il vomit par-dessus le bastingage et le vent transporta une certaine partie du contenu de son estomac jusqu'aux hommes qui surveillaient leurs lignes, assis sur la dunette. Ils le prirent d'abord assez mal, puis se mirent à rire.

— Descendez et allongez-vous, lui conseilla Santana.

Yocke était de retour sur le pont deux minutes plus tard et il recommença à vomir. Dans la cabine, les mouvements du bateau étaient impossibles à supporter.

Il finit par s'étendre sur le pont avant. Il rampait jusqu'au bastingage pour vomir, puis il se couchait de nouveau sur le dos, et attendait.

Les heures passèrent. Depuis longtemps, il ne vomissait plus que de la bile.

Bon sang, qu'il se sentait mal ! De temps en temps, il entendait les Cubains, sur le pont, qui se moquaient de lui. Mais il s'en fichait. Oh oui ! il se fichait totalement de mourir — ici et maintenant. Car rien n'aurait pu être pire que ça !

A un moment, il perçut le bruit d'un avion. Un jet. Oh, être là-haut, installé dans un siège stable et confortable qui ne danserait pas, ne roulerait pas, ne monterait pas et ne descendrait pas sans fin, en haut, en bas, en haut, en bas...

Comme il n'y avait absolument plus rien dans son estomac, désormais, il se roula en boule dans une position fœtale et les haut-le-cœur succédèrent aux haut-le-cœur.

Il se jura de ne plus jamais voyager sur l'eau nulle part. De ne plus jamais mettre le pied sur quelque chose qui flottait — bateau, navire, ferry, chaland, goélette, sloop. Quand il ne pourrait pas prendre l'avion ou le train, eh bien tant pis, il ne partirait pas.

Lorsqu'il se sentit finalement un peu mieux, il était plus de midi à sa montre. Il s'assit et regarda la mer. La visibilité était meilleure — on y voyait peut-être à cinq ou six kilomètres, maintenant — et quelques rayons solaires réussissaient à se faufiler dans les trous de la couverture nuageuse ; à ces endroits-là, la mer était d'un bleu étincelant. La lumière qui se reflétait sur l'eau lui fit mal aux yeux. Il se leva et, titubant au bord du pont en se cramponnant de toutes ses forces au bastingage, il vint jusqu'à la passerelle. Comment avait-il réussi à gagner l'avant du bateau alors qu'il était si mal en point ?

— Buvez ça. C'est de l'eau, dit Santana.

Yocke obéit.

Il était toujours nauséeux, mais ce n'était rien en comparaison de son état quelques heures plus tôt.

Il put enfin examiner sérieusement ses compagnons ; ils étaient cinq, sur le pont. Santana, les deux de la veille à Miami — Jesús Ruiz et Tomás García —, et deux autres dont il n'aurait jamais l'occasion de connaître les noms. Ruiz conduisait le bateau, et García restait l'oreille collée à une radio à ondes courtes. Yocke put l'observer de près pendant quelques minutes tandis qu'il faisait défiler avec soin les différentes fréquences de la bande VHF.

Santana surprit Yocke en train de regarder par-dessus l'épaule de García.

— Cet avion, il y a deux heures, était un garde-côtes américain. Ils nous ont vus avec leur radar, mais ils ne nous ont pas identifiés. Ils ont transmis notre position, bien sûr, et ils sont vite rentrés à leur base à Miami. Celle-là a sans doute fait passer l'information aux deux vedettes qui sont quelque part là dans le coin.

— Où ça ?

— J'aimerais le savoir.

— Nous avons changé de route après le passage du jet ?

— Oui. Maintenant nous allons au nord-est, vers Andros Island.

— Pourquoi s'en faire ? Nous sommes en pleine partie de pêche.

— Oui, acquiesça Santana.

Automatiquement, son regard se porta sur les cannes et l'angle des lignes.

— Ça ne mord pas, on dirait? dit Yocke, en le suivant des yeux.

— On a eu une touche avec quelques thons, ce matin, pendant que vous étiez malade. Maintenant, on ne retire plus que des hameçons nus.

— Peut-être qu'on devrait essayer d'attraper quelque chose?

— On n'a pas de carburant à perdre dans une bataille avec le poisson. Et le poisson serait tué sans raison : ça serait un péché, ajouta Hector Santana en jetant un coup d'œil à son interlocuteur.

Jack Yocke écouta les nouvelles d'une station américaine, qui diffusait ses programmes tantôt en espagnol, tantôt en anglais, et il observa les hommes qui l'entouraient. Il évita de leur parler et aucun d'eux non plus ne s'approcha pour discuter avec lui, sauf Santana.

Les Cubains restèrent agglutinés autour de leur radio tout l'après-midi ; ils rongèrent leur frein, chacun à sa façon. La révolution battait son plein, des gens qu'ils connaissaient et qu'ils aimaient étaient en train de risquer leurs vies, et eux, ils étaient là, assis sur le pont d'un bateau de quinze mètres de long, sur une mer immense et vide, à n'aller nulle part à trois nœuds à l'heure.

Yocke était tout aussi impatient qu'eux. Il se rappela à lui-même que son intérêt était strictement professionnel. Et puis, bon, cette histoire valait la peine aussi, car il avait toujours encouragé de toutes ses forces les opprimés, et pourtant, d'une façon ou d'une autre, cette pensée lui donnait un sentiment de culpabilité — et cela l'ennuyait. Après tout, ce n'était pas de sa faute s'il n'était pas cubain et si cette île était devenue le paradis des ouvriers agricoles pauvres et affamés grâce à la magnifique générosité du « Lider Maximo »! Fidel Castro avait été le saint des Cubains pendant trente et un ans, une version canne à sucre de George Washington, Marx, Lénine, Staline et saint Paul réunis, habillé en grand tralala dans ses treillis militaires et débitant un baratin révolutionnaire que la majorité des Cubains gobait, ou au moins tolérait. Il avait fallu attendre l'interruption de l'aide soviétique et la menace de la famine pour voir enfin le peuple cubain sortir son double décimètre et vérifier combien Fidel mesurait vraiment.

Vers la fin de l'après-midi, Yocke vomit de nouveau, mais ensuite ses nausées cessèrent à peu près. Bien que faible et déshydraté, il se sentait mieux.

A la tombée du jour, la visibilité augmenta de manière significative. Juste avant la nuit, Yocke aperçut la terre au nord-est et à l'est, une simple ligne sombre sur l'horizon, à environ une quinzaine de kilomètres. La distance était difficile à estimer, et il ne posa pas la question. Quand il n'y eut plus assez de lumière, les deux hommes, sur la dunette, remontèrent les lignes et rangèrent les cannes à pêche.

Lorsque la nuit les enveloppa complètement, et que les lueurs rouges de l'habitacle et de la table de la carte marine furent de nouveau les seules lumières de l'univers, Santana dit quelque chose à l'homme de barre. Celui-ci fit tourner le gouvernail et poussa les deux accélérateurs jumeaux. La proue se redressa tandis que les hélices mordaient la mer.

Avec Santana penché sur la carte et Ruiz à la barre, le bateau se glissa dans la nuit. García tripotait le loran[1] et les deux autres faisaient le guet.

Yocke se tenait à l'écart, sur le pont arrière, hors de portée des murmures échangés par les Cubains, et il observait ce qui l'entourait. Il fut ainsi le premier à repérer les faibles éclats de lumière dans l'obscurité, un peu à gauche de leur route, et il prévint Santana.

Ruiz coupa les gaz. Le bateau se mit à monter et descendre doucement au rythme de la houle. Santana pointa dans la direction des lumières une lampe électrique dont il avait protégé la tête avec un cône de papier, il l'alluma et l'éteignit à plusieurs reprises. Lorsque, là-bas en face, des signaux lumineux lui répondirent, Ruiz redémarra.

Environ cinq minutes plus tard, et après une autre discussion animée au-dessus de la carte, les Cubains stoppèrent le moteur. L'un d'eux alla à l'avant pour jeter l'ancre.

Se balançant dans la nuit, ils attendirent. Yocke entendait le petit bruit des vagues qui se brisaient sur une plage. Ou peut-être sur des rochers.

Santana vint un instant à côté de lui.

— Soyez silencieux, lui murmura-t-il. Restez ici sur le pont. S'il y a un ennui, couchez-vous et ne bougez pas.

Et pour donner davantage de poids à son message, il tapota doucement le bras du journaliste avec un revolver.

Yocke observa la scène. García remonta des cabines avec un fusil et alla se poster à l'avant de la passerelle. L'homme qui se tenait à l'arrière avait lui aussi un fusil, ou peut-être une mitraillette. Yocke y voyait mal, car la faible lumière des étoiles jouait à cache-cache avec les trous de la couverture nuageuse.

Une vingtaine de minutes s'écoulèrent. Trente. Ruiz murmura quelque chose à Santana à propos de l'heure.

---

1. Système de radionavigation. *(N.d.T.)*

Yocke ne s'aperçut qu'ils n'étaient plus seuls qu'au moment où le second bateau vint cogner contre leur coque. Plusieurs hommes montèrent à bord. Après une brève discussion, tout le monde — sauf Ruiz — se mit au travail.

Cela dura à peu près un quart d'heure, du moins ce fut ce qu'il sembla à Yocke. De lourdes caisses passèrent de l'autre bateau au leur, puis furent descendues avec beaucoup de soin dans les cabines. Plus de vingt. Peut-être trois douzaines.

Dès que ce fut terminé, la seconde embarcation s'éloigna dans l'obscurité. Quand Ruiz fut sûr qu'elle s'était suffisamment écartée, il fit redémarrer le moteur puis descendre les hélices et il tira doucement et régulièrement sur les manettes des gaz qui touchèrent bientôt le butoir avant ; l'étrave bondissait au-dessus des vagues et retombait en frappant sur les suivantes. Yocke s'accrocha à la main courante.

Un moment plus tard, Santana et les autres remontèrent sur le pont, où ils se mirent à rire et à plaisanter. Ils avaient l'air de bonne humeur. Une bouteille circulait à la ronde. Santana, finalement, s'approcha de l'endroit où Yocke était assis et la lui tendit.

Yocke refusa.

— Mon estomac.

— Je comprends. Peut-être quand nous atteindrons Cuba.

— Qu'est-ce qu'il y a dans ces caisses ?

— Vous n'avez pas besoin de le savoir. Vous êtes juste un auto-stoppeur non invité, vous vous en souvenez ?

— C'est étonnant comme votre accent change.

— Les accents sont utiles. Ils sont comme les vêtements. Ils habillent la voix.

— En vous regardant charger ces caisses, j'ai finalement compris à quel point j'ai été fou.

Santana inclina la bouteille, puis il essuya ses lèvres avec sa manche.

— Bon, dit-il. C'est du progrès. Beaucoup de fous vivent leur vie entière sans connaître jamais la sagesse. (Il rota.) Je crois qu'il ne reste plus qu'une gorgée. C'est peut-être la dernière.

Yocke prit la bouteille et la termina. Il sentit la brûlure du rhum descendre jusqu'à son estomac. Il prit son élan et lança la bouteille vide aussi loin que possible dans la mer. Il ne vit pas la gerbe qu'elle fit sans doute en touchant l'eau.

— Aucun d'entre nous ne le sait, n'est-ce pas ? murmura-t-il.

— C'est vrai.

Santana acquiesça avec une certaine chaleur, puis il l'abandonna pour aller examiner la carte, jouer avec le loran et discuter un instant à voix basse avec Ruiz et García.

Quelques minutes plus tard, García s'installa confortablement en face de Yocke. Il n'avait pas quitté son fusil. Il le posa sur ses genoux.

Les heures s'écoulèrent. A certains moments, la mer était calme, à d'autres mouvementée, mais les manettes des gaz restèrent collées à leur butoir — vitesse maximum. Ruiz ne touchait la barre que pour garder le cap. Et il avait à faire. Au bout de quelques heures, Santana le remplaça et il descendit dans les cabines. García fumait sans bouger.

Lorsque Ruiz revint, à minuit, Yocke demanda à Santana s'il pouvait aller chercher ses affaires. Santana préféra y aller à sa place.

Yocke enfila un sweat-shirt, puis un pull. Utilisant alors son sac comme oreiller, il s'allongea sur le pont.

A son réveil, il eut conscience que le bateau ne roulait pas comme avant. Il avançait maintenant directement face aux vagues, et tanguait avec violence; son moteur tournait toujours à plein rendement.

Tous les hommes étaient sur le pont et regardaient la mer à bâbord. Yocke les rejoignit et essaya de percer les ténèbres. A côté de lui, García montra quelque chose du doigt.

Devant eux, il y avait une lumière blanche, en tête de mât, à peine visible. Et une seconde lumière, un peu au-dessous.

— Patrouilleur cubain, dit García.

— Il nous a vus?

— *Si*. Je pense que oui.

Yocke rejoignit Santana, à côté de l'homme de barre. Il était en train d'étudier la carte.

— Quelle est notre position? demanda Yocke.

— Ici. (Santana planta son doigt sur un endroit qui devait se trouver à une quinzaine de kilomètres de la côte nord de Cuba. Il ajouta :) Le patrouilleur, il nous suit sur son radar.

— Vous pourriez lui échapper en filant vers l'est.

— Non. On a capté aussi des signaux radar à l'est. Il y a un autre patrouilleur par là-bas, mais plus loin. Nous allons essayer de passer entre les deux.

— Vous avez un détecteur de radar?

— Oui. Un de vos appareils américains, modifié pour recevoir différentes fréquences. Il fonctionne pas mal.

— Qu'est-ce que vous allez faire, alors?

Yocke regarda de nouveau les lumières, sur l'horizon. Était-il le jouet de son imagination ou le bateau cubain s'était-il rapproché?

— Nous n'avons pas beaucoup de possibilités.
— Pourquoi ne pas faire demi-tour et filer vers le nord ?
Santana consultait toujours sa carte.
— Ce serait sûrement mieux que de se faire tuer, ajouta Yocke.
— Allez vous asseoir. Enlevez-vous du passage.
Yocke n'eut pas besoin de se l'entendre dire deux fois.
Après une rapide discussion autour du gouvernail, tous les hommes disparurent à l'intérieur du bateau, excepté Santana qui prit la barre.
Yocke surveillait les lumières — qui étaient *vraiment* plus près, maintenant —, lorsqu'il vit l'éclair. Santana le vit aussi et il tourna immédiatement le gouvernail. Le nez du bateau vira à bâbord. Yocke entendit le grondement du projectile qui passait au-dessus d'eux et, un instant plus tard, le « plouf » quand il toucha l'eau, puis, enfin, le vacarme de l'explosion.
Santana tourna de nouveau le gouvernail. A tribord, cette fois. Il le stabilisa à trente degrés environ de l'axe initial de sa route. Le tir suivant fut trop court, bien que plus proche.
Les étoiles semblaient plus brillantes. Yocke jeta un coup d'œil à sa montre. Cinq heures du matin passées de quelques minutes. Il regarda vers le sud. Des lumières. Des villes, peut-être. Ou des villages. Cuba. Mon Dieu, ils allaient être obligés de nager longtemps ! Et les requins... ces eaux grouillaient de requins.
Il se posait des questions sur les courants lorsqu'il aperçut le troisième éclair. La canonnière cubaine était nettement plus proche.
Cette fois, l'obus tomba juste devant le bateau.
— Le prochain sera le bon, dit Yocke, assez fort pour que sa remarque ne passât pas inaperçue de Santana.
— Priez, répondit celui-ci.
Les autres Cubains réapparurent sur le pont. Deux se placèrent à l'avant, et deux côté bâbord de la passerelle. Chacun d'eux portait un tuyau noir sur l'épaule, quelque chose qui ressemblait à un bazooka de la Seconde Guerre mondiale.
— Revenez ici, Yocke ! A côté de moi ! ordonna Santana.
Puis il cria à ses compagnons :
— Prêts ?
— *Si. Adelante !*
Santana fit tourner le gouvernail et le bateau gîta dangereusement à tribord, tandis que son nez venait à bâbord. Son cap s'était modifié d'environ quarante-cinq degrés lorsque la canonnière fit feu de nouveau. Santana continua à tourner jusqu'à ce qu'il se

retrouvât à dix ou quinze degrés au sud du patrouilleur, sur lequel il fonçait maintenant à pleine vitesse.

— Attendez encore un peu! cria-t-il à ses camarades.

Ici, les vagues étaient plus petites et moins rapprochées les unes des autres, car on était à l'abri de Cuba, et leur bateau filait donc avec davantage de stabilité.

Yocke regarda par la vitre de la passerelle et essaya d'estimer la distance. Devant lui, sur le pont, les deux hommes s'étaient allongés et se tenaient sur les coudes, leur tube sur l'épaule, pointé vers la canonnière.

Celle-ci tira encore. Santana fit une embardée à bâbord, ce qui plaça l'autre bateau juste devant leur proue. A l'instant précis où Yocke décida que la Marine cubaine avait une nouvelle fois raté sa cible, la plate-forme qui surplombait la passerelle explosa; une multitude de débris retombèrent en pluie sur la dunette.

Santana donna un coup aux manettes et mit le moteur au point mort.

— Ils vont nous avoir avec le prochain! hurla Yocke.

— Tout le monde couché. Protégez-vous!

— Ils vont nous tuer! hurla encore Yocke à Santana.

Le calme de Santana le mettait en fureur.

— Ils ne sont pas encore à portée de tir.

— Oh, bordel! murmura Yocke, en se jetant sur le pont.

Plusieurs secondes s'écoulèrent. Par miracle, l'explosion suivante ne venait pas. Yocke restait allongé sur le ventre et attendait; il était couvert de sueur. Lorsqu'il sembla finalement que le tir était terminé, il se mit à genoux pour jeter un coup d'œil. La canonnière s'était encore rapprochée. Elle était *très* près.

Un autre éclair. Cette fois, la vitre de la passerelle, à droite de Yocke, explosa. Il sentit quelque chose le frapper au visage. Instinctivement, il se protégea avec les bras.

— Feu! cria Santana.

Ce fut l'un des hommes placés à l'arrière qui tira le premier. Un craquement, un sifflement, un énorme éclair de lumière — et le missile partit, les flammes de son système de propulsion illuminant l'eau noire.

Puis celui qui était à côté de lui tira à son tour. Une autre détonation. Un autre éclair.

Alors, les deux hommes, à l'avant, firent feu à moins d'une seconde d'intervalle.

Bien qu'à moitié aveuglé par les éclairs, Yocke essaya de suivre ce qui se passait.

L'un des missiles toucha une vague et explosa. Beaucoup trop court.

Un second frappa le bateau cubain dans un feu d'artifice, et fut suivi d'un autre dont l'impact se situa à peu près au même endroit. Le quatrième avait dû se perdre en mer.

Yocke se retourna. Les deux hommes qui s'étaient placés derrière lui descendaient l'échelle et se dirigeaient vers la porte des cabines. Santana poussa le levier de vitesses vers l'avant, et accéléra à fond. L'arrière du bateau mordit la mer.

Trente secondes plus tard, les deux hommes étaient de retour sur le pont, avec d'autres lance-missiles.

Ils s'accroupirent et attendirent.

La canonnière semblait gravement touchée. Sa proue était tournée vers le nord, et on apercevait un début d'incendie à bord.

Santana vira au sud pour passer à l'arrière du patrouilleur, à environ quatre cents mètres de distance, estima Yocke.

Alors qu'ils s'approchaient presque par le travers, des balles traçantes partirent de la canonnière. L'homme qui était derrière Yocke tira un autre missile. Celui-ci frappa le bateau cubain juste au-dessus de la ligne de flottaison.

Puis ils le dépassèrent et la distance augmenta rapidement entre eux.

— Mon Dieu ! C'est quoi, ces trucs-là ? demanda Yocke.

— Missiles LAW.

Yocke avait entendu parler de ce matériel, mais il n'en avait jamais vu. Armes légères antichars.

— Combien en avez-vous ?

— Pas autant que quand nous sommes partis.

— Où vous les êtes-vous procurés ?

— Vous n'arrêtez jamais de poser des questions ?

— Désolé.

Le patrouilleur brûlait, en perdition, et sa poupe s'enfonçait rapidement. Ce fut la dernière vision que Yocke en eut. Son visage lui cuisait. C'était du sang.

L'extrémité bâbord de la passerelle était en piteux état. L'obus était entré par la fenêtre et avait traversé la structure soutenant le toit. Heureusement, les matériaux avaient offert trop peu de résistance pour activer le détonateur — dans le cas contraire, tous ceux qui se trouvaient sur la passerelle auraient été réduits en charpie par les éclats de l'explosion de l'ogive. Ailleurs, la fibre de verre avait fondu lors de la mise à feu des missiles qu'ils avaient tirés.

Qu'ils aillent au diable, ces idiots !

Jack Yocke descendit à l'intérieur du bateau et retrouva la cabine où il avait dormi un moment à leur départ de Miami. Il alluma. Il tremblait comme une feuille. S'asseyant sur la couchette, il essaya de contrôler sa respiration, tandis que le sang de son menton coulait sur son pull et son pantalon.

Dix minutes plus tard, il était en train de s'examiner dans le miroir, au-dessus du petit lavabo, et d'extraire avec le coin d'une serviette les minuscules morceaux de verre plantés dans les coupures de son visage lorsque Hector Santana entra.

— Comment vous sentez-vous ?

— Vous voulez la vérité, ou une merde macho tirée d'un film de série B ? répondit Yocke.

— Comme il vous plaira.

— J'ai bien failli me chier dessus.

Santana sourit — un sourire presque malicieux, sur ce visage à la peau tendue qui faisait penser à une tête de mort.

Yocke évita son regard et se concentra pour ôter un nouvel éclat de verre d'une coupure au-dessus de son œil. Lorsqu'il eut terminé, il demanda :

— Pourquoi m'avez-vous emmené avec vous ?

— Tomás et Jesús voulaient vous tuer à Miami. Vous étiez manifestement quelqu'un d'infiltré. Et même si vous étiez un journaliste, vous pouviez parler, parler beaucoup trop, beaucoup trop tôt. Moi, je n'aime pas tuer sauf si c'est nécessaire. Alors on vous a pris.

— Vous êtes une bande de types super ! Qu'est-ce que vous auriez fait, ce soir, si vous aviez rencontré une vedette des gardes-côtes américains ? Une fois ces armes chargées à bord ?

— On aurait probablement filé.

— Mon cul ! Vous auriez tiré sur eux de la même façon !

— Pensez ce que vous voulez.

— Et si nous avions survécu à une telle rencontre, vous m'auriez éliminé.

Santana haussa les épaules.

— Beaucoup de temps, d'efforts et d'argent ont été dépensés pour acquérir ces armes. Trois hommes ont perdu la vie. Nous en avons besoin désespérément pour nous battre contre les *fidelistas*. Beaucoup d'autres vies sont en jeu. Et puis vous arrivez dans notre bureau et vous fourrez votre nez là où il ne faut pas. Vous voulez un voyage gratuit pour la révolution comme si la révolution contre Castro était une espèce de cirque. Vous voulez vous glisser sous le chapiteau ! (Il grogna.) Vous, les Américains, vous persistez à penser que le monde est un endroit bien confortable, plein de gens tranquilles et raisonnables, malgré toutes les preuves du contraire que vous accumulez.

Hector Santana aspira une longue goulée d'air et soupira profondément.

— Bonne journée, ajouta-t-il encore, par-dessus son épaule, tout en se dirigeant vers la porte.

Jack Yocke observa de nouveau son visage dans le miroir. Le sang suintait toujours de plusieurs grosses coupures.

Le bateau glissait doucement sur les eaux peu profondes d'une crique, derrière une île, lorsque le jour se leva. Les restes de la plate-forme de pêche étaient inclinés selon un angle impossible. Et l'arrière de la passerelle n'avait pas meilleure apparence dans la faible lumière grise de l'aube qu'une heure plus tôt, dans l'obscurité. Les morceaux de plexiglas carbonisés avaient la couleur du charbon.

Santana engagea le bateau dans un renfoncement du rivage, dissimulé sous les arbres. Six hommes les attendaient à cet endroit ; ils montèrent à bord et transportèrent les missiles LAW, toujours rangés dans leurs caisses olivâtres de l'armée américaine, jusqu'à un camion à peine visible dans la végétation.

Lorsque ce fut terminé, tout le monde s'entassa dans le véhicule et celui-ci s'éloigna. Seul Santana resta sur la passerelle avec Yocke.

— Bon, dit-il, c'est fait.

— Et maintenant ?

— A moins que vous n'ayez envie de nager, je vous suggère de descendre à terre. Vaut mieux emporter vos affaires avec vous. Oh ! et prenez aussi mon sac dans la cuisine. Et ça.

Santana tira le revolver de sa ceinture et le lança au journaliste, qui l'attrapa de justesse.

Tandis que Yocke, debout sur le sable, s'efforçait de se réadapter à la terre ferme, Santana fit sortir le bateau d'entre les rochers et s'avança lentement sur quelques centaines de mètres vers le large ; là, il coupa le moteur. Puis il passa à l'avant et jeta l'ancre.

Il s'activa sur l'embarcation pendant une quinzaine de minutes. Yocke, assis sur son sac, le regardait faire. Après avoir vécu pendant deux nuits et un jour avec le vacarme du moteur, le silence le mettait mal à l'aise. Il entendait des chants d'oiseaux quelque part, et le clapotis des vagues sur le rivage, mais c'était tout. Pas d'avion dans le ciel, aucun murmure de radio ni de télévision. Juste les oiseaux et la mer.

Le pistolet, dans sa main, lui faisait une drôle d'impression. Il l'examina. Smith & Wesson .357. Il n'était pas en très bon état. Sa peinture était écaillée. Mais ce qui l'étonnait surtout, c'était son poids. Il était plus lourd qu'il ne l'aurait cru. Il ne s'y connaissait guère en armes à feu et en avait rarement manipulé. En regardant dans les chambres par l'avant, il voyait les balles. Petites pilules brillantes de mort instantanée. Laideur. Tout ce qu'il détestait dans ce monde et chez les hommes était là, dans sa main.

Il posa le pistolet avec précaution sur l'étui de son portable et s'essuya les mains dans le sable.

Santana quitta le bateau avec un impeccable plongeon et se mit à nager. Le soleil était haut dans le ciel, à présent, et la mer bleu clair. Santana avançait avec aisance, en économisant ses forces.

Il était en train d'ôter ses vêtements mouillés, à côté de Yocke, lorsqu'ils entendirent une explosion sourde ; les restes de la plate-forme de pêche basculèrent lentement dans l'eau. Dix secondes plus tard, il y eut une seconde explosion, plus puissante, mais toujours étrangement étouffée.

Une foi nu, Santana ouvrit son sac. Il enfila un slip et un pantalon avant de daigner regarder leur embarcation qui s'enfonçait nettement à l'avant et donnait de la bande.

— Quelle est la profondeur, ici ? demanda Yocke.

— Dans les vingt mètres, peut-être. C'est le chenal.

— Avec une eau si claire, on verra l'épave du ciel.

— Personne ne regardera du ciel pendant quelques jours. Ensuite, ça n'aura plus d'importance. Nous serons à La Havane.

— Ou morts, ajouta Yocke.

— Vous êtes très intuitif. Votre compréhension de la situation est vraiment remarquable.

— Allez vous faire foutre !

Le pont avant avait complètement disparu sous l'eau lorsque Santana se leva et essuya le sable de son pantalon. Il remit le revolver dans sa ceinture et laissa sa chemise sortie.

— On y va, dit-il alors, en passant la bandoulière de son sac à son épaule.

Et il se mit en marche, tandis que Yocke se dépêchait de ramasser ses affaires.

Sur une dune basse, à une centaine de mètres du rivage, Yocke s'arrêta et se retourna juste à temps pour voir l'eau se refermer sur la passerelle du bateau. Hector Santana, lui, continuait à avancer sans regarder derrière lui.

— *Une campagne avec Cortés,* murmura Jack Yocke entre ses

dents. (Il déplaça la sangle de l'étui du portable pour soulager un peu son épaule et récupéra son sac.) Ou *A pied à travers Cuba,* par Jack Yocke, as des reporters et idiot de première.

Ils marchèrent pendant une heure. Yocke commença à avoir soif et il le dit. Santana ne répondit pas.

Ils avançaient sur un chemin de terre qui traversait des champs de cannes à sucre. Des deux côtés, les pousses vertes leur arrivaient à peu près à hauteur des genoux et elles ondulaient doucement au gré de courants d'air qui, hélas, ne semblaient jamais vouloir venir rafraîchir les deux marcheurs. Plus loin vers le sud — c'était dans cette direction qu'ils allaient —, Yocke voyait des nuages s'amasser au-dessus de collines basses. Des montagnes, peut-être.

— Il y a des montagnes, à Cuba? demanda-t-il.

Ils dépassèrent plusieurs cabanes désertes. Dans la cour de l'une d'elles, se promenait un vieux poulet tout maigre. Aucun autre être vivant n'était en vue.

— Où est-ce qu'ils sont tous passés ? reprit Yocke. Peut-être qu'on devrait regarder si on ne trouve pas un peu d'eau par ici, hein ? Je suis prêt à parier qu'ils doivent avoir un puits ou quelque chose. (Mais Santana poursuivait sa route sans répondre.) Elle est mauvaise, cette idée, Jack ? se murmura-t-il à lui-même, assez fort pour être entendu de son compagnon.

Cinq minutes plus tard, Jack se manifesta à nouveau :

— Hé, Hector, vous voulez bien me dire où nous allons? Si nous devons nous rendre à pied à La Havane, peut-être que j'ai intérêt à alléger un peu mes bagages. Qu'en pensez-vous?

Comme Santana ne daignait toujours pas répondre, Jack s'approcha de lui et hurla à son oreille :

— *Hé! Connard!*

— Est-ce qu'il ne vous est jamais venu à l'esprit, dit alors Santana avec patience, que si nous sommes arrêtés par des troupes cubaines, moins vous en savez, mieux c'est? Pour vous, pour moi, pour tout le monde?

Ils marchèrent encore une heure. Ils aperçurent bientôt un petit groupe de cabanes, vers lesquelles Santana se dirigea. Il s'avança dans la cour et fit signe à Yocke de s'arrêter. Puis il pénétra sous un porche et regarda à travers le rideau :

— María? Carlos?

Il disparut à l'intérieur. Yocke s'assit sur son sac, ôta ses chaussures et se massa les pieds. Un poulet tout maigre s'approcha pour l'observer. Existait-il à Cuba des poulets qui n'avaient pas que la peau sur les os?

Une vieille voiture qui disparaissait presque sous les mauvaises herbes pourrissait dans un hangar à côté de la maison. Yocke l'examina, tandis que des bribes de conversation en espagnol lui parvenaient par la fenêtre. Une ancienne Chevrolet. Quarante ans bien sonnés. Il lui restait si peu de peinture que l'on ne pouvait même pas deviner de quelle couleur elle était à l'origine. La lunette manquait. Et, manifestement, plusieurs poules avaient élevé leur petite famille sur le siège arrière.

Yocke avait oublié son mal de mer. C'était déjà quelque chose. Il était même suffisamment affamé, maintenant, pour dévorer tout cru l'un ou l'autre de ces poulets faméliques. Il en surveillait un du coin de l'œil tout en se demandant s'il réussirait à l'attraper, lorsque Santana ressortit de la cabane, accompagné par une jeune femme. Celle-ci resta à côté de Yocke tandis que Santana allait jusqu'à l'automobile, y grimpait et mettait le contact.

A la grande surprise de Yocke, un nuage de fumée bleue monta de dessous le véhicule, et le moteur démarra.

Santana sortit la voiture en marche arrière dans la cour. La femme ouvrit la portière arrière et nettoya la paille et les fientes de poules. Santana laissa le moteur tourner et redescendit.

— Voilà. C'est notre transport pour La Havane.
— Vous vous fichez de moi !
— Mettez vos affaires dans le coffre.
— Est-ce que je peux avoir un peu d'eau ?
— Dans la maison. Ils n'ont pas de nourriture, alors n'en demandez pas.

La jeune femme le conduisit à l'intérieur. Une vieille dame, assise dans un fauteuil à bascule, hocha la tête à son intention. Son hôtesse lui remplit un verre d'eau à un seau qui se trouvait dans la pièce ; il le vida et elle lui en servit un autre.

— Vous parlez anglais ? interrogea-t-il.
— Un peu.
— Comment vous appelez-vous ?
— María.
— Vous connaissez Santana ?
— Qui ?
Yocke indiqua la cour d'un signe du menton :
— Santana.
— Oh ! Pablo. (Elle sourit.) C'est mon frère.
Yocke lui rendit le verre.
— Merci. *Gracias.*
— *De nada.*

Santana les attendait dans la voiture. Yocke fit le tour du véhicule et ouvrit la portière du passager, à l'avant.

— Vous voyagez derrière, indiqua Santana, María vient avec nous.

Yocke, à son tour, nettoya la banquette du mieux qu'il put et s'installa. L'odeur des fientes de poules ne serait pas insupportable lorsqu'ils rouleraient, s'ils laissaient les vitres ouvertes. María sortit de la maison avec trois ou quatre bouteilles plastique remplies d'eau. Elle les posa dans le coffre et grimpa à côté de son frère.

Comme ils sortaient de la cour, Yocke entendit la boîte de vitesses grincer. Ou le différentiel. Ou peut-être les deux.

— Cette chose ne nous amènera jamais jusqu'à La Havane, dit-il.

— Ce tacot marche, répondit Santana.

Un ou deux kilomètres plus loin, le chemin de terre donnait sur une route goudronnée. Santana tourna à droite, vers l'ouest.

Les premières heures, la voiture fit une bonne moyenne, entre quarante et cinquante kilomètres à l'heure ; c'était une simple estimation de Yocke, d'ailleurs, car l'aiguille du compteur de vitesse restait bloquée sur le zéro. Les rares véhicules qu'ils rencontrèrent se dirigeaient vers l'ouest, eux aussi. Les gens s'étaient entassés sur les plates-formes des camions — qui transportaient habituellement les cannes à sucre —, et dans de vieilles voitures tellement chargées que leurs châssis traînaient presque par terre. Parfois, ils dépassaient aussi des groupes de gens qui marchaient à pied au bord de la route, et toujours dans la direction de l'ouest, vers La Havane.

Les champs de cannes s'étendaient jusqu'à l'horizon vers le nord et le sud ; le paysage plat ondulait et brillait au soleil. Ici et là, des cabanes s'élevaient le long de la route ; mais elles étaient désertes. Même les poulets et les cochons avaient disparu.

Deux heures plus tard, ils atteignirent une ville — c'était une vraie ville, avec de vraies rues où se pressait la foule. Il leur fallut une bonne heure pour la traverser ; Santana se penchait à sa fenêtre et hurlait à des groupes de gens agglutinés autour de postes de radio, devant leurs portes :

— *Que pasá ?*

A un moment, il expliqua à Yocke :

— Les prisons ont été vidées. Les gardiens ont refusé de tirer sur le peuple qui est venu libérer les prisonniers.

A l'ouest, la route était encombrée par les piétons — hommes, femmes, enfants, et même les vieillards et les éclopés. Et cette espèce de pèlerinage vers l'ouest continua à grossir à chaque carrefour, à chaque village.

La Chevrolet allait à peine plus vite que la masse humaine qui s'ouvrait devant elle sans se presser et se refermait aussitôt après son passage, comme l'eau dans le sillage d'un bateau.

Vers midi, leur radiateur se mit à bouillir. Ils sortirent précipitamment de la voiture et s'assirent à l'ombre, au bord de la route, tandis que le flot humain continuait à avancer lentement. Certains transportaient des poules et des canards dont ils avaient attaché les pattes. De temps en temps, on voyait un homme qui charriait un porcelet sur ses épaules.

Yocke essuya son visage avec un pan de sa chemise et alla se soulager au bord de la route. Tout le monde en faisait autant. On ne pouvait pas s'offrir le luxe d'être gêné : il n'y avait pas d'autre solution. Il se tint debout, le dos tourné à la foule, son regard erra sur les kilomètres de cannes à sucre qui s'étendaient devant lui, il respira profondément pour s'imprégner de l'odeur douceâtre qu'elles dégageaient, et son urine fit une petite tache humide sur la terre rouge.

Un camion militaire passa, qui se dirigeait lui aussi vers l'ouest. Aux soldats entassés bon gré mal gré à l'arrière s'ajoutaient des civils qui s'étaient hissés à bord, avec des volailles, des gamins et le reste. A la vue de ce véhicule qui fendait lentement la mer humaine, en crachant derrière lui des fumées de diesel, Yocke pensa à l'Arche de Noé. Il eut la vision fugitive d'une chèvre perdue au milieu des passagers et des fusils dressés.

Finalement, le moteur fatigué de la Chevrolet ne rejeta plus de vapeur. Ils vidèrent dans le radiateur les bouteilles d'eau qu'ils transportaient dans le coffre, ils revissèrent le bouchon usé, avec d'infinies précautions, puis Santana se glissa de nouveau au volant et redémarra. Le moteur tourna. Yocke reprit sa place au milieu des fientes de poules.

A la fin de l'après-midi, le radiateur rendit définitivement l'âme. Des nuages de vapeur jaillissaient du capot.

Ils poussèrent la voiture dans un champ de cannes à sucre pour dégager la route, et ils ne prirent que les affaires qu'ils étaient capables de transporter. Yocke ne pouvait pas se séparer de son ordinateur. Il sortit de son sac sa brosse à dents et son rasoir et les enfouit dans ses poches. Son passeport et son argent y étaient déjà. Il changea de chemise et de chaussettes. Et il abandonna tout le reste.

Tandis qu'il attendait les deux autres à côté de la Chevrolet, il vit approcher un autre camion de l'armée. Une jeune femme était assise sur l'aile avant gauche ; son chemisier ouvert, elle donnait le sein à son bébé ; ses longs cheveux noirs flottaient doucement derrière elle. Toute son attention était concentrée sur son enfant. La lumière du soir la nimbait d'un halo doré. Yocke resta comme pétrifié par cette vision jusqu'à ce que le camion fût loin et que la jeune madone qu'il transportait eût disparu à sa vue.

Ses compagnons avaient déjà repris leur route vers le sud, avec la foule. Jack Yocke arrangea la bandoulière de son ordinateur et les suivit.

Au crépuscule, dans les dernières lueurs du soleil couchant, ils passèrent devant les restes calcinés d'un véhicule blindé soviétique de transport de troupes — un APC —, abandonné dans un fossé de drainage, le long de la chaussée. Jack Yocke s'approcha pour l'examiner.

Un missile avait percé un trou bien net dans le blindage de son flanc. Et l'explosion et le feu avaient fait le reste. On voyait un peu partout des corps brûlés et mutilés. Une douzaine, peut-être. Plusieurs cadavres raisonnablement intacts gisaient au bord du fossé. Ceux-là avaient été tués par quelqu'un qui leur avait tiré dessus par-derrière. Les impacts des balles, dans leurs dos, étaient propres et précis. Très militaires. Les corps gonflaient déjà, et leurs vêtements étaient tendus comme la peau d'un tambour.

L'un des soldats était très jeune, encore presque un enfant. Il était mort depuis déjà un moment, sans doute depuis le matin. Des mouches tourbillonnaient autour de sa bouche, de ses yeux et de ses oreilles. Un changement de direction de la brise apporta à Yocke une bouffée de puanteur.

Il s'éloigna d'un pas mal assuré, le cœur au bord des lèvres.

Santana et sa sœur l'attendaient. Tous trois se joignirent alors au fleuve humain qui s'écoulait vers l'ouest, sans interruption, dans l'obscurité montante.

Ils atteignirent les faubourgs de La Havane aux alentours de 21 heures.

Les rues étaient noires de monde. Ceux qui avaient des volailles ou des carcasses de chien avaient allumé des feux avec tout ce qui leur était tombé sous la main, et les faisaient rôtir. Des nuages de fumée flottaient dans les rues, entre les immeubles. Les ombres qu'ils dessinaient sous les lumières tremblantes des réverbères jouaient follement au-dessus de la multitude. Un certain nombre de gens étaient soûls ; ils criaient, ils chantaient, ils se battaient.

Les entrepôts du gouvernement avaient été pillés un peu plus tôt dans l'après-midi, apprit Santana, mais la nourriture avait été dévorée par ceux qui étaient chargés de la transporter. *Mañana*, demain, les Yankees enverraient une aide alimentaire. C'était ce que disait la rumeur, sans cesse répétée, tandis que les enfants affamés gémissaient sans discontinuer.

Castro était aux mains du comité révolutionnaire, si l'on en croyait les radios qui hurlaient à toutes les fenêtres. Fidel, son frère et les principaux membres du gouvernement seraient fusillés demain, Plaza de Revolución. *Viva Cuba! Cuba libre!*

Les gens se couchèrent dans les rues pour dormir. Des familles entières. La foule tourbillonnait, tournoyait, s'écoulait autour d'eux, se dirigeait vers le centre-ville et les bureaux du gouvernement qui bordaient la Plaza de Revolución. Yocke suivait toujours Hector Santana et sa sœur.

L'Américain était épuisé. Leur marche interminable, le manque de sommeil, la faim... tout cela se faisait sentir, maintenant. Il avait envie de s'écrouler sur le premier bout de trottoir libre venu et de dormir jusqu'à la fin des temps.

Et pourtant, il se traînait derrière Santana, derrière le peuple cubain, à travers la fumée, le vacarme, les lumières pâles.

Lorsqu'il atteignit la place, il s'immobilisa, bouche bée. L'endroit était immense, plusieurs hectares, et pourtant chaque centimètre carré était occupé. Il n'y avait plus le moindre espace pour bouger. Les gens étaient serrés, épaule contre épaule. De toute son existence, Yocke n'avait jamais vu autant d'êtres humains réunis en un seul lieu. C'était une multitude vivante qui bourdonnait sans fin de milliers de conversations. Comme il l'observait avec un respect mêlé de crainte, des chants s'élevèrent de partout : *Cuba, Cu-ba, Cu-ba,* encore et encore, de plus en plus fort au fur et à mesure que des dizaines de milliers de voix les reprenaient. Le son avait une tonalité sourde et vibrante qui faisait presque trembler les murs des immeubles environnants.

Yocke réalisa soudain qu'il avait perdu Santana et sa sœur. Mais il s'en moquait. Il avait absolument besoin de dormir.

Revenant sur ses pas, il s'éloigna de la place. Plusieurs pâtés de maisons plus loin, il aperçut une ruelle. Elle était pleine de gens endormis. Il se fraya un chemin entre les corps, découvrit un emplacement libre et s'y laissa tomber. Les chants lui parvenaient avec moins de violence, à cet endroit, mais ils étaient toujours clairs et sublimes. *Cu-ba, Cu-ba,* répété sans fin, comme un cantique.

Il glissa dans le sommeil en écoutant ce son impitoyable et en pensant aux soldats morts et aux madones juchées sur des camions militaires.

Ils exécutèrent Castro vers 10 heures le lendemain matin. Ce fut lui que l'on tua le premier.

On le fit monter sur la plate-forme depuis laquelle il avait harangué ses camarades et compatriotes pendant trente et un ans. Derrière lui, on avait fait mettre en rang ses lieutenants. Tous avaient les mains liées devant eux.

Yocke écouta un orateur lire les chefs d'accusation dans un micro qui retransmettait sa voix aux quatre coins de l'immense place. Il n'y comprit pas grand-chose, mais, en fait, cela importait peu. Il s'ouvrit un passage dans la foule en jouant des coudes, en poussant, en luttant pied à pied pour essayer de se rapprocher.

On choisit au hasard dix personnes, hommes et femmes, dans la population, que l'on autorisa à grimper sur la plate-forme. Castro fut conduit devant un mur et on le tourna face aux volontaires qui s'étaient alignés ; les soldats qui se tenaient à leurs côtés leur avaient donné des fusils d'assaut.

L'orateur lisait toujours lorsque l'un d'eux ouvrit le feu, sans attendre. Trois ou quatre balles, le bruit de quelque chose qui se déchire, Castro s'écroula.

On l'aida à se remettre debout. L'orateur se tut.

Quelqu'un hurla un ordre et les dix fusils crachèrent la mort avec rage.

Le dictateur s'effondra de nouveau et ne bougea plus.

Les soldats récupérèrent leurs armes et les membres de ce peloton d'exécution improvisé retournèrent dans la foule. D'autres montèrent à leur place — mais beaucoup trop. On en choisit dix parmi eux, là encore hommes et femmes mêlés, et le reste fut renvoyé, énergiquement, tandis que trois des camarades du dictateur étaient amenés à côté de son cadavre. Une fusillade nourrie les faucha.

La même scène se répéta quatre fois. Puis un homme armé d'un pistolet passa le long des cadavres et leur logea à chacun une balle dans la tête. Il tira six fois, puis fut obligé de s'interrompre et de recharger. Alors il tira six autres coups. Et encore quatre.

Le journaliste quitta un instant la plate-forme des yeux, pour la première fois depuis le début de ce drame, et observa les visages, dans la foule qui l'entourait. La plupart étaient inondés de larmes. Les hommes, les femmes, les enfants — tous ou presque, ils pleuraient. Mais Jack Yocke n'aurait su dire si c'était sur ce qu'ils avaient perdu ou sur ce qu'ils venaient de gagner.

Vers 14 heures, ce même après-midi, Jack Yocke traînait à un ou deux kilomètres de la place, devant un vaste hôtel de luxe construit en bordure d'une rue d'une largeur décente, manifestement dans les vieux mauvais jours d'AF — Avant Fidel. Et soudain, il entendit quelqu'un crier son nom.

— Jack Yocke ! *Hé, Jack ! Ici, au-dessus de toi !*

Il leva les yeux. A un balcon du second étage, Ottmar Mergenthaler gesticulait comme un dément.

— Jack ! Où étais-tu passé, bon sang ?

Chapitre treize

Trois heures à peine après le début de sa prise de fonction comme jeune cadet — vraiment très jeune —, à l'état-major interarmes, le lieutenant Toad Tarkington se demandait si le capitaine Jake Grafton n'avait pas raison, finalement.

Peut-être aurait-il dû interrompre sa période de service à terre, en effet, et retourner sur un porte-avions. Assis derrière un bureau dans une grande salle anonyme sans fenêtre, au fin fond du Pentagone, Toad essayait de s'y retrouver dans un manuel géant à la couverture cartonnée et bourré de lois et de règlements qu'il était censé lire avec soin et graver définitivement dans son cerveau. Il jeta un regard discret autour de lui, dans la vaste pièce, pour voir s'il n'y avait pas un autre 0-3 en vue.

A tous les coups, il allait s'occuper du café et vider les poubelles. Il le savait dans sa chair. La rumeur disait qu'il y avait ici, dans le personnel, d'autres péquenauds comme lui avec des galons d'officier, mais il n'en avait pas encore aperçu un seul.

Au bureau d'à côté, un capitaine de corvette féminin lui fit de l'œil. Oh oh ! Il tourna la page sur laquelle il était en prière depuis cinq minutes, et il examina le titre de la directive suivante. Quelque chose à propos des uniformes, des chaussures bien cirées et tout le tintouin. Il le parapha avec le tampon qu'on lui avait fourni, regarda à la dérobée le capitaine de corvette — elle l'observait toujours —, et fit semblant de lire.

En veillant à ne pas bouger la tête, il vérifia sa montre. 10 h 32. Oh, mon Dieu ! Il serait mort d'ennui d'ici le déjeuner. Et si par hasard son cœur cessait de battre, là, à cet instant précis, il ne s'écroulerait pas, non, il resterait comme pétrifié à regarder cette page, jusqu'au moment où son uniforme tomberait en poussière, ou bien, peut-être, jusqu'au jour où ils se décideraient à venir lui installer un bureau neuf. Et d'ailleurs, certains des gens assis derrière les vingt-sept autres bureaux qui l'entouraient étaient sans doute déjà morts — et personne n'était au courant. Il pensa qu'il aurait intérêt à passer dans les allées avec un petit miroir et à vérifier leur respiration. Peut-être que...

Le téléphone sonna doucement. Son premier appel!

Il décrocha avec tant de précipitation qu'il faillit lâcher le combiné.

— Lieutenant Tarkington.
— Robert Tarkington?

Une voix de femme.

— Oui.
— Monsieur Tarkington, c'est Hilda Hamhocker[1], infirmière au Center for Disease Control[2].

Il regarda autour de lui pour vérifier s'il n'y avait pas d'oreilles indiscrètes dans le coin. Bon, rien en vue, en tout cas.

— Oui.
— Je vous téléphone pour savoir si vous avez connu une femme nommée Rita Moravia?
— Attendez un peu... Rita Moravia... Une femme courte sur pattes, avec un tatouage des marines, et une énorme verrue en plein au bout du nez? Je crois que je la connais, oui.
— Je veux dire : est-ce que vous la *connaissez*? Au sens biblique du terme, monsieur Tarkington. Vous voyez : c'est l'une de nos patientes et elle vous a cité sur la liste de ses partenaires sexuels.

Le capitaine de corvette le surveillait de derrière sa frange qui lui retombait sur les yeux.

— Cette liste doit être courte et chaste, à mon avis, dit-il.
— Oh, non! Longue et tragique, au contraire, monsieur Tarkington. Volumineuse. Aussi grosse que l'annuaire de Manhattan. Ça fait déjà trois mois que nous passons des coups de fil et nous n'en sommes qu'au début du T.
— Oui, je l'ai *connue,* infirmière Hamhocker.
— Aimeriez-vous recommencer, monsieur Tarkington?
— Eh bien, oui. Maintenant, ce serait parfait. Là, sur mon bureau vide, sous les yeux de tous mes collègues. Mais, vous voyez, cette chère petite courtaude infectée n'est jamais dans les environs. *Jamais*!
— Oh, pauvre, pauvre Horny[3] Toad! C'est si dur que ça?
— Oui, Rita, c'est si dur que ça. Rentreras-tu jamais à la maison?
— Les perm de Noël commencent dans une semaine, mon amour. J'arrive au National sur United. (Elle lui donna le numéro du vol et l'heure.) Viens me chercher, tu veux?

---

1. Fesses en gage. (*N.d.T.*)
2. Centre de contrôle des maladies infectieuses, à Atlanta. (*N.d.T.*)
3. En chaleur. (*N.d.T.*)

— Je pense qu'on pourrait se retrouver au parking.
— Si c'est sur le siège arrière, alors, c'est oui.
— OK, le siège arrière.
— Je te le rappellerai, Toad. Bye.
— Bye, bébé.

Il raccrocha et prit une profonde inspiration.

Le capitaine de corvette souleva un sourcil et arrangea sa frange baladeuse. Puis elle se concentra sur le document posé sur son bureau.

Toad se remit, avec un soupir, à l'étude du manuel qu'il devait parapher. Une dizaine de minutes plus tard, il tomba sur une note qu'il lut avec consternation. « On rappelle au personnel, disait le document — et d'un ton beaucoup trop officiel au goût de Toad — que l'on ne doit pas discuter d'informations classées sur des lignes téléphoniques non protégées. [Nombreux exemples.] Pour s'assurer que ce règlement est respecté, tous les téléphones de l'état-major sont continuellement écoutés et les conversations enregistrées par le groupe de sécurité des communications. »

T'as encore mis les pieds dans le plat, mon vieux Toad, se murmura-t-il à lui-même entre ses dents.

Sa léthargie était revenue et menaçait de se changer en un ennui incurable, lorsque le capitaine Jake Grafton pénétra dans la pièce, jeta un coup d'œil rapide autour de lui, et vint dans sa direction. Toad se leva quand Grafton s'approcha et attrapa une chaise. Comme d'habitude, les deux officiers portaient leur uniforme bleu. Mais les deux pauvres galons dorés des manches de Tarkington faisaient piètre figure à côté des quatre galons de celles du capitaine. Toad s'en fit la remarque avec un pincement au cœur.

— Asseyez-vous, bon sang ! Si vous bondissez comme ça chaque fois qu'un officier supérieur entre dans ce bureau, vous allez finir par user vos chaussures.

— Oui, monsieur, dit Toad en se laissant retomber sur sa chaise.

— Comment qu' ça s' passe ?

— J'allais pas tarder à finir le manuel. (Il soupira.) Et qu'est-ce que vous fabriquez dans les parages ?

— A vrai dire, j'en sais trop rien. Les choses semblent changer toutes les semaines. En ce moment, j'étudie des opérations antidrogue à partir d'informations transmises par le FBI et la DEA. Que peuvent faire les militaires et combien ça coûterait ? Ce genre de trucs. Ça me garde en forme.

— Ça a l'air bandant.

— Pour l'instant, ça l'est. Et ça n'a absolument rien à voir avec l'entraînement des troupes et des aviateurs ou la préparation au combat.

— Ah, ça aussi, c'est passionnant, hein? ajouta Toad. (Jake Grafton lui jeta un regard pas vraiment convaincu.) Bon, mais au moins nous sommes des *pentaguys*, prêts à tracer les graphiques du futur de l'humanité, avec un millier de collègues de l'état-major interarmes, tous aussi consciencieux et talentueux que nous. (Il avait pris l'air le plus sérieux du monde.) Ça me fait frissonner rien que d'y penser.

— *Pentaguys*?

— Je viens juste de l'inventer[1]. Ça vous plaît?

Un sourire illumina le visage innocent du lieutenant, creusa ses fossettes et révéla deux rangées de dents parfaites. De petites rides apparurent aux coins de ses yeux.

Le capitaine lui rendit son sourire. Il était ami avec Tarkington depuis des années; une des qualités les plus attachantes de Toad, c'était son refus absolu de prendre la moindre chose au sérieux. Ce trait de caractère, Jake le savait, était très rare chez les officiers de carrière qui apprenaient vite que tout était à proprement parler *très important*. Dans le petit monde de l'armée en temps de paix, où fait rage une formidable compétition, le rang d'un officier parmi ses pairs peut dépendre de choses aussi triviales que le nombre de fois où il se fait couper les cheveux, la façon dont il se tire de ses obligations sociales, ou même son écriture. A cause d'une simple signature pas vraiment lisible, un rapport d'aptitude sera un cran moins favorable, si bien qu'une affectation ira à quelqu'un d'autre, ou qu'une promotion ne se matérialisera pas... Il y avait aujourd'hui un acronyme célèbre dans la Marine, qui, pour Jake, traduisait parfaitement la démence du système : WETSU — We Eat This Shit Up[2]. Un capitaine de cuirassé que Jake connaissait avait même choisi WETSU comme devise de son bâtiment.

Toad Tarkington, lui, ne paraissait pas avoir conscience de la foire d'empoigne qui l'entourait. Un jour, il découvrirait sans doute qu'il était un rongeur dans le labyrinthe, comme tout un chacun, mais la chose ne l'avait pas encore frappé. Et Jake espérait sincèrement que cela ne se produirait jamais.

— Bon, alors, qu'est-ce que je suis censé faire ici pour contrecarrer les plans des Forces du Mal? demanda Toad.

— Officiellement, vous êtes l'un des trente officiers subalternes de

---

1. *Pentaguys* : des types du Pentagone. (*N.d.T.*)
2. On mange cette merde jusqu'au bout. (*N.d.T.*)

mon groupe. Pendant un certain temps, au moins, vous travaillerez à ma boutique et vous m'assisterez.

— C'est pas vrai ! (Les sourcils de Toad s'agitèrent.) Je vais commencer par vous faire le brouillon d'un mémo à balancer aux chefs de l'état-major interarmes : « Rentrez dans le rang ou fichez le camp ! » Vous inquiétez pas, je rédigerai ça d'une manière plus diplomatique, du style « Limez, rembourrez et graissez ». Ensuite, on passera aux mémos pour le FBI et la DEA. Nous allons...

— On commence le matin à 7 h 30, dit Jake en se levant. (Il regarda de nouveau autour de lui, englobant toute la pièce d'un seul coup d'œil.) Qu'est-ce que vous pensez de l'endroit, au fait ?

— Tous ces uniformes différents, on dirait une convention de conducteurs d'autocar. (Toad baissa la voix.) Vous n'avez pas l'impression que les gars de l'Air « Farce » ressemblent aux employés de Greyhound ?

— Tarkington, je vais vous donner le même conseil que m'a donné mon grand-père lorsqu'il m'a mis dans un autocar et envoyé à l'armée : « Ferme ta gueule, évite d'être constipé, et tout ira bien. »

Jake Grafton s'éloigna.

Avec un large sourire, Toad se laissa aller contre le dossier de sa chaise.

— Je n'ai pas pu m'empêcher d'entendre votre remarque, lieutenant, l'informa alors le capitaine de corvette, depuis son bureau, de l'autre côté de l'allée.

Toad se tourna vers elle. Sa collègue lui fit penser soudain à l'un de ses professeurs de quatrième lorsqu'elle le surprenait à cracher. Elle avait cet air-là.

— Je suis désolé, m'dame.

— Nos camarades de l'Air Force sont très fiers de leur uniforme.

— Oui, m'dame. Je ne voulais offenser personne.

— Qui était ce capitaine ?

— Le capitaine Grafton, m'dame.

— Il était très informel avec vous, lieutenant. (La façon dont elle prononça « lieutenant » donnait l'impression qu'il s'agissait du grade le plus minable de la Garde nationale guatémaltèque.) Ici, à l'état-major interarmes, nous sommes davantage attachés au protocole.

— C'est sûr.

Toad essaya de sourire.

— C'est une organisation *militaire*.

— Je tâcherai de m'en souvenir, madame, lui assura-t-il, avant de se lever et de partir d'un air digne vers les toilettes.

Henry Charon stoppa sa voiture devant la ferme abandonnée et coupa le moteur. Il descendit sa vitre et resta assis un moment à observer le champ envahi par les mauvaises herbes et, plus loin, les arbres aux branches nues.

Le ciel gris et triste semblait posé sur leur cime. L'air piquait et sentait la neige.

Il avait suivi le chemin de terre — deux simples ornières à travers la forêt — pendant environ six kilomètres, et il avait traversé une vasière dont il avait d'abord vérifié la profondeur avec un bâton. Il avait repéré des traces de pneus qui, pensait-il, dataient d'au moins un mois — des chasseurs de cerfs. Rien de récent. C'était la raison pour laquelle il avait choisi ce chemin, après en avoir examiné trois autres.

Henry Charon était au cœur de la Monongahela National Forest, à quatre heures à l'ouest de Washington, dans les montagnes de Virginie occidentale. Il respira profondément et sourit. C'était magnifique, par ici.

Il enfila sa veste, mit son chapeau, puis ferma la voiture et partit à pied sur le chemin, dans la direction d'où il venait d'arriver. Il inspecta les vestiges d'un verger planté de pommiers et les broussailles dévorant une zone d'à peu près un hectare qui avait dû être jadis un jardin potager.

Il parcourut un ou deux kilomètres, puis il abandonna le chemin et commença à grimper dans la colline. Il progressait lentement, prenait son temps, s'arrêtait souvent pour écouter et observer. Se déplaçant comme une ombre entre les arbres gris, il monta d'un pas régulier jusqu'au sommet ; là, il se mit à longer la crête pour revenir vers la ferme qui se trouvait quelque part en dessous de lui, à sa gauche. Il voulait faire le tour des bâtiments pour s'assurer qu'il n'y avait personne dans les environs. Dans le cas contraire, sa position lui permettrait d'en entendre ou d'en voir suffisamment pour déceler une présence humaine.

Tout en marchant, il examinait les arbres, repérait les endroits où les cerfs avaient brouté, étudiait leurs crottes et estimait leur âge. C'était sa première sortie dans les forêts de feuillus de l'est des États-Unis. Il se sentait redevenir un jeune homme tandis qu'il explorait ces lieux et accueillait toutes ces nouveautés avec délice. Il découvrit un endroit où des *chipmunks*[1] avaient mangé des glands, et il passa cinq minutes à observer un écureuil qui le regardait, lui aussi. Il se baissa pour voir de plus près le terrier d'une marmotte et laissa courir

---

1. Écureuil terrestre d'Amérique du Nord, au pelage rayé. (*N.d.T.*)

ses doigts sur les racines d'un jeune arbre qu'un daim avait utilisé pour gommer la peau velue de ses bois, un peu plus tôt cet automne. Il entendit un pic-vert qui tapait contre un tronc et il fit un détour d'une centaine de mètres pour essayer de le repérer.

Il était en troisième lorsqu'il était tombé sur une biographie de Daniel Boone[1] à la bibliothèque du lycée. Ce livre l'avait fasciné et — il devait l'admettre aujourd'hui, tout en se glissant silencieusement dans la forêt — il avait même changé sa vie. Les années que Boone avait passées tout seul au Kentucky à chasser des animaux pour leur chair et leur fourrure et à tenter d'échapper aux Indiens hostiles paraissaient au jeune Henry Charon la forme ultime de l'aventure. Et voilà qu'il se retrouvait enfin dans les forêts que Boone avait si bien connues. Évidemment, ce n'étaient plus les paysages vierges d'il y avait deux cent cinquante ans, et pourtant...

Il pensait à Boone et à toutes les années que lui-même avait passées à chasser, lorsqu'il aperçut la biche. Elle était en train de paître et elle lui tournait le dos. Il s'arrêta. Quelque chose, l'instinct peut-être, fit qu'elle bougea la tête ; ses immenses oreilles pivotèrent à cause d'un son qui n'avait pas sa place en ces lieux.

Henry Charon se figea. Les yeux et le cerveau de ces bêtes, il le savait, étaient sensibles aux mouvements, aussi veilla-t-il à garder chacun de ses muscles absolument immobile. Il retint même sa respiration.

Le vent léger venait du nord-ouest, et il entraînait loin d'elle l'odeur de l'homme, tandis qu'elle vérifiait la brise. Rassurée, elle reprit son repas.

Il se rapprocha lentement, très lentement. Il s'arrêtait chaque fois que la biche aurait pu, suivant la position de sa tête, le repérer.

Il n'était plus qu'à huit mètres d'elle lorsqu'elle le vit enfin. Elle avait fait un mouvement auquel il ne s'attendait pas. A présent, elle se tenait parfaitement immobile, tendue, prête à fuir, les oreilles penchées dans sa direction, pour saisir le moindre son.

Henry Charon ne bougea pas.

Elle sembla se détendre un peu et, soudain, elle vint vers lui, les oreilles toujours à l'écoute, les yeux fixés sur lui.

Surpris, il avança la main.

La biche stoppa un instant, sur ses gardes, puis recommença son approche.

Quelqu'un l'a apprivoisée, pensa-t-il, stupéfait. *Elle est apprivoisée !*

---

1. Célèbre colon américain. Fenimore Cooper en a fait l'un de ses personnages. (*N.d.T.*)

Bientôt, elle était près de lui et lui reniflait les mains. Il les ouvrit devant elle pour la laisser finir son inspection, puis il la gratta délicatement sur le sommet du crâne.

En la caressant, il sentit, sous ses doigts, son pelage raide et épais. Il lui parla et regarda ses oreilles qui ne cessaient de bouger pour mieux saisir le son de sa voix.

Le souvenir de l'homme devait être puissant. Elle ne semblait pas effrayée.

Pourtant, d'une certaine façon, cette rencontre ennuya Henry Charon. L'homme avait changé l'ordre naturel des choses et Charon savait que cette modification n'allait pas dans le bon sens. Pour sa propre sécurité, la biche aurait dû fuir les humains. Mais là, sur le moment, il ne se sentait pas le courage de lui faire peur. Il la flatta un instant et continua à lui parler doucement, comme si elle était capable de le comprendre. Et lorsqu'elle s'éloigna enfin en trottinant, il l'observa en silence, longtemps.

Elle s'arrêta un peu plus loin et se retourna, avant de disparaître, comme à regret, sous les arbres. Il la perdit très vite de vue. Au bout d'une trentaine de secondes, il n'entendait déjà plus ses pas, étouffés par l'épais tapis de feuilles.

Il fut de retour à sa voiture une heure plus tard. Il ouvrit le coffre et en sortit quelques cibles qu'il installa sur le mur principal de la ferme en ruine.

Il s'occupa d'abord des pistolets. Tous des 9 mm. Il y en avait quatre, identiques, des Smith & Wesson automatiques. En les tenant des deux mains, il tira sur une cible placée à dix pas. Il vida un plein chargeur avec chacun. L'un d'eux lui parut avoir une détente nettement plus dure que les autres, et il le mit de côté. Lorsqu'il eut terminé, il ramassa soigneusement toutes les douilles usagées. S'il en oubliait une, ce n'était pas une affaire, mais il ne voulait pas laisser derrière lui quarante cartouches éparpillées dans tous les coins.

Il posa une cible neuve, puis prit les trois fusils et alla se poster à cinquante mètres.

C'étaient des Winchester Modèle 70, calibre .30-06, avec des viseurs 3 × 9 variables. Il tira trois cartouches avec le premier, vérifia la cible avec ses jumelles et ajusta le viseur. Les trois balles formaient un groupe qu'aurait pu recouvrir une pièce de dix cents. Ii veilla à faire disparaître dans sa poche chaque cartouche brûlée.

Après avoir répété les mêmes opérations avec le second et le troisième fusil, il s'éloigna de cinquante mètres supplémentaires. Il tira trois fois, vérifia la cible, tira de nouveau.

Les trois impacts de balles formaient un petit groupe de la taille d'une pièce de cinq cents, à trois centimètres environ du point qu'il avait visé. Cela avec des munitions d'usine.

Satisfait, il essuya les armes avec soin, les rangea dans leurs étuis souples, qu'il replaça dans le coffre de la voiture.

Il grimpa alors dans la colline, sur plusieurs centaines de mètres, avec le dernier objet qu'il avait amené ici. Puis il regagna sa voiture, se glissa derrière son volant et repartit en marche arrière, jusqu'au-delà du premier coude du chemin. Sur le plancher, à l'arrière, il ramassa plusieurs vieux journaux et ressortit du véhicule. Il alla ensuite détacher les cibles du mur de la ferme et les ajouta aux papiers.

Sur le flanc de l'autre colline, assez haut, près de la ligne des arbres, il y avait un affleurement de roches proéminent. Debout sur le rocher, il apercevait à peine, avec ses jumelles, l'objet qu'il venait d'abandonner parmi les arbres et les broussailles, de l'autre côté de la petite vallée. Il y avait au moins trois cents mètres jusque là-bas, décida-t-il. Et même presque quatre cents.

Avec les cibles et les feuilles de journal froissées il alluma un petit feu, auquel il ajouta des branches et des brindilles et un gros morceau de bois à peu près sec. Puis il retourna de l'autre côté de la vallée.

L'objet était une arme. Des instructions d'une simplicité ridicule étaient inscrites au pochoir, en lettres jaunes, sur le tube vert olive. Il les suivit attentivement. Tube sur l'épaule droite, oculaire ouvert, contact, fils du réticule calés sur l'affleurement rocheux — attendre le signal. Voilà ! Repérage de la source de chaleur.

Charon appuya sur la détente.

Le missile partit en grondant, dans un éclair. Bruyant, mais pas aussi terrible qu'il aurait cru. Il franchit la vallée, avec son sillage enflammé, et il explosa au-dessus de la saillie de rochers, en plein dans le feu, sembla-t-il.

Henry Charon s'empressa de retourner à l'endroit de l'impact, sur l'autre colline. Le projectile avait traversé le feu et explosé contre le tronc d'un arbre. Les éclats étaient très éparpillés et les écorces des arbres alentour bien abîmées. Un tronc gros comme le poignet avait été sectionné net par un seul éclat. L'arbre contre lequel le missile s'était écrasé était sérieusement touché. Il allait mourir. Comme plusieurs autres, tout autour de lui.

Satisfaisant. Très satisfaisant. Les deux missiles qui restaient feraient certainement un aussi bon travail.

Il éteignit le feu avec soin, dispersa les morceaux de bois brûlés, et recouvrit le foyer de terre.

Un quart d'heure plus tard, Henry Charon remontait dans sa

voiture et démarrait. Les cartouches vides et le tube lance-missiles étaient dans le coffre. A l'aller, il avait repéré un bon endroit où les enterrer, à peu près à trois kilomètres de là. Il y avait encore assez de lumière pour s'en occuper.

Le sourire aux lèvres, Henry Charon repensa à la biche ; il passa la première et fit faire demi-tour à son véhicule.

Chapitre quatorze

Ce soir-là, Harrison Ronald Ford conduisait la vieille Chrysler de McNally. Une sacrée chance, décida-t-il plus tard. Il passa prendre le garde à un Seven-Eleven[1] à 21 heures, et ils se rendirent à l'ancien entrepôt de la boulangerie de la Santé, sur Fourth Street NE, en bordure du dépôt ferroviaire. Le garde ne parla pas beaucoup — c'était toujours ainsi. Dans les vingt-cinq ans. Il s'appelait Tooley.

Les fenêtres des deux premiers niveaux de la vieille boulangerie étaient condamnées avec des parpaings en béton. Celles des niveaux supérieurs témoignaient des ravages des pierres et des intempéries. Une haute clôture de grillage entourait le terrain attenant ; elle courait le long du trottoir de la Fourth Street NE et d'un chemin de terre, côté nord. De l'autre côté de la clôture étaient rangées une douzaine de bennes à ordures. En passant en voiture, Ford vit deux dobermans qui les regardaient à travers les mailles métalliques.

Il se gara sur le parking au sud de l'immeuble et alla à pied jusqu'à l'unique porte, protégée par des barres d'acier soudées. Tooley le suivait. Deux autres voitures étaient arrêtées sur le parking.

Ford ouvrit la porte. Tooley s'y refusait toujours : il préférait laisser au conducteur le soin de s'en charger lui-même : il était payé pour jouer au dur et pour tuer, si nécessaire, et c'était ce qu'il faisait. Rien d'autre.

Ike Randolph était là, qui supervisait l'adultération et l'emballage de la drogue, comme d'habitude. McNally n'utilisait cet endroit que depuis soixante-douze heures, et dans quelques jours, lorsque l'envie lui prendrait, il déménagerait. Freeman, d'ailleurs, n'était jamais sur les lieux en personne. Il se trouvait systématiquement à un ou deux kilomètres de l'immeuble choisi. C'était la raison pour laquelle il engageait Ike et les autres. En cas de descente de police, l'organisation ne risquait pas grand-chose s'ils tombaient.

— Okay, dit Ike en étalant devant lui une grande carte de la ville.

1. Chaîne d'épiceries-bazars. (*N.d.T.*)

Voilà l'itinéraire de ce soir et les endroits où on apporte la came. Un peu d'attention.

Il indiqua sur son plan le chemin qu'il voulait voir Harrison Ronald suivre, tandis que Tooley et l'un des gars de la voiture d'escorte regardaient par-dessus son épaule. Deux livraisons, cette nuit. Lorsque Ike eut terminé, Harrison dut répéter l'itinéraire pour prouver qu'il l'avait bien en tête, indiquant à haute voix les rues et là où il fallait tourner.

— C'est bon, dit Ike.

Les porte-flingue de la voiture d'escorte ne parlaient jamais beaucoup. Ils avaient une vingtaine d'années, ils arboraient de luxueux vêtements à la mode, et ils avaient tout à fait l'air de ce qu'ils étaient, pensait Harrison — des trafiquants possédant plus d'argent qu'ils ne pouvaient en dépenser. Exactement l'impression qu'ils souhaitaient donner. Dans les quartiers pauvres de Washington où ils avaient passé leurs jeunes années, ces camés avaient maintenant tous les dollars et toutes les nénettes qu'ils voulaient. Et ce soir, comme d'habitude, ces deux-là traînaient avec leur air de mecs durs et branchés.

Le joli petit lot était là, elle aussi, et Harrison Ronald flirta avec elle pour la forme. Et elle lui rendit la politesse, sous le regard blasé de Tooley.

— C'est une pute, mec, dit-il à Harrison Ronald lorsqu'ils traversèrent le rez-de-chaussée vide pour sortir du bâtiment.

Harrison transportait la drogue dans un simple sac d'épicerie marron.

— Et alors, pourquoi est-ce que tu râles, Tooley ? Elle refuse de te sucer ?

— Trempe ta queue là-dedans, Z, et elle pourrira sur place. Y t' restera rien pour pisser, juste quelques vieux poils pubiens dégueu.

Le garde, à l'entrée, donna des automatiques Browning 9 mm à Tooley et aux deux gars de leur escorte. Sous l'œil de Harrison Ronald, Tooley ôta le chargeur, l'inspecta, puis le remit ; il arma le revolver, tira la culasse juste assez pour apercevoir le cuivre de la cartouche, et enfin abaissa le chien avant de faire disparaître l'arme dans la poche de son pardessus. Les deux autres hommes en firent autant — c'était leur rituel du soir.

Le garde passa ensuite un Uzi à Tooley, qui, là encore, s'assura que le chargeur était plein, arma la culasse et mit la sûreté. Alors, il prit le sac d'épicerie que le garde lui tendait et il dissimula l'arme à l'intérieur. Après avoir vérifié leurs Uzi eux aussi, les deux tueurs les glissèrent sous leur manteau et regagnèrent leur voiture, sous la surveillance du garde qui les observait par les vitres sales. Satisfait, ce dernier indiqua alors à Tooley et à Harrison Ronald qu'ils pouvaient y aller, et il ouvrit de nouveau la porte.

Tooley grimpa à l'arrière de la Chrysler, tandis qu'Harrison Ronald s'installait derrière le volant et posait le sac de drogue sur le plancher du siège du passager.

Deux enfants d'une dizaine d'années jouaient au basket dans la rue. Leur panier était monté sur un panneau fixé sur un poteau au bord du trottoir. Ils s'écartèrent lorsque la voiture passa devant eux. Harrison Ronald prit la direction du nord, vers Rhode Island Avenue. Leur escorte, une Trans-Am Pontiac, les suivait à une cinquantaine de mètres.

Ford jeta un coup d'œil dans son rétroviseur. Tooley avait sorti son Uzi et examinait la sûreté.

— Bon sang, baisse ce foutu truc, que personne ne le voie !
— Contente-toi de conduire, connard !
— Et vise dans une autre direction, ajouta Ford comme s'il n'avait pas entendu la remarque de l'autre.

Tooley sourit. Plutôt un rictus.
Et il laissa le canon de son arme dirigé vers le dos de Ford.
— J' t'ai dit de conduire, empaffé.

A Rhode Island, le feu était rouge. Tandis qu'il attendait, Ford regarda de nouveau à l'arrière dans son rétroviseur. Tooley était assis là, à le fixer, son doigt sur la détente, l'arme toujours pointée sur son dos.

— Tu tournes tout de suite ici, annonça soudain Tooley.
— T'as entendu ce qu'a dit Ike.
— Petit changement au programme, mec.

A ces mots, il appuya doucement le bout du canon de sa mitraillette sur la nuque d'Harrison.

Le feu passa au vert.
— Maintenant, prends à droite !

Ford laissa ses pieds sur le frein et sur l'embrayage et, dans le rétroviseur, essaya de lire sur le visage de Tooley.

— Fais-le, Z, ou je te jure que j'étale ta foutue cervelle sur le pare-brise.

Et il lui frappa l'arrière du cou, violemment, avec son arme.
Ford obéit. Il prit à droite.
— Et maintenant ?
— T'as qu'à faire simplement ce que je te dis.
— Freeman te tuera. Vas-y mollo.
— Qui va lui raconter ça, mec ? Toi ?

— Il le saura. Il sait toujours.
— Ton problème, c'est ta grande gueule. Et j'ai un remède pour ça. Va tout droit et puis tourne à gauche sur la Treizième.

Tooley jeta un coup d'œil derrière lui pour voir si la Trans-Am les suivait. Elle suivait.

Lorsqu'ils virèrent, Tooley regarda de nouveau par-dessus son épaule pour observer leur escorte. A cet instant, Harrison Ronald se raidit, se redressa et pivota à moitié sur lui-même ; il frappa d'un revers tournant de la main, dont le tranchant vint heurter la gorge de Tooley.

Le porte-flingue eut un haut-le-cœur puis il laissa échapper un horrible gargouillis et s'étouffa. Il porta les mains à son cou et il lâcha l'Uzi qui tomba sur le plancher. Harrison Ronald freina en douceur et arrêta brièvement la Chrysler. Alors, il se retourna complètement et frappa une nouvelle fois, de toutes ses forces, sur les mains de Tooley, toujours posées sur son cou. Le larynx s'écrasa et l'homme s'écroula sur le siège.

On entendit presque immédiatement une petite explosion dans la voiture. Une balle était entrée par la vitre arrière et ressortie par la vitre avant droite, en faisant deux trous bien nets aux points d'impact, d'où irradiaient de multiples petites fêlures circulaires.

Harrison Ronald embraya et accéléra brusquement, en un double mouvement parfaitement enchaîné.

Les pneus crissèrent et de la fumée s'échappa du caoutchouc malmené, tandis que le moteur puissant s'emballait ; Ford dut batailler pour garder le contrôle de son volant.

Puis il braqua à fond et tourna au coin de la première rue avec un parfait dérapage contrôlé — un violent coup de frein et une brusque accélération au milieu du virage. Le moteur rugit et répondit avec une telle énergie que Ford sentit sa tête partir en arrière.

Mais la Trans-Am ne le lâcha pas. Plusieurs autres coups de feu. Une nouvelle balle frappa une vitre. Sur le siège arrière, Tooley luttait toujours pour respirer, les tendons de son cou saillaient comme des cordes ; ses pieds s'agitaient nerveusement.

Ford tourna encore à droite, puis, sur Rhode Island, il effectua un large virage à gauche en direction du nord, sans cesser d'accélérer, et il se glissa comme une flèche dans la circulation qui arrivait en sens inverse.

L'affaire était grave, maintenant. Les deux flingueurs de la voiture d'escorte étaient obligés de le tuer. Dans le cas contraire, ce serait Freeman McNally qui se chargerait d'*eux*, aussi sûrement que deux et deux faisaient quatre.

Quatre-vingts, cent, cent vingt... Sans jamais lever le pied de l'accélérateur, il slaloma à travers le trafic plus lent. Le moteur répondait bien et les pneus adhéraient parfaitement.

Mais la Pontiac était toujours derrière lui.

Que faire ? Réfléchir ! Éviter avec une embardée une VW qui tourne à gauche. Brûler un feu rouge en klaxonnant comme un dératé.

Cent quarante... Harrison Ronald n'osa pas appuyer davantage sur l'accélérateur, effrayé à l'idée d'aller trop vite.

Les flics — où étaient donc passés ces foutus flics de la circulation avec leurs foutues motos rapides et leurs carnets de contraventions ?

Il allait avoir le vert à South Dakota Avenue. Amen. Au dernier moment, il écrasa le frein et il se déporta sur la droite et tourna sur deux roues au coin de l'avenue.

Accélérer de nouveau. Dépasser un camion. Freiner brusquement à cause d'une voiture trop lente, déraper un peu, puis n'avoir plus personne devant, se retrouver sur la bonne file et recommencer à pousser le moteur.

Les autres suivaient toujours. Il vit dans son rétroviseur plusieurs éclairs, côté passager. Encore une balle dans la vitre. Il sentit aussi des chocs sourds dans la carrosserie.

Il roulait à plus de cent quarante et arrivait à Bladensburg, collé contre la ligne médiane de la rue. Un autre feu vert. Alléluia ! Il freina, descendant à environ quatre-vingts, et il utilisa toute la largeur de la chaussée pour faire un dérapage à droite sur Bladensburg, vers le sud-ouest.

A présent, il filait vers le centre-ville et le Capitole, qui étaient encore à six ou sept kilomètres. La zone du Capitole fourmillerait à tous les coups de flics et de touristes. Oh, oui, là, maintenant, le plus cher désir de Harrison Ronald était d'apercevoir les gyrophares d'une voiture de police !

Tandis qu'il malmenait sa direction et ses freins, et qu'il continuait à faire des embardées pour éviter les autres véhicules, il comprit qu'il avait peu de chances de réussir à semer ses poursuivants. Parce qu'en dépit des capacités de sa voiture, les petits truands de la Trans-Am avaient un net avantage sur lui : lui, il essayait de ne tuer ni piétons ni automobilistes. Ce qui, en revanche, était le cadet de leurs soucis. Car ils avaient mis leur vie dans la balance lorsqu'ils avaient décidé d'arnaquer Freeman McNally. Et si une vieille dame se faisait écraser, tant pis pour elle.

Harrison Ronald klaxonnait sans interruption. Il accéléra et passa un feu orange à cent vingt à l'heure à l'intersection de New York Avenue.

Les phares de la Trans-Am étaient à une cinquantaine de mètres derrière. Dans son rétroviseur, il vit une autre voiture couper la route à la Pontiac qui allait très vite. Les deux véhicules se touchèrent ; la partie gauche du pare-chocs avant de la Trans-Am se désintégra, son conducteur lutta pour ne pas quitter la route — et l'auto noire continua la poursuite.

Avec son klaxon qui hurlait et son puissant moteur qui vibrait, Harrison Ronald mordit sur la ligne centrale peinte sur la chaussée. En s'aidant du genou, il multipliait les appels de phares.

Sa bonne fortune ne pouvait pas durer. Et, en effet, elle ne dura pas. Feu orange. Il serait rouge quand il arriverait dessus.

Il ralentit. La Trans-Am recommença immédiatement à grossir dans son rétroviseur.

D'autres balles touchèrent la Chrysler. L'une d'elles vint terminer sa course dans le tableau de bord.

Il repéra un espace entre les voitures qui défilaient devant lui et décida de s'y glisser sans attendre le vert. Voilà !

Jouer de nouveau avec l'accélérateur, déraper un peu, se faufiler dans le trafic, pied au plancher.

Il vérifia son rétroviseur. Avec un peu de chance, la Trans-Am toucherait quelqu'un ou serait obligée de s'arrêter pour éviter une collision.

Mais non. Pas de chance. La Pontiac profita, elle aussi, d'un trou dans la circulation et reprit la poursuite. Mais les deux gangsters étaient encore trop loin pour recommencer à lui tirer dessus.

Maintenant, il roulait sur Maryland Avenue, un boulevard qui filait, droit comme une flèche, vers le Capitole. Il apercevait le dôme aérien, devant lui, au-dessus des arbres.

Les quatre voies de circulation étaient très encombrées. Alors, il passa sur le terre-plein central ; à l'arrière, le dessous de la carrosserie racla le béton — il entendit le bruit d'une déchirure et un grincement qui, un instant, couvrit même le bruit du moteur. Quelque chose se détacha. Le silencieux et le tuyau d'échappement. Il écrasa trois panneaux de signalisation, mais il devait redescendre de temps en temps sur la chaussée pour éviter les poteaux des feux de circulation.

Au moment où il en contournait un, sa roue heurta la bordure du terre-plein et la voiture se mit à zigzaguer ; l'arrière dérapa et alla donner dans un véhicule de livraison.

Heureusement, le moteur fonctionnait toujours. Harrison Ronald eut du mal à passer la première, mais il y parvint ; faisant tourner la Chrysler de cent quatre-vingts degrés, il partit dans le sens contraire de la circulation, tandis que la Trans-Am arrivait sur lui comme la foudre, avec l'un des tueurs qui se penchait par la fenêtre avant, côté passager, et le truffait de plombs.

Plusieurs voitures se percutèrent en s'écartant en catastrophe pour lui laisser le passage. Une autre pénétra sur un parking et alla terminer sa course dans la devanture d'un magasin.

Un parc approchait. C'était l'un de ces larges espaces du centre-ville, à partir desquels irradiaient les grandes avenues. Il décida de le traverser. Il ne pouvait pas faire autrement, s'il ne voulait pas voir la Trans-Am gagner trop de terrain sur lui.

L'avant de la voiture décolla en montant sur le bord du trottoir mais lorsque les roues arrière le touchèrent à leur tour, il retomba brutalement. Le pare-chocs avant s'écrasa sur le béton au milieu d'une gerbe d'étincelles.

Par bonheur, l'endroit était désert en cette nuit de décembre. Harrison Ronald donna un brusque coup de frein, contourna en dérapant la sculpture qui marquait le centre du parc, et écrasa l'accélérateur. Le dôme du Capitole était droit devant.

Les roues avant vibraient d'une façon inquiétante, et il fut obligé de tenir son volant de toutes ses forces pour continuer sa course.

Un dérapage à droite, effectué à cent ou cent dix à l'heure, et il se retrouva sur Constitution Avenue, en direction de l'ouest. *Alors, putain, où sont les flics ?*

Comme pour répondre à cette question, il entendit soudain une sirène par-dessus le ronflement assourdissant de son moteur.

La Trans-Am se rapprochait.

Le Mall — il fallait traverser la pelouse du Mall ! Tout le monde le verrait. Au moment où il y réfléchissait, une autre pluie de balles s'abattit sur lui.

Quelque chose lui déchira l'oreille.

Il tourna à droite, si brutalement qu'il perdit le contrôle de la Chrysler. Il lui fallut la totalité de la largeur de la chaussée pour réussir sa manœuvre, et il vint rebondir contre plusieurs véhicules garés le long de l'avenue ; il réussit pourtant, par miracle, à se retrouver sur la First Avenue, en direction du nord.

Mais la Pontiac le talonnait toujours.

Alors, il vira à gauche, sur D Street. Ah, ah ! Devant lui, à gauche, se trouvait le ministère du Travail, et sous le bâtiment, la rampe d'accès à la I-395. S'il réussissait à tourner là et à prendre l'autoroute...

Un semi-remorque apparut au coin de la rue et la bloqua. Harrison Ronald freina brutalement. Nouveau dérapage. Accélération, maintenant. Il passa de justesse à la droite du camion, renversa un certain nombre de parcmètres. Puis il prit complètement à droite, longea deux pâtés de maisons, et obliqua à gauche, pleins gaz.

La Pontiac gagnait du terrain. Ça les amusait donc toujours ? Et la sirène, n'était-elle pas plus proche ?

Devant lui, le Mall suivait le côté sud de la National Collection of Fine Arts. Il fonça dans cette direction.

Un autocar !

Un énorme autocar qui arrivait à droite. Ford écrasa la pédale du frein. Un second autocar suivait. Il réussit à se glisser entre les deux mastodontes.

Et, quelques secondes plus tard, derrière lui, il entendit un crissement de pneus, puis le vacarme d'une collision.

Il ralentit, évita quelques ivrognes et des poubelles, et tourna finalement à gauche, sur la Neuvième. Il se perdit dans le trafic.

Sur le siège arrière, Tooley avait vraiment l'air très mort. Ses lèvres et sa langue étaient enflées et protubérantes, et ses yeux aussi, qui fixaient le vide.

A un moment ou à un autre de la poursuite, un ou plusieurs paquets de cocaïne s'étaient ouverts et la poudre blanche s'était répandue sur le plancher, à côté de Harrison Ronald.

Tout en conduisant, il sortit un mouchoir et commença à essuyer le pommeau du levier de changement de vitesse, la commande des phares, le tableau de bord, le rétroviseur, le volant. Seigneur, il y avait ses empreintes partout dans cette voiture...

Il roula encore un moment et se gara dans le premier emplacement libre qu'il trouva le long d'un trottoir. Il pensa à frotter aussi le levier de verrouillage de la portière et donna un dernier coup sur le volant. Puis il coupa le moteur et descendit. Il mit la clé dans sa poche et il lui fallut deux secondes pour nettoyer la poignée extérieure avec le même mouchoir. Tout en marchant, il ôta sa clé de voiture de l'anneau où était aussi accrochée celle de son appartement. Il s'en débarrassa dans une poubelle.

Trois pâtés de maisons plus loin, il trouva une cabine téléphonique qui fonctionnait encore. Il composa le 911 et signala une voiture volée. Lorsqu'on lui demanda son nom, il coupa la communication.

Les immeubles renvoyaient l'écho des sirènes dont les plaintes, maintenant, semblaient venir de toutes les directions à la fois. Il avait du sang sur la joue et son oreille gauche lui brûlait terriblement. Son bras gauche aussi. La manche de sa chemise était toute rouge.

Harrison Ronald Ford fit ensuite le numéro personnel de l'agent spécial du FBI Thomas F. Hooper.

— Faut qu'on discute. Tout de suite. Y a un problème, dit-il, dès que Hooper décrocha.

Harrison Ronald Ford était assis sur les marches du Lincoln Memorial, côté sud, lorsque Hooper apparut au coin du bâtiment et grimpa lentement dans sa direction. L'endroit que Ford avait choisi était dans l'ombre, à l'écart des faisceaux des projecteurs qui illuminaient les colonnes autour de lui.

— Ça va ? demanda Hooper.

— J'ai l'impression que mon foutu bras est en train de cramer.

Il avait ôté son T-shirt dans les toilettes du métro et l'avait déchiré pour en faire des bandages. A présent, sa chemise et sa veste étaient déboutonnées et il appuyait, pour le maintenir en place, sur un de ces pansements improvisés qu'il avait enroulé autour de la plaie de son triceps gauche.

— C'est méchant ?

— Juste une entaille, j'ai l'impression. Mais ça saigne beaucoup et ça me fait souffrir comme un chien.

— Tu veux qu'on aille voir un toubib ?

— Nan. Je retourne chez Freeman dans un moment. Ils s'occuperont de moi là-bas.

Lorsqu'un médecin soignait une blessure par balle, il était obligé de faire un rapport à l'intention de la police, et Ford n'avait aucune envie d'expliquer à Freeman quelle combine il avait trouvée pour y échapper.

Dans la faible lumière, Hooper observa le visage de Ford, puis, avec un morceau de son T-shirt, il nettoya délicatement la déchirure de son bras.

— Tu as eu de la chance.

— Vrai.

— Mais tu n'en auras pas toujours.

— Ça devait arriver.

— Pourquoi t'arrêtes pas maintenant ? On va choper McNally. On se débrouillera avec ce qu'on a.

Harrison Ronald ne répondit pas immédiatement. Il retournait la question dans sa tête. A une centaine de mètres, un couple enlacé, assis sur les marches, contemplait les lumières de la ville. Ford et Hooper, bien plus à gauche, apercevaient l'obélisque blanc du Washington Monument qui se découpait sur le ciel noir.

— Combien de victimes ? demanda Harrison Ronald.

— Dix morts, il semblerait. Plus ce type que tu as tué dans la voiture.

— Il m'aurait descendu lorsque nous serions arrivés là où il voulait aller.

— Je comprends. C'était justifié.

— Il fallait que je le fasse.

— Je te dis que je comprends ! Calme-toi ! C'était un trou-du-cul. Il le méritait.

Harrison ôta le morceau de tissu de son bras et le leva à la lumière pour le regarder. Il y avait du sang frais dessus. Il saignait toujours. Il le replia et le rentra de nouveau dans sa chemise.

— Je ne savais pas quoi faire, dit-il. Y a jamais de flics dans les environs quand on en a besoin.

— Sont tous sur l'autoroute à mettre des contraventions pour excès de vitesse, reconnut Hooper. (Après un bref silence, il demanda :) A quel nom est enregistrée la Chrysler ?

— Aucun. L'adresse, sur le certificat d'immatriculation, c'est celle d'un terrain vague. Elle appartient à Freeman McNally, mais tu ne le prouveras jamais. Et il y a mes empreintes partout.

— Aucune des siennes ?

— Pas à ma connaissance.

— Emmerdant.

Ouais, foutrement emmerdant, même, pensa Ford. *Onze morts ! Bon sang !*

— Allez, t'en as assez fait, reprit Hooper. Laisse-moi t'emmener chez un toubib. On enregistrera un rapport demain et je te mettrai dans l'avion d'Evansville dans la soirée.

— T'as une clope ?

— Non.

— Regarde dans ma veste, là, et allume-m'en une, tu veux ?

Hooper voulait.

— Tu vois, reprit Harrison Ronald au bout d'un moment. Je pense que ce petit problème va me mettre dans une situation un peu difficile avec Freeman. Quelqu'un a essayé de l'arnaquer. Il va être terriblement curieux et il va vouloir connaître ce que je sais, et ensuite il partira en chasse après ce quelqu'un.

— Et qu'est-ce que tu sais ?

— Rien. Absolument rien.

— Peut-être qu'on pourrait imaginer quelque chose pour toi ?

— Trop dangereux, mec. Il vérifiera. Et s'il trouve rien, je te garantis que je suis mort. C'est aussi simple que ça. Mentir à Freeman McNally, c'est comme jouer à la roulette russe. Tu lui racontes une blague et t'arrêtes de respirer en attendant de voir si ta cervelle n'est pas en train de gicler partout.

— On devrait pouvoir tirer profit de cette histoire, dit Hooper.

— J'ai besoin d'encore quelques jours. Tu aviseras à ce moment-là. Ouais, juste encore quelques jours. (Harrison Ronald soupira.) Allez, aide-moi à me lever. J'ai le cul glacé et les jambes raides. Faut qu' j' retourne voir Freeman.

— Et qu'est-ce qui se passera s'il décide que tu étais dans le coup avec les autres, et que votre truc a merdé ?

— C'est le risque, répondit Harrison Ronald avec aigreur. Mais t'avais pas vraiment besoin de me le rappeler, mec.

— On ne sait jamais, insista Hooper, ça pourrait tourner comme ça.

— Si c'est le cas, j'aurai été content de te connaître.

— Et un micro ? Tu mets un micro sur toi, et nous on attend dans les environs.

— Ne me prends pas pour un con !

Hooper s'assit et regarda Ford descendre les marches et tourner vers l'est pour passer devant le Memorial. *Trop tard pour le métro,* pensa Ford. Il allait donc être obligé de marcher un peu. Il pourrait peut-être passer un coup de fil à Freeman en cours de route.

Hooper avait froid. Les marches étaient glacées, l'air était glacé et lui aussi. Il serra sa veste autour de lui et contempla un moment les lumières d'Arlington.

Chapitre quinze

ONZE MORTS DANS UNE COURSE-POURSUITE DE DROGUÉS, disait le gros titre du journal du matin.

A l'arrière de la limousine qui l'amenait à son bureau, le secrétaire général de la Maison Blanche, William C. Dorfman, lisait l'article avec une horreur croissante. La nuit dernière, à 22 h 18, six passagers d'un autocar avaient été tués, et cinq blessés — dont trois grièvement; une Pontiac Trans-Am 1988 avait percuté, dans une rue proche du National Collection of Fine Arts, un véhicule qui transportait des directeurs de musée japonais et leurs familles. Ceux-ci venaient juste d'assister à une réception en leur honneur et ils rentraient à leur hôtel lorsque la Pontiac s'était écrasée contre le car. D'après des témoins, la voiture roulait à plus de cent kilomètres à l'heure au moment de l'accident. Son conducteur et le passager avaient été tués sur le coup. On avait trouvé deux mitraillettes Uzi dans les débris.

Un couple de Silver Springs était mort cinq ou six minutes avant, la même Pontiac, qui poursuivait une vieille Chrysler quatre portes, ayant été à l'origine d'une autre collision à une intersection, sur Bladensburg Road. Le conducteur d'un gros camion appartenant à un grossiste en épicerie avait dû faire une embardée pour l'éviter et il avait écrasé la voiture du couple du Maryland.

Enfin, comme si cela ne suffisait pas, on avait retrouvé le cadavre d'un Noir d'environ vingt-cinq ans dans la Chrysler criblée de balles et abandonnée sur H Street, à proximité de la Maison Blanche. Pour la police, il s'agissait du véhicule pris en chasse par la Pontiac. Il y avait cinq kilos de cocaïne et de crack à l'intérieur et, là aussi, une Uzi.

L'article citait les déclarations de deux ou trois témoins selon lesquels le passager de la Pontiac tirait à l'arme automatique sur la Chrysler qui descendait Bladensburg Road et Maryland Avenue à plus de cent cinquante à l'heure. Huit voitures avaient été endommagées par les balles et la police s'attendait à voir cette liste s'allonger.

L'article était illustré par deux photos. La Chrysler trouée comme une passoire et une Japonaise transportée vers une ambulance dans son kimono inondé de sang.

Dorfman n'avait pas encore fini sa lecture qu'il allumait d'un geste rageur la petite télévision installée dans la limousine. L'émission matinale d'informations de la chaîne sur laquelle il tomba diffusait un reportage sur l'accident, où l'on voyait l'autocar et les restes presque méconnaissables de la Pontiac encastrée dans son flanc. Suivirent d'autres images d'ambulanciers évacuant des victimes hurlantes et en sang.

Oh, mon Dieu ! Pourquoi fallait-il que cette femme porte un kimono ! pensa-t-il.

Comme si on n'avait déjà pas assez d'emmerdes avec la débâcle entraînée par le scandale des caisses d'épargne, et avec les crises des républiques baltes et de Cuba ! Et pour couronner le tout, George Bush devait donner une conférence de presse cet après-midi. *Bon sang ! Les journalistes vont se précipiter à la curée !*

Dorfman baissa le son de la télévision et composa un numéro sur son téléphone de voiture.

— Pourquoi personne ne m'a parlé de cette histoire d'autocar ? hurla-t-il à l'assistant qui eut le malheur de répondre.

Il ignora les bredouillements de son interlocuteur. Il connaissait déjà la réponse à sa question, en fait. La procédure normale voulait que le secrétaire général fût immédiatement informé des incidents internationaux et de toute crise concernant la sécurité nationale — et une collision entre un autocar et une voiture n'entrait pas vraiment dans ces deux catégories. Mais il lui fallait faire quelque chose pour soulager la pression, et ce pauvre assistant était une cible toute trouvée. Cette espèce de crétin ne voyait jamais plus loin que ses instructions, ne montrait jamais la moindre initiative !

Va falloir que je laisse tomber ce foutu boulot avant de me payer une crise cardiaque... se dit Dorfman. *J'ai quinze kilos de trop, je prends ces saletés de pilules pour la tension, et toute cette merde va avoir ma peau.*

Lorsqu'il pénétra au pas de course dans son bureau, un de ses assistants se précipita vers lui :

— L'ambassadeur du Japon veut rencontrer le président. Ce matin.

— Appelez-moi Mouth. (C'était le surnom du porte-parole de la Maison Blanche.) Et où est passé ce mémo que Gid Cohen nous a refilé la semaine dernière ? Celui qui dresse la liste de toutes les initiatives anti-drogue qu'il recommande ?

Vingt secondes plus tard, le mémo en question était sur son

bureau. *Voyons, l'AG*[1] *veut qu'on change les billets, pour que les réserves en liquide ne vaillent plus rien — oui, c'est faisable. Les banquiers vont être furieux, et les fabricants de distributeurs de monnaie aussi, sans parler de quelques mémés qui dorment sur leur magot, mais... Il veut des tribunaux spéciaux, et davantage de procureurs et de juges fédéraux pour s'occuper des affaires de drogue. Okay : qu'il mette le paquet dans cette direction. Un programme national de réhabilitation des drogués ? Hum, il me faudra de sérieuses informations là-dessus. Regrouper la DEA et le FBI et en faire une superagence gouvernementale ? Ça va rendre dingues les démocrates !*

Une carte nationale d'identité ? Dorfman écrivit « non » et souligna le mot. Davantage de prisons, condamnations systématiques pour les crimes de drogue, changements dans les règlements de procédure criminelle, révision des lois sur les bails, rôle accru de l'armée dans la chasse à la contrebande...

Il annota — oui, non, peut-être — au fur et à mesure de sa lecture. A l'origine, lorsqu'il avait reçu ce mémo, il y avait jeté un rapide coup d'œil, puis il l'avait oublié, estimant que c'était une preuve supplémentaire du manque de sensibilité de Cohen à la réalité politique. *Eh bien,* pensa-t-il, *c'est juste que la réalité change rapidement, voilà tout.*

Quand le porte-parole entra, Dorfman ne prit même pas la peine de lever les yeux.

— Qu'est-ce que vous allez raconter sur l'affaire de l'autocar ?

— Que le président fera une déclaration à ce sujet au cours de sa conférence de presse. Que le gouvernement présente ses condoléances, au nom du peuple américain, aux citoyens japonais qui ont perdu des parents la nuit dernière. Et j'ai une citation du président qui déclare que cet accident est une tragédie.

— Faites-moi voir la citation. (Dorfman la vérifia, puis lui rendit son papier.) Okay. Que va dire le président à sa conférence de presse ?

— J'ai mis deux gars là-dessus pour écrire son texte. J'aurai quelque chose pour vous dans une heure environ.

— C'est bon.

Deux minutes après, le mémo de Cohen à la main, William C. Dorfman se dirigeait vers le Bureau Ovale pour voir le président.

Sa secrétaire l'appela au passage :

— Le ministre de la Justice en ligne. Il veut s'entretenir avec le président. Il est avec le directeur du FBI.

— D'accord.

Dorfman et Bush venaient de mettre au point les grandes lignes

---

1. L'Attorney général : le ministre de la Justice. (*N.d.T.*)

d'une stratégie pour sauvegarder l'image du gouvernement dans la crise déclenchée par la mort des six VIP japonais lorsque Cohen et le directeur du FBI furent introduits dans le Bureau Ovale, un quart d'heure plus tard.

— Qu'est-ce que vous avez sur cette histoire d'autocar ? demanda aussitôt le président Bush au directeur du FBI.

— Pour le public, nous y travaillons et nous suivons chaque piste. Nous faisons les autopsies des trois morts dans les voitures. Et lorsque nous saurons de qui il s'agit, nous enquêterons en amont... Mais pour vous, c'était l'un de nos agents qui conduisait la voiture poursuivie. Il livrait cinq kilos de cocaïne et de crack pour le compte du gang de trafiquants de Freeman McNally, lorsque les types qui étaient censés surveiller le chargement ont essayé de le dérober. Ils sont morts tous les trois, maintenant — deux dans la Pontiac et un dans la Chrysler.

Dorfman ne parvenait pas à croire ce qu'il entendait. Il fixait le directeur, les yeux exorbités.

— Répétez un peu ça, voulez-vous ? La partie qui concerne l'agent infiltré.

— C'est un homme à nous qui conduisait la Chrysler.

— FBI ?

— Oui, un de nos agents clandestins, un policier temporairement détaché auprès du FBI.

— C'est un flic qui roule comme un dingue raide défoncé en plein centre de Washington qui est la cause de *la mort de onze personnes* ?

— Bon sang, qu'est-ce qu'il aurait dû faire, d'après vous ? s'exclama le directeur du FBI. Vous auriez préféré qu'il se laisse descendre ?

— Eh bien, je crois que vous devriez poser cette question à l'ambassadeur du Japon ! Peut-être qu'il pourra vous donner la réponse ? Celle qui m'échappe, là, sur le moment.

— Notre homme est okay ? l'interrompit George Bush.

— Il a reçu deux balles. Et il est couvert de plaies. Mais oui, il est okay.

— Vous avez assez d'éléments pour arrêter le McNally en question ?

— Non, monsieur, répondit Gédéon Cohen. Pas assez. Oh, nous avons les déclarations de notre agent, mais le témoignage d'un seul homme ne suffit pas. Il nous faudrait davantage. En outre, dans ce qu'il nous a rapporté, il y a une bonne part d'informations sur la foi d'un tiers. Il n'a pas beaucoup de contacts personnels avec McNally.

— Quand ?

— Bientôt. Mais pas tout de suite.
— La presse va nous clouer au pilori, grommela Dorfman.
— Ça devait arriver tôt ou tard, dit Gideon Cohen.
Sa remarque n'était destinée à personne en particulier.
— Expliquez-vous, dit Dorfman.
— Il y a plus de quatre cents meurtres par an dans le district — et environ quatre-vingts pour cent d'entre eux sont liés à la drogue. Des touristes ou des politiciens importants devaient bien finir par être pris dans une fusillade. C'était juste une question de temps.
— Je ne marche pas. Cette poursuite de trafiquants en plein centre-ville a un air d'opération de police bâclée. Où étaient les agents en uniforme pendant que ces gens jouaient à Al Capone et à Dutch Schultz sur Constitution Avenue ?
Cohen laissa échapper un ricanement.
— Nom de Dieu, Dorfman, regardez les choses en face ! Si quatre cents petits Blancs des classes moyennes avaient été massacrés l'année dernière dans le comté de Howard, il y aurait eu une énorme marche de protestation sur Washington, les manifestants seraient allés au Capitole chercher vos gars, ils les auraient sortis de force, gesticulant, agitant les pieds et hurlant, et ils les auraient pendus, tous autant qu'ils sont !
— Nous perdons notre temps à mettre la police en accusation, les interrompit George Bush d'un ton sec, tout en ajustant le pantalon de son costume à huit cents dollars. L'ambassadeur japonais va arriver dans un moment et demander ma tête sur un plateau. Le pays est en pleine effervescence. Alors ce qui était impossible la semaine dernière ne l'est plus cette semaine. Tout ce que peut essayer de faire un politicien, Gid, c'est le possible. Je ne suis pas le Joueur de flûte de Hamelin. Je ne peux pas les emmener là où ils ne veulent pas aller. Et je ne suis pas en train de présenter mes excuses pour ça. Parce que je ne suis pas Jésus-Christ non plus.
Bush ramassa sur son bureau la liste des propositions de Cohen.
— Une carte d'identité fédérale pour tous les citoyens de ce pays ? Ça ne passera jamais. La Cour Suprême autorise qu'on brûle le drapeau en signe de protestation politique. Alors on risque de se servir de ces cartes comme papier toilette.
— Ce serait bien de l'avoir, mais...
— Un programme national obligatoire de réhabilitation des drogués ? Coût estimé à dix milliards de dollars par an ? Où trouvera-t-on l'argent ? On va mettre sur pied une bureaucratie fédérale supplémentaire qui finira par devenir si grosse et si boursouflée qu'elle n'aidera personne.

— Ce serait...

— Et une refonte du système de la justice criminelle... poursuivit le président. Rationaliser, éliminer les délais, dites-vous, Gid. Mais ces procédures, aussi obsolètes et inefficaces soient-elles, sont rendues obligatoires par le Bill of Rights[1], selon les neuf sages de la Cour Suprême. Nous aurons besoin d'une convention constitutionnelle pour réviser le Bill of Rights. Malgré des opinions très répandues qui prétendent le contraire, je ne suis pas assez dingue pour me battre afin que l'on ouvre cette boîte de Pandore.

Cohen resta silencieux.

— Mais on peut quand même adopter certaines de ces propositions, conclut George Bush. J'ai noté lesquelles. Maintenant, Gid, réunissez-vous avec Bill et le secrétaire au Trésor, et voyez les détails. Vous avez deux heures. Ensuite nous ferons venir les responsables du Sénat et de la Chambre et nous les mettrons au courant, et puis j'irai à la conférence de presse et je verrai si je peux m'en tirer sans y laisser ma peau. Je ne crois pas qu'ils auront beaucoup de questions sur Cuba, la Lituanie ou l'aide à l'URSS, alors que j'ai passé deux jours à potasser ça. (Il leva les mains.) Et entre-temps, l'ambassadeur du Japon, l'un des meilleurs amis de l'Amérique au sein du gouvernement de ce pays, veut me dire ce qu'il pense de la façon dont nous faisons respecter les lois. Monsieur le directeur du FBI, vous pouvez vous asseoir ici avec moi et affronter cette épreuve et son cortège de sueurs froides.

Ce matin-là, dans son box du Pentagone, le capitaine Jake Grafton parcourait avec un intérêt tout professionnel les articles que le *Washington Times* et le *Post* consacraient à la course poursuite et à l'accident spectaculaire de la veille au soir. En tant qu'officier responsable de la section anti-drogue de l'état-major interarmes, il avait l'habitude de lire les journaux pour savoir ce que la presse racontait sur la question de la drogue. La presse, il le savait, soulevait les problèmes pour l'électorat qui, à son tour, déterminait les priorités des politiciens. Et les difficultés que le gouvernement essayait de régler, c'étaient ces perceptions nébuleuses qui naissaient lorsque certains faits bruts passaient à travers ce double filtre imparfait ; un fonctionnaire qui ne comprenait pas cette vérité de base était condamné à un manque d'efficacité des plus frustrants. Bien que toute sa vie professionnelle se fût déroulée au sein d'une

---

1. Les dix premiers amendements de la Constitution américaine, concernant les droits de l'homme et du citoyen. (*N.d.T.*)

organisation militaire qui affrontait et résolvait des questions plus simples et plus nettement définies, Jake Grafton, fils de fermier qui avait fait des études d'histoire, comprenait instinctivement comment fonctionnait une démocratie.

Dans le box, derrière lui, Jake entendait l'un de ses collègues, un lieutenant-colonel de l'Armée de l'Air, expliquer le fonctionnement de son terminal d'ordinateur à Toad Tarkington. Il y avait un terminal sur chaque bureau. Tarkington absorbait les diverses procédures avec une déconcertante facilité. Jake jeta un coup d'œil à l'écran noir, devant lui, et il laissa échapper un sourire désabusé. Lui-même avait dû se battre comme un beau diable pour acquérir un minimum de savoir-faire informatique, tandis que pour Tarkington tout cela semblait aussi simple que l'apprentissage de la respiration.

Dans le *Post,* à côté de l'article principal de la une sur la collision, il y avait un autre papier que le capitaine lut avec intérêt. Signé Jack Yocke, et daté de La Havane, Cuba, c'était le premier d'une série de cinq, promettait-on en fin de texte.

Le reportage parlait d'une famille paysanne, et de son voyage jusqu'à la capitale pour assister à la chute de Castro. Pourquoi ces gens étaient venus, ce qu'ils avaient vu, ce qu'ils avaient mangé, où ils avaient dormi, ce qu'ils souhaitaient pour eux et leurs enfants, le récit de Yocke était construit autour de toutes ces questions. C'était un texte vivant et puissant. Jake Grafton fut impressionné. Peut-être qu'il y avait davantage chez ce Jack Yocke qu'il ne...

Le téléphone interrompit sa lecture attentive du journal. Il le plia et l'abandonna sur son bureau.

— Capitaine, voulez-vous passer me voir, s'il vous plaît ?

Exactement quatre minutes plus tard, Jake Grafton se tenait devant son chef, un général deux étoiles. Lorsqu'il avait pris son poste à l'état-major interarmes, Jake avait soigneusement étudié l'organigramme et, après un rapide calcul, il en avait conclu qu'il y avait cinquante-sept officiers supérieurs entre lui et le patron des chefs d'état-major interarmes, un général quatre-étoiles. Le général de division Franks était le cinquante-septième de cette liste, entre lui et le sommet. Mais Jake savait, aujourd'hui, combien, en réalité, cette distance était courte.

— Capitaine, pouvez-vous aller jusqu'au bureau du directeur ? Il part dans quelques minutes pour la Maison Blanche et il veut être accompagné par l'officier responsable de la section anti-drogue.

— Oui, monsieur, dit Jake Grafton.

Et il sortit. Il ne demanda même pas à Franks de quoi il s'agissait, car celui-ci ne le savait sans doute pas.

Le portier, M. James, le salua lorsqu'il quitta la zone réservée à l'état-major interarmes ; Jake lui retourna son bonjour, avec un sourire préoccupé.

Hayden Land était de mauvaise humeur.

— Ils ont l'air furieux à la Maison Blanche. Dorfman m'a ordonné de venir. Ordonné ! Ce gars-là a autant de psychologie qu'un babouin !

L'assistant du général accompagna Hayden Land et Jake à la Maison Blanche. Tandis qu'ils traversaient la ville dans la limousine du directeur, Land donna certaines informations aux deux officiers :

— Le président va annoncer de nouvelles initiatives contre les trafiquants de drogue. La Maison Blanche a deux propositions qui concernent les militaires. Elle veut augmenter le nombre des patrouilles le long de la frontière mexicaine et placer dans l'est des Caraïbes ou dans le golfe du Mexique un porte-avions avec un groupe de bataille.

— Les Caraïbes ? répéta Jake Grafton, avec une évidente surprise.

— L'idée, c'est que le porte-avions permettra de mieux intercepter et de mieux surveiller le trafic aérien et maritime suspect.

— Nous en faisons déjà autant en ce moment avec les AWACS de l'Air Force, monsieur, dit Jake. Nous sommes au courant du moindre mouvement dans le golfe du Mexique. Mettre un porte-avions dans cette zone signifie qu'il faudra bien l'enlever d'un endroit ou d'un autre, sans doute de la Méditerranée. Du coup, il ne nous restera plus qu'un bâtiment, là-bas.

— J'en ai parlé avec le CNO, répondit Land. Il a fait les mêmes remarques. Aujourd'hui, je vous demande seulement d'être là et d'écouter. J'ai pensé qu'assister à cet entretien vous aiderait à mieux travailler à l'état-major pour faire passer ces deux propositions dans les faits, si le président l'ordonne, ce qui va probablement être le cas. Son staff estime que l'accident de l'autocar de touristes japonais, la nuit dernière, demande une réponse immédiate. Et, apparemment, il a réussi à en convaincre le président.

— Oui, monsieur, dit Jake Grafton, en ôtant un instant sa casquette blanche pour se passer les doigts dans ses cheveux qui s'éclaircissaient. Mais je ne crois pas qu'un porte-avions dans le golfe du Mexique leur permettra de mettre la main sur un gramme de cocaïne supplémentaire. En revanche, stationner là-bas un tel bâtiment pour une période plus ou moins longue aura un effet négatif sur nos capacités de combat en Méditerranée. Elles seront diminuées de moitié.

L'assistant intervint pour la première fois dans la conversation :

— Monsieur, j'ai cru comprendre que l'on proposait aussi d'autoriser l'Air Force et la Navy à descendre en vol les avions qui refuseraient d'obéir aux instructions des intercepteurs ?

Le général Land acquiesça d'un signe de tête.

— Ça nous pend au nez depuis un moment, dit Jake. Les organisations de pilotes de l'aviation civile ont hurlé comme des putois. Dieu seul sait ce qu'un toubib se baladant dans son Skyhawk fera lorsqu'il se retrouvera nez à nez avec un F-16 pour la première fois. Lorsque des Cessna et des Piper en flammes s'écraseront sur les plages de Floride, ce sera certainement très télégénique.

— Les docteurs et les dentistes n'auront qu'à trouver d'autres endroits pour se promener, répliqua le général Land sur un ton qui mettait fin à la discussion. Ce bordel avec la drogue était déjà brûlant, avant — et maintenant c'est la surchauffe. L'administration part à la pêche et essaie de remonter tout ce qui lui tombe sous la main. Et ceux qui ne voudront pas y laisser des plumes auront intérêt à s'enlever du chemin.

Ce dernier commentaire paraissait assez bien résumer l'atmosphère qui régnait à la Maison Blanche, en effet. Lors de la réunion, Jake s'installa contre le mur et suivit l'ordre du général Land : il resta silencieux. Il écouta William C. Dorfman informer les sénateurs et les députés des initiatives du président, et il observa ce dernier pendant qu'il leur expliquait son raisonnement.

— Messieurs, le peuple américain en a assez. J'en ai assez. Nous allons mettre un terme à ce trafic de drogue. Nous ne pouvons pas permettre qu'il continue.

— Monsieur le président, tout le monde est dingue avec ça en ce moment mais, tôt ou tard, les gens vont se calmer, répondit le sénateur Hiram Duquesne. Personnellement, je ne vais pas rester assis sans rien dire pendant que les flics et les militaires piétineront les droits constitutionnels des citoyens américains au cours de cette nouvelle chasse aux sorcières.

— Nous ne chassons pas des sorcières, Hiram, dit le président, avec patience. Nous poursuivons des contrebandiers et des trafiquants de drogue.

Cette remarque provoqua quelques mimiques amusées, mais personne n'osa rire.

— Combien de temps cet état d'urgence durera-t-il ? insista Duquesne.

Jake Grafton avait déjà rencontré le sénateur Duquesne, l'année précédente, lorsqu'il travaillait sur le projet de l'A-12. Apparemment, Duquesne ne s'était guère adouci au cours de ces douze derniers mois.

— Je n'ai décrété aucun état d'urgence.

— Appelez ça comme vous voulez, reprit Hiram Duquesne sèchement. Combien de temps ?

— Jusqu'à ce que ça donne des résultats.

— Ça va coûter cher, le changement de monnaie, remarqua un autre sénateur. Recommencerez-vous l'opération l'année prochaine ?

— Je n'en sais rien.

— Ce regroupement du FBI et de la DEA, intervint le sénateur Bob Cherry, je pense que le Congrès ne laissera pas passer un truc pareil. Une bureaucratie policière plus puissante, c'est bien la dernière chose dont ce pays a besoin.

— C'est l'efficacité que je recherche, dit le président.

Bob Cherry fronça les sourcils :

— Ce n'est pas comme ça que vous l'obtiendrez. Augmenter le nombre des gratte-papier signifie moins d'efficacité et non le contraire. Tout ce que vous avez lorsque vous multipliez les bureaucrates, c'est davantage d'inertie. Et, je le répète, la dernière chose que désire ce pays, c'est une énorme bureaucratie policière qu'on ne pourra plus arrêter.

— Je veux quand même essayer, insista le président.

— Bonne chance, dit Cherry.

— J'ai besoin de vous pour ça, Bob. Je demande un soutien des républicains et des démocrates. Les deux partis. Je demande votre aide.

— Monsieur le président, au Congrès, l'accident d'hier soir nous a rendus furieux autant que vous, sinon plus. Les gens veulent savoir pourquoi des touristes doivent courir le risque de se faire massacrer dans la rue, juste pour visiter la capitale de ce pays. Ce matin, mon bureau était un véritable asile de fous. On a été obligés de laisser les téléphones décrochés. Mais le Congrès va prendre le temps de réfléchir. Je peux vous promettre la chose suivante : nous allons étudier vos propositions immédiatement et nous approuverons celles qui, selon nous, ont une chance de marcher. Rapidement. Quant à celles qui n'en ont pas...

Il haussa les épaules.

Ce soir-là, Jake Grafton raconta sa journée à sa femme, au cours du dîner.

— A la télé, un reporter a expliqué que le président panique, fit Callie.

Jake éclata de rire.

— Et l'année dernière, ils prétendaient qu'il était trop timoré. Il prend des coups de tous les côtés.

— Est-ce que ces propositions ont des chances de marcher ? Peut-on régler ce problème de la drogue ?

Jake réfléchit un moment avant de répondre :

— On a juste un tas de petites idées qui, chacune, auront un certain effet sur la question, dit-il enfin. Mais il n'y a pas de solution globale, simple et facile, qui attendrait quelque part qu'on la trouve. Non. Aucune.

— Tu es en train de dire que la drogue est là et qu'elle va y rester.

— A un certain niveau, oui. Les hommes ont appris à vivre avec l'alcool, le tabac et la prostitution — et maintenant ils vont devoir apprendre à vivre avec la drogue.

— Même si elle ruine l'existence de plein de gens ? intervint Amy.

Jake Grafton mâcha un morceau de jambon, tout en pensant à la réflexion de sa fille.

— Il y a beaucoup d'autres choses qui peuvent ruiner la vie des gens, tu sais. On grossit trop et le cœur lâche. On creuse sa tombe avec ses dents, comme on dit. Faut-il pour autant une loi réglementant la quantité de ce qu'on peut manger ?

— La drogue, c'est différent, dit Amy.

— C'est vrai, fit Callie en gratifiant son mari d'un regard de côté, avec un sourcil arqué de façon menaçante.

Sagement, Jake Grafton changea de sujet.

Plus tard, Callie demanda :

— Est-ce que tu as lu le super-article de Jack Yocke sur Cuba, dans le *Post* d'aujourd'hui ?

— Ouais.

— Je veux l'inviter à dîner avec son amie samedi soir, s'il est rentré de Cuba. Je l'appellerai demain au journal.

— Oh !

— Écoute, Jake, ne recommence pas. Je l'ai eu dans ma classe pendant un semestre. C'est un jeune homme brillant et bourré de talent. Tu devrais apprendre à le connaître.

— On dirait que je n'ai pas vraiment le choix, hein ?

— Chéri, tu exagères !

— D'accord, d'accord. Invite-le. Si tu penses que c'est un brave type, je suis sûr que c'est vrai. Après tout, tu ne t'es pas trompée, avec moi.

— P't'être justement que tu devrais revoir ça, Callie ! lança Amy, ironique, avant de retourner dans sa chambre pour faire ses devoirs.

Chapitre seize

Le vent soufflait du nord-ouest à quinze ou vingt nœuds. Il charriait, presque horizontalement, de petits flocons de neige qui venaient se coller contre l'armoise et les genévriers poussant sur les pentes de l'arroyo. Plus haut, sur les collines, les pins se teintaient déjà de blanc, mais le chemin de terre qui descendait jusque dans la gorge n'était pas encore enneigé.

Depuis une fenêtre de son living, Henry Charon examina une nouvelle fois le paysage.

La couche de neige allait augmenter au cours de la journée, et encore plus la nuit suivante. Son épaisseur dépendrait de l'humidité des nuages arrivant des San Juan Mountains. L'air était certainement assez froid. Il léchait le bas de la porte et les bords de la fenêtre, et il piquait le visage de Charon.

Celui-ci mit une autre grosse bûche de pin dans le poêle à bois, puis il gagna sa chambre, sortit le Colt .45 automatique qu'il rangeait dans le tiroir de sa commode, et vérifia qu'il était chargé et qu'une cartouche était engagée dans la chambre. C'était bien le cas. Il le passa dans sa ceinture, derrière son dos, et rabattit son épais sweatshirt pour le dissimuler. Puis il revint dans le living.

Il aimait s'installer près du poêle, dans son vieux fauteuil rembourré, avec la fenêtre à sa droite. De là, il pouvait surveiller la grange et la route et plusieurs collines qui s'élevaient contre le ciel. Les sommets qu'il apercevait d'habitude étaient cachés dans les nuages, ce matin.

Vraiment, quand on y réfléchissait, c'était une honte que la vie ne durât pas toujours. S'asseoir ici et regarder les hivers s'écouler, passer les soirées d'été sur la terrasse à écouter le chant des grillons et des sturnelles, sortir le matin avec son fusil et se promener tranquillement à la recherche de traces de cerfs et d'élans, tandis que les premiers feux du soleil levant illuminaient le ciel... Il faisait cela depuis toujours et c'était un vrai plaisir.

Un vrai plaisir.

Mais cette autre chasse, elle, serait un défi — un défi que n'étaient plus depuis longtemps ses traques des cerfs, des élans et des ours. Et pour le relever, il aurait son dû à payer. La vie lui avait enseigné ça. Aujourd'hui, ce pouvait donc très bien être la dernière fois qu'il était installé là, à enfourner des bûches dans son poêle et à regarder tomber la neige. Aussi laissa-t-il son regard errer sur les pins et les genévriers pour avoir, une fois encore, une vision d'ensemble du paysage qui l'entourait.

Vers 10 heures, il vit la voiture qui approchait sur la route. La neige était plus drue. Il enfila son manteau et sortit sur la terrasse.

— Salut! dit Tassone en s'extrayant de derrière son volant.
— Venez à l'intérieur.
— J'ai des trucs dans la bagnole. Aidez-moi.

Dans le coffre, il y avait une valise. Et deux gros sacs militaires en toile verdâtre, fermés avec un cadenas, sur lesquels on lisait US ARMY écrit au pochoir. Ils laissèrent la valise et prirent chacun un sac.

Une fois dans la maison, Tassone grommela en frissonnant :
— Commence à cailler, dehors.
— C'est l'hiver, ici, dit Charon.

Tassone lui lança deux clés et s'approcha du poêle pour se réchauffer le dos.

Charon ouvrit les cadenas.

Les deux sacs contenaient l'argent attendu — des liasses de billets de vingt et de cinquante dollars.

— Cinq millions dans chaque, fit Tassone. Pouvez compter, si vous voulez.

Henry Charon plongea sa main dans les deux sacs, pour s'assurer qu'il y avait bien de l'argent jusqu'au fond.

— Ce ne sera pas nécessaire, je pense, répondit-il alors.
— Ça fait une grosse somme.
— Vous voulez vous charger du travail à ma place?
— Oh non, merci! Je tiens à rester vivant. Ma vie vaut plus que ça.
— Moi aussi, j'espère rester vivant.

Tassone acquiesça d'un signe de tête et jeta un coup d'œil autour de lui. Charon referma les cadenas et alla ranger les deux sacs dans la chambre. Quand il revint dans le living, il trouva Tassone installé dans son fauteuil; il avait ôté son manteau.

— J'ai du café, si vous voulez, proposa Charon.
— Ouais. J'en prendrais bien une tasse. Noir.

Ils burent en silence; ils écoutaient le vent. La neige tombait toujours.

— Qu'est-ce que vous allez faire ? demanda Tassone. Ensuite, je veux dire.

Henri Charon réfléchit un instant avant de répondre :

— Continuer à vivre ici, j'espère. Ça me plaît, ici.

— C'est paumé, j'trouve.

Henry Charon haussa les épaules. Il n'avait jamais vu les choses sous cet angle.

Ils se turent de nouveau. Au bout d'un moment, Charon remit une bûche dans le poêle.

— Qu'est-ce que vous pensez des autres noms de la liste ?

— Je ferai de mon mieux. Je vous l'ai dit.

— Un million par tête. On attend deux ou trois mois, puis quelqu'un se pointe ici avec l'argent. Si vous n'êtes pas là, vous voulez qu'on le laisse ?

— Ouais, dit Charon, après réflexion. Ouais, ça serait bien. Je reviendrai dans cette maison un de ces jours. (Du moins l'espérait-il.) Planquez-le sous la terrasse. C'est sec. Ça sera parfait.

— Y aura deux autres équipes de tireurs à Washington, en plus de vous.

— Vous ne m'avez jamais parlé de ça.

— On ne m'en a pas informé avant. Je vous le dis maintenant Vous pouvez encore renoncer.

— Pas envie. Mais ça change les données du problème, bien sûr.

— Je sais.

Tu parles que ça change tout ! Henry Charon regarda la neige, par la fenêtre. *Bon sang ! Ils vont être fous ! Ils vont fourrer leur nez dans tous les coins !* Il y avait pourtant quelque chose de positif là-dedans : s'il leur échappait assez longtemps, peut-être qu'en revanche ils attraperaient l'une ou l'autre de ces deux équipes. Et ce serait parfait pour la diversion à laquelle il avait songé.

— Bon..., dit Tassone. (Il termina sa tasse et la posa sur le rebord de la fenêtre.) J'ai aucune envie d'être coincé ici par la neige. J'ai un vol, ce soir, à Albuquerque. J' ferais mieux d'y aller.

Il se leva et remit son manteau.

— Faites attention en redescendant. Ça risque de glisser à certains endroits.

— Ouais. Ça commençait déjà, en venant.

— Restez sur la partie haute du chemin et roulez doucement.

Charon accompagna son visiteur à l'extérieur, sur la terrasse, et le regarda s'éloigner vers son véhicule. Alors, très vite, il passa sa main droite sous son sweat-shirt, dans son dos, et sortit son automatique. Il le leva, le tenant des deux mains.

Et au moment où Tassone atteignait la portière de sa voiture, Charon fit feu sur lui, une fois.

La balle envoya Tassone rouler dans la boue.

Le pistolet armé, Charon descendit les trois marches et s'approcha de l'homme recroquevillé sur le sol.

Tassone le regardait avec une expression de stupeur.

— *Pourquoi ?* murmura-t-il.

Puis tous ses muscles se relâchèrent et il ne respira plus.

Charon appuya la gueule du pistolet contre le front de Tassone et posa un doigt sur son cou pour vérifier son pouls ; il sentit un faible battement... et puis plus rien. La balle avait pénétré sous l'omoplate gauche et elle était ressortie par sa poitrine.

L'assassin abaissa avec soin le chien de son arme et replaça celle-ci dans sa ceinture, contre ses reins. Puis il regagna la maison pour prendre son manteau, un chapeau et des gants.

Pourquoi ? Parce que Tassone était le seul lien entre Henry Charon et la personne qui avait financé le matériel. Lui disparu, il était impossible de remonter jusqu'à Charon. C'était pour cela qu'il devait mourir, cet idiot. Et idiot, il l'avait été, vraiment ! Le FBI allait forcément suivre de très près la piste des missiles Stinger et des fusils. Et cette piste qui irait jusqu'à Tassone était désormais une impasse. *Pourquoi ?* Non mais, vraiment !

Il avait tué Tassone dans la cour, car il ne voulait aucune trace de sang ni de balle à l'intérieur de la maison. Dehors, la pluie et la neige s'occuperaient du sang.

Charon prit le portefeuille de Tassone dans l'une des poches du mort et il retourna à l'intérieur ; il le vida sur la table de la cuisine. Il ne contenait pas grand-chose. Un peu plus de trois cents dollars en billets, plusieurs cartes de crédit et un permis de conduire, établi au Texas, au nom d'Anthony Tassone. Rien d'autre.

Il jeta les cartes de crédit et le permis dans le poêle. Et même l'argent. Quant au portefeuille, il le fit disparaître dans sa poche.

Quand il fut dehors, de nouveau, il approcha le pick-up et chargea le corps sur le plateau. Il inspecta soigneusement l'intérieur de la voiture de Tassone, puis sortit sa valise du coffre. Comme il s'en était douté, il s'agissait d'un véhicule loué dans une agence, à l'aéroport d'Albuquerque. Il la ramènerait là-bas demain et la garerait sur le parking des retours de location ; puis il irait glisser les clés et les papiers dans la fente prévue à cet effet, à l'agence. A ce moment-là, Tassone cesserait d'exister. Ensuite, il prendrait un avion pour Washington.

Il y avait un emballage de bonbon sur le plancher de la voiture. Charon le ramassa et le mit aussi dans sa poche.

Le contenu de la valise était aussi anodin que celui du portefeuille. Du linge de rechange, des articles de toilette, et un roman en format de poche de Judith Krantz. Il remit tout en place et lança la valise à l'arrière du pick-up, à côté du corps.

Il lui fallut vingt minutes pour grimper à flanc de montagne jusqu'à la vieille mine, à une dizaine de kilomètres de là. Il avait mis le double pont, mais il conduisit lentement et prudemment. Plus il montait, plus la neige était épaisse et le chemin difficile. Le lendemain, le pick-up n'aurait sans doute même pas pu venir jusque-là.

A la mine, la visibilité était réduite — moins de cent mètres. Les planches et les madriers usés par les intempéries qui formaient une grosse cabane autour du puits étaient à moitié pourris, prêts à s'écrouler. La mine avait été abandonnée à la fin des années 50. Henry Charon monta à pied jusqu'au sommet qui la surplombait, puis fit le tour de la montagne, avant de revenir au pick-up. Cela lui prit environ un quart d'heure. Constatant avec satisfaction qu'il n'y avait personne dans les environs, il déchargea le cadavre, le tira jusqu'au puits et le jeta dedans. La valise suivit le même chemin.

Ensuite, il attacha une corde au pare-chocs avant de son véhicule et lança l'autre extrémité dans le puits. Il sortit une bobine de fil électrique de la caisse à outils derrière la cabine du camion, et en déroula une trentaine de mètres dans le trou. Finalement, il mit dans ses poches une lampe électrique, quatre bâtons de dynamite et une amorce, regarda une dernière fois autour de lui et, en s'aidant de la corde, descendit dans le puits.

Il travailla vite. Il traîna le corps sur une quinzaine de mètres dans l'une des deux galeries qui se perdaient dans les entrailles de la montagne, puis il revint chercher la valise et l'abandonna à côté du cadavre. Il jeta aussi le portefeuille et le papier de bonbon.

Il glissa la dynamite entre les rochers de la paroi et un madrier de chêne de six sur six qui soutenait un endroit fragile de la voûte. Il dénuda une extrémité de son fil électrique et il la fixa à l'amorce qu'il enfonça dans l'un des bâtons de dynamite. Une fois l'explosif un peu comprimé sous une couche de terre et de petites pierres, il regarda encore un instant autour de lui avec sa lampe électrique.

N'avait-il rien oublié ?

Les clés de la voiture de location. Elles étaient dans sa poche. Parfait.

Il n'était même pas essoufflé lorsqu'il reprit pied à la surface. Il récupéra sa corde.

Il avait un petit allumeur à minuterie dans sa boîte à outils. Il fixa le fil aux cosses, remonta l'allumeur, et le jeta dans le vide.

Il ne tarda pas à sentir un grondement sourd sous ses pieds. Avec sa lampe, il essaya de regarder dans le puits. Il était envahi par un nuage de poussière. Impossible de voir le fond.

Il retourna à son pick-up et mit le moteur en route, puis brancha le chauffage. La visibilité était tombée à moins de trente mètres. La couche de neige avait maintenant une dizaine de centimètres d'épaisseur.

On allait remarquer l'absence de Tassone, bien sûr, mais Charon pensait que la personne qui avait versé dix millions de dollars pour la mort de George Bush n'allait pas regretter beaucoup son messager. Et, de toute façon, il allait quand même essayer d'éliminer le plus grand nombre possible des gens de sa liste. Évidemment, Tassone ne serait plus là pour s'occuper des versements complémentaires et Charon ne savait pas à quelle porte frapper pour se faire payer, mais tant pis. Quelqu'un en aurait pour son argent, rien d'autre ne comptait.

Dix millions de dollars, c'était suffisant. Plus que suffisant. Même s'il vivait deux cents ans, il n'aurait pas le temps de tout dépenser !

Un quart d'heure plus tard, Charon essaya de récupérer son fil électrique. Mais il ne venait pas. Probablement bloqué par un rocher. Il relança la corde dans le puits et retourna au fond. La poussière était presque complètement retombée. Le rayon de sa lampe révéla que la galerie était obstruée et qu'un énorme bloc coinçait le fil du détonateur. Charon coupa le fil puis remonta le long de sa corde à la force des poignets.

Il rangea avec soin tout son matériel et s'en alla. Dans la descente vers la vallée, au retour, le pick-up glissa une fois, mais Charon réussit à s'arrêter à temps. Il lui fallut près d'une heure pour regagner la maison. Là, il n'y avait que trois centimètres de neige, pas plus.

Il mit une nouvelle bûche dans le poêle, nettoya la tasse que Tassone avait utilisée et la replaça dans le buffet. Il se refit alors du café. Lorsque le liquide fut passé, il se servit et il se laissa aller dans son fauteuil.

— Votre rendez-vous de 10 heures est arrivé, monsieur Brody.

L'avocat appuya sur le bouton de l'intercom.

— Faites-le entrer.

T. Jefferson Brody alla jusqu'à la porte à la rencontre de Freeman McNally. Il referma très soigneusement derrière eux, puis serra la main de McNally et indiqua à son visiteur le fauteuil de cuir rouge réservé aux clients.

— Content de vous voir.

— Ouais, Tee. Comment qu'ça va ?

— Plutôt bien.

Brody contourna son bureau et s'installa dans son siège pivotant à mille huit cents dollars, fabriqué sur commande. Il demanda :

— Et le boulot ?

— Oh, vous savez... (McNally fit un geste vague de la main.) Toujours des emmerdes. Rien ne fonctionne jamais comme il faudrait.

— C'est vrai.

— Vous avez regardé la télé, ces deux derniers jours ?

— Cette collision entre la bagnole et l'autocar, c'est ça ? Ouais, j'en ai entendu parler.

— C'était un de mes chauffeurs. Quelques-uns de mes gardes ont essayé de s'envoler avec son chargement. Il a eu de la chance de pas y laisser sa peau.

— Ça barde, en tout cas, dit Brody, faisant allusion à la conférence de presse du président et à l'annonce des initiatives gouvernementales. Les journaux ne parlent plus que de ça.

— Ouais. Et c'est pour ça aussi que je viens vous voir. Certaines des opérations que le Big Boss veut lancer vont me poser des problèmes. Je crois qu'il est temps de sortir de notre manche quelques-unes de ces reconnaissances de dette pour tout ce pognon avec lequel on n'a pas arrêté d'arroser les gens du Sénat et du Congrès.

— Je me demandais à quel moment vous alliez vous y mettre.

— Eh bien, c'est maintenant, mon gars. Réunir la DEA et le FBI n'aidera pas nos petites affaires. Ouais, comme ils l'expliquent à la TV, ça va leur prendre une éternité pour décider de faire un truc ou un autre, mais un jour... Je veux dire, tout va dans la même marmite et quelque chose finira quand même par en sortir et ce quelque chose sera foutrement mauvais pour moi...

— Quoi encore ?

— Bon, cette proposition de faire de nouveaux billets. Ça aussi, ça va être dur. J'ai dans les dix millions en cash pour faire tourner ma boutique au jour le jour.

— Je comprends.

— Il me semble que toute cette histoire est un peu du genre anti-Noirs, vous voyez le tableau ? Les Noirs n'utilisent pas les banques des Blancs, et ce sont eux qui vont y perdre le plus. Et merde ! Tous les visages pâles ont leur pognon sur des comptes courants ou en placements. C'est les femmes noires et les pauvres familles noires qui gardent leur fric dans des boîtes de biscuits et qui le planquent dans les matelas. Les foutues banques te prennent de gros honoraires pour les comptes courants aujourd'hui, sauf si t'as une gueule de Blanc.

— C'est un bon argument, Freeman. Je m'en servirai.

— Ouais. Et cette histoire de réforme du système de bail. Ça aussi, c'est plutôt anti-Noirs, non ? Les Blancs ont des piaules et des grosses bagnoles et tout ce qu'il faut pour déposer une caution. Le Noir, lui, il doit se payer un contrat. Faut du cash, pour ça.

Freeman fit encore deux ou trois autres remarques, puis Brody demanda :

— Qui a essayé de vous arnaquer, l'autre nuit ?

— J'en suis pas sûr, mais je crois que c'est Willie Teal qui est là-dessous. Sa marchandise, il se la procurait par Cuba et cette filière est foutue, maintenant. Alors je pense qu'il a fait passer le mot — qu'il était prêt à payer cher n'importe quelle came. Ça a dû tenter mes gars. Mais j'ai aucun moyen d'en être certain, bien sûr, puisque les trois petites frappes qui ont essayé de me baiser sont mortes.

— Ça vous évite quelques ennuis, au moins, remarqua Brody, le sourire aux lèvres.

— Y aurait pas eu d'ennuis. Faut s'arranger pour que les types aient envie d'être honnêtes, vous voyez, ou alors vous pouvez pas rester longtemps dans le business. Ça fait partie du jeu.

L'interphone bourdonna et T. Jefferson Brody leva un doigt à l'intention de son client.

— Oui.

— Le sénateur Cherry en ligne, monsieur.

Brody jeta un coup d'œil à Freeman et lui dit en souriant :

— Écoutez ça, vous allez prendre votre pied.

Il appuya sur la touche du haut-parleur.

— Oui ?

— Bob Cherry à l'appareil. Comment ça va, Jefferson ?

Le son était bon, quoique un peu métallique.

— Parfait, sénateur. Et vous ?

— Ma foi, je viens d'étudier avec mon directeur de campagne la situation financière pour ma prochaine candidature — vous savez que je me représente dans deux ans, n'est-ce pas ?

— Oui, m'sieur. Je pensais bien que c'était dans ces eaux-là.

— Bon, ces PAC dont vous vous occupez ont été si généreux par le passé que j'ai espéré qu'un ou deux d'entre eux apporteraient leur contribution à cette nouvelle campagne...

— Sénateur, il faudra que j'en parle à mes clients, mais j'ai bon espoir. Ils ont toujours estimé que quelqu'un devait mettre la main à la poche si on voulait avoir un gouvernement convenable.

Brody fit un clin d'œil prononcé à McNally, qui lui adressa en retour un large sourire.

— Je souhaite que beaucoup de gens pensent comme vous. Je vous rappelle bientôt.

Quand il eut raccroché, Brody rendit son sourire à Freeman McNally, et lui donna quelques explications. McNally partit d'un grand éclat de rire, la tête en arrière.

— Comme ça, ils se contentent de vous passer un p'tit coup de fil et de vous réclamer de l'argent ?

— Vous avez pigé.

— Si j'pouvais faire un truc pareil, j'pourrais me retirer des affaires. Vous voyez, j'engage quelques gus pour bosser au téléphone pendant que je profite de la vie.

— Sauf que vous n'êtes pas élu au Congrès.

— Ouais. Mon boulot est un peu plus direct. Dites-moi, est-ce que Willie Teal est un de vos clients ?

Toute trace d'humour avait disparu de son visage, à présent.

— Non.

— Je suis content de l'entendre. Et en ce qui concerne Bernie Shapiro ?

— Euuhh... Soyons clairs, Freeman. Ma règle, c'est de ne jamais discuter avec personne de l'identité ni des affaires de mes clients. Jamais. Vous le savez.

Freeman McNally se leva et se promena un instant dans la pièce, examinant une chose et l'autre.

— Z'avez un bon paquet de jolis machins, ici, dit-il doucement.

T. Jefferson Brody eut un geste de modestie, que McNally ne vit pas.

Tournant toujours le dos à l'avocat, celui-ci reprit :

— Bernie Shapiro est avec la famille Costello. Ils sont en train de se lancer dans le blanchiment d'argent. Ça va me coûter du pognon. Et j'aime pas payer plus cher pour un service identique.

Brody resta silencieux.

McNally s'approcha et s'assit sur le coin du bureau.

— Tee, je vous donne un conseil d'ami. Z'êtes un bon avocat pour c' qui m' faut. Vous connaissez du monde et vous avez vos entrées à des endroits où moi j' peux pas aller. Mais si j'entends jamais jamais jamais dire que vous avez parlé de mes affaires à quelqu'un sans mon autorisation, vous serez mort deux heures après. (Il abaissa son visage vers celui de Brody et le regarda dans les yeux.) Vous m'comprenez ?

— Freeman, je suis avocat. Tout ce que vous me dites relève du secret professionnel.

— Vous m'comprenez, Tee ? répéta McNally, comme s'il n'avait pas entendu la réponse de Brody.

— Oui.

Brody avait la bouche sèche et le mot lui était venu difficilement.

— Alors c'est parfait.

Freeman se leva et alla jusqu'à la fenêtre. Il ouvrit les rideaux et regarda à l'extérieur.

Au bout d'une quinzaine de secondes, Brody décida de revenir aux questions professionnelles. Cela faisait des années, maintenant, qu'il réussissait à contrôler des salopards du genre de McNally, et même s'il y avait des moments difficiles, il ne fallait surtout pas leur montrer qu'on avait peur d'eux.

— Est-ce que vous allez traiter avec Shapiro ? demanda-t-il au truand.

— J' sais pas. Non, si je peux l'éviter. Je crois que ce connard a flingué le type qui lavait mon pognon. Et je crois qu'il a trucidé aussi l'autre banquier. Un certain Lincoln. Shapiro a débauché une nénette, une fripouille nommée Sweet Cherry Lane, qui bossait pour le type, et elle a roulé Lincoln.

Une petite lumière s'alluma dans la tête de T. Jefferson Brody.

— A quoi ressemble cette Cherry Lane ? demanda-t-il doucement.

Freeman s'éloigna de la fenêtre et vint se rasseoir dans le fauteuil réservé aux clients.

— Couleur chocolat, miches énormes, taille fine, belle fille grande et imposante. Un sacré morceau d' fesses, d'après ce que j'ai entendu dire.

— Et si quelqu'un voulait donner une leçon à cette pute, vous pourriez rendre ce genre de service ?

Un sourire s'inscrivit lentement sur les lèvres de McNally.

— Crachez le morceau, Tee.

— Elle m'a volé, Freeman. (Brody avala et prit une profonde inspiration.) Parole. Elle m'a tiré ma voiture et ma Rolex et un paquet de trucs chez moi — et elle a empoché les quatre cent mille dollars que Shapiro a payés pour cette affaire de compensation de chèques.

— Pas possible.

— Juré. Cette foutue salope a joué le rôle de la veuve, elle a signé tous les papiers, elle a pris le chèque, elle a drogué mon whisky et elle a nettoyé ma maison.

— Quel genre de bon sang d'avocat êtes-vous, Tee ? Vous ne lui avez même pas demandé la preuve de son identité avant de lui refiler vos quatre cent mille dollars ?

— Hé, répliqua sèchement Brody, cette salope m'a dupé. Maintenant, je veux lui mettre jusqu'à l'os. Est-ce que vous m'aiderez ?

Le sourire de Freeman McNally s'évanouit devant la fureur de Brody. Il se leva.

— Je vais y réfléchir, Tee. Pendant ce temps, vous vous occupez de nos politiciens. J'ai donné un bon paquet de pognon à ces gens, et maintenant j'ai besoin de quelque chose en retour. Vous l'obtiendrez. Ensuite, on causera.

Il s'arrêta à la porte et ajouta, sans le regarder :

— J'essaie de ne jamais être personnel. Pour moi, tout ça c'est boulot-boulot. De cette façon, on sait toujours où on en est. Quand les choses prennent un tour personnel, on fait des fautes, on court des risques idiots. Ce n'est pas bon. (Il secoua la tête.) Pas bon.

Et il quitta la pièce.

Brody considéra la porte un moment, en mâchonnant sa lèvre inférieure.

Ott Mergenthaler revint de déjeuner à 14 h 30. Il était tout sourire et marchait d'un pas dansant. Jack Yocke n'y résista pas :

— De retour au boulot, hein, Ott ?

Le sourire de Mergenthaler s'élargit ; il se laissa tomber sur une chaise que Yocke avait poussée vers lui avec son pied.

— Ma foi, Jack, quand t'es l'éditorialiste le plus célèbre de langue anglaise et que tu t'es perdu dans un coin paumé pendant une semaine, tous les gens qui font l'actualité meurent d'envie de se libérer de leurs terribles secrets et de leurs potins juteux. Parce que, en ton absence, tu vois, ils ont été obligés de se retenir et ça les a constipés.

— Et quand tu te remets enfin au travail, ils laissent tomber une vieille merde sur le trottoir ?

— Oh, plutôt d'excellentes *fettucine Alfredo* et un chianti sec et transparent.

Ott embrassa l'extrémité de ses doigts.

— Et qui était aujourd'hui cette personne à la pointe de l'actualité, ou est-ce un secret ?

— T'auras qu'à parcourir mon papier demain. Mais si t'es pas capable d'attendre jusque-là, c'était Bob Cherry.

— Cuba, pas vrai ? Tu lui as dit de lire mon reportage ?

— Non. Ce cirque avec l'autocar et les initiatives de Bush. Bon Dieu, quel bordel ! La moitié du pays hurle que Bush en fait trop et l'autre moitié qu'il n'en fait pas assez. Et lui, il fait les deux — un pas en avant, un pas en arrière. Je n'ai jamais réussi à comprendre pourquoi un homme sain d'esprit pouvait avoir envie de se lancer dans la politique.

— Aucun tuyau sur le propriétaire des cinq kilos de poudre ?

— Non, mais j'ai un truc marrant... Cherry laisse entendre que le gouvernement sait tout sur cette histoire.

— Tu m'expliques ?

— Eh bien, tu te souviens qu'il appartient au comité de surveillance. Il a probablement été mis au courant des dessous de l'affaire. Or, il s'est contenté de repousser d'un haussement d'épaule ma question sur l'avancement de l'enquête. Puis il a murmuré un truc du genre : « C'est pas un problème. »

— Qu'est-ce qu' ça veut dire : « C'est pas un problème » ? Ils sont au parfum et ils se taisent ?

— Ouais. Exactement. (Ott Mergenthaler lui fit les gros yeux.) En temps normal, tu devrais voir Cherry — un regard de lynx. Il adore qu'on s'imagine qu'il sait tout et qu'il est dans tous les coups. Parfois, d'ailleurs, c'est vrai — mais parfois non. Et voilà qu'aujourd'hui au déjeuner, il ne dit rien directement, mais il nous laisse, moi et les deux autres journalistes qui étaient là, avec l'impression que les Fédés ont infiltré un homme à eux. Et il *savait* que c'était l'impression qu'il donnait, et il a bien vu à notre réaction que nous estimions que c'était très important.

— Un type infiltré ? répéta Yocke, stupéfait.

Mergenthaler acquiesça d'un signe de tête.

— Tu ne vas pas raconter ça, n'est-ce pas ?

— Suis obligé, petit. Je t'ai dit qu'il y avait deux autres journalistes. (Il les nomma.) Eux, ils vont se dépêcher de se servir de cette info, je t'en fous mon billet.

— Tu ne peux pas attribuer ça à Cherry.

— Exact. Mais c'est une drôle de réponse à une question légitime. Que fait le gouvernement fédéral pour traîner devant la justice les gens qui ont causé indirectement la mort de onze personnes en plein centre de Washington ? Et la réponse de Cherry, c'est quoi ? Que le problème n'est pas là !

— S'il a raconté ça à trois journalistes, à qui d'autre l'a-t-il dit ?

— Précisément. Bon sang, connaissant Cherry, il... Et je le

connais. Mais il y a une chose que je ne sais pas : a-t-il vendu la mèche de son propre chef, ou lui a-t-on demandé de le faire ?

— Si tu le savais, dit Jack Yocke d'un ton songeur, tu aurais une meilleure idée de la véracité de l'information.

— J'aimerais bien savoir aussi ce que le gouvernement a dit aux Japs.

— Appelle l'ambassadeur du Japon et travaille-le au corps.

— C'est ce que j'ai dans l'idée, mon vieux.

A ces mots, Ott Mergenthaler se leva en faisant des façons et s'éloigna sans se presser.

Jack Yocke le suivit un instant des yeux, puis il attrapa son Rolodex et le feuilleta. Il trouva le numéro codé qu'il cherchait et le composa.

Une sonnerie. Deux. Trois. *Allez, bon Dieu, réponds à ce foutu téléphone !*

— Sammy.

— Jack Yocke. T'es seul ?

— Y a que moi et Jésus.

— Ta ligne est sur écoute ?

— Merde, comment tu veux que je le sache, mec ?

— Ah, quel type aimable et cordial tu fais ! D'ac, un sénateur américain vient juste de suggérer à l'un de nos chroniqueurs maison que le gouvernement sait tout ce qu'il y a à savoir sur la collision de cette nuit. On s'est arrangé pour donner clairement l'impression à notre collaborateur que les Fédés ont un type infiltré.

— Répète-moi ça, tu veux ? Et plus lentement.

Yocke s'exécuta.

— C'est tout ?

— C'est pas assez ?

— Qui est ce sénateur ?

— Bob Cherry.

— Merci, mec.

— C'est dans le journal de demain. J'ai juste pensé que t'aimerais être au courant.

— Merci.

Harrison Ronald Ford raccrocha et retourna à ses mots croisés. Il regardait la grille mais il ne voyait pas les mots. Puis il se leva brusquement, se pencha au-dessus de l'évier et vomit.

C'est fini. On sait. *Hooper — ce trou-du-cul !*

Son estomac se noua. Il recommença à vomir.

Il ouvrit le robinet pour nettoyer les dégâts. De la salive coulait toujours de sa bouche.

Nouveaux vomissements — seulement de la bile, cette fois. Il regarda le téléphone, sur la table. C'était tentant. *Mais non, pas touche!* On ne pouvait pas savoir. Ce foutu McNally avait bien trop de monde à son service.

Quand ses haut-le-cœur cessèrent, il ramassa son manteau et sortit en claquant la porte derrière lui.

— Hooper, t'es une *tête de nœud! Qu'est-ce que t'essaies de fabriquer, avec moi?*

Harrison Ronald avait hurlé dans l'appareil.

— Bon sang, du calme! fit Hooper. De quoi tu parles?

Ford répéta la conversation qu'il venait d'avoir, exactement six minutes plus tôt, avec Jack Yocke.

— Donne-moi ton numéro. Je te rappelle dans une dizaine de minutes.

— Je suis dans une foutue cabine, enfoiré! Personne ne peut rappeler ce foutu numéro parce que ce con de Marion Barry ne veut pas que des foutus dealers prennent des commandes avec ce foutu téléphone!

— Alors recontacte-moi dans dix minutes.

— Dans dix minutes, je risque d'être aussi mort que Ma Bell, espèce de con! Si j'appelle pas, les funérailles ont lieu mercredi. A cercueil fermé!

Il raccrocha avec violence et regarda autour de lui pour voir si quelqu'un l'avait entendu crier. Mais non, il n'y avait personne dans le coin, Dieu merci!

Hooper utilisa le répertoire gouvernemental pour chercher le numéro, qu'il composa immédiatement.

— Le sénateur Cherry, s'il vous plaît. L'agent spécial Thomas Hooper à l'appareil.

— Je suis désolée, monsieur, répondit la femme. Le sénateur Cherry est au Sénat. C'est à quel sujet?

— Je ne suis pas autorisé à le dire. Quand puis-je espérer qu'il me rappellera?

— Eh bien, pas aujourd'hui. Peut-être demain matin?

Le ton de sa voix s'était légèrement élevé lorsqu'elle avait prononcé cette dernière phrase — c'était à la fois une question et une plaisanterie.

— Alors, je vous suggère d'envoyer un assistant le chercher, répondit sèchement Hooper. Et expliquez-lui que si le sénateur ne téléphone pas à l'agent spécial Thomas Hooper au 893-9338 dans le quart d'heure qui vient, j'envoie une escouade d'agents qui le ramèneront *manu militari* jusqu'à l'immeuble du FBI. Veillez à ce qu'il ait ce message, ou il risque d'être extrêmement dérangé.

— Voudriez-vous répéter ce numéro ?
— 893-9338.

L'appel suivant de Hooper fut pour le standard du *Washington Post*.

— Jack Yocke, s'il vous plaît.

Le journaliste décrocha après plusieurs sonneries.

— Monsieur Yocke, ici l'agent spécial Thomas Hooper, du FBI. Si j'ai bien compris, nous avons un ami commun.

— Je connais beaucoup de gens, monsieur Hooper. De quel ami commun parlons-nous ?

— Celui avec qui vous venez juste de discuter, oh, disons il y a dix, quinze minutes.

— Vous dites que vous êtes du FBI ?
— Appelez le FBI et demandez-moi.

Hooper raccrocha.

Une demi-minute plus tard, le téléphone sonna.

— Hooper.
— Jack Yocke, monsieur Hooper. J'essaie d'être prudent.
— Notre ami me dit que vous lui avez fait part d'une conversation que l'un de vos collègues a eue au déjeuner avec le sénateur Cherry. Puis-je savoir qui est ce collègue ?
— Ott Mergenthaler.
— Et qui d'autre était présent lors de cette conversation ?

Jack donna à Hooper les noms des deux journalistes et lui indiqua les journaux où ils travaillaient.

— Monsieur Yocke, mon ami est-il un très bon ami à vous ?
— Oui.
— Alors je vous suggère de ne mentionner à personne ces propos de table, ni même son nom. Vous comprenez ?
— Je pense que c'est clair.
— Parfait. Merci.
— Bye.

Hooper sortit de son bureau et alla voir sa secrétaire.

— Est-ce que Freddy est de retour ?
— De Cuba ? Il est rentré vers 7 heures, ce matin. Depuis, il est resté presque tout le temps à la Justice.
— Voyez si vous pouvez le joindre.

Tout en attendant, Hooper nota très lisiblement sur une feuille blanche les noms des trois journalistes et des quotidiens qui les employaient. Freddy arriva cinq minutes plus tard.

— Comment ça s'est passé à Cuba ?
— On a eu Zaba. Et assez de preuves pour faire rôtir Chano Aldana.
— Super. Mais ici on a un problème plus urgent. Le sénateur Bob Cherry a déjeuné avec ces trois journalistes. (Il lui montra son papier, par-dessus le bureau.) Cherry a suggéré que le gouvernement sait tout ce qu'il faut savoir sur cet accident de l'autre nuit, parce qu'il a un agent infiltré.
— Ahhh ! Merde ! s'exclama Freddy. On l'a juste mis au parfum ce matin, et il a déjà craché le morceau !
— File au bureau du directeur, explique à l'adjoint les ennuis qu'on se paye, et vois si le patron peut téléphoner aux éditeurs de ces journaux-là pour étouffer toute l'histoire. Ensuite, tu reviens aussi vite que possible pour me raconter ce que ça a donné.
— Peut-être que les journaux ne diront rien pendant un jour ou deux, mais c'est sorti de la bouteille, maintenant, et on ne pourra pas la reboucher, Tom.
— Je vais parler à Cherry.
— Bonne chance. Il a probablement annoncé la nouvelle à une douzaine de personnes.
Hooper se frotta le front.
— Va voir le directeur.
Il se frottait toujours le front et essayait de réfléchir lorsque le téléphone sonna de nouveau. Sa ligne directe.
— Hooper.
— Okay, c'est moi. Je suis un peu calmé. Désolé.
— Oublie ça, Harrison. Où est-ce que t'es ?
— Pourquoi ?
— Je t'envoie un agent et une voiture. T'es refait.
— Comment on a su ?
— On en a parlé au président et on a briefé les principaux membres du comité de surveillance du Congrès. Un des sénateurs a déjeuné avec des journalistes et a fait des allusions.
— Ahh ! L'enculé !
— Où est-ce que t'es ?
— Maintenant, à toi de te calmer. Freeman m'a tapoté la tête après cet accident. En fait, j'ai les choses bien en main, maintenant, mec. Il a une réunion ce soir avec le Gros Tony Anselmo. Va y avoir un truc maousse. On est à un poil d'y arriver, Tom. Déconne pas.
— Je te dis que t'es *refait*, Harrison. J'ai pas envie de te revoir sous forme de cadavre. Outre que ta mort ne serait pas bonne pour ta santé, moi, c'est mes preuves qui me fileraient sous le nez. On en a

assez pour ôter Freeman et ses associés de la circulation pendant quelques années et je n'en demandais pas tant. *Tu es refait.* Okay ?

— Écoute, Tom. Je suis un grand garçon, maintenant. Je mets plus de couches depuis l'année dernière. Et je ne suis pas *refait* tant que je n'ai pas décidé que je l'étais.

— Harrison, c'est *moi* qui ai la responsabilité de cette opération. Nous pouvons peut-être éviter pendant quelques jours que les bavardages de Cherry ne s'étalent dans la presse, mais il a sans doute craché le morceau aux quatre coins de la ville. Sais pas. Il va probablement me mentir à ce sujet. C'est ta vie que t'es en train de jouer là.

— Deux nuits. Encore deux nuits et ensuite on les agrafe.

— T'es un fichu idiot.

— C'est ce que tout le monde dit. Je te rappelle demain.

Et Harrison coupa la communication.

Hooper raccrocha et resta un moment à considérer l'appareil.

Lorsque le téléphone sonna de nouveau, il laissa sa secrétaire prendre l'appel, dans l'autre bureau. Elle l'appela aussitôt par l'interphone.

— Sénateur Cherry, monsieur.

Il appuya sur le bouton.

— Sénateur. L'agent spécial Hooper, à l'appareil. Il faut qu'on parle. Immédiatement.

— Il m'a semblé comprendre que vous avez fait des remarques menaçantes à un membre de mon équipe, il y a quelques minutes, agent Hooper. Qu'est-ce qui se passe ici, bon sang ?

— J'ai vraiment besoin de vous voir le plus tôt possible pour une question très urgente, sénateur. Je suis désolé que votre secrétaire ait pensé que j'étais menaçant.

Le sénateur protesta encore un moment, mais comme cela ne dérangerait pas Hooper de s'aplatir devant lui, il ne tarda pas à se calmer.

— Bon, convint finalement Cherry. Je dîne à l'extérieur avant de filer à une réception à l'ambassade de France. Vous pouvez être là vers 18 heures ?

— Sénateur, je connais les règles tacites, mais il m'est tout bonnement impossible de venir. Faudra que vous vous arrêtiez ici en passant.

Le sénateur resta silencieux quelques secondes — un silence glacial.

— D'accord, dit-il alors, de mauvaise grâce.

— Le garde, à l'entrée côté cour, vous attendra et vous conduira jusqu'à mon bureau.

Un moment plus tard, l'agent spécial Hooper étudiait le dossier classé secret de cette opération d'infiltration lorsque son assistant, Freddy Murray, revint de chez leur patron. Il prit une chaise et expliqua :

— Le directeur a donné les coups de fil que tu voulais. Les éditeurs sont d'accord pour étouffer cette histoire, sauf si elle sort ailleurs ; dans ce cas, ils seront obligés d'en parler. Cette fuite semble donc colmatée, au moins pour l'instant.

— Merci, Freddy.

— Il faut boucler ce dossier, Tom, et procéder aux arrestations prévues. La pression est insupportable et ça va encore empirer. Pendant que j'étais chez le directeur, il était au téléphone avec le ministre de la Justice, qui venait de s'entretenir avec le président. T'as vu le journal, ce matin ?

Hooper posa trois documents sur son bureau.

— Pourquoi avons-nous lancé cette opération, de toute façon ?

Il connaissait la réponse à cette question, bien sûr, mais il aimait réfléchir tout haut. Freddy Murray estimait que c'était une heureuse habitude — car ses subordonnés savaient ainsi quelle direction prenaient les pensées de leur chef sans avoir à le lui demander. Aussi Freddy jouait-il volontiers le jeu.

— Pour découvrir qui, au bureau, émarge chez McNally, répondit-il.

— Et qu'avons-nous découvert ?

— Que dalle.

— Exact (Hooper se gratta la tête avec l'extrémité gommée d'un crayon.) Alors... Alors...

— Mais on en a quand même trouvé assez pour mettre fin aux activités de McNally, ajouta immédiatement Freddy. Ce n'est pas comme si cette opération n'avait porté aucun fruit. Ford a rempli notre bas de laine avec beaucoup de bonnes choses. Et les gens de chez nous qui bossent pour McNally sont bien plus désespérés, à cette heure.

— Qui sont les trois gars que nous pensions être mouillés dans l'affaire ?

— Wilson, Kovecki et Moreto.

— Est-ce que ces documents sont toujours dans l'ordinateur ?

Hooper indiqua du doigt les papiers posés sur son bureau. Freddy les regarda. C'étaient les comptes rendus hebdomadaires à l'intention du directeur adjoint. Harrison Ford était cité dans chacun d'eux.

— Alors, modifions ces rapports. Constituons quatre dossiers, un pour chacun des principaux lieutenants de McNally, et indiquons chacun de ces types à tour de rôle comme étant notre agent infiltré. Puis laissons nos trois suspects jeter un regard non autorisé à un des dossiers. Qu'en penses-tu ?

Freddy resta assis en silence un bon moment, à tourner et retourner l'idée dans sa tête. Puis il répondit :

— Je pense que nous risquons que quelqu'un se fasse tuer.

— Écoute, Harrison est suspendu au-dessus de la cage aux requins au bout d'une corde usée qui s'effiloche et en plus il saigne dans l'eau ! Quelqu'un a vendu la mèche — on sait maintenant que les Fédés ont infiltré un des leurs. Si cette rumeur arrive aux oreilles de McNally, il va chercher le traître, tu peux parier le cul de Harrison Ronald Ford là-dessus. Notre premier devoir, c'est de garder notre gars en vie, et le second de trouver les fruits pourris ici. Et on n'a presque plus le temps, Freddy.

— Je n'aime pas ça.

— Tu as une meilleure suggestion ?

— Quatre dossiers, trois suspects. Pour qui est le quatrième dossier ?

— Bob Cherry.

Freddy se gratta l'entrejambe, puis se pinça le nez.

— Tu ne joues pas selon les règles, objecta-t-il finalement.

— Il n'y a pas de règles dans un combat au couteau, grommela Hooper. Demande à Freeman McNally.

— Pourquoi Cherry ?

— Pourquoi pas ? C'est ce con qui a lancé la rumeur. Alors donnons-lui quelque chose pour l'épicer. Un nom.

— Et si notre petite conversation de ce soir se passe bien et qu'il la ferme ?

— Est-ce que tu as déjà eu affaire à ce mec ? Il croit qu'il fait partie des douze apôtres.

— Okay. Donc on le laisse jeter un coup d'œil en douce à un dossier bidon. Et ensuite on discute avec lui ? Il va craquer. On l'appelle pour rouspéter parce qu'il a la langue trop bien pendue, et au même moment on laisse traîner sans surveillance des informations classées ? Il va se jeter là-dessus comme un pit-bull qui a chopé le SIDA. Il va nous bouffer les couilles !

Hooper fit pivoter sa chaise et regarda par la fenêtre.

— Si tu as quelque chose de mieux à proposer, te gêne pas.

— Bon, on oublie cette histoire de dossier pour le sénateur, dit Freddy. On l'appâte. On le caresse dans le sens du poil et quand tout est parfait, on balance le nom dans la conversation. Après tout, il est habilité à être briefé. Alors, briefons-le, ce fils de pute.

Ils travaillèrent avec l'ordinateur. Les faits devaient être modifiés sur chaque dossier pour correspondre parfaitement à l'homme qu'ils voulaient utiliser. Ils furent obligés de se creuser la tête un bon moment. Ils avaient terminé deux dossiers lorsque Freddy demanda :

— Et qu'est-ce qui se passe si deux ou plusieurs noms arrivent aux oreilles de McNally ? Qu'est-ce qu'on devient, alors ?

Ils en discutèrent. Après avoir retourné le problème dans tous les sens, ils décidèrent que McNally en conclurait probablement que le FBI s'était lancé dans quelque chose de louche — et cela discréditerait à ses yeux et les noms en question et la rumeur sur l'agent infiltré. Ils terminèrent de monter le troisième dossier.

A midi, Hooper ordonna à sa secrétaire de rentrer chez elle pour le reste de la journée. Elle en fut atterrée. Hooper insista.

— Et ne parlez de ça à personne.
— Mais les règlements du personnel !
— A lundi.

A 15 heures, Hooper et Freddy avaient percé un trou dans la paroi de Placoplâtre qui séparait le bureau de Hooper et celui de sa secrétaire. Ils installèrent un petit miroir sans tain sur le mur, chez Hooper. La gravure sans intérêt de la secrétaire fut remise en place pour dissimuler le trou. Freddy descendit dans le hall et emprunta un aspirateur dans un placard à balais, pour nettoyer la poussière et les petits morceaux de plâtre.

Les trois suspects furent convoqués à tour de rôle dans le bureau de Hooper pour un entretien en vue de l'attribution des nouveaux postes dans la division dont Hooper venait juste de demander la création afin de répondre aux récentes décisions du président Bush.

Wilson n'accorda aucune attention aux dossiers pendant le quart d'heure au cours duquel Hooper le fit attendre tout seul. Lorsque son supérieur revint enfin dans son bureau, Wilson déclara tout net qu'il n'était pas intéressé par un changement de poste. Mais il appréciait que l'on eût pensé à lui.

Ils eurent plus de chance avec leur second collaborateur, Kovecki. Celui-ci regarda effectivement le dossier prévu, dans lequel était cité Ruben McNally, le comptable. En fait, Kovecki jeta un coup d'œil aux trois chemises qui étaient restées sur le bureau. L'une d'elles contenait son dossier personnel et Kovecki s'installa pour le lire plus attentivement. Il le regardait toujours lorsque Hooper arriva pour l'entretien.

Moreto, lui aussi, jeta un coup d'œil aux documents. Il parcourut rapidement le dossier bidon. C'était celui dans lequel on parlait de Bill Enright. Puis il alla à la fenêtre et regarda à l'extérieur. Il y était encore à l'entrée de Hooper.

Entre deux de ces rendez-vous, Hooper répondit au pied levé à un appel du directeur.

— Je veux que vous emmeniez votre agent devant le grand jury lundi. Les procureurs rédigeront les inculpations pendant le week-end. Et vous commencerez à ramasser ces gens dans la nuit de lundi.

— Oui, monsieur.

— Hooper, ajouta le directeur. Ces instructions arrivent tout droit de la Maison Blanche. J'attends donc que vous fassiez vraiment ce que je vous demande.

Le sénateur Cherry arriva au FBI à 18 h 17. Tom Hooper et Freddy Murray installèrent l'ex-Miss Géorgie dans la salle d'attente extérieure avec un jeune agent chargé d'escorter les visiteurs dans le bâtiment — devant cette fille, les yeux lui sortaient de la tête. Puis ils mirent gentiment en garde le grand homme, derrière des portes soigneusement closes, et lui donnèrent une information assez complète sur l'opération, dont le nom de leur agent infiltré, Ike Randolph. La plupart des autres choses qu'ils racontèrent au sénateur étaient tout aussi précises, mais elles avaient été taillées sur mesure pour coller aux quelques vérités qu'il connaissait déjà. Ils n'évoquèrent pas leur expédition devant le grand jury prévue pour le lundi suivant, ni les arrestations qu'ils espéraient mener dès que les inculpations seraient signées.

A 19 h 32, Hooper referma finalement la porte de son bureau. Puis Freddy et lui se dirigèrent vers la gare.

Chapitre dix-sept

— Thanos Liarakos, s'il vous plaît. Jack Yocke du *Washington Post*, à l'appareil.

— Désolée, monsieur Yocke, lui répondit son interlocutrice avec brusquerie. Mais M. Liarakos ne prend aucun appel de la presse, aujourd'hui.

— Eh bien, nous publions demain un article sur l'extradition du général Julio Zaba. Le FBI l'a ramené de La Havane ce matin. Et la porte-parole du ministère de la Justice dit que son procès va se tenir ici à Washington. Ils ont une inculpation secrète qui a été rendue hier par le grand jury. Si l'on en croit la porte-parole et aussi les journalistes accrédités à la Maison Blanche, le général Zaba recevait de grosses sommes d'argent, en dollars, du client de M. Liarakos, Chano Aldana, pour permettre aux trafiquants de drogue d'utiliser les...

— Je vous assure, monsieur Yocke. M. Liarakos n'est pas...

— A-t-il quelque chose à dire à ce sujet ?

— Si je réponds « Pas de commentaire », que raconterez-vous dans l'article que vous écrivez ?

— Je raconterai que M. Liarakos a refusé de commenter l'information.

Soudain, il n'y eut plus rien au bout du fil. Elle l'avait mis en attente.

Jack Yocke posa ses pieds sur son bureau et coinça le combiné entre sa joue et son épaule. Il fit craquer ses doigts. Aldana et Zaba. La filière de A à Z. Quel dommage si le *Post* ne le laissait pas publier cette plaisanterie !

La femme revint en ligne.

— Monsieur Yocke ?

— Je suis toujours là.

— Vous pouvez écrire ceci : vu l'interdiction de parole prononcée dans l'affaire Aldana par le juge Snyder, M. Liarakos ne croit pas avoir la liberté de faire une déclaration sur ce sujet.

— D'accord. Pigé. Merci.
Il finissait juste son papier lorsque le téléphone sonna.
— C'est Tish. Désolée de n'avoir pas pu donner plus tôt des nouvelles.
— Salut ! Je me demandais si tu voudrais venir dîner avec moi chez les Grafton demain soir ? J'avais prévu de te bigophoner la semaine dernière, mais j'ai dû faire un déplacement plutôt imprévu.

Cette dernière phrase était un mensonge. Il avait l'intention de ne plus l'appeler, mais Mme Grafton lui avait bien précisé qu'elle voulait le voir *avec* Tish Samuels. Il se demanda comment Mme Grafton réagirait si elle entendait le petit discours de Tish sur ses ambitions littéraires.

— J'ai lu ton reportage sur Cuba. Très bon.
— Merci. J'étais là-bas, et tout ça, et vraiment occupé.
— Tu t'excuses trop, Jack. Oui, ça me ferait plaisir de t'accompagner chez les Grafton. A quelle heure ?

Tu t'excuses trop. Et seulement avec les femmes, pensa Jack Yocke. *Pourquoi donc ?*

Une vingtaine de minutes plus tard, il était en train de discuter avec Ott du général Zaba, lorsqu'il fut rappelé à son bureau par la standardiste.

— Jack, vous avez votre communication avec Cuba.
Il cherchait à joindre Pablo Oteyza, alias Hector Santana.
Yocke décrocha.
— Jack Yocke à l'appareil.
— Pablo Oteyza.
— *Señor*, je suis le journaliste du *Post* qui...
— Je me souviens de vous, Jack.
— Permettez-moi de vous féliciter d'avoir été nommé au gouvernement provisoire.
— Merci.
— Je vous ai envoyé mes papiers sur Cuba. Vous les avez reçus ?
— Pas encore. C'est toujours la panique dans le courrier. Et je n'ai pas encore vu de raz de marée de journalistes, alors j'imagine que vous avez tenu vos promesses sur ce que vous alliez publier ou non.
— Oui, *señor*. Je ne crois pas que vous trouverez dans mon reportage quoi que ce soit qui pourrait vous gêner, vous ou le gouvernement américain.
— Ou mes amis américains.
— Exact. *Señor*, je sais que vous êtes occupé. On vient juste d'annoncer ici que le général Zaba a été extradé aux États-Unis et

conduit à Washington pour y être jugé. Que pouvez-vous me dire sur lui ?

— C'était un associé de Chano Aldana. Il utilisait les canonnières cubaines et les installations navales pour faire de la contrebande de cocaïne. Nous avons fourni aux agents du FBI toutes les preuves que nous avons pu rassembler ; et nous avons laissé vos agents interroger les subordonnés de Zaba. Vos compatriotes ont été ravis.

— Y aura-t-il d'autres extraditions ?

— Peut-être. Ça prendra du temps pour le FBI et les procureurs américains d'évaluer ce qu'ils ont. Et de voir si Zaba veut parler. Si le gouvernement américain lance des inculpations pour trafic de drogue contre d'autres Cubains, mon gouvernement les étudiera et décidera cas par cas. Nous avons bien fait comprendre au FBI que les gens qui ne faisaient que suivre les ordres ne seraient pas extradés.

— Y a-t-il du vrai dans la rumeur selon laquelle l'extradition de Zaba est la contrepartie d'une aide économique américaine ?

— Parlant officiellement, je peux dire que le nouveau gouvernement de Cuba et celui des États-Unis collaboreront sur beaucoup de points. L'aide économique est placée très haut sur notre liste de priorités.

— Vous répondez comme un politicien.

— Je suis un politicien, Jack. Je suis impatient de lire vos articles.

— Merci de m'avoir donné un peu de votre temps.

— Oui.

Oteyza raccrocha.

Jacke Yocke appuya sur son clavier pour faire apparaître à l'écran son article sur Zaba, et il commença à y rajouter certains passages.

Dire que Harrison Ronald était inquiet lorsqu'il prit sa voiture pour aller retrouver Freeman McNally, vendredi soir, serait un euphémisme. Après sa seconde conversation téléphonique avec l'agent spécial Hooper, il avait traîné dans les rues pendant une bonne heure, puis il avait regagné à contrecœur son appartement.

Il avait sorti son Colt .45 automatique, il avait mis un chargeur plein et fait monter une balle dans le canon. Une fois le Colt armé et la sûreté vérifiée, il l'avait posé sous son oreiller et avait essayé de dormir un peu.

Impossible de trouver le sommeil. Allongé dans son lit, il regardait le plafond et se demandait qui était en train de dire quoi — et à qui.

Mais pourquoi, bon Dieu, avait-il insisté pour poursuivre sa mission encore deux nuits ? Deux nuits de plus à attendre que quelqu'un fasse sauter sa stupide cervelle !

Il s'était imaginé que son système nerveux était arrivé à la limite de ses capacités l'autre soir, lorsqu'il avait fait à pied les six kilomètres et demi qui séparaient le Lincoln Memorial de la planque de McNally. Et lorsqu'il avait raconté ses aventures de la soirée à cette petite fouine de Billy Enright qui lui avait dit de patienter dans la chambre pendant qu'il allait prévenir Freeman.

Il était resté là une heure à attendre en guettant le moindre son, le moindre bruit de pas. Puis Freeman était arrivé, il avait examiné l'estafilade laissée par la balle sur son bras, et les coupures de son visage, et il avait insisté pour faire nettoyer et bander ses blessures par un vrai médecin. Dans le living, Billy regardait la télévision, où l'on passait et repassait à satiété des images des victimes, du sang, des véhicules écrasés. Quand ils en eurent assez, Freeman et Billy l'emmenèrent chez un docteur qui s'était vu interdire à vie l'exercice de la médecine pour avoir prescrit de simples aspirines à de riches matrones souffrant d'obésité et d'ennui.

Qu'il était inquiet pour lui, cette nuit-là, Freeman ! Son visage refléta la sollicitude, et puis la jubilation lorsqu'il apprit comment Sammy Z avait tué son adversaire sur la banquette arrière en lui écrasant le larynx, et il éclata de rire lorsqu'il lui décrivit la course poursuite en voiture, et la collision fatale, à la fin. Grosse farce. Ha ! ha ! ha !

— Tu as été parfait, Z, vraiment parfait.

— Désolé pour ta marchandise, Freeman, mais je me suis dit que ce n'était pas très malin de se balader à pied dans la rue en pissant le sang, avec cinq kilos de came à la main. Et il a fallu que je me grouille d'abandonner la bagnole. Elle était trouée comme du gruyère suisse.

— T'as bien fait, Z, mon gars. Relaxe !

— Désolé pour la voiture.

— On s'en tape. J'en trouverai une autre. (McNally claqua des doigts.) Ce Tooley ! J'aimerais savoir qui a bien pu donner l'idée de me doubler à ce fumier de rien du tout. Aucune chance pour que cette cervelle vide ait pensé à ça tout seul.

— Je demanderai ici et là, intervint Billy Enright. Je vais faire passer le mot. P't 'être que je promettrai un peu d'oseille contre un tuyau.

— Offre dix mille dollars, dit Freeman. (Il sortit un épais rouleau de billets de sa poche, qu'il divisa en deux. Il en tendit une moitié à Harrison Ronald.) Tiens, mon gars, j' paie mes dettes. Tu travailles pour moi, alors j' te dois du fric. Voilà.

Harrison jeta un bref coup d'œil à la liasse et il l'empocha.

— Merci, dit-il, en s'efforçant de paraître ravi.

— Ne donne que cinq mille, dit Freeman à Enright. Si on offre trop, les gens vont se raconter des histoires. Ouais, cinq mille, c'est suffisant.

Ainsi Harrison Ronald était dans les petits papiers de Freeman. Peut-être. En tout cas, McNally lui avait confié les clés d'une Ford Mustang de quatre ans.

C'était cette voiture-là qu'il conduisait, ce soir. Il avait compté l'argent quand il était revenu à son appartement. Quarante-trois billets de cent dollars.

Dans ses petits papiers. Peut-être. Ford ne se faisait aucune illusion sur Freeman McNally. Ce type était capable de lâcher quatre mille trois cents dollars pour voir l'expression de surprise sur le visage de sa future victime quand il enfoncerait le canon de son flingue dans son bide et qu'il appuierait sur la détente !

Même s'il avait eu vent de cette rumeur et qu'il avait décidé que Sammy Z était un flic, il allait continuer à être le bon vieux Freeman McNally... jusqu'au moment où il aurait ce sourire très spécial et qu'il lui ferait son affaire.

Faire son affaire — c'était le refrain de McNally. Bon Dieu, ça c'était vrai qu'il en avait fait, des affaires !

Bon, trafiquer de la coke et du crack n'était pas un boulot pour les délicats et les indécis. Et tous ceux qui connaissaient McNally ne pouvaient le soupçonner d'être l'un ou l'autre.

Tout en se faufilant avec la Mustang à travers le flot de circulation de la soirée — il ne restait plus que sept jours pour les achats de Noël —, Harrison ne cessait de se poser la même question : pourquoi ? Oui, pourquoi avoir demandé deux nuits supplémentaires ?

Il avait retourné tout l'après-midi ce problème dans sa tête, et il n'était toujours pas satisfait de sa réponse. Il estimait que Freeman et ses hommes devaient être jetés en prison pour longtemps et que ça valait la peine de prendre des risques pour y arriver. Cependant, il n'en faisait pas une question personnelle — même s'il détestait ces salauds. Mais il y avait tout un tas de gens, sur cette planète, qu'il n'avait pas non plus envie de fréquenter. En avoir découvert une ou deux douzaines de plus n'était pas extraordinaire. Non. La question, c'était : pourquoi voulait-il vraiment risquer ses fesses pour envoyer Freeman, ses amis, et peut-être un ou deux flics pourris dans un endroit où le soleil ne brillait pas ?

Y réfléchir le mettait mal à l'aise. Il n'avait rien d'un héros. La simple possibilité qu'on le considérât comme tel l'embarrassait.

Il pensa que c'était peut-être le défi qui l'intéressait. Ou que cela venait d'un sentiment quelconque de devoir quelque chose à quelqu'un. Un remboursement. Un truc dans ce genre, probablement. Ça, oui, c'était pas trop mal. Mais lorsqu'il y pensait honnêtement — et c'était le cas, car il était honnête —, il savait aussi qu'en réalité il *prenait plaisir* à tout cela. Vivre sur le fil du rasoir vous bouffait et la trouille vous filait la chiasse par moments, mais au moins on ne s'ennuyait jamais. Chaque émotion était pure, sans mélange.

Et il avait un peu honte de cette excitation ajoutée à une ou deux cuillerées d'élixir du héros.

Deux nuits supplémentaires. Accroche-toi, Harrison Ronald, services de police, Evansville.

Il se gara dans la ruelle et salua le garde qui, planqué dans l'ombre, sautait d'un pied sur l'autre pour résister au froid. Un certain Will Colby. Il avait déjà fait une demi-douzaine de livraisons avec lui. Harrison frappa à la porte de derrière.

S'ils pensaient qu'il était flic, la réception, de l'autre côté de cette porte, allait être particulièrement chaude. En attendant qu'on lui ouvrît, il essuya la sueur sur son visage avec son gant et il jeta un autre coup d'œil à Colby, qui surveillait les deux extrémités de la ruelle. Colby semblait calme, il avait l'air de s'ennuyer, peut-être.

Moins 1°C et du vent, et tu transpires! Où est passée l'excitation, maintenant, hein, héros? Il fit un suprême effort pour essayer de détendre ses muscles.

Ike Randolph ouvrit et regarda autour de lui.

— Salut, Ike.

Ike lui fit un signe de tête, et Harrison Ronald entra.

Au moment où ils traversaient la cuisine, Ike dit :

— Vaudrait mieux qu' tu boives un café. T'es sur le devant, ce soir.

Harrison remplit un gobelet en plastique avec le liquide fumant.

— A quelle heure ils arrivent?

— Dix heures. T'as un flingue sur toi?

— Non.

— Prends-en un dans la chambre et vas-y.

Harrison choisit un .357 Smith et Wesson, vérifia le barillet, puis enfouit l'arme dans une poche de son caban. Il avait acheté ce vêtement parce qu'il était chaud et qu'il avait des poches profondes et un col épais. On était beaucoup dehors, quand on faisait ce boulot. Exactement comme chez les flics.

Tout en réfléchissant à l'ironie de la chose, il traversa le vestibule, son café à la main, fit un signe de tête au type à l'Uzi et sortit sur le perron. Il avait déjà aperçu le gars qu'il venait remplacer, mais il ne connaissait pas son nom.

— C'est bon, je suis là. Des problèmes ?

— On caille, c'est tout, répondit le garde avant de grimper les escaliers quatre à quatre et de disparaître à l'intérieur.

Tout allait comme sur des roulettes, jusqu'à présent. Encore trois minutes d'existence et une bonne chance d'en avoir un peu plus. Amen.

Il était toujours à la même place à 21 h 55 lorsqu'une Cadillac gris foncé avec des plaques de New York stoppa contre le trottoir, devant la porte. Un homme en descendit. Le Gros Tony Anselmo. Le conducteur coupa le moteur et resta derrière son volant.

Anselmo jeta à Ford un coup d'œil rapide et inquisiteur, puis il monta l'escalier et sonna. La porte s'ouvrit immédiatement et il entra.

L'homme, dans la voiture, s'enfonça dans son siège jusqu'à ce que seule la moitié supérieure de son visage fût encore visible sous son chapeau sombre à larges bords. Il était difficile de distinguer ses traits, à une dizaine de mètres, avec les zones d'ombre et de lumière des réverbères, mais Harrison Ronald savait de qui il s'agissait : Vincent Pioche, un tueur de la famille Costello pour Brooklyn et Queens. D'après Freddy Murray, le FBI estimait qu'il avait plus de vingt meurtres à son actif. Mais personne ne savait le chiffre exact, et sans doute l'intéressé lui-même ne le connaissait-il pas non plus. Il avait certainement oublié quelques-unes de ses victimes. La cervelle n'était pas son fort.

Si on veut gagner sa vie par le crime, songea Ford, il vaut mieux être spécialiste d'astronautique ou débile léger. Les autres, tous ceux qui se trouvaient entre ces deux extrêmes, avaient toujours des problèmes. Quand ils réfléchissaient, c'était toujours trop et pas assez en même temps. Comme Tooley.

Du coup, il ne put s'empêcher de penser à son propre cas. Il avait un diplôme de fin d'études secondaires et deux années de fac. Il était capable de se servir d'un chéquier et de rédiger un rapport. Tooley l'était sans doute aussi — s'il avait jamais eu un seul rapport à écrire.

Mais était-il aussi intelligent que Freeman McNally, docteur ès crack ?

Cette simple question lui donna la chair de poule. Le vent était froid, et il était dehors depuis plus d'une heure. Il se mit à marcher de long en large.

Ike sortit à 22 h 30 environ et releva Harrison Ronald, qui

s'empressa de retourner à l'intérieur pour une pause. Il se versa un autre gobelet de café et se dirigea vers la salle de bains.

Il buvait son café avec le garde, dans le vestibule, lorsque la porte du living s'ouvrit sur le Gros Tony Anselmo. Il avait déjà enfilé son manteau. Freeman le suivait.

Freeman raccompagna son visiteur jusqu'à l'entrée, où Harrison le rejoignit.

Ils restèrent côte à côte sur le porche, à regarder Tony Anselmo qui remontait en voiture. Tandis que la Cadillac s'éloignait, McNally grommela :

— C'est les deux gars qui ont tué Harrington et Lincoln, il y a deux ou trois semaines.

Parce qu'il pensait qu'il devait répondre quelque chose, Harrison Ronald demanda :

— Comment est-ce que t'es au courant ?

— On découvre tout ce qu'on veut si on sait à qui s'adresser et si on a assez d'argent.

Freeman rentra. Sur un signe de tête de Ike, Harrison redescendit à contrecœur jusqu'au trottoir.

Ouais, quand on a assez d'argent à distribuer partout, on peut effectivement tout découvrir — par exemple qui est le flic infiltré dans l'organisation de McNally...

Samedi matin, à 8 heures, Harrison Ronald Ford rencontra les agents spéciaux Hooper et Murray dans le motel de Fredericksburg. Son premier geste fut de leur remettre les quatre mille trois cents dollars de Freeman. Hooper lui dit que cet argent irait à un fonds de financement d'opérations anti-drogue.

Harrison Ronald leur raconta les dernières nouvelles autour d'un café.

— Freeman prétend que le Gros Tony Anselmo et Vinnie Pioche ont tué deux gars nommés Harrington et Lincoln il y a plusieurs semaines.

— Comment il sait ça ? demanda Freddy.

— Il dit qu'il a demandé le renseignement à la personne qui fallait et qu'il a payé.

— On va suivre cette piste. Pour l'instant, je pense que c'est la police locale qui enquête sur ces meurtres. Et pour ce que j'en sais, elle piétine.

— Est-ce qu'il a dit pourquoi ? intervint Hooper.

— Il n'a pas précisé. Tony a passé une heure et demie avec lui, la nuit dernière. Je pense que c'est en rapport avec cette histoire de blanchiment d'argent. Tout colle.

Harrison Ronald haussa les épaules.

— Lundi, tu vas voir le grand jury, reprit Hooper. S'il inculpe McNally et son gang, on commence à les serrer dans la nuit de lundi.

Harrison Ronald hocha la tête et regarda ses mains. Elles tremblaient.

— Bon, tu n'as aucune raison de retourner là-bas ce soir, dit Hooper. Ces clowns ne vont pas s'évanouir dans la nature.

— Hier, j'ai récolté ce joli tuyau sur Anselmo et Pioche. Peut-être que ça pourra résoudre deux meurtres qui n'avaient pas encore été élucidés. Qui sait ce que je pêcherai cette nuit?

— Le risque n'en vaut pas la chandelle, insista Freddy en rapprochant sa chaise de Harrison. Peut-être que cette rumeur d'opération secrète leur arrivera aujourd'hui aux oreilles. Et ce soir, ils peuvent décider de te coller une balle dans la peau pour plus de sûreté.

— Ils peuvent! Ils peuvent! *T'es pas fou?* (Ford s'était mis à hurler.) *Ils auraient pu me descendre n'importe quand au cours de ces dix derniers mois! Je devrais déjà être mort depuis longtemps, espèce de connard!*

Un silence suivit ce brusque accès de colère. Finalement, Freddy se leva et alla s'asseoir sur le lit.

Hooper prit la chaise qu'il venait de laisser et la rapprocha encore de Ford, à moins de cinquante centimètres.

Il lui demanda doucement:

— Pourquoi tu veux retourner là-bas?

— Parce que j'ai peur. Parce que j'ai chaque jour de plus en plus peur.

— Tu es usé, dit Freddy. Ça arrive à tout le monde. C'est normal. T'es pas Superman.

— Freeman McNally ne va ni clamser, ni entrer en religion quand vous l'arrêterez, les gars, grommela Harrison Ronald. Même en prison il continuera à être un salopard fini. Et tôt ou tard son avocat lui dira mon nom. Faut que j'apprenne à vivre avec ça, ou je suis foutu.

Hooper soupira.

— Écoute. Si Freeman pouvait s'en tirer en te tuant, il le ferait en un clin d'œil. Mais quand il découvrira qu'il est pris, il ne se souciera plus de toi. *Et personne ne connaîtra jamais ton vrai nom.* Ça, je peux te le promettre.

L'agent infiltré ne sembla guère impressionné par les paroles de Hooper.

— D'habitude, je surmontais la peur après une période de travail pour lui, reprit-il. Je faisais un ou deux mots croisés, je dormais un moment ou je buvais un verre — bon, je redevenais normal. Mais pas cette fois. Je suis effrayé tout le temps. Et il a fallu que j'arrête le whisky, ou j'allais devenir un vrai alcoolo.

— Ce n'est pas la peine que tu y retournes.

— J'en ai *besoin*. Tu ne comprends pas ça ? *J'ai les jetons*. Et si je n'y retourne pas, j'aurai peur jusqu'à la fin de mes jours. Tu ne vois pas ? Comment je ferai pour rester seul dans un véhicule de patrouille à Evansville, la nuit ? Comment je ferai pour arrêter un gars qui roule trop vite et pour m'approcher de sa voiture ? Ils m'envoient appréhender un ivrogne avec un flingue... tu me dis comment je réagirai, alors ? Ouais, j'ai les jetons et il faut que je règle ça, sinon je pourrai pas continuer, mec. C'est aussi simple que ça.

Chapitre dix-huit

Le président Bush avait prévu de partir vers 9 heures du matin pour Camp David, dans les montagnes au nord-ouest de Frederick, Maryland, où il devait passer un week-end tranquille à discuter de problèmes de politique étrangère avec le secrétaire d'État et le conseiller à la Sécurité nationale. Mais avant d'embarquer dans l'hélicoptère, il eut une nouvelle réunion avec Dorfman et le ministre de la Justice, Gideon Cohen.

— Ce Zaba, il est au courant de quoi exactement?

— Il en connaît plus qu'il ne faut pour que Chano Aldana soit déclaré coupable, répondit Cohen au président. Nous avons la preuve qu'il a rencontré Aldana au moins à six reprises — quatre fois à Cuba et deux fois en Colombie. Il a ordonné à ses subordonnés d'aider Aldana à transporter de la cocaïne par bateau entre la Colombie et Cuba. Et il a personnellement supervisé au minimum quatre transbordements de drogue en direction des États-Unis.

— Il est disposé à parler? intervint Dorfman, un peu ennuyé de constater que Cohen, comme d'habitude, mettait la charrue avant les bœufs.

— Pas encore. Hier, le juge Snyder lui a désigné un avocat. Un certain Szymanski, de New York.

— L'avocat véreux qui a fait acquitter ces braqueurs de caisse d'épargne la semaine dernière?

— Oui. David Szymanski. Il est connu sur le plan national, et le juge Snyder l'a appelé pour lui demander s'il voulait le job. Il a accepté.

— Szymanski serait capable d'assécher le Niagara, dit Dorfman avec aigreur. S'il n'arrive pas à faire taire Zaba, c'est que votre général a une logorrhée en phase terminale.

— J'en ai parlé au secrétaire d'État, répondit Cohen. Il pense que c'est important qu'on donne à Zaba un avocat de premier ordre. Nous pouvons très bien demander aux Cubains de nous envoyer encore certains de ces gens-là pour les juger. Nous devons donc leur prouver que toute personne extradée bénéficiera d'un avocat de qualité et d'un procès équitable. C'est crucial. J'ai personnellement demandé au juge Snyder de...

— D'accord, d'accord, l'interrompit George Bush. Est-ce que Zaba va parler ou non ?

— Je pense que oui, dit Cohen. Les Cubains lui ont laissé entendre la chose suivante : s'il coopère avec nous, il pourra rentrer librement à Cuba un peu plus tard. Et quand il sera de retour, il aura toujours la possibilité d'accuser Castro.

— Qui est mort, ce qui tombe à pic, remarqua Dorfman.

— C'est certain que les Cubains feront de la publicité à son témoignage, dit Cohen. Ce sera l'exemple même de la corruption de l'ancien régime.

— Oui, certain, répéta Bush. Vous allez le laisser plaider coupable pour lui éviter une peine trop lourde ?

— Si Szymanski le demande, oui. Mais dans ce cas, Zaba devra accepter de témoigner contre Chano Aldana. Et sa condamnation ne sera prononcée qu'après le procès Aldana.

— Pour que ça ne donne pas à l'avocat d'Aldana un prétexte pour pousser les hauts cris ? demanda Dorfman.

— Oui.

— Et ces arrestations de trafiquants prévues pour la nuit de lundi ? Ça avance ?

— Oui, monsieur le président.

— Je vais tenir une conférence de presse mardi matin, avec vous et le directeur du FBI. Prévoyez ça, s'il vous plaît, Will.

— D'accord.

— Et puis, Will, allez voir si les journalistes ont été suffisamment éloignés. Je ne veux entendre aucune question quand je rejoindrai l'hélico.

Dorfman s'exécuta. Lorsqu'il se retrouva seul avec Cohen, George Bush lui dit :

— Gid, je sais qu'entre vous et Dorfman ça fait des étincelles, mais j'ai besoin de vous deux.

— Ce connard est persuadé qu'il sort de la cuisse de Jupiter, répondit Cohen avec violence.

Cela surprit beaucoup le président. Il n'avait jamais entendu Cohen dire ainsi ce qu'il avait sur le cœur — apparemment, les avocats des grandes firmes new-yorkaises ne se laissaient pas souvent aller.

— C'est vrai, répliqua-t-il avec un sourire désabusé, mais c'est *mon* connard.

Cohen écarquilla les yeux.

— Il m'est impossible de plaire à tout le monde, reprit George Bush. Alors Dorfman attire les critiques. Il prend les fautes sur lui. Il supporte les pressions, ce qui, à moi, me permet de souffler un peu. C'est ça, son job, vous voyez?

Le ministre de la Justice acquiesça d'un signe de tête.

— Ces histoires de drogue... Faut simplement qu'on continue à se battre. On fait ce qu'on peut, et les électeurs le comprendront. Y a que les experts et les prédicateurs TV qui attendent des miracles. Et je ne veux bousculer personne. Notre travail, c'est de veiller à ce que ce foutu système continue à fonctionner.

Harrison Ronald regagna son appartement vers midi. Il ferma sa porte à clé et se coucha en gardant son .45 automatique à la main. Il s'endormit immédiatement.

Il se réveilla en sursaut à 17 heures. Quelqu'un, à l'étage au-dessus, avait claqué une porte. Il n'avait pas lâché son arme. Il fit jouer ses doigts autour de la crosse, sentit son poids, et resta allongé, les yeux ouverts, à écouter les bruits de l'immeuble.

Quand tout serait terminé, il rentrerait chez lui. Chez lui à Evansville. Et il passerait Noël avec sa grand-mère. Il ne lui avait plus parlé depuis cinq ou six mois. Elle ne savait même pas où il était. C'était dur pour elle, mais préférable pour lui. Car elle vieillissait et elle adorait faire des confidences à ses amis et à son pasteur.

Oh, et puis merde ! Ça serait bientôt fini. Encore une nuit. Il allait quitter cette baraque dans trois heures, et n'y reviendrait plus jamais. Le proprio n'aurait qu'à tout garder — la vaisselle et la batterie de cuisine achetées un jour de soldes, la télé fatiguée, les fringues et tout le reste. Dans trois heures, oui, il regagnait directement le monde réel.

Il n'avait rien caché à Hooper de la raison pour laquelle il voulait retourner là-bas. Il allait devoir vivre avec la peur — et pas seulement la peur de Freeman McNally : la peur en tant que telle. Or, il avait appris dans les Marines que le seul moyen de vaincre ce poison, c'était de l'affronter.

Pauvre de moi ! Presque un an dans un égout. Presque un an en enfer.

Mais demain, enfin, il se serait échappé de ce piège.

Allongé sur son lit, il écoutait les bruits qui l'entouraient et il pensait à la vie qu'il allait retrouver.

Thanos Liarakos se trouvait dans son bureau lorsqu'il entendit ses filles hurler :

— M'man ! M'man ! Tu es revenue !

Elle était dans l'entrée, avec les enfants qui l'entouraient, et elle le regardait. Ses cheveux et ses vêtements étaient en désordre. Et elle restait là, immobile, à l'observer, tandis que les filles poussaient des cris perçants et sautaient et s'accrochaient à ses mains.

— Prends-les dans tes bras, Elizabeth, dit-il.

Elle contempla enfin leurs visages levés vers elle. Elle passa ses doigts dans leurs cheveux, puis se pencha vers elles et les embrassa.

— Okay, les filles, fit Thanos. Maintenant filez vite à l'étage un moment et laissez papa et maman bavarder. Et puis non, pourquoi n'iriez-vous pas aider Mme Hamner à préparer le dîner ? Maman va rester manger avec nous.

Elles se serrèrent encore un instant contre elle, et coururent vers la cuisine.

— Salut, Thanos.

— Entre et viens t'asseoir, dit-il en indiquant son bureau d'un geste.

Elle choisit son fauteuil habituel, le siège ancien qu'elle avait recouvert elle-même — quand était-ce ? l'année dernière ? —, et lui, il s'installa dans le sien. Et il la regarda. Elle avait vieilli de dix ans. Des poches sous les yeux, des rides sur les joues, de la peau flasque sous la mâchoire inférieure.

— Pourquoi es-tu revenue ?

Elizabeth eut un geste vague et se perdit dans la contemplation du mur.

— Tu n'es pas restée à la clinique. Ils ont appelé et ils ont dit que tu avais filé.

Elle prit une profonde inspiration et, cette fois, posa les yeux sur lui.

— Tu prends toujours de la dope, à ce que je vois, grommela-t-il.

— Je pensais que tu serais content de ma visite. Les filles le sont.

— Tu peux rester dîner, si tu veux. Ensuite, tu t'en vas.

— Pourquoi me fais-tu une chose pareille ?

— T'exagères ! C'est toi qui te fais ça à toi-même ! Est-ce que tu t'es regardée, bon Dieu ! T'es vraiment affreuse !

Elle examina ses vêtements, comme si elle les voyait pour la première fois.

— Pourquoi t'irais pas là-haut prendre une douche, te laver les cheveux et te changer ? On dîne dans trois quarts d'heure.

Elle se leva avec effort. Elle hocha la tête plusieurs fois, puis elle ouvrit la porte et quitta le bureau sans rien ajouter. Liarakos la suivit jusqu'au bas de l'escalier où il s'attarda deux ou trois minutes, puis il monta lentement à l'étage. Il resta dans la chambre jusqu'au moment où il entendit le bruit de la douche. Alors, il redescendit.

Il lui avait dit de rester dîner sans y réfléchir, et maintenant il le regrettait. Allait-il réussir à contrôler ses émotions pendant deux heures ? Il l'aimait et la haïssait en même temps — deux forces irrésistibles qui l'écartelaient.

La haine. Dans sa folie, faite de faiblesse et d'égoïsme, elle avait tout abandonné pour cette poudre blanche. Elle avait abandonné les enfants et elle l'avait abandonné, *lui* — oui, *lui* ! Oh, c'était de la haine ou de la rage qu'il ressentait là ?

L'amour. Oui. Sans amour, il n'y aurait pas de haine. Seulement du chagrin.

Et voilà qu'une fois encore il se retrouvait hors de lui-même, à contempler depuis un certain angle, par en dessous, cet homme qu'il était ; il le voyait marcher, faire des gestes sans signification, il voyait les tics qui contractaient les muscles de son visage, et il savait sa douleur, et il savait aussi que, d'une façon ou d'une autre, rien de tout cela n'avait d'importance...

Aucune importance, vraiment. Les enfants grandiraient, vivraient leur propre vie, oublieraient, et lui il continuerait à se lever tous les matins, à se raser et à partir au bureau. Il vieillirait, et puis la décrépitude viendrait, et puis finalement la maison de retraite et le cimetière... Rien de tout cela n'avait d'importance, non. Sur le long terme, ça ne valait pas un clou.

Et pourtant, il était là, déchiré, prisonnier de cette pauvre planète fatiguée.

— Lisa, si tu racontais un peu à ta mère comment ça se passe à l'école ?

La fillette se mit à parler à n'en plus finir de souris, de gerboises, et de toutes ses petites histoires. Elizabeth contemplait son assiette et ce qu'elle contenait, elle se concentrait pour utiliser correctement ses couverts, avec la main qui convenait. Elle tapotait ses lèvres avec sa serviette, qu'elle reposait ensuite soigneusement sur ses genoux.

— A toi, maintenant, Susanna.

Susanna était lancée dans un récit compliqué plein de poissons et de grenouilles, lorsque Elizabeth repoussa soudain sa chaise et murmura :

— Excusez-moi.

Elle se pencha pour ramasser son sac.

Liarakos s'en empara avant elle.

— T'inquiète pas, on va pas te le voler.

Sa femme le regarda fixement, le visage neutre. Et puis cela se produisit. Une grimace furieuse qui commença par une contraction de la lèvre supérieure et prit peu à peu possession de ses traits.

Liarakos, alors, lui lança son sac. Elle l'attrapa, se leva et se dirigea vers le lavabo du rez-de-chaussée, au bout du couloir.

— Finissez de dîner, les filles, dit-il.
— Est-ce que maman va rester ?
— Non.

Elles ne répondirent rien et continuèrent leur repas en silence. Quand elles eurent terminé, il les renvoya dans leurs chambres. Quelques minutes plus tard, Elizabeth réapparut dans la salle à manger, en prenant bien soin d'avancer sans à-coups et de conserver une expression tranquille.

Il resta assis et la regarda sans rien dire tandis qu'elle recommençait à manger — ou plutôt à picorer. Finalement, elle reposa sa fourchette sur son assiette.

— Tu ne veux pas savoir où j'étais ?
— Non.
— Tu peux m'emmener ou me donner un peu d'argent pour un taxi ?
— Tu es tout à fait capable de retourner d'où tu viens de la même façon qu'à l'aller. Au revoir.
— Thanos, je...
— *Au revoir*, Elizabeth. Récupère ton sac et file. Maintenant ! Et ne reviens pas.
— Merci pour...
— Elizabeth ! Si tu ne pars pas immédiatement, je te mets dehors.

Elle l'observa quelques secondes, puis se leva. Une demi-minute plus tard, il entendit la porte d'entrée s'ouvrir, puis se refermer avec un petit bruit sec.

Harrison Ronald regarda sa montre pour la quarante-cinquième fois. Dans deux heures et trois minutes, il serait là-bas.

Il s'examina dans la glace cassée, au-dessus de la table de toilette pleine de brûlures de cigarettes... Allaient-ils lire sur son visage ? Parce que *lui*, il pouvait voir tout cela écrit sur ses traits, comme le gros titre d'un journal. Coupable. C'était cela qu'on lisait. Culpabilité de qualité A, comme dans l'ancien temps, du genre de celle que votre maman savait si bien faire naître chez vous, avec ses histoires de cholestérol, de graisses saturées, d'excès de sel et de sucre. *Je l'ai fait ! Je suis le mouchard ! C'est moi l'indic !* Le petit Blanc m'a envoyé pour cafarder sur vous, les nègres ramasse-merde, et foutre vos culs noirs en taule.

Si Freeman lui posait la question, son visage volerait en éclats comme du verre glacé.

Deux heures et deux minutes.

Du café ? Il en avait déjà bu trois tasses ce soir. C'était bien plus de caféine qu'il ne fallait. Pas d'alcool, pas de bière. Période d'abstinence.

Bon Dieu, il allait se bourrer en beauté, la nuit prochaine. Se prendre une cuite de première et rester trois jours entiers ivre mort à rendre ses boyaux. Enfin — à condition qu'il soit encore vivant la nuit prochaine.

Deux heures et une minute. Cent vingt et une minutes.

Il ramassa son automatique et laissa ses doigts courir dessus. Il l'emporterait, cette nuit. En dix mois, il n'avait jamais trimballé de flingue, mais ce soir... Peut-être qu'il lui donnerait un petit avantage, puisqu'ils ne s'attendraient pas à le trouver armé.

Deux heures pile.

Le capitaine Jake Grafton se sentait d'humeur communicative. Il avait passé une journée formidable avec sa fille, Amy, et il avait presque terminé ses achats de Noël. Callie était partie seule choisir les cadeaux pour Amy, et peut-être aussi pour lui. Il l'avait surprise ce matin à jeter un œil à ses vêtements, sans doute pour vérifier les tailles. Et ce soir, donc, un sourire avenant flottait sur les lèvres du capitaine tandis qu'il observait Amy Carol, puis Callie, assises à l'autre extrémité de la table. Deux belles femmes. Il pouvait dire qu'il avait beaucoup de chance.

Ses yeux se posèrent ensuite sur Toad Tarkington, qui ne s'intéressait qu'à son épouse, Rita Moravia, installée à côté de lui. Toad aurait probablement le torticolis, demain. Toute l'attention d'Amy était, elle aussi, concentrée sur Rita. Amy adorait le pilote d'essai de la Marine, mais ce soir, tandis qu'elle observait Rita, son visage avait une curieuse expression.

Lorsque les yeux de Callie croisèrent ceux de Jake, celui-ci lui fit un signe de tête discret en direction d'Amy, et fronça les sourcils pour une question muette. Sa femme secoua doucement la tête et regarda ailleurs.

Encore un de ces trucs de femmes, conclut Jake Grafton, *que les hommes ne sont pas censés comprendre, et dont ils ne doivent pas s'occuper...* Il soupira.

Jack Yocke et son amie, Tish Samuels, étaient de l'autre côté de la table, en face des Tarkington. Tish était une fille vraiment adorable, avec un sourire agréable et toujours un petit mot gentil pour tout le monde. Par bien des côtés, elle lui rappelait sa femme — son port de tête, par exemple, sa façon d'écouter, ses commentaires réfléchis. Tish suivait avec attention une anecdote de vol que racontait Rita. Lorsque l'histoire fut terminée, Tish sourit et jeta un coup d'œil à Yocke.

Le journaliste ne s'en était peut-être pas rendu compte, mais cette fille était manifestement amoureuse de lui. Yocke avait l'air plus calme, plus tranquille que lors de sa première visite chez eux. A moins que ce ne fût simplement parce qu'il était de bonne humeur qu'il avait cette impression.

Comme à chaque fois qu'il se sentait détendu, Jack Grafton ne parlait pas beaucoup. Il mangeait doucement, sirotait son vin par petites gorgées et se laissait bercer par la conversation.

Callie se tourna vers Yocke, et dit :

— J'ai lu votre série d'articles sur Cuba. Vraiment très bons.

— Merci, répondit Jack Yocke, qui parut sincèrement touché par le compliment.

Callie l'amena adroitement à parler de son voyage. Toad lui-même oublia Rita un instant pour l'écouter et lancer de temps en temps une question.

Au début, les commentaires de Yocke furent assez superficiels, mais l'attention de ses compagnons sembla le faire sortir de sa réserve. Jake commença lui aussi à s'intéresser à ce qu'il disait.

— ...ce qui m'a impressionné, c'est le sens du destin qu'a le peuple, le petit peuple, celui des travailleurs. Ces gens se battaient pour quelque chose. Et puis j'ai compris que ce dont ils parlaient, que ce qu'ils voulaient, c'était la démocratie, le droit de voter pour choisir les dirigeants qui font les lois. Vous voyez, nous possédons ce droit, ici chez nous, depuis si longtemps, que nous sommes blasés. C'est très à la mode, ces temps-ci, de mépriser les politiciens, de se moquer de ces salauds qui se prostituent pour des campagnes de financement et mendient les voix sans la moindre honte. Et pourtant, quand vous êtes plongé jusqu'au cou dans une dictature, et commandé par quelque César autoproclamé avec de grandes théories dans sa petite tête, la démocratie vous paraît sacrément bonne.

Comme ses interlocuteurs semblaient d'accord, Yocke développa son idée.

— C'est rigolo, mais la démocratie est basée sur le principe le plus simple qui ait jamais sous-tendu une forme de gouvernement humain : la majorité a plus souvent raison que tort. Faut y penser. Les erreurs font partie du système. Elles sont tout aussi inévitables que le flux et le reflux des courants politiques. Et pourtant, sur le long terme, une majorité même changeante sera toujours la bonne dans la... majorité des cas.

— Vous croyez que ces pays qui découvrent la démocratie auront la patience d'attendre les succès et de tolérer les erreurs ? demanda Jake Grafton, intervenant pour la première fois dans la conversation.

Yocke considéra le capitaine par-dessus la table et répondit :

— Je n'en sais rien. Il faut une bonne dose de foi pour croire en l'honnêteté et en la sagesse de nos frères humains. La démocratie réussira à certains endroits, c'est sûr. Je crois qu'elle a besoin de profondes racines, cependant, sinon elle risque d'être balayée par le premier gros coup de vent. Il y aura toujours quelqu'un pour promettre un salut immédiat du moment que ça lui permettra de s'emparer de la barre et de la manette des gaz.

— Et la démocratie aux États-Unis ? C'est un engouement momentané, ou ça va durer ?

— Jake Grafton ! protesta Callie. En voilà une question !

— C'est une bonne question, pourtant, répondit Jack Yocke à son hôtesse. Une des erreurs les plus courantes, c'est de se lasser du système. Nous avons un paquet de problèmes en Amérique et deux cent cinquante millions de personnes préconisant des solutions. Je le sais — je gagne ma vie en écrivant là-dessus.

— Vous n'avez pas répondu à la question, intervint Toad Tarkington avec un grand sourire.

— Parce que je ne connais pas la réponse, dit Jack Yocke.

— Je ne vois pas ce qui pourrait nous faire renoncer à notre république, déclara Callie.

— Et vous, qu'est-ce que vous en pensez, capitaine ? demanda Tish.

Jake grogna.

— Les racines sont solides, évidemment, dit-il, mais si la tempête était assez violente... Qui veut du café ?

Tandis que Callie servait le café, Jake vit Rita parler doucement à Amy. L'adolescente l'écouta ; son expression s'assombrit et elle quitta brusquement la pièce.

Jake plia sa serviette et s'excusa. Mais il ne dépassa pas Callie. Celle-ci lui bloqua le passage et lui confia la cafetière, puis elle suivit Amy dans sa chambre.

— Comment tu le veux, Toad ? demanda Jake en se penchant sur l'épaule du lieutenant.

— Dans la tasse, si possible.

— Rita, tu n'as pas de nouveaux trucs à enseigner à ce clown ? Son numéro commence à être vraiment usé.

Rita adressa un grand sourire à Jake.

— Je sais. En fait, j'espérais que tu pourrais l'aider un peu, maintenant qu'il bosse chez toi.

— Vous travaillez pour le capitaine Grafton? demanda Jack Yocke à Toad.

— Il vaudrait peut-être mieux que j'aille voir les femmes un moment, dit Rita en se levant.

Elle se déplaçait avec aisance. Toad et Jake la suivirent des yeux jusqu'à ce que la porte de la chambre se refermât sur elle.

— Ouais, répondit Toad au journaliste. Notre CAG[1] ne peut pas se passer de moi. En réalité, j'ai rendu quelques petits services au capitaine Grafton, jadis, au cours de ses combats épiques pour la défense du monde libre contre les forces du Mal et tout le tintouin. Je lui ai suggéré hier d'acheter une Batmobile que je garderais chez moi jusqu'à ce qu'il en ait besoin. Il n'a pas de garage, ici.

— Qu'est-ce que vous faites au Pentagone, tous les deux? demanda Yocke.

— C'est vraiment ultra-secret, confia Toad, en baissant la voix de manière appropriée. Nous sommes en train d'élaborer des plans de défense pour le cas où le Canada nous agresserait. Nous pensons qu'ils essaieront d'abord de s'emparer des usines automobiles de Detroit. Attaque surprise. Peut-être un dimanche matin. Ensuite...

— Toad! grommela Jake.

Tarkington fit des gestes d'impuissance à Tish Samuels qui riait.

— Mes lèvres sont scellées. En tout cas, c'est vraiment un super-secret aux petits oignons. Et comme vous le savez, ce sont les meilleurs. Si les Canadiens venaient à le découvrir...

Tout en débarrassant la table, Jake dit à Toad :

— Rita semble complètement remise de son accident de l'année dernière.

— Elle y a gagné un certain nombre de cicatrices, répondit Toad, mais elle a étonné les toubibs. Et moi aussi par la même occasion.

Ils avaient rangé les assiettes et les couverts dans le lave-vaisselle et ils buvaient leur café dans le living lorsque Rita et Amy revinrent de la chambre, main dans la main. On aurait dit qu'elles avaient pleuré, toutes les deux. Callie disparut à la cuisine et Jake la suivit.

— Est-ce que je peux savoir ce qui se trame, dans cette maison?

— Amy a une vénération pour Rita et le béguin pour Toad.

— Ouille!

Callie sourit et serra un instant Jake dans ses bras.

---

1. Commandant de l'aéronavale embarquée sur un porte-avions. (*N.d.T.*)

— Je t'aime, murmura-t-elle.
— Je t'aime aussi, femme. Mais il vaudrait mieux qu'on retourne auprès de nos convives.
— Alors, t'es pas content qu'on ait invité Jack Yocke ?
— C'est un bon petit gars.

La peur augmente de façon exponentielle au fur et à mesure que vous vous approchez de l'objet qui vous effraie. Harrison Ronald eut tout le temps de réfléchir à cette évidence en roulant vers la planque de Freeman McNally, au nord-ouest de Washington.

Il la sentait, cette peur. Comme un étourdissement qui le paralysait et l'empêchait de réfléchir, qui lui donnait envie de vomir et de partir en courant en même temps.

Il accordait de moins en moins d'attention à la circulation, autour de lui, il s'en rendait compte, mais c'était plus fort que lui. Et cela, c'était un autre aspect de la peur : il en faut pour rester vigilant, pour fonctionner d'une façon totalement efficace dans des situations dangereuses. Mais trop de peur paralyse. Car elle se métamorphose alors en terreur, cette terreur qui engourdit l'esprit et les muscles. Et un cran plus loin, la terreur cède à son tour la place à la panique, et les muscles ne reçoivent plus qu'un seul message du cerveau qui a disjoncté : *Sauve qui peut !*

Harrison roulait de plus en plus doucement. Lorsque les feux passaient au vert, il devait faire un effort sur lui-même pour accélérer de nouveau. Un automobiliste, derrière lui, fit hurler son moteur et le doubla à toute vitesse, le majeur dressé. Ford l'ignora.

Et pourtant, il finit par arriver à destination. Il descendit au bout de la ruelle et se gara devant la maison utilisée par McNally. Le garde se tenait dans l'ombre d'une palissade. Ford coupa son moteur. Il n'allait pas vomir, non monsieur. Sous aucun prétexte.

— C'est maintenant ou jamais, dit-il tout haut, un peu réconforté par le son de sa propre voix, qui lui parut plus ou moins sous contrôle.

Il ouvrit sa portière.

Le garde s'avança vers lui, sans sortir ses mains des poches de son manteau.

Oh, bon sang ! *Ça y est !*
— C'est toi, Z ?
— Ouais, mec.
— Y a personne ici. T'es censé aller à la vieille boulangerie de la Santé pour prendre un chargement.

Harrison resta debout à côté de la voiture, à regarder son

interlocuteur. Il avait décroché... *Réfléchis, merde ! Réfléchis ! La vieille boulangerie...*

— On t'attend là-bas, ajouta l'autre.

Ford pivota et rouvrit la portière de la Mustang. Il se glissa derrière le volant, et essaya de se souvenir de ce qu'il avait fait de sa clé. *Pas dans cette poche-là, non. Pas non plus dans... Ah, la voilà !* Il l'enfonça dans le démarreur. *Allez, tourne la clé, maintenant.*

Lorsque le moteur ronronna, Harrison se sentit brusquement soulagé. Il passa la marche arrière et laissa la voiture reculer doucement vers la ruelle.

C'était cool. Oui, tout était cool — comme un foutu glaçon.

Regarde derrière toi, idiot. Ne va pas emboutir le poteau.

Tandis que le garde disparaissait de nouveau dans l'ombre de la palissade, Harrison atteignit la ruelle et accéléra.

Son soulagement se transforma en dégoût. Il avait sué sang et eau toute la journée et pour quoi ? *Pour des prunes !*

Peut-être qu'il pourrait tout simplement se tirer, maintenant. Oui, pourquoi pas ? Il s'était prouvé à lui-même, aujourd'hui, qu'il était capable d'affronter sa peur, d'accord ? Et c'était le principal. Rien de plus n'arriverait cette nuit, alors pourquoi devrait-il faire une autre livraison de drogue pour McNally ? Les Fédés avaient déjà suffisamment de preuves pour déclarer tous ces gens coupables, avec deux cent quarante et un chefs d'accusation. Qu'avait-il besoin d'en ajouter un de plus ?

Qu'est-ce que tu veux démontrer, Harrison ? Tu ne dors plus, tu trembles de peur depuis dix mois, tu as tué un type, tu en as appris assez pour envoyer McNally et ses copains de l'autre côté des barreaux si longtemps que le jour où ils ressortiront enfin, le crack aura été légalisé — *et il faut que tu restes vivant pour témoigner.*

Pourquoi aller encore fouiner là-bas une autre nuit ? Ne perds pas de vue la chose principale : *tu as pu affronter ça aujourd'hui.*

Mais il savait déjà la réponse. Il prit la direction de Georgia Avenue. Pleins gaz.

— Vous connaissez bien le capitaine Grafton ? demanda Jack Yocke à Toad Tarkington.

Il était aux environs de 22 heures et ils étaient sortis tous les deux sur le balcon pour contempler la ville. L'air piquait, mais il n'y avait presque pas de vent.

— Oh ! à peu près aussi bien qu'un soldat peut connaître son supérieur. Je pense que, personnellement, il m'aime bien, mais au bureau, c'est clair, je suis logé à la même enseigne que tout le monde.

— On raconte que c'est un des meilleurs officiers de la Marine.
— Ouais, le meilleur que j'aie jamais rencontré. Un point c'est tout. Vous voulez un type qui fait dans la routine, le capitaine Grafton en est capable. Vous avez besoin de décisions critiques prises avec sagesse et soigneusement justifiées, c'est votre homme. Vous cherchez quelqu'un pour mener des gars au combat, prenez Grafton. Vous demandez un avion qui aille jusqu'en enfer et qui en revienne, personne n'est mieux placé que lui pour ça. Si vous voulez un officier qui fera toujours *ce qu'il faut faire*, sans se soucier des conséquences, alors vous voulez Jake Grafton.
— Et vous ?
— Moi ? Je suis un simple lieutenant. Je vole quand on me l'ordonne, je dors quand on me l'ordonne, et je vais chier quand c'est prévu dans les plans.
— Comment le capitaine Grafton se débrouille-t-il pour toujours savoir quelle est la meilleure chose à faire ?
— C'est quoi ? Un Quiz ? Vous n'arrêtez jamais ?
— Simple curiosité. J'écrirai pas ça.
— Vaut mieux pas, en effet. Je péterais votre stylo.
— Comment sait-il ?
— Il a du bon sens. C'est une denrée rare, ici, à l'intérieur du périph[1]. Dans cette ville, j'en ai jamais trouvé suffisamment pour réussir à remplir une capote, mais c'est le point fort de Jake Grafton.

Yocke gloussa.
— Oh là ! Vous feriez mieux de vous contrôler ! l'avertit Toad. Votre carte de presse risque de tomber en poussière si vous vous fendez d'un sourire ! Votre réputation est en jeu, là.

Jack Yocke recommença à sourire.
— Je méritais ça. Désolé pour ces vacheries, la première fois que je vous ai vu. J'avais eu une mauvais journée.
— Ça m'est arrivé aussi, murmura Tarkington. (Il sautilla sur place.) Je caille. Si nous rentrions ?

Harrison Ronald, debout à côté de la Mustang, considérait son pneu avant droit. Crevé.

Les voitures passaient à toute allure sur Rhode Island Avenue. Quand il avait tout à coup senti du jeu dans son volant et qu'il avait entendu les coups sourds, il s'était arrêté sur le parking d'une épicerie-bar.

1. En argot washingtonien, désigne le Washington intra-muros, le lieu où sont prises toutes les décisions politiques, et donc le cœur même du pouvoir américain. (*N.d.T.*)

Le destin, décida-t-il, en ouvrant son coffre et en le fouillant à la recherche du cric et de la clé cruciforme. Au moment où Galaad est en route pour son rendez-vous avec sa destinée, son cheval perd un fer. Pourquoi ces trucs-là n'arrivaient-ils jamais dans les films ?

Il souleva l'avant de la voiture, mais les boulons de fixation de la roue étaient rouillés. Ce damné Freeman, il ne changeait jamais ses roues, ne vérifiait jamais l'équilibrage de ses pneus ! Il avait tellement de foutu pognon qu'il ne prenait soin de rien.

Harrison avait besoin d'une rallonge de poignée ou d'un marteau. Frustré, il s'assit par terre et frappa avec son pied l'une des extrémités de l'étoile. Celle-ci se détacha brusquement en rayant l'écrou. Il essaya encore. Et encore. L'écrou tourna enfin.

Une voiture de patrouille pénétra sur le parking et s'arrêta devant le magasin. Deux flics blancs. Ils descendirent, observèrent un moment en silence Ford qui bataillait avec sa roue, puis ils entrèrent dans la boutique.

Mon Dieu, ils n'ont donc pas vu la forme de l'automatique, dans le creux de mes reins, sous mon manteau ? Les enfoirés ! La première chose qu'ils auraient dû vérifier, c'était si j'avais une arme !

Tandis qu'il dévissait, toujours à coups de pied, le dernier écrou, il jeta un coup d'œil à l'intérieur de l'établissement, par ses larges baies vitrées. Les flics buvaient un café et flirtaient avec la fille qui tenait le comptoir.

Il s'écorcha un doigt et commença à saigner. Mais cela ne durerait pas longtemps : la poussière et la graisse allaient vite arrêter le sang. Il se souvenait des mains de son père toujours abîmées — des blessures couvertes de saletés et de graisse, qui guérissaient lentement, si lentement... et juste à temps pour prendre un autre coup et se rouvrir ! Un jour, quand il était gosse, il avait regardé ses grosses mains et il lui avait demandé : « Ça fait pas mal ? »

Papa, où que tu sois, mes mains sont glacées et elles me font souffrir le martyre, et mon cul gèle par terre et j'ai le nez qui coule...

Il essuya son nez avec sa manche.

Bon, à quoi tu t'attendais ? Tu croyais que les flics allaient t'aider ? Redescends un peu sur terre !

Jack Yocke se surprit en train d'examiner Tish Samuels. Cela faisait un moment qu'il l'observait lorsqu'il réalisa brusquement ce qu'il était en train de faire. Il vérifia discrètement autour de lui pour voir si quelqu'un s'était aperçu de son manège. Et il croisa le regard de Jake Grafton. Il lui sourit et détourna les yeux.

D'accord, c'est pas le genre de beautés qu'on trouve dans Playboy, *et elle ne fera jamais la couverture de* Cosmo. *Mais elle est superbe à sa manière.*

A suivre sa façon de se mouvoir, ses gestes, le langage de son corps, il se souvint tout à coup de la Madone cubaine assise sur le capot du camion, avec son bébé collé à sa poitrine. Combien de temps l'avait-il vue ? Trente secondes ? Une minute ? Cette fille, c'était la Vie qui avançait sur la route. Malgré la guerre, la révolution, la pauvreté, la famine, elle surgissait du passé et filait avec courage vers l'avenir...

Il regarda Tish et essaya de l'imaginer sur le capot de ce camion. *Oui, elle aurait très bien pu y être,* décida-t-il. *C'est quelqu'un qui dévore la vie à pleines dents.*

Il se resservit à boire et s'installa confortablement sur le canapé pour continuer à l'observer.

C'était peut-être simplement qu'il vieillissait. Ses ambitions, d'une certaine façon, lui semblaient moins importantes qu'autrefois et il était moins accroché à ses opinions. Combien de ses collègues croyaient vraiment en la sagesse ultime des électeurs ? C'étaient des dogmatiques, des iconoclastes, des égoïstes — et Jack Yocke avançait courageusement au milieu d'eux, qui n'avaient foi qu'en eux-mêmes.

D'accord, Jack. Si ton intelligence et ta sagesse, si maigres, ne suffisent pas, qu'est-ce qui reste, alors ? En quoi crois-tu vraiment ?

Il réfléchit à cette question et se retrouva soudain en pleine contemplation de ses chaussures, tandis que défilaient dans son esprit des images de ce peuple qui marchait sur la route, vers La Havane, dans la poussière, dans les derniers rayons du soleil, ce peuple qui marchait vers l'inconnu...

Devant la vieille boulangerie de la Santé, Harrison décida, sur un coup de tête, de garer la Mustang en marche arrière à côté des autres voitures. Six véhicules. Y avait foule, ce soir.

Il frappa à la porte.

L'homme, à l'intérieur, referma immédiatement derrière lui, avec le verrou, puis lui fit un signe de tête.

— Ils veulent que tu montes. Au premier. Au bout du couloir.

L'intérieur de l'entrepôt était sombre. Aucune lumière. La seule clarté venait des lampadaires, à l'extérieur, à travers les fenêtres aux vitres sales qui s'ouvraient très haut dans le mur. Mais Harrison connaissait les lieux, et il s'avança avec assurance, tandis que ses yeux s'habituaient à l'obscurité.

Premier étage. Fond du couloir. Bon Dieu, il n'y avait rien, à cet endroit, à part des bureaux vides, dix centimètres de poussière et de merde de rat, et quelques meubles en si mauvais état que le précédent locataire les avait abandonnés !

Il vérifia la position de son automatique à sa ceinture et il appuya sur la sûreté pour voir si elle était toujours bien en place. *Faudrait pas te tirer toi-même une balle dans le cul, Harrison Ronald !*

En haut des escaliers, il tourna à gauche, vers l'extrémité est de l'immeuble. Et soudain il entendit une plainte. Et une voix d'homme.

Il se figea. Quelqu'un gémissait — un gémissement sourd, animal. Harrison Ronald tendit l'oreille. Voilà que ça recommençait.

Il glissa sa main un instant sous son manteau, et effleura la crosse de son arme, pour se donner du courage.

Personne. Rien. Simplement les formes noires des piliers soutenant le toit, dans la faible lumière qui tombait des fenêtres.

Et puis ce bruit.

Une véritable terreur s'empara de lui, alors. Il commença à trembler, tandis que ce sourd gémissement glissait sur lui et allait se perdre en une multitude d'échos dans la vaste salle vide et obscure. Cette plainte venait de quelqu'un qui était désormais au-delà des hurlements — quelqu'un qui avait crié à pleins poumons et n'avait plus de souffle, plus de mots, désormais, plus de supplications, plus de prières, quelqu'un qui n'avait plus besoin de rien. Qui ne gémissait plus, maintenant, que parce qu'il respirait encore.

Et puis il y avait autre chose.

Une odeur !

Harrison renifla avec soin. On sentait la viande grillée. Oui, la viande grillée, une odeur de graisse frite, âcre et piquante.

Oh, mon Dieu !

Harrison Ronald Ford recommença à progresser — vers la porte entrebâillée et la lumière électrique qu'elle laissait filtrer.

Les plaintes étaient plus fortes. La voix aussi.

— Tu as trahi tes frères, tes frères *de sang*. Tu t'es vendu à ces foutus Blancs, tu as vendu ta chair et ton sang, *tu t'es vendu*... (C'était Freeman McNally. Harrison Ronald reconnaissait la voix, à présent. Freeman McNal...) *Avec quoi ils t'ont payé ? Du pognon ? Tu l' dépenseras plus jamais. Des femmes ? T'auras plus l'occasion de t' les faire, surtout avec c' qui te reste à cet endroit maintenant. Ha ! Ha ! Ha !*

McNally était dingue. Bon pour l'asile. Sa voix, une octave trop haute, frisait l'hystérie.

— Tue-moi.

Un silence.

Un hurlement : *Tue-moi !*

Harrison Ronald Ford poussa la porte. A l'intérieur, la puanteur le fit suffoquer.

Un homme nu était attaché à une chaise au milieu de la pièce, sous une ampoule sans abat-jour. Ou plutôt quelque chose qui jadis avait été un homme... Des lambeaux de chair pendaient de son corps. Son entrejambe n'était plus qu'une masse sanglante. Sur son visage — Harrison dut s'approcher un peu plus pour l'observer —, il ne restait qu'un œil. L'autre orbite était noirâtre, brûlée, vide. Des brûlures sur la poitrine, aussi. Curieusement, il y avait peu de sang.

— Range ton pétard, Sammy.

Harrison regarda autour de lui. Plusieurs hommes étaient assis sur des chaises, contre les murs. Sur le sol, il vit un fer à repasser, auquel étaient encore collés des morceaux de chair d'où s'élevait une légère fumée.

— *Range ton pétard, Sammy.*

C'était Freeman. Il était appuyé contre la fenêtre. Son pistolet était pointé sur Harrison

Celui-ci se rendit compte alors qu'il avait sorti son Colt sans s'en apercevoir. Il le baissa, puis regarda de nouveau l'homme lié sur la chaise.

— Ce connard nous a vendus, reprit McNally. Il racontait de petites histoires à l'oreille des Fédés. Il a avoué, finalement.

Il pouvait tous les tuer : l'idée traversa l'esprit d'Harrison, et son pouce se déplaça vers la sûreté de son arme. Ils étaient cinq et il avait sept balles. D'abord Freeman, et les autres ensuite. Il les descendrait aussi vite qu'il serait capable d'appuyer sur la détente !

Freeman s'approcha de Ford et vint se camper, bras croisés, devant l'homme sur la chaise.

— C'est pas vrai ! Quelle connerie ! Je le connais depuis toujours. *Et il m'a vendu !* dit-il dans un grognement. (Il secoua la tête et la sueur coula de son front.) Et pendant tout ce temps, je croyais que c'était toi, Sammy ! Et meeer-de !

McNally secoua la tête de nouveau et repartit vers la fenêtre. Là, il se retourna brusquement et braqua son pistolet sur Harrison Ford.

— T'as un flingue. Tue-le.

Il avait dit cela sur le ton de la conversation, comme s'il commandait une pizza.

L'homme torturé regarda Ford avec le seul œil qui lui restait. Ses mains étaient toujours attachées derrière la chaise — ou ce qui restait de ses mains. On voyait des taches blanches dans la chair brûlée — l'os.

— Tue-le, répéta Freeman.

Cette fois, c'était un ordre.

Harrison fit un pas en avant. L'œil le suivit. Puis les lèvres brûlées bougèrent. Harrison se pencha pour entendre.

— Tue-moi, murmurèrent les lèvres.

Avec son pouce, Harrison ôta la sûreté de son arme. Alors, il leva le Colt et le pointa au-dessus du trou à vif et suintant où s'était trouvée l'oreille gauche — qui, maintenant, traînait par terre, près du fer à repasser.

— Désolé, Ike, dit Ford.

Et il appuya sur la détente.

Chapitre dix-neuf

Harrison Ronald se gara sur E Street, devant l'immeuble du FBI. Le corps d'Ike Randolph était dans le coffre. Freeman lui avait demandé de s'en débarrasser, de le balancer dans une rue quelconque. Le cadavre mutilé donnerait certainement à réfléchir à toute personne qui risquerait un jour d'entretenir l'idée de contrarier Freeman McNally.
  Ouais, Freeman. Tout ce que tu veux, mec. Ils s'étaient mis à quatre pour charger Ike dans le coffre, et Harrison était parti. Il n'avait dit au revoir à personne.
  Et maintenant, immobile dans la voiture, il réfléchissait.
  Le soleil était déjà haut.
  Dimanche. Huit heures du matin. Rues et parkings déserts. Les centres commerciaux, en banlieue, ouvriraient leurs portes dans quelques heures, et les foules de dernière minute, avant Noël, allaient déferler sur ces temples géants de la consommation. Les acheteurs grouilleraient aussi dans les magasins, en ville, mais pas avant deux bonnes heures. Pour l'instant, les ivrognes et les paumés étaient les maîtres des rues. Des papiers gras et des ordures, tombés des poubelles qui débordaient, glissaient des deux côtés de la voiture, poussés par le vent.
  Harrison coupa son moteur et écouta le silence qui l'entourait.
  Il l'avait fait ! Et il était toujours vivant !
  Ses mains tremblaient.
  Le soulagement s'abattit sur lui comme une masse, et il se mit à sangloter.
  Il était épuisé. Les larmes coulaient sur ses joues et il n'avait plus la force de bouger.
  Oh, oui, c'était fait !
  Bon, maintenant, je trouve Hooper. Je lui refile les clés du corbillard d'Ike Randolph et je vais dormir.
  Il n'oublia pas de fermer la voiture à clé, puis grimpa l'escalier qui menait à l'immeuble du FBI, et se dirigea vers la cour intérieure en

traversant le vestibule à ciel ouvert. Il descendit les marches donnant sur la plaza et s'approcha de la guérite où se tenait le garde en uniforme. Celui-ci le regarda arriver.

— Tom Hooper. Appelez-le... souffla Harrison.
— Et qui êtes-vous, monsieur ?
— Samm... Harrison Ronald Ford. Evansville, Indiana. Police. Il m'attend.
— Si vous voulez bien patienter ici, monsieur, je vais téléphoner et voir s'il est là.

Harrison s'éloigna de façon à ce que ce flic d'occasion pût voir ses mains. Mais il était trop fatigué pour rester debout. Il se laissa glisser contre le mur jusqu'au sol, entoura ses genoux de ses bras et y posa la tête.

Il était toujours dans cette position, et il pleurait, lorsque Thomas Hooper s'adressa à lui, doucement, six ou sept minutes plus tard.

— Il y a un cadavre dans le coffre de la voiture.
— Qui c'est ?

Freddy et Hooper dévisagèrent Ford.

— Ike Randolph. Ils l'ont torturé. Le corps est dans un sale état.

Les deux agents du FBI échangèrent un regard.

— Faut qu'on le balance quelque part, reprit Harrison.
— Pourquoi ? demanda Freddy, incrédule.
— Obligé, mec, insista Harrison.
— Écoute. On passe devant le grand jury lundi. Lundi soir ou mardi, ils rendent des inculpations pour meurtre, et à ce moment-là on alpague Freeman McNally et ses lieutenants et on les boucle. Ils n'auront pas de liberté sous caution. Y en a pas, pour un assassinat. Ensuite on donne tout le reste au grand jury et on les fait comparaître pour deux bonnes centaines de chefs d'accusation.

Harrison était épuisé.

— C'est toi qui m'écoutes... Freeman m'a laissé filer, cette nuit. Mais si on ne retrouve pas son macchabée quelque part, il va soupçonner une arnaque. Et je te jure que le premier truc qu'il fera, ce sera d'aller jeter un œil à mon appartement pour voir si j'y suis. Et j'y serai pas, mec, garanti. Je n'y retournerai *jamais*. Et alors, Freeman *saura*. Peut-être qu'il décampera. Peut-être qu'il vous attendra avec de l'artillerie lourde quand vous viendrez l'arrêter. Peut-être qu'il mettra un contrat sur moi. *Et je ne veux pas passer le reste de mon existence à me retourner toutes les deux minutes pour voir si y a quelqu'un qui me file le train !*

Freddy protesta :

— On ne peut tout simplement pas balancer un cadavre sur une voie publique et...
— Pourquoi pas ? le coupa Tom Hooper.
— Parce que, merde, on est des flics, bon Dieu !
— On se débarrasse du corps, reprit Hooper, on attend une demi-heure et on appelle la police. Ouais, pourquoi pas ?

Hooper pensa au grand jury et aux avocats. Ce n'était pas parce que le FBI voulait une inculpation rapide qu'il y en aurait forcément une. Cela pouvait prendre une semaine. Et là, en face de Harrison Ford, il comprit qu'il allait jouer le coup comme celui-ci le souhaitait, s'il ne voulait pas voir leur agent clandestin partir en morceaux. Parce que Ford ne tiendrait pas une semaine dans cet état.

— Où tu es garé ?
— Juste devant l'immeuble, sur E Street.
— Viens, Freddy, dit Hooper. Réglons ce truc rapido.
— Rentrons au moins un moment la voiture au sous-sol et laissons les gars du labo photographier le corps...
— Putain, tu perds la tête ou quoi ? hurla Harrison. La seule raison, *la seule raison,* pour laquelle je suis encore vivant au bout de dix mois de cette merde, c'est que personne ne sait que je suis un flic. Et maintenant tu vas permettre aux gens du labo de voir la voiture et le cadavre et ma gueule ? Est-ce que j'ai l'air d'avoir envie de me suicider ?
— Oublie ça, Freddy, intervint Hooper. On se contentera d'écrire un beau rapport. Ça sera pas la première fois. Pour moi, en tout cas.

Ils discutèrent de leur futur rapport dans la voiture, tout en roulant vers Fort McNair. Un immense parking abandonné s'étendait sur le côté est de la zone militaire. Les mauvaises herbes poussaient dans les fissures de l'asphalte. Des boîtes de bière et des ordures étaient éparpillées partout.

A l'ouest et au nord, le parking était bordé par un mur de briques de deux mètres cinquante de hauteur. De l'autre côté de ce mur s'élevaient de vastes demeures anciennes où logeaient les officiers supérieurs de l'Armée de Terre stationnés à Washington. Vers l'est, à une soixantaine de mètres, on trouvait de petites maisons privées, dissimulées à la vue par des taillis et des arbres. Un relais électrique entouré par un solide grillage formait la limite sud de ce parking d'un hectare.

Ils ne perdirent pas de temps à faire le tour des lieux. Ford roula en marche arrière jusqu'au mur de briques et poussa, dans la boîte à gants, le bouton qui libérait le capot du coffre. Il laissa le moteur tourner. Puis ils descendirent tous les trois.

Freddy jeta un coup d'œil à l'intérieur du coffre et se mit immédiatement à vomir.

— Pour l'amour de...

— T'as vu ses mains ! Les doigts sont partis en fumée ! s'exclama Hooper.

— Allez, connards ! grogna Ford. Attrapez-le.

Ils posèrent le corps par terre et remontèrent dans la voiture aussi vite que possible. Ford passa la première et accéléra. Freddy luttait toujours contre les haut-le-cœur.

— Y a un truc que je ne comprends pas, dit Ford, songeur. Pourquoi Ike ? Pourquoi Freeman a-t-il cru que c'était lui, l'indic ?

— Tu te souviens du sénateur Cherry ?

— La commère ?

— Ouais. On lui a avoué que Randolph était un agent à nous, infiltré.

Harrison Ronald freina brutalement et se tourna pour regarder Hooper, assis à côté de lui, sur le siège du passager.

— Merde ! Tu veux dire que Ike était flic ?

— Non. C'était un truand, comme les autres. Mais nous avons pensé que puisque Cherry parlait à tort et à travers et que nous avions peu de chances de le faire taire, il valait mieux trouver quelque chose, et vite, pour protéger ton cul. Alors on lui a jeté un nom en pâture — Ike Randolph.

Harrison regarda droit devant lui. Il serrait le volant de toutes ses forces.

— Et Freeman l'a tué, conclut Hooper. Ça lui vaudra la prison à perpète. C'est dommage pour Ike, mais...

— Freeman n'a pas tué Ike.

Harrison Ronald avait prononcé cette dernière phrase d'une voix si basse que Freddy, installé à l'arrière, dut se pencher vers lui.

— Comment ?

— Freeman n'a pas tué Ike. C'est moi. Freeman l'a torturé et l'a mutilé, pour que tout le monde s'amuse. C'est ce genre de type. *Mais c'est moi qui l'ai achevé.*

— *Toi ?* s'exclama Freddy, abasourdi.

— C'était Ike ou moi, mon pote. Si j'avais pas appuyé sur la détente, à ce moment-là, je ne serais plus, à la minute présente, que quatre-vingts kilos de viande brûlée. Exactement comme Ike.

— Roule, bon Dieu ! *Roule !* ordonna soudain Hooper. On peut pas rester dans la bagnole au beau milieu de la rue comme trois foutus touristes ! Tout le monde, en ville, va finir par connaître notre numéro d'immatriculation !

Harrison redémarra.

— *C'est toi qui l'as tué...* répéta Freddy, qui se débattait toujours avec cette idée.

— Merde, qu'est-ce que vous pensiez qu'il allait se passer ! hurla Harrison, fatigué de ces deux hommes, fatigué de lui-même. Connards ! Bougres de connards de Blancs ! Vous saviez que si Cherry parlait, Ike Randolph ne serait plus qu'un cadavre à la recherche d'une tombe où s'allonger. Et maintenant, il est mort ! Parfaitement mort, comme je le serais moi-même si quelqu'un avait chuchoté mon propre nom.

— Pourquoi tu t'es pas débarrassé du corps avant de venir ? demanda Freddy.

— Je voulais que vous puissiez le voir. Ike était un salaud pathologique, mais il ne méritait pas ça. Et je voulais que vous, les gratte-papier en costard-cravate du FBI, vous voyiez ça et que vous sentiez cette odeur et que vous vous en foutiez plein vos blanches mains. Maintenant, essayez un peu de me traîner en justice !

Le plafond de nuages était à quatre cent cinquante mètres au moins, estima Henry Charon, tout en roulant sur l'autoroute inter-États en direction de Frederick, Maryland. De la brume. Entre huit et dix kilomètres de visibilité. Pas comme dans l'ouest où, les mauvais jours, on y voyait encore à quatre-vingts kilomètres.

Il savait où il allait. Un petit parc au bord du Potomac. Il n'y aurait sans doute personne à cet endroit, en décembre, une semaine avant Noël. En tout cas, les lieux étaient déserts, la semaine précédente, quand il l'avait découvert après avoir consulté une carte aérienne et une carte routière, tiré certains traits et fait quelques calculs.

Juste avant d'arriver à Frederick, il quitta la quatre-voies et continua vers le sud par une petite route de campagne bitumée qui serpentait à travers des terres agricoles fertiles de la vallée de la Monocacy. Des maisons et des granges bien entretenues s'élevaient près de la route, et des troupeaux paissaient dans les prés.

A un moment, il tourna à droite sur un chemin de terre juste après une station-service abandonnée, et il fit presque sept kilomètres vers l'ouest. Le passage qu'il cherchait était pratiquement caché dans un bosquet. Ah, voilà !

Pas de traces fraîches dans la boue. Et pas beaucoup de boue. C'était parfait.

Il s'y engagea et alla se garer un peu plus loin, puis il enfila son parka et ses gants. Avant de descendre de la voiture, il passa et attacha une paire de couvre-chaussures par-dessus ses bottes.

Il lui fallut une demi-heure pour faire le tour des lieux. Pas de chasseurs ; aucun pêcheur sur la rivière, personne non plus dans les champs vers le nord.

La seule maison visible depuis le parking du parc était à environ huit cents mètres sur l'autre rive du Potomac, en Virginie. Il l'étudia avec ses jumelles. Personne en vue.

De temps à autre un petit avion passait dans le ciel. Charon ne levait même pas la tête. Il n'était qu'à une trentaine de kilomètres au nord de Dulles Airport[1], et à une quinzaine de kilomètres au nord de Leesburg. Harper's Ferry n'était qu'à vingt-cinq kilomètres à l'ouest. C'était donc tout à fait normal qu'il y eût des avions.

Il sortit ses deux radios de son coffre et il grimpa au sommet d'un tas de graviers, non loin de la rive. De là, droit devant lui ainsi qu'au sud et au sud-est, il avait une excellente visibilité du zénith jusqu'à la cime des arbres sur l'autre rive du fleuve, environ dix degrés au-dessus de l'horizon. C'était assez, plus qu'assez.

Il s'assit, alluma les radios et vérifia les piles. Il les avait changées ce matin, et il en avait d'autres dans la voiture, par simple précaution. Toutes les aiguilles étaient dans le vert.

Il choisit la bande VHF sur la première radio et se plaça sur la fréquence du secteur nord de Dulles Approche. Une fois l'antenne sortie et légèrement inclinée vers la droite, la réception était acceptable. Sur l'autre appareil, il sélectionna l'UHF, et opta pour la fréquence 384.9. Il était à peu près sûr qu'ils utiliseraient la bande VHF, mais il ne voulait rien laisser au hasard.

Les deux postes commencèrent à cracher les bavardages habituels entre pilotes et contrôleurs. Charon plaça une radio à sa droite et une à sa gauche et il régla leur volume. Il n'avait pas besoin d'être très fort — Charon avait une ouïe parfaite, et ce malgré les milliers de coups de fusil entendus tout au long des années, et sans casque.

Il sortit le sandwich et le café qu'il avait achetés ce matin, dans un fast-food, sans sortir de sa voiture. Il mangea lentement, appréciant chaque bouchée. Le café s'était refroidi trop vite, mais il le but quand même. L'après-midi risquait d'être longue.

Ou peut-être pas. Comment savoir ?

Il en avait terminé avec tous ses préparatifs et tous ses plans. Il était aussi prêt qu'il ne le serait jamais. Il repensa à ces trois

---

1. Dulles Airport, l'un des deux aéroports de Washington, est réservé aux vols internationaux ; l'autre, National Airport, aux vols intérieurs (*N.d.T.*).

dernières semaines, aux dispositions qu'il avait prises, à tous les cas de figure qu'il avait envisagés.

Une chance sur quatre. Il avait vingt-cinq pour cent de chances de réussite aujourd'hui, décida-t-il. Comme d'habitude, c'était le gibier qui avait l'avantage, et c'était justement cela que Henry Charon appréciait.

Cette idée lui tira un sourire. Il termina son sandwich et son café et veilla à poser sur le siège arrière de la voiture l'emballage et la tasse vides. Là, il ne risquait pas de les perdre et il pourrait s'en débarrasser à la première occasion.

Ensuite, il retourna s'asseoir sur le tas de graviers et recommença à écouter ses deux radios avec attention.

Il se levait de temps à autre pour vérifier les environs avec ses jumelles, puis il se rasseyait.

Ce petit parc était situé sur l'un des deux itinéraires qu'il pensait voir emprunter par l'hélicoptère présidentiel lorsque George Bush quitterait Camp David pour regagner la Maison Blanche. Selon toute probabilité, le pilote éviterait les zones de trafic aérien de Frederick et de Gaithersburg. Dans ce cas, il pouvait contourner ces deux aéroports par l'est pour entrer ensuite à Washington en piquant droit au sud vers la Maison Blanche, et donc en survolant Silver Spring et Bethesda. Mais si l'hélico faisait route par l'ouest de Frederick, il longerait le fleuve jusqu'à Washington et passerait donc probablement au-dessus de ce parc au bord du Potomac.

En étudiant les cartes, Charon avait opté pour l'itinéraire du Potomac. En effet, lorsque l'hélicoptère descendrait sur la ville, le bruit au-dessus des zones habitées serait moins important s'il volait sur le fleuve. Cela le frappa comme une évidence — c'était le genre de considération sur laquelle un membre du staff présidentiel, harcelé comme ils l'étaient tous, risquait de baser sa décision.

Mais bon, il n'était pas pilote et ses connaissances du contrôle du trafic aérien étaient proches de zéro. Et il n'avait eu le temps ni de suivre les autres trajets depuis Camp David, ni d'effectuer les répétitions qui auraient assuré son succès le moment venu. Tout cela était plutôt maigre. Mais plus il se serait attardé en ces lieux pour ses vérifications, plus il aurait eu de chances de se faire repérer.

C'était pourquoi il devait quand même tenter le coup. S'il en avait la possibilité, il tirerait. Dans le cas contraire, il attendrait une meilleure occasion.

Une chance sur quatre. Peut-être moins. Mais c'était suffisant.

Il soupira. Quand les radios se taisaient un moment, il regardait les oiseaux et écoutait le fleuve. Il se levait régulièrement et vérifiait les alentours avec ses jumelles. Il y avait trois tables de pique-nique entre le parking et la rive. A côté de chacune, on avait construit un petit barbecue en pierres. En été, ce devait être un endroit vraiment agréable pour une balade — à condition de trouver une table libre.

Quelques minutes après 15 heures, il entendit l'appel qu'il attendait. Sur la radio VHF.

« Dulles Approche, de Marine One, en montée vers neuf cents mètres, quitte Papa 40, en route pour Papa 56, terminé. »

Charon connaissait ces codes : la Zone Interdite 40, c'était Camp David et la Zone Interdite 56, l'ensemble Maison Blanche et Capitole.

« Marine One, de Dulles Approche, affichez transpondeur Quatre Un Quatre Deux pour identification. »

Au même moment, un pilote de Cessna contacta Dulles Approche, mais sa transmission resta sans réponse. Henry Charon éteignit la radio sur laquelle il avait sélectionné la bande UHF et il la rangea dans le coffre de sa voiture.

« Marine One, Dulles Approche, contact radar. Vous êtes autorisé à pénétrer dans Papa 56, toute altitude au-dessous de quinze cents mètres. Indiquez quand vous atteignez neuf cents mètres et toute modification d'altitude, terminé. »

« Autorisation pour Marine One. Indication de toute modification d'altitude. Nous sommes à neuf cents mètres maintenant. »

« Message correct. Cessna Cinq Un Six Un Yankee, faites votre demande. »

Dernière vérification avec les jumelles. Charon passa leur courroie autour de son cou et les laissa pendre contre sa poitrine. Alors, il sortit du coffre un premier rouleau de moquette, qu'il déroula sur le sol. Puis un second, qu'il installa près de l'autre.

Ensuite, avec précaution, il posa par terre à côté du tas de graviers l'un de ses deux longs tubes d'un mètre vingt, après l'avoir examiné pour voir s'il n'était pas endommagé. Il étudia aussi le second tube — mais celui-là, il le garda à la main.

Il s'installa contre le monticule de façon à bénéficier d'un support pour ses reins, tandis que l'échappement du missile passerait largement au-dessus. Tôt ou tard, ils découvriraient cet endroit, bien sûr, et le carbone de l'échappement du missile prouverait que l'on avait tiré d'ici. Simplement, il n'avait aucune envie d'avoir le dos brûlé par les gaz déviés sur le gravier. Il posa le lance-missile sur ses genoux.

Il ne bougea plus et attendit en comptant les minutes. Si l'hélico volait à cent vingt nœuds, il parcourrait trente-sept mille mètres à la minute. Charon avait calculé la distance : soixante-trois kilomètres. Dix-sept minutes. Et encore moins, avec un vent arrière ou une vitesse plus grande. Il avait donc décidé d'attendre un quart d'heure : si, à ce moment-là, l'appareil n'était toujours pas en vue, cela signifiait qu'il avait emprunté un autre itinéraire. Surtout qu'aujourd'hui, l'hélico prenait par l'arrière le vent qui arrivait du nord-est. Quinze minutes et il s'en irait. Il essaierait autre chose.

Marine One pouvait très bien ne pas passer par là. Charon n'avait aucun moyen de le savoir, bien entendu. Mais il serait bientôt fixé.

Le pilote n'avait pas contacté Dulles Approche au moment de son départ de Camp David. Il avait déjà décollé depuis une ou deux minutes et il avançait en prenant de l'altitude lorsqu'il avait passé son appel. Il restait donc moins de dix minutes.

Le temps s'écoula ; Charon observait le ciel. Six minutes, sept, huit...

Et puis il entendit le bourdonnement très particulier d'un hélicoptère.

Il leva les yeux. Les arbres, derrière lui, l'empêcheraient de voir l'appareil jusqu'au dernier moment, quand il serait presque au-dessus de lui.

Il alluma les batteries des deux lance-missiles et regarda dans ses jumelles.

Il était là ! Haut, sur sa gauche. Peut-être à quinze cents mètres de lui, vers l'est.

Il régla avec son pouce la roulette de mise au point pour examiner l'appareil. Oui. C'était bien un hélico de VIP de la Marine, comme celui qu'il avait observé sur les pelouses de la Maison Blanche.

Il lâcha ses jumelles et plaça le lance-missile contre son épaule.

Allumage. Visée. Verrouillage.

Il appuya sur la détente.

Le missile partit en rugissant.

Charon abandonna le tube vide et s'empara du second. Allumage. Visée. Verrouillage. Feu !

Dès le second missile tiré, il rangea dans le coffre de sa voiture les deux lanceurs, les morceaux de moquette, et les jumelles.

Il leva les yeux. Le premier missile avait déjà explosé, laissant un nuage de fumée sale sur le ciel gris clair. Maintenant, l'hélico descendait vers la droite, avec son nez qui oscillait.

Bang ! L'ogive du second missile explosa tout contre l'appareil.

Marine One se mit à tourner sur lui-même et à tomber en vrille.

Henry Charon ramassa la radio.

« *Mayday ! Mayday ! Marine One a une panne totale du circuit hydraulique et d'un moteur ! On tombe !* »

« Marine One, Dulles, répétez. »

Le pilote parlait d'une voix aiguë, mais il pensait encore correctement et il ne paraissait pas avoir cédé à la panique, même si ses mots se bousculaient :

« *Dulles, panne hydraulique et moteur. Le copilote est mort. Deux explosions, on aurait dit des missiles. Nous tombons et... euh... prévenez les ambulances et les pompiers. Nous tombons !* »

Charon éteignit la radio et la rangea avec soin sur l'une des moquettes, dans le coffre, qu'il referma.

Il jeta un coup d'œil derrière lui : non, il n'avait rien laissé traîner.

Il s'arrêta encore une seconde près de sa voiture, et observa une dernière fois l'hélicoptère endommagé : il était beaucoup plus bas, à plusieurs kilomètres au sud-est, le nez en piqué... Et il tournait sur lui-même très très vite, environ une fois par seconde. Le crash allait être vraiment violent.

Henry Charon se glissa derrière son volant, et démarra.

Chapitre vingt

Henry Charon se dirigea vers le nord, vers Frederick, tout en cherchant sur son autoradio une station d'informations de Washington. Une femme discutait de l'opportunité de la réponse fédérale à la crise du SIDA avec des auditeurs qui téléphonaient. A Frederick, il prit la direction de l'est sur la I-70. Lorsqu'il vit une aire de repos, il s'arrêta.

Il se gara à l'extrémité du parking, ôta ses couvre-chaussures et les rangea dans le coffre avec le reste. Il enveloppa soigneusement les tubes lance-missiles dans les morceaux de moquette, qu'il attacha avec de l'adhésif industriel gris. Après avoir refermé le coffre et s'être assuré que la voiture était verrouillée, il parcourut les cinquante mètres qui le séparaient des toilettes et se soulagea.

Il était de nouveau sur la route et il écoutait la radio, lorsqu'un bulletin d'information spécial interrompit le programme :

« Un hélicoptère des Marines des États-Unis transportant le président américain et plusieurs autres fonctionnaires de haut rang vient de s'écraser en Virginie, au nord de Dulles Airport. Les équipes de secours de Dulles International sont sur place. Nous ne savons rien encore de l'état du président. Nous n'avons pas d'autres détails pour l'instant. Ne quittez pas l'écoute. Nous vous transmettrons les informations au fur et à mesure qu'elles nous parviendront. »

La station cessa de prendre les appels des auditeurs et, très rapidement, la femme invitée pour parler du SIDA abandonna le micro à deux journalistes qui commencèrent à discuter de la nouvelle et à faire des hypothèses. Ils expliquèrent que le président Bush avait passé le week-end à Camp David et qu'il rentrait probablement à Washington lorsque l'accident s'était produit. Ils parlaient d'*accident*. Ils donnèrent la liste des hauts fonctionnaires qui avaient passé le week-end avec le président et essayèrent d'expliquer le crash de l'hélicoptère. Toutes les raisons qu'ils avancèrent avaient quelque chose à voir avec une panne mécanique ou une collision en plein ciel. Et il fut vite évident, pour Charon, qu'aucun des deux hommes ne s'y connaissait beaucoup en hélicoptères.

Il coupa la radio.

Donc, c'était parti ! La chasse était lancée et il était le gibier.

Il quitta l'autoroute et suivit pendant plusieurs kilomètres une route de campagne tout en lacet, jusqu'à une décharge enterrée. Il s'arrêta à la cabine, à l'entrée.

La femme, à l'intérieur, écoutait la radio.

— Cinq dollars, dit-elle distraitement.

Il sortit son portefeuille et paya. Elle poussa vers lui une petite écritoire à pince, sur lequel était attaché un formulaire — un document où il devait certifier qu'il n'allait se débarrasser d'aucune matière dangereuse. Une déclaration mensongère, y lisait-on, serait considérée comme « faux serment au second degré ».

— Qu'est-ce qui se passe ? demanda-t-il tout en griffonnant une signature illisible à côté du X imprimé.

— L'hélicoptère du président Bush s'est écrasé.

— Vous rigolez ? Il est mort ?

— Ils ne savent pas encore.

Charon lui rendit l'écritoire et elle lui indiqua d'un signe de la main qu'il pouvait passer.

Là encore, il avait de la chance : personne d'autre n'était en train de déposer des ordures. Un bulldozer bruyant s'attaquait à une montagne de saletés, tandis que d'innombrables mouettes tournaient et descendaient en piqué autour de lui.

Henry Charon ouvrit son coffre et jeta les couvre-chaussures et les deux lance-missiles enveloppés dans leur moquette. Il les balança au pied d'une pile d'ordures dont, semblait-il, le bulldozer n'allait pas tarder à s'occuper. Puis il prit l'emballage du sandwich, le sac et le gobelet à café sur le plancher de la voiture, à l'arrière, et les ajouta à l'océan de déchets qui s'étendait devant lui, en contrebas.

Il ôta son véhicule du trajet du bull en faisant très attention de ne pas rouler sur le sol meuble en dehors des ornières. Un pick-up transportant des gravats se gara un petit peu plus loin du trou et son conducteur commença à vider son chargement. Il était toujours au travail lorsque l'énorme bull renversa une montagne d'ordures sur les lance-missiles empaquetés.

L'agent spécial Thomas Hooper apprit la nouvelle alors qu'il se trouvait dans les bâtiments du FBI, à Quantico, avec Freddy Murray et un procureur fédéral adjoint. Les trois hommes étaient en train d'interroger Harrison Ronald quand l'appel arriva.

Avant d'être muté, trois ans plus tôt, à la division chargée des affaires de drogue, Hooper avait été pendant cinq ans l'agent spécial responsable de l'équipe SWAT[1] du FBI. Et il était toujours en service. L'engagement du FBI dans des opérations paramilitaires était rare, mais le cas se présentait parfois. Et lorsque la situation exigeait davantage d'hommes que l'équipe SWAT ne pouvait en aligner, l'officier responsable faisait appel aux réservistes qualifiés. Il demanda à Hooper de se rendre sur les lieux de l'accident. Il lui donna au téléphone, en un minimum de phrases, les informations, l'ordre de route, l'itinéraire pour aller jusque là-bas.

Au moment où Hooper raccrocha, il s'aperçut que les autres le fixaient — sans aucun doute à cause de l'expression qu'avait prise son visage.

— L'hélicoptère du président vient de s'écraser, leur expliqua-t-il. Et Bush était dedans. Faut que j'y aille.

— Il est mort ?

— J' sais pas, murmura-t-il à ses interlocuteurs stupéfaits, tout en se dirigeant vers la porte.

Jake, Callie et Amy Grafton venaient de finir leurs courses dans un centre commercial et ils rentraient à l'appartement lorsqu'ils entendirent la nouvelle à la radio. Ils déposèrent leurs paquets et Amy se rua sur la télévision. Les programmes habituels avaient été interrompus et les chaînes avaient mis à contribution toutes leurs équipes de journalistes chargées des informations pendant le week-end.

Comme dix millions de téléspectateurs à travers le pays, les Grafton eurent des détails sur l'accident au fur et à mesure que les rédactions les recevaient. On avait retiré quatre morts de l'épave ; quatre autres passagers étaient blessés, dont trois grièvement. Les deux pilotes étaient morts, ainsi que le secrétaire d'État et le conseiller à la Sécurité nationale. Le président était parmi les blessés graves ; on l'avait transporté dans un autre hélicoptère à l'Hôpital naval de Bethesda. Mme Bush, qui était en vacances à Kennebunkport, rentrait à Washington.

On commença à diffuser des images de la carcasse de la machine, prises à une centaine de mètres de distance.

Plus tard, dans la soirée, on interviewa des témoins de l'accident. Une vieille femme, qui travaillait dans son jardin, avait assisté à la chute de l'appareil. Elle cherchait ses mots sous l'œil de la caméra :

— Je savais qu'ils allaient mourir ! Il tombait si vite, en tournoyant, j'ai fermé les yeux et j'ai prié.

---

1. Groupe armé d'intervention du FBI. Joue sur *to swat*, « frapper ». (*N.d.T*)

— Vous avez prié pour quoi ?
— Pour demander à Dieu de prendre avec Lui les âmes de ceux qui allaient mourir...

Amy vint s'asseoir à côté de son père, sur le canapé. Jake la serra dans ses bras.

Dans la salle de rédaction du *Washington Post*, on demanda à Jack Yocke de travailler avec l'équipe de journalistes chargée de couvrir l'affaire : il devait résumer et commenter la présidence de George Bush — un article qui ne serait publié que si celui-ci mourait. Deux semaines plus tôt, Yocke aurait été fort irrité de ne pas être envoyé sur les lieux du crash. Mais pas ce soir. Tout en faisant défiler sur son écran et en lisant attentivement les principaux articles sur le gouvernement Bush, il essayait de comprendre cet homme que ses concitoyens avaient mis à leur tête.

Pilote naval pendant la Seconde Guerre mondiale, entrepreneur texan du pétrole, self-made-man millionnaire, politicien — pourquoi George Bush avait-il voulu être chargé du plus difficile des métiers du monde ? Qu'avait-il raconté ? Comment abordait-il son travail ? Pourquoi évitait-il les feux des projecteurs ? Avait-il une idée de la direction que devait prendre l'Amérique ? Et si oui, laquelle ? Yocke se débattit longuement avec toutes ces questions, sans oublier cependant de continuer à lire les télex qui tombaient et de regarder de temps à autre la télévision.

Il prit la peine aussi d'appeler Tish Samuels.
— T'as entendu les nouvelles ?
— Est-ce que c'est pas affreux ?
— Oui.
— Oh ! je suis si triste pour sa femme, dit Tish. J'ai tant d'admiration pour elle ! Ça doit être extrêmement dur.

L'hélicoptère s'était écrasé dans un pré, à une centaine de mètres à l'ouest du Potomac qui, à cet endroit, coulait vers le sud. Dans la lueur des projecteurs portables, l'agent spécial Tom Hooper aperçut au moins trois cadavres de vaches. L'une d'elles était presque coupée en deux. Il interrogea le policier de Virginie qui l'accompagnait.
— Ce sont des morceaux des pales qui ont fait ça, lui expliqua ce dernier. Le rotor avant tournait toujours au moment de l'impact.

L'épave avait un air grotesque sous la lumière artificielle. C'était le nez de l'appareil qui avait d'abord touché le sol, si bien que le cockpit était très écrasé. Les pilotes n'avaient pas eu la moindre chance de s'en tirer. Une équipe était en train de découper les tôles pour sortir le dernier corps du cockpit. D'autres hommes, vêtus de treillis militaires, examinaient les moteurs. Le reste de la machine était presque aussi endommagé que son nez. Hooper se demanda, étonné, comment quatre êtres humains fragiles avaient pu survivre à cette rencontre de l'hélicoptère et de la terre ferme. Enfin, *survivre peut-être*.

L'officier supérieur du service secret avait organisé, au pied levé, une réunion à côté de la carcasse de l'appareil. Hooper rejoignit le groupe.

— Les experts de l'armée sont certains à quatre-vingt-dix-neuf pour cent qu'il a été abattu par des missiles. Au moins deux. Probablement thermoguidés. Nous serons fixés demain lorsque nous analyserons les fragments des ogives.

— Vous voulez dire que c'est un attentat ? demanda quelqu'un, d'une voix où perçait l'incrédulité.

— Oui.

Hooper était abasourdi. Il se retourna lentement pour regarder l'épave, et tout à coup la chose lui parut évidente : le trou et les déchirures irrégulières dans le compartiment moteur droit, et une multitude d'autres trous plus petits près de l'échappement.

— Quand allez-vous annoncer ça ?

— C'est à la Maison Blanche de s'en charger. Aucun d'entre *vous* ne dira quoi que ce soit. Maintenant on a une tonne de choses à faire le plus vite possible, alors on s'y met.

Le gars du service secret assigna au FBI la tâche de localiser l'endroit d'où avaient été tirés les missiles. Tandis que Hooper retournait à sa voiture et à sa radio, son cerveau fonctionnait à toute vitesse. Il fallait dessiner un cercle d'un rayon de quinze kilomètres autour du point de chute et boucler toute la zone. Ensuite, on passerait chaque centimètre carré de terrain au peigne fin, et on interrogerait chaque être humain que l'on rencontrerait. Pour ce travail, il aurait besoin de beaucoup de monde. Les shérifs locaux et la police d'État l'aideraient en installant des barrages routiers. Mais pour les recherches proprement dites, là, il faudrait énormément d'hommes. Peut-être que les Marines, à Quantico, pourraient lui en fournir ?

Un assassin. En liberté, quelque part. Le service secret redoublerait d'efforts, sans aucun doute, pour assurer la protection de Mme Bush et du vice-président, mais Hooper se promit de vérifier s'il n'aurait pas besoin d'un coup de main supplémentaire.

Il s'installa donc à sa radio et se mit au travail. Il savait qu'il y resterait collé toute la nuit et toute la journée du lendemain.

Et ce fut le cas, en effet. Il oublia le grand jury et Freeman McNally, et cela se comprenait. Ils attendraient.

Henry Charon regardait la télévision dans son appartement de Hampshire Avenue. Il croquait des chips et buvait une bière lorsqu'on frappa à la porte.

Il s'assura rapidement que rien de compromettant ne traînait chez lui puis, laissant la télévision allumée, il alla ouvrir.

— 'jour, monsieur Tackett, dit Grisella Clifton. Vous vous souvenez de moi ? La responsable de l'immeuble.

Elle portait une vieille robe d'intérieur et un épais pull-over.

— Oh, bien sûr. Grisella, c'est ça ?

Elle fit oui d'un signe de tête.

— Ma télé est en panne. Est-ce que je peux regarder la vôtre un moment ?

— Sûr. Entrez.

Elle s'assit sur le canapé. Il lui offrit des chips et une bière.

— Je ne peux pas. Je serais incapable d'avaler quelque chose. Est-ce que ce n'est pas tragique, toute cette histoire ?

Henry Charon fut d'accord avec elle ; il se laissa tomber dans son fauteuil.

— Vous suivez NBC ? demanda-t-elle. Moi, j'avais pris CNN. Ils interviewaient un témoin qui a vu l'accident. Qu'est-ce qui a pu clocher avec cet hélicoptère ?

Charon haussa les épaules.

— On peut changer de chaîne si vous voulez.

— Euh... Si ça ne vous dérange pas. Je trouve que CNN est si... si pleine de nouvelles. (Galant, il se releva donc pour passer sur CNN.) Je ne sais pas ce qui est arrivé à mon poste. Tout à coup, l'image est devenue toute floue. Juste quand il se produit quelque chose d'important, il lâche. Le coup classique.

— Humm.

— J'espère que je ne vous dérange pas. Mais j'avais besoin d'être avec quelqu'un. D'avoir de la vie autour de moi. Ça me fait vraiment quelque chose, vous savez.

Il acquiesça et lui jeta un coup d'œil. Elle continua à papoter et il s'aperçut qu'il était capable de suivre tout ce qu'on disait d'important à la télévision et, en même temps, de saisir suffisamment de son bavardage pour lui faire les réponses qui convenaient.

Elle se tut lorsqu'un médecin, à l'Hôpital naval de Bethesda, donna à plusieurs douzaines de journalistes des détails sur la gravité des blessures du président. Il utilisait une baguette et un mannequin pour répondre aux questions.

Que faire s'il s'en sort ? se demanda Charon. On l'avait payé pour tuer Bush, pas pour l'envoyer à l'hôpital...

Personne n'avait encore évoqué l'hypothèse d'un attentat, mais le service secret et le FBI devaient déjà être au courant, cela ne faisait aucun doute. A la vue de l'état de l'hélicoptère, ce serait criant d'évidence pour n'importe quel enquêteur professionnel spécialiste des accidents aériens. S'attaquer une seconde fois à Bush serait un truc vraiment fou !

Tout en prêtant une oreille au bavardage nerveux de Grisella Clifton — et pourquoi était-elle nerveuse, au fait ? — et en suivant les images qui défilaient sur l'écran, il commença à réfléchir au problème. Il y avait forcément un défaut quelque part. Il suffisait de le trouver.

Partout aux États-Unis, dans les villes, les villages et les fermes isolées, les gens étaient rassemblés autour des téléviseurs ou assis dans leur voiture, à écouter la radio. Le président des États-Unis était à l'hôpital, entre la vie et la mort, et deux cent cinquante millions d'Américains retenaient leur souffle.

Que l'on eût voté ou non pour George Bush, que l'on appréciât ou pas sa politique, voire que l'on n'eût jamais su ce qu'était cette politique, tout cela importait peu, finalement : on suivait les informations minute par minute et on était de plus en plus bouleversé au fur et à mesure que les détails arrivaient sur l'état du président. On savait maintenant qu'il était gravement blessé — commotion cérébrale, plusieurs côtes enfoncées, rate éclatée, une jambe avec une vilaine cassure.

Le médecin de Bethesda réapparut à l'écran ; il ignora toutes les questions que lui hurlaient les journalistes.

— Nous ne savons pas. Nous ne savons pas. Nous faisons des examens. Nous verrons. (Il se tut, écouta un instant la cacophonie qui l'entourait, puis il ajouta :) Il est inconscient. Ses fonctions vitales sont irrégulières. Nous ne savons pas.

George Bush n'était ni un roi, ni un dictateur, mais un citoyen américain, choisi pour conduire les affaires de la nation pendant quatre ans. Quatre ans — une période suffisamment longue pour qu'un politicien doué comprenant bien l'état d'esprit de la population puisse accomplir quelque chose de valable, mais pas assez longue cependant pour qu'un fou ou un incompétent ait le temps de causer d'irréparables dommages au pays.

La nation avait connu toutes sortes de présidents au cours des deux cent un ans écoulés depuis que George Washington avait prêté serment. Mais tous avaient compris qu'ils parlaient au nom de leurs concitoyens et cela avait fait naître, chez le peuple américain, un respect profond et durable pour la fonction présidentielle et celui qui l'occupait — un respect qui, curieusement, semblait avoir peu de chose à voir avec les mérites ou les échecs personnels de chacun de ces présidents temporaires. Les Américains attendaient de lui qu'il tînt compte de l'intérêt de tous lorsqu'il prenait une décision, et qu'il parlât au nom de tous. Les sénateurs et les députés pouvaient se montrer partisans, mais le président, lui, était le chef, au-dessus des groupes et des factions. Ce politicien travailleur, ce monsieur-tout-le-monde qu'ils avaient porté au poste suprême incarnait leurs espoirs et leurs rêves inexprimés. D'une certaine façon, presque mystique, le président était devenu la personnification de l'Amérique. Et tout cela comptait.

Voilà pourquoi, en ce dimanche soir de décembre, le peuple américain se rassemblait et faisait le point dans tout le pays. Les églises étaient restées ouvertes pour que quiconque en sentait le besoin pût prier et écouter des paroles de réconfort. Les parents racontaient à leurs enfants où ils étaient et ce qu'ils faisaient lorsqu'ils avaient appris l'assassinat de John F. Kennedy. Les standards téléphoniques étaient embouteillés par des millions d'appels de gens qui voulaient parler à leur famille, retrouver un instant leurs racines. Dans les aéroports, dans les centres commerciaux, dans les bars, d'une côte à l'autre du pays, de parfaits étrangers s'adressaient la parole autour des postes de télévision.

Il y eut quelques incidents, bien sûr. Dans un bar de Dallas, un homme se mit à applaudir lorsqu'un speaker annonça que la vie du président était en danger ; on le passa à tabac, et il aurait probablement été lynché s'il n'avait pas été secouru par la police prévenue à la hâte. Un Iranien, dont le visa d'étudiant était expiré depuis longtemps, perdit ses dents de devant dans un grand magasin de la banlieue de Chicago pour avoir claironné que George Bush méritait la mort. A San Francisco, un serveur renversa un plateau chargé de nourriture sur les cuisses d'une militante pour les droits des animaux qui avait exprimé une opinion semblable. Lorsque celle-ci répéta sa remarque au propriétaire du restaurant qui s'était empressé de venir faire amende honorable, il la jeta dehors sommairement et s'excusa auprès des autres clients, qui l'applaudirent.

A 21 h 30, ce soir-là, le correspondant à Washington d'une télévision nationale informa le porte-parole de la Maison Blanche que, selon les reporters de sa chaîne, le pilote — à présent décédé —

de l'hélicoptère présidentiel avait parlé de « deux explosions » et de « missiles », lors de sa dernière transmission avec la tour de contrôle de Dulles. Le correspondant ajouta que sa chaîne allait sortir cette nouvelle dans l'heure qui suivait. La Maison Blanche avait-elle un commentaire ?

Oui, elle en avait un. Le porte-parole lui annonça qu'il tiendrait une conférence de presse à 22 h 15 et il lui demanda d'attendre jusque-là pour rendre cette information publique. Après avoir précipitamment consulté New York, le correspondant transmit l'accord de ses employeurs.

A 22 h 32, le porte-parole de la Maison Blanche apparut à la tribune de la salle de presse dans les sous-sols du bâtiment ; il grimaça un peu tandis que ses yeux s'habituaient à l'éclat des projecteurs. Il se mit immédiatement à lire son papier. Les directeurs du service secret et du FBI se tenaient à ses côtés.

— Le vice-président des États-Unis m'a autorisé à annoncer que l'accident d'hélicoptère survenu cet après-midi, qui a coûté la vie à cinq personnes, était un attentat. Nous présumons que...

Il lui fut impossible de poursuivre. Des petits malins commencèrent à hurler des questions de toute la force de leurs poumons.

Le porte-parole attendit que le tumulte se fût un peu calmé. Il essuya son front avec son mouchoir sans cesser de regarder le papier qu'il tenait devant lui. Finalement, il reprit sa lecture :

— ... Nous supposons que cet attentat visait le président des États-Unis, bien que nous n'ayons aucune preuve pour appuyer ou infirmer cette hypothèse. Apparemment, un groupe a tiré au moins deux missiles thermoguidés contre l'hélicoptère transportant le président, et deux de ces missiles au moins ont occasionné de graves dommages à l'appareil, le rendant incapable de poursuivre son vol. Le pilote a immédiatement perdu le contrôle de Marine One, qui s'est écrasé. Si vous avez des questions, maintenant, les directeurs du service secret et du FBI sont ici pour m'aider à y répondre.

— Comment êtes-vous au courant, pour les missiles ?

— Les éclats des ogives ont crevé le fuselage à plusieurs endroits, répondit le directeur du service secret.

— Avez-vous des suspects ?

— Pas encore.

— Des indices ?

— Aucun dont nous puissions discuter en public.

— Des arrestations sont-elles imminentes ?

— Non.

— Est-ce vrai que le pilote a parlé de « deux explosions » et de « missiles », dans sa dernière transmission avec Dulles ?

Cette question était posée par le correspondant de la chaîne qui avait accepté de ne pas rendre cette information publique tout de suite.

— Oui, c'est vrai.

— Pourquoi, dans ce cas, cela n'a-t-il pas été annoncé plus tôt ?

Le porte-parole de la Maison Blanche était fatigué et il avait eu une soirée infernale. Il n'avait plus guère de patience pour des questions de ce genre.

— Il nous fallait le temps de vérifier. Il y a des tas de rumeurs qui circulent — certains ont même raconté que le pilote était ivre ! Or, nous ne donnons une information au public que lorsque nous l'avons contrôlée et que nous sommes sûrs, ou presque, qu'elle est exacte. Pas avant.

— Le pilote était ivre ?

— Pas à ma connaissance. Mais toutes les victimes seront autopsiées, bien entendu.

Dans l'ensemble du pays, l'humeur des citoyens qui regardaient encore la télévision à cette heure-là — et ils étaient nombreux — se fit morose. Un assassin. Un tueur. Et pas un tueur ordinaire : quelqu'un qui s'était attaqué directement aux États-Unis d'Amérique !

Les quatre chaînes nationales se jetèrent avec passion sur la thèse de l'attentat. On diffusa des extraits de films sur l'assassinat du président Kennedy. On montra des photos de Lincoln, de Garfield et de McKinley. On réalisa rapidement des portraits des divers assassins des présidents américains. Une chaîne envoya même une équipe jusqu'à la résidence new-yorkaise de Jacqueline Onassis, la veuve de Kennedy ; les journalistes firent le siège de sa porte, caméras au poing. Mais la dame ne se montra pas.

Au *Washington Post*, Ott Mergenthaler s'arrêta près du bureau de Jack Yocke. La télévision, dans un coin, montrait Jack Ruby tuant Lee Harvey Oswald.

— Tu veux pas venir manger un sandwich ? proposa Ott.

— D'ac. Je peux bien faire une pause.

Ils prirent l'ascenseur pour descendre à la cafétéria. Normalement, à cette heure-ci, elle était fermée — mais pas ce soir.

— Qu'est-ce que tu en penses ? demanda Yocke. C'est un dingue, comme Oswald ?

— Hum... Ça me paraît peu vraisemblable. Les cinglés utilisent rarement des missiles...

— Tu te rappelles, quand ils ont amené Chano Aldana ici, y a quelques semaines ? Ce « communiqué » du groupe des Extradables, en Colombie ? « Nous mettrons le gouvernement américain à genoux. »

— Ouais, je m'en souviens, dit Ott. Si c'est eux qui ont fait le coup, ils ont pris un bon départ.

— Qu'est-ce que tu en penses, alors ?

— Je pense que personne, en Colombie, n'a tenu compte du facteur Dan Quayle-le-Tremblant dans ses calculs.

— Si je me souviens bien, tu considérais que Quayle était la plus grosse erreur de Bush.

— Et c'est même l'une des choses les plus gentilles que j'aie dites à son propos ! Et j'ai ajouté qu'il était la police d'assurance de Bush contre la contestation.

Ils se servirent eux-mêmes — du café chaud et des sandwiches. Lorsqu'ils furent installés à une table, Mergenthaler reprit :

— Quayle est vraiment un gentil petit gars ; il n'a jamais été accusé d'être trop intellectuel, et il n'a pas de croix idéologique à porter, bien qu'il fasse semblant de suivre la ligne conservatrice et paraisse parfois accorder foi à certaines de ses thèses. C'est juste le genre de bon garçon que tu inviterais volontiers, pour faire le quatrième aux cartes, un dimanche matin. Sympathique, affable, aimant les blagues que racontent les dentistes et en racontant sans doute quelques-unes lui-même. N'a jamais eu un seul problème d'argent de sa vie. Tu vois, t'es au golf, tu frappes ta dernière balle et elle file dans le ruisseau ; ben lui, il t'en lance une avec le sourire, et refuse le dollar que tu lui proposes. (Ott but une gorgée de café et mordit dans son sandwich.) Maintenant, tous ceux qui le connaissent disent qu'il se bonifie, dans ce boulot. Les gens le sous-estiment — ce qui est ridiculement facile — et il les surprend. Il est d'une intelligence moyenne, mais il n'a jamais eu besoin de l'utiliser avant d'entrer en politique. Alors, il a appris à être député, sénateur, vice-président. Son staff lui dit ce qu'il faut dire et il le dit. Si Bush meurt, Quayle apprendra sans doute à être président. Avec assez de temps et assez de bonne volonté de la part de tous les gens concernés, il pourra probablement faire un boulot moyen.

— Tu parles, s'il va avoir du temps ! dit Yocke. Que dalle, oui.

— C'est vrai. Il marche droit sur la pire des fournaises. En plus de tous les problèmes avec lesquels Bush a dû jongler, Quayle va se payer la crise de la drogue de plein fouet, un truc chaud à faire fondre l'acier. Les gens vont vouloir que ce type qui n'a jamais eu à prendre une décision difficile de son existence *fasse quelque chose*. Et tu sais quoi ? Je parie qu'il le fera ! (Ott s'intéressa de nouveau à son sandwich, puis ajouta :) Si j'étais un trafiquant colombien, je ramperais jusqu'à un trou et je le refermerais sur moi. La tentation la plus forte que tout homme, à la Maison Blanche, doit affronter, c'est d'en faire trop. T'as tous ces généraux qui ne rêvent que de botter quelques culs. Si les Extradables revendiquent Bush comme trophée de chasse, le public va vouloir du sang. Et on pourrait bien avoir une *bonne guerre* bien bruyante sur les bras, oui monsieur. Au diable la crise des caisses d'épargne, au diable l'aide fédérale à l'éducation et l'équilibre du budget ! On va mettre le paquet sur la Colombie pour écraser ce nid de frelons. Attends un peu, et tu verras si je me trompe.

— Je ne crois pas que les trafiquants colombiens soient derrière ce truc-là, Ott. Oh, je sais, Aldana remue beaucoup de vent, mais ces réjouissances terroristes qu'ils s'offrent en Colombie ne marcheront jamais ici. Pas en Amérique.

— J'aimerais partager ton optimisme, mon petit. Ce qui ne marchera jamais, c'est si Quayle envoie l'armée et l'aviation en Colombie pour distribuer des coups de pied aux fesses. Les gens que nous poursuivons vont se tirer et se planquer. Pour leur mettre la main dessus, faudra qu'on brûle ce foutu pays et qu'on remue les cendres ! Non, si les Colombiens se mettent à descendre les juges ici et à acheter tous ceux qui peuvent être achetés, l'Amérique changera et changera vite. *Ça n'aura plus rien à voir avec le pays dans lequel toi et moi nous avons grandi.* Je ne suis pas sûr que cela se produira, évidemment. En tout cas, je prie Dieu de ne jamais vivre une chose pareille !

— Prions aussi que George Bush ne meure pas.

— Et surtout que les Colombiens ne revendiquent pas cet attentat, grommela Ott.

Chapitre vingt et un

Dans la chambre qu'on lui avait donnée au dortoir du FBI, à la caserne des Marines de Quantico, Harrison Ronald Ford feuilletait le *Post,* à la recherche d'un article sur la découverte du cadavre d'Ike Randolph. La majeure partie du journal était consacrée à la tentative d'assassinat de George Bush et au récit de sa vie, presque heure par heure, avec des interviews de gens qui l'avaient connu à telle et telle époque.

Ford pensa d'abord qu'il n'y avait rien sur Ike, puis il finit par dénicher trois paragraphes, à la page B-7 : « Le corps grièvement brûlé d'un Noir non identifié et tué d'une balle en pleine tête a été découvert dimanche matin par un membre de la police militaire, au cours d'une patrouille de routine aux environs de Fort McNair. » Ma foi, c'était mieux que l'idée d'un coup de téléphone anonyme — encore que Ford fût certain que quelqu'un avait dû demander au PM d'aller regarder par là.

Il était déçu. Freeman et ses amis avaient peu de chances de tomber sur ce petit article à la con, vu les grands lecteurs qu'ils étaient ! Ces foutus gangsters ne devaient même pas investir un dollar par mois en imprimés. Ils ne connaissaient une nouvelle que si elle était dans la moitié supérieure de la une, et pouvait attirer ainsi leur attention à travers la vitre du distributeur automatique de journaux.

Peut-être qu'une station de télévision ou deux avaient relevé cette information et qu'elles la diffuseraient au moment où elles auraient un trou dans l'affaire Bush ?

Il balança le journal sur son bureau.

Rien ne marchait comme il fallait. Son passage devant le grand jury avait été reporté, Hooper courait après les assassins à travers le Maryland et la Virginie, Freddy était quelque part dans l'immeuble J. Edgar Hoover, intouchable. Et lui, il était assis là, à ruminer. A se demander ce qui pouvait bien se passer dans la petite cervelle dégourdie de Freeman McNally.

Rien de bon, c'était certain. Lorsque Sammy Z ne viendrait pas prendre son poste, ce soir, quelqu'un irait jeter un œil à son appartement. Cela ne faisait aucun doute. Au moins avait-il eu assez de bon sens pour laisser la Mustang garée devant chez lui. Cet idiot de Freddy voulait la ramener au labo du FBI. Harrison avait clairement expliqué à Hooper et à Freddy ce qu'il pensait de leurs capacités intellectuelles.

Freeman McNally ne pouvait pas accepter sa disparition sans réagir. Qu'est-ce qu'il avait dit exactement au sujet du Gros Tony Anselmo — on trouve ce qu'on veut si on sait à qui poser la question et qu'on a assez d'argent ?

Harrison regarda, par la fenêtre, la pelouse impeccable et les arbres bien taillés.

Le ciel était couvert et la pluie menaçait.

Et lui, il était là, parfaitement visible de l'extérieur — il suffisait d'une paire de jumelles ! Il referma les persiennes et baissa les stores.

Puis il s'allongea sur son lit.

Dix mois de cette merde et il était encore sur les dents. Cela ne finirait-il donc jamais ?

— Tu as regardé la télé, aujourd'hui ? demanda Mergenthaler à Jack Yocke, lundi matin.

Le vieil homme se tenait à la porte du petit bureau de verre de Yocke, plusieurs journaux à la main. Il lisait toujours le *New York Times,* le *Chicago Herald Tribune* et le *Los Angeles Times* en arrivant au journal.

— Ouais, un petit quart d'heure, pas plus.

— Ces idiots canonisent Bush et il n'a même pas eu la décence de mourir ! Je me suis tapé le panégyrique de NBC en buvant mon café. S'il survit, nous nous paierons notre premier saint véritable à la Maison Blanche. Et les démocrates n'auront même pas besoin de se fatiguer à tenir une convention en 1992.

— T'es au courant ? Ils parlent de présenter Donald Trump et Leona Helmsley !

— Arrête de faire le pitre, Jack. Je ne plaisante pas. Je me moque de savoir combien de sourires mielleux et larmoyants ces crétins de la télé feront quand il sera mort, s'il meurt. Mais s'il s'en tire, on va être forcés de vivre avec un politicien qui fera pleurer les gens rien que lorsqu'ils penseront à lui. Saint George ! Beurk ! Ça me retourne l'estomac.

— Oh ! je ne crois pas que ce sera aussi terrible, répondit Yocke doucement. Le public a la mémoire courte. D'ici 1992, les républicains seront obligés de dépenser des millions de dollars pour que les électeurs n'oublient pas que George Bush a presque donné sa vie pour l'Amérique.

— Hum! Bon Dieu, j'espère que t'as raison. Ce foutu pays ne marchera plus si on commence à être gentils avec les politiciens. Et encore moins si nous n'avons plus qu'un seul parti politique viable...

A ces mots, Mergenthaler s'éloigna avec raideur vers son propre bureau de verre.

A travers tous les États-Unis, ce lundi matin, les rouages de la vie économique tournaient lentement, ou pas du tout. Les parents gardèrent leurs enfants à la maison et n'allèrent pas travailler. Les télévisions restèrent allumées. D'une côte à l'autre, les rues, les magasins, les usines furent à peu près déserts. Tout le monde participait au drame national en écoutant les bavards du petit écran.

La programmation habituelle passa au second plan. Chaque fait, chaque rumeur, le moindre petit détail sur l'attentat et l'état du président était exploité à outrance; des experts discutaient de la formidable chasse à l'homme qu'on avait lancée; des politiciens allaient d'une chaîne à l'autre pour de brèves apparitions au cours desquelles ils assuraient aux téléspectateurs que la machine gouvernementale continuait à tourner et ils les pressaient de conserver leur calme.

En revanche, personne n'expliquait jamais pourquoi tous ces fonctionnaires ressentaient soudain le besoin de convaincre la population de garder ses esprits. Seules quelques vieilles dames semblèrent excédées et téléphonèrent à leur station de télévision locale pour se plaindre de la disparition de leur soap-opera favori. Et encore, ce genre d'appels fut moins fréquent que les responsables des programmes ne l'avaient prévu.

Puis, parmi les spéculations sur l'identité et les mobiles du ou des assassins, un nouvel élément se fit jour peu à peu : timidement, avec prudence, Dan Quayle commença à prendre possession des ondes.

Il se montra dans la salle de presse de la Maison Blanche à 7 h 30, juste à temps pour passer en direct dans les bulletins d'informations, il prononça quelques phrases soigneusement préparées puis il partit pour l'hôpital naval de Bethesda dans un cortège d'automobiles très bien protégé, afin de rencontrer les médecins du président, puisque Bush n'avait toujours pas repris connaissance.

Au début de la matinée, les chaînes ne parlaient plus que de Quayle. On promena devant les caméras sa femme, ses enfants, ses parents, ses petits camarades d'école, ses anciens professeurs en Indiana, et tous disaient les mots qui convenaient. Ceux qui n'avaient pas voulu jouer le jeu ne passaient pas sur les antennes, tout simplement.

La totalité des chaînes abordèrent la question pratiquement de la même façon. Les discours et les images choisis avec soin que l'on diffusait battaient en brèche l'idée populaire selon laquelle Quayle était une tête vide et un personnage insignifiant. On le présentait sous l'angle présidentiel, on parlait de lui avec déférence. Le public put remarquer l'absence, ce matin, des apartés sarcastiques, des gloussements sous cape et des joyeux reportages dans le style essaie-donc-de-faire-mieux-que-mes-gaffes qui avaient caractérisé la couverture média de Dan Quayle depuis le jour où Bush l'avait choisi comme colistier.

Dans la salle de rédaction du *Post*, Ott Mergenthaler nota la volonté de la plupart de ses collègues d'arranger l'image de Quayle, et il commença à passer des coups de téléphone pour essayer de forcer les producteurs et les responsables d'antenne à s'expliquer à ce sujet.

Au Pentagone, à l'état-major interarmes, Toad Tarkington s'en était rendu compte, lui aussi. Et quand Toad Tarkington remarquait quelque chose, il en faisait rapidement profiter toute personne qui avait le malheur de se trouver à portée de voix. Aujourd'hui, comme d'habitude depuis qu'il avait pris ses nouvelles fonctions, les gens qui l'entouraient étaient tous plus âgés, plus gradés et plus expérimentés que lui, mais cela ne sembla modifier d'aucune façon ses manières.

— Oh là là ! Je vous le dis, ils sont en train de préparer Quayle pour le grand jour. Ils devraient allumer la télé dans la chambre de George. Dès qu'il verra ça, le président sautera du lit et retournera en courant à la Maison Blanche.

— Monsieur Tarkington, grommela le colonel de l'Air Force d'une voix résignée, je vous en prie !

— Tout ça, c'est une mauvaise blague, d'accord ? Quayle-le-Tremblant ? L'honneur de la Garde nationale de l'Indiana ? Prévenez-moi quand y aura les publicités. Je file acheter du pop-corn.

— Fermez-la, Toad ! intervint Jake Grafton. Vous n'avez donc rien à faire ?

— Si, monsieur. Comme vous le savez, je prépare un plan d'urgence pour convertir tous les A-6 en avions-épandeurs d'Agent Orange pour rayer de la carte les champs de coca d'Amérique du Sud. Je pense que si nous mélangions ce truc au carburant, nous pourrions nous contenter de voler au-dessus des champs avec les vide-vite ouverts et...

— Remettez-vous au boulot.

— Oui, oui, capitaine.

A soixante-dix ans bien sonnés, le juge Snyder avait le cheveu rare, la taille épaisse, les mains énormes. Il était grand, presque un mètre quatre-vingt-dix, mais il paraissait plus grand encore parce qu'il se déplaçait avec cette espèce de maladresse disgracieuse que l'on remarque parfois chez certains hommes trop gros. Le qualificatif qui venait à l'esprit de la plupart des gens lorsqu'ils rencontraient le juge Snyder, c'était « ours ». Sa femme elle-même utilisait ce terme pour le décrire. Les jeunes avocats qui travaillaient avec lui, avec leurs cheveux coupés long à la dernière mode, auraient ajouté « grossier », bien que personne ne l'eût jamais entendu employer un langage salé en présence de son épouse. A l'évidence, il n'avait rien à voir avec cette génération d'avocats des gros cabinets, conformistes et amateurs de Mercedes, que l'on croisait dans sa salle de tribunal.

Lorsque Thanos Liarakos pénétra dans le bureau du juge à dix heures, lundi matin, Snyder lisait un quotidien devant la télévision allumée. Presque allongé dans son lourd fauteuil pivotant, il tenait le journal grand ouvert au-dessus de lui.

Son bureau débordait de livres, de dossiers et de classeurs entassés partout. Derrière lui, sur le mur, était accroché un travail d'aiguille encadré ; à l'intérieur d'une délicate bordure fleurie rose et jaune, on lisait : TRAÎNEZ LES SALAUDS EN JUSTICE.

Lorsque Liarakos referma la porte, le juge Snyder abaissa un coin de son journal et regarda son visiteur de travers.

— Pourquoi vous êtes pas resté chez vous, Liarakos, à regarder cette foutue télé, comme tous les autres ?

— J'en ai assez vu, Votre Honneur, répondit l'avocat.

— Moi aussi. Éteignez-moi ce foutu poste, voulez-vous ?

Liarakos fit ce qu'on lui demandait, puis s'installa dans un fauteuil. Il prit une enveloppe dans la poche de sa veste, il en sortit les documents qu'elle contenait et les tendit au juge.

Snyder replia son journal avec mauvaise grâce et le posa sur son bureau. Lorsqu'il eut terminé de lire attentivement les papiers de Liarakos, il demanda d'un ton cassant :

— Le procureur a vu ça ?

— Oui, Votre Honneur.

— Qu'est-ce qu'il a dit ?

— Il n'a rien voulu dire. Seulement qu'il se conformerait à votre décision.

— Je *sais* qu'il se conformera à ma décision. Mais j'aimerais savoir s'il désire discuter avant que je la prenne.

— Non. Il n'en a pas manifesté l'intention.

— Eh bien ? dit le juge, en tenant les feuilles de papier entre le pouce et l'index et en les agitant doucement d'avant en arrière.

— C'est un problème qui m'est personnel. Je pense simplement que je ne suis pas capable de représenter correctement Aldana et je veux être déchargé de cette tâche. Dans cette ville, il y a des douzaines d'avocats au criminel, compétents et expérimentés, et Aldana peut s'offrir n'importe lequel d'entre eux. Bon sang, il pourrait même les engager tous à la fois.

— Pourquoi ?

— Je vous l'ai dit, c'est personnel.

— J'ai eu un jeune freluquet, la semaine dernière, avec une motion identique. Ça se résumait au fait qu'il pensait son client coupable. Ce n'est pas encore une foutue stupidité du même tabac, hein ?

— Non, c'est d'ordre privé.

— Vous êtes malade ?

— Non.

— Des problèmes avec la loi ?

— Non, monsieur.

— Motion refusée.

Snyder balança les papiers en travers du bureau. Ceux-ci glissèrent jusque sous le nez de Liarakos, qui les regarda fixement.

— C'est ma femme. Elle est cocaïnomane.

— Désolé de l'apprendre. Mais qu'est-ce que ça a à voir avec cette motion ?

Liarakos leva les mains, puis les abaissa. Il ouvrit la bouche, la referma, regarda ses mains.

— Je veux arrêter. Je ne peux pas, en bonne conscience, défendre Aldana. Il a le droit d'avoir une bonne défense et *je suis désormais incapable de la lui donner.*

— Des conneries, tout ça ! s'exclama le juge Snyder. Combien reste-t-il d'avocats aujourd'hui qui n'ont pas un ami accroché à quelque chose ? Tous ces foutus cinglés fumaient de l'herbe à la fac. Dans les fêtes où ils vont, il y a toujours quelqu'un avec un sucrier de coke pour les invités « qui en croquent ». Je suis peut-être un vieux schnoque, mais je sais comment fonctionne ce bordel. La moitié du barreau a votre problème ou des problèmes équivalents. (A la vue de l'expression de Liarakos, le juge se radoucit un peu :) Maintenant, écoutez. Si j'accepte cette motion, le prochain avocat d'Aldana trouvera cinquante prétextes pour demander un paquet de prolongations afin d'avoir le temps d'étudier le dossier de l'accusation et de rédiger des motions, et il faudra presque que je lui accorde tout ça. Alors que le gouvernement veut voir Aldana juger le plus vite possible, pour des tas de raisons qui ont un rapport avec notre politique étrangère et nos relations avec la Colombie. Et d'ailleurs, à mon avis, c'est une bonne chose. Je vous suggère d'en discuter avec votre client. Dites-lui ce que vous venez de m'apprendre. S'il veut changer d'avocat, c'est son affaire. C'est *son* cul. Mais ce nouvel avocat n'aura pas une journée de plus que vous. Dites-lui ça aussi, à votre Aldana.

— J'en ai déjà parlé avec lui, répondit Liarakos. C'est moi qu'il veut.

— Vous lui avez expliqué que votre femme est cocaïnomane ?

— Oui.

Le juge aurait bien voulu lui demander comment Aldana avait réagi à la nouvelle, mais il se retint. Secret professionnel entre l'avocat et son client. Il se contenta d'arranger son derrière dans son fauteuil et de soulager un peu la pression sur ses testicules. Il dressa aussi un sourcil.

— Il s'est contenté de grimacer, murmura Liarakos, qui se leva et fit le tour de la pièce.

Il était en train de feuilleter sans le voir un livre juridique lorsqu'il ajouta :

— Je ne devrais sans doute pas vous en parler, mais tant pis. J'ai l'impression que Chano Aldana se moque complètement d'avoir tel ou tel avocat. Apparemment, il pense qu'il ne passera jamais en jugement.

— J'ai eu un chien comme ça, un jour, répondit le juge Snyder en ouvrant largement les bras. Il n'arrêtait pas de chier sur le tapis. Son éducation a été douloureuse, mais en fin de compte il a pigé le message.

Cet après-midi-là, le vice-président Quayle tint une conférence de presse à 14 heures précises. Les services chargés des indices d'écoute annoncèrent plus tard que ce fut la conférence de presse la plus suivie de toute l'histoire de la télévision.

Lorsque Quayle pénétra dans la lumière des projecteurs et qu'il vit l'océan des visages de tous les journalistes qui attendaient, il tint bien le coup, estimèrent ses collaborateurs — qui le surveillaient dans une pièce voisine sur un moniteur de contrôle. Il paraissait calme, responsable, et aussi grave qu'il convenait. Il commença par lire une brève déclaration exprimant l'indignation du pays tout entier vis-à-vis de la ou des personnes qui avaient tenté d'assassiner le président, et la volonté du gouvernement de les traîner devant la justice. Ses collaborateurs acquiesçaient de la tête à chacune de ses phrases. Le vice-président avait travaillé ce petit texte pendant un quart d'heure et il le disait avec le ton qu'il fallait, pensaient-ils.

La première question fut inattendue, pourtant, et elle horrifia l'équipe de Quayle tout autant que William C. Dorfman qui suivait lui aussi le moniteur, avec son ventre qui débordait de sa ceinture et son front luisant de transpiration.

— Monsieur le vice-président, un groupe qui se fait appeler les Extradables, et qui rassemble, on le sait, des trafiquants de drogue colombiens, vient de revendiquer l'attentat contre le président Bush. Le gouvernement possède-t-il des preuves qui pourraient appuyer ou démentir cette affirmation ?

Les spectateurs du monde entier eurent alors une nouvelle occasion de contempler ce regard vide, froid et étonné qu'un journaliste inspiré avait comparé un jour à « celui du daim pris dans les phares ».

— Je... Je n'ai rien entendu de tel, répondit Quayle au bout de quelques secondes.

— Ça vient juste d'arriver, monsieur le vice-président. De Medellén, Colombie.

— Eh bien, je ne sais pas... dit Quayle, maladroitement. Nous menons l'enquête, nous cherchons des preuves... je ne sais pas. Ahh... Bien sûr, des groupes de dingues et des criminels peuvent raconter n'importe quoi. Nous verrons.

Le même journaliste n'en développa pas moins sa question :

— Et quelle sera la réponse du gouvernement des États-Unis si la revendication des Extradables se révèle exacte ?

— Ma foi, je ne sais pas si elle l'est. Comme je vous l'ai dit, les criminels peuvent raconter n'importe quoi. Si elle l'est, je ne sais pas... Eh bien... Ahh... Je crois que je préfère ne pas... ahh... spéculer sur ce que nous pourrions faire.

Dorfman hocha vigoureusement la tête. Il avait bien fait comprendre au vice-président qu'il ne devait ni s'engager ni engager le gouvernement sur aucune ligne de conduite particulière. Jusque-là, cela allait.

— Pourquoi les gens qui ont fait ça n'ont pas été arrêtés ? demanda quelqu'un d'autre.

Pour cette question-là, Quayle était prêt.

— Les diverses agences chargées de l'application de la loi font tout ce qui est en leur pouvoir pour trouver les individus qui ont attaqué le président. Je suis satisfait des effectifs et des méthodes qu'elles utilisent. Nous annoncerons les résultats lorsqu'ils ne risqueront pas de mettre en danger le bon déroulement de l'enquête en cours.

— Pensez-vous être capable d'assumer correctement les lourdes responsabilités auxquelles vous commencez juste à faire face ? intervint une journaliste.

— Eh bien... Je... Je crois que je peux faire ce qui doit être fait. J'espère, comme tout le monde, que George Bush se remettra rapidement et qu'il reprendra bientôt les rênes de la nation. (Ici, le vice-président parlait avec sincérité et cela produisait son effet, pensa Dorfman. Cette réponse avait tout de même été soigneusement répétée.) Personne ne souhaite plus que moi voir George Bush se rétablir. Je prie pour lui, et j'espère que tout le monde, en Amérique, en fait autant.

Lorsque ce fut terminé, Dorfman ramena tout son petit monde vers la zone de bureaux ; il aboya à l'intention de son assistant exécutif :

— Trouvez-moi une copie du communiqué de presse de ces foutus Extradables. Et faites rappliquer au pas de course les gens de la CIA et du Département d'État. Je veux savoir ce que c'est que ce bordel et pourquoi la presse a eu ça avant nous, merde ! Et je veux le savoir *maintenant* !

Au cours de la réunion qui suivit, dans le salon du Cabinet, Quayle s'installa au milieu, à la place habituellement occupée par Bush, et parla peu. Autour de lui se trouvaient les directeurs du FBI, de la CIA et de la DEA, le secrétaire d'État adjoint — son supérieur était mort dans l'accident —, le ministre de la Justice, et le chef du service secret. Dorfman était assis à côté de Quayle et dirigeait la réunion. Comme à l'accoutumée, il se montra brutal.

— Est-ce que les Extradables sont derrière cette histoire ?

Personne n'en savait rien.

— Bon Dieu, on a intérêt à le découvrir, et foutrement vite.

— On est en train de tirer tout ce qu'on peut de nos sources. On aura quelque chose bientôt.

— Pressez encore plus fort. Faut qu'on trouve qui est derrière cet attentat et qu'on arrête ces gens. Pour l'instant le public retient sa respiration. Mais on ne peut pas gouverner un pays quand quatre-vingt-dix pour cent de ce qu'on raconte dans la presse, à la radio et à la télé parle d'assassins et de victimes. Donc, on doit mettre rapidement la main sur les gens qui ont fait ça. Dénichez-les.

Après cette discussion générale, Dorfman eut un entretien personnel avec Dan Quayle, un homme qu'il aurait méprisé s'il avait eu le temps de penser à lui, ce qui n'avait jamais été le cas. Dorfman occupait le centre de l'univers et les autres se contentaient d'orbiter autour de lui. Et s'il n'avait jamais montré aucune patience envers les gens qui ne possédaient pas ses capacités intellectuelles, les riches oisifs qui se laissaient vivre en profitant des libéralités de l'existence avaient toujours titillé le côté le plus sombre de sa personnalité agressive. En ce moment, il devait faire un terrible effort sur lui-même pour traiter Quayle avec ce qu'il considérait comme du respect.

— Cette revendication des Extradables, grommela-t-il, c'est de la dynamite politique. Aucun doute qu'en ce moment précis il y a quelqu'un qui prône l'invasion de la Colombie. Le moindre faux pas et nous risquons de nous retrouver avec des Colombiens agressés au grand jour dans les rues. Vous vous souvenez du bordel des otages en Iran, il y a dix ou onze ans ? (Quayle s'en souvenait.) Et si nous ne prenons pas des mesures prudentes et efficaces pour contrôler ce foutoir, les gens diront que vous êtes incompétent. Tout ce que vous pourrez faire, ce sera toujours trop pour certains et pas assez pour d'autres...

— Y a quand même un moment que je suis dans la politique... répondit sèchement Quayle, agacé par son interlocuteur.

Il détestait être traité avec condescendance, et il n'avait jamais eu droit à autre chose de la part de Dorfman. Il avait passé ces deux dernières années à l'éviter consciencieusement.

Dorfman reprit, tâchant de paraître raisonnable :

— Mon rôle auprès du président a toujours été de jouer le méchant flic, le salaud, le type qui dit non. Je suggère que jusqu'à ce que le président soit suffisamment rétabli pour s'acquitter de nouveau de ses obligations, vous continuiez à m'utiliser de la même façon. Laissez-moi rouler des mécaniques. Et quand quelque chose de positif se produit, c'est vous qui encaissez le crédit.

— Peut-être que ça a marché pour George Bush, mais ça n'ira pas pour moi, répondit Quayle. Pas sur le long terme. Les gens pensent que je suis incompétent, que je suis un poids plume. (Dorfman voulut l'interrompre, mais Quayle l'en empêcha :) Pas question que je vous laisse être le président *de facto,* pendant que moi je serai là à me tourner les pouces. Ça ne marchera pas, je vous dis.

— Je sais tout ça, monsieur. C'était simplement une suggestion. C'est vous qui êtes aux commandes.

Les yeux bleus innocents de Quayle se plantèrent sur Dorfman, et ne cillèrent pas :

— Gouverneur, je vais être tout à fait franc avec vous. Tout le monde sait que vous vouliez être le colistier de Bush en 1988, mais que Bush m'a choisi à votre place. Et tout le monde sait que vous souhaitez le job pour 1992. Et tout le monde — moi inclus — soupçonne que vous avez fait le forcing auprès du président pour qu'il me jette de cette liste.

— Mais non ! dit Dorfman, soudain écarlate.

Dan Quayle termina, comme s'il n'avait pas entendu :
— Pour l'instant, je ne crois pas que ce serait une bonne idée de remplacer l'équipe de Bush, du moins jusqu'à ce que nous ayons une idée du moment où il pourra reprendre les rênes. Mais, ajouta-t-il d'une voix neutre, il vaut mieux que cette équipe obtienne quelques résultats...

A 16 heures, ce même après-midi, Thanos Liarakos eut un bref entretien dans une cellule avec son client, Chano Aldana. Le gardien était resté à l'extérieur et les deux hommes étaient seuls. Liarakos soupçonnait depuis longtemps que ces cellules étaient truffées de micros, mais aujourd'hui il n'accorda même pas une pensée à ces éventuels espions.
— J'apprends que vos collègues, en Colombie, revendiquent la tentative d'assassinat de George Bush, dit-il.
Aldana se contenta de grogner. Quelque chose qui ressemblait à de l'amusement passa un instant sur ses traits charnus.
— Alors, c'est vrai ? C'est eux ? Ou est-ce que c'est vous qui avez payé quelqu'un ? insista Liarakos.
— Qu'est-ce que ça peut vous faire, monsieur l'avocat américain ?
— C'est moi qui vous défends. J'ai besoin de savoir si vous êtes responsable de l'attentat contre le président.
Aldana éclata de rire. Puis son expression se fit méprisante.
— Vous avez deux filles, exact ? Comment elles s'appellent déjà ? Laissez-moi réfléchir... Ah, oui, Susanna et Lisa. Alors écoutez-moi très très soigneusement, monsieur Thanos Liarakos, riche avocat américain aux blanches mains bien propres. Dites à ces gens que s'ils ne me renvoient pas en Colombie, beaucoup d'autres Américains vont mourir. Vous êtes un peuple stupide et vous avez vécu dans un rêve. Et moi, maintenant, je vais vous montrer la dure vérité toute nue. Et si vous, vous me trahissez, si vous ne faites pas exactement ce que je vous dis, vous n'aurez plus jamais vos deux jolies petites filles. (Aldana fit claquer ses doigts.) *Est-ce que vous me comprenez, monsieur Thanos Liarakos ?*
Liarakos ne répondit pas. Il se précipita vers la porte et frappa contre le battant en criant :
— Garde ! Garde ! Je m'en vais.
Il essuya les paumes de ses mains sur ses pantalons.
— Il vaudrait mieux que vous fassiez attention à ce que je viens de vous dire, monsieur Liarakos, reprit Aldana d'une voix sifflante. Si vous vous imaginez que je ne peux pas vous atteindre, vous et vos

filles, ce sera votre dernière erreur. J'ai eu George Bush. *Je peux avoir n'importe qui sur cette planète. Vous avez compris ?*

La porte s'ouvrit et Liarakos jeta un dernier regard par-dessus son épaule au visage tout rond et méprisant de Chano Aldana. Puis il sortit.

Tandis qu'il s'éloignait dans le couloir, il essuya de nouveau ses mains contre son pantalon, puis il passa sa manche sur son front en sueur. Il vit la porte avec l'inscription HOMMES, et il l'ouvrit vivement. Il avait un urgent besoin d'uriner, tout à coup.

Dans le bureau du ministre de la Justice, le procureur William Bader et Thanos Liarakos s'agitaient dans leur fauteuil, mal à l'aise. Liarakos était allé directement de la cellule de visite au bureau du procureur, et les deux hommes étaient aussitôt venus ici, au Département de la Justice. Liarakos terminait juste son récit.

— Qu'est-ce qu'il exige du gouvernement américain ? demanda Cohen, stupéfait.

— Qu'on le renvoie en Colombie, répondit Liarakos avec brusquerie. Je vous l'ai déjà dit.

— C'est non.

Le ministre de la Justice se laissa aller dans son fauteuil et regarda Liarakos, qui lui rendit son regard.

— Je veux une protection pour mes filles, ajouta finalement l'avocat.

— Confiez-les à leurs grands-parents.

— Ne me servez pas ce genre d'histoires ! Ces gens peuvent frapper partout ! Je *crois* ce fils de pute. Je veux une *protection* !

— Deux agents du FBI.

— Vingt-quatre heures sur vingt-quatre. A l'école et à la maison. Chaque minute de chaque jour.

— Pendant un moment, c'est d'accord. (Cohen hocha la tête.) Nous allons mettre Aldana au secret. Vous serez le seul être humain qui lui parlera.

Liarakos éclata de rire.

— Vous rêvez ! Les geôliers le verront. Il faudra le nourrir. Ils lui diront ce qui se passe. Il les menacera et les achètera. Comment pourrez-vous empêcher ça ?

— Quantico, suggéra Bader. Que les Marines le prennent dans leur prison. Et déménagez tous les autres détenus.

— Pas d'objection, maître ?

— Aucune.

Liarakos se leva.

— Pas si vite, dit Cohen, en se redressant dans son fauteuil. Je veux que vous parliez au FBI. Aldana prétend qu'il est responsable de quatre meurtres et de l'attentat contre le président. Il menace d'autres gens. Vous allez répéter ça mot pour mot dans une déposition sous serment.

— Non. Je suis tenu au secret professionnel.

— Renoncez-y ! répliqua Cohen.

— Et puis quoi encore ? Je fais une déposition de ce genre et vous n'avez plus qu'à trouver un autre avocat pour défendre ce fumier. Je vous ai transmis ce que mon client voulait que je vous dise. *C'est fait.* Vous prévenez le FBI et la Maison Blanche et tous ceux à qui vous tenez. Je vous abandonne cette brûlante question. Je suis claqué. Et je m'en vais.

La porte ne s'était pas encore refermée sur l'avocat que Cohen appelait déjà le FBI.

A minuit, Henry Charon ferma à clé son appartement sur New Hampshire Avenue et sortit dans la rue. Il alla jusqu'à sa voiture, au bout du pâté de maisons, la dégagea prudemment du trottoir, et s'éloigna sur l'avenue.

La nuit était froide et humide. Si la température descendait encore un peu, il allait neiger. Il s'était habillé en conséquence. Caleçons longs, souliers de marche, pull, manteau épais. Sous ses gants de cuir fin, il avait enfilé une paire de gants chirurgicaux en caoutchouc, à tout hasard.

En respectant scrupuleusement le code de la route, il se rendit au National Airport, et se gara sur le parking de stationnement longue durée. Il rangea le ticket d'entrée dans la poche de sa chemise et resta assis un instant derrière son volant à observer les lieux. Il ne lui fallut que trois minutes pour décider quel véhicule il voulait. Mais juste au moment où il allait descendre, une autre voiture arriva. Il attendit un moment. Lorsque le conducteur se fut garé et qu'il eut quitté le parking, il descendit à son tour, verrouilla sa portière et rangea les clés dans la poche de son pantalon.

Il s'était décidé pour une Toyota. L'ouvrir lui prit une demi-minute. Il glissa une cale de réglage en métal très mince entre la vitre du conducteur et le joint d'étanchéité et il chercha avec soin jusqu'à ce que le cran de sa cale soit à la bonne place — alors il tira. Le cliquet de fermeture de la portière se releva avec un petit claquement.

Une fois à l'intérieur, il regarda sous le tapis. Rien. Dommage. Oh, ce n'était pas qu'il avait vraiment besoin d'une clé, bien sûr. Il ne lui faudrait que cinq minutes pour faire démarrer le moteur en connectant les fils, mais bon, une clé, ç'aurait été plus pratique. Il inspecta le cendrier, la boîte à gants et le petit compartiment des cassettes. Voilà ! Un double y était dissimulé, sous une cassette du Grateful Dead.

La voiture démarra du premier coup. Le réservoir était à moitié plein.

Charon donna au gardien, à la sortie, le ticket qu'il avait rangé dans sa chemise, et un billet de un dollar. L'homme écoutait un transistor — une chaîne d'informations. Tandis qu'il jetait un coup d'œil au ticket et l'enregistrait, Charon entendit quelqu'un, à la radio, citer le nom de Dan Quayle. Lorsque la barrière en bois, devant lui, se leva, il accéléra. Le gardien ne lui avait même pas accordé un regard.

Il lui fallut une heure pour trouver la maison qu'il cherchait, à Silver Spring ; elle était construite en retrait, au milieu de grands érables majestueux et de quelques pins vraiment immenses. Aucune voiture dans la rue. Il roula jusqu'au coin et ressortit sur l'avenue principale, pour mémoriser l'itinéraire, puis il revint sur ses pas.

En pénétrant dans l'allée avec la voiture, il regarda si la maison était allumée. Une pièce du rez-de-chaussée l'était, il aperçut une faible lueur derrière les rideaux fermés.

Charon passa au point mort et laissa le moteur tourner. Il ôta ses gants de cuir et les posa sur le siège du passager, à côté de lui.

L'automatique était dans une poche de son manteau et le silencieux dans l'autre. Il le vissa — six tours complets. Il ne vérifia ni le chargeur ni la chambre — il savait que tout était prêt.

Il descendit et repoussa sa portière, sans la fermer, jusqu'à ce que la lampe intérieure s'éteignît.

Un perron en pierres, un petit bouton pour la sonnette. Il entendit un tintement quelque part à l'intérieur.

Les pins murmuraient doucement dans la brise glacée. C'était un son qu'il avait toujours aimé. Mais il se força à écouter les autres bruits — voix, portières, moteurs de voitures.

Rien.

La porte s'ouvrit. Un homme dans la soixantaine, la taille empâtée, en manches de chemise. Il ressemblait à la photo de lui publiée la semaine précédente dans *Newsweek*.

Charon se dit qu'il avait de la chance.

— Oui ? fit l'homme, en relevant un peu la tête, perplexe.

Henry Charon lui tira immédiatement une balle en plein milieu de la poitrine. L'arme fit un petit « pop », pas très fort, comme un claquement métallique. Quand il tomba, Charon fit feu une seconde fois. Puis il enjamba l'homme qui gisait maintenant dans son vestibule, sur le côté, les jambes repliées, et il lui logea une dernière balle dans la boîte crânienne.

Puis il referma la porte de la maison et marcha sans se presser jusqu'à sa voiture.

Il entendit des voix, alors.

— Papa! Papa! cria une femme.

Tandis qu'il s'installait derrière son volant, Charon vit des lumières s'allumer au premier étage.

Il passa la marche arrière, regarda par-dessus son épaule pour faire sortir à reculons la voiture de l'allée et rejoindre le cercle jaunâtre du lampadaire. Aucun autre véhicule en vue.

Il recula jusqu'à la rue, et se dirigea vers l'avenue à quarante kilomètres-heure. Il jeta un coup d'œil à sa montre : 2 h 19.

A 3 h 5, il prit de nouveau un ticket au distributeur automatique, à l'entrée du parking du National Airport, et il alla garer la Toyota à l'endroit exact où il l'avait trouvée. Il replaça la clé dans le compartiment des cassettes, ferma la voiture et se rendit à pied jusqu'au terminal pour boire un café.

Il voulait laisser passer un moment, au moins une heure, avant de ressortir avec sa propre voiture et de donner au gardien ce second ticket. Ce n'était pas vraiment nécessaire de lui présenter la même nuit deux tickets pour des périodes de stationnement très courtes. Parce que la deuxième fois, il risquait quand même de jeter un œil au conducteur... *Il ne se souviendra pas de moi, de toute façon*, pensa Charon, avec un sourire ironique. *Personne ne s'en souvient jamais.*

Harrison Ronald se réveilla en sursaut au milieu de la nuit. Parfaitement lucide, allongé dans son lit, il écouta le silence.

Bon Dieu, que c'était tranquille! Rien, vraiment rien! Il essaya de percevoir un bruit, même le plus infime.

Sur le qui-vive, tendu comme une corde de violon, il prit son automatique sous son oreiller et se leva. Près de la porte, il écouta de nouveau. Toujours rien. Il colla son oreille contre le battant et resta ainsi plusieurs secondes. Il n'entendait que sa respiration.

La peur, cependant, était tangible, palpable, tout près de lui, dans l'obscurité. Il sentait l'haleine fétide du monstre.

Frustré, conscient des battements de son cœur, il gagna silencieusement la fenêtre.

Il ouvrit très légèrement les persiennes. Le mât, entre les arbres, faisait une ombre étrange sur l'herbe qui, vue sous cet angle, ressemblait au feutre vert d'un billard.

Trop calme. Pas de vent. Les branches des arbres étaient absolument immobiles.

Qu'est-ce qui avait bien pu le réveiller ?

Il regarda sa montre à la faible lueur qui entrait dans la chambre par l'interstice des volets. 3 h 14.

Pas même le bourdonnement du chauffage. C'était probablement ça. Il était arrêté. Il se rallumerait automatiquement dans un moment.

Harrison sentit sa tension se relâcher un peu ; il revint vers son lit et s'y assit doucement. Il posa son lourd pistolet à côté de lui, sur la couverture. Il se frotta le visage, puis il s'allongea, essayant de se décontracter.

Que pouvait bien faire Freeman à cet instant précis ? *Est-ce qu'il savait ?*

Bien sûr qu'il savait. Il avait au moins des soupçons. Freeman chercherait à tout prix à satisfaire sa curiosité, comme ces chiens des rues qui se reniflent le cul — et donc il s'arrangerait d'une façon ou d'une autre pour apprendre la vérité. Il discuterait avec les gens, il utiliserait son argent, et, tôt ou tard, il serait au courant. Qu'est-ce qui se passerait, alors ?

Chapitre vingt-deux

Mardi, le monde s'écroula.

Ce fut l'expression qu'employa plus tard un sénateur pour parler de ce jour-là. Et pour dix millions d'Américains, ces mots étaient une parfaite description de la réalité.

A leur réveil, les gens allumèrent la télévision pour avoir des nouvelles du président, à Bethesda, et se retrouvèrent devant l'image assez mauvaise d'une maison à un étage des environs de Cape Cod, perdue au milieu des pins et éclairée par des projecteurs. Dans la faible lumière grise de l'aube, cette vision irréelle semblait un sinistre présage.

L'inquiétant dans ce spectacle, ce n'étaient pas tant les ambulances, les gyrophares bleus et blancs, les policiers en uniforme, les hommes du FBI aux cheveux courts dans des costumes de chez Sears, pas plus que la femme en sanglots, venue passer quelques jours chez son père, pour Noël, avec ses deux enfants... Non, ce qui était troublant, c'était que cette construction était très semblable à celles que l'on apercevait sur les publicités, les maisons « exactement comme la vôtre » — c'était la quintessence de la demeure américaine à un étage. Et son propriétaire avait été tué, oui, assassiné, en ouvrant la porte à un inconnu !

Le propriétaire, bien sûr, était quelqu'un — un député du Minnesota, Doyle Hopkins, leader de la majorité à la Chambre des représentants. Il avait reçu trois balles à bout portant.

On n'aurait pu trouver meilleur moyen de semer la panique dans la classe moyenne américaine. Les sanctuaires de la maison, du cercle familial avaient été sauvagement violés.

Les journalistes de la télévision, qui connaissaient leur métier, développèrent ce thème jusqu'à plus soif. « Pourquoi a-t-il ouvert la porte ? » demanda l'un d'eux, une question de pure forme, comme si tous les banlieusards n'avaient pas fait la même chose des douzaines de fois ! Comme si les intentions malfaisantes de l'agresseur de Hopkins étaient si clairement inscrites sur son visage qu'elles devaient être évidentes même dans la faible lumière du porche !

Et si l'on restait assez longtemps devant son écran, on apprenait finalement que l'état de George Bush n'avait pas changé. Le médecin responsable de l'équipe médicale chargée du président avait donné une conférence de presse tôt ce matin, mais les chaînes n'en diffusèrent que quelques minutes. Parce que l'événement du jour, c'était le meurtre du leader de la majorité de la Chambre.

En réalité, ce ne fut l'« événement du jour » que jusqu'à 9 heures, heure de New York. Car à 8 h 58, cinq hommes armés jusqu'aux dents pénétrèrent dans la rotonde du Capitole, vêtus de gros manteaux qui leur arrivaient aux genoux. Ils tuèrent à coups de pistolet les quatre gardes chargés de la sécurité, sans leur laisser la moindre chance de riposter, puis ils sortirent leurs Uzi dissimulés sous leurs manteaux et se mirent à courir dans les couloirs en assassinant tous les gens qui eurent le malheur de se trouver sur leur passage.

Une journaliste et un cameraman qui se préparaient à interviewer le speaker de la Chambre furent les premiers à avoir connaissance de cette nouvelle atrocité, à 9 h 1 exactement — le cameraman filma l'horrible spectacle du tueur qui fauchait sa collègue d'une rafale, puis tournait son arme contre lui... Atteint de cinq balles, il alla s'écraser contre le mur, tandis que sa caméra se fracassait sur le sol de marbre.

Un garde en uniforme chargé de la sécurité, près des vestiaires du Sénat, se précipita vers le lieu de la fusillade, l'arme au poing; il tournait à l'angle du couloir, lorsqu'il entra presque en collision avec l'un des assaillants. Les deux hommes échangèrent des coups de feu à bout portant. Les détonations de l'arme du garde se perdirent dans le hurlement de l'Uzi réglé sur tir automatique. Ils s'écroulèrent ensemble, mortellement blessés tous les deux.

Il restait quatre tueurs. L'un d'eux pénétra dans une salle où se tenait une séance d'un sous-comité, suivie par un grand nombre de personnes. Il tira un chargeur dans la foule, au hasard. Le vacarme de l'arme automatique fut assourdissant dans une pièce dont l'acoustique, par une curieuse ironie du sort, venait juste d'être améliorée. Ce ne fut que lorsque les rafales cessèrent que les survivants entendirent les hurlements des blessés et des mourants. Et encore leur semblèrent-ils étouffés, comme venus de loin.

Debout au milieu de ses victimes qui gémissaient, l'assassin remplaça calmement son chargeur et le vida dans la foule prostrée. Il installait le troisième lorsqu'un garde apparut à l'entrée avec son .357 Magnum.

Ses deux premières balles abattirent le terroriste, mais le garde continua à faire feu en s'avançant vers lui. Il mit sa sixième et dernière balle dans le crâne de l'homme à un mètre de distance.

Plus tard, on compterait ici seize morts et dix-sept blessés. Trois personnes seulement s'en sortirent sans une égratignure.

Un autre tireur fut tué dans la salle à manger de la Chambre des représentants, après avoir arrosé les gens présents avec deux chargeurs et vidé le troisième sur les lustres. Son arme s'enraya. Accroupi au milieu d'une multitude de débris de verre, il essayait de débloquer son Uzi lorsque deux gardes, depuis deux entrées différentes, ripostèrent. Atteint par trois balles, il s'écroula. Ils lui logèrent deux balles supplémentaires dans le corps alors qu'il gisait sur le sol.

L'un des assaillants réussit, d'une façon ou d'une autre, à pénétrer dans l'ancienne salle du Sénat qui, heureusement, était vide. Mais cela ne sembla faire pour lui aucune différence. Il se plaça près du pupitre et tira sur les bureaux soigneusement cirés et le banc de l'orateur. Puis il laissa tomber son Uzi, sortit son pistolet et se suicida d'une balle dans la tête.

Le seul terroriste qui fut pris vivant fut abattu dans le dos alors qu'il courait dans un couloir du second niveau. Il avait tué une douzaine de personnes et en avait blessé neuf autres quand un membre féminin du personnel de sécurité réussit à l'arrêter d'une balle. Il fut touché au foie.

Alors qu'il suivait ce massacre à la télévision installée dans son bureau — toutes les stations de la ville avaient envoyé une équipe au Capitole dans la demi-heure qui suivit ; deux d'entre elles avaient même des hélicoptères qui tournaient au-dessus du bâtiment —, le secrétaire général de la Maison Blanche, William C. Dorfman, reçut par téléphone le premier rapport de l'officier de garde du FBI.

— Ils étaient combien ?
— Nous n'en savons rien, monsieur.
— Vous les avez tous eus ?
— Nous ne savons pas non plus.
— Nombre de victimes ?
— Savons pas encore.
— Bordel, alors vous me rappellerez quand vous saurez, espèce d'abruti ! hurla Dorfman en raccrochant le combiné avec une telle violence que le plastique se fendilla.

Ces crises de rage étaient l'un de ses points faibles, et elles le desservaient sur un plan strictement politique. Dorfman en avait conscience et il essayait tant bien que mal de se contrôler. Hélas, il n'y parvenait pas toujours.

Une minute plus tard, le téléphone sonna de nouveau. C'était le vice-président Quayle.

— Je file au Capitole. Je veux que vous veniez avec moi.

— Monsieur le vice-président, je ne crois pas que ce soit une bonne idée, répondit Dorfman, tout en baissant le son du récepteur TV avec sa télécommande. Le FBI vient juste de m'informer qu'ils ne savent pas encore si les gardes ont eu tous les terroristes. La nation ne peut pas risquer de vous perdre à un...

— J'y vais, Dorfman. Vous m'accompagnez. Je serai à l'entrée côté Roseraie dans cinq minutes. Occupez-vous des voitures.

La communication fut coupée.

— Oui, monsieur, fit Dorfman dans le vide.

Il pensa soudain que l'administration était assise sur une bombe avec une mèche dangereusement courte.

Des terroristes ! Pas au Moyen-Orient, pas dans un quelconque trou perdu du tiers monde dont personne n'avait jamais entendu parler, mais *ici*, à Washington, D.C., capitale des États-Unis ! Ensuite on apprendra que des cinglés en guenilles et les yeux fous font tout sauter et massacrent tout le monde à Moline, Columbus et Tulsa. Mon Dieu !

Au moins Dan Quayle avait-il assez de jugeote pour comprendre la gravité de la situation. C'était pourquoi, sans aucun doute, il voulait aller au Capitole pour observer ce carnage de ses propres yeux, consoler les survivants et être vu sur place par le peuple américain. Cela permettrait de calmer tous ces gens, de Bangor à L.A. qui, en ce moment même, commençaient à ressentir le commencement de la panique.

Dorfman regretta son premier élan — c'était une erreur d'avoir déconseillé à Quayle de se rendre là-bas. Dans ce cas précis, l'instinct politique de Quayle avait été bon. Oui, c'était lui qui avait raison.

Dorfman s'occupa des voitures comme Quayle le lui avait demandé et se disputa trente secondes avec le responsable du service secret qui se moquait totalement des subtilités de la politique, mais se souciait énormément de la vie du vice-président confiée à ses soins.

Dorfman prit aussi le temps d'appeler Gideon Cohen pour lui demander de se joindre au groupe qui partait avec le vice-président au Capitole et d'amener avec lui le directeur du FBI.

Dorfman monta dans la limousine avec Quayle et son propre chef d'état-major, un certain Carney Robinson, un type véhément au brushing parfait, qui s'était fait un nom dans les relations publiques avant de travailler pour l'actuel vice-président.

Dorfman s'excusa auprès de Quayle de lui avoir conseillé de ne pas aller au Capitole.

— C'est judicieux, conclut-il.

Mais ni Quayle ni Robinson ne daignèrent répondre. Ils observaient en silence les gens sur les trottoirs qui regardaient passer leur voiture.

Un moment plus tard, Dan Quayle se gratta la gorge et ordonna :

— Will, appelez le général Land, au Pentagone, et dites-lui de venir nous retrouver au Capitole.

Dorfman décrocha sans un mot et passa le coup de fil demandé.

Henry Charon se réveilla quelques minutes après 10 heures dans son appartement d'Hampshire Avenue. Pendant que son café passait, il prit une douche rapide, se lava les dents et se rasa.

Puis il s'habilla, enfila un pull-over et mit ses chaussures. Alors seulement il se versa une tasse de café et alluma la télévision pour voir où en étaient les chasseurs.

Il resta debout à fixer l'écran, essayant de comprendre ce qui se passait. *Un groupe de terroristes? Le Capitole?*

Il s'assit sur le canapé, posa ses pieds sur le fauteuil, et but doucement le liquide fumant.

Bon, une chose était certaine, au moins — le FBI et la police allaient être sérieusement embrouillés. Il n'en espérait pas tant.

C'était une chance à saisir.

Il termina sa tasse et se resservit en y réfléchissant. Après quelques gorgées, il alla jusqu'à la fenêtre et contempla la rue. Il n'y avait pas grand monde dehors, ce matin. Peu de places de parking vides, pourtant. Une autre journée de grisaille.

Sous peu, FBI et police locale fourreraient leur nez partout. Comme ils recherchaient des terroristes et des assassins, ils allaient se mettre à frapper aux portes et à poser des questions à tout le monde. Rien à craindre de ce côté-là.

Il repensa au Capitole. Et à cet immeuble de bureaux, à l'est de la Cour Suprême. Il y avait combien, de cet endroit jusqu'au Capitole? Cinq ou six cents mètres?

Pouvait-il tirer, à cette distance? Bon, avec le meilleur des fusils, il avait placé, à cent mètres, trois balles dans un cercle de trois centimètres, et donc, théoriquement, réussir un tir à cinq cents mètres, cela voudrait dire loger ses balles dans un cercle de quinze centimètres de diamètre. Et l'impact se situerait à peu près à un mètre soixante-dix sous le point de visée parce que la balle tomberait, affectée par la gravité. S'il faisait un tir parfait, bien sûr. Et s'il n'y avait pas de vent.

Et justement, la distance, ici, était de cinq cents mètres.

Avec du vent et une erreur de cinquante mètres dans ses estimations, il raterait son coup.

Henry Charon n'avait nul besoin de revoir ses notions de balistique, il les possédait sur le bout des doigts. Et il savait à quel point ce serait difficile d'atteindre une cible de la taille d'un homme à cinq cents mètres, surtout que cet homme ne resterait pas immobile juste pour se montrer coopératif. Oui, quel défi !

Il resta encore un moment à observer les passants, dans la rue, et les branches nues agitées par la brise, et il essaya de se rappeler à quoi ressemblait le champ de vision depuis le toit de l'immeuble de bureaux.

Il revint dans le salon et, sa tasse à la main, s'intéressa de nouveau à la télévision. Le vice-président était en route pour le Capitole, expliquait le journaliste. Il y serait bientôt. Restez à l'écoute.

Sa décision prise, Charon coupa la télévision et la cafetière, éteignit les lumières, puis ramassa son manteau. Il referma à clé derrière lui.

— Combien de victimes ? demanda Dan Quayle à l'agent spécial qui les avait accueillis et qui, maintenant, les escortait jusqu'à l'immeuble à travers les cordons de policiers, sous l'œil des caméras et le feu roulant des questions des journalistes.

— Soixante et une, monsieur. Deux autres personnes sont dans un état très grave et vont sans doute mourir. Quarante-trois blessés.

— On a une idée de l'identité de ces gens ?

— Des Colombiens, monsieur. Une mission suicide. Il y en a un qui était encore vivant, mais tout juste, et il a dit quelques mots avant de tomber dans le coma. Hémorragie interne. Un de nos agents qui comprenait l'espagnol a noté ce qu'il a pu. Apparemment, ces gens sont entrés chez nous clandestinement le week-end dernier et ils n'ont connu leur cible que ce matin.

— On les a payés pour se suicider ? demanda Dorfman, incrédule.

— Oui, monsieur. Cinquante mille dollars avant leur départ, et cinquante mille de plus à leur veuve, après.

Cette information stupéfia les politiciens, qui marchèrent un moment en silence. L'agent les conduisit jusqu'à une salle d'audience où dix-sept hommes et femmes et leur assassin étaient encore là où ils étaient tombés. On avait évacué les blessés, mais les photographes et les techniciens du labo n'avaient pas encore terminé leur travail. Ils ne levèrent même pas les yeux à l'entrée de ces empotés de politiciens et des agents du service secret, armes au poing.

Quayle resta simplement planté là, les mains dans les poches, à regarder autour de lui. Partout des douilles, des traces de balles, du sang, des corps contorsionnés.

— Pourquoi ? demanda Quayle.

— Monsieur ?

— Pourquoi, bon Dieu, quelqu'un accepterait-il d'être payé pour commettre un meurtre et se faire tuer en le faisant ?

— Eh bien, ce gars-là — je veux dire celui qui est encore vivant —, il a expliqué qu'il avait une femme et huit enfants en Colombie. Il en a eu dix, mais deux sont morts parce qu'il ne pouvait leur trouver qu'un peu de maïs et de riz à manger et qu'il n'avait pas d'argent pour appeler un médecin quand ils étaient malades. Toute la famille vivait dans une cabane sans eau. Il n'avait pas de travail et il était sûr qu'il n'en trouverait jamais. Alors, quand on lui a proposé cet argent, il a regardé et il a pensé que c'était le seul moyen de leur donner une chance, et donc il a accepté. C'est ce qu'il nous a raconté, en tout cas.

— Soixante et une personnes assassinées ! murmura Dan Quayle, si doucement que Dorfman dut s'approcher pour saisir ce qu'il disait. Non, « assassinées », c'est un mot trop faible. Massacrées. Exterminées.

Toujours précédés par l'agent spécial, ils quittèrent la salle, traversèrent le hall et gagnèrent la cafétéria. Ils passèrent devant plusieurs cadavres, dans les couloirs. Dorfman essayait de ne pas regarder les visages, mais Quayle le fit. Il se penchait sur chacun d'eux une ou deux secondes, puis se relevait et continuait son chemin. Il avait gardé ses mains dans ses poches, et ses épaules s'étaient affaissées.

Ils étaient à la cafétéria lorsque Gideon Cohen, le général Land et d'autres militaires les rejoignirent. L'un d'eux, un capitaine de la Marine — sa plaque nominative disait « Grafton » —, ne cessait d'observer tout ce qui l'entourait, le visage sans expression.

— Ce type qui a parlé... ajouta l'agent. Selon lui, d'autres groupes sont entrés dans le pays.

— Comment sont-ils arrivés ici ?

— Dans un avion de ligne. On est venu les chercher à l'aéroport et on leur a donné de la nourriture et des armes. Et ce matin on les a conduits jusqu'au Capitole en fourgon.

— Où sont les autres ? Quelles sont leurs cibles ? grogna Dorfman.

— Il ne savait pas.

Le ministre de la Justice prit la parole pour la première fois.

— D'après l'avocat d'Aldana, son client lui a avoué, hier après-midi, qu'il était responsable de l'attentat contre le président. C'est confidentiel, bien sûr.

— Ce bâtard ment ! s'exclama Dorfman avec force.

— Je ne parierais pas là-dessus, grommela Cohen. Nos gens en Colombie ont entendu des rumeurs, trop de rumeurs.

Entouré par des agents du service secret, le groupe se remit en marche.

— Installons-nous quelque part pour discuter, dit Quayle.

Les agents les conduisirent jusqu'à une salle de commission qui était vide — elles l'étaient toutes, pour l'instant —, ils vérifièrent que tout allait bien, puis ils s'installèrent devant la porte pour monter la garde.

Quayle se laissa tomber sur une chaise dans l'allée centrale. Les autres s'installèrent autour de lui. Le directeur du FBI arriva à ce moment-là. Un homme l'accompagnait.

— Est-ce que ce sont ces gens qui ont descendu l'hélicoptère du président ? fit Quayle pour lancer la discussion.

— Vous voulez dire les gars qui ont été tués ici ? demanda l'agent du FBI qui les avait escortés. Le survivant prétend que non, pour autant qu'on puisse lui accorder quelque crédit.

Le directeur lui adressa un signe de tête.

— C'est bon, vous pouvez retourner à votre travail, lui dit-il.

L'homme se leva, murmura « Messieurs... », et quitta la pièce.

— Monsieur le vice-président, je suis venu avec l'agent spécial Thomas Hooper, expliqua alors le directeur du FBI. C'est le responsable de notre service anti-drogue et il a travaillé avec l'équipe lancée à la poursuite du type qui a abattu l'hélico de George Bush. Avant d'arriver, nous avons discuté cinq minutes avec les responsables qui travaillent sur ce... (D'un geste vague, il indiqua la salle qui l'entourait.) Hooper, répétez-leur ce que vous m'avez dit, s'il vous plaît.

Tom Hooper jeta un coup d'œil à ses interlocuteurs. Certains l'observaient, d'autres non.

— Ce que nous avons ici, dit-il, c'est une attaque classique des narco-terroristes, menée par des gens possédant un entraînement minimal, que l'on pourrait qualifier d'amateurs apolitiques. Le nombre de personnes qui ont été tuées ou blessées ici n'a pas vraiment d'importance pour eux — la publicité donnée à l'événement sera sensiblement la même à quelques cadavres près. C'est cette atrocité en tant que telle qui est un acte *politique*.

« En revanche, la tentative d'assassinat du président est très différente sur plusieurs points. Elle a été soigneusement planifiée de façon à profiter d'une occasion. En d'autres termes, nous avons affaire à un tueur professionnel.

— Un seul ? demanda quelqu'un.

— Probablement, répondit Hooper. Nous avons découvert l'endroit d'où les deux missiles ont été tirés — une petite aire de pique-nique pas très loin du Potomac — et il apparaît qu'un seul homme, en effet, y a passé l'après-midi. Il y a ses traces de pas partout. Il portait des espèces de bottes de caoutchouc. Il est d'une taille moyenne et il pèse dans les soixante-dix-sept kilos. Ce ne sont là, bien sûr, que des conclusions provisoires.

— Qui a engagé cet assassin ? demanda Dorfman.

— Aucune idée, monsieur, dit Hooper. Ça ne coûte rien de faire des hypothèses, mais je ne parierais pas contre vous si vous pensiez que les mêmes personnes sont derrière tout ça.

— Aldana, dit Dorfman du bout des lèvres, comme si le nom lui-même était empoisonné.

Dan Quayle prit la parole ; il s'exprima lentement — on aurait dit qu'il réfléchissait tout en parlant.

— La question est : qu'allons-nous faire maintenant pour éviter un nouveau massacre ?

— Trouver les autres Colombiens, répondit Dorfman.

— Placer des gardes armés autour de tous les édifices publics et les endroits de ce genre, ajouta quelqu'un.

— Ça ne les arrêtera pas. (Ces quelques mots avaient été prononcés d'une voix calme, mais pleine de conviction. Ils se tournèrent vers celui qui venait de prendre la parole — le capitaine Jake Grafton.) Tout ce qui intéresse ces gens, c'est une atrocité de plus, n'importe laquelle. Ils veulent de la publicité. Ils veulent inspirer la terreur, forcer le gouvernement à céder sur leurs revendications. Ils trouveront une cible de toute façon. En Colombie, ils font sauter des grands magasins, des banques, des avions. Nous avons tous ça ici, plus des centres commerciaux et des galeries marchandes comme celles de l'Old Post Office et d'Union Station. Et ça, à l'approche de Noël...

Sa voix s'éteignit.

— Je veux qu'on fasse appel à la Garde nationale, dit Quayle. Il faut surveiller les immeubles publics et toutes les zones commerçantes pour lesquelles nous trouverons des effectifs. Et demandons à la troupe de chercher ces Colombiens.

— Vous parlez de loi martiale ? demanda le général Land.

— Je me fiche du nom que vous donnez à ça.
— Nos hommes ne trouveront jamais ces terroristes, même s'ils sont planqués dans le coin, protesta le chef de l'état-major interarmes. On ne peut pas mettre des soldats à faire du porte-à-porte et à fouiller chaque maison. Ils ne sont pas entraînés à ça. C'est le boulot du FBI et de la police.

Quayle se tourna vers le directeur du FBI :
— FBI, qu'en dites-vous ?
— Ce ne sont pas des temps ordinaires. Nous avons besoin de résultats rapides. Et pour obtenir des résultats rapides, il nous faut des effectifs très importants. Et pourtant, quand tout sera terminé, le peuple américain accusera le FBI et l'armée, si les droits des innocents ont été piétinés ou si des injustices ont été commises. C'est inévitable.

William Dorfman se dressa d'un bond.
— Le peuple américain *nous* accusera si nous ne mettons pas la main sur ces salopards, et foutrement vite, même ! Il faut remuer ciel et terre pour stopper ce carnage, ou ce pays va s'effondrer. C'est ça, la *première* priorité. Il vaut mieux jeter en prison quelques innocents et les relâcher ensuite, plutôt que laisser les coupables en liberté.

— Et si des innocents se font descendre par des gosses de dix-neuf ans armés de M-16 ? demanda le général Land à Dorfman.
— Ne soyez pas idiot, répliqua Dorfman. *Votre* travail, c'est de vous assurer qu'une telle chose ne se produira pas. Si vous ne pouvez pas faire ce boulot, nous...

Dorfman eut la présence d'esprit de s'arrêter là, car le regard d'Hayden Land aurait été capable de le transpercer. Jake Grafton n'avait encore rencontré personne d'assez téméraire pour dire en face au général qu'il était idiot.

Le silence qui suivit la sortie de Dorfman se prolongea un moment.
— Pourquoi ne pas utiliser les troupes régulières ? suggéra Gideon Cohen en jetant un coup d'œil au général Land. Des sous-officiers et des officiers triés sur le volet ? C'est le district fédéral, ici. Je pense que ce serait légal. Et certainement légitime. Et même si ce n'est pas légal, il s'écoulera un certain temps avant qu'un juge ne s'y oppose.

— Non, intervint Dan Quayle. La Garde nationale. (Il se leva.) A mon retour à la Maison Blanche, nous l'annoncerons et nous préparerons un décret. En attendant, tous les édifices gouvernementaux qui ne sont pas essentiels seront évacués et les employés renvoyés chez eux.

Quayle quitta la pièce le premier, entouré par des agents du service secret.

Jake Grafton se sentait profondément déprimé. A l'évidence, Land partageait son état d'esprit. Ils s'arrêtèrent un instant près d'un corps recouvert d'un drap par les gens du labo médico-légal. Des trous et du sang sur le mur, des morceaux de plâtre et de la poussière par terre. Et le talon d'une chaussure de femme qui dépassait d'un drap blanc.

Ç'avait été quelqu'un, avec une famille et un travail, des ambitions, et un avenir. Et maintenant, ce n'était plus qu'un morceau de chair qui allait être pleuré et enterré.

Nous sommes tous des victimes, songea Jake, *les vivants comme les morts.* L'Amérique qui avait donné naissance à cette femme et qui avait fait d'elle ce qu'elle avait été serait bientôt transformée d'une manière imprévisible par cette fureur libérée ici, ce matin. Les modifications causées par cette guerre — pas d'erreur, c'était une *guerre* — seraient irrémédiables. Et Jake savait que ces changements seraient mal accueillis par beaucoup d'Américains, dont lui-même.

Au diable, ces terroristes! se répéta-t-il comme une prière.

Henry Charon avançait sur le trottoir, sa boîte à outils à la main et un tuyau d'un mètre vingt balançant sur son épaule lorsqu'il aperçut des hommes sur les toits. Il s'arrêta au coin de la rue et, tout en faisant passer son tuyau sur son autre épaule, il jeta un coup d'œil discret aux sommets des immeubles, autour de lui.

Il était arrivé en voiture de l'est de la ville, et il n'avait eu aucun problème pour trouver à se garer. Beaucoup de gens n'étaient pas venus travailler, aujourd'hui.

En veillant à garder les yeux sur le trottoir, devant lui, il se dirigea vers le vieil immeuble de bureaux et emprunta l'escalier jusqu'à l'entrée; dans le hall, il posa un instant sa boîte à outils et appela l'ascenseur. L'endroit était désert. Maintenant, si ce bureau, là-haut, l'était aussi...

Une fois dans l'ascenseur, il pressa sur le bouton du dernier étage. La cabine souffla et gémit, puis s'éleva en bourdonnant pendant quelques secondes; elle s'arrêta alors au premier et la porte s'ouvrit.

La femme qui attendait l'ascenseur sursauta, le souffle coupé, à la vue de Charon.

— Oh, mon Dieu.

Henry Charon lui sourit.

Une expression horrifiée s'inscrivit sur les traits de l'inconnue qui murmura :

— Oh, je suis *désolée!* Oh, mon Dieu, je suis tellement désolée!

Comme la porte commençait à se refermer, elle lui donna un coup et entra précipitamment dans la cabine.

— Quel étage ? demanda-t-il.
— Cinquième, s'il vous plaît.
Charon appuya sur le bouton, tandis qu'elle poursuivait, haletante :
— C'est juste que je ne m'attendais pas du tout à trouver quelqu'un là-dedans. Je suis si nerveuse. Tous ces terroristes et tous ces meurtres ! Mon Dieu ! J'aurais dû rester à la maison ! Je suis *vraiment* confuse. Qu'est-ce que vous devez penser de moi...
— Oubliez ça.
Au cinquième, elle lui adressa un sourire embarrassé et quitta la cabine. Il lui souriait encore, lui aussi, lorsque la porte se referma sur elle.
Le dernier étage, c'était le septième. Charon sortit de l'ascenseur. Le couloir était désert. Il se dirigea vers la porte où était inscrit ESCALIERS et il la poussa. Elle s'ouvrit. Satisfait, il alla alors vers celle du fond et posa la boîte à outils et le tuyau.
Il ne lui fallut qu'une demi-minute pour l'ouvrir. Il rentra son chargement, jeta un coup d'œil à la pièce vide et referma à clé derrière lui.
A travers les branches des arbres, il apercevait la partie nord du grand escalier du Capitole qui menait à l'entrée principale ouvrant sur la rotonde. Les marches de marbre étaient noires de monde. C'était par là qu'étaient passés ce matin ces kamikazes de Colombie. Mais Charon ne voyait qu'une moitié de l'escalier. L'autre était cachée par le bâtiment de la Cour Suprême.
La fenêtre était sale. Il essuya la vitre avec sa manche et réussit à ôter un peu de la crasse qui la couvrait. Du coin de l'œil, il repéra un homme sur le toit de la Cour Suprême.
Bon, ça allait comme ça.
Heureusement qu'on était en hiver ; les arbres, autour du Capitole, avaient perdu leurs feuilles. En été, la végétation aurait dissimulé toute la scène.
Le fusil à lunette était soigneusement empaqueté à l'intérieur du tuyau et protégé dans un emballage à bulles. Il le sortit, ainsi que les trois longues baguettes qui l'accompagnaient. Un morceau de corde était enroulé autour d'elles, près d'une extrémité, si bien que, lorsqu'il les ouvrit, il se retrouva avec un trépied.
Il chargea le fusil et le posa par terre. Puis il envoya une giclée d'un produit pour les vitres qu'il avait apporté et, avec un chiffon, il nettoya la totalité du carreau, en surveillant le parking du Capitole et les toits qu'il apercevait de là.
Quatre hommes en vue sur les toits. Et des centaines de personnes autour du Capitole.

Il avait emporté une de ses radios dans sa boîte à outils. Il l'alluma et, l'écouteur dans l'oreille, il se cala sur la fréquence audio d'une station de télévision. En quinze secondes, il fut évident que le speaker était sur les marches du Capitole.

Tout en suivant le commentaire du reportage avec beaucoup d'attention, Charon installa le trépied et y appuya le fusil. Il mit le grossissement de la lunette au maximum, ajusta la bague de parallaxe, puis fixa l'arme.

Il s'était placé bien en arrière de la fenêtre, presque au milieu de la pièce. En faisant pivoter le fusil sur le champ de vision étroit que lui permettait la guillotine de la fenêtre, il fut agréablement surpris de constater qu'il voyait beaucoup de choses. Cependant, il était obligé d'observer la scène entre les branches des arbres agitées par la brise. A cause de leur mouvement d'avant en arrière, il était plus difficile de maintenir le réticule calé sur la cible.

Le journaliste annonça au public que le vice-président et le groupe qui l'accompagnait allaient bientôt quitter le bâtiment. Il n'indiqua pas comment il le savait.

Si Charon réussissait ce tir, ce serait vraiment un coup d'enfer. Tandis qu'il écoutait le son du reportage télévisé et qu'il déplaçait les fils du réticule d'une personne à l'autre, il repensa à quelques-uns de ses tirs les plus mémorables. Aucun n'avait été aussi aléatoire, se dit-il. Il se demanda même s'il devait vraiment tenter celui-ci... Les images dansaient dans sa lunette d'une façon incontrôlable, le grossissement $\times 9$ de l'instrument exagérait chaque léger mouvement, chaque secousse.

Il se posa sur un policier et prit une profonde inspiration, puis souffla lentement et se concentra pour tenir les fils du réticule aussi immobiles que possible au centre de la poitrine de l'homme. Malgré tout, ils se déplacèrent légèrement en cercle. Il ne pouvait pas faire mieux pour garder les deux fils entre les deux aisselles du policier. Et juste quand il pensait que c'était bon, l'homme bougea subitement.

Une fois qu'il aurait appuyé sur la détente, il lui resterait combien de temps pour quitter l'immeuble ? Soixante secondes ? Moins ?

La trajectoire de la balle allait être légèrement affectée aussi par la vitre. Il ne pouvait pas ouvrir la fenêtre — un agent en faction sur un toit pourrait voir quelque chose et envoyer quelqu'un pour vérifier. Et donc il allait tirer à travers la vitre. Impossible de dire de combien cela dévierait la balle. Peut-être juste assez pour rater la cible à cette distance ? Ou même assez pour l'envoyer à trois mètres de celle-ci, voire davantage ?

Il réfléchit à cela tout en tournant légèrement le bouton de réglage du fil horizontal pour compenser la chute de la balle.

D'accord. Il allait lui falloir beaucoup de chance pour réussir ce coup-là. *Beaucoup de chance.*

Ce qui lui manquait surtout, c'était un tir d'entraînement. Et puis, bon, quand il y réfléchissait, il en avait eu beaucoup. Des milliers, pendant toutes ces années. Ça devrait faire l'affaire.

Ah ! Le speaker annonçait :

— Voici le vice-président, à présent.

Henry Charon se redressa et tira sur la culasse pour faire monter une balle dans la chambre. Il ôta la sûreté d'un petit coup sec. Il fit jouer ses épaules, assura ses pieds, puis il plaça le fusil sur le trépied et l'y maintint avec fermeté de la main gauche. Il colla la crosse contre son épaule et la cala solidement sous sa pommette.

Alors, il fit pivoter le fusil dans la direction de la porte du Capitole. Quelqu'un avait installé une batterie de micros. Le vice-président l'ignora et descendit les marches au milieu d'une phalange d'agents du service secret, mitraillettes au poing. Il se forma une espèce de couloir entre les caméras et le public.

Derrière Quayle — c'était qui ? Un officier de l'armée de terre. Et un officier de la Marine et trois ou quatre civils.

Charon essaya de maintenir le fusil sur les civils, qui semblaient grossir au fur et à mesure qu'ils descendaient les escaliers. Il ne pouvait pas tirer quand ils étaient en mouvement : ils étaient trop petits, à cette distance. Et tant qu'ils ne resteraient pas immobiles un instant, il ne serait même pas sûr de leur identité.

Au pied des marches, juste à côté d'une limousine, le militaire s'arrêta pour échanger quelques mots avec Dan Quayle. Bon, les civils les rejoignaient, maintenant. Ils formaient un petit groupe.

Qui étaient-ils ?

Dorfman ! L'un d'eux, c'est Dorfman. Il est sur la liste. Qui est l'autre ? Ah, l'autre, c'est Cohen, le ministre de la Justice. Sur la liste, lui aussi.

Dépêche-toi, maintenant. Inspire profondément, expire lentement. Détends-toi et appuie, doucement et progressivement... Régulier... Régulier...

Au diable, les branches des arbres — qui n'arrêtaient pas de se balancer... *Appuie lentement, calmement, tiens compte du vent, conserve les fils du réticule au cen...*

Le coup partit.

La détonation, dans cette pièce fermée, fut assourdissante — on aurait dit le bruit d'un bâton de dynamite. La vitre explosa.

Chapitre vingt-trois

Jake Grafton entendit un claquement sec.

Il se retourna vivement — juste à temps pour voir Gideon Cohen tournoyer sur lui-même et s'écrouler sur le trottoir.

L'agent du service secret qui était près d'eux se mit à vociférer :
— Tout le monde à terre !

Les deux hommes chargés de sa protection rapprochée poussèrent sans ménagement le vice-président, qui tomba la tête la première sur le siège arrière de la limousine. L'un des deux plongea sur lui, tandis que l'autre claquait la porte sur eux.

— *Couchez-vous ! Tout le monde à terre !*

Jake s'accroupit, le regard fixé sur Cohen. Est-ce que c'était son imagination ou avait-il vraiment entendu la détonation d'un fusil plusieurs secondes après la chute de Cohen ?

Les gémissements de douleur de Cohen étaient audibles malgré les cris des gens qui s'éloignaient en courant ou qui s'étaient allongés sur les marches et le trottoir. Un agent s'était placé au-dessus du ministre de la Justice ; il se tenait sur les genoux et sur les mains de façon à ne pas peser de tout son poids sur le blessé.

— Mon Dieu ! vociféra quelqu'un. Ils ont essayé de tuer le vice-président !

— Et merde ! Faites donc démarrer cette foutue voiture !

Les hommes du service secret pointaient leurs Uzi vers la foule. Ils étaient encore dans cette position lorsque le conducteur de la limousine appuya sur l'accélérateur et s'éloigna dans un crissement de pneus.

Trois ou quatre personnes s'occupaient de Cohen. Jake essaya de voir ce qui se passait, mais sans succès.

D'où cela était-il venu ? Il s'agenouilla et tenta de repérer l'endroit d'où le coup de feu était parti. Mais tout ce qu'il apercevait, dans son champ de vision, c'était le dos des agents du service secret. Alors, il se releva.

— Bon sang, couchez-vous, Grafton ! lui cria le général Land. Ne vous mettez jamais debout au milieu d'une fusillade. Vous êtes né de la dernière pluie, ou quoi ?

Au moment où il sortait de la cage d'escalier et débouchait dans le hall, Henry Charon buta presque contre une femme. Il tendit le bras, l'attrapa pour l'empêcher de tomber.

— Désolé, lui murmura-t-il sans s'arrêter.

Et il se dirigea vers la porte donnant sur la rue.

— Vous avez entendu cette explosion ? lui cria l'inconnue, derrière lui.

— En haut, on aurait dit, lui répondit-il par-dessus son épaule.

Bizarre, pensa-t-elle en le regardant s'éloigner. *Pourquoi ce gars-là porte-t-il des gants chirurgicaux ?*

Dès qu'il fut sur le trottoir, Henry Charon partit vers le nord, d'un bon pas, mais pas trop vite — l'allure de quelqu'un qui sait où il va et qui a hâte d'y arriver. Il atteignit le coin de la rue et traversa, puis s'arrêta et regarda une voiture banalisée, avec une lumière bleue sur le toit, qui tournait dans la rue, sirène hurlante, et freinait dans un crissement de pneus à peu près au milieu du pâté de maisons, à une quinzaine de mètres de l'immeuble d'où il venait juste de sortir.

Alors Charon se dirigea vers l'est. Il croisa un homme qui courait dans l'autre direction, vers le Capitole.

— Quelqu'un a essayé de tuer le vice-président ! lui cria l'inconnu, en lui montrant le petit transistor qu'il portait.

Charon répondit d'un signe de tête et continua son chemin. Derrière lui, il entendit d'autres sirènes.

A 14 heures, cet après-midi-là, Billy Enright, l'un des lieutenants de McNally, abandonna un instant la télévision devant laquelle il était installé et entra dans la chambre où dormait Freeman McNally ; il le réveilla. Freeman sortit du lit et se rendit sans se presser dans la pièce d'à côté pour regarder le reportage. Quelqu'un avait tiré sur le vice-président et le gouvernement mettait la Garde nationale en alerte.

Freeman contacta aussitôt T. Jefferson Brody à son bureau. Normalement, il n'utilisait jamais le téléphone depuis sa planque, qui était probablement sur écoute, mais là, il avait besoin de prendre rapidement un rendez-vous avec son avocat.

— C'est moi, Tee. Vous avez écouté les nouvelles ?

— L'attentat du Capitole, ce matin ? Bon sang ! Pardi que j'ai écouté !

— Je parle de la Garde nationale, Tee. Quayle appelle la Garde nationale.

— Oh, ils vont juste surveiller les bâtiments publics et d'autres machins.

Le problème avec Brody, se dit McNally, c'était qu'il ne comprenait pas du tout comment les choses marchaient.

— C'est que le début, expliqua-t-il à l'avocat, avec patience. Parlez à nos amis, Tee. Cette merde avec la Garde, c'est pas bon.

— Jusqu'où vous voulez que j'aille ?

— Jusqu'au bout, mec. Ce truc est vraiment mauvais. Les soldats ne vont pas passer leur temps à cirer leurs chaussures et à se pavaner devant la bibliothèque. Une fois qu'ils seront là, ils vont essayer d'arrêter notre business, je le sens.

— Vous voulez que je mette le paquet, s'il faut ?

— Ouaip, le paquet.

McNally raccrocha et retourna devant la télévision. Un moment plus tard, il alla à la cuisine se faire un café.

Billy Enright entra à son tour dans la cuisine, cinq minutes plus tard, et prit un bâton glacé dans le freezer du réfrigérateur ; Freeman buvait son café, assis à la table.

Freeman attendit que Billy eût ôté le papier de sa glace et se soit installé à côté de lui.

— Tu sais, Billy, dit-il alors, je pense que nous avons vraiment une possibilité.

— Ah bon ? Et comment ça ?

— Si les soldats entrent en scène demain ou après-demain, qu'est-ce qu'ils vont faire ?

— Chercher les terroristes et les assassins. Fourrer leur nez partout. Faudra qu'on se calme pendant un moment. Et peut-être même qu'on prenne des vacances.

McNally repoussa l'idée d'un geste de la main.

— Plus tard, peut-être, c'est vrai. Mais réfléchis à ce truc. Pendant une ou deux semaines, tout ce qu'ils vont faire, c'est de chercher à mettre la main sur ces Colombiens et sur ces gars qui ont essayé d'avoir Bush et Quayle. Ça veut dire qu' c'est le moment, là, maintenant, de régler certains de nos petits problèmes, et lorsque les Gardes *se tireront,* nous pourrons nous remettre au boulot. C'est ça que je veux dire. Nous avons un peu de temps pour arranger les choses et, crois-moi, tout ce que les flics ont trouvé jusqu'à maintenant passera entre les mailles du filet des militaires. Parce que les Gardes n'ont rien à voir avec les flics. Ce sont des mécaniques et des vendeurs de chaussures. La priorité, c'est de coincer ces Colombiens qui foutent la trouille à tout le monde. Tu piges ?

— Ouais, dit Billy Enright, en donnant un coup de langue à un gros morceau de glace qui menaçait de lui couler sur les doigts. Je vois où tu veux en venir.

L'agent spécial Freddy Murray travaillait à la coordination des recherches de l'assassin lorsque l'un de ses spécialistes des écoutes téléphoniques l'appela.

— Je viens juste d'enregistrer un truc que je voudrais que vous entendiez.

— Qui ?

— Freeman McNally. Conversation avec son avocat.

— On peut pas utiliser ça.

— Je sais. Mais vous devriez quand même l'entendre. Plutôt curieux.

— Amenez-moi ça.

Murray se remit à la tâche. Le labo du FBI avait identifié la marque des pneus du véhicule utilisé par le tueur pour se rendre à l'aire de pique-nique, au bord du Potomac, d'où il avait tiré ses missiles. Murray était en train de définir des secteurs dans Washington, et d'y envoyer des agents pour interroger tous les responsables des points de vente de ces pneus-là. S'ils n'obtenaient aucun résultat, Murray étendrait la zone des recherches. Et il s'attendait à n'avoir aucun résultat...

C'était le travail policier classique. Avec suffisamment d'hommes et de temps, ce serait payant. Le problème, c'était que Murray n'avait ni l'un ni l'autre. Et donc, malgré les hurlements des politiciens et les délais qu'ils essayaient d'imposer, l'assassin serait pris quand il serait pris. Tôt ou tard, les élus finiraient par le comprendre. Jusque-là, des agents comme Murray n'avaient qu'à faire le dos rond et continuer leur travail de fourmi.

Il lui fallut trois minutes pour écouter l'enregistrement deux fois. C'était la voix de Freeman McNally, d'accord. Freddy aurait reconnu ces espèces de grognements n'importe où.

— Qu'est-ce que ça veut dire ? demanda-t-il alors à l'agent qui avait enregistré la chose. « Mettre le paquet » ?

— Sais pas. Le passage à propos des amis est assez clair. Je veux faire filer ce Tee Jefferson Brody pour découvrir qui sont les « amis » auxquels il pense.

— On n'a personne.

— Un ou deux gars.

— Non! On n'a *personne* de disponible. Classez l'enregistrement, joignez-le au dossier et remettons-nous au boulot.
— C'est vous le patron.
Le spécialiste des écoutes venait juste de quitter le bureau de Murray lorsque sa ligne directe sonna.
— Harrison Ronald. Quelles nouvelles?
— Allume la télé, répondit Murray sèchement.
Il n'avait pas de temps à perdre.
— Je parle pas de ces conneries à propos de l'assassin! Mais de l'acte d'accusation du grand jury, espèce de crétin!
— On a mis ça en attente.
— Tu te souviens de moi quand même? Le petit ver noir bien juteux qui se balançait au bout de ton hameçon? *Pendant dix foutus mois?*
— Peut-être la semaine prochaine. Je te préviendrai.
— Tu me préviendras. *Ha!* Et moi, je suis censé rester assis ici, le doigt dans le cul, jusqu'à ce que tu aies le temps d'aller voir ces gens?
— Harrison, je...
— Quelle place j'ai dans ta foutue liste, de toute façon?
— Harrison, je sais de quel enfer tu reviens. Mais c'est pas moi qui décide des priorités, ici. Je te rap...
Il s'interrompit lorsqu'il se rendit compte que Harrison Ford lui avait raccroché au nez.

La député Samantha Strader entrait dans la cinquantaine et arborait toujours une permanente élégante. Représentant une circonscription découpée au cœur de la capitale, elle avait un des sièges démocrates les plus sûrs de la nation et, en fait, elle était député à vie. Après vingt ans passés dans le tourbillon de Washington, Sam Strader résumait les préjugés à la mode des femmes blanches de la haute bourgeoisie. Elle était pour le droit à l'avortement, antimilitariste, ardente féministe et elle appartenait à la gauche chic. Elle s'en prenait violemment à l'hypocrisie de ses collègues du Congrès parce qu'elle était absolument convaincue d'être elle-même pure et sans tache. Les caricaturistes politiques la trouvaient merveilleuse.
Cette femme, extraordinairement sensible à la plus légère expression de chauvinisme mâle, avait aussi le culot de déclarer à la presse : « J'ai un utérus et un cerveau et j'utilise les deux. » Lorsqu'elle croyait déceler une offense, imaginaire ou non, elle ne se contentait pas de protester, non, elle se jetait dessus de toutes ses forces, elle la renvoyait en chandelle comme une grenade — et de préférence lorsqu'il y avait des journalistes aux environs pour entendre l'explosion. Ses victimes, dont la plupart possédaient un cerveau et un pénis

mais n'avaient jamais jugé bon de s'en vanter, avaient la sagesse de se taire et de laisser passer la tempête.

Sam Strader n'avait aucun mal à s'imaginer, avec sa langue de vipère, son utérus et tout, bien installée dans le Bureau Ovale — la première femme président des États-Unis ! Elle menait plus ou moins une campagne ininterrompue pour que tout le monde partageât cette vision. Les observateurs politiques expérimentés, qui voyaient les choses avec une perspective moins tendancieuse, estimaient qu'elle n'avait aucune chance, à moins que le parti républicain, pris d'une soudaine folie suicidaire, ne décidât de proposer Jim Baker comme candidat.

Une des raisons pour lesquelles la langue bien pendue de Strader lui jouait souvent des tours, c'était que cette femme n'avait aucune indulgence pour les gens qu'elle jugeait idiots — elle partageait ce trait de caractère avec William C. Dorfman, qui, soit dit en passant, la méprisait pour les mêmes raisons. En tête, ou pratiquement, de la liste des abrutis qui étaient insupportables à Strader, il y avait le vice-président Dan Quayle, dont le style de gaffes était d'un genre différent du sien, mais encore plus débile, si c'était possible.

C'était cet homme-là qui avait dit : « J'assume toutes les erreurs. » Et Dieu sait s'il y en avait eu un certain nombre... Un jour, pour expliquer pourquoi il ne ferait pas de tournée en Amérique latine, il annonça aux journalistes avec un grand sérieux : « Je ne parle pas latin. » Sur la signification stratégique d'Hawaii : « C'est dans le Pacifique. C'est une partie des États-Unis qui est une île et qui est ici bien à sa place. » Une autre fois, il s'adressa aux Samoans du fond du cœur : « Vous êtes des campeurs heureux. Vous avez été des campeurs heureux et, en ce qui me concerne, vous serez toujours des campeurs heureux. »

Mais le quaylisme favori de Strader, c'était cette perle, tirée d'une allocution à l'United Negro College Fund[1] : « Quel gaspillage de perdre l'esprit — ou de n'en avoir jamais eu. Et qu'est-ce que c'est vrai, ça ! » En entendant cela, Strader avait fait remarquer dans un ricanement au premier journaliste qu'elle avait croisé : « C'est la voix de l'expérience, ou je ne m'y connais pas. »

Au cours d'un voyage au Chili, dix mois plus tôt, Dan Quayle avait acheté — en présence de tout un bataillon de journalistes — une poupée souvenir avec un pénis à ressort. Cette indulgence

---

1. Fonds uni pour l'Université noire, célèbre fonds privé de financement des universités noires. (*N.d.T.*)

espiègle vis-à-vis de la paillardise masculine de vestiaire rendit furieuses toutes les féministes du pays, et Strader la première.

De l'avis de Samantha Strader, Dan Quayle était la vivante personnification de tout ce qui n'allait pas en Amérique. Que l'enfant privilégié et dorloté d'un Blanc pourri de fric, l'étudiant qui s'était spécialisé en « whisky et petites pépés » à l'université et en était sorti si lamentablement ignorant qu'il avait raté un examen d'entrée dans la Garde nationale pût devenir député, puis sénateur, puis vice-président des États-Unis et maintenant président en exercice, voilà qui était suffisant pour mettre à l'épreuve la foi du plus invétéré optimiste.

Assise là à observer Dan Quayle tandis que William C. Dorfman expliquait pourquoi la présence de la Garde nationale était nécessaire dans le district de Columbia, Sam Strader sut soudain, en un sursaut, ce que l'avenir lui réservait. Quayle était stupide, pratiquement arriéré, et voilà que c'était écrit sur son visage vide et inexpressif à la vue et au su de tous. Sur les écrans du monde entier ! *C'était elle qui serait le prochain président des États-Unis.* Cette prémonition lui donna la chair de poule.

Quayle était assis sur son siège, à côté du podium, comme un homme du néolithique attendant de recevoir un diplôme honoraire d'une université de théologie de l'Arkansas... raconterait-elle plus tard. Dispersés devant lui, il y avait deux douzaines de sénateurs, de députés et de journalistes de toutes les grandes chaînes de télévision et des agences de presse. Et tout cela semblait considérablement l'ennuyer.

Ainsi que l'expliquait Dorfman, la Garde viendrait renforcer les services fédéraux de la sûreté chargés de la surveillance des édifices publics et du maintien de l'ordre, ce qui libérerait d'autant le FBI et la police et leur permettrait de rechercher et d'appréhender les criminels qui avaient tué le secrétaire d'État, le conseiller à la Sécurité nationale et le chef de la majorité de la Chambre des représentants, et qui avaient gravement blessé aussi le président des États-Unis et le ministre de la Justice. En outre, ils arrêteraient tous les narco-terroristes colombiens qui rôderaient dans les environs.

La presse s'agitait. Trop d'interrogations restaient sans réponse.

Dès que Dorfman ouvrit la séance, les journalistes commencèrent à hurler leurs questions : Qui était derrière toute ces horreurs ? Comment ces tueurs colombiens avaient-ils réussi à entrer dans le pays ? Le gouvernement pouvait-il prouver au peuple américain et aux citoyens de Washington que la violence était terminée ?

— Nous faisons de notre mieux pour préserver l'ordre public, répondit Dorfman. De toute évidence, plusieurs éléments criminels sont à l'œuvre ici, et face à cela nous agissons avec vigueur, sans sortir des limites de la légalité, pour capturer les responsables. Et pour protéger les...

Quayle l'interrompit soudain. Il se leva et s'approcha du podium.

— Écoutez, dit-il, si nous savions qui sont ces gens et où ils se trouvent, nous les aurions déjà arrêtés. Manifestement, nous ne le savons pas. Mais nous faisons de notre mieux. Et nous ferons tout ce que nous devons. Je vous le promets.

— Allez-vous proclamer la loi martiale ?

Quayle échangea un regard avec le général Land qui était assis un peu à l'écart, sur un côté de l'estrade.

— Oui, si c'est nécessaire, répondit-il lentement. Je ferai tout ce qu'il faut pour protéger le public et sauvegarder la Constitution.

— Et les droits constitutionnels du peuple américain ? demanda Samantha Strader d'une voix stridente qui couvrit un instant celles des journalistes.

Quayle se tourna vers elle. Son expression ne changea pas.

— Je ferai arrêter toute personne qui devra l'être, et les tribunaux pourront régler tout cela ensuite.

Les politiciens semblèrent choqués par cette réponse. Les journalistes de la presse écrite griffonnaient furieusement sur leurs blocs-notes, tandis que ceux de la télévision agitaient les mains dans la direction de Quayle et hurlaient :

— Monsieur le vice-président ! Monsieur le vice-président !

Mais la conférence de presse était terminée. Quayle quitta la salle ; Dorfman, le général Land et leurs assistants le suivirent. Les journalistes attendirent qu'il eût disparu pour se précipiter vers les portes principales.

Jack Yocke, qui avait observé tout cela d'un coin éloigné de la salle, secoua la tête et prit quelques notes sur son petit carnet à spirales. Pas très loin, Sam Strader avait coincé Ott Mergenthaler.

— Vous croyez vraiment qu'il a pris la décision tout seul, ou que ça vient de notre bon copain Dorfman ?

Ott marmonna quelque chose en réponse, et Jack, le sourire aux lèvres, recommença à écrire. Ott détestait être interrogé ainsi — cela le prenait au dépourvu. Mais, en réalité, les questions de Strader étaient de pure forme, car *elle* était l'élue qui suivait l'étoile de sa destinée. Et donc, se souciant apparemment peu du trésor que Mergenthaler avait laissé échapper, elle reprit aussitôt :

— Depuis cinq ans, les trafiquants colombiens utilisent le terrorisme et l'assassinat contre leur gouvernement et leurs concitoyens.

Ils font tout sauter et massacrent des milliers de gens. Tout le monde *savait* qu'un jour ou l'autre, nous connaîtrions nous aussi le narcoterrorisme. (A cette déclaration, les sourcils de Yocke se levèrent d'un millimètre.) Et maintenant que ça arrive, le peuple américain veut savoir pourquoi les muchachos machos de notre gouvernement se font surprendre avec le pantalon baissé sur les chevilles !

Yocke se rendit compte, tout à coup, que quelqu'un en uniforme se tenait à côté de lui. Il se tourna et se retrouva nez à nez avec Jake Grafton qui écoutait Strader.

— Vous voulez répondre à ça, capitaine ? demanda Yocke en inclinant légèrement la tête dans la direction de Sam Strader.

— A titre officieux ?

— Oui.

Grafton haussa les épaules.

— Ils n'ont pas été pris au dépourvu. C'est seulement qu'ils n'étaient pas prêts, si vous saisissez la différence. C'est presque impossible pour des gens qui n'ont jamais connu que la paix d'atteindre tout seuls le niveau de préparation mentale nécessaire pour contrer immédiatement et avec efficacité une attaque déterminée. L'esprit peut envoyer l'ordre de monter au créneau, mais le subconscient refuse de pomper l'adrénaline et d'abandonner le confort du présent. Bref, on ne veut pas y croire.

— Le syndrome de Pearl Harbor, murmura Yocke en hochant la tête.

— Exactement. (Grafton observa un instant une équipe de techniciens qui rangeaient les câbles électriques de plusieurs caméras de télévision.) Alors, qu'est-ce que vous en pensez ? ajouta-t-il.

— Je pense que Dorfman est en train de découvrir qui est aux commandes. (Jake Grafton acquiesça. Un sourire rapide passa sur ses lèvres.) Vous étiez sur les marches du Capitole, cet après-midi, capitaine, lorsque Cohen a été touché, reprit Yocke. Pourquoi n'êtes-vous pas resté couché par terre comme les autres ?

Jake Grafton haussa de nouveau les épaules.

— J'ai pensé qu'il n'y aurait qu'un seul coup de feu.

— C'était une supposition plutôt osée.

— Comme je viens de l'expliquer, l'esprit humain fonctionne drôlement. Et puis quel individu normal voudrait me tirer dessus ?

— C'est vrai, reconnut Yocke. Mais il a visé le vice-président et il l'a raté. Vous auriez pu ramasser une balle perdue, vous aussi.

— L'a-t-il raté ? demanda Grafton. Moi, j'ai le sentiment que ce type a eu la cible qu'il voulait.

A ces mots, le capitaine Grafton abandonna Yocke, qui se gratta la tête, perplexe. Il avait l'impression que Grafton voulait lui dire autre chose mais qu'il avait changé d'avis au dernier moment.

Le sénateur Bob Cherry n'était pas en avance lorsqu'il revint à son bureau, ce même après-midi. Après la conférence de presse, une douzaine de ses collègues et lui-même avaient mis William C. Dorfman sur la sellette pendant une bonne heure et celui-ci s'était montré très désagréable, comme à l'accoutumée. Comment George Bush faisait-il pour supporter un tel individu ? se demandait Cherry C'était une énigme que seul un psychiatre aurait sans doute été capable d'expliquer.

Et puis il y avait Dan Quayle, un homme doté de juste assez d'intelligence et de personnalité pour faire un médiocre shérif adjoint. Et dans un comté rural, encore ! Cherry était convaincu depuis des années que Quayle avait été choisi comme VP à la place du sénateur Bob Dole parce que Bush et Dole, qui s'étaient durement battus pour la candidature à la présidence, se haïssaient. Comme si les problèmes personnels pouvaient entrer ici en ligne de compte !

Cherry traversait au pas de course le bureau de son assistante, quand il découvrit T. Jefferson Brody installé dans le fauteuil des visiteurs. Brody se leva à son arrivée.

— 'soir, sénateur.

— Vous vouliez me voir ? demanda Cherry, qui était déjà à la porte de son bureau.

Brody nota que Cherry adressait en passant un rapide sourire à Miss Géorgie et que celle-ci le lui rendait.

— Juste deux minutes, sénateur.

— D'accord, venez. Deux minutes. C'est tout ce que j'ai.

Brody suivit le sénateur et referma derrière lui. Cherry ôta sa chemise et sa cravate tout en tripotant les messages téléphoniques posés sur son bureau.

Qu'est-ce qu'il y a ? demanda-t-il à Brody.

Votre assistante m'a dit que vous étiez à la Maison Blanche ?

Briefing. En tout cas ils appellent ça comme ça. Jésus, quelle journée !

— La télé annonce que Quayle va faire appel à la Garde nationale.

— Ouaip.

Cherry sortit une chemise propre du placard, à côté des toilettes, et il l'enfila.

Mes clients espèrent que vous pourrez vous opposer à ça.

— Ça ne mènerait à rien. Quayle a pris sa décision. Ce n'est pas que je ne sois pas de son avis, d'ailleurs. Je pense que là, il a raison.

Cherry choisit une cravate et regarda dans la glace de quoi il avait l'air tout en faisant son nœud. Puis il ajouta :

— Juste par curiosité, qu'est-ce que vos clients ont à râler ?

— On parle des gens qui ont généreusement contribué à votre PAC et à la souscription pour votre campagne, sénateur.

Cherry fit une moue. Il s'attendait à quelque chose de ce genre. Son estime pour la finesse politique de Brody diminua d'un cran.

— Pourquoi ils râlent ? répéta-t-il.

— Eh bien, sénateur, c'est comme ça. Ils pensent que ça ne sera pas bon pour leur bizness.

— Ils manquent de perspicacité, non ? Je veux dire que le tourisme et les voyages d'affaires vont tomber dans un puits sans fond avec tous ces tueurs en liberté. Au plus tôt ces gars-là seront derrière les barreaux, au mieux ce sera pour la sécurité de tout le monde.

— Justement, sénateur. Mes clients ne voient pas les choses de cette façon. Ils estiment que le FBI et le service secret peuvent se débrouiller pour attraper ces types. En termes plus brutaux, ces troupes lâchées dans les rues ne sont pas bonnes pour leurs affaires.

— Désolé. Faudra qu'ils apprennent à vivre avec leur déception.

Cherry opta pour une veste sport et l'enfila. Puis il passa derrière son bureau et, avec un doigt, sélectionna deux messages téléphoniques.

— Écoutez, je suis à la bourre, ce soir, Jefferson, ajouta-t-il. Faut que je donne deux coups de fil avant de partir.

— Sénateur, je crois que vous n'avez pas bien compris.

— Pas compris ?

— Je ne suis pas en train de vous demander une faveur. Je vous dis de faire ça, c'est tout.

Brody sourit.

Le sénateur se redressa. Il tira un peu ses épaules en arrière.

— Est-ce que vous partez, maintenant, ou faut-il que j'appelle quelqu'un pour vous ficher dehors ?

Brody se laissa aller dans son fauteuil et croisa les jambes.

— C'est marrant, quand on y pense... Toutes ces contributions, et vous n'avez jamais demandé à personne de vérifier qui vous donnait effectivement le pognon ?

— Qu'est-ce que... ?

— FM Development, c'est une vrai société de Floride, dont le seul actionnaire se nomme Freeman McNally, un homme d'affaires local très connu. Peut-être que vous avez entendu parler de lui ? Quant à

ABC Investments, c'est... (Cherry se laissa tomber lourdement dans son fauteuil. Il fixa Brody.) Je suis sûr que le FBI pourrait vous fournir un dossier assez complet sur Freeman McNally, sénateur. Vous avez vraiment fait une grosse connerie, ce coup-ci.

— Qu'est-ce que vous voulez ?
— Je vous l'ai dit. Pas de Garde nationale. Pas de troupes.
— Non.

Le visage de Cherry était devenu écarlate.

Brody se leva et vint s'asseoir sur le bord du bureau. Il se pencha vers Bob Cherry.

— C'est juste que vous n'avez pas encore bien réalisé où vous en êtes, sénateur. Quand on saura que vous avez voyagé à travers tout le pays, que vous vous êtes offert des dîners bien arrosés et que vous avez joué au soixante-neuf avec Miss Géorgie et que vous avez payé vos frais de campagne électorale avec de *l'argent de la drogue* offert par le plus gros trafiquant de crack de Washington, votre carrière percutera immédiatement le mur. Splatch ! Vous serez *fini*.

— Je rendrai l'argent. *Je ne savais pas.* Je...

— Redescendez sur terre ! Vous, les politiciens, vous vous êtes vendus à ces types des country clubs qui achètent des caisses d'épargne. Vous les laissez jouer aux dés avec de l'argent garanti par le gouvernement — cinq cents *milliards* de dollars foutus en l'air. Vous magouillez comme des fous pour pouvoir décrocher de gros salaires. Vous vous êtes voté à vous-mêmes les retraites les plus élevées de la nation, tandis que vous pillez les fonds de la Sécurité sociale. Vous avez mis l'Amérique au bord de la faillite. Et ce sont les *électeurs* qui doivent *payer* pour tout ça ! Et leurs *enfants* paieront ! Et leurs *petits-enfants* paieront ! Ils ne vont pas croire que Bob Cherry était si sénile et d'une stupidité si profonde qu'il n'a même pas pris la peine de vérifier qui lui remplissait les poches ! (Brody se leva. Il boutonna sa veste et arrangea sa cravate.) Vous tous autant que vous êtes, les grands copains qui vous tombez dans les bras, vous vous faites de petites fleurs les uns les autres — une base militaire dans ce district, le tout-à-l'égout par-ci, un barrage par-là. C'est pas comme ça que fonctionne votre club privé, peut-être ? (Il baissa la voix.) Alors, remuez-vous et appelez les collègues qui vous doivent quelque chose. Faites du boucan. Vaut mieux que je lise rapido dans la presse des papiers sur votre courageuse bagarre pour *sauvegarder* la démocratie dans ce district et *virer* les soldats ; ou alors vendredi prochain c'est vous qui lirez des choses sur des contributions très intéressantes apportées par des dealers connus à un certain sénateur.

Brody s'arrêta avant d'arriver à la porte et se retourna :

— Ah, un dernier conseil, sénateur. Les gens qui contrarient Freeman McNally vivent rarement assez longtemps pour s'en vanter.

La visite suivante de T. Jefferson Brody fut pour le bureau du sénateur Hiram Duquesne. Il tomba sur le sénateur au moment où il s'en allait.

— Si cela ne vous dérange pas, je vous accompagne jusqu'au garage, dit Brody.

Il aborda la question des troupes de la Garde nationale.

— Vous savez, dit Duquesne, si ce matin, même après l'attaque contre le Capitole, quelqu'un avait suggéré de faire appel à la Garde, je m'y serais opposé. Mais maintenant, avec cet attentat contre le vice-président, je suis pour... Gideon Cohen n'est pas en forme, même si le docteur pense qu'il s'en sortira. La balle qu'il a prise dans l'épaule a raté le poumon gauche d'un centimètre. (Il secoua la tête.) L'assassin a tiré depuis un immeuble situé à cinq cent vingt-sept mètres de là ! Il a abandonné son fusil, un trépied et une boîte à outils. Il s'est contenté de viser, de faire feu à travers une fenêtre fermée, de tout laisser sur place et de s'en aller.

— Ahurissant, reconnut Brody.

— Je ne sais pas contre qui on se bat, là, mais il faut arrêter cette merde. Quayle a pris la bonne décision. Je ne pensais pas que cette tête vide était capable de réfléchir.

— Mes clients désirent que vous vous opposiez à cette opération ; ils ne veulent pas voir la Garde nationale dans le district.

— Désolé, Jefferson. Mais cette affaire est allée trop loin pour qu'on continue à mener la politique habituelle. Quayle a la responsabilité légale et morale du pays et il prend des mesures. Le Sénat le soutiendra de toutes les façons possibles.

Brody se tut un instant quand ils passèrent devant le gardien, à l'entrée du garage. Il attendit que le sénateur fût arrivé à sa voiture et qu'il cherchât ses clés dans sa poche pour annoncer :

— Mon client se nomme Freeman McNally. Vous avez peut-être entendu parler de lui ?

Le sénateur Duquesne le regarda, bouche bée.

— Freeman McNally, reprit Brody. Sa réputation est un peu déplaisante, mais c'est un homme d'affaires. Il paie ses honoraires sans discuter. Il donne de l'argent à des bonnes causes. Il en dépense sans compter pour certains politiciens. Vous, par exemple. Il vous a versé plus de vingt-cinq mille dollars. Vous vous souvenez de FM Development Corporation ?

— Pourquoi, espèce de lèche-bottes ? Dégueulasse fils de pute !

— Attendez, attendez, sénateur, il n'y a rien de personnel, dans tout ça. Vous étiez libre de vérifier d'où venait l'argent, et je présume que vous ne vous en êtes pas soucié. Vous étiez libre de le refuser. Et vous ne l'avez pas fait.

— Qu'est-ce que vous voulez?

— Je vous l'ai dit. Mon client n'a aucune envie de voir la Garde nationale dans le district. Il a donné beaucoup d'argent pour vous aider à rester au Sénat et il pense que vous pourriez remuer ciel et terre et lui refiler un coup de main pour ça.

— Et si je refuse? Allez! je sais bien que ce genre de rustaud a toujours un bâton à portée de main si la carotte ne fonctionne pas.

— Mon client veut que vous montiez au front tout de suite, sénateur, que vous agitiez l'étendard pour tenir la troupe à l'écart du district. En revanche, si le défilé part sans vous... (Brody haussa les épaules)... vous allez passer un moment difficile à expliquer ces vingt-cinq mille dollars de contribution du plus gros dealer de crack de Washington, sénateur. Un moment vraiment difficile.

— Foutez le camp, espèce de salaud!

Duquesne serra les poings et fit un pas dans la direction de Brody.

— Pensez-y, sénateur, fit Brody en se reculant d'autant. Si j'étais vous, je ne sacrifierais pas ma réputation et un siège au Sénat pour une telle broutille. Je ferais le dos rond et je reprendrais ma route.

Brody se détourna et s'éloigna rapidement.

— Je vous verrai griller en enfer, Brody! cria le sénateur, derrière lui.

Brody ne se retourna pas.

Le capitaine Jake Grafton et son équipe passèrent la soirée au Pentagone. Ils avaient du travail par-dessus la tête. La Garde nationale avait déjà commencé à se rassembler dans les locaux de l'arsenal proche du stade RFK, mais la chaîne de commandement habituelle devait être totalement modifiée. Grafton et ses collègues avaient rédigé un ordre qui devait maintenant recevoir la signature du vice-président : la Garde de Washington était désormais directement placée sous le commandement opérationnel du directeur de l'état-major interarmes, ce qui permettait d'éliminer de cette chaîne une bonne dizaine de couches de généraux et leurs staffs. Ce changement avait été demandé par la Maison Blanche. L'ordre serait signé en priorité le lendemain matin.

Une fois le texte communiqué au directeur pour être relu et sans doute réécrit, Grafton et l'agent spécial du FBI, Thomas Hooper, se servirent une tasse de café et ouvrirent un plan de Washington sur le bureau de Grafton.

Toad Tarkington, qui ne se laissait pas facilement mettre sur la touche, approcha une chaise pour pouvoir suivre.

— Bon sang, j'ai vraiment pas le temps de faire un truc pareil! murmura Hooper.

Et Jake s'en rendait bien compte. Hooper paraissait épuisé. Sa chemise était sale et sa veste sport pleine de taches. Il avait besoin de se raser. Il n'était probablement pas rentré chez lui depuis plusieurs jours. Mais ses supérieurs lui avaient demandé de venir, et il avait obéi.

Jake sortit un marqueur jaune du tiroir de son bureau et commença à mettre des grosses taches jaunes sur la carte. Il indiqua les édifices publics, la Maison Blanche, l'Executive Office Building [1], le Capitole, la Cour Suprême, le FBI, le ministère de la Justice, les immeubles de bureaux utilisés par les députés.

Puis il tendit son marqueur à Hooper :

— A votre tour.

Hooper nota les tribunaux, la prison, les bâtiments où se trouvaient diverses autres agences gouvernementales. Quand il eut terminé, il abandonna le marqueur sur la carte.

— Vingt-six immeubles, dit Tarkington, toujours serviable.

— Vingt-quatre heures sur vingt-quatre, au moins trois hommes armés à chaque entrée, grommela Jake qui attrapa un bloc-notes et commença à y griffonner des chiffres. Quelqu'un a une idée du nombre moyen d'entrées pour chaque bâtiment?

— Six ou sept, répondit le colonel de l'Air Force, assis au bureau d'à côté.

Après discussion, ils optèrent pour sept.

— On n'a pas assez d'hommes. Et il s'en faut de beaucoup.

— Prenez-en, dit Hooper. Les hommes sont le seul atout sur lequel vous puissiez compter, les gars.

— Avant qu'on en ait davantage — et ça sera pas pour tout de suite —, il faudra peut-être qu'on mette un homme à chaque entrée et qu'on stationne des escouades mobiles dans les environs pour leur prêter main-forte si nécessaire, dit Grafton. (Pour toute réponse, Hooper haussa les épaules.) Vous vous rendez compte que ce que nous allons faire, là, ça va être simplement de déclencher une fusillade si les Colombiens, ou n'importe qui, tentent quelque chose.

---

1. L'ancien ministère des Affaires étrangères, de la Guerre et de la Marine, où travaillent maintenant les collaborateurs de la Maison Blanche. (*N.d.T.*)

Nos hommes auront des munitions et ils tireront. Ils y seront obligés. Ils ne sont pas assez nombreux pour faire autre chose, et on ne les a pas entraînés pour ça. Certains seront tués. Des civils aussi. Ça va être une vraie pagaille.

— Il vaudrait mieux pas, dit Hooper. C'est justement ce que vos gars sont censés empêcher.

— Taillons dans la liste, alors. Ne protégeons que les immeubles essentiels.

— Non, reprit Hooper. J'ai mes ordres. Ne garder que les immeubles clés, ce serait simplement envoyer les terroristes sur ceux qui ne sont pas surveillés.

— Pas si c'est la confrontation qu'ils cherchent.

Hooper secoua la tête :

— L'objet du terrorisme, c'est de montrer l'impuissance du gouvernement. Donnez-leur une occasion et ils la saisiront.

Toad Tarkington intervint :

— Si on leur tendait un piège ? Des bâtiments apparemment sans protection — et des escouades de soldats à l'intérieur ?

— Dans ce cas, il faudrait que les lieux soient vides, remarqua Hooper. Mais sans aucun civil qui entre et qui sort, n'importe quel observateur verra immédiatement qu'il y a quelque chose qui cloche.

— Vous êtes en train de nous dire que c'est une situation sans issue, grommela Jake Grafton.

— Comment en est-on arrivé là ? demanda le colonel de l'Air Force.

Une question de pure forme.

— On ne peut pas *gagner* lorsqu'on se bat contre des terroristes, tenta d'expliquer Hooper. Les politiciens — attention, c'est juste mon opinion personnelle, là — ne vous permettront jamais de réagir assez vite pour sauter sur ces gens. Parce que les politiciens préfèrent toujours la défense à l'attaque, recherchent toujours le consensus.

— Conneries ! s'exclama Jake Grafton. Ils ne sont tout de même pas idiots. *Ce n'est pas une guerre conventionnelle.* Chaque coup de feu est une déclaration politique. Ils comprennent ça intuitivement et tous les gens en uniforme ont intérêt à s'en rendre compte très vite aussi. En attendant, nous ne jouons même pas sur le même terrain de sport !

Hooper parut sceptique. Il se frotta le visage et termina sa tasse de café.

Jake Grafton décrocha le téléphone et appela le bureau du directeur, en se disant que tous ceux qui pensaient que Hayden Land allait laisser les terroristes choisir leurs cibles ne connaissaient pas Hayden Land.

Le coup final de la soirée pour les bons et loyaux esclaves du Gros Œil fut, dans tous le pays, le scoop de 19 heures. Les chaînes avaient des images spectaculaires.

A 22 heures environ, la veille au soir — heure de la côte est —, quatre voitures s'arrêtèrent devant une maison de deux étages dans le nord-est de Washington. Deux véhicules dans la rue de devant et deux dans l'allée. Les hommes installés à l'avant, à côté des conducteurs, abattirent avec leurs Uzi les quatre personnes qui gardaient la maison, puis ils lancèrent, au total, vingt-quatre grenades de 40 mm à travers les fenêtres, ce qui détruisit l'intérieur de la construction et déclencha un violent incendie. Ensuite, ils disparurent aussi vite qu'ils étaient venus.

Aucun des témoins n'était capable — ce fut du moins ce qu'ils prétendirent — de décrire les voitures ou les agresseurs. Aucun ne se souvint d'une seule plaque d'immatriculation.

Les policiers émirent l'hypothèse, devant les caméras, que les tueurs avaient utilisé des lanceurs de grenades M-79. Ils indiquèrent aussi que l'endroit appartenait à un certain Willie Teal, soupçonné d'être un trafiquant de crack.

Tandis que les policiers et les journalistes intervenaient à l'antenne, l'incendie faisait rage derrière eux. On le vit sur tous les écrans du pays. Il avait rapidement échappé au contrôle des pompiers et il dévorait déjà la moitié des bâtiments attenants.

Au matin, lorsque le feu fut complètement éteint, les policiers découvrirent quatorze corps dans la maison où il avait démarré. A ce chiffre, il fallait ajouter les quatre hommes tués par balles à l'extérieur. Dans les décombres, on ramassa aussi les restes tordus de plus d'une douzaine de pistolets, de trois mitraillettes et de cinq fusils à pompe. Et une valise contenant presque cinq cent mille dollars, dont les billets étaient pratiquement tous intacts. En outre, deux kilos et demi de cocaïne avaient, par quelque miracle, échappé aux flammes — ce fut un pompier qui les trouva, dissimulés dans les fondations, alors qu'il éteignait les derniers brandons.

Harrison Ronald Ford suivit le reportage à la télévision, allongé sur son lit, dans sa chambre du dortoir du FBI à Quantico. Il buvait un soda tout en jouant de temps en temps avec son Colt automatique et en écoutant les commentateurs qui essayaient de résumer la violence et l'horreur de la veille.

Une femme à l'air sérieux exposait ses vues avec éloquence lorsqu'il se leva pour éteindre cet appareil idiot.

Ainsi Freeman McNally avait décidé de régler définitivement son compte à Willie Teal ? Une nouvelle petite leçon à l'intention de ceux qui pensaient pouvoir s'opposer à lui et s'en tirer à bon compte.

Des lanceurs de grenades M-79. Des grenades de 40 mm à travers les fenêtres — *des fenêtres comme celle-là*, pensa-t-il soudain.

Il souleva le bord du store vénitien de quelques centimètres et scruta le parking et le gazon, un peu plus loin.

Qu'est-ce que tu fais quand une grenade entre dans ta chambre par la fenêtre, la nuit ? Tu te planques sous ta couverture ? Tu la ramasses et tu la renvoies dehors ?

Merde, non ! Tu meurs, mec ! T'es plein de sang et tu es troué par des centaines d'éclats de métal et tu meurs, mec. Exactement comme Willie Teal.

Il haletait. Il respirait trop vite et son cœur battait trop fort.

Il éteignit et s'habilla dans l'obscurité, enfilant plusieurs couches de sweat-shirts et de pulls.

Il passa alors dans la salle de bain et essaya de vomir, mais en vain. On aurait dit qu'il avait mangé des cailloux. Il ferma la porte, colla une serviette contre elle, par terre, pour empêcher la lumière de filtrer à l'extérieur, et finalement il alluma.

Le .45 automatique était chargé et une balle était engagée dans le canon. Le chien était levé et la sûreté mise. « Armé et verrouillé », comme disait l'officier-instructeur, il y avait bien longtemps.

Il mit le canon dans sa bouche et sentit le goût du métal.

Vas-y. Évite à Freeman cette peine. Tu sais bien qu'il ne peut pas avoir décidé à la fois d'annihiler Willie Teal et de ne pas bouger le petit doigt pour régler son problème majeur — toi.

Il s'aperçut dans la glace. Spectacle navrant.

Finalement, il passa le revolver dans sa ceinture, s'assit sur la commode et éclata en sanglots.

Chapitre vingt-quatre

Vers 2 heures du matin, Harrison Ronald entendit, au rez-de-chaussée, quelqu'un qui ouvrait la porte donnant dans l'escalier d'incendie. Cela fit un bruit métallique nettement audible ici, au second, sur le palier du même escalier, où il était venu s'asseoir dans l'obscurité, son Colt à la main. Personne, Dieu merci, n'avait jamais pensé à huiler la barre d'ouverture de ces lourdes portes.

Harrison Ronald avança la tête entre les barreaux de la rampe et regarda en bas, essayant de percer l'obscurité. Rien. Pas la moindre petite lueur. Il aurait dû y avoir de la lumière dans l'escalier, bien sûr, mais Harrison Ronald avait dévissé toutes les ampoules deux heures plus tôt.

Il y avait quelqu'un, là, en bas.

Il ferma les yeux et se concentra sur le silence. Il retint même sa respiration un moment. Oui, un raclement... Un bruit de semelles sur l'antidérapant des marches en béton.

Il ramena sa tête en arrière et resta assis absolument immobile ; il serrait son automatique des deux mains.

Cette fois, ça y est vraiment, se dit-il. Quelqu'un qui aurait une raison légitime d'utiliser cet escalier ne se serait pas soucié d'être silencieux.

Oui, cette fois, ça y est vraiment !

Il était là, figé — parce que l'autre risquait d'entendre le moindre de ses mouvements. Ses pieds étaient un peu tordus et ses fesses glacées sur le béton dur de cette marche. Il tendait l'oreille, respirait à peine.

Une lumière ! Là, en dessous, l'homme utilisait une petite lampe stylo pour jeter un coup d'œil à ce qui l'entourait. L'obscurité revint presque aussitôt.

Quelque part, à l'extérieur, il y eut un bruit de klaxon, qui lui parut venir de loin, très loin.

L'intrus était maintenant à la porte d'incendie du premier étage qui donnait sur le couloir du dortoir. Il lui faudrait appuyer sur le loquet manuel en haut de la poignée avant d'ouvrir cette porte. Et il allait devoir appuyer assez fort, puisque ce loquet déplaçait automatiquement la barre de l'autre côté du battant.

Et en effet, le loquet fit entendre un bruit sec qui se répercuta dans la cage d'escalier.

L'homme attendit un long moment sans bouger. Il écoutait, lui aussi.

Harrison Ronald osait à peine respirer.

Puis la porte s'ouvrit et l'homme entra. Il la laissa se refermer sur lui, mais l'arrêta au dernier moment pour empêcher le loquet de se bloquer.

Est-ce que c'était bien ça ? En tout cas, c'était l'impression qu'avait Harrison Ronald. Il se releva, massa doucement ses fesses gelées et raides et, en faisant toujours très attention de rester silencieux, il descendit jusqu'au palier du premier.

Il fit glisser ses doigts sur la porte d'acier jusqu'au verrou. Oui, c'était bien ça, elle était entrebâillée.

Il regarda dans le couloir, par le verre renforcé de la petite fenêtre de la porte. Il y avait quelqu'un, un homme, immobile devant sa chambre. Une silhouette épaisse, de taille moyenne, avec une arme à feu d'une bonne longueur.

Harrison Ronald s'éloigna de la fenêtre et resta debout, dans l'obscurité, essayant de réfléchir.

L'homme pouvait très bien ne pas ressortir par ce chemin-là, même s'il avait laissé la porte ouverte. Ou, s'il le faisait, il pouvait penser que Ford le guetterait justement ici. *S'il entre dans la chambre*, se demanda Ford, *est-ce qu'il faut que je m'avance dans le couloir jusque là-bas ? Que je remonte au second par l'escalier d'incendie ? Ou que je descende au rez-de-chaussée ?*

Il décida de jeter un autre coup d'œil par la petite fenêtre.

L'inconnu était penché sur sa serrure et il la tripotait.

Et qu'est-ce que je fais s'il n'est pas tout seul ?

Cette pensée le figea sur place. Mais non, il n'y avait aucun bruit dans l'escalier d'incendie. Peut-être un autre homme venant du hall, par l'ascenseur ou l'escalier principal ? Mais alors, où était-il ?

Ultime coup d'œil rapide par la fenêtre. L'inconnu entrait dans sa chambre. Personne d'autre dans le couloir.

Il allait ressortir dans quelques secondes.

Bon sang ! Que faire ?

Curieusement, la solution la plus simple qui aurait été d'éviter cet homme ne lui vint pas un seul instant à l'esprit. Il vivait dans la peur depuis trop longtemps ! Maintenant, il n'avait plus qu'une envie — prendre son ennemi par surprise et l'affronter d'une façon qui lui permettrait de profiter au maximum du faible avantage que cette surprise lui conférerait. Car Harrison Ronald avait décidé d'attaquer. L'enfant noir des banlieues ouvrières d'Evansville, devenu plus tard fusilier dans les Marines, avait eu le temps d'apprendre la leçon : attaquer, attaquer toujours — avec férocité, avec une détermination trempée dans l'acier !

La porte de la chambre de Ford se rouvrit silencieusement. Une tête apparut, qui examina le couloir presque obscur, suivie bientôt par un corps épais qui se mouvait pourtant avec légèreté pour quelqu'un de ce poids. L'inconnu se dirigea vers la porte d'incendie restée entrebâillée.

Il l'ouvrit et s'y glissa.

Accroupi sur la seconde marche, Ford abattit le tranchant de sa main sur les jambes de l'homme avec toute la violence dont il fut capable.

L'autre tomba la tête la première jusqu'au palier du rez-de-chaussée. Quand il toucha le sol, cela fit un bruit écœurant.

Quelques secondes plus tard, Ford était sur lui. Il referma sa main sur sa gorge et serra de toutes ses forces.

L'homme couché sur le ventre était complètement flasque. Harrison le lâcha, s'assit sur son dos, et mit son doigt sur sa carotide. Plus rien.

Il retourna le mort et le palpa doucement dans l'obscurité. Le front était enfoncé et tout mou. Pas de sang, ou, tout au moins, rien de visqueux ou d'humide.

Haletant, toujours en proie à des décharges d'adrénaline, Ford remonta à reculons les escaliers en tirant le mort par les bras. L'arme de celui-ci tomba avec bruit.

Le corps était lourd — au moins quatre-vingt-dix kilos. Ford fit appel à ses dernières forces pour le traîner. Il fut obligé de s'arrêter deux fois pour reprendre sa respiration, et après un ultime effort il parvint enfin sur le palier du premier.

Il vérifia le couloir par la fenêtre de la porte. La voie était libre.

Il maintint alors la porte ouverte et entra avec le cadavre, qu'il fit glisser le long du couloir — recouvert, par chance, d'un linoléum bien lisse — jusqu'à sa chambre, où il l'abandonna ; il s'empressa alors d'aller ramasser l'arme, dans les escaliers.

De retour dans sa chambre, il examina l'homme avec beaucoup de soins, à la faible lueur des lampadaires qui entrait par la fenêtre. Il le reconnut, même avec son front écrasé.

C'était le Gros Tony Anselmo.

Il avait un autre revolver dans la poche de sa veste, un 9 mm automatique équipé d'un silencieux de la taille d'une saucisse. L'autre arme, la longue, était un fusil de chasse, un Remington à pompe dont le canon avait été scié juste au début de la longuesse. Il était chargé.

Ford posa le fusil sur le lit et fit les poches du mort. Un portefeuille ne contenant que du liquide et aucune carte de crédit. Beaucoup de liquide, surtout en coupures de vingt. Ford remit le portefeuille là où il l'avait trouvé et passa rapidement en revue les autres poches. Cigarettes, briquet, la clé d'une chambre de motel, un peu de monnaie, un petit couteau de poche, deux mouchoirs froissés. Pas de clés de voiture.

Comment Anselmo était-il arrivé ici ?

Il y avait quelqu'un, dehors, qui l'attendait.

Ford vérifia le 9 mm. Chargé, sûreté mise.

Combien de temps Anselmo était-il resté dans l'immeuble ? Quatre, cinq minutes ?

Il glissa l'automatique dans sa ceinture. Il avait déjà une veste, sur un sweat-shirt et un pull, car l'escalier d'incendie n'était pas chauffé.

Il ouvrit sa porte lentement, examina un instant le couloir et s'y faufila. Il emprunta l'escalier principal qui descendait dans le hall.

Il y avait un homme, au bureau, mais sur un tabouret, la tête baissée. Harrison Ford attendit derrière la porte et le surveilla par la petite fenêtre. Le gardien lisait quelque chose posé devant lui sur le bureau. Il tourna la page. C'était un journal.

Une minute passa. Puis une autre.

Allez ! Remue-toi ! Tu ne vas quand même pas rester assis là toute la nuit, andouille !

L'homme porta sa tasse à ses lèvres. Il eut l'air surpris, regarda dans la tasse.

Il se leva et s'éloigna vers la droite — la gauche de Ford.

La cafetière était dans le petit bureau, de l'autre côté du hall. Vite, maintenant !

Ford ouvrit la porte, vérifia que le garde n'était pas en vue et referma silencieusement derrière lui. Il traversa à grands pas le hall recouvert d'une moquette et sortit par la porte principale, qu'il prit soin de fermer aussi.

Dès qu'il fut à l'extérieur, il se laissa tomber derrière le buisson le plus proche et il étudia les environs. Au-delà de cette petite allée s'étendait le parking.

En se dissimulant derrière les arbres et les taillis, il en fit le tour le plus vite possible ; il s'arrêta et s'accroupit plusieurs fois à l'abri des buissons pour surveiller les lieux.

Il atteignit enfin l'endroit stratégique qu'il avait repéré : toutes les voitures se trouvaient maintenant entre lui et l'escalier d'incendie par lequel était passé Tony Anselmo. Il se baissa et commença à se déplacer, avec prudence, parallèlement au dernier rang des voitures, son 9 mm automatique à la main.

Là, dans la seconde rangée ! Ne venait-il pas de voir la tête de quelqu'un dans cette automobile vert foncé ? Difficile à dire. Ce n'était peut-être qu'un appuie-tête. Il se déplaça lentement le long d'une voiture, en prenant soin de la garder entre lui et la conduite intérieure verte.

Il lui fallut une quinzaine de secondes pour trouver un endroit d'où il avait un meilleur point de vue.

Non. Il ne s'était pas trompé. Il y avait bien un homme. Un Blanc, apparemment.

Il ralentit encore son avance, passa derrière une autre rangée de voitures, tout en essayant de se rapprocher.

Il prit soin de vérifier aussi les autres véhicules, autour de lui. Il pouvait très bien y avoir un troisième tueur dans le coin.

La porte de l'automobile verte s'ouvrit. Ford s'en rendit compte lorsque la veilleuse s'alluma.

Elle s'éteignit aussitôt. Maintenant, l'homme était debout à côté de la voiture.

En progressant à quatre pattes, Ford passa derrière la dernière voiture de cette ligne et il regarda devant lui. L'auto verte était dans la rangée d'à côté, et l'inconnu se tenait près de la portière du conducteur, à environ un mètre vingt de l'endroit où Ford était accroupi. Il faisait quelque chose. Il avait une arme. Un fusil. Il le chargeait.

Ford entendit le déclic métallique caractéristique lorsqu'il fit monter une cartouche dans le canon. Tournant le dos à Ford, il se dirigea vers la porte de la cage d'escalier.

Harrison Ronald Ford se releva brusquement, appuya sa main contre le côté de la voiture et assura la prise de l'automatique. Ce foutu flingue n'avait pas de mire !

Il se contenta donc d'aligner le silencieux sur sa cible et de tirer.

L'homme tituba, essaya de se retourner. Ford tira de nouveau. Un second pop. Et un autre encore.

L'autre tomba. Son fusil résonna en frappant par terre.

Ford courut vers la droite, plié en deux, sur une distance de cinq voitures, puis il traversa l'allée à toute vitesse pour passer dans la seconde rangée. Il se jeta au sol et regarda sous les véhicules. Il voyait une forme sombre sur l'asphalte. Et ce n'était pas un pneu.

Il leva son automatique en le tenant des deux mains et il essaya, malgré l'obscurité, de viser en se servant de l'extrémité du silencieux.

Et merde ! C'était dingue ! Il ne voyait pas assez bien pour viser, et de toute façon il aurait eu le même problème avec une mire.

Il resta allongé là un instant, respirant rapidement, à regarder dans l'alignement de son arme la forme sombre qu'il devinait à cinq voitures de là. Les secondes passaient.

Il fallait agir, pourtant !

S'il revenait à l'endroit d'où il avait fait feu, l'autre pourrait s'offrir un beau carton entre les voitures. Et s'il se mettait à longer la première rangée, la même chose risquait de se produire à un moment ou un autre.

A condition, bien sûr, que le type fût toujours vivant.

Harrison Ronald essuya avec sa manche la sueur qui mouillait son front.

Bordel !

Il savait qu'il devait se dépêcher.

Il se redressa et contourna par l'avant la voiture derrière laquelle il était dissimulé. L'auto verte était bien visible. En se déplaçant avec précaution et en silence — il portait des chaussures de course à semelles caoutchoutées — il se dirigea vers elle ; il serrait son pistolet des deux mains, sûreté levée.

Il s'agenouilla sur l'asphalte du parking et essaya de nouveau d'apercevoir, entre les roues, l'homme tombé à terre. Cette fois, il en vit une partie. Apparemment, son adversaire n'avait changé ni de place ni de position.

Il contourna l'avant de la voiture verte et il fit feu dès que l'homme allongé sur le côté, près de la roue avant, fut dans le champ de son arme.

En fait, c'était inutile. Vinnie Pioche était déjà mort.

Lorsque Jake Grafton sortit du Pentagone, Callie l'attendait dans la voiture, devant le bâtiment. A cette heure de la nuit, il n'y avait plus ni autobus ni métro. Il monta à côté d'elle et dit, dans un soupir :

— J'ai appelé à la maison. Amy m'a expliqué que tu étais là. Tu attends depuis combien de temps ?

— Deux heures.

— Je suis désolé.

— Oh, Jake..., murmura-t-elle tandis qu'ils s'étreignaient. J'ai été si inquiète pour toi, aujourd'hui ! Amy m'a téléphoné à l'école. Elle était affolée, presque hystérique. Ils n'ont pas arrêté de passer les mêmes images à la TV, encore et encore, pendant toute la soirée. Le ministre de la Justice abattu, les agents du service secret prêts à descendre la première personne qui aurait levé le petit doigt, et toi qui étais debout.

— C'est toute l'histoire de ma vie, murmura-t-il.

— Serre-moi encore, Jacob Lee.

— Avec plaisir, fit-il, obéissant.

Finalement, elle s'écarta un peu et elle l'observa, ses bras toujours autour de son cou.

— Ta mère a appelé, dit-elle alors. (Il hocha la tête en silence.) Oh, Jake ! s'exclama-t-elle.

Elle le lâcha et démarra.

La radio était allumée. On parlait d'un violent incendie dans le nord-est de Washington.

— Qu'est-ce que c'est ? demanda-t-il.

— Tu n'es pas au courant ? Des gens qui ont attaqué une maison à la grenade. Et ça a déclenché un incendie qui a détruit la moitié du quartier.

— Quand ça ?

— Vers 22 heures, hier soir. Tu as donc travaillé toute la nuit sur cette histoire de Garde nationale ?

Jake acquiesça d'un signe de tête et monta le volume de l'autoradio.

— Qu'est-ce qui se passe, Jake ? reprit Callie. Des assassinats, des batailles rangées... On dirait presque la guerre.

— *C'est* la guerre. (Il écouta une minute, puis coupa la radio.) Et ce n'est que la première bataille. Les riches contre les pauvres.

— Tu as mangé ?

— Non, mais je vais avec toi jusqu'à la maison, et je repars. Il me faut la voiture un moment. J'ai quelqu'un à voir.

— Oh, Jake ! Pas cette nuit ! Tu as besoin de dormir un peu. Voyons, le jour ne va pas tarder à se lever !

Jake Grafton grommela et laissa son regard errer sur les rues vides.

— Laisse-moi t'accompagner, insista Callie.

— Non, non, reste à la maison avec Amy. Je te promets que je serai rentré dans une heure ou deux.

— Ils ont montré Mme Cohen, ce soir, à la télé, qui revenait de l'hôpital où ils s'occupent de son mari. Et Mme Bush. Et Mme Quayle. Quelle panique ! C'est monstrueux !

— Humm..., grommela Jake.

Il regardait les rares voitures qu'ils croisaient et se demandait distraitement qui pouvait bien être au volant et où elles allaient à cette heure-ci de la nuit.

Le problème, pensa-t-il, c'était que les narco-terroristes colombiens savaient exactement pourquoi ils se battaient. Ils voulaient une place au soleil, et ils la voulaient vraiment.

— Ce que je ne comprends pas, c'est pourquoi Dan Quayle a fait appel à la Garde nationale plutôt qu'aux forces armées.

— Qui sait ? répondit son mari. Peut-être qu'il est fatigué de toutes les critiques qu'il s'est prises dans les gencives en 1988, quand ses adversaires n'ont pas manqué de rappeler qu'il avait rejoint la Garde nationale pour éviter de partir au Viêt-nam. Peut-être qu'il veut montrer à tout le monde que la Garde est aussi une belle machine de guerre.

— Ça ne t'ennuie pas qu'il ait voulu échapper au Viêt-nam ?

Jake Grafton répondit d'un ton grognon :

— Il me semble me rappeler qu'à l'époque, la plupart des types de mon âge essayaient de ne pas partir là-bas. Dans certains endroits, cette quête a même viré au religieux.

— Mais toi tu es parti, dit-elle.

— Bon sang, Callie, la moitié du pays fait encore de la discrimination à l'égard des vétérans du Viêt-nam. Et le gouvernement US ose encore prétendre que l'Agent Orange n'a jamais fait de mal à personne.

— Tu es parti, répéta-t-elle.

Jake Grafton réfléchit un moment à la question, puis répondit finalement :

— Je n'ai jamais été un enfant très vif.

Sa femme lui prit la main et la serra. Et il serra aussi.

Harrison Ronald n'hésita pas. Il se débattit avec ce poids mort qu'était devenu Vinnie Pioche pour le faire entrer à l'arrière de sa voiture. Puis il balança le fusil sur le siège avant et se mit au volant. La clé était toujours sur le contact.

Il alluma le moteur. Le réservoir était plein aux trois quarts.

Comment ces deux truands new-yorkais avaient-ils bien pu passer sans encombre le contrôle des sentinelles, à l'entrée ?

Il laissa le moteur tourner et redescendit de la voiture pour aller jeter un œil au pare-chocs avant. Évidemment ! Il y avait un joli autocollant bleu d'officier du ministère de la Défense. Bien propre et tout neuf.

Harrison Ronald se glissa de nouveau derrière le volant. Il referma la portière et, en attendant que son cœur voulût bien se calmer et sa respiration revenir à la normale, il regarda la porte qu'avait empruntée le Gros Tony pour monter l'assassiner. Ses mains tremblaient encore — le choc en retour de l'adrénaline.

Ces deux gars-là étaient au service de la famille Costello-Shapiro, à New York, la Grosse Pomme pourrie. Mais bon, ce soir, ils étaient venus faire un extra — un peu de ménage pour Freeman McNally.

Harrison Ronald n'avait aucune preuve, bien sûr, mais il n'en avait pas besoin. Il *connaissait* Freeman McNally. Freeman avait réussi dans son entreprise très risquée en éliminant tous ceux dont il se méfiait. Mais pourquoi Anselmo et Pioche avaient-ils accepté de se charger de ce petit travail pour son compte ? Voilà une question intéressante — qui, hélas, ne trouverait sans doute jamais de réponse. Une faveur faite à un nouvel associé ? Ce bon vieux Freeman. Ça, c'était un camarade, en effet !

Harrison Ronald ressortit de la voiture une seconde fois et referma la portière derrière lui. Il se mit à chercher alors la douille de la dernière balle qu'il avait tirée sur l'ami Vinnie. Elle avait sauté à presque cinq mètres à droite de l'endroit où se tenait le truand. Il la fit disparaître dans sa poche et tâcha de trouver les autres. Cela lui prit trois minutes, mais il les récupéra toutes.

Derrière le volant, de nouveau, il ramassa l'automatique, à côté de lui, et vérifia le chargeur. Il contenait encore six balles. Il replaça le chargeur et mit la sûreté.

D'autres hommes se lanceraient à sa poursuite, bien sûr. Si Freeman pouvait s'en prendre à lui ici, à Quantico, au cœur de la caserne du FBI, il était capable de l'atteindre n'importe où — dans une voiture de police à Evansville, une base militaire d'Okinawa, une cabane sur une plage de Tasmanie. *N'importe où.*

Il fallut environ dix secondes à Harrison Ronald pour prendre sa décision. Ou plutôt, il lui fallut dix secondes pour s'annoncer sa décision à lui-même.

Je n'ai pas d'autre choix, pensa-t-il.

En réalité, avant même d'abandonner Vinnie sur le siège arrière et de récupérer les cartouches, il savait déjà ce qu'il allait faire — mais maintenant, c'était conscient.

Il passa la première et démarra. Il traversa lentement le parking, évita la petite allée qui passait devant le bureau et se dirigea vers l'entrée principale et l'autoroute inter-États pour Washington.

C'était drôle, quand on y réfléchissait. Il avait eu une trouille de tous les diables pendant dix mois, jour et nuit, et voilà que tout d'un coup c'était fini. Il aurait dû être terrorisé. Mais il ne l'était pas.

Il se mit même à siffloter tout en conduisant.

Jake Grafton gara sa voiture à trois pâtés de maisons de ce qui restait de la planque de Willie Teal, et finit le chemin à pied. Il y avait des camions de pompiers et des tuyaux d'incendie partout. Des policiers l'arrêtèrent.

Il leur montra sa carte d'identité militaire. Et comme il était toujours en uniforme, on l'autorisa à passer.

Ce qu'il découvrit, depuis le trottoir d'en face, le stupéfia. Toute la rangée de maisons jusqu'au coin de la rue n'était plus qu'un amas de ruines fumantes. Six pompiers continuaient à arroser les décombres, à la lueur de trois gros projecteurs portables. Derrière une bande de plastique jaune installée par la police s'étaient rassemblés plusieurs centaines de spectateurs, uniquement des Noirs, qui, parfois, indiquaient une chose ou une autre du doigt.

Jake s'adressa au policier le plus proche :

— Je cherche un journaliste du *Washington Post,* un gars nommé Jack Yocke. Vous l'avez vu dans le coin ?

— Un jeune ? Pas tout à fait trente ans ? Ouais. Je l'ai vu y a un moment. Allez jeter un coup d'œil par là-bas.

Yocke était en train d'interviewer une femme. Il gribouillait furieusement sur son bloc-notes et, de temps en temps, posait une question. A un moment, il leva les yeux et il aperçut Grafton. Il remercia son interlocutrice, ajouta quelque chose à voix basse, puis se dirigea vers l'officier naval.

— Quelqu'un a raconté que les pompiers avaient utilisé assez d'eau pour faire flotter un navire, mais nous ne nous attendions certainement pas à voir se pointer la Marine pour en profiter.

— Qui a fait ça ? demanda Grafton.

Yocke eut l'air un peu étonné.

— L'opinion la plus répandue, c'est que Freeman McNally vient de mettre un concurrent au tapis. Officieusement, et avec une garantie d'anonymat, des témoins m'ont parlé de quatre voitures et de huit hommes. Ils ont utilisé des lance-grenades. Ils sont juste restés assis bien tranquillement dans leurs bagnoles et ils ont jeté leurs grenades par les fenêtres de la piaule. Les pompiers et la police continuent à sortir des corps. C'est pas beau à voir.

— Vous avez fini, ici ? (Pour toute réponse, Yocke haussa les épaules.) J'aimerais avoir une petite conversation avec vous. A titre privé, bien sûr.

— Comment faire autrement ? grommela Yocke.

Yocke le précéda jusqu'à sa voiture. Tout en marchant, il ajouta :

— Vous avez faim ?

— Ouais.

Ils allèrent dans un restaurant ouvert toute la nuit, un Denny's, et s'installèrent le plus loin possible de l'entrée. L'endroit était presque vide. Une fois leur commande passée, Jake dit :

— Parlez-moi de cette ville. Parlez-moi de Washington.

— Vous n'êtes tout de même pas venu ici au milieu de la nuit pour prendre un cours d'instruction civique.

— J'ai besoin de savoir comment fonctionne Washington.

— Si vous le trouvez, vous serez bien le premier.

— Okay, Jack Yocke, vedette cynique du *Washington Post,* écoutons ce cours, d'accord ?

— Vous êtes sérieux, n'est-ce pas ?

— Ouaip.

Yocke prit une profonde inspiration puis vida lentement ses poumons et s'installa confortablement derrière un invisible pupitre.

— Le Washington intra-muros forme, à la base, trois villes distinctes. La première, et la plus vaste, est composée d'employés du gouvernement fédéral qui vivent en banlieue et font la navette. C'est la communauté la plus riche et la plus stable du pays. Ils sont bien payés, ils sont cultivés, et ils ne risquent pas le chômage, les concentrations ou les rachats d'entreprises, la compétition, les réductions de marges bénéficiaires. C'est une utopie socialiste. Ces gens, et les banlieusards qui leur fournissent les services et les biens de consommation, sont démocrates. C'est le gouvernement qui paie leurs salaires et ils croient en lui avec toute la ferveur de Jésus attaché à sa croix.

« Le second groupe, le plus petit, est composé des grosses légumes, des fonctionnaires élus ou nommés qui font la politique. C'est le Washington officiel, l'élite puissante des cocktails-parties de Georgetown. Ce sont les acteurs de la scène nationale ; leur audience va bien au-delà du périphérique. Ils sont en ville, mais n'en font pas partie.

« Le dernier groupe, ce sont les habitants des quartiers pauvres. Noirs à soixante-dix pour cent. Ils ne travaillent dans les bureaux fédéraux que la nuit — quand ils font le ménage. Leur principal employeur, c'est la ville de Washington. Cinquante-six mille postes pour une population d'environ cinq cent quatre-vingt-six mille personnes dans le district.

Jake laissa échapper un petit sifflement.

— Tant que ça ?

— Une personne sur treize bosse pour la ville. C'est la moyenne la plus élevée du pays. Mais les grosses industries ont délaissé Washington, où il ne reste plus qu'un secteur tertiaire — serveurs, femmes de chambre, conducteurs d'autobus, etc. Ainsi, ce sont les politiciens qui créent des emplois, exactement comme en Russie. Les habitants des quartiers pauvres, comme dans toutes les autres grandes villes du pays, sont tout aussi démocrates que les banlieusards. Ils s'accrochent au gouvernement comme le veau à sa mamelle.

— Et qu'est-ce qui ne marche pas, alors ? demanda Jake Grafton.

— Ça dépend de la personne à qui vous posez la question. Les militants noirs et les prédicateurs politiques — c'est-à-dire *tous* les prédicateurs, en fait — crient au racisme. Les libéraux — il faut être riche et de race blanche pour se sentir suffisamment coupable et entrer dans cette catégorie — prétendent que c'est la faute d'un gouvernement mesquin, un gouvernement qui n'en fait pas assez. Je n'ai jamais rencontré un libéral qui pense que nous avons assez de gouvernement. Et ceci, même si le district a l'un des taux d'imposition les plus élevés du pays et si le gouvernement fédéral crache tous les ans un millier de dollars pour chaque homme, femme et enfant. (Jack Yocke haussa exagérément les épaules.) Pour continuer mon histoire, les écoles des banlieues sont tout aussi bonnes que dans le reste du pays. Mais celles des quartiers pauvres sont les pires — cinquante pour cent d'abandon des études, criminalité, problèmes de drogue, pourcentage catastrophique de réussite aux examens, rapports raciaux empoisonnés. C'est abominable à tous les points de vue. L'habitant moyen du centre-ville est ignorant comme un manche, pauvre comme Job, parano sur la question raciale, et il vit dans un taudis qui part en morceaux. Il encaisse son chèque du gouvernement et se plaint des nids-de-poule jamais comblés, des ordures jamais ramassées, tandis que les politiciens locaux font des discours, prennent des poses, mènent une politique raciale de toutes leurs forces et volent tout ce qui n'est pas cloué. Il votera pour avoir Marion Barry pour maire, même s'il sait que cet homme se drogue et qu'il est parjure. Il votera pour lui parce que Barry prend l'establishment blanc comme bouc émissaire pour tous leurs problèmes.

« Pour parler franchement, le district de Columbia est un trou perdu du tiers monde. Les chefs locaux sont des charlatans, des démagogues et de parfaits voleurs. Les écoles et les hôpitaux publics sont effroyablement mauvais, des dizaines de millions de dollars de fonds publics ont été volés ou dilapidés, et les accusations de racisme sont endémiques. Le *Washington Monthly* dit que le district a « le pire gouvernement des États-Unis » — ce qui est probablement vrai. Un sénateur US a parlé du gouvernement urbain le plus corrompu *et* le plus incompétent d'Amérique. Vous me suivez, jusque-là ?

On leur apporta leur commande. La serveuse leur demanda s'ils voulaient autre chose et ils secouèrent la tête, tous les deux. Lorsqu'elle se fut éloignée, Yocke poursuivit :

— Le district n'a aucune base économique autre que le tourisme et le gouvernement. Rien qui permette de créer des emplois pour les classes moyennes. Les gens, ici, ne croient ni aux efforts individuels, ni à l'éducation. Ils attribuent tous leurs ennuis au gouvernement US. Si cet endroit se trouvait en Amérique centrale ou en Afrique, Barry se serait autoproclamé « lider maximo » ou « président à vie ». Et comme ils ont le malheur d'être encerclés par les États-Unis, ils veulent que cette république bananière devienne le cinquante-cinquième État.

— Pourquoi ?

— Pourquoi pas ?

La bouche pleine d'un morceau de son BLT, Jake Grafton dit :

— Devenir un État ne les aidera en rien.

— Bien sûr. Mais Marion Barry pourra être gouverneur et Jesse Jackson sénateur. Les démocrates auront une majorité plus importante à la Chambre et au Sénat et trois voix automatiques. Que voulez-vous de plus, bon Dieu ?

— Vous êtes vraiment cynique, n'est-ce pas ?

— Et puis quoi encore, espèce de cornichon surpayé en uniforme marin ! Ça fait trois ans que je suis journaliste, dans cette ville. Je suis de sortie toutes les nuits et je vois les corps. Je passe des soirées aux urgences du D.C. General avec les enfants maltraités, les femmes presque battues à mort, les gens qui font des overdoses, les blessés par balle qui ne veulent pas dire qui leur a tiré dessus, les victimes de viol. Je vais au tribunal, et je vois les marchandages des avocats, qui bradent les droits constitutionnels de leurs clients pour une réduction de peine ou une liberté provisoire. Je vais dans les prisons et je vois toujours les mêmes visages fatigués, toujours. Je discute avec les victimes d'agression, de vol, de cambriolage, de vol de voiture. Carnage humain, c'est comme ça que s'appelle le gibier que je traque, monsieur. Et vous, qui croyez-vous être, bon sang ?

— Trois ans, dit Grafton dans un soupir. C'est à la fois trop long et pas assez.

Le journaliste parut soudain très fatigué. Sa journée avait dû être aussi chargée que celle de Jake.

— Je suis certain que vous vous seriez senti mieux si j'avais répondu dix ans. Alors, on change ce que j'ai dit : j'ai dix ans d'expérience, moi monsieur !

— Vous flottez sur un égout avec un bateau au fond transparent, Yocke. Tôt ou tard, il faudra plonger et nager.

— Parce que vous pensez qu'on peut *me* reprocher certains de ces trucs ?

— Je dis simplement que je lis votre journal. Et que je n'ai jamais rien vu de tout ça dans vos articles.

— Dans ce cas, vous devriez le lire plus soigneusement, répondit Yocke en frottant sa barbe naissante. Parce qu'il y a chez nous tout un tas de gens pleins de talent qui pensent que leur mission, dans la vie, c'est justement de raconter ces choses — le bon, le mauvais et les nuances les plus subtiles entre les deux. Et ils mettent tout ça dans le journal, figurez-vous. Le problème, c'est que personne n'y prête jamais la moindre attention. On a l'impression de cracher dans l'eau. Ça ne dérange même pas les poissons.

Jake Grafton but une gorgée de café et mordit de nouveau dans son sandwich. Il mâcha un moment, avala, puis demanda :

— Vous avez entendu parler de cette histoire de la Garde nationale ? D'après vous, comment ça va se passer dans cette ville que vous me décrivez ?

Yocke ne répondit pas immédiatement. Il sirota son café un instant et rajouta de la moutarde à ce qui restait de son sandwich.

— J'en sais rien, soupira-t-il enfin. Si les soldats se contentent de garder les édifices publics et qu'ils ont l'air charmants et que les terroristes restent chez eux, tout marchera comme sur des roulettes. Et sauf s'il est condamné pour avoir battu un gosse, Quayle sera notre prochain président.

— Pourquoi *si* ?

— Parce que vous seriez chez vous en train de dormir, capitaine, si vous étiez sûr que tout se déroulera à merveille. Hier, aucun de nous ne s'est payé une partie de campagne.

Grafton croisa le regard de la serveuse et souleva sa tasse. Elle arriva avec la cafetière et la lui remplit de nouveau.

Après avoir dévoré sa dernière bouchée de sandwich, Yocke poursuivit :

— Beaucoup de gens, dans cette ville, en ont jusque-là des trafiquants et des politiciens. Ils veulent de l'action, et on leur sert la politique habituelle. Il va se passer quelque chose.

— Qu'est-ce que vous êtes en train de raconter ? Qu'il va y avoir une révolution ?

— Des salles d'urgences surchargées, des innocents massacrés, des enfants affamés, négligés, frappés, des prisons remplies comme des boîtes de sardines, des flics qui se battent pour leur vie. Maintenant, je vous le répète, il y a *beaucoup* de petites gens qui en ont marre d'aller à des enterrements. Ras le bol. Et vous savez quoi ? Je crois que ces crétins de politiciens ne s'en doutent pas le moins du monde. Ils essaient de passer entre les gouttes, en accusant les gros méchants Colombiens, l'establishment blanc, et la National Rifle Association. (Il leva les mains.) Ah, bon sang, même Fidel Castro a finalement pigé le message, juste avant qu'ils l'exécutent.

Jake hocha la tête :

— Ouais.

Un moment plus tard, Yocke lui demanda :

— Pourquoi vous êtes resté debout, aujourd'hui, quand on a tiré sur Quayle ?

— Par stupidité, j'imagine.

— Qui que vous soyez, capitaine, ce mot-là n'est pas sur la liste.

— Je voulais savoir d'où ça venait. J'ai jeté un coup d'œil.

Yocke écarquilla les yeux une seconde.

— Eh bien, merci pour le sandwich, dit-il en poussant le ticket vers Grafton.

— De rien.

Pour la première fois depuis longtemps, Harrison Ronald ne ressentit aucune appréhension en approchant de la planque de Freeman. Il ne passa pas devant l'entrée principale, bien entendu. Après la bagarre chez Teal quelques heures plus tôt, Freeman aurait sûrement placé des hommes tout autour de chez lui, dont certains auraient reconnu Sammy Z, c'était inévitable.

Il se gara donc deux pâtés de maisons plus loin et revint à pied sur ses pas.

Les rues étaient désertes et silencieuses. Étonnamment calmes. Une petite brise faisait s'agiter les ombres des branches qui se dessinaient sur la chaussée.

Tapi derrière une voiture, il surveilla un moment l'entrée de l'allée. Celle-ci était éclairée, mais il n'y avait personne en vue. Aucun garde.

C'était bizarre.

Il recommença à avancer, toujours dissimulé derrière les voitures. A présent, il voyait presque toute l'allée. Toujours personne.

Il s'y engagea, l'automatique à la main, bondissant d'une ombre à l'autre, s'immobilisant parfois pour observer et écouter. Rien de rien.

Même l'arrière-cour de chez Freeman était vide.

Personne à la maison. Okay, où ce satané McNally pouvait-il

bien être, alors ? Trois ou quatre possibilités lui vinrent à l'esprit ; tout en y réfléchissant, il essaya la porte de derrière. Fermée. Il frappa très fort contre le battant avec la crosse de son arme et se plaça sur le côté.

Vingt secondes. Une minute. Il colla la gueule du silencieux contre la serrure et appuya sur la détente.

A l'intérieur, aucune lumière. Il progressa lentement, avec d'infinies précautions. La maison était vide.

Dans la pièce qui servait d'arsenal, il essuya les empreintes sur l'automatique — il ôta même le chargeur pour y passer aussi un chiffon à poussière — avant de l'envoyer rejoindre les autres, dans la boîte. Il choisit alors un nouveau revolver, avec un silencieux déjà fixé, il mit un chargeur neuf et en prit deux autres. Il allait quitter la pièce lorsqu'un Uzi avec un silencieux attira son attention. Pourquoi pas, après tout ? Il s'en empara, et ramassa quatre chargeurs de 9 mm.

Il posa l'Uzi dans le vestibule, à côté de la porte, à l'arrière de la maison, et sortit pour aller chercher sa voiture.

Il entra dans le parking et déchargea Vinnie. Bon Dieu qu'il était lourd ! Il ne l'était pas autant quand il l'avait fait entrer là-dedans, tout à l'heure. Ou peut-être qu'il ne s'en était pas rendu compte, sur le moment, parce qu'il était trop surexcité.

Il plaça Vinnie dans le fauteuil, devant la télévision — qu'il alluma. Il débrancha le reste des lumières.

Il fit alors un second voyage jusqu'à l'automobile pour aller chercher le calibre douze de Vinnie, qu'il posa sur les genoux du mort. Il sortit de sa poche les douilles ramassées sur le parking à Quantico, les essuya et les dispersa dans la pièce.

Puis il se remit au volant. En démarrant, il se demanda un instant s'il n'avait pas oublié quelque chose.

Ouais. Maintenant qu'il y pensait...

Depuis le seuil du living, il leva l'Uzi et tira un chargeur complet. L'implosion du poste de télévision et le fracas des balles hachant le Placoplâtre couvrirent le bourdonnement guttural du silencieux.

Lorsque le premier chargeur fut vide, il en mit un autre et il alla jusqu'à la chambre. Trois rafales. Puis il passa à la cuisine où il le termina contre le frigo, le four et la vaisselle dans le placard. Un troisième chargeur fut utilisé dans la salle de bains de Freeman McNally, sur les W-C, la baignoire, la glace et le lavabo. Les éclats de porcelaine et de verre volèrent partout.

C'était un peu comme pisser sur la photo d'Hitler. Et d'une certaine façon, ce n'était encore pas suffisant.

Il retourna à l'arsenal, où il prit plusieurs autres chargeurs pour l'Uzi. Il regarda autour de lui. Sous les boîtes de munitions, il y avait un carton rempli de grenades. Il se servit.

Comment faire suffisamment payer à Freeman McNally ce qu'il avait infligé à Ike Randolph et à tous ces gens à qui il distribuait son poison ? Comment faire payer à cet homme toute cette douleur indescriptible qu'il répandait autour de lui pour se remplir les poches — *et comment lui faire payer ce qu'il lui avait fait à lui, Harrison Ronald Ford ?* Oui, comment rendre tout cela à McNally pour que l'équilibre soit rétabli ?

Oh, oui, il faudrait que cette espèce d'enculé hurle un bon moment avant le coup de grâce !

Sept véhicules étaient garés devant l'entrepôt de la boulangerie de la Santé, dont la grosse Mercedes de Freeman. Aucun garde en vue. Peut-être étaient-ils tous à l'intérieur à se faire des lignes et à picoler pour continuer à fêter leur bamboula chez Willie Teal ?

Assis dans sa voiture verte, à surveiller les environs, Harrison Ronald n'avait absolument aucune crainte. Aucune. Et c'était vraiment étrange. Il se sentait bien, vraiment bien, comme s'il venait de sniffer. Évidemment, il ne l'avait jamais avoué à ses copains du FBI, ni à personne, mais il avait été obligé de prendre de la coke avec Ike et Billy Enright, et deux fois avec Freeman lui-même, juste pour prouver sa bonne foi. La sagesse de la rue prétendait que les flics et les Fédés ne touchaient jamais à la poudre.

Ç'avait été très difficile d'arrêter après s'être défoncé plus ou moins régulièrement pendant plusieurs mois. Horriblement difficile, même. Et pourtant, ça n'avait pas été cela, le pire. Il était nerveux et effrayé depuis le début, mais c'est après avoir commencé la coke que ses premières vraies crises de parano avaient débuté. Et elles n'avaient plus cessé — sans aucun doute parce qu'il avait des tas de raisons de l'être. Et pour résister à cette paranoïa, il n'avait que son courage et sa détermination. Pas suffisant.

Mais à présent, cette panique qui lui tordait les boyaux avait disparu. Il avait pris sa décision. Il allait attaquer. Et peut-être mourir.

Et il se sentait bien, vraiment bien.

Il se gara côté nord de l'entrepôt, le long de la clôture, derrière laquelle étaient alignées les bennes à ordures de la ville. Il pensa à fermer sa portière à clé.

Le quartier était assez calme — on entendait juste les bruits de la circulation sur New York Avenue, au-delà de la voie ferrée. Et les grognements sourds des deux dobermans, de l'autre côté du grillage. Entre deux bennes, il observa un moment la masse sombre de l'immeuble. Il y avait une porte, quelque part par là-bas. Il l'avait déjà vue en plein jour.

Il utilisa son silencieux contre les chiens. Deux balles chacun. Les dobermans s'écroulèrent, comme assommés par un marteau.

L'entrée, découpée dans la clôture haute de trois mètres, était fermée par une grosse chaîne et un cadenas. Deux balles dans le cadenas, puis soixante secondes pour ôter la chaîne, pénétrer à l'intérieur, et la remettre en place.

La porte de l'entrepôt était condamnée par un madrier de six sur vingt. Et il y en avait certainement un second de l'autre côté. Il essaya de se rappeler s'il avait repéré cette porte, quand il était à l'intérieur. Non, aucun souvenir. Néanmoins, il y avait sans doute du béton ou de l'acier, quelque part là-dedans, où les balles allaient ricocher. Le bruit des projectiles blindés de 9 mm à chemisage de cuivre s'éparpillant à travers le vieil entrepôt annoncerait certainement son arrivée. Et ses intentions.

Eh bien, tant pis.

Il sectionna presque le madrier en utilisant un demi-chargeur, puis il y donna un grand coup de pied, de toutes ses forces. Le morceau de bois se brisa.

Trois ou quatre autres coups de pied dans la porte, maintenant. Beaucoup de bruit — qui devait probablement résonner à travers cet immense mausolée. Quelque chose retenait la partie supérieure du battant. Il utilisa le reste de son chargeur à l'endroit qui résistait, puis redonna quelques coups de pied. Voilà, c'était bon.

Il changea de chargeur et, l'Uzi prêt, il frappa une dernière fois avec le pied, un peu plus doucement, et le battant s'ouvrit enfin. Il entra en roulant sur lui-même, sur un côté, jusqu'à un mur.

Il resta là une seconde, tandis que ses yeux s'habituaient à l'obscurité. Il se trouvait sous l'escalier menant au balcon du premier étage. L'escalier principal qui conduisait aux niveaux supérieurs était plus loin sur sa gauche. Et la pièce où se tenait le garde — sur laquelle ouvrait la porte de devant — était à sa droite, de l'autre côté de l'immeuble.

Il entendit quelqu'un courir.

Il se redressa, se déplaça vers la droite le long du mur, l'Uzi prêt. Il apercevait la lumière de la porte — ouverte — de la pièce du garde. La seule autre lumière de l'endroit venait d'une ampoule nue sur le palier du second, à l'extrémité est de l'entrepôt. Mais elle était si haute et si lointaine qu'elle semblait perdue dans les fins fonds d'une immense caverne.

Un éclair et une détonation partirent de derrière une caisse, contre le mur le plus éloigné. Une balle vint s'écraser en sifflant pas très loin de la tête de Ford, qui se mit à courir à l'abri, dans l'obscurité, s'éloignant de la porte restée ouverte.

Un autre coup de feu. Puis un troisième.

Il utilisa son Uzi. Une courte rafale de trois balles. Petites étincelles aux points d'impact des balles blindées contre la maçonnerie. Il tira de nouveau, sans essayer de viser dans les semi-ténèbres. Et un hurlement suivit sa troisième rafale.

Il se ruait vers les escaliers à l'extrémité est de la vaste salle lorsque l'homme qui avait crié tira deux fois. Il continua d'avancer, le plus vite possible, et arriva à temps pour apercevoir la forme vague de quelqu'un qui descendait les escaliers.

Harrison Ronald envoya une longue rafale vers l'escalier, sans cesser de courir. La silhouette trébucha et tomba. A cinq mètres, il lâcha une autre rafale, très courte, dans le corps de son adversaire, puis se mit à l'abri à côté de l'escalier. Il était essoufflé et son cœur cognait comme un marteau-piqueur, et cependant il se sentait bien — oh, si bien ! Il faisait enfin ce qu'il aurait dû faire six mois plus tôt.

L'homme qu'il venait d'abattre criait toujours. Et il jurait. La plainte aiguë d'un agonisant. Comme Ike Randolph, vers la fin.

Quelqu'un, au-dessus de lui, sur le balcon, lui tira dessus et il sentit quelque chose qui le touchait au visage. Cela le brûla. Il s'essuya. C'était mouillé. C'était du sang.

Là-haut, le type courait. Harrison Ronald l'entendait bien.

Il prit une grenade dans la poche de sa veste, la dégoupilla et, avec son Uzi dans la main gauche, émergea à toute vitesse de l'obscurité et la jeta le plus haut possible comme au basket.

Ce foutu machin pouvait très bien retomber avant d'exploser, mais tant pis. Point final.

Mais ce ne fut pas le cas. La grenade éclata avec un éclair et un bruit qui lui fut douloureux dans cette immense chambre d'écho en maçonnerie qu'était l'entrepôt. Une grosse portion du balcon en bois s'écroula — et le tireur avec lui. L'homme s'écrasa sur le sol, avec un bruit affreux, à trois mètres de Ford, et il ne bougea plus. La poussière commença à se déposer sur lui et tout autour.

— Hé, en bas !

Le cri venait des étages.

— J' sais pas qui tu es, bon sang, mais t'as intérêt à arrêter ce bordel, mec ! *C'est la voix de Billy Enright,* pensa Harrison. *On dirait qu'il est en haut des escaliers.*

La disposition de ceux-ci n'avait rien d'inhabituel. Ils donnaient accès à un palier contre le mur extérieur, puis tournaient à cent quatre-vingts degrés et montaient jusqu'au premier, au niveau du balcon. Et ainsi de suite, avec un palier entre chaque étage, jusqu'au troisième. Si Ford réussissait à atteindre le balcon, toute personne au-dessus de lui serait prise au piège. Car c'était le seul moyen de descendre des étages.

Il commença à grimper aussi discrètement que possible et il s'immobilisa sur la dernière marche, juste avant le palier. Il prit une autre grenade et tira la goupille. Puis il attendit, aux aguets.

— On est cinq, ici, mec, et on est tous armés. (Billy semblait être juste derrière l'angle du couloir, en haut, sur le balcon. Sa voix était tendue.) Et toi, t'as l'air d'être seul...

Ford se pencha et balança la grenade derrière le coin.

— *Merde ! Tu...*

Le souffle de l'explosion fut terriblement douloureux dans cet espace confiné. Quelques éclats ricochèrent contre le mur et rebondirent sur Ford, mais pas suffisamment fort pour le blesser.

Harrison Ronald tourna le coin en tirant avec l'Uzi et grimpa le reste des marches deux par deux à toute allure.

Billy Enright était assis contre la balustrade du balcon et essayait avec ses deux mains d'empêcher ses intestins de s'échapper de son ventre déchiré. Son visage était en sang. Il écarquilla les yeux en reconnaissant Sammy Z et ouvrit la bouche pour dire quelque chose, mais seul un flot de sang en sortit. Puis il glissa lentement sur le côté.

Ford entendit alors un éclat de rire. De quel endroit venait-il ? Il retourna dans l'escalier et examina le balcon pour essayer de le repérer.

— Tu l'as eu, Billy ?

Freeman.

— Non, Freeman, désolé. Billy est allongé par terre et il essaie d'empêcher ses tripes de se tirer toutes seules. Peut-être que tu pourrais lui dire un petit mot de réconfort ? Ça lui serait utile, là.

Un autre rire.

— Ah, voilà qu' ce serait pas notre bon copain, le sacré mouchard, Sammy Z ?

— J' suis pas un indic, Freeman. Je suis flic. C'est le FBI qui m'a introduit chez toi pour apprendre des choses sur toi. Et je ne les ai pas déçus. Pendant dix foutus mois. Ils savent *tout*. Tu vas aller en taule et tu y resteras jusqu'à la fin de tes jours, Freeman, à condition bien sûr que t'arrives à t'en sortir maintenant, ce qui me semble très peu vraisemblable.

MacNally recommença à rire. Harrison avait l'impression qu'il était au troisième et qu'il lui parlait depuis l'une des fenêtres intérieures.

— C'est pas ta nuit de chance, Freeman. Même si t'arrives à me tuer, t'iras directement dans un endroit où on t'enculera à mort. J'ai entendu dire que tous ces pédés ont le SIDA, mec. Ils vont être ravis de découvrir ton petit trou du cul tout serré.

— T'as au moins dit un truc de juste, Sammy. C'est que je vais te tuer.

— On a déjà essayé ça, cette nuit, Freeman. J'espère que tu n'as pas filé une avance à Tony et à Vinnie. Parce qu'ils ne pourront plus jamais te rembourser.

Ford entendit un bruit dans l'escalier au-dessus de lui. Quelqu'un descendait.

— J' vais te tuer lentement, très lentement, cria McNally, comme j'ai fait avec le vieil Ike. Toi aussi, tu vas sacrément supplier qu'on t'achève avec une balle, mon gars.

Ford s'engagea dans l'escalier, les deux mains sur l'Uzi. Il était monté de quatre marches lorsque le haut d'une tête apparut à l'angle du mur. Ford appuya sur la détente.

Le corps s'écroula sur le palier. Du sang et de la cervelle éclaboussèrent le mur.

— C'est dur à dire, Freeman, cria Harrison, mais je crois que tu viens encore de perdre un frère.

Il s'immobilisa, engagea un chargeur plein dans son arme, puis il enjamba le cadavre et recommença son ascension. L'ampoule nue éclairait le palier, devant lui. Il l'éteignit d'une courte rafale. Les petits morceaux de verre tintèrent sur le sol. A présent, l'escalier était plongé dans une obscurité totale. Les plaintes du garde montaient toujours du rez-de-chaussée.

Harrison Ronald attendit que sa vue se fût accoutumée aux ténèbres.

Quand il put voir tout ce qu'il avait besoin de voir, il passa la tête à l'angle de l'escalier pour jeter un coup d'œil dans le couloir. Il faisait noir comme dans un four. Rien, ni d'un côté ni de l'autre.

Il sortit deux grenades. Dégoupilla la première et l'envoya sur sa gauche. Puis il en lança une autre sur sa droite. A peine avait-il mis sa main à l'abri que la première explosa. Puis la seconde. Comme deux coups de tonnerre.

Silence.

Silence total. Une véritable tombe.

Il avait envie de parler, de se moquer de Freeman parce qu'il s'était trompé avec Ike, il avait envie de faire souffrir ce salaud avant de le liquider. Mais il y avait plus urgent, pour l'instant. Il resta silencieux, tendit l'oreille, essaya de respirer lentement et sans le moindre bruit.

Ce fut alors qu'il entendit la détonation juste derrière lui.

Immédiatement, il ressentit le choc paralysant de la balle qui pénétrait dans sa chair.

Il chancela, lâcha l'Uzi et tomba à quatre pattes.

Quelque chose lui agrippa la gorge et serra violemment. McNally avait descendu l'escalier et il était derrière lui.

— *Je l'ai eu, Ruben, je l'ai eu!* s'exclama Freeman.

Son cou... Il ne pouvait plus respirer...

Ford envoya la main en arrière, au hasard, cherchant désespérément à saisir son agresseur. Il rencontra enfin quelque chose, l'empoigna de toutes ses forces et tira vers lui.

Freeman McNally se mit à crier de douleur et il lâcha le cou de Ford, qui continua à serrer et à tordre et à essayer d'arracher les testicules de son adversaire. Les hurlements de Freeman augmentèrent lorsque Harrison Ronald, remplissant ses poumons, réussit à le soulever en utilisant sa seule main droite, tout en se remettant lui-même debout.

De sa main gauche, il attrapa le cou de McNally et poussa le trafiquant vers le mur, puis lui cogna la tête contre le ciment, sans cesser de tirer sur ses testicules.

Les hurlements s'étouffèrent dans la gorge de McNally. Un autre coup contre le mur, puis Ford perdit sa prise. Il fit tourner son adversaire pour avoir un meilleur angle; il se préparait à lui écraser le larynx lorsque quelqu'un arriva et fit feu sur lui.

Ford lâcha Freeman et plongea en avant. L'arme de son nouvel assaillant vola et le poing de Ford rencontra quelque chose de mou. Il frappa avec une formidable sauvagerie, encore et encore, jusqu'à ce que l'homme, en face de lui, s'écroulât, soudain tout flasque.

Harrison Ronald perdait son sang. Il sentait qu'il était tout mouillé et qu'il s'affaiblissait.

Ses deux adversaires ne bougeaient plus ni l'un ni l'autre.

Il fouilla dans sa poche à la recherche de la lampe stylo qu'il avait prise à Tony Anselmo, il y avait un siècle, semblait-il.

Les yeux de Freeman fixaient le vide.

Harrison Ronald posa deux doigts sur sa carotide. Rien.

Furieux, il le fit rouler sur lui-même. Il avait reçu une balle dans le dos, exactement entre les deux omoplates. Il avait été tué par son propre frère !

— Toi... Toi...

Ford était touché dans le dos, lui aussi, et il le savait. Si on ne le soignait pas très vite, il allait probablement se vider de tout son sang, une hémorragie dans un poumon ou quelque chose de ce genre.

— Toi... répéta-t-il au visage figé de McNally.

Il ne trouva rien à ajouter. Alors, il se tut.

La douleur et la nausée déferlèrent sur lui.

— Oh, mon Dieu, aide-moi !

Il se remit debout et commença à descendre les escaliers. A un moment, il fit un faux pas et faillit partir la tête la première. Il lâcha la lampe, qui se brisa. Elle n'éclairait pas grand-chose de toute façon. Il reprit sa descente.

— Mon Dieu, pardonne-moi pour... Pour... S'il te plaît, pardonne-moi.

Il trébucha sur un corps et dégringola sur les dernières marches jusqu'au sol du rez-de-chaussée. Il resta allongé dans l'obscurité avec la mort qui rampait autour de lui.

— NON !

D'une façon ou d'une autre, il trouva la force de se relever et il aperçut la lumière de la pièce du garde, à une trentaine de mètres devant lui. Il se dirigea en chancelant dans cette direction.

L'homme, derrière sa caisse d'équipement, contre le mur sud, était silencieux. Inconscient ou mort. Ford n'entendit rien quand il passa à côté de lui en traînant les pieds.

Il décrocha le téléphone et composa le 911.

— Ancien entrepôt de la boulangerie de la Santé, dit-il à la standardiste qui lui répondit.

Il actionna le bouton d'ouverture de la porte principale.

— Votre adresse et votre nom, s'il vous plaît ! demanda la femme.

Les jambes de Ford tremblaient et il avait de plus en plus de mal à y voir.

— Envoyez le FBI et une ambulance... murmura-t-il. Vaudrait mieux qu'ils se dépêchent.

Il lâcha le combiné et il s'écroula.

— Je meurs... souffla-t-il.

Et l'obscurité se referma sur lui.

Chapitre vingt-cinq

Mercredi matin, le métro et les bus ne fonctionnaient pas au-delà du périphérique et des dizaines de milliers de banlieusards qui n'avaient pas écouté les informations à la télévision ou à la radio ne l'avaient pas su à l'avance. Furieux, de nombreux utilisateurs habituels des transports publics se joignirent ce jour-là aux hordes qui prenaient leur automobile pour se rendre à leur travail.

Ce fut une sérieuse erreur.

L'armée et la police d'État avaient fermé toutes les sorties du périphérique conduisant à Washington et obligeaient à faire demi-tour tous les véhicules qui tentaient d'entrer ou de sortir du district. Seuls les représentants de la loi, les personnes munies d'un laissez-passer militaire et les services d'urgence étaient autorisés à franchir les barrages. Si beaucoup de gens qui travaillaient en ville avaient entendu les nouvelles et avaient préféré rester chez eux, les embouteillages de ce matin-là furent véritablement monumentaux, même en comparaison de ceux que connaissaient les villes du sud de la Californie.

Tous les vols au départ ou à destination du National Airport furent annulés. Aucun train, aucun bus interurbain ne roulait. Washington était coupée du monde et la troupe patrouillait dans les rues.

Au début, les soldats n'étaient pas très nombreux. La Garde nationale, qui poursuivait sa mobilisation, ne pouvait même pas aligner vingt-cinq pour cent de ses effectifs. Mais à quinze heures, des unités de l'armée régulière commencèrent à débarquer de C-141 et de C-5 qui se posaient à la base de l'Air Force d'Andrews. Le général Hayden Land avait demandé une division d'infanterie et deux régiments de cavalerie blindée. Il allait falloir environ trente-six heures à tous les militaires pour être à Washington avec leur équipement complet.

Au cours de la nuit, la promesse du vice-président de faire garder les principaux édifices publics se transforma en une écrasante démonstration de force. La Maison Blanche avait approuvé le plan recommandé au général Land par l'état-major interarmes. Aucun responsable ne voulait être le premier à dire « assez », car on se doutait bien que, dès que les violences recommenceraient, on reprocherait au gouvernement de n'avoir pas pris de mesures suffisantes pour les prévenir. Ainsi, l'avis de Jake Grafton — « plus il y en a, mieux c'est » — avait été partagé jusqu'au sommet de la pyramide.

A 10 heures, des chars et des transports de troupes blindés étaient stationnés près des principaux édifices gouvernementaux du centre-ville. A midi, on en voyait devant les hôpitaux. A 14 heures, un tank était garé, à côté de la statue, sur les plates-bandes de tous les ronds-points du district. D'autres monstres verdâtres attendaient, par deux, sur le Mall, avec leurs moteurs diesels qui tournaient au ralenti dans le vent glacé de décembre. A côté d'eux, leurs équipages buvaient du café dans des tasses jetables, et contemplaient, un peu étonnés, l'étendue des bâtiments baignés par le maigre soleil hivernal.

Les hommes étaient vêtus de leurs tenues d'hiver, et pourtant ils avaient froid, car la nuit précédente ils se trouvaient encore en Géorgie. Ils battaient des bras et sautaient sur place pour essayer de se réchauffer.

A 9 heures du matin, le vice-président reçut dans le salon est de la Maison Blanche une délégation de deux douzaines de députés et de sénateurs. La réunion ne fut pas particulièrement joyeuse. Les législateurs qui habitaient au-delà du périphérique étaient bien évidemment absents. Leurs collègues exigèrent que ces élus, ainsi que les membres de leurs staffs, fussent autorisés à franchir les barrages militaires.

Le vice-président Quayle s'empressa d'accepter.

— C'est un détail auquel personne n'a pensé hier soir, dit-il pour sa défense.

— Il y a un sacré paquet de détails auxquels vous n'avez pas pensé hier soir ! tonna aussitôt le sénateur Bob Cherry. La nourriture, par exemple : comment les camions de ravitaillement vont-ils entrer en ville ? Comment les malades pourront-ils aller et venir ? Et les fournitures médicales d'urgence ? La radio dit qu'il y a des milliers de personnes bloquées au National Airport et à Union Station. Bon sang, vous ne pouvez pas séparer à coups de scalpel notre cité du reste des États-Unis, et vous attendre à ce qu'elle continue à respirer ! Ça n'est pas possible.

— Ça ne durera que le temps de fouiller soigneusement la ville pour mettre la main sur les terroristes, expliqua Quayle, en observant les visages de ses interlocuteurs à tour de rôle. Tout le monde peut certainement comprendre la nécessité de ces mesures exceptionnelles.

— C'est vrai que nous devions faire *quelque chose,* marmonna quelqu'un.

— *Quelque chose,* ça ne réglera pas le problème ! tonna Cherry. Ça ne tient pas debout de faire appel aux militaires. Ça ne marchera pas. Comment imaginer qu'une bande de jeunots vêtus d'uniformes et armés de fusils réussira là où le FBI a échoué ?

— Il est possible que cette mesure soit vaine, en effet, reconnut Dan Quayle. Mais nous allons l'essayer, parce que nous n'avons pas de meilleure solution. Nous devons stopper le terrorisme et la violence. Et les stopper net, une fois pour toutes. C'est ce que j'essaie de faire.

— Mais pour ça, vous ne pouvez pas tout simplement réduire la Constitution en confettis, maugréa Cherry. Que deviennent les droits individuels ?

— Sénateur, répondit Quayle d'un ton patient. Je suis pleinement conscient que nous sommes à six jours de Noël, que les enfants ne sont pas en vacances et que certaines personnes ne peuvent pas se rendre à leur travail pour gagner normalement leur vie. Je sais que cette mesure est une épreuve financière pour beaucoup et parfois même un véritable désastre. Ma femme m'a rappelé ce matin que de nombreux employeurs ne peuvent pas se permettre de payer leurs salariés si ceux-ci ne travaillent pas et que bon nombre de ceux qui le pourraient ne s'en soucient pas. Je *sais* que cette mesure a des conséquences réellement pénibles pour des tas de gens. Pourtant, elle est nécessaire.

— A *votre* avis, répliqua Cherry, maussade.

— A *mon* avis, répéta Quayle, agacé par Cherry — et par tous les autres.

Il faisait de la politique à Washington depuis suffisamment longtemps pour savoir que la justice n'existait pas, en ce domaine : si la décision de faire intervenir la Garde nationale et l'armée s'avérait inefficace, voire désastreuse, on l'en blâmerait ; en revanche, si cette tactique portait ses fruits et que l'on arrêtait les terroristes, ce seraient ses conseillers et son staff qui se verraient attribuer le mérite d'avoir convaincu Dan Quayle, l'imbécile gaffeur, d'agir comme il convenait...

— Vous auriez dû demander conseil aux doyens du Congrès avant de faire intervenir l'armée, poursuivit Cherry, qui refusait de lâcher prise. Quant à moi, je suis très irrité qu'on nous convoque ici, comme des demoiselles d'honneur, pour entendre les édits décidés sur le trône !

— Bon sang, sénateur ! explosa Dan Quayle, perdant finalement patience. Tous ceux qui sont ici, dans cette pièce, sont au courant depuis hier ! C'est *moi* qui assume les responsabilités du président tant qu'il est dans l'incapacité de gouverner et *je* ne vais pas diriger la présidence à coups de comités !

— Mais je ne suggérais pas que... commença le sénateur Cherry.

Quayle décida de l'ignorer et, s'aidant de ses notes, il se mit à parler dans le microphone installé sur le podium :

— J'ai nommé une commission présidentielle indépendante et impartiale afin de contrôler les efforts fédéraux faits pour appréhender les responsables des atrocités de ces derniers jours. Cette décision sera annoncée à la presse dès la fin de cette réunion. La commission travaillera en étroite relation avec l'ensemble des agences fédérales chargées d'enquêter sur toutes les questions qui ont un rapport quelconque avec ces crimes. Je veux que tous les faits soient examinés et exposés au public. La commission aura autorité pour suivre toute ligne de recherche qu'elle estimera appropriée. J'enverrai aujourd'hui un message au Congrès pour demander une dotation spéciale afin que la commission puisse immédiatement engager du personnel et se mettre au travail[1]. J'espère sincèrement que le Congrès estimera opportun d'agir vite. Je ne veux pas qu'on hurle à la dissimulation quand la poussière retombera.

« Monsieur Dorfman, s'il vous plaît, lisez les noms.

Ce matin, Will Dorfman ne ressemblait pas à la petite personne minable et hargneuse qu'il était d'habitude, nota avec un certain étonnement la député Samantha Strader. En fait, le troll avait un air humain — il paraissait tourmenté et un peu épuisé.

Dorfman s'exécuta. Le premier nom de la liste était celui du premier président de la Cour Suprême, Harlan Longstreet. C'était approprié. Le premier président Earl Warren avait dirigé la commission d'enquête sur l'assassinat de John F. Kennedy — mais, malgré les efforts herculéens de ses membres, les coupeurs de cheveux en quatre et les obsédés des conspirations n'étaient toujours pas satisfaits vingt-cinq ans plus tard. Peut-être était-ce inévitable ?

Le huitième nom que lut Dorfman était celui de Sam Strader.

Quand il lui avait téléphoné pour lui proposer ce poste, elle était restée momentanément sans voix — une expérience rare, peu agréable.

— Pourquoi moi ? avait-elle demandé finalement.

---

1. Chaque fois qu'une commission d'enquête extraordinaire est nommée pour contrôler l'exécutif, l'équipe qui prépare les dossiers est toujours très importante ; elle se compose généralement de conseillers techniques et juridiques, d'assistants, d'archivistes, de documentalistes et de secrétaires. (*N.d.T.*)

— Quayle veut que cette commission soit impartiale, et le seul moyen que nous connaissions pour y parvenir, c'est d'y intégrer des gens de tous les horizons politiques.

Strader avait réfléchi trois secondes et elle avait répondu oui.

Et là, maintenant, tandis qu'elle regardait Quayle démontrer que l'intelligence n'est pas une condition préalable à un mandat public, elle était certaine d'avoir pris la bonne décision.

Elle allait passer des moments délicieux à tourmenter ces mâles chauvinistes, ces fascistes du FBI qui, Dieu sait, aurait mérité bien pire. Elle allait prouver à la foule aveugle que ce n'était pas l'empereur Quayle qui portait la culotte — cette chasse aux sorcières menée par les militaires qui couraient après un bouc émissaire portait en elle-même tous les signes d'une débâcle. Enfin — et ce n'était certainement pas le moins important de l'affaire —, des dizaines de millions d'électeurs qui ne connaissaient pas Samantha Strader allaient entendre parler d'elle.

Il n'y avait plus aucune raison pour qu'elle ne fût pas le prochain président des États-Unis ! Après tout, Quayle avait autant de charisme qu'un poisson. Le véritable problème consistait à obtenir l'investiture démocrate, et si elle pouvait montrer ce dont était capable une femme pour venir à bout de ce gâchis terroriste, elle serait dans la course.

Oui, l'un dans l'autre, ce projet s'annonçait intéressant et agréable. Comme d'habitude, Samantha Strader n'avait pas le moindre doute : elle croyait en elle-même et en ses opinions avec un irrésistible zèle messianique. Malgré le sérieux de l'occasion, Strader se permit un grand sourire.

L'agent spécial Thomas F. Hooper trouva son collègue Freddy Murray en train de flâner dans le bureau des infirmières, à l'extérieur de l'unité de soins intensifs.

— Comment va-t-il ?

— Il va sortir de ce service, expliqua Freddy. Dans quelques heures. Il a surpris les chirurgiens. Ils pensaient qu'il allait y passer sur la table d'opération.

— Sept morts dans l'entrepôt et un dans sa piaule, à Quantico. La femme de chambre a trouvé le corps il y a une heure quand elle est entrée pour changer les draps. Les gars du labo sont en train d'essayer de comprendre ce qui est arrivé et ils tentent de découvrir l'identité de tout ce beau monde.

— J'ai un billet de dix dollars qui dit qu'il les a tous tués, ricana Freddy.

— J' parie pas, fit Hooper.

Freddy Murray secoua la tête.

— C'est marrant, pas vrai ? Dix mois de boulot — écoutes, dépositions, caméras de surveillance, tout le bataclan — et tout ce qu'on a comme résultat, c'est sept cadavres.

Ils restèrent silencieux à écouter la multitude des petits bruits de l'hôpital — cliquetis, sifflements, succions, grincements, grognements.

— Le macchabée de la chambre de Harrison à Quantico est blanc. On n'est pas encore sûrs, mais un de nos agents pense qu'il s'agit de Tony Anselmo.

— Celui de New York ?

— Ouais.

— On a laissé traîner cette affaire trop longtemps, ajouta Freddy Murray au bout d'un moment. On aurait dû arrêter Freeman et sa bande en septembre.

— Ne me raconte pas d'histoires ! On n'avait pas assez d'éléments en septembre.

— On a trop attendu, répéta Freddy, buté.

Tom Hooper n'insista pas.

— Allons nous asseoir quelque part. J'ai dormi que trois heures, cette nuit.

Ils se laissèrent tomber sur le canapé de la salle d'attente de l'unité de soins intensifs, deux portes plus loin, dans le couloir.

Hooper soupira, puis tira une feuille de sa poche, et la passa à Freddy.

— T'as déjà vu ce gars ?

Freddy déplia la feuille. C'était la photocopie d'un portrait-robot. Un visage très commun. Au bas de la feuille, on lisait : « Blanc, sexe masculin, environ quarante ans, un mètre soixante-quinze ou un peu plus, rasé de près, cheveux noirs coupés court, yeux marron. »

— Jamais vu. C'est qui ?

— Le type qui a tiré sur Gideon Cohen, hier. Enfin, peut-être. Une femme l'a croisé dans le hall de l'immeuble d'où le coup de feu est parti. Il avait l'air pressé de sortir et il portait des gants chirurgicaux.

Freddy regarda à nouveau le dessin, essayant de mettre ce visage sur un homme en chair et en os. Il voulut rendre la feuille à Hooper, mais celui-ci la refusa d'un geste de la main.

— Tu peux la garder. On est en train d'en imprimer des milliers. Ça va passer à la télévision dans tout le pays d'ici une heure et dans tous les quotidiens de ce soir et de demain.

— C'est pas très bien dessiné, remarqua Freddy.

— T'es un vrai rayon de soleil, toi, répondit Hooper en haussant les épaules.

— Bon, et pour Harrison, qu'est-ce que tu vas faire ?

— Faire ? marmonna Hooper, l'air un peu étonné.

— Tu vas l'arrêter ou quoi ?

— Pourquoi est-ce que je l'arrêterais ? De quoi on l'accuse ? Y a des preuves qu'il a fait quelque chose d'illégal ?

— J' sais pas. C'est pour ça que je demande.

— Mets des flics ici — des flics en uniforme. J'en veux un à la porte du service et un au bureau des infirmières de l'étage, vingt-quatre heures sur vingt-quatre. Et je veux qu'on me prévienne immédiatement quand Ford reprendra conscience.

A ces mots, Hooper fit appel à toute son énergie pour s'extraire du siège confortable.

— Où vas-tu ? demanda Freddy.

— Voir ce que les gars ont bien pu découvrir sur les meurtres de Willie Teal et de ses copains. Faudrait que tu jettes un œil au tableau ! Quatorze cadavres ! On a repéré celui de Willie. Il était assis sur le gogue, les pantalons baissés, quand les grenades ont commencé à pleuvoir. Punaise, qu'est-ce qu'il est mort ! (Hooper se gratta la tête et regarda sa montre.) Ce mandat de perquisition pour la maison de McNally devrait être signé, maintenant. J'aimerais vraiment mettre la main sur ces lanceurs de grenades.

Hooper fixa Freddy.

— A propos, j'ai laissé personne parler à la presse de la tuerie McNally. On va garder ça pour nous un petit moment et voir un peu c'qui s'passe.

— Qu'est-ce qui pourrait se passer ? Les frères McNally ont liquidé la bande de Teal. Maintenant ils sont morts. Fin de l'histoire.

Hooper grogna et s'éloigna. Freddy le regarda partir, puis il se dirigea vers une cabine téléphonique. Le commissariat central allait sans aucun doute être ravi de devoir fournir deux policiers pour cette permanence.

Il y avait de la lumière. Il distinguait une vague lueur, mais ses yeux ne parvenaient pas à faire le point. Et puis, très vite, ce fut trop difficile pour lui de les garder ouverts, alors il les referma et il partit à la dérive.

Il avait rêvé et il tenta de retrouver son rêve. On était en juillet, en cette saison de ciels d'azur et de journées chaudes et moites. Il était assis sous le porche de la maison de sa grand-mère et il comptait les grincements de la balançoire qui allait et venait, allait et venait.

Il avait tout l'été pour fainéanter et pour s'amuser, et pourtant il n'avait envie que d'une seule chose — s'asseoir sur la balançoire et écouter la chaîne qui grinçait en frottant contre les crochets fixés dans le plafond du porche.

Sa grand-mère était dans son rêve, aussi ; assise sur les marches, elle épluchait des haricots verts, et il semblait important de la revoir. C'était peut-être fou, mais de tous les événements de son entière existence, le plus important, le souvenir qu'il chérissait le plus, c'était celui d'un jour d'été, quand il était très jeune, où il se balançait en regardant sa grand-mère. Aussi essaya-t-il de revenir à ce porche et à la balançoire et aux petits craquements des haricots qui se brisaient et...

Mais la lumière était là, de nouveau.

Quelqu'un bougeait.

— Harrison. Tu m'entends ?

Il essaya de parler, mais sa bouche était sèche, râpeuse comme du papier de verre. Il lécha ses lèvres et réussit à hocher la tête.

— Ouais, souffla-t-il.

— C'est moi, c'est Freddy. Comment qu'ça va ?

— Où est-ce qu'j'suis ?

— A l'hôpital. T'avais une balle dans le dos et tu avais perdu beaucoup de sang. Ils ont opéré, ils ont sorti la balle et rebouché toutes les fuites...

Harrison hocha à nouveau la tête — et c'était difficile. Il avait du mal à bouger. De toute façon, il n'avait nulle part où aller.

— Harrison, tu peux me dire ce qui s'est passé ?

Harrison Ronald y réfléchit, essayant de se rappeler. Pas évident. Les grenades, l'entrepôt, il tournait autour en voiture, Anselmo — c'était tout mélangé. Au bout d'un moment, il pensa avoir remis les séquences dans l'ordre.

— Ils sont venus pour m'abattre, dit-il.

— Anselmo ?

— Et l'autre. Un Blanc. Pi... Pioche.

Oui, c'était ça. Il voyait clairement les choses, maintenant. L'escalier d'incendie, le Gros Tony qui tombait dans l'obscurité, Freeman McNally qui hurlait, la télévision qui implosait... Non. Y avait encore un truc qui n'était pas à sa place.

Ce hurlement. Presque dans son oreille, douloureusement fort, le cri d'un homme à l'agonie. Et il avait aimé ça ! Il gisait là, immobile sur son lit d'hôpital, les yeux fermés, il se souvenait de ce hurlement et le savourait.

— Qu'est-ce que tu peux me dire d'autre ?

Pourquoi Freddy insistait-il tant ?

— Il hurlait, murmura Harrison.

— Qui ça ?

Qui ? Ah, vraiment !

— Freeman McNally.

— Pourquoi tu l'as tué ?

Pourquoi ? Bon sang, imbécile, parce que...

— Parce que.

— Hooper sera là dans quelques minutes pour t'interroger, Harrison. Tu as tué huit personnes. C'est une très grosse merde. Très grosse. Je pense que tu devrais réfléchir très soigneusement à ce que tu vas dire à Hooper. Tu piges ?

Harrison se remit à faire le tri de ses souvenirs. Il avait l'impression d'être une crotte de chien et il sentait qu'il s'endormait à nouveau.

— Neuf personnes.

— Neuf ?

— Je crois. C'est assez confus.

Il repartait à la dérive, il retournait vers le porche et la balançoire et ces jours éclatants et chauds, quand il entendit Freddy qui disait :

— Dors un peu, maintenant. On parlera de tout ça plus tard.

— Ouais, répondit-il, et il s'attaqua au problème des cheveux de sa grand-mère.

Pourquoi étaient-ils déjà blancs à cette époque ? Elle était petite et sèche et ses cheveux avaient la blancheur de la neige. Et aussi loin que remontaient ses souvenirs, il en avait toujours été ainsi.

— Le sénateur Hiram Duquesne voudrait vous voir, monsieur Hooper.

La secrétaire leva les yeux au ciel et s'écarta pour livrer passage au sénateur Duquesne. Il devait avoir dans les soixante-cinq ans et il était gras — pas rondelet, pas enrobé, juste *gras*. A chacun de ses mouvements, son double menton se balançait. Dans son visage charnu étaient enfoncés deux yeux parmi les plus durs que Tom Hooper eût jamais vus. Des yeux qui le fixaient, maintenant.

Le sénateur se laissa tomber dans un fauteuil et attendit pour parler que la porte fût fermée.

— J'étais avec le directeur, annonça-t-il.

— Oui, monsieur. Il m'a appelé.

— Je veux faire état d'un incident. Je veux qu'on rédige un rapport et qu'on mène une enquête. Et je veux que tout soit écrit, daté et signé et qu'on m'en donne une copie.

Hooper émit un grognement qui n'engageait à rien. Si des rapports du FBI devaient être remis à des personnes extérieures, ce serait par le directeur, pas par lui.

Juste au moment où Duquesne ouvrait de nouveau la bouche, le téléphone sonna.

— Excusez-moi une seconde, sénateur. (Il décrocha.) Oui ?

— J'ai Freddy en ligne, annonça la secrétaire. Harrison est réveillé.

— Dites-lui que j'arrive dès que possible.

Comme il reposait le combiné, Duquesne marmonna :

— Vous pourriez lui demander de bloquer les appels.

— Je n'ai pas ce luxe, sénateur. Parlez-moi de cet incident, voulez-vous ?

Et Duquesne lui raconta tout. Depuis la première approche de T. Jefferson Brody plusieurs années auparavant, jusqu'à l'incident de la veille au soir dans le parking souterrain du Sénat, il relata à Hooper chaque épisode et lui donna le détail de tous les chèques qu'il avait reçus. Hooper prenait des notes et posait des questions lorsqu'il avait besoin d'éclaircir certains points. Cela dura quinze minutes.

— Et voilà, annonça finalement Duquesne.

Hooper se laissa aller contre son dossier et relut ses notes.

— Je veux que ce maquereau de Brody soit arrêté, déclara le sénateur Duquesne. J'en supporterai les conséquences.

Hooper reposa son carnet de dépositions sur la table.

— Et je l'arrête pour quel motif, sénateur ?

— Tentative de corruption, intimidation, je ne sais pas, moi.

— Je ne sais pas non plus. En partant du principe que toutes les contributions aux PAC qu'il contrôlait ont été faites dans le respect de la législation, et vous ne m'avez fourni aucune information suggérant le contraire, il n'y a rien d'illégal à ce qu'un criminel notoire veuille s'offrir des contributions politiques. Et par ailleurs des tas de gens vous demandent vingt fois par jour de prendre position sur des problèmes de société.

— Brody n'a pas *demandé*. Il m'a *menacé*. Je suis certain que vous saisissez la nuance entre une requête et une menace.

— Menacé de quoi ? *Vous* m'avez dit qu'*il* vous a dit qu'il porterait à l'attention des médias un dossier d'intérêt public si vous ne faisiez pas ce qu'il voulait. Je ne pense pas que, légalement, cela constitue une menace.

Le visage de Duquesne était en train de virer au rouge brique.

— Écoutez-moi, petit porteur de badge ! Pas question que j'avale une de ces saloperies de sandwiches pisseux à la on-ne-peut-rien-faire !

L'expression de Hooper ne changea pas.

— Sénateur, vous vous êtes fait avoir par un pro. Maintenant écoutez attentivement ce que je vais vous dire. De votre propre aveu, l'homme n'a rien fait d'illégal. Vous n'avez pas de témoin de cette conversation et, croyez-moi, il niera tout ce qui pourrait ne serait-ce que jeter une ombre sur son honnêteté.

Duquesne encaissa le coup. Sa pomme d'Adam ne cessait de monter et de descendre, tandis qu'il fixait le bureau qui les séparait.

— A présent, voici ce que nous *pouvons* faire, reprit Hooper, d'un ton toujours égal. Nous pouvons éplucher ses comptes et vérifier s'il a respecté la réglementation en ce qui concerne ses PAC et ses contributions. Cela prendra du temps, mais il en sortira peut-être quelque chose. Brody a l'air malin, mais dans ce domaine le droit est un vrai champ de mines.

— Ce trou-du-cul ne sera pas allé commettre une erreur de ce genre, souffla Duquesne.

— Nous pouvons aussi vous mettre un micro avant une nouvelle conversation avec Brody. Peut-être que, cette fois, il dira quelque chose de compromettant pour lui.

— Et pour moi !

— Possible. C'est un risque que vous devez courir.

— Je n'aime pas ça.

— Qui d'autre Brody a-t-il approché ? Combien de députés a-t-il essayé d'influencer ?

— Je ne sais pas. Mais il me semble me souvenir que quelqu'un a raconté qu'il donnait de l'argent à Bob Cherry et à trois ou quatre autres.

— Ce sera inscrit dans leur comptabilité, n'est-ce pas ? Nous chercherons ces gens-là et nous tâcherons de les trouver.

— Où cela nous mènera-t-il ?

— Je serai franc, sénateur. Sans doute quelque part où certaines personnes n'aimeraient pas aller. Freeman McNally est mort. Il a été assassiné hier soir.

Duquesne en resta un moment sans voix.

— Qui a fait ça ?

— Nous enquêtons. Cette information est confidentielle, bien sûr, et nous aimerions la garder encore quelque temps pour nous.

Le visage de Duquesne avait pris une pâleur mortelle. Il venait d'agiter sous le nez du FBI un mobile parfait pour le meurtre d'un homme qui venait d'être tué.

Hooper regarda le sénateur avec une expression aussi neutre que possible. Il devinait ce que pensait Duquesne en cet instant... et cela ne l'ennuyait pas le moins du monde.

— La bonne nouvelle, ajouta-t-il après avoir laissé mariner un moment le sénateur, c'est que Freeman a fait sa dernière contribution politique. T. Jefferson Brody apprendra bientôt le sort tragique de Mr. NcNally. Bien sûr, il détiendra toujours un moyen de pression sur vous, mais je ne crois pas qu'il sera assez stupide pour tenter de s'en servir. Il me donne l'impression d'être un individu très prudent.

— Malin. Oui, ce salaud se croit malin.

— Ah, ils le pensent tous, non ?

Freddy, debout près du bureau des infirmières, écoutait d'une oreille distraite un homme assis dans un fauteuil roulant, la tête entourée de bandages, qui donnait au policier de garde tous les détails sur son récent implant capillaire.

— Vous ne pouvez pas savoir comme c'est démoralisant de perdre ses cheveux ! On se voit partir en morceaux, vieillir quoi, vous comprenez ?

Hooper franchit la porte, apprécia la scène d'un coup d'œil et entraîna Freddy vers la salle d'attente déserte. Derrière lui, l'homme continuait à expliquer :

— C'était la calvitie masculine typique. Mon Dieu, je me sentais si...

— Comment va-t-il ? demanda Hooper en fermant la porte donnant sur le hall.

— Il s'est rendormi. L'infirmière dit qu'il devrait se réveiller dans un petit moment et que nous pourrons lui parler. Elle viendra nous chercher.

— Nous avons découvert un autre cadavre. Chez McNally. Je crois que c'est Vinnie Pioche. Et l'endroit est criblé de balles. Quelqu'un s'est planté à l'entrée de chaque pièce et a tout mitraillé. Un véritable cataclysme.

— C'est probablement Harrison. Il dit que Pioche est venu à Quantico avec Anselmo pour l'abattre. Et il croit qu'il a tué neuf hommes, mais il prétend que c'est très confus dans sa tête.

Hooper se laissa tomber sur une chaise.

— Il a dit pourquoi il avait fait ça ?

Parce que. Il m'a simplement répondu : *parce que*.

— Voilà qui nous aide. Exactement ce qu'il me faut pour nourrir les requins du bureau du procureur des États-Unis.

— Il était toujours sous l'effet des anesthésiques, Tom. Il ne savait pas ce qu'il racontait.

Hooper grogna et fixa ses pieds. Puis il ôta ses chaussures et commença à se masser les orteils.

— Nous aurions dû boucler cette affaire en septembre, marmonna-t-il.

— Nous n'avions pas assez d'éléments en septembre, dit Freddy.

Hooper lui jeta un regard dénué d'humour et remit ses chaussures.

Une quinzaine de minutes plus tard, l'infirmière passa la tête dans l'embrasure de la porte.

— Il est réveillé. Mais ne restez pas plus de cinq minutes, s'il vous plaît.

Harrison Ronald avait les yeux fermés quand les agents du FBI s'approchèrent de son lit. L'infirmière leur fit un petit signe du menton et les laissa.

— Harrison, murmura Freddy. C'est moi, Freddy. Tom Hooper est là aussi. Comment tu te sens ?

Les yeux de Harrison Ronald Ford s'ouvrirent et bougèrent lentement — jusqu'au moment où ils trouvèrent Freddy. Puis ils passèrent sur Hooper.

— Salut, Tom.

— Salut, Harrison. Désolé pour tout ça.

— C'est fini.

— Ouais.

Les yeux de Ford se refermèrent. Hooper regarda Freddy, qui haussa les épaules.

— Harrison, dit Hooper. J'ai besoin de comprendre ce qui s'est passé. Pourquoi es-tu allé dans cet entrepôt ?

Les yeux de Harrison Ronald se posèrent à nouveau sur Hooper, restèrent là un moment, se tournèrent vers Freddy, puis revinrent sur Hooper. Il passa sa langue sur ses lèvres, puis répondit :

— Je veux un avocat.

— Comment ?

— Un avocat. Je ne dirai rien sans l'accord de mon avocat.

— Eh, attends une minute ! Je ne suis pas en train de t'accuser ! Tu es l'unique témoin d'un grave...

Le mot « crime » était juste là, sur le bout de sa langue, mais il le ravala en même temps que sa salive.

— Nous devons faire une enquête. Tu le sais. T'es flic, toi aussi, pour l'amour du ciel !

— Je veux un avocat. C'est tout ce que j'ai à te dire.

Hooper ouvrit la bouche puis la referma. Il jeta un coup d'œil vers Freddy qui, les mains dans les poches, contemplait l'homme couché dans le lit.

— D'accord. On va te trouver un avocat. Je passerai demain voir comment tu vas.

— Parfait. A demain.

— Viens, Freddy. On a du boulot.

Harrison Ronald Ford se rendormit.

Chapitre vingt-six

Le premier civil que les soldats tuèrent se nommait Larry Ticono. A seize ans, il avait abandonné l'école après avoir triplé sa sixième. Et malgré les neuf ans qu'il venait de passer dans le système d'éducation publique, il était illettré. Dans les rares occasions où on lui demandait de signer, il utilisait un gribouillis illisible.

Larry Ticono avait été arrêté trois fois au cours de sa brève existence — deux fois pour détention de drogue et une pour cambriolage — mais, au total, il n'avait passé que cinq jours en prison. Dans les trois cas, il avait bénéficié d'une liberté sous caution personnelle. Il ne retournait au tribunal que lorsque la police l'appréhendait à nouveau. L'une de ses deux inculpations pour détention de drogue s'était, semblait-il, totalement égarée dans les méandres de la justice et avait été oubliée. Larry Ticono avait plaidé coupable pour les deux autres et on l'avait laissé en liberté surveillée.

Mais le plus étonnant de l'histoire, c'était encore qu'il eût vécu si longtemps.

Il consommait deux cents dollars de crack par jour et son chèque de l'aide sociale se montait à quatre cent trente-six dollars par mois. Il se procurait la différence en volant tout ce qui n'était pas soudé en place. Appareils photo, radios, télévisions et autoradios étaient ses cibles favorites. Il revendait son butin à des receleurs pour quinze à vingt pour cent de leur valeur marchande — et au prix du marché de l'occasion, pas du neuf. Il essayait d'éviter les agressions, qui étaient dangereuses, mais il était obligé de s'y risquer quand rien d'autre ne se présentait.

La vie de Larry Ticono était la parfaite illustration de la formule « au jour le jour ». Il dormait sous les ponts par beau temps et dans des bâtiments désaffectés quand il faisait mauvais. Il avait rarement plus de vingt dollars en poche et ne se trouvait jamais à plus de trois heures du manque.

Et cet après-midi-là, ce délai de trois heures s'était réduit à zéro. Larry Ticono se sentait nerveux et ses poches ne contenaient plus que dix-sept dollars et trente-quatre cents. Le coin de rue où, d'habitude, il achetait son crack était désert. Bien sûr, il n'était pas au courant, mais ses fournisseurs étaient les détaillants du réseau de distribution de Willie Teal qui, la nuit précédente, avait laissé tomber le commerce du crack, contre son gré et à jamais. Comme les revendeurs de Teal n'avaient plus de marchandise, ils n'avaient pas jugé utile de descendre dans la rue.

Frustré et désespéré, Ticono parcourut à pied un peu moins d'un kilomètre pour rejoindre un autre quartier qu'il connaissait, où il tenta de faire affaire avec un gosse de quinze ans chaussé de Nike à cent dollars. Ce matin, ce petit richard n'avait pas reçu la livraison quotidienne de son grossiste, un employé de Freeman McNally. Les revendeurs les plus futés sentaient que quelque chose n'allait pas, même s'ils n'avaient aucun renseignement précis à ce sujet. Ils avaient remarqué les mouvements de troupes et entendu les nouvelles à la télévision. Ils s'inquiétaient. Nombre d'entre eux décidèrent de s'en aller discrètement et de regagner les HLM et les immeubles délabrés qu'ils appelaient leur foyer.

Quand Larry Ticono aborda le gamin de quinze ans, celui-ci n'avait plus que quatre sachets de crack et aucune perspective de s'en procurer d'autres dans l'immédiat. Ce jeune capitaliste exigea donc quarante dollars par dose.

La pensée effleura Larry Ticono qu'il n'avait qu'à braquer le gosse, mais elle s'évapora au premier regard qu'il jeta à son boss, au coin de la rue, un type costaud qui l'observait, debout à côté d'une poubelle. Larry savait, sans l'ombre d'un doute, que le gorille avait une arme à portée de la main et qu'il le tuerait avec joie s'il touchait ne fût-ce qu'un cheveu du gosse.

Après avoir tenté de marchander, mais en vain, Larry s'éloigna donc à contrecœur.

Deux pâtés de maisons plus loin, il jeta une brique dans la vitrine d'un magasin d'électronique et s'empara d'une chaîne hi-fi portable.

Et il fut presque aussitôt abattu par un soldat en uniforme de la Garde nationale — dans le civil, un employé d'épicerie-bazar. Bien que portable, l'appareil était trop encombrant et trop lourd pour permettre à Larry de courir assez vite.

La balle de quatre grammes, calibre .223, du M-16 atteignit Larry en plein milieu du dos — un tir parfait qui était en réalité le résultat d'un pur hasard, car l'épicier portait une paire de lunettes embuées et il avait eu de justesse la moyenne à l'entraînement au M-16. Avant d'épauler le fusil et de presser sur la détente ce jour-là, les êtres vivants les plus gros qu'il eût jamais tués, étaient des blattes.

La balle chemisée filait encore à plus de mille mètres par seconde quand elle s'ouvrit un chemin dans la chair de Larry Ticono, et elle dépensa une importante partie de son énergie à pulvériser sa colonne vertébrale et à en propulser les fragments à travers son cœur, qui fut déchiqueté. Elle sortit alors par sa poitrine et alla finir sa course dans la carrosserie d'une voiture garée à soixante mètres de là.

Son corps n'avait pas encore touché le trottoir que Larry Ticono, dix-neuf ans, était déjà mort.

L'employé de l'épicerie-bazar vomit à côté du cadavre.

A son arrivée, une demi-heure plus tard, Jack Yocke apprécia la scène en un clin d'œil. Il se mit au travail — il nota des noms et essaya de trouver quelque chose à dire à l'épicier qui, assis sur le pare-chocs arrière d'un truck vert olive, fixait ses mains, immobile.

— J'ai tiré pour le faire s'arrêter, mais il ne s'est pas arrêté, expliqua le jeune homme si doucement que Yocke fut obligé de se pencher vers lui pour l'entendre. Il ne s'est pas arrêté, répéta-t-il d'un ton étonné, abasourdi par la perversité de la destinée.

— Eh non, il ne s'est pas arrêté, dit Yocke.

— Il aurait dû.

— Oui.

— Il aurait *vraiment* dû.

Le journaliste se dirigea alors sans se presser vers un sergent qui fumait une cigarette près du corps. A environ cinq mètres de là, un groupe d'officiers de l'armée ou de la Garde nationale discutaient avec un policier en uniforme. Yocke ne connaissait pas encore parfaitement les nuances des insignes d'épaules des uniformes qui, pour autant qu'il pût en juger, étaient le seul moyen de savoir qui appartenait à quoi. Le sergent jeta un coup d'œil à Yocke et continua à tirer posément sur sa cigarette. Il surveillait d'un air songeur les badauds qui s'étaient rassemblés sur le trottoir d'en face.

— Je pensais, dit Jack Yocke, que vos gars étaient supposés n'utiliser leurs armes qu'en cas de légitime défense ?

Le sergent l'observa avec soin.

— C'est exact, dit-il, puis il recommença à regarder la foule.

— Pourtant, si je comprends bien, la victime s'enfuyait, quand le soldat l'a abattue ?

— Je suppose.

— Alors pourquoi a-t-il tiré ?

Une expression d'écœurement s'inscrivit sur les traits du sergent.

— Qui *êtes-vous* ?

— Jack Yocke, *Washington Post*. Je ne voulais pas...

— Fous le camp, pilote de crayon ! Avant qu' je perde mon sang-froid et que j' t'enfonce ce carnet dans le cul.

— Je suis désolé. Je n'ai pas voulu vous offenser, dit Yocke, avant de lui tourner le dos.

Il n'aurait pas dû poser cette question. Pourquoi l'avait-il fait ? A présent, il se sentait coupable. C'était une expérience nouvelle.

Dégoûté de lui-même, il jeta un dernier coup d'œil au soldat affaissé sur le pare-chocs et au corps recouvert d'un drap, puis il retourna à sa voiture.

Il avait toujours été si confiant, si sûr de lui et de sa perspicacité ! Et maintenant...

Six pâtés de maisons plus loin, devant une boutique d'alcool fermée — sur l'ordre des autorités militaires, elles l'étaient toutes —, un groupe de gens jetaient des pierres sur les automobiles qui passaient. Un projectile vint s'écraser contre la portière de la petite voiture du *Post*.

Voilà que ça commence ! pensa Jack Yocke. L'approvisionnement en crack s'était tari, et les toxicos devenaient nerveux. Il roula jusqu'à l'arsenal de la Garde nationale, près du stade Robert Francis Kennedy.

Il n'eut pas l'occasion de pénétrer très avant dans le bâtiment principal, bien sûr. On ne tarda pas à lui demander sa carte de presse, et un soldat le fit entrer dans la salle réservée aux journalistes — première porte à droite. Il trouva là cinq ou six bureaux en acier fournis par le gouvernement, quelques chaises pliantes et un téléphone. Et plus d'une douzaine de ses collègues dont deux du *Post*. Ils attendaient la conférence de presse prévue pour cinq heures, quinze minutes plus tard.

Yocke échangea quelques mots avec les trois ou quatre personnes qu'il connaissait, et il trouva un coin où s'asseoir. Puis il resta là à rêvasser ; il repensa à ce soldat responsable de la mort d'un homme qu'il aurait dû épargner et se demanda si lui, Jack Yocke, aurait fait mieux. Peut-être n'était-il pas vraiment de taille à être journaliste. Stupide, voilà le mot : il avait laissé échapper une remarque stupide et insensible, et maintenant, il ne parvenait pas à la digérer.

Les journalistes attendaient Dan Quayle à sa sortie du Bethesda Naval Hospital. Il aurait pu les éviter, mais il ne le fit pas.

Ignorant les questions qu'ils lui hurlaient, il resta immobile et silencieux jusqu'au moment où les micros, tenus par de multiples mains, s'agitèrent devant lui.

— Le président a brièvement repris conscience cet après-midi. Mme Bush est à ses côtés. Il dort, à présent. Les docteurs estiment qu'il devrait se remettre rapidement. Il est en excellente santé pour un homme de son âge, et nous avons de grands espoirs.

— Avez-vous discuté avec lui de ce que fait le gouvernement pour attraper les assassins ? cria quelqu'un.

— Non, répondit Dan Quayle.

En réalité, le président n'était pas en état de discuter de quoi que ce fût, mais Quayle préféra garder cela pour lui. Il y réfléchit et décida de ne rien ajouter à la monosyllabe.

— Monsieur le vice-président, que pensez-vous de la revendication des Extradables colombiens ? Quand ils prétendent qu'ils sont responsables de tout ça ?

Dan Quayle ignora cette question. Puis il en entendit une autre qu'il ne pouvait laisser passer.

— Les Extradables promettent que le terrorisme cessera si vous relâchez Chano Aldana. Avez-vous un commentaire à faire à ce sujet ?

— Quand ont-ils dit ça ? demanda Quayle, tout en faisant signe aux autres journalistes de se taire.

— Il y a environ une heure en Colombie, monsieur le vice-président. Un télex vient juste de tomber.

Quayle réfléchit un instant, puis il répondit :

— Nous ne marchanderons pas avec des terroristes. (Il se tut un instant. Tout le monde était suspendu à ses lèvres. Les voyants rouges des caméras de télévision restèrent allumés.) Chano Aldana aura un procès équitable. Aussi longtemps que j'assumerai les fonctions du président, je vous le promets, j'utiliserai toute la puissance et la force du gouvernement des États-Unis pour accomplir ce qui doit être accompli.

— Certaines circonstances pourraient-elles vous amener à relâcher Aldana ? insista quelqu'un.

— Si le jury l'acquitte.

— Je voulais dire, avant le procès.

— Pas même si le ciel nous tombait sur la tête, répondit Dan Quayle, et il tourna le dos aux caméras.

— Vous savez, dit Ott Mergenthaler au sénateur Bob Cherry, ce type a autant de personnalité qu'un mannequin dans une vitrine, mais j'ai vraiment l'impression qu'il a aussi une certaine poigne.

Ott se trouvait dans le bureau du sénateur, et les deux hommes venaient juste de suivre la prestation de Quayle. Le sénateur coupa la télévision avec sa télécommande dès que Quayle, sortant du champ, céda la place à un analyste de la chaîne.

— C'est un miracle de la chirurgie, ricana Cherry. Il a un cerveau de pingouin et une mâchoire d'âne.

— Laissez tomber, sénateur. Vous pouvez dire ce que vous voulez, cette crise n'a fait aucun mal à la réputation de Dan Quayle, pour l'instant. Le public a l'occasion de le voir de près et je pense qu'il apprécie ce qu'il découvre. C'est mon cas, en tout cas.

— Ott ! Ne dites pas de bêtises ! Vous ne croyez tout de même pas que faire appel à la Garde nationale était une sage décision ? Pour l'amour du ciel, je pensais que vous aviez davantage de bon sens !

— J'en ai, sénateur, mais j'ai découvert il y a des années que cela ne fait aucun bien de le proclamer.

Si Cherry avait mieux connu Mergenthaler, il s'en serait tenu là. Quand le chroniqueur se rabattait sur ce genre de répliques sèches et tranchantes, cela signifiait qu'il avait été poussé aussi loin qu'il était disposé à aller. Mais Cherry insista :

— Bush pouvait contrôler Dorfman, mais pas Quayle. Dorfman est un requin et Quayle n'est qu'un foutu petit poisson. Vous ne pensez pas sérieusement que c'est Dan Quayle qui décide là-bas, n'est-ce pas ?

— Je me suis laissé dire que c'était lui, répondit doucement Ott, en inclinant un peu la tête.

— N'en croyez rien ! C'est Dorfman qui tire les ficelles. Et je peux vous assurer que Will Dorfman se soucie comme de sa dernière chemise de la Constitution des États-Unis ! Quand l'armée partira-t-elle ? Que deviennent les droits individuels ? Pourquoi n'a-t-on pas demandé son autorisation au Congrès avant de se livrer à cette gesticulation militaire exceptionnelle ? La légalité... Ils ont des troupes en dehors du district fédéral, dans le Maryland, pour l'amour du ciel ! On attaquera le gouvernement devant les tribunaux pour...

— C'est quoi votre *vrai* problème ?

Cherry eut l'air décontenancé par la question.

— Qu'est-ce que vous voulez dire, Ott ?

— Vous êtes en train d'envoyer des signaux de fumée. J'écris une chronique dans cette ville depuis quinze ans, Bob.

Le sénateur Cherry prit une profonde inspiration, puis expira doucement.

— D'accord, d'accord. (Il haussa les épaules.) Quayle me fait peur. Vraiment très peur. Si Bush meurt, nous allons être dans de sales draps, très sales.

— La prochaine élection présidentielle est dans deux ans. Considérez cette hypothèse comme la grande chance des démocrates.

Cherry se tortilla dans son fauteuil.

— Ce pays ne peut pas se permettre de partir à la dérive pendant deux ans avec un clown à la barre. Le seul foutu domaine que Quayle connaisse, c'est le golf.

— Bob, vous êtes en train de faire une montagne d'une souris. C'est vrai, Quayle a eu une très mauvaise presse, en partie par sa faute, en partie parce qu'il fait une cible facile et qu'il est le chouchou des conservateurs. Ce type a un talent mystérieux pour dire ce qu'il ne faut pas. Mais ce pays a plus de deux cents ans ! Nous pouvons survivre deux ans avec *n'importe qui* à la barre.

Cherry voulait continuer à argumenter. Mais au bout de quelques minutes, Ott Mergenthaler le pria de l'excuser. Dans le couloir, il secoua la tête tristement. Il y avait des assassins, des terroristes et des meurtres à tire-larigot partout où on posait les yeux, et tout ce que voulait Bob Cherry, c'était déblatérer d'un air lugubre sur Dan Quayle. Pire, il s'attendait à être publié !

Cherry a l'air vieux, se dit Mergenthaler. *Il est marqué par son âge. Il est bougon — oui, c'est le mot. C'est devenu un vieillard geignard, aigri, perdu dans des futilités.*

A peine venait-elle de commencer que la conférence de presse à l'arsenal de la Garde nationale de Washington fut brutalement interrompue. Un jeune officier annonça que des gens étaient en train d'attaquer la foule à la station de métro L'Enfant Plaza. Les huiles s'empressèrent de quitter les lieux pour monter au front. Le capitaine Jake Grafton était parmi elles.

Jack Yocke réussit à se frayer un chemin jusqu'à la porte à travers le groupe des journalistes, puis il courut à toutes jambes vers la rue. Il galopa sur le trottoir et arriva juste à temps à l'entrée du parking de la Garde nationale pour voir la voiture officielle qui en sortait. Il se pencha pour examiner ses occupants. Non. La prochaine ? Non plus.

Grafton se trouvait dans la troisième. Yocke se mit à faire des bonds, à agiter les bras et à crier à tue tête :

— Capitaine Grafton ! Capitaine Grafton !

Le chauffeur en uniforme enfonça la pédale de frein. Sans plus de cérémonie, Yocke ouvrit la portière arrière et sauta à l'intérieur.

Tandis que le véhicule accélérait à nouveau, Jake Grafton et Toad Tarkington étudièrent le journaliste.

— Vous faites du stop aujourd'hui ? demanda Grafton.

— Je suis vraiment content que vous vous soyez arrêté, capitaine ! Merci beaucoup. Si ça ne vous gêne pas, j'aimerais vous accompagner.

— Les consignes envers la presse...

— Oui, monsieur. Je les connais par cœur. Nous les avons même écrites sur nos sous-vêtements. Pourtant, j'aimerais que vous tourniez légèrement le règlement pour me laisser vous suivre pendant quelques jours. Si vous le désirez, je vous laisserai revoir mes articles.

Jake Grafton fronça les sourcils et ses yeux s'attardèrent sur les véhicules qui les entouraient. Toad Tarkington adressa un grand sourire à Yocke.

Grafton avait un talkie-walkie à la main. L'appareil crachait des mots trop déformés et trop lointains pour que Yocke les comprît. Grafton colla un moment l'appareil à son oreille, puis le reposa sur ses genoux.

— A condition, dit lentement Grafton, que vous acceptiez de n'écrire aucun article avant que cette histoire ne soit complètement terminée.

Le sourire de Tarkington s'évanouit.

— C'est la *seule* condition ? demanda le journaliste, incrédule. Vous ne voulez pas revoir les articles ?

— Non. Vous ne publiez rien avant que tout cela soit fini. C'est tout.

— Il n'y a pas d'arnaque, hein ? dit Yocke, toujours sceptique.

En réalité, quand il s'était lancé à la poursuite de Grafton, il voulait simplement se faire conduire à L'Enfant Plaza. A présent, il était stupéfait que le capitaine eût accepté cette proposition qui lui était venue dans l'inspiration du moment. C'était quoi, déjà, la vieille règle du coup de pot — si vous demandez à dix femmes de coucher avec vous, vous ne vous faites gifler que neuf fois ?

— On peut toujours vous déposer au prochain carrefour, ajouta Toad d'un ton aigre.

— Capitaine, marché conclu.

— Hummm.

— Bon, qu'est-ce qui se passe maintenant ?

— Des tueurs ont ouvert le feu à la station de métro L'Enfant Plaza. Beaucoup de victimes, entre autres des soldats. Un vrai bain de sang.

— Des Colombiens ?

— Je ne sais pas.

Yocke tira son carnet d'une poche intérieure de sa veste et l'ouvrit. Comme il gribouillait malgré les soubresauts de la voiture, Toad dit :

— Moi, ça s'écrit T-A-R-K-I-N...

— Noté, petit. Où êtes-vous né ?

— Intercourse [1], Pennsylvanie.

— Fermez-la, vous deux ! grogna Jake Grafton, comme il portait de nouveau le talkie-walkie à son oreille.

Grafton se dit qu'il faudrait annoncer ce petit arrangement au général Land à la première occasion. Mais il pensait que le général approuverait. Pas plus tard que cet après-midi, ils avaient abordé ensemble la question de la commission présidentielle, à la suite d'une requête de la député Samantha Strader, qui avait demandé un laissez-passer pour le quartier général du district et l'avait obtenu. Les officiers de carrière qui surveillaient depuis des années le comportement de Mme Strader la soupçonnaient de chercher avec empressement quelques derrières à botter lors d'une enquête ultérieure, quand ses collègues et elle s'offriraient le luxe d'un jugement à posteriori pour mettre leur sagesse en valeur. Hélas, rencontrer des stratèges-d'après-la-bataille qui jouaient aux plus malins faisait partie du boulot.

Toujours est-il qu'en apercevant Jack Yocke qui bondissait sur le trottoir, il lui était venu à l'esprit qu'il ne serait peut-être pas inutile d'avoir dans sa manche un observateur indépendant pour empêcher Mme Strader et ses amis de manipuler les faits.

Jack Yocke était jeune et impétueux, mais Grafton avait été favorablement impressionné par ses articles sur Cuba. C'était un bon journaliste. Il était observateur et se souciait des gens, et il écrivait bien. Il avait simplement besoin de se muscler. Et un bon journaliste, pensait Jake, reconnaîtrait un fait quand il tomberait dessus. Oui, Yocke ferait parfaitement l'affaire.

Ces pensées occupèrent Jack Grafton environ dix secondes, puis il revint au problème urgent, cet attentat terroriste dans une station de métro. Le général responsable des opérations ordonna par radio à l'officier sur place de lancer l'assaut dès que possible. Cela parut logique à Jake Grafton. S'il s'agissait d'un commando-suicide dans le genre de celui qui avait attaqué le Capitole, plus tôt il serait annihilé et moins il y aurait de victimes civiles.

Le chauffeur arrêta la voiture à l'extérieur de l'accès principal à L'Enfant Plaza, et ses occupants coururent vers les gradés regroupés près de l'entrée de la station. Le général de division Myles Greer

---

1. Rapports sexuels. (*N.d.T.*)

discutait avec un commandant. Jake Grafton entendait le vacarme des coups de feu à travers les portes, le tac-tac-tac d'armes automatiques.

— Dans combien de temps ? demanda le général Greer.

— Encore deux minutes, répondit le commandant. Je n'ai que trois hommes à l'entrée ouest et il m'en faut dix.

Le général Greer jeta un coup d'œil à Grafton, qui lui rendit son regard. Greer avait une décision difficile à prendre ; Jake le savait, mais il n'avait aucunement l'intention de se servir de sa position d'officier de liaison du général Land pour influencer cette décision. Le choix était simple et brutal : davantage de soldats signifiait davantage de puissance de feu, et plus vous accumuliez de puissance de feu, moins vous risquiez la vie de vos soldats. D'un autre côté, les coups de feu qu'ils entendaient étaient tirés par des terroristes sur des voyageurs désarmés, et chaque seconde supplémentaire signifiait des pertes plus importantes chez les civils.

Il fallut à Greer environ trois secondes pour faire son choix.

— On y va maintenant, dit-il.

Le commandant fit un signe au lieutenant de l'armée en tenue de combat, puis il lança des ordres dans son talkie-walkie.

Grafton posa au général une question si doucement que Jack Yocke faillit ne pas l'entendre :

— Vous avez fait stopper les rames ?

Apparemment satisfait de la réponse, Grafton se tourna vers les deux soldats qui étaient à côté de lui.

— Vous allez garder les portes, vous deux ?

— Oui, mon capitaine.

— Alors prêtez-moi votre fusil.

Le jeune engagé se tourna vers son sergent, qui hocha la tête. Toad Tarkington soulagea quelqu'un de son arme, lui aussi.

— Je viens avec vous, annonça Yocke.

Grafton ne discuta pas. Les soldats faisaient mouvement, le lieutenant à leur tête.

— Restez entre Toad et moi, dit Grafton par-dessus son épaule à Yocke qui trottinait derrière eux.

Les hommes coururent le long d'un large couloir aux boutiques désertes — l'armée les avait fait évacuer. De temps en temps, le couloir tournait à angle droit. Les hommes qui couraient se dispersèrent, armes en position de tir.

Les bruits de fusillade étaient plus forts, maintenant. Comme le couloir formait un nouveau coude, ils arrivèrent près d'un homme couché à plat ventre qui couvrait l'angle mort avec son fusil.

Le lieutenant utilisa des signaux manuels. Quand ses hommes furent prêts, il franchit d'un bond le coin du couloir, suivi de deux soldats. Puis les autres s'élancèrent à leur tour, prudemment.

En face d'eux, maintenant, se trouvait une double porte ouverte et, derrière, des escaliers mécaniques qui descendaient vers les quais. Ici, les détonations répercutées par les murs de béton étaient plus violentes, plus douloureuses.

Du haut de l'escalier mécanique, le sergent ouvrit le feu sur une cible invisible, en contrebas. Il tirait au coup par coup.

Une salve venue d'en dessous fit pleuvoir des étincelles du plafond et fracassa l'un des tubes fluorescents de l'éclairage.

Le sergent mit son arme en tir automatique et lâcha une rafale, puis il dévala l'escalier, deux de ses hommes sur les talons.

Le lieutenant leva prudemment la tête, jeta un bref coup d'œil devant lui, et, après un geste à ses hommes, recommença à progresser, lui aussi.

Jake Grafton et Toad Tarkington, qui encadraient toujours Yocke, suivirent les soldats.

Le premier terroriste mort gisait à quelques mètres de l'escalier roulant, un Uzi à ses côtés. Il y avait sept autres corps autour de lui. Yocke observa Jake Grafton qui passait de l'un à l'autre en quête d'un signe de vie. Trois hommes et quatre femmes. Plusieurs gisaient dans de petites flaques de sang. L'un d'eux avait rampé sur trois ou quatre mètres, laissant derrière lui une traînée rougeâtre. Grafton chercha le pouls du dernier corps désarticulé, et secoua la tête. Il repartit, toujours plié en deux, derrière les soldats. Yocke lui emboîta le pas.

Ils se trouvaient maintenant sur un large passage pour piétons, dont le plafond formait une arche, très au-dessus d'eux.

Un peu plus loin, le passage se terminait sur une intersection en T ; un corridor partait à droite et à gauche. Les soldats se divisèrent, et s'élancèrent en courant dans les deux directions. Jake Grafton regarda par-dessus la rambarde, et se jeta précipitamment au sol comme des balles venaient arracher des éclats de béton.

Jack Yocke se laissa tomber à plat ventre lui aussi. La fusillade atteignit un crescendo, puis tout cessa brusquement. Yocke, pourtant, préféra ne pas bouger, dans ce soudain silence, et il attendit, le cœur battant.

Finalement, il regarda autour de lui. Toad était accroupi, pas très loin, prêt à tirer, aux aguets. Jake Grafton n'était visible nulle part.

Toad recommença à avancer.

Yocke l'imita. Ils s'approchèrent de la rambarde et se penchèrent prudemment par-dessus. Grafton se trouvait sur le quai de la station ; il écoutait le lieutenant qui parlait dans son talkie-walkie. Des corps gisaient tout autour d'eux. Tandis qu'il contemplait le carnage, Yocke entendit un bruit de course derrière lui.

Aussitôt, il se jeta à plat ventre, de nouveau. Puis il releva la tête pour regarder. Des infirmiers avec des brassards blancs frappés d'une croix rouge arrivaient avec des civières.

— Descendons, proposa Yocke.

Toad acquiesça d'un haussement d'épaules.

Jake Grafton s'était assis sur le béton du quai, adossé à un pilier, son fusil sur les genoux. S'il remarqua Yocke, il ne le montra pas.

— Vous avez des blessés ? demanda Yocke au lieutenant qui rassemblait ses hommes.

— Un. Mais léger. En revanche, les deux soldats de la Garde nationale qui sont arrivés les premiers sur les lieux de la fusillade se sont fait hacher en petits morceaux.

— Combien de terroristes ?

— Cinq morts, je crois.

— Et les civils ?

— Sept blessés, quarante-deux morts.

Yocke s'apprêtait à poser une nouvelle question quand le talkie-walkie de son interlocuteur se mit à couiner. Le lieutenant s'éloigna, l'appareil contre l'oreille.

Jack Yocke jeta un regard impuissant autour de lui. Des corps tordus et ensanglantés. Des paquets et des attachés-cases étaient éparpillés tout autour, et ici et là des sacs d'où débordaient des commissions. Il s'approcha d'une femme et ramassa soigneusement les cadeaux de Noël dispersés autour d'elle. Il devait y avoir quelque chose à faire, un geste quelconque à l'adresse de l'Arbitre du Destin pour lui recommander cette femme. Une prière ? Mais le Dieu sévère savait déjà. Alors Yocke rassembla les paquets à côté du corps flasque, en une pile nette et pathétique.

On lui avait tiré dans le dos, alors qu'elle devait tenter de fuir cette horreur obscène.

Quarante-deux morts ! Mon Dieu !

Quand cela cessera-t-il ? se demanda-t-il tristement, tandis qu'une vague de répulsion et de dégoût le submergeait. Il détourna les yeux et s'éloigna.

Depuis un bureau vide, au deuxième étage d'un immeuble de L Street, Henry Charon étudia une nouvelle fois la circulation. De son poste d'observation, il avait une excellente vue sur le feu et les voitures qui s'y arrêtaient, et il distinguait parfaitement les conducteurs.

Derrière leur volant, ceux-ci attendaient le vert avec cette expression d'impatience distraite qui marque de manière indélébile les citadins. Certains tripotaient leur radio, mais la plupart fixaient les stops de la voiture qui les précédait et jetaient de temps en temps un bref coup d'œil au feu suspendu au-dessus de l'intersection. Quand le signal passait au vert, ils franchissaient le carrefour au ralenti pour rejoindre la queue au feu suivant, longue d'un pâté de maisons.

L'endroit était bon. Excellent, même. Un affût qui lui faisait penser à celui du canyon de roches rouges, chez lui, où il avait tué sept élans, au cours des années. Les élans sortaient du bosquet de trembles pour traverser le ravin tous les soirs à peu près à la même heure.

Et avec *lui,* c'était pareil : *il* allait arriver bientôt. Cette créature avait des habitudes, comme l'élan. Par n'importe quel temps et que le trafic fût fluide ou non, il passait toujours par ici. Du moins cela avait-il été le cas les quatre soirs où Henry Charon l'avait suivi. Et s'il choisissait un autre itinéraire aujourd'hui — la possibilité existait, même si elle était faible —, il reprendrait ce chemin tôt ou tard. C'était inévitable, comme les habitudes vespérales du daim, de l'élan et de l'ours.

Le fusil se trouvait à côté de Charon. Une arme loin d'être parfaite ; aucun doute, la crosse était pauvrement ajustée. Mais elle ferait l'affaire. Surtout pour ce tir assez court. Pas plus de soixante mètres.

Une balle était engagée dans le canon, et le magasin en contenait trois autres. Henry Charon avait rarement besoin de tirer plus d'une fois, mais il préférait envisager tous les cas de figure. Car si les habitudes des êtres vivants étaient prévisibles, tout le monde était à la merci du hasard.

Henry Charon se tenait parfaitement immobile — pas même le moindre petit mouvement nerveux. Il attendait, décontracté, surveillant la rue. Ses capacités à attendre étaient l'une de ses principales qualités. Et rien à voir avec l'attente des banlieusards en voiture, impatients, distraits ; c'était plutôt celle du lion ou du renard — comme eux, il était silencieux, calme, perpétuellement en alerte, toujours prêt.

Ses yeux quittèrent un instant les voitures pour examiner les piétons et les gens qui lisaient les gros titres ou faisaient des achats au kiosque à journaux, au coin le plus éloigné du carrefour, près de l'entrée de la station de métro. Le vendeur était chaudement vêtu et portait un chapeau de cosaque dont il avait rabattu les oreillettes. Son haleine faisait des nuages de vapeur dans la triste lumière du soir.

Le regard acéré de Charon revint se poser sur les voitures qui franchissaient lentement l'intersection. Le feu devint rouge ; alors qu'il était déjà engagé sur les clous, un conducteur s'arrêta et resta là, imperturbable, à fixer le vide droit devant lui, tandis que les piétons obligés de contourner son véhicule par-devant ou par-derrière lui jetaient des regards furieux.

Ah, voilà ! Il la voyait — oui, c'était bien la voiture qu'il attendait. Il prit ses jumelles et ajusta la mise au point. Oui. C'était *lui*.

Il étudia d'un œil entraîné les automobiles qui précédaient celle de sa cible, et calcula combien auraient le temps de passer au prochain feu vert. Six, sans doute. Cela amènerait le gibier en troisième position dans la file. Parfait.

Henry Charon reposa ses jumelles et saisit le fusil. Il vérifia la sûreté.

Il regarda à nouveau les piétons, les autres voitures. Une clocharde, de l'autre côté de la rue, fouillait dans une poubelle.

Le feu changea et les voitures avancèrent. Une, deux, trois... six ! Oui. Celle qu'il attendait était bien là, en troisième position.

Il épaula le fusil tout en faisant sauter la sûreté avec son pouce. Les fils du réticule furent immédiatement dans son champ de vision sans qu'il eût même à incliner la tête. Il les plaça sur le conducteur, sur sa tête, sur son oreille. Il prit alors automatiquement une profonde inspiration puis laissa l'air s'échapper doucement. Quand il appuya sur la détente, ses poumons n'étaient pas encore vides.

La détonation et le recul se produisirent presque immédiatement. Charon remit la lunette en ligne et regarda.

Coup au but !

Il reposa son fusil et gagna rapidement la porte. Il prit le temps de refermer à clé derrière lui. Il dépassa l'ascenseur et dévala l'escalier.

Il sortit dans la rue et s'éloigna. Un angle d'immeuble le séparait de l'automobile où s'était affaissée sa victime, morte. Tout en marchant, il ôta ses gants de caoutchouc et les jeta dans la première poubelle qu'il rencontra. Sa voiture se trouvait dans un garage, à quelques centaines de mètres. Il avançait assez vite, mais sans se presser. Et son regard entraîné se posait sur tous les visages des gens qu'il croisait sur le trottoir.

Une fois évacués tous les blessés et la plupart des morts, Jake Grafton, Yocke et Tarkington ressortirent de la station par le chemin par lequel ils étaient arrivés. Le chef de l'état-major interarmes, le général Hayden Land, se tenait près de l'entrée principale avec le général de division, au milieu d'un groupe important de gens en uniforme.

Grafton les rejoignit, et se plaça à un endroit où le général Land pouvait le voir et d'où lui-même pouvait entendre la discussion.

Toad Tarkington resta près de la porte donnant sur l'allée piétonne. Il pointa son fusil vers le ciel et en vérifia le mécanisme. Son visage était concentré, son expression sinistre.

Une question traversa l'esprit de Yocke, tandis qu'il regardait Toad. Le lieutenant se serait-il servi de son arme ? Non, il avait déjà commis une fois l'erreur de poser la question qu'il ne fallait pas, aujourd'hui, et en étudiant l'expression de Toad il se dit qu'il connaissait déjà la réponse. Il ressentait toujours les effets de la décharge d'adrénaline. Pour une mystérieuse raison, Toad Tarkington semblait être la personne à qui parler en cet instant.

— J'étais plutôt sur les dents, en bas.

— Huh, Huh... marmonna Tarkington en lui jetant un coup d'œil, avant de s'intéresser de nouveau à son arme.

Mais Yocke n'avait pas envie d'en rester là.

— Vous savez, on peut voir une centaine de films et être témoin du carnage urbain chaque nuit, à l'hôpital, mais rien ne prépare à l'impression qu'on ressent quand les balles giclent tout autour et qu'on comprend soudain que chaque seconde pourrait bien être la dernière. (Il fit claquer ses doigts.) Oui, la vie pourrait s'arrêter exactement comme ça, à l'instant. Comme pour tous ces gens, en bas sur les quais.

Toad termina son examen du fusil et le tint pointé vers les nuages, crosse sur la hanche. Il étudia le groupe d'officiers supérieurs et les jeunes soldats aux visages glabres, en tenue de combat, puis son regard se perdit de nouveau dans le ciel gris acier.

— Je ne sais pas à combien se monte votre prime d'assurance décès, dit-il alors, mais si vous devez continuer à traîner vos basques derrière Jake Grafton, vous auriez plutôt intérêt à l'augmenter.

Et sans attendre de réponse, il se dirigea vers le soldat qui lui avait prêté le fusil.

Yocke le regarda partir.

Les gradés étaient toujours en pleine discussion quand Samantha Strader arriva d'un pas décidé et se joignit à leur groupe. Son sang de journaliste ne faisant qu'un tour, Jack Yocke réussit à se faufiler entre deux aides de camp.

L'un des hommes qui participaient à la discussion était en civil, et pourtant il avait un air de militaire. Yocke posa la question à son voisin, dans un murmure, qui lui répondit tout aussi doucement :

— FBI. Un type du nom de Hooper.

Ce devait être l'agent spécial Thomas F. Hooper. Yocke prit des notes tandis que Hooper s'adressait au général Land.

— Ils sont arrivés sur un cargo la semaine dernière. Au moins vingt, armés jusqu'aux dents, payés pour se suicider.

— Alors, on va probablement connaître d'autres attentats de ce genre ? dit Land.

— Oui, grommela Hooper.

— Vos informateurs ont-ils des indications sur les prochaines cibles ? intervint Jake Grafton.

— Partout où il y a des gens, répondit Hooper. Et pour eux, plus il y a de gens, mieux c'est.

— Eh bien, capitaine ? dit Land.

— Mon général, si nous pouvions obtenir que tout le monde s'enferme chez soi deux jours, et si nous utilisions ces quarante-huit heures à fouiller la ville maison par maison — j'entends bien chaque immeuble, chaque magasin, chaque appartement... Oui, deux jours feraient l'affaire. Si nous pouvions arrêter tous les transports publics et interdire l'usage des voitures privées, nous y arriverions.

— FBI ?

Hooper tripota le lobe de son oreille.

— C'est aussi ce que je recommande, mon général.

— Général Greer ?

Greer était directement responsable des unités de la Garde nationale et de l'armée des États-Unis qui avaient été placées sous commandement commun. Il réfléchit une dizaine de secondes puis répondit :

— C'est probablement la seule solution, en effet. Il faut trouver ces gens et empêcher tout rassemblement de foule pendant que nous les cherchons. Voilà la priorité.

— Nous ne sommes qu'à quatre jours de Noël, remarqua la députée Strader d'une voix forte.

Les yeux de Land se posèrent sur elle, puis revinrent à Greer et à Hooper.

— D'accord. Vous avez quarante-huit heures pour leur mettre la main dessus. Rien ne roule à l'intérieur du périph, à part les véhicules de l'armée et des services d'urgence. Vous avez trois heures pour m'apporter sur mon bureau un plan opérationnel complet là-dessus.

— Général, je suggère que nous arrêtions tout à minuit, ajouta

Jake Grafton. Ce serait un vrai cauchemar de tenter le coup à un autre moment.

— D'accord, minuit, dit Land. (Il n'était pas devenu général quatre étoiles en se montrant indécis.) Cela nous laisse huit heures pour imaginer comment nous allons débloquer la situation.

Jack Yocke gribouillait fébrilement sur son bloc, conscient de l'ironie de sa position. Il entendait le scoop de la décennie et Jake Grafton lui avait fait promettre de ne rien publier à ce sujet !

Il se rendit compte soudain qu'il n'était plus dans le cercle des militaires. Apparemment, le groupe avait bougé de plusieurs mètres — sans aucun doute parce que le général Land s'était déplacé. L'endroit où se trouvait le chef d'état-major interarmes était toujours le centre de l'action. Yocke fit quelques pas et les rejoignit.

— ... que la négociation est la clé permettant de résoudre sans bain de sang des situations comme celle d'aujourd'hui... disait Strader, d'une voix ferme et professionnelle, quand il approcha.

On dirait qu'elle donne un cours à des primates, pensa-t-il, et il nota son impression.

La réponse du général Land fut inaudible, Strader poursuivit :

— Pourquoi n'avez-vous pas pris contact avec l'équipe de crise du FBI ? Ce sont des spécialistes de la négociation avec les terroristes et les preneurs d'otages.

Cette fois, Yocke entendit la réplique du général.

— Ces hommes ne voulaient pas d'otages, madame. Ils étaient là pour tuer le plus de gens possible. Il s'agissait d'une atrocité pure et simple, et ceux qui l'ont commise avaient décidé de mourir.

— *Vous* n'en savez rien !

— Je *sais* reconnaître une guerre quand j'y suis mêlé, *madame*.

— Et moi je vous répète que vous ne savez pas ce que ces hommes voulaient, parce que le général Greer n'a pas jugé utile de prendre le temps de leur *parler*. Ils pourraient être prisonniers, à présent, si le général Greer avait *discuté* au lieu d'ordonner à ses soldats de tirer sur tout ce qui bougeait !

— Madame... commença le général Land d'un ton glacial.

Strader l'arrêta d'un geste et lui assena le coup de grâce.

— Le comportement agressif de *vos* troupes est peut-être la raison pour laquelle ces hommes ont abattu tous ces civils.

— Le général Greer a fait exactement ce qu'il fallait. Ces gens ne *voulaient* pas parler. (La voix de Land s'était faite tranchante comme une lame de rasoir.) Ils étaient trop occupés à courir après des hommes et des femmes désarmés et à les tirer comme des lapins. Il est vrai qu'ils auraient peut-être déposé leurs armes, mais *une fois* qu'ils auraient eu tué tout le monde.

— Mais...

— Quand est-ce que les foutus crétins paniqués vont enfin se rendre compte que *l'on ne peut pas négocier avec des gens qui ne veulent pas négocier?* (La voix du général était un vrai rugissement, à présent, et sa colère palpable.) Et maintenant j'ai écouté tous les conseils gratuits que je pouvais encaisser. J'ai des choses plus importantes à faire que de rester là, à bavarder avec un civil! Et qui *êtes-vous* donc, de toute façon?

— Député Samantha Strader. J'appartiens à la commission présidentielle pour...

— Vous pourrez mener votre enquête plus tard. Pas maintenant! Pas ici!

— Vous ne diriez pas cela si j'étais un *homme*! J'ai un laissez-passer signé par...

— *Commandant,* aboya le général, dégagez ce cul politique de ma vue, et tout de suite, putain!

— Oui, *monsieur*!

Furieuse, rouge comme une pivoine, Sam Strader fut éloignée sans ménagement.

Quand Yocke eut noté sur son carnet, dans sa sténographie personnelle, le dernier mot de cet échange, il leva les yeux et croisa le regard amusé de Toad Tarkington.

— Nous venons de nous payer un petit spectacle très divertissant, dit Tarkington. Écrivez ça aussi.

— Toad!

C'était Grafton qui l'appelait. Yocke emboîta le pas au jeune officier de marine.

— Nous partons, souffla Jake Grafton. (A ces mots, il se dirigea au pas de course vers la voiture de l'armée qui les attendait.) Quelqu'un vient de tirer sur le président de la Cour Suprême.

— Il est mort?

— On dirait bien.

Chapitre vingt-sept

Henry Charon se gara à un pâté de maisons environ de son appartement sur New Hampshire Avenue. Les lampadaires allumés se découpaient sur le ciel sombre. De grosses gouttes de pluie commençaient à s'écraser avec bruit sur les toits des voitures.

Dans les véhicules rangés près de l'immeuble, Charon repéra la coccinelle Volkswagen verte, avec ses autocollants branchés. Ah oui ! la fille bien roulée.

Il s'arrêta dans l'entrée et ouvrit sa boîte aux lettres. Comme il le soupçonnait, il y trouva les habituels prospectus. Il les fourra dans sa poche. Il ne voulait pas laisser le courrier s'accumuler dans la boîte parce que, très bientôt, quelqu'un allait venir regarder à l'intérieur par la petite fenêtre. Un agent du FBI ou un policier, ou peut-être un soldat... Quelqu'un qui le traquerait.

Il étudia à nouveau les deux côtés de la rue. La pluie tombait plus fort. Et elle allait sans doute durer toute la nuit.

Le froid était agréable. Quand vous vivez assez longtemps dans la nature, vous vous habituez au froid. Vous apprenez à le supporter et à ne plus le sentir. C'est une partie du tout et vous trouvez votre place ou vous mourez.

Henry Charon était très fort à ce jeu-là. Il avait appris à s'adapter. Devenir un élément de son environnement était toute sa vie.

Aussi laissa-t-il le froid et l'humidité glisser sur lui quelques secondes de plus, tandis qu'il écoutait le petit bruit des gouttes d'eau frappant les voitures.

Puis il glissa sa clé dans la serrure et entra.

La porte du premier appartement était entrouverte et il entendit la télévision. C'était là que vivait la fille qui s'occupait de l'immeuble, la petite mignonne, Grisella Clifton.

Pas mauvais de se faire voir un moment.

Il s'apprêta donc à frapper.

Grisella Clifton était installée dans un fauteuil devant son téléviseur, avec son chat sur les genoux. Charon ouvrit la porte de quelques centimètres supplémentaires. Maintenant, il voyait l'écran. Et il entendait ce qu'était en train de dire le présentateur :

— ... un portrait-robot de l'homme qui, hier, au Capitole, a blessé d'un coup de feu le ministre de la Justice Gideon Cohen à l'occasion de ce qui fut peut-être une tentative de meurtre sur la personne du vice-président Dan Quayle. Cet homme est armé et très dangereux. Si vous le voyez, ne tentez *pas* de l'arrêter ni même de l'approcher, mais avertissez *immédiatement* la police. Voici le numéro à appeler si vous pensez l'avoir vu. S'il vous plaît, notez ce numéro. Et regardez bien autour de vous !

Pendant tout le temps que dura ce commentaire, un portrait occupa l'écran. Charon l'examina. Oui, le dessinateur ne l'avait pas trop mal croqué. Probablement d'après la description de cette femme qu'il avait rencontrée dans le hall, l'autre jour. Qui aurait pensé qu'elle l'aurait observé aussi attentivement ? Merde !

Soudain, le chat se rendit compte de sa présence et sursauta Grisella Clifton se retourna et l'aperçut.

— Oh ! Vous m'avez fait peur, monsieur Tackett.

— Désolé. J'allais frapper.

Elle se leva et lui fit face. Le chat s'enfuit.

— Excusez-moi, dit-elle. J'ai entendu la porte extérieure s'ouvrir, c'est vrai, mais j'étais tellement prise par ce... ce...

Elle jeta de nouveau un coup d'œil à la télévision. Le portrait-robot était toujours sur l'écran.

Le regard de la jeune femme passa alors du téléviseur à Henry Charon, puis revint au téléviseur.

Il le lut sur son visage.

Elle retint son souffle et sa main se posa sur sa bouche. Elle écarquilla les yeux.

— Oh ! Mon Dieu !

Il hésita. Il se demandait ce qu'il devait faire.

— C'est *vous !* s'exclama-t-elle. Vous avez essayé de tuer le vice-président Quayle !

— Non, répondit automatiquement Henry Charon avec une certaine irritation.

Il avait visé Gideon Cohen ! Et il avait atteint sa cible. Un sacré bon tir !

Il la vit prendre sa respiration. Elle allait crier.

Inconsciemment, il avait fait reposer tout son poids sur la pointe de ses pieds — si bien qu'il se précipita sur elle en un seul mouvement fluide, les mains tendues.

Thanos Liarakos ne sut pas pour quelle raison il tourna la tête à droite, à cet instant précis, mais il le fit.

Elle était assise sur un banc, dans le parc, nimbée par la lueur du lampadaire, au milieu des arbres noirs aux branches nues.

Il la fixa un moment, hésitant — et en même temps très sûr de lui, aussi, à un autre niveau de conscience plus profond.

Le conducteur du véhicule qui le suivait klaxonna.

Le pied de Liarakos abandonna la pédale du frein et sa voiture redémarra. Il fit le tour du pâté de maisons à la recherche d'une place où se garer. Rien. Aucun emplacement libre. Il écrasa l'accélérateur et fonça jusqu'à la rue suivante. Là aussi, tout était pris !

Dans la rue adjacente, à l'affût, il sentit monter la colère.

Il se mit à jurer. Maudite ville ! Maudits spécialistes de la circulation ! Foutue commission d'urbanisme qui laissait remodeler ces foutus immeubles sans penser aux garages ni aux allées privées — il insulta tout le monde tandis qu'il pensait à Elizabeth.

Là, une bouche d'incendie ! Il se rangea devant et coupa le moteur. Il enfonça le bouton de verrouillage automatique des portières et s'élança au pas de course.

Elizabeth ! Assise sous la pluie par une nuit aussi sinistre ! Oh Seigneur — s'il y a un Dieu là-haut —, comment pouvez-vous faire cela à la douce Elizabeth ? Pourquoi ?

Il parcourut le dernier pâté de maisons le plus vite possible ; en descendant sur la chaussée pour contourner un arbre qui lui barrait la vue, il faillit être écrasé par une camionnette de livraison, qu'il évita de justesse, et il continua au milieu de la circulation. Une autre bonne âme chrétienne fit hurler son klaxon et ses pneus en freinant pile pour ne pas le renverser.

Mais Liarakos n'y prêta aucune attention. Il s'immobilisa sur le trottoir, à la limite du parc, et regarda droit devant lui.

Elle était toujours assise au même endroit. Elle n'avait pas bougé.

Il s'approcha.

Comme il passait devant un banc, encore à une vingtaine de mètres d'elle, un clochard pelotonné sur lui-même l'apostropha.

— Hé mec ! Ça me plaît pas d' te demander ça, mais t'aurais pas un peu de monnaie que...

Elle ne s'occupait pas de ce qui l'entourait. Elle restait simplement assise là, à contempler le sol, apparemment inconsciente du froid, du vent cinglant et de la pluie qui trempait déjà Liarakos.

— Un peu de monnaie, ça m'aiderait, mec...

Le miséreux le suivait. Thanos sentait sa présence, mais ne jugea pas utile de se retourner.

Elle avait les mains enfoncées dans les poches de sa veste. Qu'est-ce qu'elle avait fait du bon manteau qu'elle avait emporté à la clinique ? Elle portait maintenant une chose toute mince en coton délavé qui ne donnait pas l'impression de pouvoir réchauffer grand-chose. Ses cheveux dégoulinaient. Elle ne leva même pas la tête lorsqu'il s'approcha.

— Elizabeth...

Elle continuait à fixer le sol. Il s'accroupit et observa son visage. C'était bien elle, pas de doute. Un petit sourire distant retroussait la commissure de ses lèvres.

Ses yeux le fixèrent, mais sans paraître le reconnaître.

— Mec, c'est une nuit sacrément froide et une tasse de café ne serait pas de refus, tu sais ? J'ai eu des problèmes dans ma vie et certains n'étaient pas de ma faute. Un peu de charité chrétienne pour un pauv' vieux nègre. Un peu de monnaie ne serait rien pour toi, mais pour moi...

Il sortit son portefeuille et en tira un billet sans quitter Elizabeth des yeux. Il tendit la coupure derrière lui.

— Seigneur, c'est un billet de *vingt* ! Tu es sûr de...
— Prends-le. Et va-t'en.
— Merci, m'sieur !

Le visage d'Elizabeth avait une expression bizarre. *Oooh, merde !* Elle planait aussi haut qu'un ballon, le 4 Juillet.

— Je vais te dire, mec, reprit l'inconnu, parce que t'as été vraiment généreux avec moi. Celle-là, elle est dans la merde jusqu'au cou. Elle est salement accro, mec.
— S'il te plaît, va-t'en.
— Ouais.

Les pas traînants s'éloignèrent.

Il tendit le bras et lui caressa le visage, pressa sa main entre les siennes.

La pluie continuait. Et Elizabeth restait assise là, avec son petit sourire figé, au milieu des merdes de pigeons, sur ce banc perdu sous les grands arbres noirs et luisants, le regard fixé sur rien du tout.

— Qu'est-ce que ça nous apprend, tout ça ? demanda Jake Grafton au technicien du labo du FBI.

— Pas grand-chose, répondit l'enquêteur en se grattant la tête.

Ils se trouvaient dans la pièce depuis laquelle l'assassin avait abattu Longstreet, le président de la Cour Suprême. Le fusil était posé sur la table. Et tout était recouvert d'une fine poussière sombre — la poudre à relever les empreintes.

— Apparemment, pas d'empreintes digitales récentes. Nous en avons trouvé un bon paquet, pourtant, mais j'crois pas qu'elles appartiennent à notre gars. Ce serait vraiment un coup de pot.

— Où Longstreet a-t-il été atteint ?

— Juste au-dessus de l'oreille gauche. Tué sur le coup. J'ai pas encore la balle. Elle a traversé la victime, le rembourrage de son siège, la carrosserie, et elle est allée se planter dans l'asphalte de la rue. Le fusil est un trente-zéro-six, même calibre et même fabrication que celui avec lequel on a tiré sur le ministre de la Justice. Même marque de lunette aussi, et, je suppose, de graisse à fusil, et ainsi de suite.

Le sol de la pièce était, lui aussi, couvert du produit servant à relever les empreintes de pas : et celles-ci étaient si nombreuses qu'elles se chevauchaient à plusieurs endroits.

— C'est vous et vos collègues qui avez fait toutes ces traces ? demanda Jake d'un ton sévère.

— Non. C'est assez curieux, mais le gars qui a tiré semble être entré dans la pièce, avoir gagné la fenêtre et être resté là sans bouger. Il a laissé quelques empreintes, bien sûr, mais pas beaucoup si l'on y réfléchit. Il n'avait pas les pieds nerveux.

— *Les pieds nerveux ?* répéta Jake.

Le gars du labo parut chercher ses mots.

— Il n'était pas vraiment excité ou inquiet, si vous voyez ce que je veux dire.

— Un pro, lui souffla Toad Tarkington.

— Peut-être, dit l'agent du FBI. Peut-être pas. En tout cas, c'est un calme.

Le couvre-feu militaire fut annoncé à 19 heures ; il devait prendre effet à minuit. Toute personne se trouvant dans les rues entre minuit et 7 heures du matin serait arrêtée et poursuivie devant un tribunal militaire pour désobéissance aux mesures d'urgence. Et quiconque se promènerait en ville dans un véhicule, entre 7 heures du matin et minuit, serait arrêté aussi. Ce couvre-feu durerait quarante-huit heures, mais la Maison Blanche pourrait décider de l'écourter ou de le prolonger.

Ces consignes firent les gros titres des informations, dans tout le pays, avec le meurtre du premier président de la Cour Suprême, Harlan Longstreet et le massacre du métro. Le nombre des victimes avait augmenté avec le décès de deux blessés. Dont une femme enceinte.

L'état d'esprit qui prédominait chez les citoyens américains, comme le prouvaient des interviews de l'homme-de-la-rue, c'était la fureur. Des politiciens importants exigeaient une invasion de la Colombie. Plusieurs voulaient déclarer la guerre. Le sénateur Bob Cherry appartenait à ce dernier groupe. Naviguant en limousine d'une salle de rédaction à l'autre, il cessa de critiquer point par point les efforts du vice-président Quayle et s'en prit à l'administration, l'accusant d'incompétence et de manque de préparation. Il demandait que les troupes fussent retirées de Washington et envoyées en Colombie.

Ce même soir, le sénateur Hiram Duquesne et plusieurs de ses collègues se rendirent au bureau du vice-président dans l'Executive Office Building pour l'assurer de leur sincère soutien. Ils firent ensuite une brève apparition devant les caméras et, dans une rare démonstration d'unanimité, oubliant un instant toutes les différences partisanes, ils louèrent la manière dont le vice-président Quayle gérait cette crise.

La plupart des Américains passèrent la soirée devant la télévision. Et, parmi eux, T. Jefferson Brody. Il était en train de ricaner en regardant Duquesne quand le téléphone sonna.

Il n'avait jamais rencontré l'homme qui l'appelait, mais il avait entendu son nom plusieurs fois et il se souvenait vaguement qu'il faisait une chose ou une autre pour Freeman McNally.

— McNally est mort, lui annonça son interlocuteur.

La nouvelle stupéfia Brody. Il aurait eu beaucoup de questions à poser, mais comme il ne savait pas d'où l'autre l'appelait — la ligne pouvait être sur écoute —, il se retint.

Après avoir raccroché, il coupa la télévision avec la télécommande.

Freeman était mort! D'abord Willie Teal et maintenant Freeman.

T. Jefferson fit une moue et laissa échapper un petit sifflement silencieux. Eh bien, c'était un boulot dangereux, aucun doute là-dessus. Voilà pourquoi il rapportait tant d'argent.

Que faisait-il pour Freeman, déjà? Oh oui! les sénateurs. Eh bien c'était foutu. Mais il pourrait peut-être utiliser plus tard cet hameçon sur quelqu'un d'autre. Peut-être. Un jour. Il verrait.

Et parce que c'était ainsi que son esprit fonctionnait, Brody pensa immédiatement à Sweet Cherry Lane, la pipeuse aux gros seins qui l'avait roulé et dévalisé. Freeman n'avait pas eu très envie de l'aider, mais maintenant Freeman n'était plus, et exit ses raisons — quelles qu'elles aient pu être. Il avait donc le champ libre. Bernie Shapiro avait manqué d'enthousiasme, lui aussi, mais il se promit pourtant de lui en reparler.

T. Jefferson fixa l'écran noir du téléviseur, imaginant ce qu'il aimerait faire à Sweet Cherry Lane. Un sourire tordit ses lèvres. Le couvre-feu serait levé dans quelques jours et alors...

Oh oui ! *Et alors !*

A 21 heures, ce soir-là, Toad Tarkington et Jack Yocke étaient assis dans un véhicule militaire, dont le moteur et le chauffage tournaient, et ils essayaient d'oublier le froid. Yocke était au volant. Puisqu'il connaissait si bien la ville, Grafton l'avait nommé chauffeur. Toad était installé à l'arrière.

Les deux officiers étaient restés toute la soirée au Pentagone pour rédiger les ordres et préparer les plans que le chef d'état-major devait signer. Puis ils étaient passés chercher Jack Yocke au *Post*.

Par le pare-brise, Yocke et Tarkington voyaient Jake Grafton et un officier de l'armée penchés sur un plan étalé sur le capot d'une jeep garée sous la marquise d'une entrée d'immeuble.

La pluie continuait à tomber, tambourinant sur le toit de la voiture où Jack et Toad attendaient.

— Grafton me semble quelqu'un de terriblement peu loquace pour la brillante carrière d'officier qu'il fait, dit Yocke, juste pour briser le silence.

— Vous êtes bien un journaliste, vous ! dit Toad en riant.

— Ça veut dire quoi ?

— Ça veut dire que ce type peut vous baratiner à vous en faire tomber sur le cul. Vous ne l'avez pas entendu au bureau ! Ce qu'il vous faut pour avancer chez les militaires, c'est de la crédibilité. Les gens doivent vous écouter quand vous exprimez une opinion, ils ont besoin de croire que vous connaissez ce dont vous parlez. Et Grafton est crédible avec un grand C.

Yocke digéra cette information tout en observant Grafton et l'officier. Celui-ci portait une tenue de camouflage, une veste épaisse et un casque. En revanche, Jake Grafton arborait des vêtements kaki délavés, une veste de pont d'envol vert et une casquette de passerelle au manchon kaki.

Yocke avait vu de près la veste verte au moment où Grafton était descendu de la voiture. Elle était constellée de taches de graisse, sans doute des souvenirs de l'un ou l'autre des navires où Grafton avait servi. Les pantalons ne valaient guère mieux. Ils avaient été lavés si souvent qu'ils semblaient usés, mais la graisse était toujours visible. Et Tarkington était fagoté à peu près comme Grafton, à part que son épais manteau était kaki.

— Où les officiers de marine attrapent-ils donc toute cette graisse qu'on voit sur vos uniformes ?

— Pont d'envol, marmonna Toad, refusant d'en dire plus.

Yocke consulta sa montre. Il aurait aimé trouver quelques minutes pour appeler Tish Samuels. Peut-être la prochaine fois qu'ils s'arrêteraient.

Grafton revint à la voiture et s'installa à côté de Yocke. Sa veste et sa casquette étaient trempées. Il laissa la porte entrouverte pour que la veilleuse restât allumée, puis il tira un plan de sa poche et l'étudia. Quelques instants plus tard, il le souleva de manière à permettre à ses deux compagnons de le lire.

— Très bien. Ils sont en train de passer au peigne fin ces carrés, ici, ici et ici. (Son doigt se posa sur chacun d'entre eux.) Ils auront fini le troisième dans une demi-heure, ce qui laisse juste le temps à ce bataillon d'en fouiller encore un avant d'arrêter pour la nuit. Lequel pensez-vous qu'ils devraient traiter ?

Toad et Yocke examinèrent le plan à leur tour.

— C'est un peu comme de jouer à la roulette, remarqua Toad.

— Ouais, dit Jake Grafton. Vas-y, tire le numéro gagnant, mon gars.

Yocke tendit le doigt.

— Pourquoi pas celui-ci ? Il y a là un certain nombre d'entrepôts et de cités HLM. On a peut-être une bonne chance de trouver quelque chose dans ce coin-là. Ces grands ensembles... on met dans une seule pièce cinq ou six Colombiens qui ne parlent pas un mot d'anglais et ils peuvent y rester des semaines sans que personne s'en rende compte. Et même si les voisins ont des soupçons, ils n'appelleront certainement pas les flics. Pas si fous.

— Vendu, soupira Grafton.

Il sortit de la voiture et retourna à la jeep qui possédait un équipement radio.

Il fut de retour une minute plus tard.

— En avant, dit-il.

Tandis qu'ils roulaient, Jake se tourna vers Toad.

— Ta femme est à la maison ce soir ?

— Oui, m'sieur.

— Tu penses qu'elle aimerait se balader un moment avec nous ?

— Sûr. Si on fait un détour par là, je file la chercher en vitesse.

Toad donna l'adresse à Yocke. Quand ils s'arrêtèrent devant l'immeuble, Jake dit :

— Dis-lui d'enfiler un uniforme. Le plus vieux et le plus moche qu'elle trouvera.

Toad hocha la tête et disparut rapidement dans le couloir.

— Sympa de votre part d'y avoir pensé, dit Jack Yocke.

— Il ne reste plus à Rita que dix jours de permission, et moi je ne peux pas me passer de Toad.

— Officieusement — simple curiosité personnelle, hein —, qu'est-ce que vous faites au Pentagone, de toute façon ?

Grafton laissa échapper un petit rire.

— Eh bien, je suis responsable d'un groupe de sept ou huit personnes qui travaille pour l'état-major interarmes sur la coopération des militaires aux efforts anti-drogue.

— Ça ne me dit pas grand-chose.

— Hmm... Par exemple, nous avons maintenant un porte-avions stationné en permanence dans le golfe du Mexique et à l'est des Caraïbes. J'ai étudié le projet. Je me suis planté.

— Planté ? Ce n'est pas une bonne idée ?

— C'est bien là le problème. L'idée paraît formidable aux actualités télévisées ou dans le discours d'un politicien quelconque à Philadelphie. Mettez un bâtiment bourré d'avions qui survolent l'océan et peuvent prendre des photos des navires suspects et appeler les gardes-côtes quand ils en repèrent un. Ça veut dire qu'un porte-avions qui rentre d'une mission de six ou sept mois en Méditerranée saute révisions et entretien et part se balader là-bas. Les escadrilles disposent d'un budget qui permet de financer un nombre précis d'heures de vol pour chaque équipage pendant les rotations entre deux campagnes. Avec cet argent, elles doivent entraîner les nouveaux pilotes et maintenir à niveau les anciens. Au lieu de quoi, elles dépensent leur fric à tourner en rond au-dessus de l'eau. Personne n'est entraîné. Les navires et les avions ne reçoivent pas l'entretien nécessaire. Et quand nos gars ont fini de bronzer dans les mers du Sud, ils retournent en Méditerranée.

— Mais ça fait de l'effet à Philadelphie, dit Yocke. Sincèrement, *c'est ça* qui est important.

— Sans aucun doute. Mais si nous sommes obligés un jour d'envoyer des gens mal préparés se battre en Libye ou au Moyen-Orient, ils vont *mourir,* parce qu'ils n'ont pas reçu la formation qu'il leur fallait. Et nous allons perdre des avions dont nous avons grand besoin. Et même si nous passons entre les gouttes et que nous n'avons pas à nous battre, de toute façon les bateaux nécessiteront plus tard une remise en état — une sacrée remise en état. Et même si je suis un mauvais prophète, je peux vous dire que quand ce jour viendra, l'argent ne sera pas disponible. Le Congrès répondra : « Comme c'est dommage, mais vous n'avez pas entendu parler du désastre des caisses d'épargne, et du déficit, et des économies que permet la paix ?

« En plus, nos marins et nos jeunes aviateurs n'ont pas envie de passer leur vie en mer. Aussi, ils ne reconduisent pas leur contrat et du coup nous devons dépenser un méga-paquet de dollars pour en recruter et en former de nouveaux. (Grafton prit une profonde inspiration, vida lentement ses poumons, et conclut :) Mon équipe étudie les coûts de chacun de ces choix. Et nous expliquons les options aux preneurs de décisions. Voilà : c'est ça, mon boulot.

Yocke voulait continuer à faire parler Grafton ; aussi s'arrangea-t-il pour changer de sujet.

— J'ai observé ces soldats aujourd'hui. Ils ont l'air bien jeunes pour se promener avec des armes chargées dans les rues d'une ville.

— Ils *sont* jeunes. Mais ce sont de bons petits gars. Ils se sont engagés pour décrocher un morceau du rêve américain — un boulot, de l'argent pour suivre des études plus tard, apprendre un métier et gagner un peu de respect. Ça fait des milliers d'années que des jeunes gens deviennent soldats pour ces raisons-là.

— Est-ce qu'ils savent se battre ?

— Vous pouvez y aller. Ils sont aussi bons que n'importe quel soldat qui a jamais porté l'uniforme américain.

— Mais ils ne sont pas entraînés pour ce que vous leur demandez en ce moment.

— Non.

La porte d'entrée de l'immeuble s'ouvrit sur Rita Moravia et Toad Tarkington. Jack Yocke se retint de sourire. Rita était une femme superbe mais, vêtue d'un pantalon kaki, d'une veste épaisse, d'une casquette de marin et de bottes d'aviateur, ce n'était pas évident au premier regard.

— Salut, Rita, dit Jake Grafton.

— Capitaine, monsieur Yocke...

— Appelez-moi Jack, je vous en prie.

— Merci de me prendre dans votre expédition, mes amis. Quel est le programme ?

— Nous allons assister nos gars qui fouillent une cité. (Jake consulta son plan.) La cité Jefferson. Vous savez où c'est ? demanda-t-il à Yocke.

— Ouais. J'y suis déjà allé.

Yocke passa la première et démarra.

Une foule inhabituelle se pressait sur le parking du supermarché. Charon se faufila entre les voitures et les gens qui poussaient leurs chariots et il alla jusqu'à un téléphone fixé au mur, à côté d'une rangée de distributeurs automatiques de journaux. Il jeta un coup d'œil alentour pour s'assurer que personne ne risquait de l'entendre.

Les clients étaient trop occupés à leurs propres affaires. Charon repoussa le cuir de son gant pour dégager sa montre, puis il décrocha. Il lut les instructions. Pas besoin de pièce pour les services d'urgence. C'était toujours 25 cents d'économisés.

Il composa le 911.

La sonnerie retentit trois fois, puis une femme répondit :

— Service d'urgence de la police.

Il parla rapidement, aussi vite que possible.

— On est en train d'assassiner une femme dans un immeuble de New Hampshire Avenue. J'entends les cris. (Il donna l'adresse.) Vaudrait mieux vous dépêcher.

Il raccrocha brusquement et retourna à sa voiture, garée dans le coin le plus éloigné du parking, contre une haie d'arbres et de buissons qui cachait la vue. Bien sûr, on l'apercevait distinctement de n'importe quel endroit du parking — mais à condition de prendre le temps de regarder. Et, comme il l'avait prévu, personne ne le fit.

Il sortit ses affaires du coffre et les transporta à quelques mètres de là. Puis il sortit le plastic et le minuteur et les posa sur le plancher de la voiture, côté conducteur. Il enfonça l'amorce dans le plastic et régla très soigneusement le minuteur. Il observa pendant plusieurs secondes l'affichage à cristaux liquides. Satisfait, il attrapa le bidon de lait sur le siège arrière. Il le plaça près de l'explosif et dévissa le bouchon. Il avait enfoncé dans le goulot un morceau de sac plastique pour assurer une bonne étanchéité. Il le retira et le jeta sur le siège avec le bouchon rouge.

Les vapeurs dégagées par les quatre litres d'essence empliraient la voiture. Quand la bombe exploserait, dans une heure, cela augmenterait sa puissance et déclencherait un incendie particulièrement violent. Si tout se passait comme il le pensait, il ne resterait aucune empreinte pour la police. La confusion et l'incertitude provoquées par cette bombe ralentiraient d'autant la chasse à l'homme.

Il avait préparé deux cent cinquante grammes de plastic. C'était beaucoup. Peut-être trop. Il regrettait de n'avoir pas eu le temps de s'amuser un peu avec ce produit, pour mieux apprécier quelle était la bonne quantité à utiliser.

Les clés étaient toujours sur le contact. Mieux valait les enlever. Il était inutile d'inciter un gamin à briser la vitre avant le grand boum. Il glissa les clés sous le siège.

Quoi d'autre ?

C'était bon. Il enfonça le verrou de la portière et la claqua assez fort pour la fermer soigneusement.

Les premiers policiers à arriver sur les lieux se garèrent en double file. Le conducteur verrouilla sa portière et resta sur le trottoir tandis que son coéquipier contournait la voiture tout en vérifiant que son fusil était chargé. Il l'était. Et la sûreté était mise. Parfait.

— J'entends pas de cris.

— Moi non plus.

Ils venaient juste de s'engager dans les escaliers lorsque le bâtiment se volatilisa. Ils furent tous les deux tués sur le coup. En grossissant, la boule de feu brûla la peinture des voitures dans un rayon de plus de trente mètres.

Les policiers qui s'étaient postés en renfort sur New Hampshire Avenue, à deux pâtés de maisons de là, virent l'explosion et la signalèrent. Un instant plus tard, les ruines de l'immeuble n'étaient plus qu'un immense brasier rugissant.

Le premier véhicule d'incendie arriva quatre minutes après l'explosion. Les pompiers déroulèrent leurs tuyaux et les raccordèrent aux bouches à eau. D'autres voitures de police firent bientôt leur apparition, et on appela de nouveaux renforts.

Seize minutes après la déflagration initiale, une coccinelle Volkswagen verte de 1968 garée à une trentaine de mètres de l'immeuble explosa à son tour. Les enquêteurs estimèrent plus tard qu'elle devait contenir deux kilos de Semtex, un explosif tchécoslovaque. On retrouva des fragments du véhicule sur des toits d'immeubles situés à plus de cent vingt mètres de distance.

Sept pompiers qui travaillaient sur un camion-pompe, non loin de la VW, furent tués par l'explosion. Un morceau de tôle décapita un policier à quinze mètres de là. Les vitres de toutes les fenêtres du pâté de maisons furent soufflées, et une femme mourut d'une hémorragie. Plus d'une douzaine de personnes furent blessées par des éclats de verre ou des bouts de métal.

La police avait bloqué la zone de l'attentat quand Jake Grafton et les officiers sous ses ordres arrivèrent. Ils restèrent quelques minutes au barrage de la police à observer le formidable incendie. Ils aperçurent les artificiers qui longeaient les files de voitures garées dans la rue et les inspectaient une par une.

Jake Grafton demanda à Toad de passer un coup de fil à l'arsenal : l'armée aurait plutôt intérêt à avoir sous la main des équipes d'EOD — neutralisation des matériaux explosifs — en cas de besoin.

Des bombes. C'étaient les terroristes ? Ou le tueur qui n'avait pas « les pieds nerveux » ?

— Capitaine Grafton ? dit un policier en uniforme.

— Oui.

— Il y a un agent du FBI au commissariat central qui voudrait vous voir, monsieur. Il aimerait que vous le rejoigniez là-bas, si vous pouvez.
— Bien sûr. Dites-lui que j'arrive.
— D'accord.

Jake regarda autour de lui. Yocke était en train de discuter avec Rita. Il savait certainement où se trouvait le commissariat central. Jake, lui, n'en avait pas la moindre idée.

Ce n'était pas une véritable forêt, bien sûr. A l'endroit où se tenait Henry Charon, sur le flanc de l'arête rocheuse, dans Rock Creek Park, le bruit de la circulation restait fort. Trop fort. Il allait occulter les sons qu'il aurait besoin d'entendre si quelqu'un approchait, ce qui n'était d'ailleurs guère probable, en une nuit d'hiver comme celle-ci. La pluie, le froid, le vent. Parfait.

Il reprit sa montée ; il grimpait lentement, sans se servir de sa torche, et se déplaçait dans un silence total sur le sol mouillé. Dans son sac à dos, il avait des provisions. Et son duvet pendait à son épaule, accroché à une ficelle.

Il transportait aussi ses armes, dans un sac de sport. Trois grenades, un fusil démonté, et beaucoup de munitions. Sous sa veste, il avait un pistolet. Le silencieux était dans sa poche.

Il retrouva sans difficulté la petite faille dans les rochers. Ses talents d'homme des bois l'y avaient conduit directement. Il vérifia avec soin sa cachette, dans la fente, au-dessus de sa tête. Rien n'avait été dérangé.

Il posa ses paquets sur le sol et s'éloigna de la grotte, puis il en fit lentement le tour dans l'obscurité en prenant son temps et en s'arrêtant souvent pour écouter et observer. Une dizaine de minutes plus tard, il regagna la grotte et commença à déballer son matériel.

Il se fit chauffer une boîte de ragoût sur un réchaud à gaz, en veillant à ce que la petite flamme bleutée restât invisible depuis la pente, en dessous. Quand il eut fini de manger, il sortit la radio de sa cache de la paroi, et il glissa l'écouteur dans son oreille. Puis il tira l'antenne et s'installa en tailleur dans la partie sèche, à l'arrière de la grotte.

La fréquence audio de la télévision, tout d'abord. Comme toutes les chaînes couvraient la crise en continu, elles avaient pris l'habitude de donner un résumé des événements toutes les demi-heures. Il n'eut pas longtemps à attendre.

Le chaos sur New Hampshire Avenue dépassait ses prévisions. Son appartement n'existait plus et la police ne découvrirait aucune empreinte, aucun indice. Henry Charon se permit un sourire. Il ne souriait pas souvent et jamais à quelqu'un d'autre. Ses sourires, il se les gardait pour lui.

Il apprit que le couvre-feu avait été décrété. Il écouta attentivement, songeur, essayant de calculer ce que cela signifiait.

Manifestement, les troupes cherchaient d'abord des terroristes, des Colombiens armés. Donc si on le découvrait, lui, ce serait purement par accident.

Mais quand il avait mis ses plans au point, il n'avait pas envisagé l'éventualité d'un déploiement militaire. Il se doutait bien cependant qu'il y aurait des complications imprévues, aussi n'était-il pas excessivement soucieux. Là, à y réfléchir dans l'obscurité, il lui apparut que la meilleure solution, c'était de rester terré jusqu'au moment où les soldats découvriraient les terroristes et que la vie reviendrait à la normale dans les rues. Il pourrait alors de nouveau se perdre dans la foule.

Que son signalement eût été largement diffusé ne l'inquiétait pas outre mesure. Il avait vécu trop d'années dans l'anonymat. Il avait fréquenté la même station-service au Nouveau-Mexique pendant cinq ans avant que le propriétaire commençât à le reconnaître et à le saluer ! Et dans une ville de la taille de Washington, les habitants évitaient de croiser d'autres regards et ignoraient soigneusement les visages des gens qu'ils rencontraient. Rien à voir avec un trou perdu. Et donc, la nature humaine était sa meilleure protection.

Il passa sur la longueur d'onde de la police et tâtonna jusqu'à entendre le dispatcheur, au centre de contrôle. Il décida d'écouter les communications des flics pendant une heure. Cela lui donnerait une bonne idée de ce qui se passait dans le district.

Bien sûr, il aurait pu s'échapper cette nuit, voler une voiture en banlieue et être en route vers le Nouveau-Mexique avant même le lever du soleil, mais non. Il restait deux noms sur cette liste que lui avait fournie Tassone — le général Hayden Land et William C. Dorfman. Auquel allait-il s'attaquer en premier ?

Peut-être devrait-il oublier ces deux-là et faire une nouvelle tentative contre Bush ? Mais, en gros, le seul moyen d'en finir avec Bush maintenant, c'était de faire sauter tout l'hôpital. Quel beau projet ! Inutile d'espérer, bien sûr, qu'un homme seul y parviendrait avec aussi peu de temps devant lui, mais c'était intéressant d'y réfléchir. Oui, décidément, cette histoire devenait très amusante.

Henry Charon, l'assassin, recommença à se sourire à lui-même.

— Tous les appels sur le 911 sont enregistrés, expliqua l'agent spécial Hooper à Jake Grafton. Je pensais qu'un militaire aimerait entendre ça, juste pour information, puisque à l'heure actuelle, en quelque sorte, c'est vous qui dirigez l'opération.

— *En quelque sorte...* J'apprécie la délicatesse de votre expression.

— Bon, en tout cas, j'ai contacté le Pentagone et ils ont suggéré que ce soit vous. Et au quartier général de la Garde nationale, on m'a dit qu'on vous trouverait « là où il se passait quelque chose ».

Sur celle-là, Jake Grafton ne fit aucun commentaire.

— Cette bande va être analysée par ordinateur pour les bruits de fond, l'empreinte vocale, et tout ça. Nous finirons par en tirer tout ce qui sera possible. Mais j'ai pensé que vous aimeriez l'écouter.

— Où ?

— Là-haut.

Hooper le précéda dans l'escalier. Toad, Rita et Yocke emboîtèrent le pas aux deux hommes.

Hooper refit passer l'enregistrement trois fois.

— *On est en train d'assassiner une femme dans un immeuble de New Hampshire Avenue. J'entends les cris. 19-14 New Hampshire. Vaudrait mieux vous dépêcher.*

— Il parle trop vite, grommela Yocke.

— Il ne veut pas rester en ligne longtemps, dit Toad.

— Il est du Midwest.

— Il est blanc.

— Sûrement pas un Colombien.

— Capitaine ? fit Tom Hooper, les yeux fixés sur Grafton.

Il était resté silencieux pendant que Toad et Yocke échangeaient leurs impressions. Il haussa les épaules et répondit :

— Il aurait pu être plus bref s'il avait voulu. Même en parlant vite, il est resté plus longtemps en ligne que nécessaire.

— C'est-à-dire ?

— Il aurait pu lâcher aussi un truc du genre : *19-14 New Hampshire. J'entends des cris.*

— Et alors ?

— Alors, c'est tout. Vous m'avez demandé ce que je pense. C'est ce que je pense.

— Peut-être qu'il n'est pas bête, dit Jack Yocke. Est-ce que le dispatcheur aurait envoyé deux officiers de police en Code Rouge s'il n'avait eu qu'une adresse et des cris supposés ?

Hooper réfléchit un instant.

— Je ne sais pas. Je demanderai. Peut-être pas.

— Alors, il fait un genre pressé, bavard et hors d'haleine. Un genre naturel, si vous préférez. Et il obtient une réaction immédiate.

— C'est vrai, reconnut Hooper. Les policiers étaient là en trois minutes. Et la bombe a explosé trente secondes plus tard.

— Beaucoup de flammes, remarqua Rita Moravia. C'est bizarre.

— Probablement de l'essence, dit Hooper.

Jake Grafton consulta sa montre. Il devait retourner à l'arsenal de la Garde nationale pour discuter avec le général Greer. Et il lui fallait appeler le général Land.

— Vous serez à votre bureau demain matin? demanda-t-il à Hooper.

— Oui.

— Vous pouvez me préparer un résumé de ce qu'on a sur le tueur?

— Bien sûr, mais on n'a pas grand-chose.

— Aux alentours de 10 heures, d'accord? conclut Jake avant de se tourner vers ses compagnons. Eh bien, les enfants, la nuit est encore jeune. Retournons au boulot.

La voiture de Charon explosa exactement à la seconde prévue, au moment où Jake Grafton et les autres quittaient le commissariat central. Les immenses vitrines du magasin se désintégrèrent sur la foule plus importante que d'habitude à cette heure — beaucoup de gens étaient venus faire des réserves en prévision du couvre-feu. Six personnes furent blessées, dont trois grièvement. Par miracle, personne ne se trouvait à proximité de l'automobile quand elle explosa, mais quatre véhicules en stationnement furent détruits par la déflagration et l'intense dégagement de chaleur qui suivit. L'incendie était si violent au moment où les pompiers arrivèrent que même l'asphalte brûlait.

L'assassin entendit les appels sur la longueur d'onde de la police. Satisfait, il coupa la radio et la replaça dans la petite niche bien sèche au-dessus de sa tête, puis il se glissa hors de la grotte pour une autre reconnaissance. Les bruits des véhicules en contrebas s'espaçaient.

Le vent était froid et la pluie n'avait pas cessé.

Tandis qu'il se déshabillait et se glissait dans son sac de couchage, il revécut les événements de ces derniers jours. Allongé dans le noir, au chaud dans son sac, il soupira de contentement et sombra dans le sommeil.

Chapitre vingt-huit

Quand Jake Grafton arriva à l'arsenal de la Garde nationale, on amenait, menottes aux mains, une douzaine de jeunes gens et trois femmes. Les soldats qui les escortaient les poussaient sans ménagement avec la crosse de leurs armes. Ils portaient l'une des femmes, qui refusait de marcher.

— Oh, oh! murmura Grafton, tandis que Jack Yocke se garait dans un emplacement réservé aux véhicules du gouvernement.

Quand ils descendirent de la voiture, ils entendirent les prisonniers jurer, fort et avec véhémence. La plus virulente des femmes hurlait à tue-tête.

Les cris suivirent Jake Grafton le long du couloir qui menait au bureau de Greer.

Les soldats qui fouillaient la cité Jefferson avaient eu des problèmes, l'informa le général. Des gens avaient refusé de leur ouvrir la porte, d'autres étaient en possession de drogue, et certains avaient insulté les soldats et s'étaient même attaqués physiquement à eux. L'officier responsable de l'opération, le capitaine Joe White Feather, avait fait appréhender seize des plus agressifs. Le général ajouta qu'un camion allait arriver avec huit autres prisonniers. Des habitants de la cité avaient affirmé qu'ils étaient des revendeurs de drogue et, effectivement, la troupe avait découvert chez eux plusieurs kilos de narcotiques et un certain nombre d'armes.

— Nous ne pouvions pas *ne pas* les arrêter, expliqua le général.

Jake Grafton manifesta son assentiment d'un hochement de tête maussade.

Par une complexe relation de cause à effet, tout ce gâchis était lié à la drogue et à ceux qui la vendaient et l'achetaient. Et les soldats devaient donc affronter le problème des trafiquants et des utilisateurs, même s'ils n'en avaient aucune envie, pas plus que leurs supérieurs.

Le capitaine Jake Grafton, officier de marine, reculait instinctivement devant ce qu'impliquait la solution qu'ils avaient adoptée. Mais il s'agissait d'une mission de police pure et simple, et en tant que représentants du gouvernement sur le terrain, les soldats se trouvaient obligés de faire *quelque chose*. Mais quoi ? Un problème qui exigeait plutôt le scalpel d'un chirurgien allait se voir traiter avec ce proverbial instrument contondant : l'armée des États-Unis.

Jake Grafton tendit la main vers le téléphone.

Curieusement, personne à l'état-major interarmes n'avait envisagé cette complication. Ils étaient tous officiers de carrière et ils avaient abordé la question d'un point de vue strictement militaire. Le manque de temps avait exigé que la logistique et le C3 — les fonctions de commandement, de contrôle et de communications — fussent résolus en priorité. Personne, en gros, n'était allé plus loin. Et pourtant, *maintenant,* le problème était réel.

Cette nuit-là, il rentra chez lui à 3 heures du matin. Callie n'était pas couchée ; elle l'attendait.

— Amy dort ? fit-il.

— Depuis des heures.

— Il y a du café ?

Elle hocha la tête et le précéda à la cuisine. Quand ils furent tous deux assis à la table, leur tasse devant eux, elle demanda :

— Comment ça marche ?

Il se passa doucement la main sur le visage.

— On met sous les verrous tous ceux qui résistent aux autorités militaires et tous ceux que l'on trouve en possession de drogue. On les enferme à l'arsenal. Les prisons sont pleines.

— Tu es épuisé, Jake.

— Aucun doute, je viens de vivre l'une des pires journées de ma vie. Seigneur, *quel bordel !* Nous sommes tous dépassés — le général Land, le général Greer, moi, chaque soldat dans la rue.

— Tu as mangé ?

— J'avais pas faim.

Elle se leva, pourtant, et alla vers le réfrigérateur.

— S'il te plaît, Callie, je ne veux rien. Je suis trop fatigué. Je vais prendre une douche et filer au lit.

— On t'a vu avec Toad à la télévision. A L'Enfant Plaza.

— Une atrocité. Ce que faisaient les nazis aux juifs. Je ne l'aurais pas cru si je n'avais pas vu ça de mes propres yeux. *Le Mal.* Tu le sentais. Le meurtre gratuit à grande échelle.

Elle s'approcha et passa ses bras autour de ses épaules.

— Quel genre de gens iraient faire ça à d'autres gens ? murmura-t-elle.

Jake Grafton ne sut quoi répondre. Il se contenta de secouer la tête, puis il termina son café.

Le lendemain matin, il s'arrêta à l'arsenal avant de se rendre au siège du FBI. La pluie avait diminué ; c'était maintenant une petite bruine, sous un ciel bas. Les rues et les grands boulevards étaient si vides que cette vision avait quelque chose d'obscène. Jake croisa quelques véhicules militaires, des voitures du gouvernement et les patrouilles de police habituelles, mais absolument personne d'autre.

Tous les feux fonctionnaient. Il stoppa un instant à l'un d'eux, mais comme il était complètement seul à ce carrefour, il jeta un coup d'œil autour de lui et le brûla.

Sur Constitution Avenue, on l'arrêta à un barrage. Un soldat, posté devant sa portière, côté passager, braqua un M-16 sur lui, tandis qu'un sergent lui demandait ses papiers. Dès qu'il découvrit son identité, il lui fit un salut militaire.

— Vous pouvez passer, capitaine.

— Laissez-moi vous donner un conseil, sergent, dit Jake. Les gens que nous recherchons commenceront à tirer au premier battement de cils. Je vous suggère de contrôler les véhicules avec deux hommes de plus. Et vous pourriez garer certains de vos camions en biais dans cette rue-ci pour empêcher qu'on fonce par là sans s'arrêter.

— Oui, monsieur, j'en parlerai à mon lieutenant.

Quatre-vingt-dix-neuf personnes étaient maintenant détenues à l'arsenal. On les avait réparties dans les bureaux inutilisés, dans les couloirs et sur les côtés de l'immense salle principale du bâtiment. Les soldats avaient été très occupés. Ils s'étaient procuré des chaînes et des cadenas dans un centre de bricolage voisin et ils avaient attaché leurs captifs aux radiateurs, aux tuyaux apparents, à tout ce qui avait l'air solide.

Certains des nouveaux arrivants juraient, criaient et menaçaient, mais ceux qui étaient déjà là depuis un moment essayaient de dormir ou sanglotaient en silence. Bon nombre gisaient dans leurs vomissures.

— Le manque, expliqua un officier à Jake, qui essayait de ne pas respirer cette puanteur au moment où il passait à côté d'eux.

Quelques docteurs et des infirmiers militaires donnaient un coup de main aux soldats pour s'occuper des prisonniers. Des militaires, toujours par deux, les emmenaient aux toilettes quand il fallait.

En fait, la moitié d'entre eux à peu près avaient seulement ignoré l'ordre de ne pas utiliser un véhicule. Ceux-là étaient sobres, bien habillés, et occupés à protester bruyamment auprès de l'officier qui les interrogeait un par un, vérifiait leur adresse et leur permis de conduire, notait toutes ces informations, puis les libérait. Mais ils devaient rentrer chez eux à pied, car les voitures restaient dans le parking de l'arsenal, momentanément confisquées.

Jake s'arrêta pour écouter un moment l'un de ces entretiens. L'homme essayait d'intimider le commandant, en face de lui. Jake fit un signe à ce dernier, qui l'accompagna un instant dans le couloir, laissant son interlocuteur bouche bée au milieu d'une phrase.

— Qu'est-ce que vous faites avec des pignoufs pareils ? demanda Grafton.

— On garde les pires, dit l'officier avec un sourire. (Il tendit son pouce au-dessus de son épaule.) Celui-là n'est pas trop mal. Il n'arrive pas à me faire comprendre que les instructions des militaires ne s'appliquent pas à lui.

Après une rapide entrevue avec le général Greer et un coup d'œil sur le plan de la ville, Jake partit pour le siège du FBI. Il prit Toad Tarkington en route.

Assis à côté de Jake, Toad ne prononça pas un mot. Il fixait les rues vides et les rares piétons.

Le garde fédéral, depuis sa guérite de l'entrée principale du bâtiment du FBI, téléphona dans les étages. Deux minutes plus tard, un agent subalterne arriva pour les conduire chez Hooper.

— Nous ne sommes pas très nombreux aujourd'hui, leur expliqua leur guide, avec un geste en direction des bureaux vides. Nous avons des voitures qui tournent pour ramasser nos gens, mais nous ne réunirons certainement que la moitié de nos effectifs, au bout du compte.

Hooper les attendait. Il les fit entrer dans son bureau et servit du café. Ses vêtements étaient chiffonnés et il avait grand besoin de se raser.

— Quel est votre boulot, exactement ? demanda-t-il à Jake Grafton.

— Le général m'a, en quelque sorte, rajouté temporairement à son équipe. J'appartiens en réalité à l'état-major interarmes, comme le lieutenant Tarkington ici présent, et mille six cents autres personnes.

Hooper ne répondit pas. Si la bureaucratie militaire était moitié aussi compliquée que celle du FBI, poser d'autres questions serait parfaitement inutile. Il jeta un coup d'œil à sa montre.

— J'ai une demi-heure. Ensuite, il faut que je me présente devant la commission présidentielle, ou plutôt la commission Longstreet, puisque, si j'ai bien compris, ils l'appellent comme ça maintenant que le président de la Cour Suprême est tombé sous les balles des terroristes.

Et, sans autre préambule, il commença :

— Comme vous le savez, l'hélicoptère du président a été abattu par deux missiles Stinger. Fabrication américaine. Nous sommes en train de dresser l'inventaire de ces missiles dans tous les dépôts de munitions du pays, et d'étudier tous les vols rapportés, mais nous n'avons encore rien de solide. Nous avons interrogé aussi la totalité des personnes contrôlées dans un rayon de dix kilomètres du petit parc au bord du fleuve, d'où les missiles ont été tirés, mais là encore sans le moindre résultat jusqu'à présent.

« Les fusils abandonnés après les attentats contre le ministre de la Justice et le président de la Cour Suprême sont en fait nos meilleures pistes. Identiques, tous les deux — des Winchester automatiques modèle soixante-dix, calibre trente-zéro-six. Nous avons essayé de savoir d'où ils venaient et là, au moins, nous avons eu de la chance. Le fusil utilisé contre Gideon Cohen a été vendu il y a dix ans par une armurerie à un dentiste de Pittsburgh. Celui-ci l'a cédé, il y a six semaines, en passant une petite annonce. Un homme l'a appelé, puis s'est pointé une heure plus tard, a examiné l'arme et payé en liquide. Pas de marchandage et pas de nom.

« Et nous avons encore eu de la chance. Parfois ça marche comme ça, et parfois on se tape la tête contre les murs. D'après le dentiste qui nous l'a décrit, l'homme avait un tatouage reconnaissable sur l'avant-bras. Ce qui nous a permis de le retrouver par le fichier central. Un gars du nom de Melvin Doyle qui, coup de pot supplémentaire, a été arrêté il y a trois jours à Sewickley, en Pennsylvanie, pour avoir salement tabassé sa petite amie. Doyle a déjà fait de la prison pour vol qualifié, usage de faux, et un certain nombre d'autres délits.

Il tendit à Jake une copie imprimante du casier judiciaire de Doyle. Jake y jeta un coup d'œil, puis le passa à Toad qui lui aussi le parcourut rapidement avant de le reposer sur le bureau de Hooper.

— Nos agents ont interrogé Doyle hier soir. Ils l'ont menacé d'une inculpation fédérale pour complicité de tentative d'assassinat sur la personne d'un fonctionnaire public, et il a craché le morceau. Il dit avoir acheté trois fusils modèle soixante-dix pour le compte d'un type du nom de Tony Pickle. (Hooper laissa tomber une autre feuille de papier devant Jake.) Voici Tony Pickle.

« Il s'agit en réalité de Pasquale Piccoli qu'on connaît aussi sous le nom d'Anthony Tassone. A grandi dans les rackets, déménagé pour

Dallas au milieu des années 70. A fricoté dans les caisses d'épargne au Texas. Vit maintenant à Vegas.

Il s'assit et regarda Jake.

— Et...? fit celui-ci.

— Et c'est tout, dit Hooper. Nous n'avons pas d'autres indices.

— Et le deuxième fusil ? Il faisait partie du lot des trois ?

— On ne sait pas. Doyle n'a pas noté les numéros.

— Doyle a procuré autre chose à Tassone ?

— Il dit que non. Nous vérifions.

— D'accord, donnez-moi maintenant votre opinion.

— Notre bureau du Texas est très intéressé par Tony Pickle. Ce gars semble avoir été une espèce d'homme à tout faire pour des gestionnaires de caisse d'épargne vraiment louches. La plupart sont d'ailleurs sous le coup d'une enquête ou d'une inculpation. Nous pensons que deux ou trois d'entre eux sont allés plus loin que les fraudes bancaires, les dessous-de-table, les maquillages d'écritures et autres habituelles entourloupes d'initiés. Il se pourrait qu'ils se soient lancés dans le blanchiment de l'argent. Extrêmement rentable. Parfait pour une caisse d'épargne qui voit une tonne de prêts partir en eau de boudin.

— Que dit Tassone de tout cela ?

— Sais pas. Nous le cherchons. Pas encore trouvé.

Toad intervint pour la première fois dans la discussion.

— Et pour le compte de qui ces caisses d'épargne blanchissaient-elles de l'argent ?

L'agent spécial Thomas F. Hooper fixa le jeune officier d'un regard songeur.

— Pour les gros trafiquants de cocaïne. Peut-être, indirectement, pour le cartel de Medellín ou celui de Cali. C'est l'odeur que ça a, en tout cas. Beaucoup d'argent en jeu. (Il plissa les lèvres une seconde, puis, les yeux baissés sur la photo d'Anthony Tassone, il répéta :) *Beaucoup.*

— Pardonnez notre ignorance, intervint Jake Grafton. Mais beaucoup d'argent, pour le FBI, ça fait combien ?

— Plus d'un milliard de dollars. Au moins.

— C'est beaucoup, en effet, reconnut Toad Tarkington. Même pour nous, au Pentagone, c'est beaucoup.

Après avoir utilisé chaque minute de la demi-heure de Hooper, Jake et Toad quittèrent le siège du FBI au moment même, ou presque, où le shérif adjoint Willard Grimes arrêtait sa voiture de patrouille devant la pompe à essence de la station-service-alimentation générale d'Apache Crossroads, Nouveau-Mexique. Le policier nettoya son pare-brise dans le vent et le froid mordants, tandis que le carburant remplissait lentement son réservoir.

Quand il eut reposé le pistolet sur son support, Willard Grimes entra dans la boutique.

Il dut forcer sur la porte pour la refermer, tandis que le vent s'engouffrait dans le bâtiment en planches.

— Oh là là ! s'exclama-t-il, tu crois que ce froid va cesser un jour ?

— 'lut, Willard, répondit le propriétaire en levant les yeux de son journal. Combien de litres ?

— Cinquante-huit, dit Willard tout en se versant un café fumant dans une tasse en plastique.

L'homme, derrière son comptoir, fit une note sur un petit carnet vert qu'il poussa devant Willard pour une signature. Willard gribouilla son nom et posa vingt-six cents devant lui pour le café.

— Comment se porte le crime ? demanda l'autre.

— Comme ci comme ça, répondit Willard. Aujourd'hui, faut qu' j'aille traquer l'excès de vitesse sur la nationale. Le shérif veut qu' je coince au moins cinq conducteurs qui n' sont pas de l'État. Paraît qu'il a encore sur le dos ces foutus divisionnaires régionaux qui veulent qu'il fasse rentrer plus d'amendes.

— Tu sais, dit le propriétaire, c' que j'aime le plus dans le fait de vivre ici, c'est qu'il n'y a pas de vrais crimes. Pas comme dans les villes.

Il agita la main en direction du quotidien de Santa Fe posé sur le comptoir.

Willard Grimes jeta un coup d'œil au journal. Il y avait un dessin juste en dessous du gros titre. Un portrait-robot.

— C'est ça, l' gars qu'est supposé avoir tiré sur le président ?

— Ouais, le président, le vice-président et la moitié du gouvernement. Ce type s'ouvre un chemin à travers Washington. A côté de lui, Lee Harvey Oswald est un vrai poisson rouge. Et tu veux que j' te raconte un truc marrant ? La première fois que j'ai vu ce dessin à la télé, hier soir, j'ai fait à ma femme : « Que j' sois damné si on dirait pas Henry Charon, le type qui vit là-haut, du côté des Twin Buttes. » C'est dingue c' qui s' passe dans l'esprit de quelqu'un quand il voit un dessin comme ça, hein ?

— Ouais, grogna Willard Grimes.

Tout en sirotant son café devant la fenêtre, il contemplait le ciel de plus en plus sombre, au-dessus de la route qui filait droit sur l'horizon. Il sortit une cigarette et l'alluma.

Ah oui, maintenant il s'en souvenait. Henry Charon. Un drôle de gars.

Indéfinissable. Taille moyenne. Maigre. Et vraiment pas bavard. Conduit un pick-up Ford.

Grimes retourna au comptoir sans se presser et étudia plus soigneusement le portrait-robot. Il plissa les yeux. Nan.

— Ça peut pas être lui, bien sûr, reprit le propriétaire. J' connais personne dans le coin qui filerait à Washington pour flinguer des politiciens. C'est ridicule. Même si c'est vrai qu' ça serait pas mal si quelques-uns d'ces types se faisaient un peu canarder. Non, le tueur, c'est probablement une espèce de blanc-bec dingue et communiste comme ce crétin d'Oswald. Mais Henry Charon ? Il m'achète de l'essence et des provisions assez régulièrement.

— T'as raison, ça peut pas être lui, approuva le shérif adjoint Willard Grimes.

— Maintenant, si quelqu'un en veut aux politiciens pourris, dit le propriétaire, qui commençait à se monter la tête tout seul sur le sujet, c'est vrai qu'y en a un paquet qu'ont besoin qu'on tire un peu sur leurs piaules ! Tu te rappelles, à Albuquerque...

Cinq minutes plus tard, une nouvelle tasse de café à la main, l'adjoint Grimes s'apprêtait à partir pour la nationale quand un garde-chasse gara son camion vert devant la station-service. Willard traîna un peu pour profiter de la visite.

Le garde-chasse mangeait un beignet et taquinait le propriétaire, quand ses yeux se posèrent sur le journal.

— C'est la meilleure, ça ! s'exclama-t-il. Si ce n'est pas Henry Charon, je bouffe mon chapeau.

— Quoi ? dit Willard Grimes.

— Henry Charon, répéta le garde-chasse. Il a un ranch minuscule du côté de Twin Buttes. J'ai traqué cet enfant de salaud dans tout le nord du Nouveau-Mexique. C'est un foutu braconnier, mais on n'a jamais pu le prendre sur le fait. En tout cas, c'est lui, aucun doute.

— Comment ça se fait que vous n'ayez rien dit hier ? demanda Willard Grimes. Ce dessin a dû déjà passer cent fois à la télé.

— Mon poste est en panne depuis un mois. C'est la première fois que je vois ce truc. Mais je suis prêt à parier une semaine de paie que c'est Henry Charon. Aussi sûr que Dieu a créé de petites pommes vertes.

L'enveloppe contenant les rapports du laboratoire sur l'affaire de la boulangerie de la Santé attendit quatre heures dans le panier du courrier arrivé, avant que l'agent spécial Freddy Murray ne trouvât le temps de l'ouvrir. Il parcourut rapidement les documents une première fois, puis il s'installa pour les étudier avec soin. Finalement, il prit un bloc-notes grand format et commença à écrire.

Le corps d'un certain Antonio Anselmo, blanc, sexe masculin, âgé d'environ quarante-cinq ans, prothèse dentaire partielle, avait été découvert dans la chambre fermée à clé d'Harrison Ronald Ford, dans les quartiers du FBI, à la base des Marines de Quantico. La partie antérieure du crâne était écrasée. La mort avait été instantanée. Quand les gars du labo virent le cadavre, à onze heures mercredi, ils estimèrent que le moment du décès devait se situer entre minuit et quatre heures du matin.

On avait récupéré des cheveux, des fragments de chair et un peu de sang sur le palier de l'escalier d'incendie, pas très loin de la chambre de Ford. Groupe sanguin identique à celui d'Anselmo. Des brins de vêtements et un bouton de chemise avaient été récupérés dans le même escalier. Et certaines traces, sur le linoléum du couloir, auraient pu être laissées par un corps traîné par quelqu'un.

Le portefeuille — ça, c'était intéressant... —, le portefeuille et une clé de motel portaient les empreintes digitales partielles de Harrison Ford.

Il y avait un fusil à côté du cadavre. Avec, là aussi, les empreintes de Ford. Et on avait trouvé une minuscule tache d'huile sur un pan de la chemise d'Anselmo — graisse à fusil. Pas d'autre arme dans la pièce.

Le second rapport détaillait très précisément l'entrepôt de la boulangerie, avec ses six macchabées et son laboratoire clandestin de transformation de la cocaïne. Murray le feuilleta sans s'y intéresser.

Il préféra se concentrer sur le rapport concernant la maison de Freeman McNally. Un cadavre dans le salon. Un Blanc de cinquante-neuf ans, un certain Vinnie Pioche. Abattu de trois balles, calibre 9 mm — deux d'entre elles étaient entrées par le dos, et la dernière par le côté droit, apparemment alors qu'il était allongé par terre. Selon le médecin légiste, Pioche était déjà mort quand il avait été touché par cette troisième balle — pas d'hémorragie.

Et puis, il y avait cette énigme : le pistolet qui avait servi à tuer Pioche se trouvait dans l'armurerie de McNally et ne portait aucune empreinte.

Le rapport détaillait soigneusement chacun des points d'impact de quatre-vingts balles de 9 mm, au rez-de-chaussée de la maison. Réfrigérateur, télévision, salle de bains — un sacré carton. Il y avait des schémas et Murray s'y référa plusieurs fois au cours de sa lecture.

Des voitures à l'extérieur de l'entrepôt. Il y avait des taches de sang humain sur la banquette arrière de l'une d'elles. Le sang correspondait à celui de Pioche. Et c'était dans la poche d'Harrison Ford qu'on avait récupéré la clé de contact de ce véhicule.

Freddy Murray revint alors au rapport sur l'entrepôt. Il étudia à nouveau la description par le médecin légiste des blessures de Freeman McNally. Scrotum partiellement arraché et grave lésion au testicule droit, juste avant l'arrêt du cœur, traversé par une balle tirée derrière Freeman par quelqu'un placé à environ un mètre trente de distance.

Ruben McNally — lui, il avait été à moitié étranglé et sévèrement passé à tabac, mais la cause du décès était une hémorragie cérébrale due à l'enfoncement de l'arête nasale dans la cavité crânienne.

Billy Enright...

Freddy se laissa aller contre le dossier de son siège et siffla doucement. *Seigneur!* C'était le seul mot qui lui venait à l'esprit pour décrire tout ça. Seigneur!

Il prenait toujours des notes, une heure plus tard, quand Tom Hooper entra dans le bureau et s'écroula sur une chaise.

— McNally?
— Ouais.
— Qu'est-ce que t'en penses? demanda Hooper en ôtant ses chaussures.
— Eh bien, répondit lentement Freddy tout en regardant Hooper se masser le pied droit. Je suis frappé par le nombre de similitudes qui existent entre le massacre de l'entrepôt McNally et celui qui a eu lieu chez Willie Teal.

Hooper ne leva même pas les yeux.

— Baratin, dit-il.
— Non, je suis sérieux, Tom.

Hooper abandonna son pied droit et s'attaqua au gauche. Puis il les posa tous les deux à plat sur le sol et regarda Freddy.

— Non.
— Je reconnais qu'il y a aussi beaucoup de différences, mais cela m'apparaît vraiment comme un nouvel épisode de la guerre des gangs. On a juste eu une sacrée chance que notre agent infiltré reste vivant, avec seulement une balle *dans le dos*.
— Regarde celui sur Ford, dit Hooper en tendant le doigt vers la pile de rapports. Lis-moi l'analyse des vêtements qu'on lui a ôtés aux urgences, tu veux?

Freddy prit son temps. Il trouva le passage, le lut attentivement, puis répondit :

— D'accord, il y a du sang de trois personnes différentes sur ses fringues...

— Et où crois-tu donc qu'il a ramassé tout ça ?
— Tom, à certains endroits de l'entrepôt, y en avait plein les murs et plein sur le sol. Il a dû s'y frotter.

Hooper enfila ses souliers et noua soigneusement les lacets. Quand il eut fini, il ajouta :

— Tous les deux, on sait que Ford est allé dans cet entrepôt pour descendre ces gars. Et il en a battu un à mort — à mains nues. Il y est allé pour ça et pour aucune autre raison !

— Maintenant, écoute une minute, Tom, s'exclama Freddy. Nous avons une tonne de faits, mais pas d'histoire qui se tienne. Un petit malin pourrait relier tous ces faits pour raconter n'importe quel récit plus à son goût. Et je te garantis que l'avocat qui défendra Harrison Ford sera un gars sacrément malin. Et s'il est inculpé, même *moi* je cotiserai à son fonds de défense.

Comme Hooper ne répondait rien, Murray revint à la charge.

— Tu penses que personne ne dira que le FBI l'avait infiltré ? *Ha !* La défense va nous décrire comme une bande de gratte-papier incompétents qui n'ont pas réussi à traîner Freeman McNally devant la justice, et qui essaient maintenant de faire pendre leur propre agent ! Mon Dieu, Tom ! Les cent prochaines personnes que nous essaierons de recruter pour les infiltrer quelque part vont nous rire au nez !

— Les flics et les agents du FBI doivent eux aussi obéir à la loi. Harrison a dépassé les bornes. (L'irritation était manifeste dans la voix de Hooper.) Pourquoi avons-nous cette conversation ?

— L'erreur de Ford a été de ne pas se trouver au lit, profondément endormi, quand Tony Anselmo est venu lui rendre visite avec son fusil à canon scié. Il aurait pu alors simplement mourir dans son sommeil et tout ce bordel n'aurait pas eu lieu.

— Je sais qu'il a tué Anselmo en légitime défense, grogna Hooper. Personne ne suggère de le poursuivre pour ça.

— Et tu crois que la bagarre à l'entrepôt, c'était pas de la légitime défense ? Bon sang, Tom ! *Il a pris une balle dans le dos.*

Hooper quitta sa chaise et marcha jusqu'à la fenêtre. Il passa ses doigts dans ses cheveux.

— Qu'est-ce que tu proposes, alors ?

— J'estime que Harrison Ford a assez donné pour son pays. Je propose que nous bouclions le dossier McNally et que nous laissions Ford rentrer à Evansville.

— Juste comme ça ?

— Ouais. Juste comme ça.

Hooper continua à regarder par la fenêtre.

— Nous aurions dû coffrer McNally en septembre, ajouta Freddy, plus pour lui-même que pour son chef.

Tom Hooper était au FBI depuis vingt-six ans. Il réfléchissait maintenant à toutes ces années et à tous ces choix difficiles qu'il avait dû faire en chemin. Freddy l'agaçait avec son blabla sur l'arrestation qu'il aurait fallu opérer plus tôt. Ils avaient bien mené cette affaire d'un bout à l'autre, et ce n'était pas de leur faute s'il y avait eu des circonstances incontrôlables. Il repensa à Ford — cet homme n'était pas un bon agent. Oh, sûr, ce n'était pas un imbécile et il avait le courage d'un taureau, mais il avait trop d'imagination. Et il réfléchissait sacrément trop.

Debout à la fenêtre, il passa les péchés de Ford en revue. Putain de trou-du-cul, en tout cas !

— Ford avait prévu de descendre McNally et tous les autres, puis de revenir à sa chambre, à Quantico, dit-il d'une voix dure. Ensuite, il nous aurait appelés et il aurait affirmé avoir été assommé au cours de sa bagarre avec Anselmo. C'est pour ça qu'il a changé d'arme chez McNally. Nous n'avons aucune preuve qu'il ait tué Pioche. Aucune ! On peut imaginer qu'Anselmo l'a liquidé avant de partir refroidir Ford. Si Ford n'avait pas été blessé à l'entrepôt, nous n'aurions peut-être pas su qu'il s'y était rendu. On n'aurait eu qu'un tas de cadavres sur les bras.

— Tu crois ? dit Freddy derrière lui.

— Je le *sais !* J'arrive à lire dans les pensées de cet homme. C'est pas un flic ! Il réfléchit comme un foutu Marine. Attaquer ! Toujours attaquer !

Hooper se retourna. Freddy étudiait les rapports du labo.

— Tu m'écoutes ? demanda Hooper.

— Ouais, j'ai entendu.

— Au fond, Ford et McNally sont exactement pareils. Au cul la loi ! La loi est faite pour les autres, tous ceux qui ne savent pas s'en tirer en la foulant aux pieds. Ils pensent tous les deux comme ça !

Freddy referma les rapports et les rangea proprement. Il prit son temps, puis il examina la pile pour s'assurer qu'elle était parfaitement alignée et que les dossiers étaient classés par ordre numérique. Quand il eut fini, il parla lentement — et sans regarder Hooper.

— McNally est retiré des affaires. Définitivement. C'était, *en tout cas je le croyais,* notre but depuis le début. Et le gouvernement n'aura pas à dépenser un cent pour le juger ni pour le garder dans une pièce chauffée jusqu'à la fin de ses jours aux frais du contribuable. Y aura pas d'appels. Pas d'accusations d'abus d'autorité ni de racisme. C'est réglé.

Il saisit la pile de dossiers et la tendit à Hooper.
— Clos ce dossier, conclut-il.
L'intercom bourdonna.
— Oui ? dit Freddy dans l'appareil.
— Communication du Nouveau-Mexique pour M. Hooper. Une nouvelle identification du portrait-robot de l'assassin.
— Je prends dans mon bureau, dit Hooper à Freddy.
Il ramassa la pile de dossiers et la fourra sous son bras.

On tira les premiers coups de feu sur les soldats vers 14 heures, dans l'un des quartiers les plus pauvres du nord-est de Washington, où un détachement avait arrêté une Cadillac 1965 délabrée. Au moment où les militaires escortaient jusqu'à un camion les deux jeunes Noirs de la voiture, quelqu'un les prit pour cibles. Les soldats se jetèrent au sol et essayèrent de repérer le tireur. Les deux Noirs en profitèrent pour s'enfuir. L'un des soldats, en tenue de combat, se lança à leur poursuite. Il n'avait pas fait quinze mètres qu'un nouveau coup de feu l'abattit.

Ses camarades crachèrent une grêle de plombs sur une fenêtre au-dessus d'une épicerie qui faisait le coin de la rue, puis ils enfoncèrent la porte d'entrée de la maison à coups de bottes et se précipitèrent dans l'escalier. Dans la pièce, ils découvrirent un garçon noir de quinze ans blessé au bras et pelotonné sur le sol. A côté de lui, il y avait une vieille carabine.

— Pourquoi tu as tiré ? demanda le sergent. Pourquoi tu as tiré sur ce soldat ?

L'adolescent refusa de répondre. On lui fit dévaler l'escalier et, sous les yeux d'une foule qui grossissait rapidement, on le jeta sans ménagement dans un camion pour le conduire à l'hôpital. A côté de lui l'homme qu'il avait tué gisait sur une civière.

— Sales flics blancs, cria une femme. Arrêter des *enfants* ! Qu'est-ce que vous faites dans notre quartier, de toute façon, sales Blancs ? Vous venez faire chier les Noirs ?

Une brique vola et manqua de peu un soldat. Il fallut vingt minutes à la troupe pour disperser le rassemblement.

Pendant cet incident, à trois kilomètres de là, dans une cité HLM, un toxicomane tira au fusil de chasse à travers la porte fermée de son appartement, et atteignit en plein visage le militaire qui venait de taper.

Les plombs de sa deuxième cartouche terminèrent leur course dans le mur sans blesser personne.

Les soldats enfoncèrent la porte tandis que l'assassin bataillait avec la culasse de son arme pour ouvrir le double canon. Sa femme était assise dans un fauteuil, dans un coin de la pièce. Elle regarda sans rien dire les deux hommes qui vidaient à bout portant sur son mari les chargeurs de leurs M-16 réglés en tir automatique.

Ils étaient furieux, et ils manquaient d'expérience. Certaines de leurs balles ratèrent leur cible. Mais trente-deux d'entre elles — le médecin légiste les compta plus tard — hachèrent le toxicomane avant même que son cadavre touchât le sol.

Chapitre vingt-neuf

A la tombée de la nuit, les incidents se multiplièrent. La salle des communications, à l'arsenal, devint une véritable ruche où les radios déversaient leurs lots de coups de feu et de foules en colère.

A l'Executive Office Building, le général Land discuta un moment avec le vice-président. Conscients qu'ils n'avaient pas vraiment le choix, ils décidèrent d'utiliser davantage de soldats et de les disposer au coup par coup, partout où il y aurait des problèmes. Le général Land fit donc intervenir un bataillon qu'il tenait en réserve sur la base de l'Air Force d'Andrews.

Jake Grafton était à l'arsenal, où il étudiait un plan de la ville pour essayer de faire le point sur les zones fouillées et celles qui ne l'étaient pas encore, quand le téléphone sonna.

— Capitaine, agent spécial Hooper.
— Oui.
— Je pensais que vous aimeriez être au courant. Nous avons reçu plus d'une douzaine d'identifications éventuelles du portrait-robot de l'assassin. Deux à Washington et les autres d'un peu partout dans le pays. Nous vérifions tout ça. Mais je me suis dit que vous voudriez peut-être faire un saut aux deux adresses en ville. Nos agents y sont encore. Vous avez de quoi noter ?
— Allez-y, répondit Jake, en sortant son stylo.

Hooper lui laissa le temps d'écrire et de relire les adresses, puis il ajouta :

— A mon avis, l'identification la plus sérieuse arrive du Nouveau-Mexique. Très précise. Ça vient d'un garde-chasse et du propriétaire d'une station-service. Ils pensent que le gars possède un ranch par là-bas. Soupçonné depuis longtemps de braconnage. Très fort avec les armes à feu. A servi de guide pour des flambeurs d'autres États durant ces sept ou huit dernières saisons de chasse. Un shérif adjoint est allé jeter un coup d'œil à son ranch cet après-midi. Personne. Semble abandonné depuis une semaine environ.

— Il s'appelle comment ?

— Charon. Henry Charon. On a eu sa date de naissance par le service des véhicules à moteur du Nouveau-Mexique — 3 juin 1951. Nous avons reçu un fax de la photo de son permis de conduire. Je l'ai vue. C'est vrai que ça ressemble et que ça pourrait bien être notre gars. J'ai des agents qui la montrent à des témoins, en ce moment.
— Je peux avoir des tirages ?
— Les agents qui sont allés vérifier nos deux pistes locales en ont. Ils vous en donneront un sur place. Et nous en ferons parvenir à l'arsenal dès que possible.
— Disons deux mille.
— Eh bien, on fera ce qu'on pourra. Ça prendra un petit moment.
— Le plus tôt sera le mieux.
— Sûr.
— Et le fichier central ? Ce gars a un casier ? Y a eu des mandats d'arrêt ?
— On a cherché. Rien. On vérifie.
— Merci d'avoir appelé, Hooper.
— Ouais.

L'adresse la plus proche des deux était un immeuble d'habitation sur Georgetown Avenue. Jack Yocke prit le volant. Quand ils furent arrêtés à un barrage, il montra un laissez-passer signé du général Greer tandis que Jake, Toad et Rita sortaient leurs cartes d'identité militaires vertes. Le sergent examina les photos et braqua une lampe-torche sur chacun des visages des officiers. Deux hommes armés de M-16 s'étaient placés de manière à pouvoir tirer de part et d'autre du sergent.

— Vous pouvez passer, monsieur, dit le sergent en le saluant.

Jake lui rendit son salut, tandis que Yocke accélérait.

Il n'y avait aucune place où stationner en face de l'immeuble, aussi Yocke se gara-t-il en double file.

— Un permis à retirer, plaisanta-t-il.
— Toad, rédige une citation à comparaître, dit Jake avant de claquer la portière derrière lui.

Les agents du FBI étaient encore en train de discuter avec la gérante de l'immeuble. Jake se présenta. L'un des agents l'entraîna dans le couloir et il lui montra une télécopie avec un portrait. La photo du permis de conduire avait été agrandie. L'homme fixait l'appareil, le nez légèrement déformé par l'objectif.

— La bonne femme dit que ce type est locataire depuis un mois environ. Nous attendons un mandat de perquisition.
— Mais je pensais que c'était la photo du permis de conduire du gars du Nouveau-Mexique ?

— C'est bien elle. C'est la même personne.
— Henry Charon.
— Un nom intéressant. Mais il ne s'en est pas servi ici. Ici, il s'est fait appeler Sam Donally. Elle a demandé à voir son permis quand il a signé le bail. Elle pense que c'était un document de Virginie, mais elle n'en est pas certaine. Nous avons pris contact avec le service des véhicules à moteur de Virginie. Mais sans la date de naissance, ça prendra un moment.
— Peut-être qu'il a utilisé la même ? Plus facile à retenir.
— Peut-être.
— Quand l'a-t-elle aperçu pour la dernière fois ?
— Il y a environ quatre jours. Mais elle ne l'a rencontré que huit ou dix fois depuis qu'il loue l'appartement. Il reste absent plusieurs jours d'affilée. Prétend qu'il travaille comme consultant pour le gouvernement. Et — ça, c'est plutôt curieux — six des dix locataires des autres appartements de l'immeuble sont chez eux et nous leur avons parlé, et pourtant aucun n'est capable d'identifier sérieusement la photo. Et le portrait-robot non plus. Trois ont estimé que ce pouvait être lui, mais seulement après que je l'ai eu suggéré.
— La gérante compte le revoir à un moment précis ?
— N'importe quand. Il ne prévient jamais.
— Alors, il pourrait juste se pointer comme une fleur à n'importe quel moment ?
— C'est possible.
— Et maintenant, il est là-haut ?
— Je ne crois pas. Je suis allé jeter un coup d'œil par l'escalier d'incendie, il y a un quart d'heure. L'endroit semble vide.

Jake étudia la photo un instant. Les traits étaient réguliers, assez communs, mais organisés d'une telle manière que personne n'aurait pu considérer leur propriétaire comme beau. Il ressemblait... c'était difficile à dire. Il ressemblait, décida Jake, à tout le monde. C'était comme si le propriétaire de ce visage n'avait pas de personnalité propre. Le regard tourné vers l'extérieur, légèrement ennuyé, ne promettait rien. Pas de grande intelligence, pas d'esprit, pas... Rien ne se cachait derrière ce front lisse, ces traits calmes, dénués d'émotion.

Faux. *Tout était caché.*

Il prit dans sa poche une copie du portrait-robot et la plaça un instant à côté de la photo. Eh bien, c'était ça et ce n'était pas ça en même temps.

— Merci, dit Jake Grafton à l'agent.

De retour à la voiture, il montra la télécopie aux autres. Ils sortirent immédiatement leur propre exemplaire du portrait-robot pour comparer.

— Oh oui! dit Rita. C'est lui. Je suis sûre que c'est bien le même homme.

— Non, dit son mari. Ça pourrait être lui, peut-être, mais...

— Allons-y, dit Jake Grafton à Yocke. On file à l'autre adresse. Q Street.

Avec une circulation pratiquement inexistante, Yocke y fut en un temps record. Il grilla tous les feux rouges, se contentant de ralentir et de jeter un coup d'œil des deux côtés. Ils dépassèrent l'immeuble, Toad signala l'erreur et Yocke fit le tour du pâté de maisons.

Il y avait une place de stationnement bien visible cinq mètres plus bas dans la rue, mais Yocke préféra se garer en double file devant l'entrée principale. Il adressa à Grafton un sourire narquois et légèrement suffisant.

Le capitaine soupira, descendit de la voiture, puis il dit à Toad :

— Téléphone à l'arsenal, s'il te plaît, et demande les nouvelles.

Tandis que le lieutenant utilisait un appareil à l'intérieur de l'immeuble, Jake discuta un moment avec un autre agent dans l'entrée. Il attendait dans la voiture quand Toad revint.

— Émeutes, rapporta Toad. Le bouchon est en train de sauter.

— Aucune trace des terroristes?

— Non, rien encore.

— Retournons à l'arsenal, dit Grafton à Yocke, tout en tapotant le tableau de bord.

— A vos ordres, capitaine. Qu'est-ce que le gérant raconte, ici?

— Ce n'était pas le gérant. Il est parti en vacances. On a vu un locataire. Il identifie les deux images. Dit que le gars se faisait appeler Smithson. Il ne se souvenait plus du prénom. Arrivé il y a environ un mois.

— Un seul locataire? demanda Rita. Et les autres?

— Rien qu'un. Aucun des autres n'est certain. Les agents font du porte-à-porte.

— Si quelqu'un l'a vu et qu'il est sûr que c'est lui, on pouvait penser que tous les autres reconnaîtraient au moins la photo.

— On pouvait penser, en effet, reconnut Jake Grafton.

En supposant que ces gens ne se trompent pas. En supposant que Henry Charon, Smithson et Sam Donally ne soient qu'une seule et même personne. Il avait deux appartements. Non, il en avait *au moins* deux. Et s'il en avait trois? Ou quatre?

Grafton leva les yeux et regarda les immeubles que longeait leur voiture. En ce moment même, il était peut-être quelque part là-haut, à l'une de ces fenêtres, en train de surveiller la rue. Mais pourquoi si peu de gens l'avaient-ils vu ?

Partons du principe que l'homme est vraiment le Henry Charon du Nouveau-Mexique. Il arrive en ville, prend plusieurs appartements. Pourquoi ? Parce que la police va vérifier les hôtels et les motels en tout premier lieu. Pourtant, à l'instant où son portrait est paru dans les journaux, il lui a fallu les abandonner tous, n'est-ce pas ? C'était un coup de malchance. Inattendu. Il s'était donné un mal fou pour qu'il n'y eût pas de témoins. Mais on l'*avait vu*. C'était toujours une possibilité.

Des appartements. Il avait loué des appartements environ un mois plus tôt. La conclusion était incontournable — la tentative de meurtre sur la personne du président avait été soigneusement *préparée*. La plupart des attentats contre des personnes importantes étaient commis par des dingues qui agissaient sous le coup d'une pulsion soudaine quand une occasion se présentait. En revanche, Charon ou Smithson ou Donally avait organisé son coup avec soin, il avait patiemment attendu son heure. Et il aurait dû réussir. C'était le pire des cauchemars de tous les services secrets : un tueur professionnel pistant sa proie, un chasseur d'hommes.

Oui, ça, au moins, ça collait. Charon était un braconnier et un guide de chasse. Il connaissait les armes à feu. Il savait tirer.

Un chasseur. Un homme qui se sentait chez lui en plein air.

Alors, il restait les ruelles et les gares de triage. Ou peut-être les ponts et les échangeurs routiers où traînaient les clochards ?

Non. On l'aurait repéré dans ces endroits — sauf s'il s'était donné beaucoup de mal pour ressembler à un miséreux. Mais pour circuler librement dans l'univers des employés et des touristes qui constituait le reste de Washington, il lui fallait être propre et habillé convenablement.

Un maître du déguisement, alors ? Un artiste de la transformation rapide ?

Jake Grafton ne le pensait pas.

Se trouvait-il toujours à Washington ? Eh bien, si on partait de l'idée qu'un seul homme était responsable de tous ces tirs, il ne semblait avoir aucune raison évidente d'abandonner le reste de son plan. Mais il avait peut-être terminé son boulot. Ou alors, il avait décidé d'en rester là.

Beaucoup trop de questions sans réponse.

La voiture s'engagea dans l'un des nombreux ronds-points de Washington. Tandis que Yocke en faisait le tour, Jake Grafton contempla la statue qui se dressait au milieu des arbres et des buissons. Ces petits parcs étaient, pour les habitants de Washington, ce qui se rapprochait le plus de la nature, pensa-t-il soudain.

Peut-être une caravane pliante. Peut-être un camping-car avec son petit W.-C. et sa cuisinière au butane. Henry Charon du Nouveau-Mexique devait certainement se sentir chez lui dans un endroit comme ça.

Quoi d'autre ? Il oubliait quelque chose. Henry Charon, chasseur et propriétaire d'un petit ranch au Nouveau-Mexique. Le cul-terreux vient à la grande ville et il n'y a que *trois* personnes qui le voient ? Qui le voient et qui *se souviennent de lui* ?

Le problème, pensa Jake, c'était qu'il avait lui-même vécu trop longtemps en ville. Il ne la considérait pas comme Charon, comme un territoire étranger.

Mais non, il faisait fausse route, là. Charon voyait exactement la ville à la façon des forêts et des montagnes : comme un terrain de chasse.

Mais où cela les conduisait-il ? Jake Grafton n'en savait rien.

Il s'intéressa un instant à la conversation de ses compagnons.

— Comment se fait-il, demandait Rita à Jack Yocke, que les journaux et la télévision donnent l'impression que la cité tout entière est en flammes, avec un million d'émeutiers dans les rues ? Ma mère m'a appelée hier soir. Elle était complètement paniquée.

— Les gens de la télé font dans le show-biz, répondit Yocke d'un ton léger.

— Est-ce qu'il y a eu d'autres communiqués des amis d'Aldana en Colombie ? demanda Toad.

— Ouais, dit Yocke. Ils disent qu'ils vont faire sauter des avions de ligne. Qu'ils vont mettre cette nation à genoux. Ça passe probablement à la télé en ce moment. On le lira demain dans les journaux.

Jake Grafton restait assis, silencieux et sombre. Les répercussions de tout cela... Dieu seul savait. Il soupçonnait que l'Américain moyen continuerait à ignorer la condition de tous les désespérés, de tous ces gens qui n'avaient ni l'éducation ni le cran nécessaires pour réussir dans ce pays — les proies naturelles de tous les Chano Aldana du monde. Bien sûr, les pauvres n'étaient pas les seuls consommateurs de drogue et ils ne formaient pas non plus la majorité des toxicomanes. Loin de là. Mais c'étaient eux, pourtant, le cœur du problème — ils étaient la fidèle clientèle de base, que n'affectaient ni les changements de mode ni l'éducation publique. C'étaient les pauvres qui avaient le moins de chances de bénéficier d'un traitement médical, d'acquérir les bases sociales, financières et spirituelles pour échapper à l'effroyable spirale de la toxicomanie, du crime, et de la mort prématurée.

— On va être obligé de légaliser la drogue, dit Yocke dans un souffle.

Toad et Rita protestèrent bruyamment.

Jake les fit taire, d'une voix dure. Ils étaient là pour combattre les alligators, ajouta-t-il, et c'était quelqu'un d'autre qui était chargé de trouver un moyen de drainer le marécage.

Dans la salle de crise, à l'arsenal, il y avait foule autour du général Land et de ses officiers d'ordonnance. Grafton expliqua rapidement au chef de l'état-major interarmes où en étaient les recherches de l'assassin, puis il se réfugia dans un coin de la pièce.

Il resta là à observer les responsables qui calculaient combien les troupes disponibles mettraient encore de temps pour finir de fouiller la ville. Ils avaient tous bien conscience, tout autant que Jake, que les gens qu'ils traquaient pouvaient très bien se déplacer de cent mètres pour se dissimuler dans un immeuble déjà fouillé.

Cette éventualité inquiétait même énormément le général Land. Il voulait donc voir des patrouilles, dans les rues, arrêter et vérifier les identités de tout individu suspect. La police du district pouvait s'en charger, mais elle n'avait qu'un personnel limité.

Ainsi l'armée allait-elle obligatoirement renforcer sa présence — et cela, jusqu'à la découverte des assassins. S'ils étaient encore en ville, bien sûr. *Un à zéro pour les narco-terroristes*, pensa Jake Grafton. Ils avaient au moins réussi à faire comprendre aux habitants de Washington ce qu'était une dictature militaire.

Tandis que ces pensées traversaient l'esprit de Grafton, le sénateur Bob Cherry et trois de ses collègues exprimaient à peu près les mêmes à la télévision. Cherry lâcha sa bombe vers la fin de l'émission : si l'on renvoyait Chano Aldana en Colombie, le terrorisme cesserait.

— Les habitants de Washington, les citoyens de cette nation, ne devraient pas risquer d'être blessés, mutilés ou même assassinés juste pour donner à l'administration le plaisir de juger Mr. Chano Aldana sur le sol des États-Unis. Les citoyens se terrent dans leurs foyers tandis que les soldats font la guerre dans les rues. Nous admirons tous cette opiniâtreté face à l'adversité, mais il arrive un moment où s'obstiner à vouloir observer toutes les mystérieuses subtilités de la loi devient téméraire. Atrocités, bombes, assassinats — quelle quantité de souffrance devrons-nous encore endurer ici, en Colombie du Nord ? Quelle quantité de sang et de larmes Dan Quayle estime-t-il que nous devrons encore verser pour le procès d'Aldana ?

Tandis qu'il regardait Cherry sur un téléviseur portatif, dans un bureau de l'arsenal, Toad Tarkington marmonna à Jack Yocke :

— Il a du talent pour la rhétorique, n'est-ce pas ?

— Un talent qui l'a conduit loin, répondit Yocke.

Une vingtaine de minutes plus tard, Jake Grafton *vit* le plan.

Il était accroché là depuis plusieurs jours et trois militaires de carrière ne cessaient d'y planter des aiguilles et de petits symboles, mais quelqu'un s'écarta, et soudain il l'eut tout entier devant les yeux. Et ce qu'il vit, ce fut toutes les zones sans construction que l'on n'avait pas prévu de fouiller. Pour la première fois, il découvrait l'ensemble des zones vertes de la ville.

C'était possible. Peu probable, mais possible.

— Général Greer, il vous reste une compagnie que je pourrais vous emprunter ?

Le général de division regarda Grafton d'un œil désapprobateur.

— Une compagnie ? grogna-t-il.

Greer n'avait pas une très haute opinion des officiers de marine — ces foutus conducteurs de bateaux n'avaient qu'une vague notion de la *vraie* guerre —, la guerre terrestre. Mais il ravala ses préjugés. Grafton, il le savait, était différent. Officier de liaison de l'état-major interarmes, Grafton n'avait jamais essayé de lui expliquer comment faire son boulot, alors que plus de cinquante officiers d'ordonnance de divers services lui avaient fait gaspiller beaucoup de son temps en le noyant sous des conseils qu'il n'avait pas sollicités...

— Oui, monsieur. Deux cents hommes. Je veux leur faire fouiller Rock Creek Park.

Le commandant de compagnie aligna ses troupes sur un parking du stade RFK, en face de l'arsenal. Tandis que les sergents comptaient leurs hommes et vérifiaient leur équipement, Jake demanda à Toad :

— Va chercher des fusils et des chargeurs pour toi, Rita et moi. Et trois talkies-walkies.

— Et Yocke ?

— C'est un civil.

Pour l'instant, le journaliste prenait des notes dans le poste de commandement. S'il ne sortait pas de là en quatrième vitesse, on le laissait. C'était son problème.

— A tes ordres, dit Tarkington.

Et il partit au petit trot vers l'arsenal.

Le responsable de la compagnie, un capitaine de l'armée, demanda à Jake s'il voulait s'adresser aux soldats.

— Non, faites-le vous-même. Dites-leur que nous allons chasser un tueur, l'homme qui a abattu l'hélicoptère du président. Ils doivent prendre leur temps, avancer lentement et utiliser leurs lampes. On va commencer par le country-club de Rock Creek.

— Vous voulez cet homme vivant, monsieur ?

— Je le prendrai dans n'importe quel état. Je ne veux surtout pas qu'un de vos gars se fasse tuer en essayant de le capturer. Droit d'ouvrir le feu sur toute personne refusant d'obéir à vos sommations.

— Sous votre responsabilité, monsieur ?

— Sous ma responsabilité.

L'officier salua Jake et partit parler à ses troupes.

Dix minutes plus tard, une fois les engagés grimpés dans les camions, les officiers consultèrent les cartes. Juste au moment où Jake et les deux lieutenants de marine montaient dans leur voiture, Jack Yocke arriva en courant.

— Bienvenue à la fête, lui dit Toad.

Le convoi progressa lentement. Des flots de piétons entraient et sortaient des magasins d'alimentation, mais les parkings des commerces et les rues étaient vides. Le contraste était frappant.

— J'ai entendu dire que les boutiques faisaient des affaires en or avec l'alcool et les contraceptifs, remarqua Yocke.

— On ne peut pas regarder la télévision tout le temps, convint Toad.

— Oh, je ne sais pas ! dit Rita. La lueur de l'étrange lucarne ne semble pas affecter ta libido, Toad.

Jake Grafton soupira.

Le sénateur Cherry, accompagné de son assistante, revint au Sénat dans son véhicule personnel. Comme à beaucoup de sénateurs et de députés coincés dans Washington si près des vacances — une semaine auparavant, Cherry avait demandé au chef de la majorité d'ordonner une suspension des séances des deux assemblées plus tôt que de coutume, à l'occasion de Noël, mais on avait ignoré sa recommandation —, la Maison Blanche avait octroyé à Cherry un laissez-passer pour sa voiture.

Deux agents du FBI l'attendaient dans le couloir, devant la porte de son bureau.

Il se souvenait de Hooper. Et que son collègue s'appelait Murray.

— Votre porte est fermée à clef, remarqua Hooper.

— C'est évident, répliqua Cherry d'un ton méprisant. Ils ne m'ont accordé qu'un misérable laissez-passer pour un seul véhicule et il faut que ce soit *moi* qui conduise le foutu truc. Vous croyez que ma secrétaire va se taper quinze kilomètres à pied dans les rues de cet égout à ciel ouvert pour ouvrir la porte afin que vous puissiez vous installer confortablement pour attendre ?

— Non, monsieur.

L'assistante de Cherry tourna la clé et poussa la porte. Les deux agents suivirent le sénateur dans son bureau. Cherry alluma les lumières et s'installa, puis il lança d'une voix coléreuse :

— Eh bien ?

— Sénateur, expliqua Hooper, nous cherchons des informations sur les activités d'un avocat de la ville, un certain T. Jefferson Brody.

Bob Cherry les dévisagea sans rien dire.

— Il semblerait avoir financé des élections qui...

— Est-ce la Maison Blanche qui vous envoie ? le coupa soudain Cherry.

— Non, monsieur. Comme je le disais, nous...

— Will Dorfman vient de vous appeler, n'est-ce pas ? Dorfman essaie de me faire taire. *Ce trou-du-cul !* Eh bien, ça ne marchera pas. Je continuerai à dire ce qui doit être dit. Si Dorfman n'aime pas ça, il peut...

— Je n'ai parlé à *personne* à la Maison Blanche, sénateur, l'interrompit à son tour Hooper assez brusquement. Je vous pose donc la question : connaissez-vous T. Jefferson Brody ?

— Je l'ai rencontré, oui. J'ai rencontré beaucoup de gens à Washington, vous savez, monsieur... J'ai oublié votre nom.

— Hooper.

— Hooper... Je suis sénateur des États-Unis. Je croise des gens à des réceptions, des dîners, j'en reçois des centaines dans ce bureau. Rien qu'ici, à Washington, je dois sans doute en avoir vu dans les dix mille au cours de ces dix dernières années. En Floride...

— Brody. T. Jefferson Brody. Il s'occupe de renflouer les caisses de gens qui veulent avoir de l'influence. L'a-t-il fait pour votre campagne ou pour l'un de vos PAC ?

— Je n'apprécie pas vos sous-entendus, Hooper. Vous insinuez que ce Jefferson Brody ou quelqu'un d'autre possède un morceau de moi-même ! Je vais vous dire, vous pouvez vous fourrer votre petit badge là où...

— Je n'insinue rien, monsieur... dit Hooper sans une trace d'irritation. (Il avait souvent eu affaire à ces élus qui se prenaient pour l'un des douze apôtres. C'était l'un des aspects les plus pénibles de son travail.) J'essaie de mener une enquête sur les activités de T. Jefferson Brody. Si vous ne voulez pas répondre ou coopérer, les livres de comptes de votre campagne sont du domaine public. Nous nous les procurerons.

— Je suis parfaitement désireux de coopérer avec le FBI, dit Cherry, plus calmement. Mais le moment choisi pour me demander ça ne pourrait pas être plus... comment dire, curieux. Je passe à la télévision pour m'opposer fermement à l'administration sur un sujet qui intéresse le pays tout entier. Et une heure plus tard, quand je rentre à mon bureau, le FBI m'attend... Personne de la Maison Blanche ne vous a appelé, *dites-vous*. Et vos supérieurs ? Will Dorfman a-t-il téléphoné à votre directeur ?

« Je serai franc, messieurs. Je pense que Dorfman est en train de tricher, d'essayer de se servir du FBI pour réduire au silence quelqu'un qui dénonce la façon dont l'administration gère cette débâcle terroriste. Je sais comment Dorfman fonctionne. Ensuite, il commencera à raconter des *mensonges* à mon sujet. Il l'a déjà fait. Il est très fort. La calomnie, le mensonge odieux — voilà les armes de Dorfman contre les opposants à Bush et à Quayle.

« Maintenant vous allez vite retourner voir vos supérieurs et leur expliquer qu'on ne peut pas bâillonner Bob Cherry. Et vous demanderez à votre directeur d'appeler Dorfman et de l'informer que Bob Cherry n'a pas peur de lui. Il ne fait aucun doute que ce petit troglodyte pervers trouvera un mensonge répugnant et des oreilles où le déverser. *Mais je continuerai à dire la vérité sur Quayle et ce parasite de Dorfman, et ce, jusqu'à ma mort !*

« Et à présent, sortez ! *Sortez d'ici !*

Hooper et Murray obéirent.

Une fois la porte refermée, Bob Cherry resta une minute ou deux perdu dans ses pensées. D'un geste automatique, il arrangea ses souvenirs, sur son bureau ; il les souleva un à un pour en ôter le moindre grain de poussière. Cet altimètre monté sur un bloc de noyer — un présent d'une association d'anciens combattants de Floride. Le doublon d'or trouvé dans un galion espagnol, la balle de base-ball signée Hank Aaron, le chargeur rond d'une mitrailleuse calibre 50 sur son petit socle en marbre — tous ces objets lui avaient été offerts par des groupes de citoyens de Floride qui appréciaient ses bons et loyaux services au Sénat et les sacrifices qu'il faisait en leur nom.

Il se leva et fit le tour de la pièce, en regardant les photos au mur, époussetant ou redressant parfois un cadre, du bout du doigt. Il était sur chacune. Il avait posé avec des présidents, des stars de cinéma, des industriels célèbres, des écrivains et des athlètes connus. Sur beaucoup de ces clichés on lisait des inscriptions manuscrites, préservées à jamais derrière leur verre antireflets : « Au sénateur Bob Cherry, un véritable Américain. » « A Bob Cherry, un ami. » « Au sénateur Bob Cherry, un ami sincère du travailleur américain. » « Au sénateur de Floride Bob Cherry, qui croit en l'Amérique. »

Après avoir vérifié que chacune de ces photos était correctement suspendue à son clou, il s'allongea sur le canapé et ferma les yeux. Il allait se reposer un moment.

— Tu sais, remarqua Freddy Murray dans l'ascenseur, il se serait peut-être calmé si tu lui avais dit que Freeman McNally était mort.

— J'allais le faire, dit Tom Hoooper, mais cette andouille ne m'en a pas laissé l'occasion.

Henry Charon sortit brusquement d'un profond sommeil.

Couché dans le noir, il tendit l'oreille. Il entendit le bruit des gouttes d'eau — il avait recommencé à pleuvoir au moment où il s'endormait —, et le claquement des branches dans la brise. Ses yeux fouillèrent longuement cette faible lueur qui pouvait passer pour de l'obscurité, sous le ciel luisant.

Il y avait un problème. Quelque chose par là-bas, dans la nuit. Quelque chose qui n'aurait pas dû y être. Très peu de bruit. Absolument aucune circulation sur la route à une centaine de mètres de là, au pied de la colline. Et pas d'avion dans le ciel.

Oui. Il ne s'était pas trompé. Il l'entendait à nouveau. Très faiblement.

Il se glissa hors du sac de couchage et enfila ses bottes, puis son pull-over et la parka étanche. Il ramassa son arme.

En moins d'une minute, il était complètement habillé, le pistolet dans sa poche et le fusil à la main. Il passa son sac à dos contenant les grenades et les munitions et mit en bandoulière le sac de campeur qui lui permettrait de cacher le fusil. Il abandonna tout le reste.

Ce ne fut qu'à ce moment-là qu'Henry Charon jeta un coup d'œil aux aiguilles lumineuses de sa montre : 23 h 34.

Il quitta la petite grotte en faisant très attention et gagna d'un pas sûr et silencieux une saillie à une dizaine de mètres sur sa droite, d'où il pourrait écouter et surveiller les environs. Il se coucha au pied d'un arbre de manière à ne pas se détacher contre le ciel. Immobile, il faisait maintenant partie du rocher — forme sombre et indistincte dans un univers sombre et mouillé.

Les branches nues dissimulaient à peine le halo des lumières de la ville réfléchies par les nuages.

Il entendit le bruit, de nouveau. C'était un homme qui avançait — il allait très lentement, très prudemment, mais il avançait.

Henry Charon ne voyait rien. Seules ses oreilles lui disaient ce qu'il voulait savoir. Un homme. Il se trouvait à environ soixante mètres, de l'autre côté de l'arrondi de la butte, et un peu en contrebas.

Un homme qui venait vers lui.

Henry Charon ne fit aucune hypothèse sur l'identité de l'intrus et la raison de sa présence ici. Comme l'animal sauvage et précautionneux qu'il était, il attendit. Il attendit avec une infinie patience.

Il eut bientôt un bref aperçu de l'arrivant. C'était un soldat, à en juger par son casque et sa silhouette épaisse. Il se déplaçait sans la moindre précipitation, à l'affût.

Attention ! Un autre bruit ! Au-dessus de la crête, il y avait un deuxième homme. Ils étaient deux !

Charon tourna la tête avec une extrême lenteur pour repérer ce deuxième homme. Il l'entendait, mais c'était tout.

Celui-là était encore plus près que celui d'en dessous. Qu'il se fût autant approché sans que Charon s'en aperçût rendait hommage à son talent. Le premier soldat était beaucoup plus balourd.

Charon devait prendre une décision. Devait-il attendre dans l'espoir que les hommes le dépasseraient sans le repérer ou devait-il s'éloigner ? S'ils étaient sur ses traces, ce qui était probable, ils viendraient jeter un œil à ce surplomb de rocher, et s'ils étaient un peu compétents ils découvriraient la grotte et son matériel.

Il rumina ces questions comme l'aurait fait un animal, sans y penser consciemment, se contentant d'attendre que son instinct l'avertît qu'il était temps de bouger.

Le premier soldat continuait à approcher ; il était maintenant nettement visible entre les arbres et les rochers. Il avait un fusil à la main.

Le second se trouvait au même niveau que Charon, à en juger au bruit. Celui-ci ne tourna pas la tête ; seuls ses yeux bougèrent.

— *Psst ! Psst !* (L'appel venait du militaire en contrebas. Il fit un geste en direction de Charon, puis murmura :) Il y a des rochers sur ma gauche.

Charon se figea.

L'homme qui avait chuchoté passa juste derrière l'arbre qui dissimulait Charon, mais celui-ci ne bougea pas pour le reprendre dans son champ de vision. Il entendit sa respiration profonde ; à l'évidence, il essayait de se remplir les poumons sans faire de bruit. Charon entendait aussi le froissement de ses vêtements. Et le clapotis ténu mais régulier de l'eau, dans sa gourde. Il perçut même un faible relent de tabac froid.

Il s'éloigna de Charon en direction de la grotte. Charon, pourtant, ne bougea toujours pas. Lentement, très lentement, il tourna la tête pour tenter de repérer celui qui le surplombait. Rien. Il devait se trouver derrière les arbres, ou juste de l'autre côté de la crête rocheuse. En tout cas, Charon ne le voyait pas depuis l'endroit où il s'était presque fondu dans le sol.

Une minute s'écoula. L'homme, dans son dos, traversa des buissons, brisa plusieurs branches.

— Billy! Billy! Il y a une grotte.

Encore quelques secondes de silence, puis :

— Billy! Il y a tout un tas de trucs dans la grotte.

— Répète?

Le soldat, derrière Charon, reprit alors d'une voix normale :

— Il y a une grotte ici avec un sac de couchage et d'autres trucs. On ferait mieux de prévenir.

Quand les sons métalliques du talkie-walkie devinrent audibles, Henry Charon commença à bouger. Il partit droit devant lui, dans la direction d'où étaient arrivés les hommes. Il avançait courbé, silencieux, d'un pas sûr; il utilisait les buissons, les arbres et les rochers pour rester caché des soldats qui se trouvaient maintenant dans son dos.

Leurs voix, près de la grotte, portaient loin. Quand il s'arrêta près d'un gros arbre pour inspecter le terrain, il les entendit encore, même s'il ne comprenait plus ce qu'ils disaient.

D'autres militaires allaient venir pour examiner sa cachette. Il devait donc s'en éloigner le plus possible, mais il n'avait aucune envie de se retrouver nez à nez avec quelqu'un qui pouvait être posté dans le coin. Aussi prit-il le temps de regarder autour de lui et d'écouter.

Oui, il y avait quelqu'un d'autre, plus bas sur la pente. Quelqu'un qui glissa et tomba lourdement, puis se releva. Il progressait régulièrement et grimpait en direction de Charon. A l'évidence il cherchait la grotte.

Charon se remit en mouvement, toujours courbé.

Il se figea en entendant le talkie-walkie. En dessous, à gauche. Un autre!

Il continua à avancer parallèlement à la crête. Au bout de quelques centaines de mètres, celle-ci commençait à s'incurver. Parfait. La route, en dessous, s'incurverait aussi puisqu'elle longeait le cours d'eau. Charon tourna vers sa gauche à quatre-vingt-dix degrés et entama sa descente.

Entre les arbres, il aperçut un reflet sur l'asphalte, à un peu plus d'une vingtaine de mètres devant lui. Il progressait très lentement, maintenant. Il bondissait d'un arbre à l'autre, scrutait, écoutait. Il lui fallut trois minutes pour franchir l'étroit ruisseau, qui charriait pourtant beaucoup d'eau.

Puis il se coucha sur le ventre et rampa vers la route.

Là, toujours allongé, l'oreille tendue, il s'immobilisa dans les herbes sèches et les ronces du bas-côté.

Rien.

Il leva la tête très lentement. Il se trouvait près d'un petit arbre tordu dont les branches nues, qui pendaient vers la route, formaient comme un auvent très obscur où il était parfaitement dissimulé. Il se tourna à gauche puis à droite, fouillant les ombres du regard.

Une minute s'écoula, tandis qu'il tentait de s'assurer qu'il n'y avait personne.

Il se redressa enfin et s'élança. Il traversa la chaussée à toute vitesse, en direction des buissons, de l'autre côté.

— *Halte !*

Le cri venait de la droite. Un cri surpris et une voix étranglée.

Henry Charon continua à foncer vers l'obscurité qui l'attendait.

L'impact de la balle fut si violent qu'il le projeta en avant.

Il roula sur lui-même et retomba sur ses pieds, le côté gauche soudain complètement engourdi. Il atteignit les broussailles, s'y enfonça et poursuivit sa course, tandis qu'une autre balle s'incrustait dans un arbre, juste au-dessus de sa tête, presque au moment où résonnait le coup de feu. Il n'avait même pas remarqué la première détonation.

Il ne souffrait pas. Juste un engourdissement qui s'étendait du creux de son bras jusqu'à sa hanche. Il pouvait encore se servir de son bras gauche, mais pas très bien. Il n'avait pas lâché son fusil, heureusement.

Il attaqua l'ascension de la colline devant lui, poussant sur ses jambes, haletant, sans plus se soucier désormais du bruit qu'il faisait.

Ils allaient arriver, il le savait.

Et en effet, une minute plus tard, pas plus, il entendit le bruit d'un véhicule qui approchait sur la route, puis le crissement de ses pneus quand le conducteur écrasa sa pédale de frein. Henry Charon continuait à gravir la pente avec toute l'énergie qu'il était capable de trouver en lui-même.

Quand Jake Grafton sauta de la voiture, le soldat était si nerveux qu'il ne pouvait pas rester immobile. Tout en sautillant d'un pied sur l'autre, il indiqua la pente du doigt.

— Je lui ai crié de s'arrêter, mais il a continué, alors j'ai tiré et il est tombé puis il s'est redressé et il a recommencé à courir. J'ai encore tiré et mon Dieu...

— Allons voir ça.

Le soldat le conduisit à l'endroit où Henry Charon s'était écroulé. Jake alluma sa torche qu'il braqua dans la direction que lui montrait le jeune homme.

Des taches de sang sur les broussailles.

— Comment vous appelez-vous ?

— Specialist Garth, monsieur.

— Vous l'avez touché.

Jake tourna la gueule de son M-16 vers le sol et tira trois balles qui formèrent un triangle équilatéral.

— Restez ici, dit-il au soldat, et dites à votre lieutenant d'envoyer des gens là-haut. (Il agita la main devant lui.) Il me semble qu'il y a des rues et des maisons par là, non ?

— Oui, monsieur, répondit Specialist Garth, qui continuait à déglutir rapidement et à passer sa langue sur ses lèvres. J'espère que...

— Vous avez agi comme il fallait. Vous avez fait votre devoir. Dites-le au lieutenant. (Jake revint à la voiture et y passa la tête.) Toad, tu te places à environ quinze mètres à droite. Rita, à quinze mètres à gauche. Et nous remontons cette colline. Gardez les yeux ouverts.

— Et moi ? demanda Jack Yocke.

— Vous restez ici avec la voiture. (Les deux autres rejoignaient déjà au petit trot les positions qu'il leur avait assignées.) Non, attendez, j'ai mieux. Vous contournez la colline avec la voiture et vous nous retrouvez au sommet.

A ces mots, Grafton disparut dans les broussailles.

Quelques mètres plus loin, il regretta soudain d'avoir demandé à Yocke de les aider. Envoyer une voiture conduite par un homme désarmé attendre un blessé désespéré et armé n'était peut-être pas la meilleure idée qu'il avait eue aujourd'hui !

Mais c'était trop tard : Jack Yocke s'éloignait déjà.

— Merde !

Il alluma sa torche. Il la tenait dans sa main gauche, serrant dans sa droite la poignée pistolet du fusil en position de tir. La piste dans l'herbe mouillée était très visible. De temps à autre, des taches de sang.

S'ils avaient de la chance, ils retrouveraient leur homme un peu plus loin, inconscient et se vidant de son sang. Mais Grafton avait depuis longtemps perdu ses illusions sur ce salopard. Ce gars-là était probablement aussi dur qu'un être humain pût l'être et il allait continuer et mourir debout.

Et ça va être une sacrée mise à mort, se dit Jake Grafton comme il s'arrêtait pour fouiller l'obscurité de la forêt avec sa lampe.

Au sommet de la colline se dressait une clôture à mailles losangées surmontée de trois rangs de fil de fer barbelé. Au-delà, s'étendait une pelouse plantée d'arbres avec, au beau milieu, une énorme maison à un étage, où trois ou quatre fenêtres étaient allumées. Ce grillage était une barrière infranchissable pour Henry Charon qui saignait toujours et commençait à souffrir.

Il regarda des deux côtés et décida de partir vers la droite. Il avançait rapidement; il était encore capable de trottiner, bien que l'engourdissement provoqué par l'impact de la balle commençât à s'estomper.

La maison suivante avait une palissade en bois de deux mètres de haut — c'était encore trop pour lui. Il continua jusqu'à une petite clôture, deux rangées de planches horizontales clouées sur des poteaux. Il venait de la franchir et il courait sur la pelouse lorsqu'il entendit une voiture passer dans la rue.

C'était à coup sûr des policiers ou des soldats. Il contourna la maison et s'arrêta derrière un énorme arbre à feuilles persistantes pour surveiller les environs et reprendre haleine. Il toucha sa plaie. Elle saignait. Derrière lui, sur l'herbe, il voyait distinctement les traces de ses pas. Ses poursuivants les verraient aussi.

Dès que la voiture fut hors de vue, il retourna dans la rue et prit à droite. Il ne laisserait aucune empreinte sur le macadam, même s'il perdait probablement des gouttes de sang.

Il avait besoin d'un endroit où se terrer et panser sa blessure, ou peut-être d'un endroit pour mourir si elle était trop grave. C'était une possibilité, bien sûr. Il avait vu la chose se produire des centaines de fois. Un animal touché pouvait courir pendant des kilomètres jusqu'au moment où il pensait avoir échappé à ses poursuivants. Alors, il se couchait et se vidait doucement de son sang. Il les avait parfois rejoints alors qu'ils gisaient ainsi, toujours vivants. S'ils étaient restés couchés trop longtemps, ils ne pouvaient plus bouger. Ils étaient incapables de se relever à cause du choc et de la perte de sang qui les affaiblissaient et les ankylosaient. Lui, il ne resterait pas allongé aussi longtemps, non. Il serait debout et repartirait avant de se sentir trop faible ou trop raide.

Mais où aller?

Il entendit un autre véhicule, ou peut-être le même qui revenait, et il fila vers l'allée la plus proche. La maison, devant lui, était sombre et vaste.

Contournant le garage, il passa derrière l'habitation.

Il y avait peut-être une sirène d'alarme. Ou un chien. Mais il était bien obligé de prendre le risque.

Il tira sur la serrure avec le pistolet muni de son silencieux. Il lui fallut quatre balles, mais la porte finit par s'ouvrir lorsqu'il la poussa de l'épaule en tournant le bouton.

Il referma derrière lui et tendit l'oreille. L'obscurité, à l'intérieur, était presque totale. Il laissa ses yeux s'y habituer, puis il passa rapidement et silencieusement de pièce en pièce.

Vide. Son pistolet à la main, il monta à l'étage.

La salle de bains principale donnait dans la plus grande chambre. Elle n'avait pas de fenêtres. Il ferma la porte derrière lui et alluma.

Il sursauta quand il se vit dans le miroir. La parka était trempée de sang. Il l'ôta doucement. Seigneur, la douleur empirait ! Il éprouva quelque difficulté à enlever son pull-over et sa chemise, mais il y parvint.

La blessure était basse, les trous par où la balle était entrée et ressortie étaient écartés d'une quinzaine de centimètres, un peu au-dessus de la pointe de la hanche et dans son dos. Il ne voyait l'endroit où avait pénétré le projectile que s'il se regardait dans le miroir. Aucun moyen de savoir ce qui saignait à l'intérieur. Si le rein ou un organe vital était touché, il finirait par s'évanouir et il mourrait. Et on n'en parlerait plus.

Dans sa situation, il pouvait seulement essayer de stopper l'hémorragie externe. Et il saignait abondamment.

Combien de sang avait-il perdu ? Au moins un demi-litre, peut-être plus. Il se sentait déjà la tête légère. Il fallait se dépêcher.

Il éteignit et passa dans la chambre où il prit un drap du lit. De retour dans la salle de bains, à la lumière, il découpa le drap avec son couteau et il en fit des bandes qu'il enroula, lentement et douloureusement, autour de son abdomen.

Parfait. S'il réussissait à arrêter l'hémorragie, il pourrait bouger.

Jake Grafton suivit la piste de l'assassin jusqu'à la rue. Là, à la lumière de sa torche, il examina l'asphalte mouillé. Toad et Rita l'avaient rejoint. Les gouttes de sang se diluaient rapidement sous la pluie qui augmentait.

Il partit au petit trot. Ses compagnons le suivirent.

Un instant plus tard, la voiture conduite par Yocke ralentissait à leur hauteur.

— Rita, dit Grafton, va chercher le capitaine et des hommes. Qu'ils se grouillent de venir ici en camion.

La jeune femme s'empressa de grimper dans la voiture, et Jack Yocke redémarra immédiatement.

Une centaine de mètres plus loin, les gouttes de sang avaient disparu, avalées par la pluie. Jake Grafton s'arrêta et, le souffle court, il étudia les environs.

— Où penses-tu qu'il a bien pu aller ? demanda Toad.

— J'en sais rien.

Il ralluma sa lampe et en dirigea le faisceau vers les pelouses, les buissons, les troncs d'arbres.

— Probablement dans une de ces maisons, ajouta-t-il, mais il a très bien pu continuer. Faut qu'on boucle la zone et qu'on la fouille. Si on arrive à mettre assez vite nos gars en position, on le coincera peut-être.

— Tu penses que c'est notre assassin ?

Jake ne répondit pas. C'était une possibilité. Une chose était sûre : on ne savait pas encore avec certitude qui c'était, mais il ne tenait manifestement pas à discuter le bout de gras.

Depuis la fenêtre de la chambre, Henry Charon vit le faisceau de la torche dans la rue, pendant qu'il cherchait des vêtements dans le placard. Il sortit des chemises d'homme et en essaya une tout en surveillant les deux silhouettes, à l'extérieur. Il constata avec écœurement que le propriétaire de la maison était corpulent.

La seconde chambre, en revanche, était certainement occupée par un jeune homme. Un avion télécommandé était accroché au plafond et de grandes affiches de filles légèrement vêtues décoraient les murs. Charon inspecta les placards. Ouaip. Une chemise qui lui allait ! Il trouva aussi un pull-over, qu'il enfila. Les jeans étaient un peu grands, mais avec sa ceinture, c'était bon.

Il découvrit enfin un blouson correct. Cela ne valait pas une parka, bien sûr, mais il était chaud et étanche.

Quand il eut remis ses bottes, il retourna dans la chambre principale chercher les armes et le sac à dos. Les deux types dehors s'étaient éloignés d'une quinzaine de mètres vers le nord. Manifestement, ils attendaient. L'arrivée de soldats, sans aucun doute.

Il redescendit au rez-de-chaussée et s'arrêta un instant dans la cuisine. Ouvrit le réfrigérateur. Plutôt vide. Rien qu'un pain et une demi-mortadelle. Les propriétaires avaient dû partir pour les vacances. Il fourra le pain dans sa poche et dévora la mortadelle.

Avoir perdu tout ce sang lui donnait une faim de loup. La nourriture aiderait son corps à fabriquer de nouvelles cellules sanguines.

Il gagna la pièce qui donnait sur le devant de la maison et recommença à surveiller la rue, tout en mangeant le pain. De sa main droite, il inspecta le bandage. Il n'était pas encore mouillé, mais cela ne tarderait pas. Il avait pris des bandes de drap de rechange dans son sac de campeur.

Il était temps d'y aller.

Il se glissa dans le jardin, à l'arrière, referma la porte et suivit l'allée bétonnée jusqu'à la piscine couverte pour la mauvaise saison. Il traversa la pelouse.

La palissade du fond avait deux mètres de haut. Il jeta ses sacs de l'autre côté, puis sauta et passa une jambe par-dessus le grillage. La douleur le fit presque retomber. Il parvint pourtant à hisser le reste de son corps et il bascula à l'extérieur.

Il lui fallut plusieurs secondes pour être capable de bouger à nouveau. Il était si bien ici, couché sur ce sol souple, avec la pluie qui lui mouillait doucement le visage! Ah, s'il pouvait simplement se reposer un peu, dormir peut-être, laisser cette souffrance s'atténuer...

Il se relevait péniblement et calait les sacs sur ses épaules juste au moment où le chien de la maison voisine se mit à aboyer.

Il longea au petit trot le flanc gauche de la villa et sortit dans la rue. Malgré la douleur, il réussit à prendre un rythme assez rapide et efficace.

— C'est quoi, ce bruit?
— Un chien qui aboie quelque part, dit Toad qui avait toujours eu une oreille parfaite, bien meilleure que celle de Grafton.
— Reste ici et boucle le quartier, disons sur un rayon de dix pâtés de maisons si tu as assez d'hommes.

Jake s'éloigna en longeant la construction qui se dressait devant eux; il essaya de situer l'endroit où aboyait le chien.

Il y avait une piscine. Il marcha dans l'herbe, cherchant des empreintes avec sa torche. Ses bottes s'enfonçaient dans le sol meuble. Il continua jusqu'à la palissade. Le chien qui aboyait semblait être de l'autre côté, une maison plus loin.

Finalement, il aperçut les traces dans la terre mouillée. Excité par sa découverte, il passa le fusil en bandoulière dans son dos et sauta. Au moment où il était en haut de la barrière, il lui vint à l'esprit qu'il venait peut-être de commettre une erreur fatale.

Mais il n'y eut pas de coup de feu.

Il resta un moment immobile, de l'autre côté, le temps de

reprendre son souffle et d'écouter. Une piste fraîche, dans l'herbe, longeait la maison.

Il la suivit, s'arrêta au moment où il atteignit la rue et tendit l'oreille. Oui ! C'était bien le bruit de quelqu'un qui courait, un bruit de chaussures qui frappaient le macadam.

Il s'élança dans cette direction. Mais il avait le souffle court et il avait trop chaud parce qu'il était trop couvert. Et il n'était vraiment pas en bonne forme physique.

La rue faisait un large virage à quatre-vingt-dix degrés à droite. Des deux côtés, les maisons se dressaient assez loin de la chaussée, partiellement cachées à la vue par de gros buissons.

Juste au moment où il sortit du virage, Jake Grafton aperçut enfin l'homme qu'il poursuivait. Et celui-ci l'entendit aussi ; il jeta un coup d'œil par-dessus son épaule et il le vit.

Charon accéléra. Jake était stupéfait : comment ce gars pouvait-il aller si vite avec une balle dans le corps ?

Il se dit qu'il allait être obligé de tirer. Aucun doute. Il ne le rattraperait jamais. Tout en continuant à courir, il fit sauter la sûreté de son fusil. Il perdait du terrain.

Le fuyard approchait de la zone de lumière d'un lampadaire.

Maintenant !

Jake se jeta à plat ventre. Il s'aperçut trop tard qu'une légère bosse de la chaussée masquait la partie inférieure de sa cible. Tant pis !

Haletant, il aligna tant bien que mal ses mires et il pressa sur la détente, luttant pour maintenir l'arme dirigée vers l'homme.

Il vida le chargeur en une longue rafale assourdissante de trois secondes.

A demi aveuglé par les éclairs à la sortie du canon, il s'accroupit, clignant désespérément les yeux, essayant de voir.

L'assassin qu'il poursuivait avait disparu.

Terriblement déçu, il s'assit au milieu de la rue, essayant de reprendre haleine. Oh, Seigneur ! Avoir quarante-cinq ans et être collé toute la journée à un bureau ! Il ne réussissait toujours pas à aspirer suffisamment d'air pour respirer correctement, et son cœur cognait si fort dans sa poitrine que Jake pensa un instant qu'il allait avoir une crise cardiaque.

Trois minutes plus tard, un camion militaire prit le virage en rugissant et s'arrêta à côté de lui dans un hurlement de pneus. Le sergent, qui se tenait sur le marchepied, sauta à terre, M-16 braqué, tandis que deux hommes jaillissaient de l'arrière pour surveiller les alentours, prêts à tirer.

— Lâche ton arme ! ordonna le militaire.

Jake laissa tomber le fusil et dit :

— Je suis le capitaine Graf...

— A plat ventre, bras et jambes écartées, si tu veux pas que je te coupe en deux.

Il obéit. Vêtu comme il l'était de pantalons kaki et d'un blouson vert, il n'avait certainement pas l'air d'un soldat. Des mains brusques le fouillèrent et trouvèrent son portefeuille.

— Oh, désolé, monsieur ! Vous pouvez vous relever.

Jake roula sur lui-même et accepta la main qu'on lui tendait. Quand il fut debout, il demanda :

— Vous êtes avec la compagnie Bravo, deuxième bataillon ?

— Non, monsieur. Charlie, premier bataillon. Excusez-nous pour...

— Oubliez ça. Et laissez-moi utiliser votre radio.

Il joignit Rita ; la jeune femme lui expliqua que les soldats de la compagnie Bravo n'avaient pas encore fini de se rassembler à Rock Creek Park. Encore une dizaine de minutes, estimait-elle. Elle lui annonça aussi que l'on avait récupéré tout le matériel de la grotte.

— Demande qu'on l'apporte au FBI. A l'agent spécial Hooper.

Jake déploya les militaires qui se trouvaient dans le camion de la compagnie Charlie et leur ordonna de fouiller le quartier où le fugitif avait disparu.

En vain. Leur homme semblait s'être volatilisé.

Vers 1 heure du matin, Yocke arriva avec Toad et Rita. Jake grimpa dans la voiture. Il était épuisé.

Chapitre trente

Le lendemain matin Jake Grafton vint chercher Toad Tarkington à 8 heures. Puis ils passèrent prendre Yocke au *Post*. Celui-ci portait les mêmes vêtements que la nuit précédente.

— Vous dormez au journal ? demanda Toad.

— Vous savez comment c'est, dans les grandes villes, répondit Yocke. Les transports publics sont pourris, et quand on utilise la voiture il faut se taper les embouteillages...

— Je peux vous prêter une brosse à dents.

— C'est gentil, Toad, mais un collègue de la rédaction en avait une, et tout le monde a partagé. Vous n'allez pas croire qui est là-haut en ce moment même à bavarder avec Ott Mergenthaler. (Sans attendre leur réponse, il ajouta :) Sam Strader.

Cette nouvelle ne sembla guère impressionner les deux officiers de marine.

— Et les patrons sont plus ou moins tout le temps au téléphone avec la Maison Blanche. Ils veulent des laissez-passer pour nos camions de livraison.

Jake grogna. Il rêvait d'une tasse de café. Tous les fast-foods étaient fermés, car ceux qui les tenaient n'avaient pas pu venir travailler. L'interdiction de rouler en voiture avait tué la ville.

— L'argument de nos chefs, c'est que les autorités ont bien accordé des laissez-passer aux télés pour leurs studios mobiles.

— Chaque chaîne en a eu pour *deux* camions, dit Jake. Le *Post* et le *Times* ont des centaines de véhicules.

— Hé, je ne suis pas en train de prendre position dans l'affaire ! Je vous donne juste les nouvelles, c'est tout. C'est mon truc. (Il y eut un silence, puis il ajouta :) Jake, que diriez-vous d'une petite clarification des règles du jeu entre nous ? J'ai accepté de ne rien publier avant que « cette histoire soit finie ». Ce sera quand ?

— Quand tous les soldats partiront et que le gouvernement civil reviendra aux commandes.

— Mon chef de rubrique voulait savoir. Je l'ai laissé avec l'impression que j'étais sur des trucs vraiment torrides.

— C'est vrai ?
— Eh bien, disons que c'est chaud.
— Température du corps ?
— Pas tout à fait. Tiède serait le mot juste.

Jake Grafton se tourna vers Toad :

— Que faire pour donner à cet intrépide gaillard quelque chose de torride ?

Yocke était occupé à expliquer ce qu'il entendait par ce mot, quand le pare-brise fit entendre un « pop » très net, côté conducteur. Un trou bien propre, entouré de lignes concentriques, apparut instantanément, comme par magie.

Par pur réflexe, Toad enfonça la pédale de frein.

— Appuie plutôt sur le champignon ! cria Grafton. Tirons-nous d'ici !

Tarkington obéit. La balle suivante manqua l'habitacle et s'enfonça dans la carrosserie avec un bruit sourd qui fut nettement audible. La détonation leur parvint une seconde plus tard.

Toad fit une embardée, mais ne ralentit pas. Il prit le premier virage en faisant crisser les pneus.

— Personne de blessé ?
— Moi, ça va, répondit Grafton en nettoyant les éclats de verre, sur le siège avant. Je pense que tu peux ralentir, maintenant.
— C'est quelqu'un qui n'est pas content-content, dit Yocke. Y en a beaucoup ces temps-ci.
— Ce trou-du-cul aurait pu nous tuer ! grogna Toad.
— Je crois que c'était l'idée, répliqua laconiquement Yocke.

Un rictus tordit les lèvres de Toad Tarkington. Décidément, ce gratte-papier était insupportable !

Une fois à l'arsenal, Jake passa une demi-heure au centre de commandement. Des fusillades avaient éclaté dans une demi-douzaine de quartiers de la ville. Les soldats cherchaient les tireurs embusqués.

— Nous avons déjà bouclé une centaine de drogués et il continue à en arriver, expliqua le général de division Greer. Quand il s'agit simplement de consommation ou de détention, je les envoie à Fort McNair. Là-bas, on les met au gymnase en attendant que quelqu'un trouve ce qu'on peut en faire. Mais les gens armés, ceux qui résistent à nos hommes, ceux qui détiennent d'importantes quantités de drogue, je les garde ici. D'une manière ou d'une autre, il faut bien essayer de séparer le bon grain de l'ivraie.

— Ils ont encore des armes ? demanda Grafton.
— Oh oui ! Apparemment, ils se battent entre eux *et* contre les

soldats. Il y a à peine deux heures, on a eu une vraie bataille rangée dans le nord-est de la ville. Sept civils tués ou blessés avant que les soldats arrivent. Ils utilisaient des armes automatiques.

— Des nouvelles des terroristes ?

— Non. Les recherches continuent. Mais même si nous les trouvons, ma recommandation au général Land sera de maintenir la loi martiale jusqu'à ce que cessent ces tirs isolés et cette guerre des gangs. Nous ne pouvons pas juste nous en aller comme ça et laisser tout ce bordel aux flics...

Jake retourna au bureau que le général Greer avait mis à sa disposition et s'assit devant le téléphone.

— J'aimerais vous parler, annonça Jack Yocke à Grafton, une demi-heure plus tard, quand Tarkington et lui cessèrent enfin de passer leurs communications.

Quelque chose dans l'intonation de Yocke intrigua Jake Grafton. Toad s'en aperçut aussi.

— P't'être que vous voulez que je sorte ? demanda-t-il au journaliste.

— Non. Je crois qu'il vaut mieux que vous entendiez tous les deux ce que j'ai à dire. Vous saurez quoi en faire. Inutile de préciser que ce n'est pas à étaler sur la place publique.

— Ça doit rester entre nous ? murmura Toad, l'air horrifié.

Yocke pinça les lèvres et hocha la tête.

Toad marcha sur la pointe des pieds jusqu'à la porte, l'ouvrit, jeta un coup d'œil à l'extérieur, referma et coinça une chaise sous le bouton.

— C'est bon, pouvez cracher le morceau, maintenant ! dit-il alors. Mais n'oubliez pas : même les murs ont des oreilles.

— Comment vous faites pour le supporter ? demanda Yocke à Grafton.

Le capitaine posa son menton sur ses mains et se contenta de soupirer.

— Il y a trois ou quatre semaines, il y a eu une révolution à Cuba... commença Yocke.

— Il me semble en avoir entendu parler, dit Toad.

— Je me suis imaginé que je pourrais éviter la foule des journalistes et m'y rendre d'une manière légèrement inhabituelle qui me permettrait de pondre un bon article. J'ai donc filé à Miami et j'ai pris contact avec un groupe d'exilés cubains en me disant qu'ils projetaient peut-être de rentrer au pays. Je leur ai promis que je n'écrirais rien sur la manière dont je gagnerais Cuba. Ils n'étaient pas enthousiastes à l'idée de m'avoir avec eux, mais ils m'ont quand même emmené sur leur bateau. Comme je l'ai dit, j'ai promis de ne rien publier. Mais pas de ne rien dire au gouvernement des États-Unis.

— D'accord, dit Jake, en hochant la tête.

— Sur l'île d'Andros, dans les Bahamas, ils ont chargé environ trois douzaines de missiles antichars. Enfin, ils m'ont dit que c'était Andros.

— Vous feriez sans doute mieux de nous raconter toute l'histoire, grommela Jake en tirant un bloc vers lui pour prendre des notes.

Le récit de Yocke prit une quinzaine de minutes. Quand il eut terminé, les deux officiers de marine lui posèrent un certain nombre de questions pour éclaircir des points de détail.

Finalement Jake demanda :

— Vous avez une idée derrière la tête?

Yocke le regarda.

— Ce n'est pas évident?

— Allez-y.

— Je pense que le gouvernement devrait chercher d'où viennent ces missiles antichars. Peut-être qu'ils ont été dérobés dans un entrepôt d'État. Peut-être... Oh! je sais pas. Je parie qu'on les a volés.

— Pourquoi n'êtes-vous pas allé voir le FBI?

— Parce que je suis journaliste. Si on apprend que je bavarde avec le FBI, je suis foutu. Personne ne voudra plus me dire quoi que ce soit.

— Pourquoi maintenant?

Yocke se tortilla sur sa chaise.

— Je n'avais pas l'intention d'en parler. Mais je commence à vous connaître, tous les deux, et ça m'a semblé le bon moment.

— Vous auriez pu être tué à Miami, remarqua Toad.

— Eh bien, je suis toujours vivant.

— J'essaie de comprendre pourquoi, dit Jake. (Il se laissa aller en arrière, contre le dossier de son siège, ouvrit l'un des tiroirs inférieurs du bureau et posa ses pieds dessus.) Je veux dire de comprendre pourquoi vous appartenez toujours au monde des vivants.

— Je vous ai rapporté ce qu'ils m'ont dit à ce sujet.

— Hmmm! Vous pensez que c'est la vraie raison?

— Elle me paraissait vraiment bonne, à l'époque.

— Et maintenant?

Yocke s'éclaircit la gorge et frotta ses lèvres l'une contre l'autre en réfléchissant.

— Non, ça ne tient pas vraiment la route. Pourquoi auraient-ils pris le risque de me faire confiance alors qu'une seule balle aurait résolu leur problème ? Ils n'avaient qu'à me jeter dans le Gulf Stream. Personne n'en aurait jamais rien su et on n'en parlait plus. Je ne sais pas pourquoi ils ne l'ont pas fait, et je ne pense pas que les gens à Cuba me donneront d'autre réponse que celle qu'ils m'ont donnée à ce moment-là.

— Mais vous avez certainement une ou deux théories sur la question ?

— Eh bien, oui. Cette affaire avec le général Zaba m'a fait réfléchir. Vous savez, il est facile de partir du principe que notre gouvernement est constitué d'une bande d'imbéciles qui ne savent jamais ce qui se passe et qui bousillent toutes les actions positives qu'ils essaient d'entreprendre...

Les sourcils de Jake se soulevèrent d'un millimètre et retombèrent.

— Mais j'en suis venu à me dire que la plupart du temps vous faites bien votre boulot, les gars. Je pense que l'une des raisons possibles de la présence du général Zaba sur le sol des États-Unis pour témoigner contre Chano Aldana est que le gouvernement américain a aidé les rebelles à renverser Castro.

— Intéressant, dit Jake Grafton.

— Et je pense que la raison pour laquelle je suis toujours vivant est que les Cubains appartenaient à la CIA ou savaient que la CIA n'apprécierait pas la disparition de citoyens américains.

Jake haussa les épaules.

— C'est possible. Mais vous n'avez pas amené ce sujet sur le tapis dans l'espoir d'obtenir des réponses, n'est-ce pas ? demanda-t-il.

— Non. Je me conduis uniquement en bon citoyen. Si je vous raconte ça, c'est juste au cas où le gouvernement américain aurait perdu quelques missiles antichars et voudrait découvrir où ils sont partis.

Jake Grafton noua ses doigts derrière sa tête.

— Soyez tranquille, nous transmettrons cette information à qui de droit. Cependant, l'enquête sera classée secret et nous ne pourrons pas vous en révéler quoi que ce soit. Bien sûr, si quelqu'un est poursuivi pour avoir volé des missiles antichars vous en entendrez parler, mais c'est juste une hypothèse.

Yocke leva la main et hocha la tête.

— J'ai simplement transmis l'information pour le cas où elle aurait de l'intérêt. (Il se leva.) Maintenant il faut que j'aille faire un tour au poste de commandement, puis que j'appelle le bureau. Si vous démarrez en coup de vent, s'il vous plaît, venez me chercher.

— Sûr.

Après le départ de Yocke, Toad alla à la porte, attendit environ trente secondes, puis l'ouvrit et regarda. Le couloir était vide. Il referma et resta le dos appuyé au battant.

— Je n'aurais jamais cru qu'il en parlerait à qui que ce soit.

— Je suppose que sa conscience a eu le dessus, dit Jake Grafton.

— Eh bien, qu'est-ce que tu en penses ?

— Il est intelligent. Je crois qu'il est certain à quatre-vingt-dix pour cent de ce qu'il raconte et qu'il s'assure juste qu'Oncle Sam est au courant pour couvrir les dix restants. C'est mon impression. (Il haussa les épaules.) Mais je ne sais pas, ajouta-t-il en reposant les pieds par terre et en refermant le tiroir. Je suppose que nous connaîtrons l'opinion de Yocke si nous tombons un jour sur un article sur le sujet avec sa signature en bas.

Il arracha trois pages de notes du bloc et les tendit à Toad.

— Tiens. Assure-toi qu'elles arrivent à la CIA. Ne les laisse pas traîner.

— J'écris quelque chose sur le dossier ?

— Ouais. Top secret.

— Les gars de la CIA vont penser que c'est toi qui as abordé le sujet avec lui. Ils ne croiront jamais qu'il nous a confié ça sans qu'on lui demande rien.

— C'était une bonne opération... ajouta Jake au bout d'un moment. Yocke ne sait rien de précis. Il a juste des soupçons. Mais Castro a sauté, nous tenons Zaba et Aldana va avoir ce qu'il mérite. Rien d'autre à en dire.

— Yocke est loin d'être un mauvais journaliste, reconnut Toad à contrecœur.

Jake le fit sortir d'un mouvement des doigts.

Il appela alors la compagnie du téléphone et demanda le lieutenant-colonel Franz. Le colonel appartenait à l'équipe de Jake à l'état-major interarmes. Jake l'avait envoyé là-bas la veille au matin.

— Colonel Franz à l'appareil, monsieur.

— Grafton. Que se passe-t-il chez vous ?

— Nous faisons de notre mieux, monsieur, mais nous ne sommes que trois ici, en me comptant. C'est comme essayer de faire un prélèvement du Niagara avec une boîte de bière.

— Oh, oh !

Franz soupira. Jake l'entendit feuilleter des papiers, des notes sans doute.

— Nous écoutons des appels au hasard. Pas de méthode. Mais nous en avons surpris trois qui semblaient parler de tirer sur la troupe. Un autre concernait l'élimination d'une bande rivale — c'est moi qui l'ai eu, celui-là. Mais ils devaient avoir un appareil branché sur la ligne pour leur indiquer qu'ils étaient sur écoute parce que je n'ai entendu que dix ou douze mots et l'un des deux a raccroché presque immédiatement tandis que l'autre parlait.

— Qu'est-ce qu'ils ont dit exactement ?

— Un truc du genre : « Avec Willie hors du coup la voie est libre, alors faut qu'on les élimine avant... » Mais je vous assure, j'avais pas encore compris ce que j'entendais que c'était déjà terminé.

— Autre chose ?

— Oui, un truc intéressant. On dirait bien qu'il va y avoir une manif, ce soir. Mes collègues ont intercepté des appels sur ce sujet. Cinq communications en tout. Vous réalisez qu'il a pu y en avoir cinq cents et que nous n'en avons intercepté que cinq ?

— Une *manifestation* ?

— Ouais. C'est le mot qu'ils ont utilisé. Une manifestation.

— Où ?

— Sais pas.

Qu'est-ce que c'est encore que cette histoire ? Jake Grafton griffonna sur le bloc-notes devant lui.

— Qu'en pensez-vous ?

— Que nous pourrions donner du travail à plus de gens, ici, répondit le colonel Franz.

— Renseignez-vous. Voyez un peu si on ne pourrait pas couper tout le système de téléphone. Il doit bien y avoir des boutons quelque part qui éteindraient tout le bazar.

— Le *couper ?* Hou là ! Est-ce que...

— Renseignez-vous, c'est tout. Je vous rappellerai.

Jake essaya ensuite de joindre Land au Pentagone. Son aide de camp répondit que le général ne serait là que dans un quart d'heure, et promit de lui laisser le message.

Jake prit des notes, en attendant. Henry Charon. Appartements. Des sacs de couchage dans une grotte. Braconnier propriétaire d'un petit ranch.

Pourquoi Henry Charon est-il toujours à Washington ? S'il y est toujours. Jake écrivit la question et la contempla un instant.

Il appela alors le FBI et demanda l'agent spécial Hooper.

— J'ai appris que vous aviez eu des émotions, la nuit dernière, fit celui-ci.

— Il s'est échappé, répondit Jake. Vous avez du neuf ?

— Les gens au Nouveau-Mexique ont obtenu un mandat de perquisition. Ils ont fouillé le ranch et ils ont relevé les empreintes digitales. Elles appartiennent pratiquement toutes à une seule personne et elles correspondent à celles qu'on a trouvées sur ce matériel de la grotte de Rock Creek Park que vous m'avez fait apporter la nuit dernière. C'est le même gars. Aucun doute là-dessus.

— On a des photos de lui ?

— Non, rien dans la maison du Nouveau-Mexique. Pas une seule. Nous cherchons.

— Nous avons besoin des photos de son permis de conduire dès que possible.

— Laissez-moi encore deux heures.

— Et ce Tassone qui a acheté les fusils à ce type de Pennsylvanie ?

— Rien sur lui pour le moment. Apparemment personne ne l'a vu à Vegas depuis deux semaines.

— Et à Washington ?

— Nous y travaillons.

— Vous diffusez la photo du permis de conduire à la télé ?

— Oui. Elle sera aux actualités de midi.

— Dites-moi, si on coupait le système téléphonique, vous pourriez continuer à fonctionner ?

Hooper marqua une pause avant de répondre.

— Eh bien, nous avons les lignes gouvernementales et les lignes réservées aux ordinateurs et tout ça. Si elles restent branchées, ça ira. Et la police locale a des radios.

— Très bien. Merci. Appelez-moi si vous avez du nouveau, d'accord ? Je suis à l'arsenal.

— Vous avez trouvé les terroristes ?

— Vous serez le premier à l'apprendre.

Il venait à peine de raccrocher lorsque le téléphone sonna à nouveau. C'était l'aide de camp du général Land. Il lui passa son patron.

— Monsieur, je pense que nous devrions couper le système téléphonique local. Apparemment, des gens l'utilisent pour organiser des attaques contre les soldats et des gangs rivaux. Et d'autres essaient de mettre sur pied une manifestation pour ce soir

— Une manifestation ?

— Oui monsieur.

— C'est de la merde ! Il n'y aura pas de manifestation au moment où nous nous démenons pour essayer de garder la situation sous contrôle.

— Bien, monsieur, je transmettrai au général Greer.

— Parlez-lui de cette question de téléphone. S'il estime que c'est justifié de le couper, je suis d'accord. Dites-lui que je le soutiendrai, quelle que soit sa décision.

— A vos ordres, monsieur.

Jake raccrocha et partit à la recherche du général Greer. Il laissa sur le bureau le bloc-notes avec ses questions au sujet de Henry Charon.

Tout son côté lui brûlait. La souffrance le réveilla. Allongé les yeux ouverts dans le noir, il essaya de la combattre. Il tâtonna avec sa main droite et trouva sa torche qu'il alluma.

Le faisceau lumineux balaya la petite cave, passant sur les provisions, les murs de briques, la dalle de béton du plafond.

Il était arrivé ici à trois heures du matin après une course de six kilomètres à travers les ruelles et les jardins de Washington. Il avait réussi à éviter les patrouilles de l'armée et une bande de jeunes rôdeurs, mais l'effort l'avait épuisé. Il n'avait jamais été aussi fatigué de sa vie.

Avec la douleur, le froid, l'humidité et l'épuisement, il s'était demandé un moment s'il allait s'en tirer.

Et maintenant, couché dans son sac de couchage, toujours vêtu des habits humides volés la nuit précédente, il souffrait le martyre. Est-ce qu'il pouvait encore bouger ? Un seul moyen de le savoir. Il s'assit.

Un grognement lui échappa.

Oh, Seigneur !

Pourtant, il ne renoncerait pas. Oh non ! Utilisant sa main droite, il attrapa la grosse lampe à piles et l'alluma. La lumière inonda la petite pièce.

Il se tourna doucement pour examiner le sac de couchage en dessous de lui. Un peu de sang mais pas beaucoup. C'était bien. Très bien. L'hémorragie s'était arrêtée.

Le mieux aurait été de rester couché pendant quelques jours et d'attendre que la blessure commençât à se cicatriser, mais bien sûr c'était impossible.

Malgré la douleur, il avait faim. Il essaya de mettre de l'ordre dans ses pensées et de définir ses priorités. Son esprit avait l'air de fonctionner normalement. Cela aussi, c'était bon signe.

Tout d'abord, il avait besoin d'une anesthésie locale. Il sortit la trousse de première urgence et l'ouvrit. Il était encore capable de se servir de sa main gauche s'il ne bougeait pas trop l'épaule, jusqu'à laquelle la souffrance rayonnait.

Il lui fallut plusieurs minutes, mais il parvint à remplir une seringue et à se piquer à quatre endroits, tout autour de la blessure. Les contorsions nécessaires le mirent en sueur et il se mordit les lèvres pour ne pas hurler de douleur, mais l'effet de la drogue fut immédiat.

La souffrance s'estompa et ne fut bientôt plus qu'un élancement diffus.

Le plafond de la vieille cave était juste assez haut pour lui permettre de se tenir debout, aussi se dressa-t-il doucement ; il resta là, à vaciller, pendant que sa pression sanguine et son rythme cardiaque s'ajustaient. Il tenta de faire quelques pas, les dents serrées.

Il se soulagea dans un seau posé dans un coin. Il examina très attentivement son urine. Pas même rose. Pas une trace de sang. Bien.

Il avait besoin d'eau et de nourriture pour reconstituer tout le sang perdu.

Il alluma son réchaud de camping et ouvrit une boîte de ragoût. Pendant qu'elle chauffait, il mâchonna de la viande boucanée et s'abreuva longuement au bidon d'eau.

Puis il se déshabilla et enfila un pantalon sec, mais pas de chemise. Dans peu de temps, il allait devoir changer ce bandage. Il accrocha les vêtements à un clou planté dans le mur.

Voilà ! Il se sentait déjà mieux.

Après avoir mangé le ragoût, il ouvrit une boîte de salade de fruits. Il finit même les dernières gouttes de jus, puis but encore un demi-litre d'eau.

Agréablement rassasié, Henry Charon s'allongea sur le sac de couchage. Pour la première fois, il regarda sa montre. Presque 12 heures. Midi ou minuit ? Il ne savait pas. Mais il n'avait tout de même pas dormi une journée entière et la moitié de la nuit !

Il approcha la radio et l'alluma. Quelques minutes plus tard, il captait la fréquence audio d'une chaîne de télévision.

Midi. Il était presque midi. Donc, il avait dormi environ huit heures.

Il éteignit la lampe pour économiser ses piles et resta couché dans l'obscurité, à écouter la radio. Il avait mis le volume si bas qu'elle était à peine audible. Il ne voulait pas être surpris par quelqu'un qui passerait dans le tunnel de métro — ce qui était peu probable, bien sûr. Depuis que l'armée avait pris possession de la ville, le chantier était abandonné.

Ainsi reposait-il dans le noir, prêtant une oreille distraite à la radio, repensant à la nuit précédente. Tandis qu'il gravissait si difficilement cette colline, il avait entendu l'officier féliciter le soldat qui venait de lui tirer dessus. Vraiment, se faire canarder en traversant la route ! Il avait été très près de finir comme un lapin ou un chien abandonné écrabouillé sur l'asphalte !

Il soupira et ferma les yeux, essayant d'oublier cette douleur lancinante.

Quel que soit l'angle sous lequel on la regardait, cela avait été la meilleure chasse de sa vie. Oh, oui, de très loin la meilleure ! Même la nuit dernière, alors que les soldats le poursuivaient et qu'il avait si mal — ç'avait été une expérience rare, savoureuse. Il était là-bas, au seuil de la mort, vivant la quintessence de chaque seconde, puis l'emportant grâce à sa force, son intelligence et sa détermination. Sublime ! C'était le mot. *Sublime*. Rien de ce qu'il avait fait jusqu'ici dans son existence ne pouvait y être comparé. Tout jusqu'à maintenant n'avait servi qu'à préparer la nuit dernière — à préparer ces formidables instants, quand il se faufilait dans la forêt entre les soldats, qu'il grimpait cette colline, blessé, saignant, s'enfonçant à chaque pas, qu'il se précipitait pour traverser la route et qu'il roulait sur lui-même tandis que les balles déchiraient l'air au-dessus de sa tête, et puis qu'il courait, qu'il échafaudait des plans, qu'il revenait parfois sur ses pas pour semer d'éventuels poursuivants...

Beaucoup d'hommes vivaient une existence entière sans connaître ne serait-ce qu'une bonne partie de chasse. Lui, au contraire, il avait eu la chance d'en avoir tant ! Et cependant, toutes ces formidables traques étaient largement surpassées par celle de la nuit précédente !

Il la revivait à nouveau, goûtant chaque impression, chaque émotion, quand il entendit son nom, à la radio. Il tâtonna pour monter le volume.

— ...a été identifié. Il est propriétaire d'un ranch au Nouveau-Mexique et c'est un expert en armes à feu. Cet homme est armé et extrêmement dangereux. On pense que des soldats qui tentaient de l'appréhender l'ont blessé la nuit dernière dans le district de Columbia. Si vous le voyez, surtout n'essayez pas de l'approcher et encore moins de l'arrêter vous-mêmes. Contentez-vous d'appeler le numéro qui s'affiche maintenant sur votre écran et indiquez aux autorités votre nom, votre adresse ainsi que l'endroit et le moment où vous pensez l'avoir aperçu.

« Les raisons qui ont poussé Henry Charon à tenter d'assassiner le président et le vice-président des États-Unis restent inconnues à l'heure actuelle. Nous espérons pouvoir vous donner dans l'après-midi davantage d'informations sur cet individu, depuis le Nouveau-Mexique. Ne quittez pas notre chaîne.

Charon coupa la radio. Il resta couché dans le noir, les yeux ouverts, à réfléchir.

Ça n'avait pas été une histoire d'empreintes digitales, puisqu'on ne les trouvait dans aucun dossier nulle part. Si les flics les avaient relevées, elles ne leur auraient rien dit. Donc, ce devait être ce portrait-robot. Quelqu'un au Nouveau-Mexique qui l'avait reconnu et qui avait appelé la police.

Cela conclu, il se désintéressa complètement de la question et recommença à examiner dans leurs moindres détails les événements de la nuit précédente. Après tout, il ne pouvait rien faire au sujet de ce que la police et le FBI avaient découvert. S'ils savaient, ils savaient.

Au fond de lui-même, il ne s'était jamais vraiment attendu à s'en tirer sans dégât. Il avait bien conscience que les forces étaient trop déséquilibrées. Il avait accepté pour le plaisir de la chasse et elle avait été superbe, dépassant même ses espoirs les plus fous.

Quand les balles sifflaient au-dessus de sa tête et que le rugissement du M-16 déchirait la nuit, il avait appris pour la toute première fois ce qu'était l'extraordinaire excitation de se retrouver face à la mort et d'en réchapper. C'était une expérience inexplicable, défiant toute description. Aussi restait-il couché dans le noir à en savourer chaque fragment.

Il finirait par songer au problème suivant : que faire après ? Mais il avait le temps.

— Ces foutus terroristes sont planqués quelque part dans le district. Vous le savez, je le sais, tout le monde le sait. La question est donc : qu'est-ce qu'ils vont faire maintenant ?

Le général de division Greer se tenait avec Jake Grafton devant le plan de la ville qui occupait la plus grande partie du mur. Greer était un homme trapu, au teint mat, avec des cheveux gris acier coupés en brosse. A neuf ans, il avait décidé de devenir soldat et il n'avait trouvé depuis aucune raison de changer d'avis.

Il jeta un coup d'œil à Grafton. Il voulait une réponse quand il posait une question.

— Ils peuvent attendre que nous les trouvions, dit Jake Grafton, et vendre chèrement leur peau.

— Option numéro un, fit Greer en hochant la tête.

Il avait l'habitude de réfléchir à haute voix ; cela n'étonnait plus son état-major. Et Jake Grafton s'y était rapidement fait, lui aussi.

Un peu plus loin, dans le coin, Jack Yocke prenait des notes.

— Ou alors, ils choisissent une nouvelle cible et ils frappent, reprit Grafton. Ou deux cibles. Voire trois, ça dépend de leur nombre et de leur armement

— Option numéro deux.
— Ils peuvent aussi rester planqués en espérant que nous ne les trouverons pas et que nous abandonnerons les recherches.
— Numéro trois. D'autres encore ?
— Pas qui me viennent à l'esprit pour l'instant.
— Je n'en vois pas non plus. C'est la numéro deux que je préfère. C'est pour celle-là que j'opterais à leur place. J'imagine que des civils payés pour se faire tuer ne vont pas se contenter de rester assis à se tourner les pouces. (Greer soupira.) En fait, on n'en sait rien. Et de toute manière, s'ils se décident pour l'option deux, quelle sera leur cible ?

Les yeux de Jake errèrent un moment sur la carte.
— La Maison Blanche, suggéra-t-il, à titre d'essai.
— J'ai deux compagnies et dix chars au Bethesda Naval Hospital. Une compagnie autour de la Maison Blanche avec quatre chars, un à chaque coin. Une autre compagnie avec des blindés à l'Executive Office Building. Même chose au Naval Observatory où habite le vice-président. Et encore au Capitole dans l'éventualité peu probable où ils l'attaquent à nouveau, et devant les bureaux du Sénat et de la Chambre. Quoi d'autre ?
— Je ne sais pas.
— Bienvenue au club, dit le général Greer.
— Et la base des Marines de Quantico ?
— Où est détenu Aldana ? Je ne pense pas. Chano Aldana ne me paraît pas vraiment candidat au suicide. Ils ne pourraient pas le sortir vivant de là. J'ai donné des ordres dans ce sens. C'est le dernier endroit où ils frapperont.

Jusqu'à présent, on n'avait encore fouillé que la moitié seulement de la ville. L'opération avançait très lentement. Les soldats s'étaient fait plusieurs fois tirer dessus. Ils comptaient déjà cinq blessés et deux morts dans leurs rangs. Et ils ripostaient. Onze civils avaient été tués.

Greer se détourna de la carte et passa la main dans ses cheveux. Il se laissa tomber dans le fauteuil le plus proche.
— Vous vouliez quelque chose ? demanda-t-il alors à Grafton.

Jake lui parla des écoutes au central téléphonique, et lui raconta ce que lui avait dit le lieutenant-colonel Franz.
— Une manifestation ? répéta le général.
— Ce soir.
— C'est la plus belle connerie que j'aie jamais entendue. Si elle a lieu, nous la disperserons.
— Je suggère que nous coupions les communications téléphoniques locales. Les techniciens disent que c'est possible. Nous savons

que certains fauteurs de troubles coordonnent leurs activités par téléphone, ce qui est logique. Je n'ai pas la moindre idée de ce que cache cette histoire de manifestation, mais je n'aime pas ça. D'un autre côté, on m'a dit qu'aux actualités de midi, les chaînes avaient diffusé la photo de l'homme que le FBI pense être l'assassin et qu'elles avaient donné le numéro à appeler, si jamais quelqu'un le voyait. En outre, elles lancent depuis deux jours des appels identiques à propos des terroristes. Si nous coupons le téléphone, nous n'aurons aucune information.

— Vous en avez discuté avec Land?

— Oui, monsieur. Il dit que la décision vous revient. Et qu'il vous soutiendra quoi que vous décidiez.

— Vous avez reçu des appels jusqu'à présent?

— Non, monsieur.

— Cette histoire de manifestation m'inquiète. Un gros paquet de civils se baladant dans les rues avec tous ces criminels qui tirent à l'aveuglette sur les gens, c'est vraiment la dernière chose qu'il nous faut! Merde! Si un truc de ce genre se produit, ça risque de tourner au bain de sang!

Greer resta assis, silencieux, à se gratter la tête.

— Coupez ces foutus téléphones, dit-il finalement. Je vais presser cette foutue ville de plus en plus fort jusqu'à ce qu'il en gicle quelque chose!

Chapitre trente et un

La commission Longstreet recensa plus tard les nombreux facteurs qui contribuèrent à la violence de ce jour. Une chose était sûre, en tout cas : la population noire était fermement convaincue — et depuis longtemps — d'être victime d'une oppression raciste intentionnelle et ce fut ce qui provoqua l'aggravation de la situation jusqu'à l'explosion finale.

Des jeunes gens appartenant à des gangs — des Noirs, par définition, dans le centre-ville — commencèrent à briser des vitrines et à piller les magasins, et quand les soldats intervinrent, ils se mirent à leur jeter des pierres, des bouteilles et tout ce qui leur tombait sous la main.

Au début, les soldats tirèrent en l'air. Quand cela se révéla sans effet, ils attrapèrent et entraînèrent les plus belliqueux jusqu'aux camions pour les transporter à l'arsenal.

Les rassemblements de foule grossirent et devinrent de plus en plus violents, jusqu'à incendier des automobiles, au fur et à mesure que la télévision montrait la démence qui s'emparait de la ville. Inévitablement, des émeutiers furent tués par des soldats — dont la plupart n'étaient pas plus âgés que ceux qui leur hurlaient des insultes et leur jetaient des pierres. Une caméra de télévision enregistra l'un de ces épisodes sanglants.

Le général Land interdit alors aux journalistes de continuer à filmer ce qui se passait dans la rue, mais c'était déjà trop tard. Dans les quartiers les plus pauvres du centre, une douzaine d'immeubles étaient en feu et les émeutiers empêchaient les camions de pompiers et les équipes d'urgence d'approcher des incendies. Quelques officiers décidèrent d'utiliser les blindés pour tenter de calmer les manifestants, mais ceux-ci réagirent immédiatement en fabriquant des cocktails Molotov qu'ils balancèrent sur les soldats. Bientôt, un char fut touché et deux hommes gravement brûlés au moment où ils essayaient de s'en échapper. Alors, un second blindé arrosa la foule à la mitrailleuse. Une douzaine de personnes furent fauchées par les balles. Les émeutiers s'enfuirent dans toutes les directions, en mettant le feu aux voitures et en brisant les vitrines des magasins sur leur passage. Toutes les télévisions du pays diffusèrent bientôt ces images à des dizaines de millions d'Américains horrifiés.

Une odeur de fumée et de caoutchouc brûlé flottait au-dessus de la ville, sous le ciel gris. On la sentait presque partout dans la cité, même si les émeutes se concentraient pour l'essentiel dans les ghettos noirs du centre-ville, tout comme cela s'était déjà produit lors des grandes révoltes urbaines contre la guerre du Viêt-nam. Et ce n'était pas un hasard. Comme plus de la moitié des douze mille soldats rassemblés dans le district protégeaient les immeubles publics et les monuments du Washington administratif, la plupart des émeutiers restaient près de chez eux, se battant, pillant et allumant des incendies dans leurs propres quartiers.

Les généraux Land et Greer envoyèrent d'urgence de nouvelles troupes partout où c'était nécessaire. Ils étaient bien forcés de continuer à augmenter la mainmise de l'armée jusqu'au moment où la situation se stabiliserait. Du coup, ils durent abandonner leur traque des terroristes.

Comme le soleil baissait sur l'horizon, la température de l'air, qui, dans la journée, n'avait pas dépassé les treize degrés, commença à chuter rapidement. A l'arsenal, le général Greer et l'état-major étudiaient le thermomètre avec autant d'attention que les rapports qui leur parvenaient sur la situation en ville. Le froid réussirait peut-être là où les troupes échouaient. Quelqu'un pria à haute voix qu'il se mît à pleuvoir.

A l'approche de la nuit, le général Greer engagea ses dernières troupes dans les quartiers du centre. Fusillades et incendies martyrisaient toujours la cité, mais le nombre de manifestants diminuait à vue d'œil.

— Nous avons un problème à l'entrée, expliqua le jeune capitaine de l'armée sur un ton d'excuse. Le général Greer dit qu'il est trop occupé et demande si vous ne voudriez pas vous en charger.

Jake Grafton posa le stylo avec lequel il rédigeait un rapport pour le général Land.

— D'accord.
— Vous m'accompagnez, monsieur ?

Dans le couloir, l'officier ajouta :

— On a des gens dehors, monsieur, qui veulent que des membres de leur famille soient confiés à leur garde.

— Combien ?

— Trois. Ils ont dû marcher un bon moment pour arriver ici, et avec les émeutes et tout...

— Ouais. Combien en avez-vous relâché, jusqu'à présent ?

— Nous n'avons relâché personne, monsieur. Nous transférons à Fort McNair tous ceux qui n'ont pas respecté le couvre-feu ainsi que les petits détenteurs de drogue, mais les émeutiers, les pilleurs et les tireurs, nous les avons gardés ici.

— Et ces gens que veulent récupérer leurs parents, ils appartiennent à quelle catégorie ?

— Il y a un jeune pilleur, un gars qui a fait feu sur des soldats et une femme. Elle était en train de sucer un type dans une voiture, et comme ils n'étaient pas censés se trouver dans une voiture, on les a fouillés. Lui, il avait du crack, et on a trouvé des traces de poudre sur elle et du crack dans son sac. Alors on les a amenés ici.

Les civils se tenaient près de bureau, à l'entrée de la salle principale. Deux Noires et un Blanc. Jake s'adressa tout d'abord à la femme la plus âgée.

— Mon nom, c'est Harriet Hannifan, général. Je veux récupérer mon garçon.

Elle avait dépassé la cinquantaine, estima Jake. Corpulente, des cheveux gris. Son sac à main pendait à son bras. Ses chaussures étaient usées.

— Comment s'appelle-t-il, madame ?

— Jimmy Hannifan.

Jake se tourna vers le sergent, assis au bureau, qui consulta ses notes.

— Pillage, monsieur. Il jetait des pierres dans les vitrines. Quand nous l'avons attrapé, il tentait de s'enfuir en emportant un téléviseur. Il l'a lâché et l'appareil a volé en éclats, mais nous l'avons attrapé quand même.

— Votre fils a déjà eu des ennuis, madame ?

— C'est mon petit-fils. Mon Dieu, oui, il a eu des ennuis à l'école et il traîne avec une méchante bande. Il n'a que seize ans et il veut arrêter les études, mais je le laisserai pas faire.

— Amenez-le ici, dit Jake au capitaine.

— Vous avez marché pendant combien de kilomètres pour venir jusqu'ici ? demanda Jake à Mme Hannifan.

— Trois.

— Plutôt dangereux.

— Je n'ai plus que lui.

— Et vous madame ? dit Jake à l'autre femme, qui était plus jeune que Mme Hannifan, mais moins bien soignée.

— C'est mon fils. Il a tiré sur des gens. J'ai vu les soldats l'emmener.

Jake fut tenté de refuser. Mais il hésitait.

— Vous êtes venue de loin ?

— Emerson et Georgia Avenue. Je ne sais pas à combien c'est.

— Huit ou dix kilomètres, dit le sergent. A travers toutes ces émeutes.

Jake hocha la tête en direction du capitaine.

— Et vous, monsieur ?

— Mon nom est Liarakos. J'aimerais voir ma femme. Le sergent dit qu'on la détient ici pour possession de drogue.

— Vous voulez qu'on la relâche, c'est ça ?

— Non, répondit-il d'un ton ferme. Je voudrais la voir d'abord. Après, peut-être, mais...

Sa voix mourut.

Jake se tourna vers le capitaine et ordonna :

— Faites conduire les deux hommes en question à mon bureau. Et emmenez ce monsieur auprès de son épouse.

Il demanda aux deux Noires de l'accompagner.

De retour dans son bureau, une fois que tout le monde fut assis, il envoya Toad chercher du café. Jack Yocke était installé dans un coin de la pièce. Il ne disait rien.

La femme la plus jeune commença à sangloter. Elle se nommait Fulbright.

— Je sais que ce n'est pas de votre faute, dit-elle, mais c'est plus qu'une bête pourrait supporter, avec ces drogues, et le chômage, et les écoles qui leur apprennent rien. Comment peuvent-ils grandir et devenir des hommes au milieu de tout ça ? Je vous le demande.

— Je n'en sais rien, dit Grafton.

Avec le silence, la gêne s'installa. Mme Fulbright continuait à sangloter. Jake ne trouvait rien à dire ; il jeta un coup d'œil à Yocke, guettant son soutien. Le journaliste lui rendit son regard, mais resta impassible et n'ouvrit pas la bouche.

Toad apporta du café, puis, quelques secondes plus tard, deux soldats faisaient entrer les hommes menottés dans la pièce. *Des hommes, ça ?* pensa Jake. *Ce ne sont encore que des gosses !*

— Vous pouvez partir, leur annonça Jake, parce que ces femmes tiennent suffisamment à vous pour risquer leur vie en venant à pied jusqu'ici. Peut-être que vous n'avez pas beaucoup d'argent, mais vous possédez au moins quelque chose que beaucoup n'auront jamais... des gens qui vous aiment.

Les adolescents parurent embarrassés. *Ah ! merde, à quoi ça sert ?* se demanda Jake. *Mais peut-être, peut-être simplement...*

— Toad, quand ces dames auront fini leur café, tu les reconduis chez elles en voiture avec leurs garçons.

— Mon Dieu, Thanos, pourquoi es-tu venu ?
— Je...
Elle cachait son visage dans sa main — qu'il écarta. Elle pleurait.
— Tu n'aurais pas dû, ajouta-t-elle dans un murmure. Oh, mon Dieu, Thanos, regarde ce que j'ai fait de moi !
La pièce où on la détenait contenait trois autres femmes. L'endroit puait le vomi et l'urine. Une demi-douzaine de matelas étaient éparpillés sur le sol, mais il n'y avait pas d'autres meubles. Elizabeth était assise sur un matelas, repliée sur elle-même. Ses vêtements étaient dégoûtants de crasse.
— Je suis désolée, Thanos. Je suis désolée !
— C'est le premier pas sur la route du retour, Elizabeth.
— Je me sens si sale. Si dégradée ! Et j'ai rampé dans cet égout toute seule. Comment peux-tu regarder ce...
— Tu veux rentrer à la maison ? Sans la drogue ?
— Je ne sais pas si je peux ! Mais pourquoi voudrais-tu... Tu ne sais donc pas ce que j'ai fait ? Tu ne sais pas pourquoi je suis ici ?
— Oui, je le sais.
Elle arracha sa main de la sienne et dissimula de nouveau son visage.
— S'il te plaît, va-t'en, pour l'amour de...
Liarakos se leva et frappa à la porte pour appeler le soldat.

— Monsieur, j'aimerais ramener ma femme à la maison.
Liarakos se tenait devant le bureau de Grafton. Celui-ci dut faire un effort pour lever les yeux vers lui...
— Très bien, dit-il. Où habitez-vous ?
— Edgemoor.
— Est-ce que ce n'est pas de l'autre côté de Rock Creek Park ?
— Si.
— Jack, rattrapez Toad, voulez-vous ? Dites-lui qu'il a deux passagers de plus. Allez avec lui, monsieur Liarakos.
Liarakos se tourna pour partir, puis jeta un regard en arrière.
— Merci, je...
Jake le renvoya d'un geste de la main, sans rien ajouter.
Yocke fut de retour quelques minutes plus tard.
— Ils sont tous partis avec Toad, dit-il en s'asseyant sur la chaise devant le bureau de Jake. Savez-vous qui était cet homme ?

— Lia-quelque-chose. J'ai oublié.
— Thanos Liarakos. C'est l'avocat qui défend Chano Aldana.
— Tout le monde a ses problèmes, répondit Grafton.

Et il s'intéressa à nouveau à son rapport. La peau de son visage était tendue sur ses os. Ses yeux semblaient encore plus enfoncés que d'habitude dans leurs orbites.

— Vous l'avez su dès que vous l'avez vu, n'est-ce pas? ajouta Yocke.
— Bon sang, vous êtes pire que Tarkington! Trouvez quelque chose à faire ailleurs qu'ici, d'accord?

Yocke se leva, hésitant. Il se balança un instant d'un pied sur l'autre, puis sortit dans le couloir et alla jusqu'au bureau où l'on enregistrait les prisonniers. Lorsque le sergent eut terminé de s'occuper de deux captifs qui paraissaient très abattus, le journaliste lui demanda :

— Mme Liarakos... Qui était l'homme arrêté avec elle ?
— Ah, j'ai ça ici. (Le sergent feuilleta son cahier, un grand registre vert à couverture rigide.) Voilà. Un type qui a refusé de donner son nom. Mais le contenu de son portefeuille dit que c'est un certain T. Jefferson Brody, un avocat — si vous arrivez à croire une chose pareille! On l'a amené ici y a trois heures. Il est en salle quatre, si vous voulez lui parler.

Le sergent fit un geste vague vers sa gauche.

Certains des prisonniers, encore saouls et belliqueux, hurlaient des obscénités. Les odeurs d'urine et de crasse alourdissaient l'air. Yocke s'efforçait de respirer le moins possible.

Il jeta un œil dans la salle quatre, un simple mur d'un peu plus d'un mètre de hauteur délimitant un espace normalement utilisé pour la réparation des véhicules. Plusieurs dizaines d'hommes y étaient enchaînés. De l'autre côté du couloir, un autre box identique avait été réservé aux femmes. Celles-ci étaient attachées de façon à être assises le dos tourné aux hommes.

Yocke ne reconnut pas Brody. Vêtu d'un costume bleu dégoûtant, l'avocat, debout, tirait sur la chaîne qui retenait son poignet et hurlait à tue-tête en direction des femmes.

— *Espèce de salope! Je t'arracherai tes putains de miches de mes propres mains! On n'est pas ici pour toujours, sale pute! Attends un peu! Je t'aurai, même si c'est la dernière chose que je fais!*

L'un des soldats entra, l'air dégoûté.

— Hé, *toi*! La grande gueule! C'est la dernière fois que je te le dis. Ferme-la!
— Cette foutue salope m'a *volé*, vociféra Brody. Je vais...

— Ferme-la, face de cul, ou on te bâillonne. Tu m'entends !

Brody se tut. Il garda les yeux fixés sur l'endroit où étaient détenues les femmes. Au bout d'un moment, il s'assit, mais son regard ne changea pas de direction.

Yocke se détourna, avec un haut-le-cœur. L'Enfer ne devait guère être pire, pensa-t-il en frissonnant.

La première bombe explosa à 18 h 30.

Un camion bourré de cinq tonnes de dynamite enfonça le grillage d'un important relais électrique à Greenleaf Point, près de l'embouchure de l'Anacostia River. Le conducteur s'enfuit immédiatement par la brèche dans la clôture, poursuivi par deux soldats qui lui tirèrent dessus. Il disparut dans la cité voisine. Les soldats repassaient le grillage pour examiner le camion quand son contenu explosa. La formidable détonation fut ressentie et entendue à des kilomètres à la ronde. Le relais électrique fut soufflé et toutes les lumières s'éteignirent dans le centre-ville et dans le sud-est de Washington.

Dans le quart d'heure suivant, trois autres relais furent attaqués et la cité tout entière fut privée d'électricité.

— Au moins, les chaînes de télé ne montrent plus leur foutues images ! dit Toad Tarkington à Rita Moravia qui venait d'arriver à l'arsenal, à l'arrière d'un camion de l'armée.

Tandis que le général Greer réagissait à ces attaques, une importante station de pompage de gaz naturel, à Arlington, fut sabotée. La déflagration ressembla à une petite explosion nucléaire. Puis l'endroit prit feu. Dans l'obscurité totale qui régnait maintenant sur Washington, on apercevait le rougeoiement de l'incendie de tous les toits de la ville.

Pendant que les attentats secouaient la cité, vingt hommes équipés d'armes automatiques tendirent une embuscade à un peloton de l'armée sur le périphérique. Trois hommes en uniforme firent signe au camion de s'arrêter et abattirent le conducteur et le sergent dès que ceux-ci descendirent de la cabine. Certains des soldats furent fauchés alors qu'ils sortaient de l'arrière du poids lourd. Une douzaine de survivants, piégés sur le plateau bâché et incapables de voir ce qui se passait, jetèrent leurs armes et se rendirent. On les conduisit jusqu'au fossé, le long de l'autoroute, et on les exécuta. Armes, munitions et radios furent rassemblées et chargées dans le véhicule.

Les assaillants grimpèrent à l'arrière, sous la bâche, et s'installèrent sur les sièges. Dans la cabine, deux hommes étudièrent un instant les commandes du transport de troupes qui tournait toujours au ralenti, puis ils passèrent une vitesse et s'éloignèrent.

Le camion quitta le périphérique à Kenilworth Avenue et prit vers le sud en direction de la ville, à environ quarante kilomètres à l'heure. Se méfiant de l'enthousiasme des jeunes soldats, l'armée avait fait installer un régulateur pour empêcher le moteur de tourner en surrégime, mais le conducteur inexpérimenté ne parvenait pourtant pas à changer de vitesse.

Les deux phares, derrière leur grille de protection, n'éclairaient pas grand-chose, mais c'était suffisant. Les énormes pneus roulaient sans difficulté sur les nids-de-poule et le revêtement abîmé auxquels les banlieusards s'étaient résignés depuis des années.

Devant le camion, il y avait une grosse barre métallique horizontale, vert olive comme le reste de la machine. En temps normal, cette barre permettait au camion de pousser d'autres véhicules militaires en panne.

Une demi-douzaine de membres de la Garde nationale avaient installé un barrage routier à l'échangeur de Kenilworth — New York Avenue. Le conducteur du camion volé ne ralentit même pas. La barre d'acier heurta violemment le bus garé en épi au milieu de la route, et l'écarta du passage, tandis que le camion continuait dans un rugissement de moteur. Les hommes installés à l'arrière ouvrirent le feu à l'arme automatique sur les soldats.

Cinq cents mètres plus loin, le camion franchit dans un bruit d'enfer la limite du district de Columbia, marquée par un grand panneau blanc avec des lettres bleues artistiquement disposées autour du dessin représentant la coupole du Capitole. Le panneau disait : BIENVENUE À WASHINGTON, UNE CAPITALE. MARION C. BARRY, MAIRE.

Henry Charon humecta avec l'eau de son bidon le bandage qui lui entourait la taille, puis il commença à l'ôter avec précaution. Comme il avait trop mal pour se contorsionner et essayer d'examiner l'état de sa blessure, il se contenta de serrer autour de son abdomen des bandes propres découpées dans le drap volé, et de les nouer soigneusement.

Puis il enfila une chemise de flanelle et, par-dessus, un pull-over.

La veste qu'il avait empruntée la nuit précédente à l'étudiant était à la mode, mais certainement pas assez pratique au goût de Charon. Il l'accrocha à un clou et passa une parka imperméable de rechange. Il chaussa enfin ses vieilles bottes de chasse sur deux paires de chaussettes en laine.

Il passa sa ceinture dans un fourreau qu'il installa de manière à le dissimuler dans la poche arrière de son pantalon. Quand la ceinture fut serrée juste un peu au-dessous du bandage de fortune entourant son ventre, il plaça dans ce fourreau son couteau à dépecer préféré, une belle arme dont la lame mince coupait comme un rasoir, et il referma la petite courroie de l'étui autour de la poignée.

Enfin, par simple précaution, il mit sa casquette à oreillettes doublée de laine. Elle était marron foncé et patinée par de nombreuses expéditions hivernales.

Il vissa le silencieux sur le pistolet 9 mm. Il vérifia que le chargeur était plein et tira la culasse mobile jusqu'au moment où il aperçut l'éclat d'une balle dans la chambre. Verrouillant la sûreté, il glissa l'arme dans sa ceinture, derrière lui, dans le creux de ses reins. Les grenades et deux chargeurs de rechange allèrent dans les poches de la parka.

Il ouvrit alors la fermeture Éclair de son sac de camping et vérifia la Winchester Modèle 70. Elle était toujours bien protégée, avec une boîte de munitions .3060 emballée dans du plastique à bulles. Parfait. Il referma le sac et il passa la bandoulière à son épaule.

C'était tout ? Ah, oui, la torche crayon. Il l'essaya puis la fit disparaître dans l'une des poches de sa parka.

Il ne pouvait pas emporter la radio. Dommage, mais c'était trop volumineux. De la nourriture, de l'eau ? Une poignée de viande boucanée et une gourde en plastique pleine d'eau... il faudrait s'en contenter. Et le plan des rues.

Quoi d'autre ?

Des gants. Il les enfila avec lenteur. C'étaient de bons gants en cuir de porc qui lui allaient parfaitement.

D'accord, il ne partait pas pour une traque au mouflon des Rocheuses au-dessus de la limite des arbres, par moins quinze dans les bourrasques de neige. Aujourd'hui, pourtant, sa proie serait le plus méfiant, le plus dangereux des gibiers — l'homme. L'idée des délices qui l'attendaient lui tira un sourire.

Le camion franchit lentement le portail du parking de l'arsenal et s'arrêta à côté de trois autres véhicules identiques. Le conducteur éteignit les phares, coupa le moteur et descendit.

Le sergent se rendit à l'arrière et regarda sortir ses hommes, qui ne s'alignèrent pas en formation. Ils se dispersèrent immédiatement par groupes de deux.

Le parking était éclairé par des lampes de secours montées sur des poteaux et alimentées par de bruyants générateurs portables. La lumière qu'elles donnaient était à peine suffisante.

Le sergent et une demi-douzaine d'hommes se dirigèrent vers la porte du bâtiment principal de l'arsenal, restée ouverte. Deux d'entre eux s'arrêtèrent dans la salle immense et observèrent un moment les prisonniers enchaînés au mur sud. Dans la faible lueur des éclairages de secours qui s'étaient automatiquement allumés au moment de la coupure d'électricité, ils découvrirent le spectacle incroyable de plus de deux cents personnes enchaînées, hommes et femmes, qui juraient, sanglotaient ou hurlaient. Le vacarme faisait penser à quelque cauchemardesque asile de fous.

Les deux intrus, alors, prirent le temps d'étudier ce qui les entourait : les militaires gardant les prisonniers, les va-et-vient dans la salle, l'escalier qui menait à une passerelle et à divers bureaux.

Deux soldats du petit groupe traversèrent toute la salle et allèrent se poster à l'autre issue, à l'extrémité opposée, tandis que le sergent et ses deux derniers compagnons quittaient la pièce et s'engageaient dans le couloir. Le sergent, qui ne connaissait pas un mot d'anglais, ne pouvait pas comprendre ce qu'indiquaient les panneaux, et pourtant il se dirigea immédiatement vers la grande double porte ouverte au fond du couloir, qui paraissait un important lieu de passage. Ils croisèrent plusieurs Américains qui ne leur accordèrent aucune attention. Avec leur teint sombre de Latino-Américains, ces nouveaux venus n'étaient pas déplacés dans cette armée multiraciale.

Le faux sergent, ses compagnons toujours sur les talons, s'arrêta à l'entrée d'une vaste pièce qui débordait de radios et de téléphones. Tous les murs étaient couverts de cartes. Au centre, un homme trapu, avec deux étoiles d'argent sur les pointes de son col, trônait derrière un grand bureau.

Avec un mouvement de tête à ses compagnons, le sergent ôta discrètement une grenade attachée à ses sangles de poitrine et la dégoupilla ; les deux hommes, à côté de lui, l'imitèrent. Ils les lancèrent tous les trois en même temps sur l'officier supérieur, et se jetèrent immédiatement à couvert derrière les bureaux les plus proches.

— *Des grenades !*

Ce cri fut le signal d'une débandade générale. Des hommes sautaient et couraient et plongeaient dans tous les sens lorsque les projectiles explosèrent. L'éclairage de secours s'éteignit.

Dans l'obscurité s'élevèrent les hurlements d'un agonisant. Puis les trois assaillants ouvrirent le feu à l'arme automatique.

Le vacarme des explosions s'entendit jusqu'à la salle principale de l'arsenal — une succession de bruits très sourds, mais parfaitement reconnaissables. Dès que les soldats firent mine de se précipiter, les quatre terroristes placés deux par deux à chaque porte se mirent à tirer aussi vite que possible. Ils furent méthodiques et impitoyables, mais les soldats étaient trop nombreux pour eux. Moins de vingt secondes plus tard, ils étaient morts.

Sur le parking, aussi, la bataille faisait rage. Les rafales de mitraillettes et les explosions de grenades se succédaient. L'un des assaillants parvint à atteindre une mitrailleuse M-60 montée sur pivot, à l'arrière d'une jeep, et il commença à balayer les soldats. Il fut abattu presque aussitôt, mais un autre Colombien prit sa place. Plus de quatre-vingts militaires furent touchés au cours des trente premières secondes de l'attaque.

A l'intérieur du poste de commandement, la plupart des soldats n'étaient pas armés. Cela n'aurait pas changé grand-chose, d'ailleurs. La seule lumière venait maintenant des éclairs que crachaient les fusils. Ceux qui avaient survécu aux grenades restaient plaqués au sol, tandis que les balles hachaient les meubles et les radios autour d'eux. Par miracle les trois terroristes visaient trop haut.

Un officier avait un pistolet. Quand les rafales d'armes automatiques cessèrent, il en conclut que leurs agresseurs avaient fini leurs chargeurs et qu'il allait leur falloir quelques secondes pour les changer ; il ouvrit donc le feu à son tour vers les endroits d'où avaient jailli les éclairs, dans le noir. Il mit deux des tireurs hors d'état de nuire, mais le troisième réussit à recharger son arme et à éliminer son adversaire d'une courte salve de six balles.

Lorsque son chargeur fut à nouveau terminé, il prit une grenade. Il venait d'ôter la goupille quand un soldat entra derrière lui et l'abattit à bout portant avec son M-16. Le soldat ne vit pas la grenade qui avait roulé sur le sol, et il mourut déchiqueté dans l'explosion, quelques secondes plus tard. En tout, cette attaque suicide avait duré une demi-minute.

Sur le parking, en revanche, la bataille fut plus longue. La mitrailleuse et les rafales des M-16 réglés en automatique firent un nombre considérable de victimes.

Les soldats indemnes et ceux qui n'étaient que légèrement blessés ne tardèrent pas à riposter. Hélas, dans la confusion qui suivit, les militaires se battirent entre eux à plusieurs reprises.

Quelqu'un hurla enfin :

— Cessez le feu ! Cessez le feu !

Le silence revint aussitôt.

Les sergents retournaient les corps des terroristes et les fouillaient quand Jake Grafton arriva avec son fusil. Au moment de l'attaque, il était aux toilettes.

— Ce sont tous des Latino-Américains, monsieur, lui dit quelqu'un.

— Celui-ci vit encore ! cria un autre.

En effet, l'un des terroristes, couché par terre, marmonnait quelque chose en espagnol. Il avait une balle dans le ventre et il saignait énormément. Il fixait sa blessure en récitant son rosaire.

— Colombie, *sí ?*

Le blessé continua à prier. Le soldat l'empoigna par la chemise, le souleva à demi et le secoua avec violence.

— Colombie, *sí ?*

— *Sí, sí, sí...*

— J'espère que tu vas crever lentement, salaud ! cracha le militaire en le lâchant.

L'homme roula sur le béton.

— Quelles sont nos pertes ? demanda Jake au commandant, tout en contemplant le carnage.

— Nous sommes en train de compter. Bon Dieu, je crois qu'il y a un paquet de nos gars qui se sont entre-tués. Tout le monde tirait sur tout le monde ! (Une terrible expression de tristesse passa sur son visage.) Dieu ait pitié de nous !

Jake Grafton se sentit soudain affreusement fatigué. Il aurait aimé être capable de s'extraire un moment de la réalité.

— Le général Greer est mort, monsieur.

Jake hocha lentement la tête. En fait, la nouvelle ne l'étonnait pas. Mais où étaient Toad et Rita ? se demanda-t-il soudain avec horreur.

Il les trouva à l'intérieur, administrant les premiers soins aux blessés. Rita s'occupait d'un homme auquel une balle avait transpersé la poitrine et Toad tentait d'arrêter l'hémorragie d'un blessé à la hanche.

Ils échangèrent quelques mots, puis Jake partit à la recherche d'une radio qui fonctionnât encore.

Il en trouva une au poste de commandement ; elle était tout abîmée par des éclats de grenade, mais en état de marche. Partout dans la pièce, du personnel médical et des volontaires s'occupaient des blessés à la lueur des torches et des lampes sur accus. Les morts gisaient dans leur sang, oubliés. Jake Grafton, refoulant des haut-le-cœur, s'obligea à tenir fermement la torche, tandis que le technicien cherchait la fréquence et lançait son appel.

Plusieurs minutes s'écoulèrent. Jake, l'estomac au bord des lèvres, fixait l'appareil.

Au bout d'une éternité, la voix du chef d'état-major jaillit du haut-parleur. Jake prit le micro.

— Capitaine Grafton, monsieur. Les terroristes nous ont trouvés. Ils ont attaqué l'arsenal il y a quelques minutes. Ils étaient une vingtaine. Nous n'avons pas encore le compte précis de nos pertes, mais nous pensons que nous avons une cinquantaine de morts et une centaine de blessés.

Silence à l'autre bout du fil. Que pouvait-il dire, d'ailleurs ? Quand le général Land parla enfin, ce fut pour demander :

— Quel est l'officier le plus gradé, parmi les survivants ?

— Le colonel Jonat, je crois. Il s'occupe des blessés, au parking. Le général Greer et les deux généraux de brigade qui l'assistaient sont morts.

— J'arrive en hélico dès que possible. Mais avant, le vice-président m'a convoqué à la Maison Blanche. Dites au colonel de tenir le coup.

— Oui, monsieur.

Jake sortit pour prévenir le colonel Jonat — et pour respirer. Les générateurs de secours bourdonnaient toujours et leurs lumières jetaient des ombres grotesques sur le champ de bataille.

Après une brève conversation avec Jonat qui organisait l'évacuation des blessés vers l'hôpital, Jake demanda une cigarette à quelqu'un. Il se tenait près de la porte et savourait le goût amer du tabac, quand Rita arriva.

— Je ne savais pas que tu refumais, Jake.

Grafton tira une autre bouffée sans répondre.

A un rien près, la distance était de six cents mètres. Un petit vent de travers. Peut-être dix nœuds. Voyons — la balle resterait en l'air pendant environ une seconde. De combien le vent la dévierait-il ? Il tenta de se souvenir des tables de calculs aérodynamiques. Dix nœuds donnaient environ cinq mètres par seconde. Quarante-cinq degrés de décalage — mettons trois mètres cinquante par seconde. La balle dériverait donc de trois mètres cinquante à chaque seconde qu'elle passerait en l'air, s'il ne se trompait ni sur la vitesse ni sur la direction du vent, et si celui-ci soufflait avec régularité pendant tout le trajet de son projectile, ce qui ne serait certainement pas le cas.

Et la chute de trajectoire ? Disons trois mètres à cette distance.

Un tir impossible.

Oui, seul un foutu imbécile tenterait quelque chose de ce genre !

Henry Charon cala le fusil contre le parapet de béton et étudia l'arsenal à travers la lunette. La taille moyenne d'un homme était d'un mètre soixante-quinze, deux fois cette longueur ferait donc trois mètres cinquante.

Les gens avaient l'air minuscules dans la lunette, même agrandis neuf fois.

L'assassin poussa la molette d'ajustement de parallaxe sur le réglage à l'infini, puis la recula de quelques millimètres. Il cala à nouveau le fusil, le coinça contre son épaule et observa la scène devant la porte de l'arsenal.

Il était venu ici parce qu'il s'était dit que le général Land allait rendre visite tôt ou tard à l'arsenal. Et maintenant, il ne tarderait certainement plus, après la bataille rangée qui venait d'avoir lieu. Charon n'avait qu'à patienter. Et, ensuite, à faire mouche.

Mais attends une seconde — ce type debout près de la porte en train de fumer ? Est-ce que ce n'est pas l'officier de la nuit dernière ? Le gars qui montait la garde près de la maison, sous le lampadaire ?

Oh oui, aucun doute ! Mêmes vêtements avachis, même carrure, même tête anguleuse.

Ce n'était pas lui qui l'avait blessé, d'accord, mais il lui avait balancé un plein chargeur de balles calibre .223 à quelques centimètres de la tête. Il avait certainement essayé de l'abattre. Essaierait-il encore, si on lui en donnait l'occasion ?

L'idée amusa Charon.

Il s'écarta un moment de la lunette, se frotta les yeux, puis s'installa avec le fusil fermement collé à l'épaule. Il fit sauter la sécurité, juste pour le plaisir, braqua les fils du réticule de la lunette à trois mètres cinquante sur la droite de la cible et à trois mètres cinquante au-dessus de la poitrine de Jake Grafton. Oui, là, c'était bon.

Il emplit ses poumons, expira, et se concentra pour maintenir le fusil absolument immobile, tandis qu'il appuyait doucement sur la détente jusqu'à la limite de son point de déclenchement.

Relâchant la pression de son doigt, il respira plusieurs fois en pensant à la nuit précédente, à l'impression qu'il avait ressentie quand on le poursuivait.

Puis il se demanda ce qu'il allait faire, lui, Henry Charon, de dix millions de dollars si par miracle il en réchappait ? Paresser sur une plage quelconque en sirotant des jus de fruits ? Voyager en Europe, peut-être ? Il essaya de s'imaginer en train de se promener sur la rive gauche, à Paris, ou de visiter les châteaux du Rhin. De qui se moquait-il ? En réalité, il n'avait jamais espéré sortir vivant de cette histoire. Après ce qui s'était passé, retrouver l'ennui de la vie quotidienne pendant trente ou quarante ans, c'était exactement comme finir ses jours en prison.

Il expira, stabilisa de nouveau les fils du réticule et puis, très doucement, enfonça la détente d'une pression ferme et régulière. Comme tous les tireurs d'élite, il se concentra sur ce qu'il voyait sans anticiper le coup de feu. Aussi fut-il agréablement surpris par la détonation.

Quelque chose piqua Jake Grafton en haut du bras gauche et il sursauta. Il regarda. Un trou. Il y avait un trou dans son manteau ! Qu'est-ce...

Puis il entendit le claquement sec d'un coup de feu.

— *Garez-vous !* hurla-t-il. *Garez-vous !* (Il poussa Rita par terre et se laissa tomber à côté d'elle). *On nous tire dessus !*

Mais d'où ? Il étudia les environs. Contre le ciel, il ne voyait que la forme massive du stade R. F. Kennedy. Il se releva et commença à courir. Un éclair tout en haut du bâtiment ! Une autre balle siffla à son oreille.

Par chance, il avait gardé son fusil. Et son chargeur était plein.

Tout en franchissant, toujours au pas de course, les grilles de l'arsenal et en tournant à droite vers le stade, Jake ôta son manteau et le laissa tomber derrière lui. Il courait vite, dans le noir, son cœur battait trop fort, déjà, et son souffle allait trop lentement, mais il courait...

Un tireur isolé ! Un dingue ou un toxico ? Ou une diversion pour attirer les troupes hors de l'arsenal ?

Quelqu'un l'avait accompagné. Il l'entendait, dans son dos. Mais il ne se retourna pas pour regarder qui c'était.

Le stade était entouré d'un gigantesque grillage surmonté de fil de fer barbelé. Tout, dans cette foutue ville, était entouré de grillage ! Il se dirigea vers une arche de l'édifice qu'il pensait être une entrée. Il devait y avoir un portail à cet endroit.

Il ne s'était pas trompé. Il fit feu sur le cadenas. Puis il le secoua. En vain. Alors, il colla le canon de son arme contre un maillon de la chaîne et appuya de nouveau sur la détente. Des étincelles volèrent et des copeaux métalliques, et la chaîne se brisa.

Rita le rejoignit au moment où il poussait le portail. Elle avait un fusil.

— Fais cerner le stade tout le long de la clôture, lui ordonna-t-il. Et dis aux hommes d'abattre toute personne qui en sortira — à part moi.

— Tu penses qu'il est toujours là-dedans ?

— J'sais pas. Continue à bouger, surtout. Reste une cible mouvante.

Il franchit le portail et courut vers l'arche.

Des rampes d'accès partaient à droite et à gauche. Jake prit à gauche et commença son ascension sans ralentir.

Au premier étage il s'arrêta pour reprendre son souffle et écouter. L'endroit était aussi sombre qu'une tombe.

De la folie. C'était de la folie pure.

Revenant sur ses pas, Rita croisa bientôt un peloton de soldats qui couraient vers le stade, les armes en position de tir.

— Cernez l'endroit, dit-elle. Restez de ce côté de la clôture. Le capitaine Grafton est à l'intérieur. Si quelqu'un d'autre que lui en sort, abattez-le.

— Pas de tirs de semonce ?

— Non. Et restez à couvert. Ce type est un tireur d'élite. Essayez de vous planquer dans l'ombre derrière quelque chose et de ne plus bouger du tout. Sergent, retournez à l'arsenal et demandez deux douzaines d'hommes supplémentaires au colonel. Répartissez-les.

— Et vous, qu'est-ce que vous allez faire ?

— Je vais entrer là-dedans, moi aussi.

Et à ces mots, elle franchit le portail et s'élança vers la rampe.

Jake, maintenant, avançait lentement, prudemment ; il tenait son fusil des deux mains, le doigt sur la sûreté. Ses yeux s'étaient à peu près adaptés à l'obscurité. Sa vision nocturne lui avait posé des problèmes ces dernières années, mais lorsqu'il avait arrêté de fumer, ses ennuis avaient pratiquement cessé et, à présent, tout était redevenu presque normal. A cette idée, il regretta d'avoir demandé une cigarette.

L'endroit était tellement silencieux ! Dalles sombres en béton, longs couloirs, immenses portes qui menaient aux rangées de sièges.

Au deuxième étage, il tourna et se dirigea vers les places assises, d'où il pourrait surveiller l'intérieur du stade. Les nuages laissaient filtrer une faible lueur ; c'était suffisant pour distinguer les formes, mais pas pour repérer quelqu'un de l'autre côté de la pelouse. A condition qu'il y eût encore quelqu'un, bien sûr.

Il s'accroupit, partiellement protégé par les sièges, et scruta avec soin ce qui l'entourait, examinant plus particulièrement la trame géométrique formée par les sièges et les allées. Au bout d'une minute, il changea de position et étudia l'autre direction.

Rien.

Il fallait trouver un système de recherche. Quelque chose de scientifique. Un plan.

Très bien. Il décida de monter au dernier étage et de faire tout le tour du stade, en surveillant les sièges de temps à autre. Puis il descendrait d'un étage et répéterait le processus, et ainsi de suite jusqu'en bas.

Si ce type est ici...

Mais il n'y était probablement plus. Pourquoi serait-il resté ?

Jake se leva, toujours plié en deux, et s'avança entre les sièges. Il allait sortir à un endroit différent de celui où il était entré. Inutile de se montrer stupide.

Ce fut alors qu'il entendit la balle s'enfoncer contre un dossier, près de lui. L'écho assourdissant de la détonation lui parvint presque immédiatement. Il se jeta à plat ventre et se mit à ramper, le fusil tintant contre les sièges.

Eh bien voilà, une chose au moins était claire : *Il est toujours ici.*

Le colonel Orrin Jonat envoya au stade une douzaine de soldats supplémentaires. Avec cette nouvelle mission et les pertes qu'ils venaient de subir, plus le personnel nécessaire pour transporter les blessés à l'hôpital et s'occuper des morts, il avait désormais moins de cinquante hommes pour en garder presque quatre cents *et* mener cette guerre.

Il prit d'abord le temps de disposer quatre équipes de deux hommes tout autour de l'arsenal. Ce n'était pas assez, il le savait, mais c'était tout ce qu'il pouvait faire. Lui aussi, il avait pensé que le tireur du stade était peut-être une diversion. Cette éventualité, toutefois, ne devait pas lui faire oublier ses autres obligations. Il fallait rappeler deux compagnies. Il n'avait pas suffisamment d'hommes pour mettre de nouvelles radios en service et garder le contact avec les unités dans les rues.

Est-ce que c'est le dernier groupe de terroristes ? se demanda-t-il. Il aurait donné beaucoup pour connaître la réponse à cette question !

Le lieutenant de l'armée qui conduisait le peloton à travers le vaste parking désert en direction du stade entendit le coup de feu. Quand il arriva au portail, le sergent qui s'y trouvait le mit rapidement au courant.

— Peut-être devrions-nous entrer, monsieur ? suggéra le sergent.

— Les gens de la Marine nous ont dit de rester dehors, exact ?

— Oui, monsieur.

— Alors on a deux gentils et au moins un méchant qui se promènent là-dedans dans l'obscurité. Si on envoie davantage de monde à l'intérieur, on va finir par tirer sur ceux qu'il ne faut pas. Ça vient juste d'arriver à l'arsenal. Alors on essaie de ne pas recommencer. Donc, vous vous contentez de déployer vos hommes autour du stade. Et vous abattez toute personne qui essaie de filer en douce.

Henry Charon s'amusait énormément. Debout à l'entrée de l'un des tunnels partant de la grande allée circulaire, il regardait dans la lunette de son fusil. Il distinguait à peine l'homme qui courait dans l'escalier vers le tunnel, de l'autre côté du stade. Il se dit que cette lunette était sacrément bonne. En concentrant la lumière ambiante, elle permettait une vision nocturne presque parfaite.

Charon plaça les fils du réticule juste à côté de l'homme qui courait et pressa de nouveau sur la détente. La crosse cogna contre son épaule avec un recul bien ferme, tandis que le rugissement du fusil emplissait le stade.

Il actionna la fermeture de culasse, puis retourna dans le tunnel. Il tourna à gauche dans l'allée circulaire, et partit au petit trot.

Il se sentait bien. Son côté le faisait toujours souffrir, évidemment, mais pas autant qu'il l'aurait cru, et sa liberté de mouvement était à peu près totale. Oui, il était plutôt en forme. Il aurait pu courir un certain nombre de kilomètres sans trop de problème.

Il se demanda si son gibier s'amusait autant que lui.

— Colonel, il y a tout un tas de gens qui descendent l'avenue dans notre direction.

Orrin Jonat jeta un regard incrédule au soldat.
— Quoi ?
— Un tas de gens. Pas armés, apparemment. Ils marchent vers nous.
— Un tas de gens, ça fait combien, pour vous ?
— Des centaines. Impossible à dire.

Le colonel Jonat suivit le soldat à l'extérieur. Il s'approcha du portail et inspecta l'avenue. Doux Seigneur, c'était noir de monde !

Il revint précipitamment à l'intérieur du périmètre de l'arsenal et fit entrer ses hommes. Puis il leur ordonna de refermer le portail. C'était juste une barrière grillagée de deux mètres de haut. Il leur demanda de remettre le cadenas.

— Je ne sais pas où il est, monsieur, répondit le sergent.
— Trouvez-le. Ou allez prendre un de ceux que vous avez utilisés pour les prisonniers. Et surtout grouillez-vous !

Et il resta là, à attendre. La tête de la colonne des manifestants franchit le dernier virage de l'avenue et une douzaine de personnes avancèrent vers le portail, épaule contre épaule.

— Ouvrez !

La foule était presque exclusivement composée de Noirs. Des hommes et des femmes, de tous les âges. Certains en soutenaient d'autres. Il y avait même quelqu'un dans un fauteuil roulant. Le porte-parole qui faisait face au colonel Jonat devait avoir la quarantaine.

— Ouvrez ! répéta-t-il.

— C'est une zone militaire, ici, monsieur. Je suis l'officier responsable, le colonel Jonat. Je vous ordonne de vous disperser. Vous n'êtes pas autorisés à entrer.

— Nous ne sommes pas armés, colonel, comme vous pouvez le voir. Il y a environ un millier de personnes ici et aucun d'entre nous ne porte ne serait-ce qu'un simple canif. Maintenant, ouvrez ce portail !

— Il n'est pas verrouillé, Tom, lui fit remarquer son voisin, en indiquant le grillage du doigt.

Merde ! pensa Jonat, *où est passé ce foutu sergent ?*

— Ouvrez ce portail, ou nous le ferons nous-mêmes ! Je ne vous le demanderai pas une autre fois.

— Si vous m'expliquiez ce que vous voulez ?

Le porte-parole ne répondit pas. Il s'écarta.

— Allez-y ! dit-il aux gens qui l'accompagnaient.

De multiples mains décidées se posèrent sur le grillage de l'entrée et poussèrent.

Jonat fut obligé de faire un bond en arrière. Il recula d'environ dix pas, et des soldats l'entourèrent, l'arme au poing.

— Arrêtez-vous, bon sang, ou nous ouvrons le feu !

La foule franchit le portail et s'immobilisa à deux pas du colonel. Il y avait de plus en plus de gens rassemblés dans l'avenue. *Plus d'un millier,* pensa Jonat.

— Nous voulons les prisonniers.

— Vous ne les aurez pas. Maintenant foutez le camp de cette propriété du gouvernement ou...

— Ou quoi ? Vous n'allez tout de même pas tirer sur des civils désarmés ? Qu'est-ce que vous êtes, vous, une espèce de nazi ?

Jonat tenta de raisonner l'homme. Il éleva la voix de façon à être entendu par le plus de monde possible.

— Écoutez, vous autres. Je ne sais pas pourquoi vous êtes venus, mais je ne peux pas relâcher ces prisonniers. Ils ont tiré sur des soldats, ils en ont tué certains, ils ont pillé, brûlé, vendu de la drogue — et j'en passe. C'est vrai que Washington est un enfer, ces derniers jours, mais ces gens répondront bientôt de leurs actes. Ils auront un procès équitable et les juges fédéraux les traiteront comme il faut. Je vous en prie, rentrez chez vous et faisons en sorte que cette ville revienne à la normale. Vos fils et vos maris seront traités avec justice. Je vous le promets !

— Nous voulons ces gens immédiatement.

— Dehors ! Sortez. Ou j'ordonne à ces hommes de vous abattre.

Et pourtant, ils se remirent à avancer, au coude à coude, sûrs de leur force. Une femme serra de si près le soldat à côté de Jonat que sa poitrine vint s'appuyer sur le canon de son M-16.

— Allez-y, colonel, dit-elle. Ordonnez-lui de tirer. Il ne peut pas me rater. Je ne bougerai pas.

C'était une Noire d'une trentaine d'années, avec un visage énergique et fier. Elle fixait le soldat qui tenait le fusil. Il était noir, lui aussi. Il lui rendit son regard, la mâchoire pendante, le doigt sur la détente de son arme.

— Est-ce que tu pourrais faire ça, mon frère ? lui demanda-t-elle sans élever le ton. Pourrais-tu m'assassiner ? Es-tu capable de passer le reste de ta vie à te rappeler mon visage et à te dire que tu m'as tuée alors que je ne te voulais aucun mal ?

Le soldat leva le canon de son arme, pointa son fusil vers le ciel et recula d'un pas.

— Vous aussi, reculez, colonel. Reculez !

Le porte-parole des manifestants parlait doucement, mais il y avait de la dureté dans sa voix.

Jonat obéit malgré lui. Aussitôt, la foule recommença à avancer, toujours dans le plus grand silence.

— Ordonnez à vos hommes de s'écarter, colonel. Vous ne voulez pas être le Reinhard Heydrich[1] de Washington, n'est-ce pas ? Ordonnez-leur de s'écarter !

— Nous *savons* qui sont ces gens. Nous les retrouverons et nous les arrêterons à nouveau. Ils *répondront* de leurs actes. Et *vous* aussi.

— Aussi sûr que Dieu est mon juge, je sais que vous dites la vérité, colonel. Maintenant, écartez-vous.

Orrin Jonat avait une qualité : il savait reconnaître quand il était battu. Il ordonna à ses hommes, d'une voix forte :

— Ne tirez pas ! Et repliez-vous.

---

1. Chef de la Gestapo pour tous les territoires occupés par le Reich, connu pour sa sauvagerie. (*N.d.T.*)

Le porte-parole pénétra, le premier, dans la grande salle de l'arsenal. Il s'arrêta et regarda les cadavres des soldats alignés sur le sol, tandis que la foule se massait derrière lui. Puis ses yeux se posèrent sur les prisonniers enchaînés au mur. Il fit un signe à ses compagnons, qui avancèrent.

Toad Tarkington était en train d'établir une liste des cadavres grâce à leurs plaques d'identification, au moment où les manifestants franchirent la porte. Il se plaça entre leur chef et les captifs.

— Tu t'arrêtes là où tu es, cria-t-il. Pas un foutu pas de plus, mec.
— Ôtez-vous du passage.

L'homme avait répondu calmement, mais toujours avec autorité.

Il s'immobilisa, mais la foule le dépassa. Des hommes, des femmes, des vieillards, ils continuaient à envahir la salle.

Toad sortit son pistolet de son manteau. Il le braqua sur l'homme et l'arma.

— Je ne peux pas abattre tout le monde, Jack, mais toi je vais te descendre, c'est sûr. Alors maintenant, tu arrêtes ces gens, ou je te fais sauter la cervelle.

Du coin de l'œil, il vit quelque chose arriver sur lui. Il pressa la détente au moment où les lumières s'éteignaient.

Jake Grafton se trouvait dans l'allée circulaire du deuxième niveau. Il écoutait. L'endroit était si sombre qu'il ne voyait même pas ses mains. Il ferma les yeux et se concentra pour mieux entendre.

Il y avait un bruit de fond qui venait de l'arsenal, mais ici, rien. Le silence d'un tombeau.

Il rouvrit les yeux et progressa en tâtant le mur. Devant, il distinguait une lueur là où la rampe s'élevait contre le mur extérieur. Il s'arrêta. Il ferait une excellente cible quand il pénétrerait dans cette zone. S'il y avait quelqu'un dans les parages.

Il prit une profonde inspiration pour essayer de se calmer, puis se remit en mouvement.

Un étage de plus. Il fallait monter d'un étage.

Cela faisait cinq minutes, maintenant, que la deuxième balle s'était écrasée contre le siège à côté de lui alors qu'il grimpait l'escalier quatre à quatre vers la sécurité du tunnel. Trop long. Il aurait dû mettre derrière lui bien plus que la centaine de mètres qu'il venait de parcourir.

Tendre une embuscade, oui. *Aussi longtemps que le gars ne sait pas où je suis*, se dit Jake, *j'ai l'avantage.*

Mais il y avait la rampe. Fallait-il tenter le coup, ou rester ici ?

Sa bouche était sèche. Il passa sa langue sur ses lèvres et essuya la sueur sur son front. Bon, alors, il y allait ou pas ? L'entrée de la rampe n'était qu'à une quinzaine de mètres.

Il y allait ! Il courut aussi vite que possible. Il tourna le coin et s'arrêta le dos contre le mur, haletant. Ce fut alors qu'il l'entendit.

Un petit rire.

Quelqu'un riait !

— C'est vraiment trop facile ! Vous ne vous servez pas de votre tête, monsieur.

Jake grimpa la rampe en galopant de toute la force de ses jambes. Il atteignit le dernier étage et continua à courir dans l'allée circulaire. Au bout d'une minute, il s'arrêta dans un endroit vraiment sombre. Et il resta là, parfaitement immobile, serrant son fusil des deux mains, l'oreille tendue.

Une embuscade ! Il fallait se placer quelque part et laisser ce dingue venir à lui. Oui, attendre même s'il devait y passer la nuit. Mais où ?

Il avança. Cinquante mètres plus loin, il atteignit un emplacement où deux rampes arrivaient du niveau inférieur. Il semblait y avoir là plus de lumière qu'ailleurs. Ah ! L'arsenal se trouvait juste derrière et les éclairages de secours installés sur le parking se réfléchissaient jusqu'ici. Jake étudia les environs. S'il suivait ce couloir vers le nord, il aurait une bonne vue sur ce secteur. Et au moment voulu, bang !

Sa décision prise, il fit encore environ vingt-cinq mètres, puis il s'allongea contre le mur extérieur de l'allée circulaire, face à la zone des rampes.

Bien sûr, ses arrières étaient vulnérables. Mais si le tireur arrivait dans son dos, il l'entendrait approcher. Enfin, peut-être. L'important était de rester immobile et silencieux.

Qui était ce tireur, au fait ? Est-ce que c'était ce Henry Charon qu'ils poursuivaient ? Non, Charon était un assassin, il s'attaquait aux fauves qui font les trophées. Il n'aurait certainement pas gaspillé une balle sur une souris.

Toad Tarkington tourbillonnait. Il était assis dans le cockpit d'un avion qui faisait une vrille serrée et les G le poussaient vers l'avant, hors de son fauteuil. L'altimètre descendait à une vitesse qui soulevait l'estomac. Il ne pouvait plus bouger. Le voile noir s'épaississait devant ses yeux et il sentait la douleur du sang qui s'accumulait dans sa tête. Un tourbillon rageur, violent, qui le tuait...

Il ouvrit les yeux. Jack Yocke était penché au-dessus de lui.

Yocke lui souleva une paupière et le regarda avec intérêt

— Vous allez vous en tirer, je crois. Votre tête est aussi dure qu'une brique. Pourtant, si j'étais vous, je n'essaierais pas de m'asseoir tout de suite.

— Qu'est-ce qu'il est arrivé ?

— Quelqu'un vous a assommé avec un manche de hache. Et vous avez tiré sur un gars, un certain Tom Shannon.

— Il est mort ?

— Non, vous l'avez blessé à l'épaule. Il est assis juste à côté de vous, d'ailleurs. Si vous vous donnez la peine de tourner la tête, vous pourrez faire connaissance.

Toad essaya. Mais la douleur fut si violente qu'il eut l'impression qu'il allait s'évanouir de nouveau. Il se força à rester absolument immobile un instant, et cela passa.

Au bout d'un moment, il rouvrit les yeux et bougea la tête d'un millimètre, puis d'un second. Yocke était en train de bander un homme, torse nu. Ils étaient assis par terre, dans la salle principale de l'arsenal.

Toad pivota avec d'infinies précautions. Il découvrit alors avec stupeur qu'il n'y avait plus aucun prisonnier. Ils n'étaient plus que tous les trois, dans la pièce !

— Je suis resté combien de temps dans les pommes ?

— Quinze, vingt minutes. Quelque chose comme ça.

— Allez vous faire voir, Yocke.

— Hé, Toad. (Le journaliste s'approcha et plongea ses yeux dans les siens.) Vous auriez pu tuer Shannon.

— Le trou-du-cul qui a pris la tête de cette manif ? Ouais, j'ai essayé. Et je suis sacrément désolé de ne pas y être arrivé.

Yocke eut l'air très fatigué, tout à coup.

— Je ne savais pas que vous portiez un pistolet sous ce manteau.

— Je vous l'ai dit, quand on traîne dans les parages de Grafton, il vaut mieux...

— Restez tranquille. Vous avez probablement une commotion...

— Connard ! Connard de journaliste ! *Voyeur !*

Toad essaya de s'asseoir. L'effort lui donna la nausée ; le vertige le força à poser les mains sur le sol pour retrouver son équilibre.

Quand il rouvrit les yeux, Shannon était en train de l'observer.

— Alors vous les avez emmenés, hein ? grogna Tarkington. On les retrouvera, vous savez. Ces foutus salauds ne s'en tireront pas comme ça, après avoir tué des soldats et toute cette merde, juste parce qu'une maudite foule les libère !

Shannon se contenta de le fixer, sans un mot.

Yocke s'approcha de Toad, écarta les cheveux sur sa nuque et examina attentivement son crâne.

— Vous avez une très vilaine bosse, Toad.

— Nous retrouverons ces trous-du-cul, Shannon, même si nous devons inonder cette foutue ville et peigner chaque rat avec une brosse métallique.

— Toad, dit alors Yocke très doucement, ils n'ont pas libéré ces gens.

Toad Tarkington en resta bouche bée. Il ne comprenait pas. Il regarda de nouveau vers la grande salle où l'on avait détenu les prisonniers. Elle était vide, non ?

— Qu'est-ce que vous voulez dire ?

— Ils ne les ont pas libérés, Toad. Ils sont en train de les pendre. Jusqu'au dernier.

Par quelque ironie de la destinée, ils conduisirent Sweet Cherry Lane au pied du lampadaire où ils pendaient T. Jefferson Brody.

— Salope, connasse, pute nègre ! cracha Brody. J'espère qu'on va finir dans la même chaudière de l'enfer que je puisse t'écraser la gueule pendant un million d'années !

Un homme passa le nœud coulant autour de son cou, tandis que quatre autres personnes, deux hommes et deux femmes, lui immobilisaient les bras. Il se débattit. *Ils n'avaient pas le droit de lui faire ça ! Il était membre du barreau !*

— J'ai de l'argent. Je vous paierai si vous me relâchez. Je vous en prie ! Pour l'amour de Dieu !

Il sentait le nœud lui serrer la gorge de plus en plus fort, au fur et à mesure que huit personnes, en face de lui, tiraient sur la corde. *Putain de Dieu ! Ça allait arriver ! Ils allaient vraiment le faire !*

T. Jefferson Brody mouilla ses pantalons.

Sweet Cherry Lane le regardait en silence. Elle ne résistait pas aux deux hommes qui lui maintenaient les bras, tandis qu'un troisième passait un nœud coulant autour de son cou.

— Pourquoi ? eut-il encore la force de grogner. Pourquoi Freeman McNally te protégeait ?

— Je suis sa demi-sœur, répondit-elle.

Il ne put rien ajouter. Les gens accrochés à ses bras le lâchèrent et la corde autour de son cou le souleva du sol. Il réussit à l'attraper des deux mains alors qu'il se sentait monter de plus en plus haut et que l'impitoyable pression autour de son cou augmentait. Il donna de violents coups de pied qui le firent tourner sur lui-même, d'abord dans un sens, puis dans l'autre. Sa vision se troubla. *Peux plus respirer, peux plus voir, peux plus...*

Des pas ! Allongé contre le mur incurvé, Jake Grafton entendit un bruit minuscule, suivi d'un autre. Rien à voir pourtant avec des talons de cuir sur le sol. C'était plutôt quelque chose de doux qui frottait contre quelque chose qui... Les sons portaient loin le long du mur. Oui, c'étaient des pas. Il n'avait pas d'autre explication.

Il serra la crosse de son fusil et ôta la sûreté. L'arme était braquée sur l'ouverture de la rampe. Dès que ce type entrerait dans le rectangle de faible lumière...

Encore un pas. Il arrivait lentement, méthodiquement, un pas après l'autre. Mais à quelle distance était-il ? A quelle distance pouvait porter le son, le long d'un mur de béton incurvé comme celui-là ? Une centaine de mètres, estima-t-il. Ou peut-être le double. Non, plutôt cinquante.

Les pas s'arrêtèrent, puis reprirent.

Il approche.

De la sueur coulait dans les yeux de Jake, mais il ne bougea pas. Il se contenta de cligner les paupières, et il essaya d'ignorer le picotement.

Il se dit brusquement qu'il avait choisi une sacrée mauvaise position. Il aurait dû s'allonger plutôt à l'entrée d'un vestiaire, à un endroit qui lui aurait permis de surveiller les deux directions. Car maintenant la pensée le frappait dans toute son horreur — l'homme qu'il poursuivait se trouvait probablement derrière lui dans l'obscurité...

Jake commença à se retourner.

— *Non l'ami,* ordonna doucement la voix. *Tu ne bouges pas.*

Jake se figea.

— Eh bien, on s'est offert une jolie partie de chasse, n'est-ce pas ? On s'est traqués et traqués encore et maintenant on arrive à la fin.

— Tu pourras jamais t'en tirer, jamais, Charon.

L'homme eut un petit rire.

— Oh, je crois que je te survivrai un bout de temps.

Il était derrière Jake. Mais de quel côté de l'allée ? Probablement près du mur extérieur, sinon le bruit de ses pas n'aurait pas aussi bien porté.

Jake essaya de prendre une décision, même s'il savait au plus profond de lui-même que toute tentative était vouée à l'échec. Mais il ne pouvait tout simplement pas laisser ce type l'abattre comme un chien ! Non, il fallait pivoter, se mettre à genoux et faire feu.

D'un invisible mouvement du pouce, il passa en tir automatique. Puis il tourna la tête, essaya d'apercevoir son adversaire.

— Tu te dis que tu vas faire volte-face et tenter ta chance, n'est-ce pas ? Vas-y. Je te mettrai la première dans le cul.
— Qui t'a engagé ?
Nouveau petit rire.
— Me croirais-tu si je te disais que je n'ai même pas demandé ? Je ne sais pas.
— Ils t'ont payé combien ?
— Beaucoup d'argent. Mais tu veux savoir le plus drôle ? Je pense sincèrement que je l'aurais fait gratis.
Encore un gloussement.
La prochaine fois qu'il ouvrira la bouche, oui... Pendant qu'il parlerait, Jake se retournerait et farcirait ce type avec un chargeur complet de plombs tout chauds.
— Tu n'as pas vraiment besoin de me tuer, n'est-ce pas ? Tu as pris tout le plaisir possible à la situation.
— C'est une question intéress...
Les coups de feu allumèrent des éclairs dans le couloir. Jake venait juste de commencer à pivoter. Il termina la manœuvre et se jeta à plat ventre, son fusil braqué sur les ténèbres devant lui.
Dans le silence qui suivit, il entendit quelque chose de mou et lourd tomber sur le béton. Et quelqu'un qui disait dans un soupir :
— Jake, ne tire pas ! C'est moi !
Rita !
Il se leva lentement, en chancelant. Puis une lampe s'alluma. Rita braquait une petite torche sur Henry Charon. Il était couché sur le dos, le fusil hors de portée de sa main droite.
Jake s'approcha et l'observa, en gardant son arme pointée sur lui, et le doigt sur la détente.
— Comment avez-vous... ? murmura Charon.
Trois balles au moins l'avaient atteint à la poitrine. La tache rouge grandissait rapidement.
Rita comprit la question. Elle dirigea le faisceau de sa lampe sur ses pieds. Ils étaient nus.
— J'ai enlevé mes chaussures, expliqua-t-elle.
Quand elle éclaira à nouveau le visage de Charon, il souriait.
Puis il mourut, et le sourire s'évanouit au fur et à mesure que ses muscles mollissaient.
Jake se courba et lui tâta le pouls. Puis il se redressa lentement.
— Viens, dit-il à Rita. Partons.
Elle éteignit la torche. Ensemble, ils suivirent l'allée en direction de la lumière.

Des corps pendaient à tous les poteaux.

Jake Grafton les regardait sans comprendre. Certains poteaux n'en portaient qu'un, et d'autres deux. Mais tous ces gens étaient morts ; ils ne bougeaient plus que lorsque la brise glacée de la nuit les déplaçait doucement.

A l'intérieur du bâtiment, il trouva les soldats réunis autour de Toad Tarkington qui, assis sur le sol de béton, se tenait la tête. A côté de lui, Jack Yocke discutait avec un civil.

— Vous voulez qu'on donne dans le journal les raisons pour lesquelles vous avez fait ça, Tom ? disait-il. Vous savez qu'ils vont vous juger pour un bon paquet de meurtres ?

Un infirmier soignait le Noir entre deux âges, au front dégarni, auquel venait de s'adresser Yocke. Il déroulait du tissu adhésif autour du bandage de sa poitrine. Du sang barbouillait la chemise et le pantalon du blessé.

L'homme fixait Yocke, ignorant le reste de l'assistance.

— Est-ce que vous écrirez la vérité ? L'écrirez-vous comme je vous la raconte ?

— Vous savez que je le ferai. Vous avez lu mes articles.

— La cité Jefferson. Vous vous souvenez ?

Yocke hocha la tête. Oh oui ! il se souvenait. Le meurtre de Jane Wilkens par un revendeur de crack qui fuyait la police. Encore une vie détruite par le trafic de crack.

— Jane, dit-il.

— Ouais, Jane. (Shannon prit une profonde inspiration ; la douleur le fit grimacer.) C'était mon idée. Nous sommes tous des victimes. Nous avons tous perdu quelqu'un — un fils, une fille, une femme, parfois même nos propres âmes. Nous avons *perdu* parce que nous comptions sur d'autres pour combattre le mal à notre place. Nous avons attendu et attendu et ils ne l'ont jamais fait. Oh, ils en *parlaient*, mais... (Il leva sa main valide.) Vous ne voyez pas que si on ne s'oppose pas au mal, on *devient* le mal ? Si on n'est pas une partie de la solution, on est une partie du problème — c'est *aussi* simple que ça. Alors, nous avons décidé de prendre position, nous tous, nous les victimes.

« Et puis cette histoire de terroristes a commencé. Et les drogués se sont mis à piller, à tirer partout, à essayer d'éliminer leurs concurrents pour contrôler le trafic, quand tout serait terminé.

« Et maintenant je vais vous dire, Jack Yocke, et vous allez l'écrire exactement comme ça : *j'espère* que les beaux parleurs me jugeront. *J'espère* être inculpé. Les gens qui ne veulent plus être des victimes verront comment les choses *doivent* se passer. Nous ne pouvons plus attendre George Bush ou Dan Quayle ou les artistes du baratin. Nous ne pouvons plus attendre la police. *Nous* devons prendre position. Nous-mêmes.

« J'ai pris la mienne. Vous tuez ma femme, vous tuez mes enfants, ne vous cachez pas derrière la loi, parce que la loi n'est pas assez large. La justice *sera* faite ! Le *droit* sera défendu. Il y a juste assez de gens comme moi. Juste assez. Vous verrez.

L'infirmier termina son bandage et étala une couverture sur une civière. Quatre hommes y allongèrent le blessé.

— Je ne vaux rien avec les mots, ajouta Shannon. Je n'ai pas beaucoup d'instruction. Mais je connais la différence entre le bien et le mal et je sais de quel côté je suis. J'ai planté mes pieds. Je suis *ici*.

— Que peut faire un homme seul ? demanda Yocke.

— Conduire une armée, ouvrir la mer Rouge, convertir le monde. Peut-être pas moi. Mais *je* resterai dressé ici jusqu'à ce que le monde se lève à mes côtés.

Les brancardiers l'emportèrent.

Le chef de l'état-major interarmes arriva en hélicoptère un quart d'heure plus tard. Dix minutes après le vice-président. Ils traversèrent ensemble le parking, au milieu des cadavres qui se balançaient doucement.

Jake Grafton s'approcha de Toad et de Rita.

— Venez. Nous rentrons chez nous. Tu as les clés de la voiture, Toad ?

— Dans ma poche.

— Rita, amène-la devant la porte, tu veux ?

— Et Yocke ? demanda Toad, tandis que Jake l'aidait à s'installer à l'avant.

— Il ramasse matière à article avec les huiles. Rentrons.

Alors qu'ils quittaient le parking de l'arsenal, Toad indiqua le groupe des officiels d'un signe du menton.

— Je me demande ce qu'ils pensent de tout ça.

— Ce sont des politiciens. Tom Shannon et les manifestants de cette nuit leur ont délivré un message. Ils sont en train de le lire.

Chapitre trente-deux

Certains Washingtoniens entendirent parler du lynchage de l'arsenal en écoutant leurs transistors, et ils s'empressèrent de prévenir leurs voisins. La nouvelle, sembla-t-il, vida la ville du peu d'énergie qui lui restait. Le lendemain matin, elle paraissait assommée et épuisée. Ses habitants souffraient du froid et de l'absence d'électricité.

Émeutes, pillages et incendies cessèrent comme par enchantement. Les soldats patrouillèrent dans les rues sans incident, tandis que des techniciens travaillaient fiévreusement à rétablir le courant. Les réparations, voire pour deux d'entre eux la reconstruction totale, des quatre relais électriques détruits par les terroristes demanderaient des semaines, mais les interventions d'urgence permirent de recommencer à distribuer l'électricité dans certains quartiers dès la fin de cette journée. Dans les zones où ce fut impossible, on évacua les habitants vers des écoles ou des salles de concert où l'armée installa à la hâte des générateurs portables. Partout, les citoyens de Washington commençaient à se tendre la main pour s'entraider.

Jake Grafton courut toute la journée de réunion en réunion; les autorités fédérales cherchaient des moyens à court terme de s'opposer aux menaces terroristes. Sur le long terme, bien sûr, c'était l'industrie de la cocaïne en Amérique du Sud qui posait problème.

Le lendemain, l'interdiction de circulation pour les véhicules fut levée et les gens envahirent immédiatement la ville — qui connut le plus monumental embouteillage de son histoire. Ce même soir, après discussion avec les directeurs du FBI, de la DEA et de la CIA qui l'informèrent qu'à leur connaissance il n'y avait pas d'autres terroristes dans le pays, le général Land commença à retirer des troupes.

Il convoqua Jake Grafton, Toad et Rita à son bureau pour un rapport complet. Une heure plus tard, quand le chef d'état-major mit fin à l'entretien, Jake demanda une permission pour Toad et pour lui-même. Le requête fut accordée.

Lorsqu'ils furent dehors, devant le Pentagone, Jake proposa à ses deux amis :

— Si vous veniez passer Noël avec nous à la mer ?

Toad et Rita échangèrent un regard et acceptèrent immédiatement.

Le 29 décembre, il n'y avait plus un soldat en ville. Le 30, George Bush sortait du Bethesda Naval Hospital et revenait à la Maison Blanche.

Sa conférence de presse, cet après-midi-là, fut évidemment retransmise en direct à travers tout le pays. Le ministre de la Justice, Gideon Cohen, était au côté du président.

George Bush expliqua qu'il se sentait bien et que son état s'améliorait de jour en jour. Il ajouta qu'il voulait profiter de l'occasion pour remercier publiquement le vice-président Quayle pour son excellent travail d'intendance pendant qu'il était à l'hôpital, et il remercia aussi les chefs de la Chambre et du Sénat et tous les juges de la Cour Suprême encore vivants et en activité. Il annonça enfin la formation d'une commission présidentielle afin d'étudier le problème de la drogue et de recommander des mesures pour le résoudre. Gideon Cohen en serait le président.

— J'ai choisi le ministre de la Justice pour présider cette commission parce qu'il a toujours été très critique vis-à-vis des efforts que nous avons menés jusqu'à aujourd'hui. Je sais que nous pouvons compter sur lui pour nous donner une évaluation honnête et exhaustive de nos insuffisances. Et je vous le promets, nous demanderons au Congrès de faire passer dans la législation les recommandations de cette commission.

Puis le président s'exprima sur le fond.

— Le problème de la drogue est une question sociale complexe qui ne se réglera pas toute seule. Ses causes sont multiples, de la pauvreté des populations colombiennes et péruviennes à celle de certaines catégories sociales américaines, en passant par toutes ces écoles lamentables que l'on rencontre encore dans notre pays. Le nœud de l'affaire, c'est que tant de gens soient les laissés-pour-compte d'une économie mondiale en mutation, aussi bien dans le tiers monde qu'ici même, en Amérique. J'avoue que je ne suis pas certain qu'il existe des solutions et, s'il y en a, elles ne sont sûrement pas faciles, mais je vous promets que nous allons prendre cette question à bras-le-corps.

La conférence de presse du président Bush visait à calmer le jeu politique au moment où se multipliaient les accusations et les récriminations. Mais elle n'eut pas l'effet désiré. C'était trop peu et trop tard.

Certains, comme la député Samantha Strader, s'en prirent à la façon dont l'armée et la Garde nationale avaient géré la crise, et vouèrent Tom Shannon aux gémonies ; pour eux, ce n'était qu'un « vigile psychotique ». N'osant pas lancer leur boule puante raciste, ceux qui s'opposaient à un renforcement de la législation anti-drogue et des moyens de la faire respecter s'allièrent à des politiciens qui avaient leurs propres ambitions, et tous ensemble, ils exigèrent que Tom Shannon fût jugé et déclaré coupable.

Ceux qui estimaient, au contraire, que le gouvernement n'avait pas fait assez pour combattre la drogue prirent sa défense. Il était injuste, clamèrent-ils, de le sacrifier sur l'autel de la culpabilité de l'homme blanc.

Les articles de Jack Yocke dans le *Post* tracèrent simplement les limites du champ de bataille. Saint ou pécheur, Tom Shannon se dressait dans le tourbillon de la tempête de feu qui se développait. Curieusement, il était tout seul. Après un discret entretien avec son secrétaire général, William C. Dorfman, George Bush décida que ni le FBI ni la police ne chercheraient à découvrir l'identité des gens accompagnant Shannon à l'arsenal. De même, ceux qui voulaient la perte de Shannon ne tenaient pas à voir les histoires personnelles de milliers de victimes du trafic de drogue s'étaler sur la place publique, l'une après l'autre, soir après soir, et à l'infini. Tom Shannon fut donc seul dans le box des inculpés. Il était accusé d'association de malfaiteurs avec un ou des inconnus dans l'intention de lyncher trois cents quatre-vingt-deux personnes.

Quand Jack Yocke vint lui rendre visite à l'hôpital, Shannon lui expliqua en souriant :

— Ils ont peur de nous juger tous, et ils pensent que si je suis le seul à passer en procès, les autres victimes me lâcheront. Mais ça ne marchera pas. Ces gens ont enterré trop d'enfants, trop d'épouses, trop de maris.

— Et si on légalisait la drogue ? demanda Jack Yocke vers la fin de leur entretien. On parle beaucoup de ça depuis Noël. Quelle est votre opinion là-dessus ?

— Personnellement, je suis contre, dit Shannon. Trop d'imbéciles vont se laisser accrocher. Mais entre nous, pourtant, je pense qu'on va être obligé d'en arriver là. Il faut se débarrasser de tout ce tas de pognon du trafic. S'il n'y a plus le fric, les criminels s'en iront. Les gosses à peine sortis de leurs langes ne s'embarqueront plus pour une vie de consommation et d'intoxication, une vie de crime, d'ignorance et de misère. Une génération tout entière d'enfants noirs est en train de passer à l'égout et c'est une obscénité qui doit cesser.

Malgré le cyclone qui se renforçait dans Washington intra-muros, partout ailleurs en Amérique la vie revint vite à la normale. A la télévision, on retrouva les feuilletons habituels. Des critiques se plaignirent des allusions sexuelles qui, cet hiver, passaient pour de l'humour sur le petit écran. Le responsable d'une chaîne affirma que les critiques ne savaient pas ce qui était drôle.

On fit la fête à Times Square pour le réveillon du Nouvel An et un grand nombre de gens se réveillèrent le lendemain matin avec une gueule de bois, mais pas autant que les années précédentes « parce que les gens boivent moins, ces temps-ci », expliqua un spécialiste des sondages dans un article qui bénéficia d'un gros titre. L'équipe de Southern Cal remporta un autre Rose Bowl[1].

Au cours de la première semaine de janvier, deux anciens dirigeants de grosses caisses d'épargne du Texas plaidèrent coupables pour vingt-huit chefs d'accusation de fraude bancaire et demandèrent au tribunal de les laisser en liberté surveillée.

La femme d'une célèbre vedette de cinéma engagea une procédure de divorce contre son mari qui avait une liaison avec le principal rôle féminin de son dernier film. L'épouse trahie se promena d'un talk-show à l'autre pour raconter ses malheurs et expliquer aux présentateurs compatissants les difficultés financières qui la menaçaient, obligée qu'elle était d'essayer de survivre avec un demi-million de dollars par mois et des enfants à l'école.

Il y eut un tremblement de terre de faible intensité en Iran. Un autre ayatollah mourut au moment même où le blizzard bloquait les passagers à l'aéroport de Denver et que Whitefish, au Montana, annonçait un record de basses températures.

Les démocrates voulurent savoir quand l'administration allait enfin se montrer sérieuse sur la question de l'augmentation des impôts et les républicains voulurent savoir quand les démocrates allaient enfin se montrer sérieux sur la question de la réduction des dépenses gouvernementales.

Un député de plus annonça qu'il était homosexuel.

La chaîne qui avait les droits de retransmission du Superbowl lança officiellement son matraquage publicitaire avec une émission où des footballeurs millionnaires expliquèrent comment leurs équipes avaient réussi à surmonter l'adversité l'année précédente.

Ce fut aussi à cette époque que Bob Cherry abandonna discrètement son poste de sénateur des États-Unis. Il expliqua aux journaux de Floride qu'il était fatigué et qu'il avait fait tout ce qu'il pouvait

---

1. Finale d'un championnat de football américain. (*N.d.T.*)

pour son pays. La distraction du moment, en Floride, fut de deviner quel gouverneur prendrait le siège de Cherry.

Une pluie fine, presque une bruine, tomba quasiment sans interruption sur Washington au cours de la première semaine de la nouvelle année. Puis le vent se leva et chassa les nuages vers l'est et vers la mer.

Thanos Liarakos jeta un coup d'œil sur le nom de la rue et consulta de nouveau son plan. Il parcourut lentement quelques pâtés de maisons et découvrit enfin l'endroit qu'il cherchait. Les arbres, dans cette banlieue récente, étaient maigres comme des bâtons sous un soleil hivernal anémique. Ils grandiraient bien sûr, mais il faudrait bien vingt ou trente ans pour que ces nouveaux quartiers paraissent humains.

Lorsqu'il repéra enfin le bâtiment, il dut rouler encore un moment pour trouver une place où se garer. L'immeuble de plain-pied était cerné sur trois côtés par un grillage. A l'intérieur, on apercevait des bacs à sable, des balançoires, des tourniquets. Et des enfants. Beaucoup d'enfants qui hurlaient, couraient, riaient.

Liarakos longea un couloir vide, s'arrêta devant une porte marquée BUREAU, redressa les épaules et entra.

— Mlle Judith Lewis, s'il vous plaît. Elle est par là ?

Derrière son bureau, la jeune femme avec ses yeux de hibou, son pull-over épais et ses lèvres roses et luisantes examina rapidement son costume et sa cravate, sourit pour la forme et répondit :

— Elle surveille la cour de récréation. Elle doit être derrière.

— Et j'y vais comment ?

— Vous suivez le couloir, puis c'est la première à gauche et ensuite tout droit. Vous ne pouvez pas vous tromper.

— Merci.

Debout, les bras croisés sur sa poitrine, Judith Lewis écoutait un jeune garçon lui raconter ses malheurs en gesticulant. Quand elle s'accroupit pour lui essuyer le visage et lui caresser les cheveux, le bas de son manteau traîna dans la poussière. *Judith Lewis se moque bien de ce genre de détails,* pensa Thanos Liarakos.

L'enfant finit par sourire et courut rejoindre ses camarades.

— Salut, Judith.

Elle pivota, toujours accroupie, et l'aperçut. Alors, elle se redressa.

— Salut, répondit-elle sans enthousiasme.

Elle se tourna à demi de manière à pouvoir surveiller les écoliers. A côté d'elle, il les regarda lui aussi.

— Comment se sont passées vos vacances ? demanda-t-il.

— Bien.

Sa voix était dénuée d'intonation. Elle consulta sa montre.

— Des gosses superbes.

— La récréation se termine dans trois minutes. Dites-moi vite ce que vous êtes venu dire.

— D'accord. Ce général cubain, Zaba, en sait assez pour faire condamner Chano Aldana. Et il parle, il ne lâche plus le crachoir. J'ai lu la transcription de ses interrogatoires. Si les procureurs réussissent à amener Zaba à la barre, ils obtiendront une condamnation.

— Pourquoi me racontez-vous ça ?

— Ce n'est pas évident ?

— Je ne reviendrai pas travailler avec vous, monsieur Liarakos. Je croyais pourtant vous l'avoir dit clairement.

— Ce que vous avez dit clairement, mademoiselle Lewis, c'est que vous estimiez que Chano Aldana était le diable incarné et qu'il devait être bouclé de manière à ne plus continuer à assassiner et à terroriser les gens et à vendre du poison pour ruiner la vie d'enfants comme ceux-ci...

— Vous étiez tout aussi net dans vos opinions, monsieur Liarakos, pour autant que je m'en souvienne. (Sa voix était amère.) Comme tout criminel riche et célèbre, Aldana mérite la meilleure défense juridique que l'argent peut offrir, et bien sûr c'est *vous* qui la lui donnerez. Et si vous parvenez à jeter de la poudre aux yeux des jurés, et à les embobiner, votre devoir est de le faire, et vous avez prêté serment de l'accomplir. Puis, vous rentrerez à la maison retrouver votre superbe femme et vos magnifiques enfants, déguster un bon dîner et reposer votre âme fatiguée, votre devoir accompli en bonne et due forme. N'est-ce pas ainsi que vous voulez vivre ? Oh je n'ai pas oublié notre dernière conversation, monsieur Liarakos. Et je suis certaine de ne jamais l'oublier. Elle a permis de mettre en lumière tous les doutes que je nourrissais pendant mes années de fac et de pratique du droit.

La cloche sonna. Les enfants coururent vers la porte.

— Si vous voulez bien m'exc..., commença-t-elle, mais il l'interrompit.

— Je suis venu vous demander de retravailler avec moi.

Elle le fixa, tandis que la cour de récréation se vidait et que les derniers enfants disparaissaient dans le bâtiment.

— Écoutez, reprit-il, la profession d'avocat vaut plus que tous les Chano Aldana du monde. Quelqu'un doit être en mesure d'aider tous ces gens qui ont besoin qu'on parle en leur faveur. Quelqu'un doit représenter Jane Roe et Karen Ann Quinlan et John T. Scopes[1]. C'est pour cette raison que vous avez fait des études de droit, n'est-ce pas ?

— Oui, répondit-elle d'une voix presque inaudible.

Elle souleva le pan de son manteau et brossa la poussière qui s'y accrochait.

— Et où pensez-vous que l'on acquiert l'expérience qui permet d'aider ce client-là parmi cent? C'est en se rendant au tribunal chaque jour pour se battre avec les procureurs, les juges et le système. *Quelqu'un* doit savoir comment marche le système.

Elle se tourna et regarda l'école.

— Oui, quelqu'un doit s'en soucier, poursuivit Liarakos. Quelqu'un doit combattre ce système de son mieux chaque jour que Dieu fait. Dans le cas contraire, les petites gens vont passer à la trappe. Et maintenant, je vous le demande, si *vous* ne le faites pas, qui s'en chargera ?

— Vous continuez à vous gargariser avec votre foutue rhétorique, monsieur Liarakos, répliqua-t-elle d'un ton amer. Et pendant ce temps, vous représentez Chano Aldana.

— Il a payé le tarif qu'on lui a demandé. Le cabinet a besoin de cet argent. Et j'ai besoin de cet argent. Je ferai tout mon possible pour ce bâtard.

— Pourquoi ?

— Mademoiselle Lewis, si vous avez encore besoin de demander une chose pareille, vous avez raison, vous êtes mieux ici avec les enfants de l'école primaire.

— Aldana va s'en sortir.

— Non, grogna-t-il. Zaba en sait assez pour faire condamner Aldana. Je vous ai dit que j'avais lu les transcriptions de ses interrogatoires. Il crache le morceau. Ils ont tout. Les noms, les lieux, les dates, les montants, les quantités — tout. Zaba était le contact cubain et il a personnellement rencontré Aldana au moins sept fois. Il a même organisé pour lui quelques assassinats d'agents de la DEA par l'intermédiaire des services secrets cubains. Les procureurs ont tout ça.

— Alors ? Qu'est-ce que vous allez faire ?

---

1. L'affaire Jane Roe a été à la base de la libéralisation de la législation sur l'avortement en 1973; K. A. Quinlan est restée longtemps dans le coma après un suicide raté et ses parents se sont battus dans les années 70 pour la faire « débrancher »; J. T. Scopes, professeur de lycée du Tennessee, a été jugé en 1925 pour avoir violé la loi de l'État en expliquant la théorie de l'évolution à ses élèves. (*N.d.T.*)

— Moi ? Je vais donner à Aldana le meilleur de moi-même, à cent pour cent, et les procureurs vont clouer au mur sa peau de coupable. Même Clarence Darrow [1] n'aurait pas réussi à faire sortir ce fils de pute. Pas moyen. Je fais ce métier depuis assez longtemps pour le *savoir*. Aldana est coupable et les jurés s'en rendront compte et il partira en taule pour le reste de ses jours.

— Et vous ?

— Je rentrerai à la maison, mademoiselle Lewis, je me servirai un verre bien tassé et remercierai Dieu d'avoir inventé le système des jurés.

— Et s'ils ne déclaraient *pas* Aldana coupable ?

— Judith, vous devez avoir foi en votre frère humain, ou vous n'aurez plus d'espoir du tout. Si les gens ordinaires qui composent ce jury ne le déclarent pas coupable, pourquoi tenter de le mettre sur la touche ? Oui, dans ce cas, ils le *méritent*.

Elle continuait à brosser son manteau.

— Vous avez fait un joli petit discours dans mon bureau, il y a quelques semaines, Judith. Quelque chose au sujet de la loi qui protège ceux qui sont incapables de se défendre seuls. Ils sont là, ceux-là. (Il fit un geste en direction de l'école.) Je croyais que vous pensiez ce que vous disiez.

Elle se passa la main dans les cheveux.

— Vous êtes sûr ? grimaça-t-elle.

— Je vous verrai demain au bureau, dit-il. Ou après-demain. Quand vous pourrez. (Elle continuait à tripoter son manteau.) Ah, au fait, nous avons un nouveau client, tous les deux. Un certain Tom Shannon. Une affaire pour la bonne cause.

— Shannon ? C'est pas le gars qui conduisait la foule, au lynchage de l'arsenal, le bouc émissaire qu'ils veulent pendre ?

— C'est lui, approuva Liarakos. Vous avez tous les deux beaucoup de points communs. Lui aussi, il dit qu'il connaît la différence entre le bien et le mal.

A ces mots, il se retourna et s'éloigna, abandonnant Judith Lewis au milieu de la cour de récréation vide ; elle le suivit du regard, en agitant sans y penser le bas de son manteau.

— Soyez maudit, murmura-t-elle. Soyez maudit.

Et elle se mit à pleurer.

Elle avait cru que c'était terminé. Et maintenant, voilà ! Quand le directeur et les responsables de l'école l'avaient engagée, elle leur

---

1. Célèbre avocat progressiste (1857-1938). C'est lui qui a défendu John T Scopes. (*N.d.T.*)

avait promis de rester. Ils allaient penser qu'elle était une sacrée menteuse

Elle se dirigea vers le banc, contre le mur, et essaya de se calmer.

Demain, non, pas demain. C'était impossible. Elle appellerait les responsables de l'école cet après-midi, mais elle leur laisserait quelques jours pour lui trouver un remplaçant.

Elle essuya ses larmes avec le bas de son chemisier.

Le médecin avait des façons désinvoltes. Il rayonnait de confiance en soi. Apparemment, il avait trouvé ses répliques dans le jargon des cours de première année.

— Tout va très bien se passer. Nous changerons le pansement tous les trois jours et nous retirerons le drain. Mais à mon avis vous êtes suffisamment en forme pour rentrer chez vous.

Harrison Ronald Ford hocha la tête et balança ses jambes d'avant en arrière, tandis que le docteur examinait les incisions dans son dos. Il était perché sur le bord de son lit ; celui-ci était si haut que ses pieds ne touchaient pas le sol. D'habitude, l'infirmière plaçait un petit tabouret par terre pour l'aider.

— Ne bougez pas, s'il vous plaît.

Harrison obéit. Comme le docteur ne pouvait pas voir son visage, il se permit un sourire.

— Oui, oui. Ça m'a l'air très bien. Ce sera une cicatrice sensationnelle, mais vous pourrez peut-être y coller un gros tatouage, et personne ne la remarquera. J'ai une image assez extraordinaire d'une femme nue montée sur un étalon que je peux vous prêter si vous envisagez l'art classique.

— De gros nichons ?

— Des melons.

— C'est bon, envoyez-la.

— Maintenant, si vous avez le moindre problème, vous m'appelez. A n'importe quelle heure du jour ou de la nuit. Et les gens, en bas, veulent vous voir continuer votre rééducation quotidiennement. Prenez les rendez-vous avant de partir, cet après-midi.

— Sûr.

Le docteur contourna le lit pour lui faire face.

— L'infirmière ne va pas tarder. Elle vient vous mettre le nouveau bandage. Je voulais juste vous examiner une dernière fois et vous serrer la main.

— Merci, docteur.

Un peu plus tard, ils l'emmenèrent dans un fauteuil roulant jusqu'au secrétariat pour les ultimes papiers. On lui demanda son

adresse et son numéro de téléphone et il donna ceux de l'appartement qu'il avait utilisé sous l'identité de Sammy Z.
— Nous nous verrons demain matin à 10 heures.
— Sûr.
Le docteur refit une apparition et Harrison recommença à serrer des mains autour de lui.
Il leur demanda d'appeler un taxi. La voiture attendait déjà devant la porte lorsqu'il gribouilla son nom pour la dernière fois. L'infirmière le tint fermement par le coude quand il manœuvra pour s'extraire du fauteuil et se glisser sur le siège arrière. Elle surveilla le chauffeur qui rangeait dans le coffre les deux sacs rapportés de Quantico par Freddy Murray. Harrison agita la main dans sa direction au moment où le taxi démarra.
Elle lui répondit d'un sourire distrait et retourna à l'intérieur en poussant le fauteuil.
— Où on va, Mac ?
— National Airport.
— Quelle compagnie ?
— Oh, j' sais pas. Je n'ai pas encore de réservation.
— Vous n'aurez pas de problème. La bousculade des vacances est terminée. Z'allez où ?
— Evansville, Indiana.
— Vous passez par Chicago ou Cleveland ?
— Au choix.
— Peut-être US Air.
— Parfait.
Harrison Ronald se cala contre son dossier et regarda les voitures glisser silencieusement sous le ciel d'hiver. Combien de temps avait-il passé à Washington ? Presque onze mois. Cela semblait une éternité.
A l'aéroport, le chauffeur siffla un porteur qui vint chercher les bagages et Harrison lui donna deux dollars de pourboire. L'homme avait eu raison : il n'eut aucun mal à trouver une place sur le prochain avion qui décollait dans une heure.
Il se rendit directement dans la salle d'embarquement, où il s'assit et observa les autres passagers. Des hommes d'affaires, en costume, lisaient des rapports ou en rédigeaient, fonçaient vers les téléphones, payaient leurs appels avec des cartes de crédit. Des enfants braillaient, galopaient et exigeaient l'attention de leur mère. Il soupira. C'était si normal — c'était si... Presque un autre monde, après ce qu'il avait vécu ces derniers mois. Il secoua la tête, étonné. La vie continuait.
Curieusement, son avion décolla à l'heure. La plupart des sièges

étaient vides. Harrison Ronald alla jusqu'au hublot et jeta un dernier regard sur Washington, comme la ville s'éloignait en dessous de lui.

C'était donc fini. Réellement fini. Plus de terreur, plus d'angoisse à attendre que tombe le couperet, plus de nuit d'insomnie à se demander ce que découvrait, ce que pensait Freeman McNally. Fini.

Qu'allait-il faire, à présent ? Il avait longtemps éludé la question, mais il pouvait commencer à y songer, maintenant que Washington glissait derrière lui, cédant la place aux monts Alleghanys.

L'armée ? Peut-être. Lorsque ses blessures seraient complètement cicatrisées. Il trouverait bien à Evansville un médecin pour la rééducation et le changement des pansements et pour lui retirer ce drain, tous ces machins dont se souciaient tant les gens de Washington. Peut-être qu'il pourrait retourner chez les flics ? Oui, peut-être. Il avait encore un peu de temps pour réfléchir à tout ça... Pour le moment, il se sentait si bien, presque euphorique ! Il s'imaginait mal à nouveau dans la rue, devant tous ces types qui rêvaient d'être des Freeman McNally, tous ces perdants qui estimaient que personne n'avait le droit de lever le petit doigt pendant qu'ils se taillaient un gros morceau du gâteau qu'ils ne méritaient pas.

Il était fatigué ; il inclina le siège vers l'arrière et ferma les yeux. La chose la plus importante, en fait, c'était ce porche. Le printemps finirait par revenir, puis l'été avec sa chaleur moite. Il allait s'installer sur la balançoire et regarder sa grand-mère éplucher des haricots verts et du maïs pour ses conserves. Peut-être qu'il irait voir des matches pendant les chaudes nuits d'été. Il lui repeindrait la maison — oui, c'était ce qu'il ferait. Il pensa à l'odeur de la peinture, à la chaleur du soleil sur son dos. Ce serait très agréable. Et il aurait tout le temps — tout le temps qu'il faudrait. Il s'assoupit en savourant ces images et ne se réveilla que pendant la descente vers Chicago.

La correspondance pour Evansville était assurée par un quadrimoteur à turbopropulsion ; l'avion pénétra dans les nuages dès le décollage, et n'en sortit que pour l'atterrissage à Evansville. Harrison se colla au hublot et regarda l'Ohio dérouler ses méandres autour du centre-ville. Il repéra le lycée où il avait préparé son bac et le stade des juniors où il avait vendu des hot dogs au cours de tant d'étés, dans sa jeunesse.

Il prit un taxi à l'aéroport.

La petite maison n'avait absolument pas changé. On avait rangé la balançoire pour l'hiver, et les arbres avaient perdu leurs feuilles ; l'herbe avait été coupée juste avant l'arrivée du froid, comme tous les ans. La maison avait besoin d'être repeinte. Et ces frises abîmées, sous l'avant-toit — il les réparerait aussi.

Le docteur lui avait recommandé de ne rien soulever, aussi demanda-t-il au chauffeur de taxi de porter ses bagages sous le porche. Il essaya la poignée de la porte. C'était ouvert.

Il entra.

— Grand-mère ! C'est moi.

— Qui ?

Sa voix lui parvint de la cuisine.

Il la vit avant d'atteindre la porte. Elle était vieille et toute petite et ses cheveux étaient blancs. Elle ne bougeait plus trop vite maintenant, mais il pensa qu'il n'avait jamais vu femme plus belle.

— Oh, Harrison ! Quelle merveilleuse surprise ! Tu es rentré à la maison !

— Ouais, grand-mère. Je suis rentré.

Et il la prit tendrement dans ses bras.

*Cet ouvrage a été composé
par l'Imprimerie BUSSIÈRE
et imprimé sur presse CAMERON
dans les ateliers de B.C.A.
à Saint-Amand-Montrond (Cher)
pour les Éditions Albin Michel*

Tous droits réservés. La loi du 11 mars interdit les copies ou reproductions destinées à une utilisation collective. Toute représentation ou reproduction intégrale ou partielle faite par quelque procédé que ce soit — photographie, photocopie, microfilm, bande magnétique, disque ou autre —, sans le consentement de l'auteur et de l'éditeur, est illicite et constitue une contrefaçon sanctionnée par les articles 425 et suivants du Code pénal.

*Achevé d'imprimer en janvier 1992
N° d'édition : 12113. N° d'impression : 3551-91/87.
Dépôt légal : janvier 1992*